本書出版得到清華大學雙高計劃資助

傅璇琮文集

李德裕文集校箋　上册

〔唐〕李德裕　撰

傅璇琮　周建國　校箋

中華書局

圖書在版編目（CIP）數據

李德裕文集校箋/（唐）李德裕撰；傅璇琮，周建國校箋. —北京：中華書局，2023.3
（傅璇琮文集）
ISBN 978-7-101-16142-7

Ⅰ.李… Ⅱ.①李…②傅…③周… Ⅲ.中國文學-古典文學-作品綜合集-唐代 Ⅳ.I214.22

中國國家版本館 CIP 數據核字（2023）第 042852 號

| | |
|---|---|
| 書　　名 | 李德裕文集校箋（全三册） |
| 撰　　者 | 〔唐〕李德裕 |
| 校　　箋 | 傅璇琮　周建國 |
| 叢 書 名 | 傅璇琮文集 |
| 責任編輯 | 李碧玉　郭惠靈 |
| 責任印製 | 管　斌 |
| 出版發行 | 中華書局 |
| | （北京市豐臺區太平橋西里 38 號　100073） |
| | http://www.zhbc.com.cn |
| | E-mail：zhbc@zhbc.com.cn |
| 印　　刷 | 北京中科印刷有限公司 |
| 版　　次 | 2023 年 3 月第 1 版 |
| | 2023 年 3 月第 1 次印刷 |
| 規　　格 | 開本/920×1250 毫米　1/32 |
| | 印張 27⅜　插頁 6　字數 650 千字 |
| 國際書號 | ISBN 978-7-101-16142-7 |
| 定　　價 | 176.00 元 |

# 傅璇琮文集
# 出版説明

傅璇琮先生(1933—2016),浙江寧波人。1951年至1955年,先後就讀於清華大學中文系、北京大學中文系,畢業後在北京大學中文系任助教。1958年3月調至商務印書館任編輯,後因出版分工調整,進入中華書局工作,歷任中華書局文學組編輯、古代史編輯室副主任、中華書局副總編輯、總編輯。2008年受聘爲中央文史研究館館員。曾任國務院古籍整理出版規劃小組成員、秘書長、副組長,中國唐代文學學會會長,中國人民大學國學院特聘教授,清華大學中文系教授、古典文獻研究中心主任等。

傅璇琮先生是著名出版家。他一生致力於古籍整理出版事業,參與制訂《古籍整理出版規劃(1982—1990)》、《中國古籍整理出版十年規劃和"八五"計劃》、《中國古籍整理出版"九五"重點規劃》。在中華書局主持或分管編輯工作的數十年間,策劃、主持整理出版了一系列具有重大學術影響的古籍圖書,培養了一批中青年編輯人才。

傅璇琮先生是著名學者,"學者型編輯"的杰出代表,在古代文史研究領域筆耕不輟，著作宏富。其撰著的《唐代詩人叢考》、《唐代科舉與文學》等，體現了開創性的研究方法和深刻的治學理念，產生了廣泛而深遠的影響；其領銜和參與主編的《續修四庫全書》、《續修四庫全書總目提要》、《中國古籍總目》、《全唐五代詩》、《全宋詩》、《唐才子傳校箋》、《宋才子傳箋證》、《全宋筆記》、《唐五代文學編年史》等古籍整理圖書和學術著作，成爲相關領域的基礎性文獻和重要學術成果，在海内外學術界、出版界享有廣泛和崇高的聲譽。

此次整理出版《傅璇琮文集》，收錄其個人著作《唐代詩人叢考》、《唐代科舉與文學》、《唐翰林學士傳論》、《李德裕年譜》四種，合著《李德裕文集校箋》、《河岳英靈集研究》兩種，另將傅璇琮先生 1956 年至 2016 年間發表在報刊雜誌和收錄於文章專集的單篇文章，包括學術論文、雜文、隨筆，以及所作序跋、前言、説明等三百六十餘篇，依時間爲序結集爲《駝草集》。

文集的出版，得到清華大學以及傅璇琮先生家屬的鼎力支持，在此謹致謝忱！

中華書局編輯部

2023 年 3 月

# 二〇一八年版序

## 一

本世紀初,《李德裕文集校箋》由河北教育出版社出版,至今已有十二年了。十餘年來,學界反應熱烈,使我們得以聽取學界同行的意見,認真反思我們的工作,並在讀書學習中注意相關的問題,續有所得,即隨時補録相關資料。這次增補修訂新版的出版,既是這一課題的現階段小結,也可説是向學界同仁嚶鳴求友的匯報。

回顧學界對本書的衆多肯定贊揚,我們惟有把着實事求是之心,力求學業之精進。專精唐代文獻的陶敏教授率先對本書徵引文獻豐富及編撰時間久長作了肯定。專家的意見既使我們受到鼓舞,更使我們惕厲。這是因爲本書詩歌部分的人名考證,曾由陶敏教授提供了不少珍貴資料,而他的名著《全唐詩人名考證》亦給予筆者不少啓益,這些都是需要特別指出的。在相關的評論中,一些中青年學者的評論尤爲我們關注。他們不少已是當今學界卓有成績的學者，限於篇幅，今舉其要：如浙江大學胡可先先生撰有《古籍整理的途徑、規範與方法——從〈李德裕文集校箋〉説開去》（《中國文化研究》二〇〇一年夏之卷），復旦大學查屏球先生撰有《鍥而不舍，予人以善——評傅璇琮、周建國〈李德裕文集校箋〉》（《中華讀書報》二〇〇〇年八月十六日）、安慶師範學院汪長林先生撰有《天緣助良知，精品示軌轍——讀〈李德裕文集校箋〉》（《安慶師範學院學報》二〇〇〇年第六期）、北京語言大學曾廣開先生撰有《精思劬學，能發千古之覆——傅璇琮先生訪談録》（《中國文化研究》二〇〇八年冬之卷）。諸位先生對本書作了高度評價，或謂此“是近年來古籍整理中一部典範之作”、或謂“令人歎爲觀止”、或謂“具有極高的學術價值”，這些我們愧不敢當，但諸君對於我們的高度期許，應是筆者努力的方向，我們高興地看到諸君對本書的評論能夠緊緊結合筆者相關的論著而進行，具體而切實。這正顯示李德裕與中晚唐文學及黨爭問題是當今學界共同關注的課題。人們就相同或近似的課題展開嚴肅而友善的探討，必多知者之言，必能相互啓益，求同存疑，有助於學術進步。諸君不約而同提及傅璇琮作於上世紀八十年代的《李德裕年譜》（齊魯書社，一九八四年）、《李商隱研究中的一些問題》（《文學評論》一九八二年第三期）、《牛李黨爭與唐代文學研究》（《文史知識》一九八三年第三期），以及《關於〈李德裕集〉的一封信》（《古籍研究》一九九六年第三期）；並提及周建國的《關於唐代牛李黨爭的幾個問題》（《復旦學報》一九八三年第六期）、《試論李商隱與牛李黨爭》（《文學評論叢刊》第二十二期，一九八四年）、《鄭亞事蹟考述》（《文史》第三十一輯，一九八八年）、《煌煌唐韻》(中華書局,一九九七年)。由此可見,本書校箋雖然多涉及考證,其蘊含的歷史是非的原則與文化探究的意向,是爲評論者所理解的。這樣,諸君的評論就展示了中晚唐文學與歷史之較爲寬廣的背景,觸及到中晚唐文史研究的若干關鍵問題。

傅璇琮在《唐五代人物傳記資料綜合索引》前言中曾指出:"中晚唐的文學,是在較前期更爲複雜的社會鬥爭中發展的,研究這一時期的文學,或許會比研究初唐和盛唐更能引人入勝。但另一方面,它也要求有更爲廣博的歷史知識,更爲充實的資料基礎。"我們高興地看到當今對本書進行講述的讀者諸君,大率表現出較深的文史知識,有着良好的專業素養。如今有志於中晚唐文史研究的學人漸漸有了這樣一種認識:這一研究不可能避開牛李黨爭,而牛李黨爭的核心人物是李德裕。中晚唐文學的複雜情況,需要從牛李黨爭的角度加以考索;而要研究牛李黨爭,最直接的辦法則是研究李德裕。這些觀點在眾多的評論中基本得到認同。而我們合作編撰《李德裕文集校箋》更清晰地認識到:對李德裕研究,一方面當然要論析其政治主張與實踐,考證有關史料記載的真僞;另一方面,也就是基本的一點,則應認真整理、校訂其文集,使作品儘可能詳實、完整地提供給當世,讓我們現代人能從其作品中更確切地瞭解這一歷史人物的全貌。一九八七年,周建國在對《李德裕年譜》作了研究後①,向傅璇琮建議合作整理《李德裕文集》。經過長期的資料收集、鑑別,往復研討將近十年,我

①周建國《論牛李黨爭與中晚唐文學——兼評〈李德裕年譜〉》,《文學遺産》一九八七年第三期。

們終於編撰成《李德裕文集校箋》。胡可先先生評論説："傅璇琮與周建國先生研究李德裕以及牛李黨争已有二十年的歷史。二十世紀八十年代初，他們就有重要的論著問世。"汪長林先生則把我們的合作歸結爲"歷史文化的綜合研究"、"著力追求'文化學的批評'方法"①。評論者對我們的鼓勵時時促使我們反省，如今回顧來路已走過三十年矣。學無止境，自忖惟有鍥而不舍，努力前進，方能不辜負讀者"予人以善"的期望吧！

## 二

本書既蒙學界同仁推許，那麼，我們編撰的特點及其用意何在？這次修訂增補新版的依據及其用意又何在？聯想起曾廣開先生在《精思劬學，能發千古之覆——傅璇琮先生訪談録》一文中問及《李德裕文集校箋》的校勘原則問題，其實是從不同角度提出的互有關聯的問題。

李德裕之文學在當時有"大手筆"之稱，不僅杜悰對牛黨當首李宗閔稱"德裕有文學"，而且歷代論者對此都不乏好評。但他畢竟是中國歷史上一位傑出的政治家，歷代究心於治亂興亡的學人更多地是從作者的政治主張及其實踐去評述其文集的。明末民族英雄陳子龍在其自撰年譜崇禎十二年己卯中説："予又以唐興元之有陸敬興，會昌之有李文饒，皆中興之相也。思如二公之人

①汪長林《天緣助良知，精品示軌轍——讀〈李德裕文集校箋〉》。

而不可得，因評論其集合梓之，頗行於世。"①宋代以來，李德裕文集雖然代有整理刊刻，但像陳子龍那樣作過評論而頗行於世的刊本就沒有流傳下來。《李德裕文集校箋》是文獻整理方面的著作，但仍會遵照先賢突出作者政績事功及其歷史地位的用意，努力做到以下幾點：

第一，我們力求從歷史文化的角度來統攝本書所涉及的諸項考據，把校箋的重點放在每篇作品的繫年，並徵引史實確定其歷史背景，闡述其文化氛圍。這些大致涉及相關人物的交遊出處，人事關係、歷史事件、交通地理等方面的考證，綜合起來，便讓讀者有信實之感。我們一般不採用傳統的文學類著作的整理模式，去花費大量精力考釋典故、詞語的出處，探研藝術意蘊。當然，考慮到作者精通《漢書》的特點，其父李吉甫撰有《元和郡縣圖志》以及李氏父子均精於輿圖地理的事實，還有其父子都喜好書畫且富有收藏等情況，我們在校箋中對其文化傳承及家學淵源仍有所關注。這樣既可明其作品語意所自，對於一些處於疑似之間的作品則增益了可信度。

本書打破文集編次，另外按年代先後編有《李德裕詩文編年目錄》四百餘題，俾得研讀此書能按年查閱作者詩文，尋繹其思想人生之歷程。與此相配合又編附錄三部分：

其一，《李德裕年表》。其二，《有關本書的李德裕集題跋》。其三，《史書所載李德裕奏對及紀事》。這次新版增補了唐五代及

---

① 施蟄存、馬祖熙整理《陳子龍詩集·附錄年譜》，上海：上海古籍出版社，二〇〇六年，六六〇頁。

宋人筆記中的資料數則，改稱《文史典籍所載李德裕奏對諸語及紀事》，以便更符合實際。所有這些材料既是對李氏文集的補充，也是對其思想生平各有側重的凸顯。

第二，本書充分利用和借鑑相關的學術成果，尤其是現代兩位唐代史大師陳寅恪、岑仲勉的論著，是者是之，疑者辨之，這些在書中都一一注明了，不敢掠美，亦不敢盲從。陳、岑二位對李德裕有很高評價，如本書引録的《李德裕貶死年月及歸葬傳説辨證》、《會昌伐叛集編證》等論著，在作者嚴謹的叙述中，我們便能感受到他們對歷史人物的崇敬之情。這也就提醒我們不能爲考證而考證。在衆多的史料中提煉史識，正是讀史者必須關注的一個問題。

此外，從唐代文史典籍整理的角度來説，改革開放以來數十年間出現了許多高水平的論述考證之作，如果不注意吸收這些研究成果，《李德裕文集校箋》就很難與同時代的佳作壎箎相應。我們認真分析鑑別當今同道的優秀成果，不論其年輩資望，擇善而從。胡可先生在評論中特別指出："從這裡看出，傅先生與周先生，無論對於前輩還是後輩，都一視同仁地對待。"推獎同道之成果，表而出之，亦吾輩之樂事也。

第三，精心選擇底本和校本，自從萬曼先生的《唐集叙録》問世後，唐人別集版本源流的研究也取得較大的成果，足資參考。但就我們這一課題論，如何選取工作底本仍需要具備一定的眼光，並爲之付出艱苦的辛勞。一般來説，要選擇善本做底本和校本。何謂善本？就是足本、精注精校本和宋元舊本。通過對現存的李德裕文集的版本進行系統的梳理，我們最終選定現收藏於日

本東京靜嘉堂文庫的原皕宋樓本《李文饒文集》作底本。此本是
陸心源用月湖丁氏影宋鈔本所補校過的，不僅保存了宋本舊貌，
而且補苴闕漏，使之完備。根據李德裕文集的流傳情況，選定十
五種刊本做參校本。其中最有價值的是黄丕烈、翁同龢先後收藏
過的宋殘本《會昌一品制集》與北京圖書館的傅增湘校本《李文饒
文集》。我們得以利用黄丕烈、陸心源、傅增湘諸先賢的校勘成
果，使得這部書有了一個高的起點。

　　第四，遍校群書。爲了畢其功於一役，我們除了運用校本、校
記來校勘外，還儘可能地收羅文獻資料。採用新舊《唐書》《册府
元龜》《太平御覽》《唐會要》《資治通鑑》《唐大詔令集》等相關文
獻典籍，以及唐宋類書、筆記、近數十年出土的碑誌來參校、輯佚，
發現了一些前人未曾注意到的問題。其中尤以《資治通鑑》及司
馬光之《考異》對我們幫助最大，蓋司馬光編《通鑑》時不僅掌握
的材料極其豐富，而且修史時間充裕，恰如陳寅恪在講授唐史時
强調："讀正史後方知《通鑑》之勝"①。讀者細讀本書，當與編撰
者有同感也。

　　第五，本書力求對李德裕所有作品作全面編年。全書以作者
會昌時期任相時的作品爲主，這是當年編纂時李德裕、鄭亞的共
識，目的是突出會昌之政的歷史功績，故命之爲《會昌一品集》。
但會昌前後，早在元和、長慶，晚在大中的作品仍不少，這些作品
與會昌之作仍貫穿着一種建功立業的精神。當作者在遭受嚴重
政治打擊時亦曾萌生歸隱全身、避禍自保的想法。這少數詩文正

①陳寅恪《講義及雜稿》，北京：三聯書店，二〇〇九年，四八八頁。

好與全書主調形成相輔相成的整體。本書末後所編《李德裕詩文編年目錄》四百餘題,僅有個別作品未能確定,疑則存疑。這樣一份確實的編年目錄對於讀者瞭解作者作品之全人全貌應是有所裨益的。

與李德裕、鄭亞突出會昌政績的編纂目的相適應,我們在編撰附錄一《李德裕年表》中特地於會昌時期展開了三個叙事空間:《會昌之政一:關於朝政、科舉與宗教》,《會昌之政二:關於摧抑藩鎮》,《會昌之政三:對回鶻吐蕃等擾邊之對策》。這些都是李德裕秉政時關注並大力推行的政策,李氏文集中反映了他的思想意願,也可説是關涉牛李黨爭的重大政爭。我們很欣慰地看到讀者對此是有所體察的。汪長林先生評論説:"這份《年表》在編撰體例上可説是不落常規,別有創意:其一,它並不是按時間順序逐年編述,而是擇要編述;其二,突出了會昌之政;其三,將史家紀事本末體方式運用於年表的撰述中來……就其分標題以著意'突出德裕會昌秉政之功績'而言,亦不啻於鄭亞作序'深得德裕來書中"伏恐製序之時,要知此意"的弦外之音'一樣直攖德裕心神了。"如此評價過獎了,但作者、編者、讀者歷千百年而能對其中一些重大理念產生共鳴,誠鄭亞序所謂"後之學者,其景行之"也。


三


我們之所以一再重申這些編撰校箋原則是因爲其正是編撰者十二年來不時增補修訂所遵行的準則。這次新版增補修訂主

要如下:

其一,增補佚文一篇。從文化傳承的角度分析考量,我們確定故宮博物院所藏歷史名畫《步輦圖》題跋爲李德裕所作。題跋中精確的年月日"大和七年十一月十四日",與李德裕仕履合榫的官職"中書侍郎平章事",和准確追述歷史事件年月的"貞觀十五年春正月甲戌",說明題跋必定出自親身經歷而又精通本朝歷史的李德裕。具體考證可參見傅璇琮、周建國撰《〈步輦圖〉題跋爲李德裕作考述》(《文獻》二〇〇四年第二期)。

然而,此畫已非閻立本原作,而是北宋初期的臨摹本。畫後部有宋初書法家章伯益過錄李德裕題跋的篆書十四行。跋文顯示對於外族入侵堅決抵抗的宰相李德裕,對待友好的來朝使者則堅持漢胡和睦的政策,這又正是當年唐太宗所實際推行的民族政策,並在李氏文集得到反映的。此外,李氏題畫之作往往有濃厚的政治色彩。如本書所收錄的《進真容讚狀》《進點戛斯朝貢圖傳狀》《重寫前益州五長史真記》《圯上圖贊》等,都是與繪畫有關、歷史政治色彩濃厚的文章。會昌時期,他所撰《進點戛斯朝貢圖傳狀》即反映了其堅持唐太宗天下一家、漢胡和睦的民族政策,與《步輦圖》題跋所說是前後一致的。兩相參稽,讀者自可增加其可信度。

歷史事實在矛盾的陳述中被清理出來。檢驗相關題畫之作,我們最初對《新補李德裕佚文佚詩》中《輞川圖跋》尚小心存疑,如今則增益了信心。洪邁《容齋三筆》錄李德裕題跋兩則:一則題於"大和二年戊申正月四日",另一則題於"開成二年秋七月望日",時間正好是《步輦圖》大和七年題跋的前後。年月日分明,下署官職或鈐官印,其格式正如與之前後相應的《步輦圖》題跋。《輞川圖跋》説到其父李吉甫的書畫收藏之豐富曰:"乘閑閲篋書中,得先公相國所收王右丞畫《輞川圖》,實家世之寶也。先公凡更三十六鎮,故所藏書畫多用方鎮印記。"由此可見,他所經目的歷代書畫名迹之多。作爲一代名臣,李德裕題寫的手迹,還被歐陽脩《集古録》、趙明誠《金石録》等著録,可見流傳之廣。上引洪邁文的結處云:"雖今所傳爲臨本,然正自超妙。"説明洪氏所見李德裕父子題跋同樣是由臨摹者過録的,這與宋初摹本《步輦圖》的題跋情況相似。原來唐五代至宋,宮廷流行書畫臨摹,宮廷高手對前賢書畫名作的臨摹本被稱爲"下真迹一等"之副本,歷來被珍視。北宋黄伯思在《又跋輞川圖後》説:"世傳此圖本,多物象靡密,而筆勢鈍弱。今所傳則賦象簡遠,而運筆勁峻,蓋摩詰遺蹟之不失其真者,當自李衛公家定本所出云。"黄氏推斷其所見出自李德裕家的定本,可見這臨摹本流傳有序。我們將此類書畫題跋置之彼時之歷史文化背景來考察,參證相關學者文人的記載,曾被人們懷疑的理由終於漸次得以祛除,遂大大增益了其可信度。

其二,本書附録一《李德裕年表》原來十三節,起自李氏出生,止於李氏病逝,擇要譜述。這次新版增補第十四節《李德裕卒後其子孫親屬之狀況》。此類情況曾爲史家所重,而《李德裕年譜》大中九年乙亥(八五五)、大中十四年咸通元年庚辰(八六〇)、咸通九年戊子(八六八)、昭宣帝天祐二年乙丑(九〇五)、五代後梁太祖開平二年戊辰(九〇八)已有簡略譜述。陳寅恪《金明館叢稿·李德裕貶死年月及歸葬傳説辨證》於李氏子孫及其政事文學有較爲精詳的考述。此文除引述常見之史籍外，又引薛居正《五代史》、吳任臣《十國春秋》、韓偓《玉山樵人集》、錢易《南部新書》等文史典籍，贊歎贊皇後人當時世遽變、天下大亂之際，不管其北守家園，抑或南下避亂，皆能以忠義自守，或避亂自存，其司空圖、韓偓之流亞歟？陳氏有言："他時若有補作年譜者，願以茲篇獻之，儻亦有所取材歟？"謹采録陳文精擇之相關文史典籍材料，以證贊皇後人能自樹立，且風雅自存，不替家聲。此或勉副前賢之遺願乎？敬請讀者正之。

其三，本書附録三《史料所載李德裕奏對及紀事》，原先主要從新舊《唐書》《資治通鑑》等史書中輯録。這次新版增補又從唐五代及宋人筆記《戎幕閑談》《北夢瑣言》《南部新書》《類説》等各輯録一則，從《通鑑》及《考異》《胡注》輯録十二則，總計新補十六則。爲更符合實際情況，改稱《文史典籍所載李德裕奏對諸語及紀事》。這些材料有不少出自當時尚存的李德裕《西南備邊録》《文武兩朝獻替記》殘文。箋校時或參證新舊《唐書》《唐會要》等史料，遺則補之，誤則正之，這對於李德裕政事及相關言行的補充完善頗有裨益。

《戎幕閑談》係大和五年李德裕任西川節度使時囑其幕府巡官韋絢所作。其序云："贊皇公博物好奇，尤善語古今異事。當鎮蜀時，賓佐宣吐，亹亹不知倦焉。乃謂絢曰：'能題而記之，亦足以資於聞見。'絢遂操觚録之，號爲《戎幕閑談》。"韋絢序文説明此書所録多爲李德裕語，從歷史文化角度看，李德裕本人撰有《明皇十七事》(亦作《次柳氏舊聞》)，此書同樣采用筆記小説形式，間或雜以怪異之説。另有一位做過李德裕幕府從事的段成式寫過著名的筆記小説《酉陽雜俎》,乃至牛僧孺著有《玄怪録》等,録此一則,亦可見彼時文人學者之風習。

《類説》引《獻替記》中《停罷給食利文牒判》一則尤可注意。今《獻替記》殘文大多見於司馬光《通鑑考異》,而見於筆記者較少。本附録得諸《續談助》者三則,得諸《類説》者一則。宋人筆記中存有唐賢之寶貴史料,正在於讀史者披沙揀金耳。《停罷給食利文牒判》批判的是當時官商勾結、貪污腐敗的惡政。《新唐書·李德裕傳》曰:"俄而宗閔罷,德裕代爲中書侍郎、集賢殿大學士。始,二省符江淮大賈,使主堂廚食利,因是挾貲行天下,所至州鎮爲右客,富人倚以自高。德裕一切罷之。"李德裕於大和七年二月任相,六月李宗閔罷相,此文即作於其時,表現了他鋭意進取,興利除弊的决心。

其四,這次新版對全書進行審核,糾正了原版中的一些錯訛。《李德裕詩文編年目録》中《存目詩文》删去了據《寶刻叢編》卷八所録《贈開府儀同三司王弘規碑》一題。按編年目録大和元年,即可查到别集卷六有《唐故左神策軍護軍中尉兼左街功德使知内侍省事劉公神道碑》一篇,碑爲劉弘規而作。《寶刻叢編》誤作"王弘規",乃重出誤收。本書出版後,承學界美意,多有褒獎,但復旦大學楊明教授指出其中《外集》卷三《文章論》里作者自注:"猗於元勳,包田舉信"語出《漢書·叙傳下》,乃頌贊蕭何之意。此誠空谷足音,使我們得以改正標點錯誤。是所有望於讀者之指正,俾得日進日新,不斷改進。

# 四

　　歷史文本在不同時代的意義是在與歷代讀者的對話中實現的,惟有優秀的文本才會歷千百年而令歷代學者誦其詩文,若日月常見,光景常新。《李德裕年譜》大中三年輯録有關李德裕政治、文學、著作、生活等的評論,從晚唐到近現代,如李商隱、裴廷裕、李之儀、葉夢得、王世貞、王士禛、羅振玉,不乏"萬古之良相"、"第一等人物""相業彪炳,而文采亦冠於當世"等極高評價。論者皆飽學之士,豈虛語哉。

　　李德裕生當晚唐亂世。其時藩鎮割據、朋黨林立、科舉舞弊、吏治敗壞,朝廷内宦官專權,兼之邊境時有外族侵陵,可謂矛盾重重。他敢於在此時挺身而出力挽狂瀾,尤其在大和、會昌時期兩度秉政,推行改革,内定叛鎮,抑制權閹,整肅吏治和科舉,外禦回鶻等少數民族酋豪侵陵,使晚唐一時出現中興氣象。在那種普遍混亂的狀態下,加强中央集權,維護王綱法紀無疑是一種進步因素。因爲人心思治,天下百姓希望能平平安安生活。上文引述晚明動亂年代陳子龍語可説是有代表性的。無獨有偶,與陳子龍同時代的文秉亦有同樣感慨。其《烈皇小識》序説當時"逆璫遺孽,但知力護殘局,不復顧國家大計;即廢籍諸公,亦閲歷久而情面深,無復有贊皇魏公其人者"。在内亂外患頻仍之際,因循苟且的官僚們圖謀一己之私利而不思進取。陳子龍等人一再呼唤企盼李文饒式的人物出現,凸顯了歷史人物及其撰寫的歷史文本在特殊時代的特殊意義。這就涉及對於牛李黨争以及作爲當權理國的宰相的評價問題。有論者以爲牛僧孺是謙謙君子,頗爲時人所敬重。他拒絶賄賂,政績也有許多可肯定之處。這些確實言之成理,持之有故。但牛氏身爲宰相,在一系列關係到國家利害的内外政策上,或消極保守,或措置乖謬。本書及新舊《唐書》《通鑑》所記載的大量史料證明,他在幽州楊志誠作亂事件、維州事件、回鶻烏介可汗入侵事件、澤潞事件上的決策及其後果都是嚴重的。范文瀾先生説:"牛僧孺是庸人,還不算姦人。"①正是從其重大政治行爲作出的正確評價。

我們認爲牛李黨争是充滿憂患意識的士大夫圍繞封建中央集權的鞏固或削弱的一場革新與保守之争。兩黨黨魁身處此時,他們對於社會與自身都感受着種種危機。但在政治實踐上,他們的表現則不同。元和三年的賢良對策説明牛僧孺、李宗閔早年對現實政治的種種弊病心知肚明,也有改革的願望。但當他們執政後把自身安危置於國家安危之上。牛僧孺在朝政腐敗、危機四伏的大和朝累表求出以圖自保。司馬光《通鑑》大和六年十二月"以僧孺同平章事,充淮南節度使"紀事下對其"亦謂小康"論有一段義正詞嚴的駁斥:"當文宗求治之時,僧孺任居承弼,進則偷安取容以竊位,退則欺君誣世以盜名,罪孰大焉!"胡三省注則曰:"公以進退之道責牛僧孺,亦有見於後之竊位盜名如僧孺者。"讀唐史者能不省識前賢評論之意乎? 至於李宗閔輩後來劣迹昭著,不值

①范文瀾《中國通史簡編》第三編第一册,北京:人民出版社,一九六五年,一七三頁。

再論。

李德裕在宦海風波中當然也是充滿思想矛盾的。在本書正集二十卷中，我們看到一個言論讜直，敢作敢爲的李德裕。當他處於人生低谷時，我們又從別集詩文中看到一個企圖急流勇退，韜晦保身的李德裕。但是，自從他走上權力中心一直到最終貶死，他卻未能真正退隱。作爲一位拯救危亡的政治家，他只有讓退隱之願服從於政治需要。直到貶謫南荒，他在外集《窮愁志》中總結歷史教訓，在臨死數月前所撰劉氏妻墓誌銘中説："余性直盜憎，位高寇至，道不能枉，世所不容。愧負淑人，爲余傷壽，瞑目何報，寄懷斯文。"可説是慷慨激昂地走完了他的一生。

《李德裕年譜》序言指出："削奪藩鎮和宦官之權，革除朝政的種種弊端，對當時社會上的一些腐敗現象進行整頓，這是德宗末期以來要求改革之士的共同願望。順宗時永貞革新是一個高潮，憲宗元和前期是又一個高潮，第三個高潮就是武宗會昌時期。"細察這三個改革高潮前後，我們還能看到陸贄諸人的整頓朝綱，李絳、武元衡、李吉甫、裴度諸相的摧抑藩鎮，宋申錫、李石、鄭覃等人的抗衡宦官，這説明中晚唐時期充滿憂患意識的正直士大夫中存在一種要求加強中央集權，維護王綱法紀的政治向心力，而李德裕無疑是其中的傑出代表。李氏貶死後，朝官保守勢力日益強大，宦官和藩鎮勢力日益膨脹，從此那種政治向心力再也凝聚不起來，唐王朝就在腐敗中走向滅亡。

本書從初版的編撰到新版的修訂增補經歷了二十年，其與我們已發表的關於中晚唐文學與歷史的論著是有聯繫的。我們把歷史人物的治國之策及其政治實踐作爲一個評述原則，這也是閲讀本書的讀者必須注意的一個問題。

　　謹以本書紀念晚唐時代捨身求法、拼命硬幹的改革家李德裕。

傅璇琮　周建國

# 初版前言

## 一

李德裕,字文饒,祖籍趙州(今河北趙縣)。他於唐朝時曾兩度入相,在一些重大政治問題上的主張和行動,在歷史上具有進步意義。他既是一個要求改革、要求有所作爲的政治家,又是河北省的歷史名人。因此這部《李德裕文集校箋》得以在河北教育出版社出版,作爲此書的整理、研究者,我們覺得,這也是對於河北歷史文化所作的一點貢獻。

李德裕確是一位有多方面成就的歷史人物。在政治上他是一位實幹家,他在好幾個地方擔任過節度使的官職,像在浙西、滑州、西川、淮南,都有治績,在可能的範圍內,儘量爲當地做些好事。他在唐朝文宗、武宗兩朝先後兩次任宰相,都有改革的措施。北宋時"慶曆革新"的名臣范仲淹正是從這點着眼,對於李德裕作了充分的肯定,説他"獨立不懼,經制四方,有真相之功,雖奸黨營陷,而義不朽矣"(《范文正公集》卷六《述夢詩序》)。稍後李之儀在《書牛李事》中云:"武宗立,專任德裕,而爲一時名相,唐祚幾至中興。"(《姑溪居士集》卷十七)南宋時的葉夢得在《避暑録話》中更明確地説:"李德裕是唐中世第一等人物,其才遠過裴晋公(度),錯綜萬務,應變開闔,可與姚崇並立。"(卷二)同時的著名學者洪邁,也説"李德裕功烈光明,佐武宗中興,威名獨重"(《容齋五筆》卷一《人臣震主》)。明清兩代一些有識之士,也都有共同的看法。如明王世貞説:"余嘗怪唐中興以後,稱賢相者,獨舉裴晋公,不及李文饒,以爲不可解。後得文饒《一品集》讀之,無論其文辭劕鑿瑰麗而已,即揣摩懸斷,曲中利害,雖晁(錯)、陸(贄)不勝也。"(《弇州四部稿·讀〈會昌一品集〉》)清初王士禛也説李德裕"功業爛然,與裴晋公相頡頏。武宗之治,幾復開元、元和之盛"(《香祖筆記》卷十二)。直至清中葉以金石考述著稱的學問家毛鳳枝,也説他"料事明决,號令整齊,其才不在諸葛下",因而認爲唐朝後期"中興之功當以武宗爲最"(《關中金石文字存逸考》卷九)。

李德裕的文采也是獨標一時的。他與同時期的有名詩人如白居易、劉禹錫、元稹、李紳均有文字交往,劉禹錫、元稹很讚譽他的詩作。宣宗時人裴庭裕説他"文學過人"(《東觀奏記》卷上)。宋朝一代文豪歐陽脩稱李德裕"文辭甚可愛也"(《集古録跋尾》卷九)。高標神韻、少所許可的王漁洋(士禛),稱道其駢文"雄奇駿偉",又説他的詩"較白樂天、劉夢得不啻過之"(《池北偶談》卷十七)。在另一書中他又認爲李德裕的文章可以與陸贄、杜牧、皮日休、陸龜蒙等人並提(《香祖筆記》卷六)。近代學者羅振玉則推崇李德裕的書法，以爲唐人隸書“尚存古法者，有唐惟李衛公一人耳”（《石交録》卷四）。至於他的博學廣識，唐宋人的著述，如張彦遠《歷代名畫記》、段成式《酉陽雜俎》、韋絢《戎幕閒談》、王讜《唐語林》、孫光憲《北夢瑣言》、陶穀《清異録》等多有記之。

就是這樣一位卓有成就的人物，却因爲陷於當時的所謂朋黨之爭（即牛李黨爭），而受到不少誤解、曲解，以及無謂的攻擊。北宋的王安石曾指出有一種“陰挾翰墨”、“以騁其忿好之心”的人，利用執筆爲史的機會，對前世“雄奇儁烈”之士曲盡謗訕之能事，以致“往者不能訟當否，生者不得論曲直”（《王文公文集》卷八《答韶州張殿丞書》）。李德裕情況就是如此。在他生前，處於激烈的黨爭中，在他貶死以後，有些人又多“陰挾翰墨”，假造出許多情節，甚至僞撰李德裕的詩文，予以誣蔑。本世紀以來，中國史學界對牛李黨爭已能逐步辨明事實，理清是非，作出較爲公允的評價，但不可否認，在有些問題上，也仍爲陳習所囿，未能完全作出客觀的分析和判斷。

我們二人，在八十年代中，曾有一段時期集中於研究中晚唐文學。我們發現，中晚唐文學史上的幾位大家，除了韓愈、柳宗元因去世較早外，其他如白居易、元稹、李紳、李商隱、杜牧，都牽涉到黨爭。過去的一些研究者，也往往把他們列爲牛黨或李黨。另外又如李翱、皇甫湜、孫樵等，也都在作品中涉及這一鬪爭。中晚唐文學，與當時的政治情勢，其互相之間的關係和影響，較前期更爲密切與複雜。爲進一步瞭解當時的文學發展情況，我們都對李德裕及牛李黨爭作過研究，並有一些論著問世。傅璇琮有《李德裕年譜》（齊魯書社，一九八四年）、《李商隱研究中的一些問題》

（《文學評論》一九八二年第三期）、《牛李黨争與唐代文學研究》（《文史知識》一九八三年第二期）。周建國有《關於唐代牛李黨争的幾個問題》（《復旦學報》一九八三年第六期）、《試論李商隱與牛李黨争》（《文學評論叢刊》第二十二輯，一九八四年）、《鄭亞事蹟考述》（《文史》第三十一輯，一九八八年）、《關於〈李德裕晚年史料的一點考訂〉辨誤》（《文獻》一九九四年第三期）、《白居易與中晚唐的黨争》（《文獻》一九九四年第四期）。

我們在各自研究的基礎上，逐步理解到，牛李黨争中，核心人物是李德裕。中晚唐文學的複雜情況，需要從牛李黨争的角度加以考索；而要研究牛李黨争，最直接的辦法則是研究李德裕。對李德裕的研究，一方面當然要論析其政治主張與實踐，考證有關史料記載的真偽，另一方面，也就是基本的一點，則應認真整理、校訂其文集，使其作品儘可能詳實、完整地提供給當世，讓我們現代人能從其作品中更確切地瞭解這一歷史人物的全貌。這也是我們近七、八年來共同合作，從事於李德裕文集整理與研究的起因。

二

李德裕的先世，一直是居住在唐朝的河北道趙州趙郡的。其曾祖李載，唐李肇《國史補》曾稱其爲"燕代豪傑"。但在這之前，李氏家族都未曾入仕做官。李載子栖筠，也就是李德裕之祖，開始離開趙州移居河南。安史之亂時他曾率精卒七千赴唐肅宗駐地靈武,任殿中侍御史;大將李光弼守河陽拒安史亂軍,李栖筠爲其行軍司馬。安史亂平,官御史大夫,史稱其"敷奏明辯,不阿附"。但終爲宰相元載所抑,憂憤而卒。《新唐書》卷一四六有傳。

李德裕生於唐德宗貞元三年(七八七),這年其父吉甫三十歲,在朝中任太常博士,居京都長安。貞元八年,因受到朝中宰相陸贄、竇參之間爭鬪的牽連,竇參被貶,李吉甫坐竇參之黨,也被貶爲明州(今浙江寧波)員外長史。這年李德裕六歲,隨父南下,從此開始了他幼年和青少年時期流轉外地的生活。貞元十一年因陸贄被貶忠州(今重慶忠縣)別駕,李吉甫升遷爲忠州刺史,却與陸贄相得甚歡。李德裕此時當也隨父入川,一直到他十七歲,其父李吉甫調郴州(今湖南郴縣)刺史,都是在川東度過的。貞元二十一年(八○五)八月憲宗立,李吉甫已在饒州(今江西鄱陽)刺史任,即由饒州入朝爲考功郎中、知制誥,同年十二月改爲中書舍人、翰林學士,李德裕隨父進入長安。這年他爲十九歲。

憲宗元和二年(八○七)正月,李吉甫拜相,對朝政有所改革,如抑制方鎮,選拔人才,精簡官吏,對外採取積極防禦政策。在這期間,李德裕先蔭補爲校書郎,後以父居相位,避嫌在方鎮幕府供職。元和九年(八一四)十月,李吉甫卒,年五十七。元和十二年,李德裕居喪守制期滿,於本年應河東(今山西太原)節度使張弘靖之辟,爲河東節度使掌書記。十四年五月,隨張弘靖入朝,除監察御史。十五年正月,憲宗爲宦官殺害,穆宗立。次月,李德裕與李紳入爲翰林學士;穆宗長慶元年(八二一)二月,元稹也爲翰林學士,當時稱他們三人爲"三俊"。這年李德裕三十五歲,從此步入政治上層。這時牛黨中心人物牛僧孺、李宗閔也已在朝中做官。

本年,李宗閔之婿蘇巢應進士試,最初及第,後有人上言此次考試不公,於是復試,蘇巢等落第,李宗閔因事涉請託,外出爲劍州刺史。李宗閔等以爲是元稹、李德裕在其中起作用,大爲忌恨。《資治通鑑》記載此事,並認爲"自是德裕、宗閔各分朋黨,互相傾軋,垂四十年"。實際上即使牛李黨争在本年正式開始,其是非曲直也是十分明顯的。

長慶二年二月,李德裕被任爲御史中丞,出翰林學士院。這時朝政又有所紛争。先是元稹已拜相,裴度也自太原入朝,同時入相的還有李逢吉。李逢吉與裴度不和,借端攻擊,六月,元稹、裴度俱罷相,元稹出爲同州刺史(後改越州)。李逢吉欲擢引牛僧孺爲相,而於九月出德裕爲浙西(今江蘇鎮江)觀察使。李德裕在浙西任時,注意改革舊俗,破除迷信,禁止厚葬,奏去管内淫祠一千一十五所。在此時期,他與白居易、元稹、劉禹錫均有詩唱和,劉禹錫後將他與李德裕唱和之詩編集,名爲《吴蜀集》。

文宗大和三年(八二九)八月,李德裕由浙西召入爲兵部侍郎,裴度時復居相位,本想薦引之,但李宗閔因得宦官之助,先入相,九月,乃出德裕爲義成節度使、滑州(今河南滑縣)刺史。這時滑州正處於戰亂之後,"物力殫竭,資用凶荒"。德裕抵任後,"下車三日而新政興,涉旬而舊俗革,周月而風偃三郡,逾時而澤流四境"(賈餗《贊皇公李德裕德政碑》)。大和四年十月,因四川受南詔侵擾,政荒人饑,朝廷就命李德裕入川,爲西川節度使。李德裕到任後,即遣人至南詔訪查被俘的民人,約得僧道工匠等四千人歸成都;鞏固關防,訓練士卒,修理兵器;招降吐蕃之維州守將,加强川西的邊防。

大和七年(八三三)二月,由於李德裕政績顯著,牛僧孺等執政不得人心,文宗就召德裕入相。他在入相之初,即對朝制進行改革,破除朋黨,"用中立無私者",並對科舉考試作一定改進。但這時朝中又有變化,李訓、鄭注二人勾結宦官王守澄,想操縱朝政,他們先起用李宗閔,又設法使李德裕復出爲浙西觀察使;李德裕於大和九年又被貶爲袁州(今江西宜春)長史。而不久,李訓、鄭注又與李宗閔發生矛盾,揭發李宗閔結宦官求相位,貶其爲潮州司户。朝政之混亂可見一斑。開成元年(八三六),李德裕又由袁州量移滁州(今安徽滁縣),同年七月,又由滁州刺史改太子賓客分司東都,九月中抵洛陽,居住於故居平泉別墅。而同年十一月又改除浙西觀察使,第三次赴浙西任。第二年開成二年五月,改爲淮南(今江蘇揚州)節度使。不久朝政猝變,開成五年(八四〇)正月,文宗卒,武宗即位。七月,李德裕被召入朝,九月拜相。這年他五十四歲。

武宗於第二年改元爲會昌。李德裕在會昌五年間,一直爲首任宰相,也是他在政治上最有作爲的時期。如:積極抵禦回紇入侵,平定澤路叛亂,改革朝政,抑制宦官,並提出宰相任職時間不應過長(最多不超過三考)等極有見地的政治見解,在封建社會中是極爲難得的。

會昌六年(八四六)三月,武宗病卒,宣宗立,朝政立刻起變化。四月上旬,李德裕罷相,出爲江陵尹、荆南節度使。正如南宋洪邁所説:"人臣立社稷大功,負海宇重望,久在君側,爲所敬畏,其究必至於招疑毁。"(《容齋五筆》卷一《人臣震主》)五月,牛黨骨幹白敏中執政。八月,下詔牛僧孺、李宗閔等皆由貶所北遷。

九月,李德裕由荆南節度使改東都留守,解平章事。宣宗大中元年(八四七)二月,又由留守改爲分司,完全是虛職。十二月,即由分司東都貶爲潮州司馬,並明令"縱逢恩赦,不在量移之限"。大中二年九月,再貶爲崖州(今海南瓊山縣)司户。大中三年正月至貶所。德裕南貶時,其妻劉氏、子渾、鉅及一女同行,時劉氏已病。三年八月,劉氏卒於崖州,年六十二。這時其子李燁也被貶於蒙州立山縣,聞訃後向當地官吏請求赴崖州奔喪,不準。十一、二月間,李德裕曾寫信給其友人姚諫議某,叙生活艱苦之狀,說"大海之中,無人拯恤,資儲蕩盡,家事一空",又云"自十月末得疾,伏枕七旬,屬纊者數四,藥物陳裹,又無醫人,委命信天,幸而自活"。但他還是堅持自己的信念,在南貶途中和居住崖州時,寫了好些篇頗有卓見的雜文。這些文章即後來編爲外集的諸論,當時稱《窮愁志》。李德裕於本年年底,農曆十二月十日,卒,年六十三。

以上是李德裕一生的主要事蹟。他的一生浮沉,確與黨爭有關。過去不少人把牛李黨爭完全看成爲封建官僚爭權奪利之爭,無所謂是非曲直。有些初讀歷史的人認爲朋黨之爭頭緒雜亂;有些研究唐代文學的人,一碰到有些作家夾雜在那樣的黨爭中,也感到頭痛,覺得不知怎麽評價爲好。爲了有助於讀者研讀這部文集,我們想,在簡述李德裕生平之餘,對牛李黨爭的政治分歧,還宜予以簡要的論析。

我們認爲,牛李黨爭並不是單純的個人權力之爭,而是兩種不同政治集團、不同政見的原則分歧。可以說,牛李兩黨,對當時一些重大政治問題,都是針鋒相對的。

唐代中後期政治事件中一個突出的問題是藩鎮割據。李德裕是反對藩鎮割據，維護中央集權的。會昌年間他主朝政，就力排衆議，堅決主張對擁兵擅命、盤踞澤潞的劉稹進行軍事討伐。戰爭進行了一年多，平定了澤潞五州，打擊了藩鎮勢力，鞏固了國家統一，振奮了全國的軍心民心。正如《舊唐書》本傳所說，在這次平叛戰爭中，"籌度機宜，選用將帥，軍中書詔，奏請雲合，起草指蹤，皆獨決於德裕，諸相無預焉"。而與此相對立，李宗閔等早與劉稹之父昭義節度使劉從諫交通往來；牛僧孺居洛陽時，聞劉稹敗訊，每"恨嘆之"（《新唐書·牛僧孺傳》）。態度明顯不同。

宦官專權是唐代中後期政治腐敗的又一表現。李德裕是主張抑制宦官權力的，他在抗擊回紇、平定澤潞的戰爭中，不許宦官干預軍政，加强將帥權力，使得指揮統一，軍權集中，保證戰爭的勝利。他在會昌時的一些措施，都可看出是在抑制和削奪宦官的干政。清初王夫之曾明確指出："唐自肅宗以來，内豎之不得專政者，僅見於會昌。德裕之翼贊密勿、曲施銜勒者，不爲無力。"（《讀通鑑論》卷二六）而李宗閔等人，却有巴結宦官的事例。

李德裕在文宗大和年間任西川節度使時，整頓巴蜀兵力，成績斐然，並使相陷已久的西川入吐蕃的門户維州歸附唐朝；而這時牛僧孺爲相，却執意放棄維州，結果是平白丟失重要的邊防重地，並使得降人受到吐蕃奴隸主貴族殘酷的報復性殺戮。在對回紇的戰爭中，李德裕也是與牛僧孺相對立的。李德裕主張積極鞏固國防，保護邊疆地區的正常生產，在此基礎上與一些有關的少數民族政權保持和好關係；而牛僧孺則一味退讓，軟弱保守。

佛教在唐朝中期以後大爲發展，使得"中外臣民承流相化，皆廢人事而奉佛，刑政日紊"（《通鑑》卷二二四唐代宗大曆二年）。

李德裕明確指出，釋氏之教"殫竭財力，蠹耗生人"（《會昌一品集》卷二十《祈祭西嶽文》）。他贊助武宗滅佛，是歷史上的有名事例。在此次滅佛中，確也有過火之處，損毀了一些寺廟、佛像建築。但整體上説是有進步意義的。後宣宗即位，牛黨白敏中等執政，馬上宣佈興佛，更大規模地興造佛寺。這點，連杜牧、孫樵等在大中當時也是不贊成的。

過去有些記載認爲李德裕不是科舉出身，因此認爲他屬於士族地主的後裔，排斥進士，甚至認爲牛黨重進士科，李黨重門第，牛黨代表唐高宗、武則天之後由進士詞科進用之新興階級，而李黨則代表兩晉、北朝以來的山東士族。這完全是對史實的誤解。

李德裕雖非進士出身，但並不反對科舉取士制度。會昌以前，每年録取進士名額大致以二十五人爲限，會昌時取消這一限額，這就必然使進士録取人數增加，而這正是李德裕執政時期。難怪在他後來南貶時，當時就流行兩句詩："八百孤寒齊下淚，一時南望李崖州。"這所謂"八百孤寒"，正是當時較爲清寒的應試舉子。李德裕對科舉考試曾進行若干改革：第一，他反對進士只考試詩賦，認爲不能只講究浮華的詞藻，還應考經義策問，講究實際的行政才能。第二，他反對當時盛行的進士登第後大宴曲江池、門生拜座師的習尚，認爲這只能助長奢侈和結朋黨的不良風氣。第三，當時科試有這樣一種不成文的規定，即禮部閲卷初步定了名單，還要依次到宰相府上呈報，請求過目，這裏面就有上下其手的種種弊端。李德裕執政，奏請取消這一層手續，這實際上是對包括李德裕自身在内的宰相權力的一種限制，確是難能可貴的。對比而言，牛黨人士不但没有提出像樣的主張，而且好幾次在考場中託人情，通關節，舞弊作案，牛黨骨幹楊虞卿更是其中的能手，"每歲銓曹貢部，爲舉選人馳走取科第，佔員闕，無不得其所欲，升沉取捨，出其唇吻。而李宗閔待之如骨肉，以能朋比唱和，故時號爲黨魁"（《舊唐書·楊虞卿傳》）。

南宋理學名家真德秀著有《讀書記》六十一卷，記歷代名臣賢相，至唐則止於李德裕（參《四庫全書總目提要》子部儒家類二）。真德秀這樣處理是有道理的。如果我們把李德裕的政見放在歷史的聯繫上來看，可以説，會昌政治是中唐以來一切革新行動的繼續。削奪藩鎮與宦官之權，革除朝政的種種弊端，對當時社會上的一些腐敗現象進行整頓，這是德宗末期以來要求改革之士的共同願望，包括永貞革新和憲宗初期的振興之舉。但正如清人毛鳳枝所説，"宣宗即位，自壞長城，贊皇功業不就，唐祚因以日微"（《關中金石文字存逸考》卷九《劍南西川節度使李德裕題名》）。唐中期以後，腐朽勢力越來越強大，革新力量無不以失敗而告終。會昌、大中之際是這兩大勢力最後的一次大搏鬪，結果以李德裕的貶死而宣告革新力量的失敗，唐王朝也就在腐敗中走向滅亡。


三


本節擬介紹歷史上李德裕文集編次與流傳的情況。

李德裕曾有兩次自編其詩文集。第一次是武宗會昌五年（八四五），李德裕尚在相位。《會昌一品集》卷十八有《進新舊文十卷狀》，未注年月。首云"四月二十三日，奉宣令狀臣進來者"，則在四月下旬。又云："伏以揚雄云:'童子雕蟲篆刻,壯夫不爲。'臣往在弱齡,即好辭賦,性情所得,衰老不忘。屬吏職歲深,文業多廢,意之所感,時乃成章。豈謂擊壤庸音,謬入帝堯之聽;巴渝末曲,猥蒙漢祖之知。……謹録新舊文十卷進上。"按本年清明,德裕曾撰《侍宴詩》録進(《一品集》卷十八,又卷二十《寒食日三殿侍宴奉進詩一首》,繫年見傅著《李德裕年譜》)。此當是武宗得《侍宴詩》後,又令德裕編録所作進奏。據《進新舊文十卷狀》所云,其中主要爲辭賦可以肯定。雖云"新舊文",但既謂"擊壤庸音"、"巴渝末曲",當也有詩作。除會昌時所作外,尚有會昌前的作品。但這十卷並未傳下來,宋時所傳的別集十卷,則爲後人所編,其間是否有一定關係,待考。

第二次是在宣宗大中元年(八四七)。其時,德裕已罷相,宣宗惡之,起用牛黨白敏中輩主政,故李氏文集的編寫與朝局之翻覆大有關係。今傳李德裕文集或名《李文饒文集》,或名《會昌一品集》,或名《李衛公會昌一品集》,皆爲正集二十卷,別集十卷,外集四卷本。文集別集卷六有李氏大中元年九月致其親密同僚桂管觀察使鄭亞書信一封。這封《與桂州鄭中丞書》即德裕請鄭亞爲其文集作序之書。書中自述編集目的、文集內容,云:

某當先聖御極,再參樞務,兩度冊文,及《宣懿太后祔廟制》《聖容贊》《幽州紀聖功碑》《討回紇制》《討劉稹制》、五度點戛斯書、兩度用兵詔敕、及先聖改名制、告昊天上帝文並奏議等,勒成十五卷。貞觀初有顏、岑二中書,代宗朝常相,元和初某先太師忠懿公,一代盛事,皆所潤色。小子詞業淺近,

獲繼家聲,武宗一朝,册命典誥,軍機羽檄,皆受命撰述,偶副
聖情。伏恐製序之時,要知此意,伏惟詳悉。謹狀。

李氏自編其會昌執政時的一代政治文獻,用心頗爲深遠。鄭
亞爲李黨中堅,《全唐文》中僅存其文兩篇,然其早歲即有文名,數
歲之中,連中進士、制科、書判拔萃。《舊唐書·鄭畋傳》謂亞"聰
悟絕倫,文章秀發。李德裕在翰林,亞以文干謁,深知之"。及德
裕晚年以文集相託,亦可謂是文章知己了。鄭亞收到德裕從洛陽
寄來的文集十五卷及書信後,先命幕僚李商隱代擬序文。李商隱
《太尉衛公會昌一品集序》稱:"故合詔誥奏議碑贊等,凡一帙一十
五卷,輒署曰《會昌一品集》云。紀年,追聖德也;書位,旌官業也;
不言制禁,崇論道也。"此中所述德裕文集內容卷數與德裕書信中
所述相一致。今通行本《李文饒文集》則均以鄭亞自作的序文置
之卷首。鄭序據李序改寫,將原稿駢文改爲散文,序旨突出歌頌
會昌之政,可謂深得德裕來書中"伏恐製序之時,要知此意"的絃
外之音。李德裕、鄭亞都曾有志於修史,都編修過相當數量的史
書。他們編會昌一代文獻,既是對大中君相務反會昌之政的反
抗,也有存一代史實之意。集的留傳使後人得以從中瞭解李德裕
及其同僚在會昌年間的功業,就這一點論,他們是頗有史識的。
清代徐樹毅箋注李商隱文集,以爲鄭亞序文"典嚴正大,真燕、許
手筆,較原作更爲得體"。從鄭序看,鄭序不只序其集,而且對李
集又加編排。其云:"故合武宗一朝册命典誥、奏議碑贊、軍機羽
檄,凡兩帙二十卷,輒署曰《會昌一品制集》。紀年,追聖德也;書
位,旌官業也。歲在丁卯(八四七),亞自左掖出爲桂林。九月,公

書至自洛,以典誥制命示於幽鄙,且使爲序,以集成書。"其中旨意,明乎牛李黨爭及晚唐史實者當不難辨識。鄭序《會昌一品制集》的内容與李德裕來書及李商隱序所述相一致,但李書及李商隱序稱文集爲十五卷,而鄭序已改爲二十卷。其間異同已無可細考。唯嗣後史籍及公私書目所載李德裕會昌文集均作二十卷,今所傳影宋本以下亦皆作二十卷。尤可注意者,《舊唐書·李德裕傳》已稱"有文集二十卷",可見在唐五代即以文集二十卷行於世了。《新唐書·藝文志》別集類載:"李德裕《會昌一品集》二十卷,又《姑臧集》五卷,《窮愁志》三卷,《雜賦》二卷。"正可謂李氏會昌文集二十卷乃源流有自,鄭亞之編,實爲嚆矢。

至今通行的李德裕文集均作正集二十卷,別集十卷,外集(即《窮愁志》)四卷,共爲三十四卷。這三十四卷本在宋代就已流行,鄭亞所編《會昌一品制集》亦即正集二十卷。

李德裕文集別集的著録較遲。南宋晁公武《郡齋讀書志》、陳振孫《直齋書録解題》始著録李氏別集。《直齋》記載爲十卷,《晁志》記載爲八卷,但另載平泉詩一卷,古賦一卷,合起來恰是十卷。現存十卷別集所收詩文,最早是元和五年德裕隨父在淮南時所作《圯上圖贊》,最晚是大中三年冬卒前不久所作《與姚諫議郎書》,憲、穆、敬、文、武、宣等各朝都有,大致是:卷一、卷二爲賦,卷三、卷四爲詩,卷五爲奏狀,卷六爲書信與神道碑,卷七爲記及祭文,卷八爲箴銘贊等雜體文,卷九、卷十爲有關平泉的記、賦及詩。這十卷所收,既有僞作,也有漏略,限於篇幅,此處不能細加考辨。別集爲何人所編,則無記載,編定的時間當在北宋。范仲淹《述夢詩序》云:"景祐戊寅歲(一〇三八),某自鄱陽移領丹徒郡,暇日遊甘露寺，謁唐相李衛公真堂，其制隘陋，乃遷於南樓，刻公本傳於其側，又得集賢錢綺翁書云，我從父漢東公嘗求衛公之文於四方，得集外詩賦雜著共成一編，目云《一品拾遺》。"(《范文正公文集》卷六)此《一品拾遺》未著卷數，亦未見藏書家著錄。今讀《直齋》卷十六別集類，謂《會昌一品集》二十卷，別集十卷，外集四卷，與現存各本之分集、卷數悉同；又謂"別集詩賦雜著"，則與范仲淹所記載錢綺翁曾寓目之《一品拾遺》爲"集外詩賦雜著"相一致。或者綺翁從父漢東公所編《一品拾遺》對後來《直齋》、《晁志》所記李氏別集有一定關係，而《一品拾遺》對北宋人編李氏別集亦似有一定影響。

　　李氏外集的著錄比別集爲早。《舊唐書·李德裕傳》："初貶潮州，雖蒼黃顚沛之中，猶留心著述，雜序數十篇，號曰《窮愁志》。"由此推定，德裕貶潮州以後所撰雜序史論被稱爲《窮愁志》，實於晚唐時已然。《新唐書》卷六十《藝文志》四載李德裕《窮愁志》三卷，而《晁志》亦謂《窮愁志》三卷，陳氏《直齋書錄解題》則稱外集四卷，比《新書·志》、《晁志》所述多出一卷。此後影宋本以下多作外集四卷，其中應有僞作混入。如外集卷四之《冥數有報論》，爲《舊唐書·李德裕傳》所收。此後，《文苑英華》卷七四〇以及影宋本《李文饒文集》外集均收錄此文。但此文與外集卷四中的《周秦行紀論》皆爲僞作。《周秦行紀論》一篇，岑仲勉《隋唐史》和傅璇琮《李德裕年譜》都已作過辨證，此不贅述。至於《冥數有報論》一篇，竟以德裕口吻自述："余乙丑歲，自荊楚，保釐東周，路出方城"，其時有隱者某氏預卜德裕"此官人居守後二年，南行萬里"。"乙丑"爲會昌五年(八四五)，李德裕此時權勢極盛,而該隱者竟然能够精確預知其二年後將被貶逐到萬里南荒之地,此顯然是作僞者根據後來的事實加以編派所致。且李德裕出鎮江陵荆楚之地,在會昌六年四月,非會昌五年,事詳宋敏求《唐大詔令集》卷五三所錄崔嘏撰寫之《李德裕荆南節度平章事制》。

應當指出的是,過去有些學者對外集的可靠性頗抱懷疑的態度,有的甚至認爲外集從整體上恐非李德裕所作。如上所説,外集中確有僞作。另外有些篇有指斥時政的激烈言辭,似與李氏當時的逐臣身份不相適應。但這應有所分析,有些篇在論述中只能出於德裕之手,別人是造不出來的。這裏舉一個例子。外集卷二《忠諫論》,中云:"諫大夫言婢不爲主,白馬令言帝欲不諦(自注:劉、李二人名各不便,故書其官)。"經考查,此處的諫大夫,係指西漢時劉輔,《漢書》卷七十七有傳。他曾爲諫大夫,時漢成帝欲立趙婕妤爲皇后,劉輔上書力諫。白馬令係指東漢時李雲,《後漢書》卷五十七有傳。李雲任白馬令時,桓帝立掖庭女亳氏爲皇后,李雲上書,中云:"孔子曰:'帝者,諦也。'今官位錯亂,小人諂進,財貨公行,政化日損,尺一拜用不經御省。是帝欲不諦乎?"李雲因此而死於獄中。李德裕此處用《漢書》、《後漢書》的典故,其自注云"劉、李二人名各不便,故書其官",那是因爲其祖李栖筠之筠與李雲之雲同音,其父李吉甫之甫與劉輔之輔同音;唐人避家諱極嚴,故謂只書其官,不便稱名。這如果非身處其境,是寫不出來的。這應該是李德裕所作的確證。別的篇也有叙其親身經歷的。即使言辭激烈的篇章,也可視爲李德裕此時已置生死於度外,無所顧慮,直抒胸臆,尤可寶貴。總之,對外集應本多聞闕疑的原則,不必遽下論斷,以審慎爲是。

# 四

　　現存李德裕文集尚有一些珍貴版本存世。集合諸本之長,重新整理出版一本完備的李德裕文集,已是推動當今李德裕研究,乃至中晚唐文史研究深入發展的一項迫切任務。清代藏書家陸心源在《儀顧堂題跋》卷一○中論及明刊《李文饒文集》頗有訛奪,嘗借月湖丁氏影宋鈔本校明嘉靖本,其中校補甚多。陸心源另外又收藏過一種晚明葉石君手跋本。《皕宋樓藏書志》卷七○:"葉氏手跋曰:'戊子年夏,假得太原張孟恭所藏蘇州文衡山宋本校。洞庭葉石君記。'"我們有機會讀到葉跋本的膠卷,知在陸氏所記之語前,葉跋尚有"崇禎庚辰冬十月名山藏,收藏次年冬十月重裝"十九字。蓋因"戊子年"已是清順治五年,而上書"崇禎庚辰",下只書"戊子"干支,陸氏諱之,而略去上十九字。此兩種藏本前有鄭亞序,後有紹興己卯(一一五九)袁州刊版序,陸氏均斷爲嘉靖刊本。《儀顧堂題跋》述其推斷理由是:"余先有明萬曆刊本,後從上海郁氏得嘉靖刊本。嘉靖本前有鄭亞序,後有紹興己卯袁州刊板序,萬曆本則缺,此外無大異同。"陸氏所藏此兩種校本原藏皕宋樓,後爲日本岩崎氏静嘉堂文庫所得。我們曾將兩種校本略加比較,相同之處較多。唯葉石君手跋本校補簡略,其價值遠遜於陸氏用月湖丁氏影宋鈔本所校者。遍視現存李氏文集,當以陸氏用影宋鈔本所校之本爲最早且完善的本子。陸氏曰:

"甚矣,影宋本之可貴也。"傅增湘校本《李文饒文集》卷末的題記,曰:"嗟乎! 天水遺刊渺不復覯,皕宋連篋復歸海東。倘天假之緣,月湖傳本復出,庶幾一掃榛蕪哉!"今得此本,用爲李集整理之底本,既可使我國珍貴文獻在海外的遺存重新引入,亦可慰前賢之所願,意義甚大。

現傳本李集以《四部叢刊》集部《李文饒文集》最爲通行。此本乃上海涵芬樓借印常熟瞿氏鐵琴銅劍樓明刊本而成,前有鄭亞序,後有南宋紹興己卯袁州刊本後序。書名下方大題作"會昌一品制集",共二十卷。又《別集》十卷,《外集》四卷,卷數、版式與皕宋樓所藏兩種嘉靖本相一致。

此外,《四庫全書》本《會昌一品集》二十卷,《李衛公別集》十卷,《李衛公外集》四卷,其卷數、編排與明刊本相一致,大體是沿明本之舊。四庫館臣編此集時,可以參校的材料尚多,内府所藏舊鈔《唐文》、《全唐詩》均可參校,故其中不少校改與陸氏借影宋本所校多有相合處。然四庫館臣校不甚嚴,至有因違礙而竄改原文者。如文集卷十三之《請遣使訪問太和公主狀》原文"降主虜庭",改爲"降主北庭";卷十四之《公卿集議謹具如後狀》原文"雜虜"改爲"雜藩",均是顯例。明本原作脱文及墨釘處,《四庫》本的校補既有與陸校相合者,亦有臆補處。因《四庫》本亦爲通行之本,援之參校,辨其是非,亦頗有必要。

現在通行的另有《畿輔叢書》本李集、《國學基本叢書》本李集,均據光緒丁亥深澤王用臣本。王用臣本實際上已對李集作了一番校勘,遺憾的是編者未寫出詳細校勘記,致使今之學者採用此本時不能明其校改之所據。實際上,此本與明刊本有異,其每於字句下摭録異文，以"一作某"標識之。考其引據所由，不外乎兩《唐書》、《全唐詩》、明刊本、《四庫》本、《全唐文》等等。其未寫出詳細校勘記固是一大缺失，其中也有一些錯校臆改處。岑仲勉《李德裕〈會昌伐叛集〉編證上·編證略例》自言以《畿輔叢書》爲底本，但同時指出："畿本之短，在過用主觀，往往改易舊本，失原來面目。如以贊皇自注合後人校注，混稱曰原注，其一例也。"（《岑仲勉史學論文集》第三五〇頁，中華書局一九九〇年七月版）岑氏之論甚精辟，有見地。今之文史學者多有援引畿本者，故務須謹慎。

此外，李德裕文集中如今存世的唯一原刻宋本，現由北京文物出版社作爲《常熟翁氏世藏古籍善本叢書》出版，實爲當今唐代文史研究中的一件大事。此本曾爲清代藏書家黃丕烈所得，後歸翁同穌珍藏，現由退隱於美國紐漢普什爾州萊姆的翁萬戈先生慨允影印出版，雖爲殘本，彌足珍貴。此《會昌一品制集》存卷一到卷十，爲正集之半。版式半葉十三行，行二十二字，白口，左右雙邊，蝴蝶裝。

這是一個校勘價值很高的殘宋本，與皕宋樓所藏用宋本校補之明刻半叶十行、行二十字者顯然分屬不同版本。此書前有北京圖書館版本專家冀淑英先生撰寫的《影印〈會昌一品制集〉説明》。冀先生説："今此宋刻重現於世，取校明刻，與陸校多合，此外可正者尚多。"不過，冀文所舉殘宋本與陸校不同諸條，其中有些仍是相同的。因冀先生未能讀到皕宋樓本，而僅據《儀顧堂題跋》所記加以對比。須指出的是陸校原本不誤，而陸氏在《儀顧堂題跋》中叙録有誤。如卷二《異域歸忠傳序》，明本訛作"其比四夷悉謂誠臣",陸氏題跋作"具此四美是謂誠有",而實際上陸校與殘宋本同作"具此四美是謂誠臣"。又,卷七《賜王宰詔意》"用兵之難"一篇,明本脱。陸氏題跋云此文三百九十二字,殘宋本此篇三百十六字,而實際上陸氏鈔補恰爲三百十六字。諸如此類,正可説明陌宋樓本與殘本相合之多,二者俱極可貴。

二者也確有不同處。如卷七之編次,殘宋本第四篇《賜王宰詔意》"卿頃蒞澤州",陌宋樓本及別本均置此篇於卷末。又,殘宋本第十、十一篇同題《賜王宰詔意》,前篇("用兵之難"),後篇("將帥大略"),時序切當。據考,前篇作於會昌四年二月二十五日後數日之内,即二月底,後篇作於三月上旬。而明本以下皆缺前篇,陸氏校補則兩篇前後顛倒,不如殘宋本之妥當。又,殘宋本第十六、十七篇爲《李回宣慰三道敕》、《置孟州敕旨》。據考,前篇作於會昌三年七月,後篇作於同年九月戊申(二十二日)。而陸氏所引影宋本、明本等均前後倒置,愈見得殘宋本之可貴。又,殘本卷十《論朝廷事體狀》有云:"故曰虧令者死,益令者死,不行令者死,留令者死,不從令者死,五者死而無赦。"影宋本以下各本此段文字均脱"益令者死,不得令者死,留令者死"十三字,今得殘宋本始得讀其全篇。此本内有黄丕烈嘉慶四年題識云:"此殘宋刻《會昌一品制集》十卷,卷中有舊鈔配入,爲甫里嚴豹人家物,而余購之重付裝池者也。先是,余得鈔本《會昌一品制集》二十卷,爲沈與文所藏,已明中葉本矣。又得舊鈔《李文饒集》,則不止《會昌一品制集》與明刻合,而亦無甚佳處。惟此宋刻較二本爲勝,雖殘本,實至寶也。"今將此本通讀一過,深知黄氏之言確非虚言。

# 五

　　經過歷代學人長期研究整理，當代研究者在總結前人成果的基礎上應以正誤補缺爲己任，理應爲讀者提供一本更完備的李氏文集。從現有的資料看，即使是較完備的皕宋樓本仍有許多不足，不僅殘宋本可援以校補，經過清人認真整理的《全唐詩》李詩、《全唐文》李文也可援以校補，並且歷代總集、史籍、詩文評等著作中可補宋本缺漏者甚多。此外，李德裕文集正集中有關會昌伐叛的篇什，岑仲勉先生《會昌伐叛集編證》收文八十七篇，均作了校注考證。岑先生對文章所涉及的史實背景、人名、地名等專門知識十分精通，故李集各種版本中互有異同而不能解決的一些問題，常可依據《會昌伐叛集編證》的校注考證得以決疑。諸如此類的研究成果，都是如今整理工作中可資借鑑的重要材料。

　　我們現在新編的這部《李德裕文集》，由四個部分組成。

　　第一部分按宋本舊次對三十四卷本《李文饒文集》詳加箋校。箋的部分以每篇寫作年月及歷史背景爲主，考證有關的人物、事件、地理。這裏我們特別着重於作品寫作年月的考證，因爲這對於研究李德裕的生平、思想以及唐代史事都極有關係。我們較廣泛地查閱有關文獻資料，同時注意吸收今人成果。如文集卷四《授元晦諫議大夫制》，我們查出《册府元龜》卷四五七《臺省部·選任》收錄此文，並載元晦於會昌三年二月除右諫議大夫，據此即可確定其寫作年月。又如同卷《授狄兼謨兼益王傅鄭束之兼益王府長史制》，也據《册府》卷七〇八《宮臣部·選任》所載，確定爲會昌三年二月。別集卷五《奏銀粧具狀》，《册府》卷五四六《諫諍部》收載，注爲長慶四年七月李德裕爲浙西觀察使時所作。但《册府元龜》也不一定完全確切，這就需要比較研究。如文集卷十二《論河東等道比遠官加給俸料狀》，《册府》卷五〇八《邦計部·俸禄》所載爲會昌元年，《唐會要》卷九十二同，但《舊唐書·武宗紀》載於會昌二年二月丙寅（初一日），年月日皆全，故當以《舊·紀》爲是。文集卷六《賜黠戛斯書》，《册府》卷九九四《外臣部》收載此文，注爲會昌三年九月，今據岑仲勉《李德裕〈會昌伐叛集〉編證》所考，定爲會昌五年春。文集卷十二《請淮南等五道置遊弈舠狀》，參考繆鉞先生《杜牧年譜》，繫於會昌五年九月。類似情況甚多，這裏只能略舉數例，以表明我們對繫年所採取的審慎的態度。

至於文字部分，我們則不作一般的字句之注，以免枝蔓。同時校勘時，注意保存宋本舊貌，並盡量摭録異文，以資比較。我們希望儘可能改正錯字，使本書能集合衆本之長，成爲定本。如文集卷三《授李丕晋州刺史充冀氏行營攻討副使制》，此處“冀氏”各本均作“冀代”。今查《新唐書·武宗紀》，會昌四年三月，石雄兼冀氏行營攻討使，李丕副之；又《元和郡縣圖志》卷十二河東道晋州有冀氏縣。由此可證原來各本所作“冀代”當爲刊刻之誤。又如文集卷十一《論冬至歲朝賀狀》，文中提到積善太后。據《舊唐書·后妃列傳》，此處應是積慶太后，爲穆宗貞獻皇后蕭氏；而積善太后則爲唐末昭宗皇后何氏，唐哀帝將禪天下，后亦遇害，時代不合，故可斷定“積善”爲“積慶”之誤。又如文集卷十四《奏回鶻事宜狀》中有“華封回興”句，《唐文拾遺》及《四部叢刊》本均同,而岑仲勉先生《編證》考出"華封輿"乃一人名,則可確定原文"回輿"爲誤倒。這也是吸取今人研究成果之所得。

第二部分是輯佚。李德裕文集之外,陸心源《唐文拾遺》《唐文續拾》已輯補佚文數篇。而《唐大詔令集》《唐會要》以及近數十年出土的碑誌中尚有李德裕佚文若干,整理中都可輯補。至於李詩,《全唐詩》曾有所輯佚。《四部叢刊》本李集後附錄《李衛公集補》據《全唐詩》錄補詩數首,句若干。然真僞混雜,須加釐正。

第三部分是附錄,由三個方面組成。其一是《李德裕年表》。此表將李德裕家世生平事蹟擇要排列,並列小標題以醒其目。會昌之政爲德裕生平大端,故會昌年間分列《關於朝政、科舉與宗教》、《關於摧抑藩鎮》、《對回鶻、吐蕃等擾邊之對策》三個標題,以求突出德裕會昌秉政之功績。其二是《有關本書的李德裕集題跋》,收錄陸心源《儀顧堂題跋》卷一〇中《明刊李文饒文集跋》一則。唯目前通行的《儀顧堂題跋》此則跋文訛誤甚多,今據陸氏手校皕宋樓本李集一一作了訂正,以免以訛傳訛。此外,又錄傅增湘關於《四部叢刊》本《李文饒文集》題跋三則,黃丕烈《會昌一品制集》殘宋本跋二則,均爲唐集研究者罕知材料,今一併輯錄,以饗同好。其三是《史書所載李德裕奏對及紀事》。德裕於文宗、武宗朝兩度執政,《資治通鑑》、兩《唐書》記錄了他的大量朝堂奏對、政治主張,其中有些奏對原係李氏《文武兩朝獻替記》《會昌伐叛記》等的佚文或殘文,是研究李氏和晚唐歷史的珍貴資料。

第四部分是《李德裕詩文編年目錄》。目錄所列詩文不僅包括文集所收全部詩文,並將輯佚、辨僞之材料一併收入。闕者補之,僞者辨之,乃至詩文已佚、題目尚存者則作存目採錄。這樣一個更爲完備的李集編年目録,於知人論世必大有裨益。

這樣一部《李德裕文集》,不僅將古代文獻在海外的遺存重新引入國内出版,而且由於廣泛參校善本,正誤補缺,可爲中晚唐文史研究及李德裕研究的深入,提供信實可靠的史料。

# 六

或許在今人看來,李德裕只是一位重要的政治人物,却算不上什麽重要的文學家,但在歷代文人學者的心目中,其不僅是重要的政治人物,而且也是文學名家。李氏文集正集中的政治性應用文,别集中的詩賦雜著,外集中的評事論世之作,都曾受到歷代文學家的高度評價。

李德裕會昌執政時所撰詔敕、册命、奏議等甚多。其數量之大,“爲唐人文集所僅見。其定邊之策,經世之文,俱略備於此矣”(清陳鴻墀《全唐文紀事·體例》)。史載,每有詔勅,武宗多命德裕草之,德裕請委翰林學士,武宗則謂“學士不能盡人意,須卿自爲之”(《資治通鑑》卷二四七)。文章達意近真,又能直攖人心,是政治性應用文有没有感染力的重要條件,也是很難達到的高標。德裕憑着豐富的政治經驗和卓越才藝,對接受文章的各類人物了如指掌,所言每能切中利害,動人心魄。《通鑑》會昌三年四月載朝廷擬討伐澤潞事,云:“上命德裕草詔賜成德節度使王元逵、魏博節度使何弘敬,其略曰:‘澤潞一鎮與卿事體不同,勿爲子孫之謀,欲存輔車之勢。但能顯立功效,自然福及後昆。’丁丑,上臨朝，稱其語要切，曰：'當如此直告之是也！'"此中草詔語現見於文集卷六之《賜何重順詔》。何重順不久由朝廷詔賜改名弘敬。詔敕對河北藩鎮曉以利害，提出嚴正忠告，顯示了討伐叛鎮的決心，充分表現了會昌君相的個性與才略。史稱："元逵、弘敬得詔，悚息聽命。"會昌時期，河北藩鎮能悚息聽命，實爲晚唐政治史的一大奇迹。詔敕是朝廷政策的體現，文如其人。《一品集》中外攘夷狄、內伐叛亂的詔勒非常之多。它們正是德裕堅强個性與雄才大略的反映。李氏政治性應用文中還有一些表現出深厚抒情風格的文章，如其代武宗所作的《賜太和公主敕書》，寫景抒情，委曲婉轉，實可比美丘遲《與陳伯之書》。文云："姑遠嫁絕域，二十餘年，跋履險難，備罹屯苦。朕每念於此，良用惘然。……今朔風既至，霰雪已零；絕國蕭條，固難久處。旃牆罽幕，何以禦冬？肉飯酪漿，且非適口。"僅就此中懸擬虛構的場景描寫，其又豈在"暮春三月，江南草長；雜花生樹，群鶯亂飛"之下。前曾引王世貞云："得文饒《一品集》讀之，無論其文辭剞鑿瑰麗而已，即揣摩懸斷，曲中利害，雖晁、陸不勝也。"歷代文評家常將漢唐政論文名家晁錯、陸贄來同德裕相比，王世貞以爲李文之委曲動人更在晁、陸之上，堪稱知言。鄭序追溯唐代訓誥之業，列舉顏師古、岑文本、李嶠、崔融、張説、蘇頲、常衮、楊炎諸人文章之美，於德裕文章功業更是推崇備至。清孫梅《四六叢話》卷六"制敕詔册"承襲鄭序之説，回溯自顏、岑以來鳳池翰苑文章之美，"尤推陸贄、李德裕"。

　　一代有一代之文學，一代亦有一代之文學批評標準。以今人的眼光看，德裕前期數歷方鎮及兩次罷相後所作詩賦雜文在集中最具有文學性，歷代對李氏詩賦雜文的贊評甚多，《李德裕年譜》

大中三年條下別列《有關李德裕文學的評論》專條，其中已引皮日休《松陵集》、孫光憲《北夢瑣言》、周密《齊東野語》、王士禛《香祖筆記》、羅振玉《石交錄》等評贊李氏詩文的資料，此不贅述。清末梁啓超曾主編《中國六大政治家》，將李德裕與管仲、商鞅、諸葛亮、王安石、張居正相提並論。其中李岳瑞著《李衛公》一書曾專章論李德裕文學，謂："其詩古體出入陶、謝，律體頡頏文房、子厚，清新渾雅，固晚唐一大家也。"又謂"若其文學，亦卓然唐一大家也。生平論文，以明白詳實，曲情事理爲之，而不屑於聲調藻繪之末。……其論文大旨，具見於所爲《文章論》中"。參稽皮日休、周密、王士禛、羅振玉諸家之論，此論實非無根之談。因之，今人在對政治家李德裕進行研究時，無疑也應對其文學成就給予足够的重視，如此方能得其全。

# 七

我們對於李德裕文集所作的校箋，斷斷續續進行了七八年，現在總算有一成果。在目前這樣的環境裏，要做這樣一件樸實無華的事，洵屬不易。我們明白，這部書不會給我們帶來什麼名與利，當初我們立志於此，完全是爲了學術，爲了高層次的科學追求。這是我們的自勉，也可以説是我們的"欣有所託"。在這裏，我們謹對已故的中華書局副總編趙守儼先生致以難忘之情，陸心源的皕宋樓藏月湖影宋鈔本，是他於八十年代中期訪日時特地託人拍來膠卷的。本書封面書名，顧廷龍老先生以九五高齡題寫，雍容凝重。在校箋工作進行中，我們與中國社科院文學所研究員曹道衡先生、復旦大學中文系陳尚君教授不時商討，深受教益。幾年來，河北教育出版社鄧子平副總編始終對我們工作予以大力支持。謹此表示深切的謝意。

傅璇琮　周建國

一九九七年十一月

# 凡　例

一、本書校勘以現藏日本岩崎氏静嘉堂之原陸心源皕宋樓本《李
　　文饒文集》爲底本。此書即陸氏所謂“從上海郁氏得嘉靖刊
　　本。嘉靖本前有鄭亞序，後有紹興己卯袁州刊板序……今借
　　月湖丁氏影宋鈔本校之”者(《儀顧堂題跋》卷一〇)。陸氏另
　　有一種藏本，即所謂“後得葉石君樸學齋藏本，亦明正、嘉所
　　刻，用硃筆校正數百字”者(王重民《中國善本書提要·集部》別
　　集類《李文饒文集》引陸心源跋文)。此兩種刊本所存陸氏校
　　勘，前者甚詳，今稱之曰“皕宋樓本”；後者校勘甚略，僅作參校。

二、箋校中稱“原作”者，即陸氏所校之嘉靖本。此種版本半葉十
　　行，行二十字，版式與《四部叢刊》集部《李文饒文集》悉同，唯
　　個別字句稍異。本書原文内小字注文，爲嘉靖本原有，《叢刊》
　　本同，不注“原注”二字，以免繁瑣。

三、本書參校本如下：

　　(一)北京文物出版社一九九六年版《常熟翁氏世藏古籍善本
　　　　叢書》之六《會昌一品制集》殘宋本十卷，簡稱翁本。

　　(二)《四部叢刊》集部《李文饒文集》，此爲上海涵芬樓借印常

熟瞿氏鐵琴銅劍樓藏明刊本,簡稱《叢刊》本。

（三）傅熹年先生慨允借印傅增湘手校《李文饒文集》,簡稱傅校本。

（四）文淵閣本《四庫全書》所收《會昌一品集》,簡稱《四庫》本。

（五）中華書局一九八三年影印内府本《全唐文》中李德裕文,簡稱《全文》。

（六）中華書局一九六〇年根據揚州詩局刻本校點重印之《全唐詩》中李德裕詩,簡稱《全詩》。

四、本書引據唐宋重要類書、總集、史籍進行校勘,其中主要有:

（一）浙江人民出版社一九八六年據光緒十六年杭州許氏榆園校刻本影印之《唐文粹》,簡稱《文粹》。

（二）中華書局一九六六年影印本《文苑英華》,簡稱《英華》。

（三）中華書局一九六〇年影印本《册府元龜》,簡稱《册府》。

（四）商務印書館一九五九年版《唐大詔令集》,簡稱《詔令》。

（五）中華書局一九七五年版點校本《舊唐書》,簡稱《舊書》。

（六）中華書局一九七五年版點校本《新唐書》,簡稱《新書》。

（七）中華書局一九五六年出版之點校本《資治通鑑》,簡稱《通鑑》。

（八）陝西人民教育出版社一九九六年出版、由傅璇琮主編《唐詩研究集成》之《唐人選唐詩新編》。

（九）上海古籍出版社一九六五年出版之《唐詩紀事》,簡稱《紀事》。

五、本書編次依佰宋樓本作正集二十卷,別集十卷,外集四卷。又據《叢刊》本收録《李衛公集補》佚詩佚文若干。凡莭宋樓本、《叢刊》本、《全詩》、《全文》未載之李德裕詩文,另輯《新補李德裕佚文佚詩》於《李衛公集補》之後。

六、本書輯補佚文佚詩力求完備,故前代典籍所載李德裕詩文即或須存疑者,訛傳爲僞作者,亦加輯録。疑則存疑,僞則辨證,以供文史研究者參考。

七、本書卷首另編總目録,並於每篇可得繫年者下注明年月,以便讀者知人論世之用。

八、岑仲勉《李德裕〈會昌伐叛集〉編證上》收文八十七篇,於文集正集中有關會昌伐叛的篇什作了精詳考證,其中涉及文章史實背景、人名地名、版本校注等,本書多有引用,並予注明。岑作簡稱《編證》。

九、岑仲勉《編證》以《畿輔叢書》本李德裕文集爲底本。此本乃據光緒丁亥深澤王用臣本刊印,其中對李集亦已作校勘,惜未有校記。今之學者多有援引畿本者,鑑於畿本校改之所據不明,故不列入本書之校本。

十、本書附録爲三部分:

　　(一)根據現有研究成果,參考有關文獻,對李德裕一生事蹟作一簡要編年,編撰《李德裕年表》。

　　(二)附録本書所參考之各校勘本序跋。

　　(三)兩《唐書》及《資治通鑑》等史書中所載李德裕之奏對及紀事。

十一、最後部分,按編年先後,將李氏詩文重新編一目録,逐年編排,並附"僞託存疑及繫年不能確定之詩文"、"存目詩文"。

# 目　録

別集卷第九

別集卷第十

# 李文饒文集序[一]

桂管都防禦觀察處置等使、正議大夫、持節
桂州諸軍事、守桂州刺史、兼御史中丞、上
柱國、滎陽郡開國侯、食邑一千户鄭亞撰[二]

綸綍之興，載籍之始，先王發號施令，明罰敕法，蓋本於此也。唐虞之盛，二典存焉。夏殷之隆，厥有訓誥。自《胤征》、《甘誓》[三]，乃有誓命之書；皆三代之文，一王之法也。虞夏之際，代祀綿遠，其代工掌制之名氏，莫得而知。至于成湯、太甲，則有仲虺、伊尹爲之訓誥。高宗得傅説，則有《説命》之篇。周公、召公相成王，則有《洛誥》、《酒誥》、《周官》、《顧命》。秦始皇帝併一區宇，丞相李斯實掌其言。漢興，當秦焚書之後，侍從之臣，皆不習文史。蕭、曹之輩，又乏儒、墨之用。每封功臣、建子弟，其辭多天子爲之；縱委於執翰者，亦非彰灼知名之士。武帝使司馬相如視草，率皆文章之流，以相如非將相器也。厥後寖微寖長，下于魏、晋，亦代有其人。我高祖革隋，文物大備。在貞觀中，則顔公師古、岑公文本興焉；在天后時，則李公嶠、崔公融出焉。燕、許角立於玄帝之朝,常、楊繼美於代宗之世。洎憲宗皇帝英武啓運,雄圖赫張,中興之業,高映前古。其時,則先太師忠公翺翔内署[四],有密勿贊佐之績,平吴定蜀[五],時惟其功。及登樞衡,作霖雨,尊王室,卑諸侯,圖蔡料齊,外定内理,顯王言於典誥,彰帝範於圖籍,紀在徽册,播於無窮。特進太子少保分司東都衛公,長慶中,事惠皇爲翰林學士[六],訓誥之業,彰於前聞。昭肅皇帝統握乾符[七],寢寐良弼,詔自淮海[八],復升台庭,盡付玄機,允厭神度。每彤庭奏罷,别承天睠。帝亦講《伊訓》《説命》之旨,定元首股肱之契,以太平之制度,上古之文教,咸屬於公焉。會先太后懿號未立,帝明發有永懷之痛。公述沙麓神井之瑞,贊繞樞懷日之慶,戀遵聖緒,光慰孝思,於是承命,有宣懿祔廟之制。及武宗郊昊天,拜清廟,文物胥備,朝庭有禮,華夷述職,河朔修貢,乃顯神休,薦徽號,奉揚一德,以示萬方,於是撰仁聖文武至神大孝之册。封域無虞,天子翛然有求玄之思[九],乃範貞金,模聖表,隆準日角,燭于宫庭,中外臣寮,咸欲頌山河而襃日月也,公於是有聖容之贊。天街之北,獯鬻攸居,因饑憑凌,怙衆强禦。嚴之以刁斗,而勃爾無懼;申之以文告,又坦然不率[一〇]。天子震怒,旋命征之。公獨運沉機,上資神斷,萬里勝負,決於帷中。雷霆既震,犬羊遂潰,疣贅披抉,腥膻解離。遁其名王,復我貴主,公於是有討北狄之詔。天寶末,薊門爲首亂之地,長安並蒙榛棘[一一],襲世未平。至是,漁陽帥張仲武[一二],掃除僭亂[一三],臧獲仇讎,奉揚威神,乃底康靖[一四],仍願勒石於盧龍之塞[一五],以顯聖功[一六],飛章上聞,帝用允若。公極涣汗明命[一七],舒展格言[一八],呼嘯神祇,吐納嵩華。當晝而文星現,不寐而白鳳來;彰諸侯不朽之勳[一九],尊元后無私之化[二〇]。公於是有《幽州紀聖功之碑》。潞帥劉從諫死，其子因關河之險，恃甲兵之衆，請爵爭地，屢聞王庭[二一]。中外疑迷，互撓天聽[二二]。帝將耀神武[二三]，公累罄奇謀[二四]，且曰："重耳在喪，不聞利父；雄渠受戮，祇以拒君。況明皇舊宮[二六]，天井内地，跨連河北，脅倚山東，豈可行有匪人，坐爲汙俗？若是可忍，孰不可容！"沃心無疑[二七]，躡足乃定。又曰："上黨居天下之脊，當河朔之喉。今漳水雄兵，常山勁卒，是爲脣齒，實懼因依。不若乘其未萌，制其將動。"帝俞其奏，乃妙選使臣，以勞諭之；嚴立刑賞，以勸戒之。魏侯、鎮侯[二八]，勠力從命[二九]，絶壺關之右臂，收洮水之上游；獲茲渠魁，在此成筭。又轅門叛將，橫水餘兇，竊上相之旌旗，盜晋陽之筦鑰。帝怒斯赫，人心愈疑。咸以師老于郊，梟巢尚固，議罷兵者蚊聚，請宥過者雷同。公又揚笏而言曰："彼地則義師，帥分宗室[三〇]，是玄祖勤商之邑[三一]，后稷造周之邦。瓜瓞具存，堂構斯在。苟虧策畫，不襲仇讎，則是獎彌牟逐主之風，長冒頓射親之俗。《詩》稱'築室于道'，《書》謂'疑謀勿成'。"由是洞啓宸衷，大破群議。運籌制勝，舉無遺策[三二]；防微慮遠，必契神機。授鉞之臣，伏膺承命。謝安之圍棋尚劫，曹参之飲酒方酣；果有軍書，繼聞戎捷[三三]。砥磨周鉞，水淬鄭刀。萬里來袁尚之頭顱，二塚葬蚩尤之肩髀；歡聲雖震於朝市，喜氣不見於形容。何其纂立功勳，鎮定風俗，若是之重也！公於是有伐上黨之制，平晋陽之敕。宗英可汗，獻琛輸賮[三四]，越自絶域，通于本朝。文畢伯士之胤[三五]，呼韓谷蠡之師，或執玉而朝靈囿，或解辮而拜甘泉[三六]，並垂於史册，光彼明命[三七]。公於是有諭回鶻之命五，慰堅昆之書四。文章等於訓傳，機事出於神明。固將偃仰邳石之符，傲睨鬼箓之録〔三八〕，聞之者可以袪聾瞶，得之者可以弼邦國。每牙管既拔，芝泥將熟，嘗於前席，親授筆札，公亦分陰可就，落簡如飛〔三九〕。時有急宣，關於密畫，内庭外制，皆不與聞。或勢切疾雷，幾難終日，宣室未召，武帳莫開。公則疏於封章，達於旒扆〔四〇〕。當乙夜觀書之際，未嘗不稱美再三。此又豈可與賦《洞簫》而諷於後庭〔四一〕，聞《子虛》而嗟不同世者，論功較德邪？歲在乙丑，群公常伯，以天子之道貫于神祇，一年而風雨攸序，災沴不作；二年殲醜虜，興北伐之詩〔四二〕；四年誅狡童，詠東征之歌；而又伐摩尼之風，壞浮屠之俗。偃兵反朴，四海胥定，思欲增鴻名，光下武。公乃觀東序之圖，按西崑之諜〔四三〕，鋪舒名實，藻縟文質，類于上帝，爲唐神宗。公於是纂章天成功神德明道之册文。號位既畢，華夷會同。方將命禮官，召儒者，訪匡衡后土之議，採公玉明堂之圖；考肆覲之禮於梁生，取封禪之書於犬子〔四四〕；盡皇王之盛事，極臣子之殊功。而軒鼎將成，禹書就掩。然猶進先嘗之藥，獻高手之醫；藏周旦請代之書，追漢宣易名之美。作爲大誥，祈于昊天。始終一朝，紹續九德。其功閎也既如彼，其制作也又如此。故合武宗一朝册命、典誥、奏議、碑贊、軍機、羽檄，凡兩帙二十卷，輒署曰《會昌一品制集》。紀年，追聖德也；書位，旌官業也。歲在丁卯，亞自左掖出爲桂林〔四五〕。九月，公書至自洛，以典誥、制命示于幽鄙，且使爲序，以集成書。尋玄珠不究於倪域，聽希聲莫窮於高下。承命震惴，幾移朝夕，援筆而復止者三四。伏念江陸脩
盪，辭讓不及，因齋潔以敘焉。夫全功難持，大名難兼。日赫於書而乏清媚，月皎於夜而無温煦。冬之爲候也，則雪霜飄暴，凍入肌髮；夏之爲用也，則金流石爍，火走膚脈；如陽春高秋者稀焉。南

則瘴風毒虺之爲厲也,北則獫戎黠虜之爲患也,如雒邑、咸秦者幾焉。鵾鵝不傅之以馳騁〔四六〕,驊騮不授之以騫翥,如應龍者鮮焉。仲尼,聖賢之宗也,位止於司寇;師聃,道德之祖也,官不過柱史〔四七〕;如姬旦者幾焉。是以保衡、傅説,左右殷宗;召公、畢公,寅亮周室。咸著大訓,克爲元龜,書契以來,未之多有。李斯以刻石紀號之文勝,而不在休明之運,又何足數哉!周勃、霍光雖有勳伐,而不知儒術;枚皋、嚴忌善爲文筆,而不至廊廟。自是已降,其類寔繁〔四八〕。惟君藴開物致君之才,居元弼上公之位;建靖難平戎之業,垂經天緯地之文。粹乎厥躬,慶是全德〔四九〕。蓋四序之陽春,九州之咸雒,品彙之應龍,人倫之姬旦也〔五〇〕。後之學者,其景行之。

## 箋 校

〔一〕鄭亞此序作於宣宗大中元年(八四七)。本年九月,李德裕已罷相退居洛陽,乃自編其會昌秉政時文獻成十五卷,寄桂管觀察使鄭亞。德裕又有《與桂州鄭中丞》書,請鄭亞爲其會昌文集作序。鄭亞先命其幕僚李商隱代擬序文。李商隱《太尉衛公會昌一品集序》稱:"故合詔誥奏議碑贊等,凡一帙一十五卷,輒署曰《會昌一品集》云。"此中所述德裕文集內容及卷數,與李德裕致鄭亞書所述一致。此後通行之德裕文集均以鄭亞序文置之卷首。鄭序乃據李商隱序改寫。從鄭序看,鄭亞不衹序其集,而且對李集又加編排。其云:"故合武宗一朝冊命、典誥、奏議、碑贊、軍機、羽檄,凡兩帙二十卷,輒署曰《會昌一品制集》。"德裕來書及李商隱序稱文集爲十五卷,而鄭序已改爲二十卷,其間異同已無可細考。嗣後史籍與公私書目所載李德裕會昌文集均作二十卷,今所傳影宋本以下亦皆作正集二十卷。且《舊唐書·李德裕傳》已稱"有文集二十卷",可見李氏會昌文集二十卷乃源流有自,鄭亞之編,實爲嚆矢。本文又載翁本、《叢刊》本、傅校本、《四庫》本李集卷首。清馮浩《樊南文集詳注》卷七附錄本文。

〔二〕《舊書·宣宗紀》:大中元年二月,"以給事中鄭亞爲桂州刺史、御史中丞、桂管防禦觀察等使。"大中二年二月,"桂州刺史、御史中丞、桂管防禦觀察使鄭亞貶循州刺史。"鄭亞在桂管僅一年。

〔三〕胤征甘誓 翁本作"胤征誓甘",傅校本同,誤。此爲《尚書》篇名。《夏書》第二篇《甘誓》,第四篇《胤征》。

〔四〕先太師忠公 指李德裕父李吉甫,憲宗元和間任相。元和九年冬,暴病卒,賜謚曰"忠懿"。

〔五〕平吳定蜀 《舊書·李吉甫傳》:"劉闢反,帝命誅討之。計未決,吉甫密贊其謀,兼請廣徵江淮之師,由三峽路入,以分蜀寇之力。"又,"淮西節度使吳少陽卒,其子元濟請襲父位。吉甫以爲淮西內地,不同河朔,且四境無黨援,國家常宿數十萬兵以爲守禦,宜因時而取之。"

〔六〕惠皇 指唐穆宗。穆宗卒,群臣上謚曰"睿聖文惠孝皇帝"。

〔七〕昭肅皇帝 指唐武宗。武宗卒,謚曰"至道昭肅孝皇帝"。

〔八〕詔自淮海 武宗即位,李德裕由淮南入相。《舊書·武宗紀》開成五年"九月,以淮南節度使、檢校尚書左僕射李德裕爲吏部尚書、同中書門下平章事,尋兼門下侍郎"。

〔九〕求玄之思 原作"求互之思",《叢刊》本同。按"互"字誤,據翁本、傅校本、《四庫》本、《樊南文集詳注》改。

〔一〇〕坦然 傅校本、《四庫》本、《樊南文集詳注》作"腆然"。

〔一一〕長安並蒙榛棘 翁本、傅校本、《四庫》本、《樊南文集詳注》作"痡瘁榛棘”。

〔一二〕漁陽帥張仲武　翁本、傅校本、《四庫》本、《樊南文集詳注》作“漁陽帥
　　　　仲武”。

〔一三〕掃除僭亂　翁本、傅校本、《四庫》本、《樊南文集詳注》作“掃除妖
　　　　孽”。

〔一四〕乃底康靖　原作“乃底靖”，《叢刊》本同。按此句奪“康”字，據翁
　　　　本、傅校本、《四庫》本、《樊南文集詳注》補。

〔一五〕盧龍之塞　原作“陰山之塞”，《叢刊》本同。按“陰山”誤，據翁本、
　　　　傅校本、《四庫》本改。馮浩《樊南文集詳注》曰：“《魏志·田疇
　　　　傳》：‘豈可賣盧龍之塞，以易爵賞。’《魏書·地形志》：‘北平郡新
　　　　昌縣有盧龍山。’此敘破那頡啜，詳原稿。”

〔一六〕以顯聖功　翁本、傅校本、《四庫》本、《樊南文集詳注》作“以敘聖
　　　　功”。

〔一七〕公極涣汗明命　翁本、傅校本作“公祗應明命”。《四庫》本、《樊南
　　　　文集詳注》作“公祗膺明命”。

〔一八〕舒展格言　原作“舒展格吉”，《叢刊》本同。按“吉”字誤，今據翁
　　　　本、傅校本、《四庫》本、《樊南文集詳注》改。

〔一九〕彰諸侯不朽之勳　翁本、傅校本、《四庫》本、《樊南文集詳注》作
　　　　“成諸侯不朽之勳”。

〔二〇〕尊元后無私之化　原作“廣元后無爲之化”，《叢刊》本同。按
　　　　“廣”、“爲”二字誤。據陸氏校勘、翁本、傅校本、《四庫》本、《樊南
　　　　文集詳注》改。

〔二一〕請爵爭地屢聞王庭　原作“乃敢揚聲進討拒命王庭”，《叢刊》本
　　　　同。此據陸氏校勘、翁本、傅校本、《四庫》本、《樊南文集詳注》改。

〔二二〕互撓天聽　原作“牙撓天聽”，《叢刊》本同。按“牙”字形誤。據陸

氏校勘、翁本、傅校本、《四庫》本、《樊南文集詳注》改。

〔二三〕帝將耀神武　原作"帝凝思奮神武",《叢刊》本同。此據陸氏校
勘、翁本、傅校本、《四庫》本、《樊南文集詳注》改。

〔二四〕公累罄奇謀　傅校本作"公累獻忠謀"。《四庫》本作"公累罄忠
謀"。

〔二五〕雄渠受戮　原作"死輒渠受戮",《叢刊》本同,似於義不合。今據
陸氏校勘、翁本、傅校本、《四庫》本、《樊南文集詳注》改。馮浩注
曰:"舊本皆作'雄渠受戮'"。

〔二六〕明皇舊宮　原作"明皇舊官",《叢刊》本同。按"官"字誤。據翁
本、傅校本、《四庫》本、《樊南文集詳注》改。

〔二七〕沃心無疑　原作"沃小無疑",《叢刊》本同。按"小"字誤。今據陸
氏校勘、翁本、傅校本、《四庫》本、《樊南文集詳注》改。

〔二八〕魏侯鎮侯　傅校本、《叢刊》本、翁本無"鎮侯"二字,今據四庫本、
《全文》及《樊南文集詳注》補。

〔二九〕戮力從命　馮浩注曰:"此述德裕奏請李回使諭魏帥何宏敬,鎮帥
王元逵事。"

〔三〇〕帥分宗室　傅校本作"帥介宗室"。

〔三一〕是玄祖勤商之邑　原作"是互祖勤商之邑",翁本、《叢刊》本同。
按"互"字誤。據傅校本、《四庫》本、《樊南文集詳注》改。

〔三二〕舉無遺策　原作"舉無遺冊",翁本、《叢刊》本同。按"冊"字誤。
今據陸氏校勘、傅校本、《四庫》本、《樊南文集詳注》改。

〔三三〕繼聞戎捷　原作"奏聞戎捷",傅校本、《叢刊》本同。陸氏校勘、翁
本作"□聞戎捷"。今據《樊南文集詳注》、《四庫》本改。馮浩注
曰:"'繼',《一品集》作'奏'。"

〔三四〕獻琛輸賫　原作"獻琛輸寶",《叢刊》本同。按"寶"字誤。今據陸

氏校勘、翁本、傅校本、《四庫》本、《樊南文集詳注》改。賮，舊謂諸
夷朝貢之物。顏延之《赭白馬賦》：“或逾遠而納賮。”

〔三五〕文畢伯士之胤　原作“文畢伯士胤”，翁本、《叢刊》本同，均奪“之”
　　　　字。據陸氏校勘、傅校本、《樊南文集詳注》補。《四庫》本作“文畢
　　　　伯氏之胤”。

〔三六〕解辮　原作“解辦”，翁本、《叢刊》本同。按“辦”字誤。據傅校本、
　　　　《四庫》本、《樊南文集詳注》改。

〔三七〕光彼明命　原作“光被明命”，《叢刊》本同。按“被”字誤。今據陸
　　　　氏校勘、翁本、傅校本、《四庫》本、《樊南文集詳注》改。

〔三八〕鬼箭之録　原作“鬼籍之録”，《叢刊》本同。按“籍”字誤。今據陸
　　　　氏校勘、翁本、傅校本、《四庫》本、《樊南文集詳注》改。

〔三九〕落簡如飛　原作“簡如飛”，翁本、《叢刊》本同。今據陸氏校勘、傅
　　　　校本、《四庫》本、《樊南文集詳注》補。

〔四〇〕旒宸　原作“旒冕”，《叢刊》本同。據陸氏校勘、《四庫》本改。翁
　　　　本、傅校本、《樊南文集詳注》作“旒衮”。

〔四一〕此又　原作“此文”，《叢刊》本同。按“文”字誤。據陸氏校勘、翁
　　　　本、傅校本、《四庫》本、《樊南文集詳注》改。

〔四二〕興北伐之詩　原作“北伐之詩”，翁本、《叢刊》本同。按此當奪
　　　　“興”字。今據陸氏校勘、傅校本、《四庫》本補。《樊南文集詳注》
　　　　作“頌北伐之詩”。

〔四三〕按西崑之諜　原作“按西崑之謀”，《叢刊》本同。按“謀”字誤。今
　　　　據翁本、傅校本、《四庫》本、《樊南文集詳注》改。

〔四四〕犬子　原作“太子”，《叢刊》本同。按“太”字誤。今據陸氏校勘、
　　　　翁本、傅校本、《四庫》本、《樊南文集詳注》改。黃丕烈於嘉慶戊寅
　　　　七月跋殘宋本云：“鄭亞序文有句云：‘取封禪之書於犬子。’此用

長卿小名也。明刻訛‘犬’爲‘太’,明人之不學無術,可嘅也夫!”

〔四五〕亞自左掖出爲桂林　大中元年,鄭亞由給事中出爲桂管觀察使。
　　　　給事中屬門下省。門下省在東,故曰左省或左掖。

〔四六〕鸝鶒不傳　原作“鸝鶒不傳”,《叢刊》本同。按“傳”字誤。今據翁
　　　　本、傅校本、《四庫》本、《樊南文集詳注》改。

〔四七〕官不過柱史　原作“宮不過柱史”,《叢刊》本同。按“宮”字誤。今
　　　　據陸氏校勘、翁本、傅校本、《四庫》本、《樊南文集詳注》改。

〔四八〕其類寔繁　原作“其類寔煩”,翁本、《叢刊》本同。按“煩”字誤。
　　　　今據陸氏校勘,傅校本、《四庫》本、《樊南文集詳注》改。

〔四九〕慶是全德　原作“由是全仰德”,《叢刊》本同,於義欠妥。據陸氏
　　　　校勘、翁本、《四庫》本、《樊南文集詳注》改。傅校本作“慶是全仰
　　　　德”,亦不合。

〔五〇〕人倫之姬旦也　原作“人中之姬旦也”,《叢刊》本同。按“中”字
　　　　誤。今據陸氏校勘、翁本、傅校本、《四庫》本、《樊南文集詳注》改。

# 文集卷第一

## 徵　册

### 上尊號玉册文[一] 會昌二年　奉敕撰

維會昌二年歲次壬戌四月乙丑朔十四日戊寅,攝太尉、光禄大夫、守司空、兼門下侍郎、同中書門下平章事臣德裕,銀青光禄大夫、守尚書左僕射、兼門下侍郎、同中書門下平章事臣夷行,金紫光禄大夫、尚書右僕射、兼中書侍郎、同中書門下平章事臣珙,銀青光禄大夫、守中書侍郎、同中書門下平章事臣李紳及文武百官[二],金紫光禄大夫、檢校司徒、兼太子太保臣僧孺等六千五百七十四人言:臣聞羲皇首太古之號,成湯顯甚武之稱[三]。我高祖皇王是憲,尊名若古,貽厥丕訓,爲孝孫之法[四],豈不善始善述哉[五]!矧乃巨唐受命,繼體承業,理運將至,大君以興,昊穹所以開至聖也。曩者明兩未定,帝華不恊,捨胤傳聖[六],深惟至公,先后所以昭天命也。亦猶堯發於唐侯，文興於代邸，神明之祚，不其難哉！伏惟皇帝陛下清明溥鬯，光耿四海，玄德莫鄰，天休大賚，日角見表，氣志如神，爰初定命，正心理物，如辰居極，而天下無邪矣。由是昭德塞違，尊賢遠佞，禹不自滿，成不敢康，罔盤於田，不邇於色。自閨壼以施王教，由家道而刑國風，去比周，覈名實，攬乾綱，擇聖紀，修舊典，恊誠質，扏嘉壇〔七〕，款泰一。進正臣以端治表，禮故老以求讜言；遠無蔽獄，近無留命；祈玄祖而膏雨降，祀靈岳而嘉穀登；省刑罰而蓬字消，發倉廩而螽螟息。去歲龍旂承祀，大輅親郊，捧玉瓚而一獻，光靈來格；振金石而六變，魄寶昭臨。然猶古訓是學，緝熙於道；天文炳煥，雲漢其章。溫恭敬遜，承太任之教；和樂愷悌，洽戚藩之心。德風偃於群黎，威霆動乎絕域。又以敬養不逮於長樂，昭配未升於禰宮，每懷嗣徽，烝烝而慕。所以奉若慈訓，對越兩儀，因心立制，永錫其教。寬虔劉之罪，興惻隱之仁，回電收霜，爲之反汗。及單于慕義，景附朔邊，耀德戢兵，謙臨是受。至於備文物，展國容，莫不先甲而布甘澤，丁辰而廓陰翳〔八〕，和景晏溫，卿靄綑縕，斯所謂神祇之心應矣，天人之際交矣。於是服冕之士，戴鶡之倫，暨藩侯邦伯，黃髮鮐背，不謀而進曰：陛下玄默天晬，輝光日新，大矣孝熙，四極爰臻。誠宜玉版溫潤，鏤鴻明之德；神寶焜耀，薦萬斯之年。丕夫大典，不可辭也。陛下猶謙退固拒，至於三四，群臣不已，乃曰俞哉。夫遍覆包含之謂仁，極深研幾之謂聖，憲度著明之謂文，蠻夷震懾之謂武，感而遂通之謂神，無思不服之謂孝。臣等不勝大願，謹奉玉册玉寶，上尊號曰仁聖文武至神大孝皇帝。伏惟陛下乾健不息，謙尊而光，樂戒其耽，禽戒其荒，壽乃侔於殷宗，俗乃厚於成康，貽燕後昆，受福無疆。臣德裕等誠歡誠躍，頓首頓首，謹言。

會昌二年(八四二)四月丁亥(二十三日)

## 箋　校

〔一〕《通鑑》卷二四六載會昌二年四月"上信任李德裕。……會上將受尊號，御丹鳳樓宣赦。……丁亥，群臣上尊號曰仁聖文武至神大孝皇帝，赦天下"。本月乙丑朔，丁亥爲二十三日。《舊書》卷一八《武宗紀》云："是月九日雨，至十四日轉甚，乃改用二十三日。"故訂本篇作於會昌二年四月丁亥(二十三日)，即以玉册文發布之日爲據。

本文又載《詔令》卷八、《英華》卷四四二、翁本、《叢刊》本、傅校本、《四庫》本李集卷一、《全文》卷七〇〇。

〔二〕及文武百官　諸本同，《全文》則將"及文武百官"五字移於下句"臣僧孺"下。

〔三〕甚武之稱　原作"神武之稱"，《詔令》、《叢刊》本、《四庫》本、《全文》同。陸氏校勘、傅校本作"聖武之稱"。此據《英華》、翁本改。按《史記·殷本紀》："湯乃興師率諸侯……作《湯誓》。於是湯曰'吾甚武'。"

〔四〕孝孫之法　原作"子孫之法"，《詔令》、《叢刊》本、《四庫》本、《全文》同。此據陸氏校勘、《英華》、翁本、傅校本改。

〔五〕善始善述哉　傅校本作"善始善終哉"。

〔六〕捨胤傳聖　原作"拾胤傳聖"。按"拾"字刊誤，據諸本改。

〔七〕扢嘉壇　翁本作"崇嘉壇"。

〔八〕陰翳　原作"陰羽"，《叢刊》本同。按"羽"字誤。今據陸氏校勘、《詔令》、《英華》、翁本、傅校本、《全文》改。《四庫》本作"陰雨"。

## 上尊號玉册文<sup>[一]</sup>會昌五年

維會昌五年歲次乙丑正月己酉朔一日己酉，光禄大夫、守太尉、兼門下侍郎、同中書門下平章事臣德裕，光禄大夫、守尚書左僕射、兼門下侍郎、同中書門下平章事臣琮，朝議大夫、守尚書右僕射、兼中書侍郎、同中書門下平章事臣讓夷<sup>[二]</sup>，朝議大夫、守中書侍郎、兼户部尚書、同中書門下平章事臣崔鉉及文武百官，太中大夫、太常卿臣孫簡等六千二百二人言：臣聞在昔周宣，獫狁內侵，四牡薄伐，以定王國，則詩人大其功。暨於漢宣，北夷乖亂，呼韓慕義，郅支遠遁，則簡策著其美。惟此二代，稱爲中興。間者開成之末，星孛如雲，蝝飛蔽天。先帝戚之，黎人懼焉。乃授至聖，遺大投艱，迄兹成功，厥有冥數。伏惟仁聖文武至神大孝皇帝，表應龍翼，粹合乾剛<sup>[三]</sup>；神全而正氣凝，宇定而天光發；智燭千里，動必察微；心鏡萬機，物來斯應。於是三才用<sup>[四]</sup>，四維張；建中和之極，綴前聖之綱。重樞機，修法制；刑御家之理，無出壼之言。銷讒邪，遠巧佞<sup>[五]</sup>；斥背公之黨<sup>[六]</sup>，退好徑之人。內嚴體貌，增堂陛之峻；外絕締交，去輔車之勢。古所謂受命於天，惟舜獨也正<sup>[七]</sup>。又曰一心定而萬物服，惟陛下得之。曩者北狄矜功，耗蠹中國，種類磐牙，根柢封殖，異術肺腑，縞衣如荼，挾邪作蠱，浸淫宇內，倒懸不解，百有餘年。既而龍祠堙滅，攜國款塞，質帝女，蠥海疆，有狼顧平城之心，鯨吞咸洛之志。爰命梟將，搴旗刈斾<sup>[八]</sup>。兵塵穹廬，火烈荆榛，颰鬫幨，碎韡輗，六嬴遁逃<sup>[九]</sup>，貴主生還<sup>[一〇]</sup>，劋滅妖迹，剿除醜類。故名王結髮，冠帶入臣，堅昆稽首，鞮譯來獻。而又奸臣放命，二紀陸梁，據太行之固，下窺洛邑；通故絳之道，旁睨近關。樹其遺孽，以竊兵柄。議者僉曰：精兵十萬，積穀十年，泉魚不察，湯網宜懸。陛下雄繼霆聲，群疑冰釋。揚清風而掃雲，鼓迅雷而破山，任馮異則拔天井而振上黨，仗吳漢則發突騎而傾邯鄲〔一〕。壺關失險，山東奪魄。屬有戍邊叛將，竊發參墟，人心搖蕩，異議放肆。陛下臨朝而言曰：二寇獲罪於天，予所不捨。未三旬而定晉地〔二〕，纔期年而滅潞子。不以金購，豨將多降〔三〕；不勞師克，粵首馳報。非至德感物，孰能臻於此乎？由是台宰百辟，藩屏將帥，上言曰：成伐東夷而肅慎來賀，景剪七國而王室乃安；莫不始於武功，終致刑措。將以禋上帝，薦祖宗，宜受鴻名，以答玄睠。陛下猶謙遜而五讓之，勤請弗已，乃屈己以俞之。雲漢爲章，所以昭法度也；神明其德，所以成教化也。巍乎有功，帝堯之則也；勤於大道，玄祖之訓也。臣等不勝大願，謹奉玉册玉寶，上尊號曰仁聖文武章天成功神德明道大孝皇帝。伏惟陛下不有其名，以保其成；不德其功，以戒其盈。享殷宗之福，致周道之平。熙我王度，玉振金聲。臣德裕等誠歡誠躍，頓首頓首，謹言。

會昌五年（八四五）正月己酉（初一日）

箋　校

〔一〕《通鑑》卷二四八載會昌五年“正月，己酉朔，群臣上尊號曰仁聖文武章天成功神德明道大孝皇帝。尊號始無‘道’字，中旨令加之”。此文當作於去年年底，而至本年正月初一發布，故訂本篇於會昌五年正月己酉（初一日）。

本文又載《詔令》卷八、《英華》卷四四二、翁本、《叢刊》本、傅校本、《四庫》本李集卷一、《全文》卷七〇〇。

〔二〕守尚書右僕射……臣讓夷 《詔令》、傅校本作“檢校尚書右僕射……臣讓夷”。今考《新書·宰相表》會昌四年八月,“庚戌,讓夷爲檢校尚書右僕射兼中書侍郎”。

〔三〕粹合乾剛 《全文》作“粹含乾剛”。

〔四〕三才用 《詔令》、傅校本作“五才用”。

〔五〕遠巧佞 原作“遠佞幸”,《叢刊》本、《四庫》本同。《全文》作“遠佞倖”。今據陸氏校勘、《詔令》、《英華》、翁本改。

〔六〕斥背公之黨 原作“絶背公之黨”,《叢刊》本、《四庫》本、《全文》同。今據陸氏校勘、《詔令》、《英華》、翁本、傅校本改。

〔七〕惟舜獨也正 原作“惟舜獨正也”,《叢刊》本、《四庫》本、《全文》同。陸氏校勘、《詔令》、翁本、傅校本作“惟舜獨也已”。《英華》作“惟順獨正也”。按《莊子·德充符》:“受命於地,唯松柏獨也,在冬夏青青;受命於天,唯舜獨也正。”今據改。

〔八〕搴旗刈斾 原作“搴旗剛斾”,《叢刊》本同。按“剛”字誤。今據陸氏校勘、《詔令》、《英華》、翁本、傅校本、《四庫》本、《全文》改。

〔九〕六羸遁逃 原作“六羸遁逃”,《叢刊》本同。按“羸”字誤。今據《詔令》、《英華》、翁本、傅校本、《四庫》本、《全文》改。

〔一〇〕貴主生還 原作“貴王生還”,《叢刊》本同。按“王”字誤。今據陸氏校勘、《詔令》、《英華》、翁本、傅校本、《四庫》本、《全文》改。貴主,指太和公主。《舊書·武宗紀》:會昌三年,“三月,太和公主至京師,百官班於章敬寺迎謁,仍令所司告憲宗、穆宗二室。”

〔一一〕傾邯鄲 原作“窺邯鄲”,翁本、《叢刊》本、《四庫》本同。今據陸氏校勘、《詔令》、傅校本、《全文》改。

〔一二〕晋地 《詔令》、傅校本、《四庫》本、《全文》作“晋陽”。

〔一三〕豨將多降 原作“稀將多降”,《叢刊》本同。按“稀”字誤。今據陸

氏校勘，《詔令》、《英華》、傅校本、《全文》改。翁本、《四庫》本作
"狶將多降"。

# 讚

## 仁聖文武至神大孝皇帝真容讚并序[一]

仁聖文武至神大孝皇帝御極之五載，氣應天和，德感人心；朝
廷四方，咸一於正[二]。以精蕩祲，以道勝殘，故得風雨時若，螽螟
歲息。銷蓬宇爲休氣[三]，驅戎狄爲懷人；北荒堅昆，重譯而至。
厥有窨伐憑阻，弄兵陸梁，韋顧既伐，凤沙自縛，武功既成，休德昭
明，前古未聞百王莫致之事，皆葳蕤於圖諜矣。皇上以爲大禹叙
九疇，敬五事，豈不曰貌恭則壯[四]，視明則正，予欲作繪傳照，審
其儀形。且夫聖人潛心於天，以通神明，先定其神，而萬物理矣。
昔之訪具茨，期姑射，在此而已。況乎廣成之戒抱一，玄元之去多
欲，予所貴道，良謂是矣[五]。豈眩夫係風之言，奇彼淖冰之術，從
偓佺之所珍，遺堯舜之令名哉[六]！於是圖輕素，寫良金，擬鑑形
於止水，若凝視於清鏡。五彩既彰，穆穆皇皇，居列仙之館，近玄
祖之光。蓋以昭燕翼之謀，顯丕承之德矣。臣聞古之至聖，必有
奇相。是以黃熊之瑞，應於龍體；赤精之符，協於圖表。頎然而
長，文王所以王天下也[七]；體貌多奇，漢高所以威海內也。然則
繪事之微，極於惟肖[八]，至於天光晬清[九]，日華明潤[一○]，非可圖

也,庶仿佛焉。末臣奉詔,敢颺言曰:

　　唐運中興,天授大君。軒耀其武,堯煥其文。北伐獫狁,朔漠銷氛。西伏堅昆,稽首稱臣。祲生壺關,盜起河汾。沈機先物,雄斷解紛。克定群慝,竟全大勳。八表既寧,萬機益勤。爰命彩繪,載模天真。崐閬仙岑,峻極秋旻。蓬瀛白日,光照清晨。涵育如天,尊嚴若神。輝赫絪縕,爲龍爲雲。聖作物覩,禎祥以臻。宣光孕靈,虞熙載甄。政建中和,金聲玉振。太階既平,廟器乃陳。化下以德,持盈以仁。四瀆宗海,衆星拱辰。億萬斯年,藻朗日新。

會昌四年(八四四)九月

## 箋　校

〔一〕本文云"仁聖文武至神大孝皇帝御極之五載"。按武宗以開成五年正月即位,至會昌四年爲五載。文又云:"祲生壺關,盜起河汾。沈機先物,雄斷解紛。克定群慝,竟全大勳。"顯係本年八月澤潞叛鎮劉稹平後所作。今按《通鑑》卷二四八載本年九月"劉稹將郭誼、王協、劉公直、……董可武等至京師,皆斬之"。參之文中所謂"崐閬仙岑,峻極秋旻",則此文當作於會昌四年九月。

　　本文又載翁本、《叢刊》本、傅校本、《四庫》本李集卷一、《全文》卷七一〇。

〔二〕咸一於正　原作"感一於正",《叢刊》本同。按"感"字誤。今據翁本、傅校本、《四庫》本、《全文》、陸氏校勘改。

〔三〕銷蓬字爲休氣　原作"銷逢字爲休氣",《叢刊》本同。按"逢"字誤。今據陸氏校勘、翁本、傅校本、《四庫》本、《全文》改。

〔四〕貌恭則壯　原作"貌恭則莊",翁本、《叢刊》本、傅校本、《四庫》本、《全文》同。此據陸氏校勘過錄。

〔五〕良謂是矣　傅校本作"良爲是矣"。

〔六〕令名哉　原作"令名各哉",《叢刊》本同。此於義不合,今據陸氏校勘、翁本、傅校本改。《四庫》本、《全文》作"令命也哉"。

〔七〕文王所以王天下也　諸本同,《叢刊》本作"文王所以新天命也"。按皕宋樓原藏嘉靖本與《叢刊》本幾乎完全一致,唯此處皕宋樓本則作"王天下",與諸本合,獨《叢刊》本作"新天命",爲罕見之不同。

〔八〕極於惟肖　原作"極於微肖",《叢刊》本同。按"微"字誤。今據陸氏校勘、翁本、傅校本、《四庫》本、《全文》改。

〔九〕天光晬清　原作"天光晬清",《叢刊》本同。按"晬"字誤。今據陸氏校勘、翁本、傅校本、《四庫》本、《全文》改。

〔一〇〕日華明潤　原作"日光明潤",《叢刊》本同。按"光"字與上句重,當誤。今據陸氏校勘、翁本、傅校本、《四庫》本、《全文》改。

# 文集卷第二

# 紀　功

## 幽州紀聖功碑銘并序[一]　奉敕撰

　　幽州盧龍軍帥、檢校尚書右僕射張公仲武，往年修獻捷之禮，今年有銘勳之請。二者君子韙之，豈不以諸侯有四夷之功，獻其戎捷，《春秋》舊典也；宗周納肅慎之貢，銘於楛矢，天子令德也。斯可以爲元侯表[二]，可以爲後代法。聖上嘉其動而中禮，乃命宰臣採其元功，傳於惇史。臣德裕乃敢颺言曰：夫兵者，所以除暴害也。愛人則惡其爲害，禁暴則惡其爲亂。雖睿智不殺，化之以神；至德允懷，招之以禮。然《書》有猾夏之戒，《傳》有修刑之訓；虞舜四罪，乃成大功；文王一怒，以至無侮，非德教之助歟！仁聖文武章天成功神德明道大孝皇帝熙我文典，煥乎光明。極象外之微，臻於至道；鼓天下之動，致於中和。慮必鈎深，退而藏密。故能神機獨照，伐未兆之謀；威光遠震，制不羈之虜。當其時也，烽燧迭警，羽書狎至；人心大搖，群師沮氣。皇帝以軒后之威神，漢高之大略，光武之雄斷，魏祖之機權，合而用之，以定王業，此議臣所以不敢望於清光也。偉哉！天地應而品物生，君臣應而功業成，故龍躍而雲從，鶴鳴而子和。方叔伐獫狁，蠻荆來威；安遠擊車師，西域振服。宜有良將，殿於朔邊。張公禮閱戰器，書成傳癖。張仲孝友，子孺塞泉〔三〕；流落不偶，光景未耀。明主雅聞奇志，持印而拜將軍〔四〕；遙推赤心，築壇而命元帥，拔自雄武，授之薊門。果能精誠奮發，策慮偪臆〔五〕，千里獻籌，一心憂國，則知龍顏善將，任人傑而不疑；日角好謀，欺敵國而強意。回鶻者，本北狄之裔也，或曰獯狁，或曰山戎，五帝所不能臣，三王所不能制，前史載之詳矣。暨薛延陀之敗也，酋帥吐迷度率衆款塞，太宗幸靈武納降，立回鶻部落，置瀚海都督，因我封殖，遂雄北方。肅宗之戡內難也〔六〕，葉護以射雕之士，親護戎旅，亦由羌髳率師以翼周，北貉梟騎以助漢。既殄大憝，乃疇厥庸，特拜葉護司空，歲賜繒二萬疋。厥後飾宗女以配之，立宮室以居之。至其在京師也〔七〕，瑤祠雲構，甲第棋布；棟宇輪奐，衣冠縞素。交利者風偃，挾邪者景附。其翊侯貴種〔八〕，則被我文繢，帶我金犀，悅和音，厭珍膳，蝎蠹上國，百有餘年。既而傑驁無親，天命不祐，僭侈極欲，神道惡盈，本國荐饑，畜產耗半。黠戛斯因利乘便〔九〕，遂焚龍庭。區落蕭條，陰燐青熒〔一○〕。今之烏介可汗，亡逃失國，竊號沙漠；非我册命，自爲假王。其來也，羨漫陰山，睥睨高闕，玄塞之下，氛霧蔽天。質貴主以前驅，依大國而求援〔一一〕。或丐我米糒，捄其飢人；或邀我甲兵，復其故地。外雖柔服，內有桀心。因行人致詞，微呼韓故事;願居光禄塞,急保受降城。其下有二部,曰赤心宰相、那頡啜特勤[一二]。赤心者天性忿驚,戎馬尤盛。初與名王嗢没斯首謀内附,俄而負力怙氣,潛圖厲階,爲嗢没斯所紿[一三],誘以俱謁可汗,戮於帳下,其衆大潰,東逼漁陽。上乃賜公璽書,授以方略。公以室韋悍亟之兵,近我邊鄙,俾其偵邏,且禦内侵,尋以徵役不供,爲虜所敗。由是介馬數萬,連亘幽陵,伏精甲於松楢,布穹廬於磧鹵。散若飛鳥,止如長雲,火燎於原,不可嚮邇。公激義氣以虹貫,發精誠而石開,奇計兵權,密授髦俊。乃命介弟仲至與裨將游奉寰、王如清、左敵萬、李君慶、張自榮、高守素、李志操,率鋭兵三萬,建斾而前。介胄雪照,戈矛林植,命以義殉,壯由師直。聲隆隆而未洩,欲逐逐而不食。戢以聽命,嚴而有威。公曰:險道傾仄,且馳且射,胡兵所以無敵也;致之平原,勒以方陳,我師可以逞志也。於是據於莽平,環以武剛,首尾蛇伸,左右翼張。輕騎既合,奇鋒横驚,如摧枯株,爲搏畜兔。攝讋者弗取,陸梁者皆仆。虜王侯貴人,計以千數。然後盡羅服聽[一四],悉數繋纍,谷静山空,靡有孑遺。橐駝馲駞,風澤而散,旃牆罽幕,布野畢收[一五]。馬牛幾至於谷量,虜血殆同於川决。徑路寶刀,祭天金人,奇貨珍器,不可殫論。乃命從事李周瞳馳傳上奏[一六],又命牙門將國從紀繼獻戎俘[一七]。皇帝受而勞之,群臣畢賀。昔長平七征,驃騎六舉[一八];竇憲合氏戎之衆,陳湯攦城郭之兵。或生靈減耗,士馬物故;或邀功抹罪,矯命專征。然猶告類上帝,薦功清廟。顧視二漢,不其惡歟?以公威動蠻貊,功在漏刻,因命公爲東面招撫回鶻使。先是奚、契丹皆有虜使監護其國,責以歲遺,且爲漢諜。自回鶻嘯聚,靡不鴟張。公命裨將石公緒等諭意兩部,戮回鶻八百人,

雖介子討罪於龜兹，班超行誅於鄯善，未足儔也。回鶻又遣宣門
將軍等四十七人，詭辭結歡，潛伺邊隙。公密睹其下，盡得陰謀，
且欲馳入五原，大敺雜虜。公逗留其使，緩彼師期，竟得人病馬
瘠，縮朒而退。挫銳解紛，緊公善計。今烏介自絕皇澤，莫敢近
邊，並丁令以圖安，依康居而求活。盡徙餘種，屈意黑車；寄託遠
道，流離飢凍。黑車亦倚其威重，迫脅諸戎，造謀藉兵，解仇交質。
自謂約良深入，漢將取而未期；渡幕輕留，王師往而非利[一九]。公
以壯猷遠馭，長計羈縻。不媮避慊之便[二〇]，終致盡敵之術。將
時動而得雋，豈歲數而勝微？矧乎明主仗將帥爲爪牙，視戎狄爲
鼠蟲。方獵猛敵，不翫細娛。非周宣無以成召虎之勳，非漢宣無
以聽營平之計。勗哉上將，光我中興。公前後受降三萬人，特勤
二人，可汗姊一人，都督外宰相四人，其他侯王騎將，不可備載。
王襃以日逐歸德，稱爲人瑞；班固以稽落盪寇，大振天聲。孰若天
子神武，百蠻振慴，乘其慼困，臨以兵鋒，刈單于之旗，納休屠之
附，非萬里之伐，無三年之勤，巍乎成功，輝焯後代。宜刻金石，以
揚鴻休。銘曰：

　　大和之初，赤氣宵興。開成之末，彤雲暮凝。異鳥南來，胡滅
之徵[二一]。北夷飇掃，厥國土崩。逼迫遷徙，震我邊鄙。長蛇去
穴，奔鯨失水。上都薊門，兵連千里。曾不畏天，猶爲驕子。丐我
邊穀，邀我王師[二二]。假我一城，建彼旟旗。歸計强漢，郅支嫚
詞。狼顧朔野，伏莽見羸[二三]。雁門之北，羌戎雜處。濊濊群羊，
茫茫大鹵。縱其梟騎，驚我牧圉。暴若豺狼，疾如風雨。皇赫斯
怒，羽檄徵兵。謀而泉默[二四]，斷乃雷聲。沉機變化，動若神明。
沙漠之北[二五]，虜無隱情。漁陽突騎，燕歌壯氣。起起元戎，眈眈

虎視。金鼓誓衆,干旄蔽地。爰命介弟,屬之大事。翩翩飛將,董我三軍。禀兄之制,代師之勤。威略火烈,胡馬星分。戈回白日,劍薄浮雲。天街之北,旄頭已落。絶轡之野,蚩尤未縛。俾我元侯,恢弘遠略。取彼單于[二六],係之徽索。陰山寢烽,亭徼櫜弓。萬里昆吾[二七],九譯而通。蠻夷既同,天子之功。儒臣篆美,刊石垂鴻。

會昌五年(八四五)

## 箋 校

〔一〕岑仲勉《李德裕〈會昌伐叛集〉編證上》本篇注曰:"據《會昌集》一,會昌五年正月己酉朔,上尊號曰仁聖文武章天成功神德明道大孝皇帝。今序文已稱是號,故知爲五年所作。"今從其説,繫本篇於會昌五年。

本篇又載《文粹》卷五九、《英華》卷七八一、翁本、《叢刊》本、傅校本、《四庫》本李集卷二、《全文》卷七一一。又《舊書》卷一八〇《張仲武傳》收録本文之銘文。

〔二〕元侯表　原作"元侯衆",《叢刊》本同。按"衆"字誤。今據陸氏校勘、《文粹》、《英華》、翁本、傅校本、《四庫》本、《全文》、《編證》改。

〔三〕子孺塞泉　原作"子禰塞泉",《叢刊》本同。按"禰"字誤。今據陸氏校勘、《文粹》、翁本、傅校本、《四庫》本、《全文》、《編證》改。《英華》作"子孺塞泉(二本作淵,唐諱)"。《編證》注曰:"子孺,張安世字。明本誤子禰。塞泉即塞淵。《金石文字記》四云:'《顔氏家廟碑》……文有云,子泉宏都之德行。子泉即顔淵也,避唐高祖諱。'"

〔四〕持印　原作"將帥",《叢刊》本同。按"將帥"誤。今據《文粹》、

《英華》、翁本、傅校本、《四庫》本、《全文》、《編證》改。

〔五〕策慮偪臆　原作"策慮偪億"，《叢刊》本同。按"億"字誤。今據陸氏校勘、《文粹》、翁本、傅校本、《全文》、《編證》改。《編證》注曰："《劉沔招撫使制》亦云策慮偪臆。按揚雄《方言志》：'偪臆，氣滿之也。'"《英華》作"策慮愊憶（二本作偪臆）"。《四庫》本作"策慮愊臆"。

〔六〕肅宗之戡内難也　傅校本、《全文》作"代宗之戡内難也"。《英華》作"代（集作肅是）宗之戡内難也"。按作"代"誤。下文云："葉護以射鵰之士，親護戎旃，……特拜葉護司空，歲賜繒二萬疋。"其事見《通鑑》卷二二〇肅宗至德二載十一月："己丑，以回紇葉護爲司空、忠義王；歲遺回紇絹二萬匹，使就朔方軍受之。"又，《通鑑》卷二二一肅宗乾元二年四月："回紇毗伽闕可汗卒，長子葉護先遇殺，國人立其少子，是爲登里可汗。"可證葉護事在肅宗時，非代宗時。

〔七〕至其在京師也　諸本此句無"至"字，據陸氏校勘、傅校本補。

〔八〕其翖侯貴種　諸本作"其翎侯貴種"，按"翎"字誤。今據翁本、《編證》改。《漢書·張騫傳》顏師古注："翖侯，烏孫大臣官號。其數非一，亦猶漢之將軍耳。"後亦泛指外族首領。

〔九〕因利乘便　原作"因秋乘便"，《叢刊》本同。按"秋"字誤。據《文粹》、《英華》、翁本、傅校本、《四庫》本、《全文》、《編證》改。

〔一〇〕陰燐青熒　原作"陰燐青焚"，《叢刊》本同。按"焚"字誤。今據陸氏校勘、《文粹》、《英華》、翁本、傅校本、《四庫》本、《全文》、《編證》改。《編證》注曰："明本誤焚。熒與庭韻也。"

〔一一〕依大國　原作"傾大國"，《叢刊》本同。按"傾"字誤。今據陸氏校勘、《文粹》、《英華》、翁本、傅校本、《四庫》本、《全文》、《編證》改。

〔一二〕特勤　諸本均作"特勒"。據《編證》之《賜回鶻嗢没斯特勤等詔書》注曰："特勤,舊籍恒誤作特勒。……舊石刻中尚有正作特勤者。……故後凡誤勤爲勒者,均照改正,不復一一指出。"從之。全書同。

〔一三〕爲唱没斯所紿　原作"爲唱没斯所給",《叢刊》本同。按"給"字誤。今據陸氏校勘、《英華》、翁本、傅校本、《四庫》本、《全文》、《編證》改。《文粹》作"爲唱没斯所招"。

〔一四〕盡羅服聽　《文粹》、《英華》、《四庫》本、《全文》、《編證》作"盡衆服聽"。

〔一五〕布野畢收　原作"野□□□",缺三字,《叢刊》本同。今據陸氏校勘、《文粹》、《英華》、翁本、傅校本、《四庫》本、《全文》、《編證》校補。

〔一六〕李周瞳　原作"李□□",缺二字,《叢刊》本同。據陸氏校勘、翁本、傅校本、《編證》校補。《文粹》、《英華》、《四庫》本、《全文》"瞳"作"瞳"。

〔一七〕國從紀　《英華》、《四庫》本、《全文》作"周從玘"。《文粹》、翁本、傅校本作"國從玘"。

〔一八〕驃騎六舉　原作"驃騎一舉",《叢刊》本同。按"一"字誤。今據陸氏校勘、《文粹》、《英華》、翁本、傅校本、《四庫》本、《全文》、《編證》改。

〔一九〕王師往而非利　原作"三師往而非利",《叢刊》本同。按"三"字誤。今據陸氏校勘、《文粹》、《英華》、翁本、傅校本、《四庫》本、《全文》、《編證》改。

〔二〇〕不婾避慊之便　《文粹》、《全文》作"不婾避嫌之便"。按"慊"通"嫌"。《英華》作"不婾便嫌之使(二本作避嫌之便)"。

〔二一〕胡滅之徵　原作"胡徵之滅",《叢刊》本同。按此於義不合。今據陸氏校勘、《文粹》、《英華》、翁本、傅校本、《全文》、《編證》改。《四庫》本作"邊靖之徵",當係館臣忌諱而改。

〔二二〕邀我王師　原作"邀我三師",《叢刊》本同。按"三"字誤。據陸氏校勘、《文粹》、《英華》、翁本、傅校本、《四庫》本、《全文》、《編證》、《舊書》改。

〔二三〕伏莽見嬴　原作"伏莽見誅",《叢刊》本、《四庫》本同。按"誅"字誤。今據《舊書》、《文粹》、《英華》、翁本、傅校本、《編證》改。"嬴"與"詞"同韻。

〔二四〕謀而泉默　原作"謀而淵默",《叢刊》本同。按"淵"係唐諱。據諸本改。《文粹》作"謀如泉默"。

〔二五〕沙漠之北　《舊書》、《英華》、《全文》作"沙漠之外"。

〔二六〕取彼單于　《舊傳》作"終取單于"。

〔二七〕萬里昆吾　《文粹》、《英華》、《全文》作"萬里昆夷"。

# 異域歸忠傳序〔一〕

會昌二年四月甲申,回鶻大特勤嗢没斯率其國特勤、宰相、尚書、將軍凡十二人,大首領三十七人,騎士二千六百一十八人内附〔二〕。制授嗢没斯特進、檢校工部尚書、左金吾衛大將軍同正,封懷化郡王,其酋帥遍加戎秩,賜之金紫。於是穹廬之長,盡識漢儀;左衽之人〔三〕,咸被王澤矣。臣聞《書》載率服,美大舜之功;《詩》列既平,顯周宣之德。暨漢宣帝,亦單于慕義,呼韓來朝。歷紀數千,稱者三代。則知非常之運,必待非常之君,誠契感通,斯為難遇。伏惟仁聖文武至神大孝皇帝紹高祖、太宗之神武,恢玄宗、憲宗之遠略〔四〕;英才天縱,檢節霆馳。静深之謀,淡然若海[五];先定之志,屹然若山。自嗢没斯歸款朔邊,注心魏闕,制置大略,盡出宸算。漢高從善,能用六奇;光武揣情,坐知千里。諸將無搴旗之功,群臣乏借箸之籌。夫天以信而成功,地以定而載物。惟大君懋一德,法兩儀,故能懷異俗之心,盛中興之業。嗢没斯者,回鶻之貴酋也。夙稟正性,生知大義。識倚伏之數,明禍福之機。回鶻運屬天亡,歲久不稔,畜產大耗,國邑爲墟。流亡遍於沙漠,僵仆被於草莽。由是國之將帥,各率支兵,或入西戎,或歸諸部。惟嗢没斯精誠上達,天誘其衷。拔自狼居之山,願拜龍顔之主。封章瀝懇,指日誓心,不奪之誠,介如石矣。先是有赤心宰相桀傲亂常,頗爲邊患。嗢没斯潛布誠款於天德軍使田牟,暴其罪狀,梟首以徇。歸大國,明也;戴聖君,忠也;去亂邦,智也;執醜虜,義也。具此四美,是謂誠臣[六]。昔仲尼以曾參孝[七],因廣陳君臣父子之義[八],以著《孝經》。今聖主以嗢没斯忠,爰採武功貞烈之士[九],以爲《歸忠傳》。則聖人善誘之道,又何以加於此乎?迺集秦漢以來至聖朝,去絕域,歸中國,以名節自著、功業保終者三十人,勒成上下兩卷。其不因獻款,無蹟可稱者,今並不載。臣又聞爲善者天報之以福,爲不善者天報之以殃,神道昭晰,應如影響。嗢没斯方欲保大節,成大勳,宜乎佩服斯文,以爲鑑戒。臣備位台鉉,獲奉睿謀,受詔序事,冠於篇首。

會昌二年(八四二)七月

箋　校

〔一〕《編證》曰:"嗢没斯以六月二十一日加檢校工尚,而序文著之,則應在其後,不稱思忠而稱嗢没斯,又應在八月十六之前,故兹附於六月之末。"今考《會要》卷三六《修撰》所載,月份尚可細求。其曰:"會昌二年七月,宰臣德裕進《異域歸忠傳》兩卷。"可知本文應作於會昌二年七月。

本文又載翁本、《叢刊》本、傅校本、《四庫》本李集卷二、《全文》卷七〇七、《編證》。

〔二〕二千六百一十八人　諸本作"二千一百六十八人",《編證》曰:"《舊書》一八上會昌二年五月下,稱二千六百人;六月下,稱二千六百餘人,蓋一六兩字誤倒也。茲據改正。"今從《編證》改正。

〔三〕左袵之人　原本"人"字下誤空一格,《叢刊》本同。今據翁本、傅校本、《四庫》本、《全文》、《編證》改正。

〔四〕恢玄宗憲宗之遠略　原作"慕玄宗憲宗之遠略",《叢刊》本、《四庫》本、《全文》同。按"慕"字誤。今據翁本、傅校本改。《編證》作"纂玄宗憲宗之遠略",注曰:"明本誤纂爲慕,茲校正。"然無版本之依據。

〔五〕淡然若海　原作"淵然若海",《叢刊》本、《四庫》本、《全文》同,按"淵"字誤。今據陸氏校勘、翁本、傅校本改。《編證》注曰:"淵字唐人避諱,原文恐不如是。"

〔六〕具此四美是謂誠臣　原作"其比四夷悉謂誠臣",《叢刊》本、《四庫》本同。按此於義不通。今據陸氏校勘、翁本、傅校本、《全文》、《編證》改。

〔七〕昔仲尼以曾參孝　原作"昔仲凡之曾參孝",《叢刊》本同。按此訛誤不通。今據陸氏校勘、《四庫》本改。翁本、傅校本作"仲尼以曾參孝",無"昔"字。《全文》、《編證》作"昔仲尼知曾參孝"。

〔八〕因廣陳　原作"因爲陳",《叢刊》本、《四庫》本、《全文》、《編證》同。今據陸氏校勘改。翁本、傅校本作"因爲廣"。

〔九〕爰採武功貞烈之士　原作"爰採武義貞烈士",《叢刊》本、《四庫》

本同。按此當有訛奪。今據陸氏校勘、翁本校補。傅校本作“爰採武功貞烈士”，無“之”字。《編證》、《全文》作“爰採武功貞烈之事”。

## 黠戛斯朝貢圖傳序[一]

昔越裳貢雉，薦於宗廟，西旅獻獒，陳以典訓，所以感其至而戒其初也。仁聖文武至神大孝皇帝御曆之四年，天瑞燦爛，王道昭焯，五材並用，六轡斯柔。布政宣室，以張神化，提兵朔野[二]，以耀威靈。故得天晡而清，日晏而明，蟲螟不生，嘉穀以成，中寓既安[三]，四夷來庭。由是龍荒君長黠戛斯遣注吾合素等上表，獻良馬二疋。絶大漠而貢赤誠，涉流沙而霑赭汗。非至德所感，孰能臻於此乎？皇帝以前有鷖旟，焉用驥騄，不貴龍友，惟駕鼓車[四]，乃命其使，見於内殿，賜以珍膳，錫之文錦。謹按故相魏國公賈耽所撰《古今四夷述》[五]，黠戛斯者，本堅昆國也。貞觀二十一年，其酋長入朝，授以將軍印，拜堅昆都督。逮於天寶季年，朝貢不絶。暨中國多難，爲回鶻隔礙。黠戛斯忿其桀鶩，乘彼荐饑，於是破龍庭，焚鬻幕[六]，蕭條萬里，地無種落，始得出重泉而見白日，披氛霧而覩青天。臣伏見太宗詔群臣曰：“南荒西域，自遠而至，其故何哉？”宰臣房玄齡對曰：“殊域來朝者，中國乂安，帝德遐被所致也。”太宗曰：“向中國不安，亦何緣而至？朕覩此懷懼。何者？昔秦始皇併吞六國，漢武帝威加戎狄。今殊方異類，無遠不賓，竊比秦漢，想無多愧。亦欲傳之子孫，念二王之末途，朕所以不能不懼爾。”臣伏思太宗往日之懼，致我唐百代之隆，則聖祖詒謀，可謂深矣。此太宗所以永保鴻名，爲受命之祖；陛下所以丕承王業，爲中興之君[七]，豈不宜哉！天言以賈耽有陳平鎮撫之才[八]，得充國通知之敏，其所述作，該明古今，乃詔太子詹事韋宗卿、祕書少監呂述，往蒞賓館，以展私覿，稽合同異，覼縷闕遺[九]。傳胡貊兜離之音，載山川曲折之狀。條貫周備，文理洽通。臣伏以貞觀初，中書侍郎顔師古上言：“昔周武王天下太平，遠國歸款，周史乃集其事爲《王會篇》。今萬國來朝，蠻夷率服，實可圖寫，請撰爲《王會圖》。”有詔從之。臣輒因韋宗卿、呂述所紀異聞，飾以續事[一○]。敢叙率服，以冠篇首。

會昌三年(八四三)二月底

## 箋　校

〔一〕《編證》以爲本文與文集卷一八之《進黠戛斯朝貢圖傳狀》、卷一九之《謝宣示所進黠戛斯朝貢圖深愜于懷狀》同作於會昌三年二月底。其曰：“注吾合素以二月來，此云二十一日，意即二月二十一日。由是推之，此狀當上於二月底也。”(《進黠戛斯朝貢圖傳狀》注)故訂本文作於會昌三年二月底。

本文又載《英華》卷七三八，翁本、《叢刊》本、傅校本、《四庫》本李集卷二，《全文》卷七○七，《編證》。

〔二〕提兵朔野　原作“報兵朔野”，《叢刊》本同。按“報”字誤。據陸氏校勘、傅校本改。《英華》、《四庫》本、翁本、《全文》、《編證》作“振兵朔野”。

〔三〕中寓既安　《英華》作“中外既安”。

〔四〕惟駕鼓車　原作“帷駕鼓車”，《叢刊》本同。按“帷”字誤。今據陸氏校勘、翁本、傅校本、《全文》、《編證》改。《英華》、《四庫》本作“鳴駕鼓車”。

〔五〕古今四夷述　《新書》卷五八《藝文志》載賈耽《古今郡國縣道四夷述》四十卷。

〔六〕焚廲幕　原作"焚廲慕",《叢刊》本同。按"慕"字誤。今據陸氏校勘、《英華》、翁本、傅校本、《四庫》本、《全文》、《編證》改。

〔七〕中興之君　原作"中興之主",《叢刊》本、《四庫》本、《全文》同。今據陸氏校勘、翁本、傅校本、《英華》改。

〔八〕天言　原作"天旨",《英華》、《叢刊》本、《四庫》本、《全文》同。今據陸氏校勘、傅校本過録。翁本作"天□",缺一字。

〔九〕覬縷闕遺　原作"視縷闕遺",《叢刊》本同。按"視"字誤。今據陸氏校勘、《英華》、翁本、《四庫》本、傅校本、《全文》、《編證》改。

〔一〇〕飾以續事　《英華》作"飾以會（集作續）事"。

# 文集卷第三

## 制

### 宣懿皇太后祔太廟制<sup>〔一〕</sup>　奉敕撰

門下：朕近因載誕之日，展承顏之敬。太皇太后謂朕曰："天子之孝，莫大於丕承；人倫之義，莫重於嗣續。穆宗睿聖文惠孝皇帝厭代已久，星霜屢遷。禰宮曠合食之禮，惟帝深濡露之感。宣懿皇太后長慶之際，德冠後宮，凤表沙麓之祥，實茂河洲之範。先朝恩禮之重，中壼莫偕。况誕我嗣君，纘承昌運<sup>〔二〕</sup>，已協華於先帝，方延祚於後昆。思廣詒謀，庶弘博愛；爰遵舊典，以慰孝思。當以宣懿皇太后祔太廟穆宗睿聖文惠孝皇帝室<sup>〔三〕</sup>。率是彝訓，其敬承之。"朕祇奉慈旨，載深感咽。宣示中外<sup>〔四〕</sup>，咸使知聞，主者施行。

會昌元年（八四一）六月中旬

## 箋　校

〔一〕《會要》卷一六《廟議》下載此文，繫於會昌元年六月，未詳日期。
　　本文云："朕近因載誕之日。"據《會要》卷二《帝號》，武宗生於六月
　　十二日。由此推得本文當作於會昌元年六月中旬。

　　本文又載翁本、《叢刊》本、傅校本、《四庫》本李集卷三、《全文》卷
　　六九七。

〔二〕纘承昌運　原作"纘承宣宗"，《四庫》本、《叢刊》本同。按義不合。
　　今據翁本、傅校本、《會要》、《全文》改。

〔三〕當以宣懿皇太后祔太廟穆宗睿聖文惠孝皇帝室　《會要》此句文
　　字稍異，過録如下："當以宣懿皇太后祔在穆宗睿聖文惠孝皇
　　帝廟。"

〔四〕宣示中外　《會要》作"宜盡令宣示中外"。

## 仁聖文武章天成功大孝皇帝改名制[一]

　　王者照臨萬寓，名豈尚於難知；敬順五行，理宜避於勝伏[二]。
徵諸前史，義實炳然。昔炎漢之興，洛傍去水[三]，所都名號，猶乃
避之。況我國家運昌土德，豈可以王氣勝於君名？所以憲宗繼明
之初，實已捨水，必有冥數，叶於禎祥。漢宣帝柔服北夷，弘宣祖
業[四]，功德之盛，侔於周宣，御曆十年，乃從美稱[五]。朕遠惟大漢
之事[六]，近稟聖祖之謀，爰擇嘉名，式遵令典，敬承天意，永保鴻
休，宜改名爲炎。仍令所司擇日，分命宰臣告天地宗廟。其舊名，
中外表章不得更有回避。布告遐邇，咸使聞知[七]。

會昌六年（八四六）三月十二日

## 箋　校

〔一〕《詔令》於篇末注明本文作於會昌六年三月十二日。從之。

翁本標題作《仁聖文武章天成功神德明道大孝皇帝改名制》。《通
鑑》卷二四八載會昌五年"正月,己酉朔,群臣上尊號曰仁聖文武
章天成功神德明道大孝皇帝。尊號始無'道'字,中旨令加之"。
本文作於會昌六年,故翁本有"神德明道"四字,較諸本爲勝。

本文又載《詔令》卷五、翁本、《叢刊》本、傅校本、《四庫》本李集卷
三、《全文》卷六九七。

〔二〕勝伏　《詔令》作"刑剋"。

〔三〕洛傍去水　原作"洛湑去水",《叢刊》本同。按"湑"字誤。據陸氏
校勘、翁本、傅校本、《四庫》本改。《詔令》、《全文》作"洛旁去水"。

〔四〕弘宣祖業　翁本於"弘宣"下注云"一作恢弘"。

〔五〕乃從美稱　《詔令》作"乃復美稱"。

〔六〕朕遠惟大漢之事　《詔令》作"朕遠推漢主之事"。

〔七〕咸使聞知　《詔令》在此句下有"主者施行"一句。文末注明年月
日,已據補。

## 遣王會等安撫回鶻制〔一〕　奉敕撰

敕:自古令王,撫寧荒服。忠於國者則有繼絶之恩,順於道者
則有固存之義。所以厚其嚮化,優以報功。回鶻累代姻親,久修
臣禮,服我聲教,保兹信誠。嘗以國難,識其忠良。嚴霜見其貞
松,疾風知其勁草。永言勳力,豈忘予懷?如聞爲紇扢斯所
攻〔二〕,兵折衆叛,畜産大耗,國人荐饑,流離轉徙,遠踰沙漠。近
因太和公主遣使入朝,已知新立可汗,寓居塞下,告窮請命,未有

所歸。每念艱危，載深憫惻。今欲抹卹窮困，撫慰瘡痍，使四方知朕不忘舊勳，保其大順。昔匈奴乖亂，呼韓款塞，漢宣帝轉粟賑救，權而施宜[三]。故得三代稱藩，北邊罷警。前代令典[四]，可不務乎！宜令右金吾衛大將軍、兼御史大夫王會持節充安撫大使，宗正少卿、兼御史中丞李師偃充副使，專往慰問。仍賑米粟二萬石，俾期安輯離散[五]，漸就漠南[六]；再復舊疆，永保恩好。宣示中外，宜體朕懷。

會昌元年(八四一)十二月十四日

## 箋　校

〔一〕王會宣慰回鶻時間，據《通鑑》卷二四六載會昌元年“十二月，庚辰，制遣右金吾大將軍王會等慰問回鶻”。庚辰爲十四日。故今從《通鑑》訂本文作於會昌元年十二月十四日。

本文又載翁本、《叢刊》本、傅校本、《四庫》本李集卷三、《全文》卷六九八、《編證》。

〔二〕紇扢斯　《全文》作“黠戛斯”。《編證》注曰：“是時尚未定用黠戛斯舊名。”故諸本作“紇扢斯”，是。

〔三〕權而施宜　翁本、傅校本、《全文》、《編證》作“權時施宜”。

〔四〕前代令典　原作“前令典”，《叢刊》本同，奪一字。據《四庫》本、《全文》、《編證》補。翁本、傅校本作“前王令典”。

〔五〕俾期　《全文》、《編證》作“俾其”。

〔六〕漠南　原作“漢南”，《叢刊》本、《四庫》本同。按“漢”字誤。今據翁本、傅校本、《全文》、《編證》改。

討回鶻制[一]　奉宣撰

門下：夫天之所廢，難施繼絶之恩；人之所棄，當用侮亡之道。

朕每思前訓，豈忘格言。回鶻比者自恃兵强，久爲桀驁[二]，凌虐諸部，結怨近鄰。紇扢斯潛師彗掃，穹廬瓦解，種族盡膏於原野，區落遂至於荆榛。今可汗亡逃失國，竊號自立，遠踰沙漠，寄命邊陲。朕深念衰殘，尋加賑卹。每陳章表，多詐諼之詞[三]；接我使臣，如全盛之日。無傷禽哀鳴之意，有困獸猶鬥之心。去歲潛入朔川，大掠牛馬；今春掩襲振武，逼近城池。可汗皆自率勁兵，首爲寇盜，不耻破敗，莫顧姻親。河東節度使劉沔，料敵伐謀，乘機制勝。發胡貊之騎，以爲前鋒；搴翖一本作歙。《漢書·陳湯傳》：“搴歙侯之旗。”[四]侯之旗[五]，伐彼在穴[六]。短兵鏖於帳下，元惡軼於轂中。況乘匪六羸，衆纔一旅，儲糧已竭，計日可擒。太和公主居處不同，情義久絕。懷土多思，亟聞《黄鵠》之歌；失位自傷，寧免《綠衣》之歎？念其羈苦，常軫朕心。今者脫於豺狼，再見宫闕，上以攄宗廟之宿憤，次以慰太皇太后之深慈，永言歸寧，良用欣感。其回鶻既以破滅，義在翦除，宜令諸道兵馬並同進討。河東立功將士以下優賞，續次條疏處分[七]。應在京外宅及東都修功德回鶻，並勒冠帶，各配諸道收管。其回鶻及摩尼等莊宅錢物等[八]，並委功德使與御史臺、京兆府各差精强幹事官點檢收録，不得容諸色職掌人及坊市富人輒有影占。如有犯者，並當極法，錢物納官。摩尼寺僧，委中書、門下即時條疏聞奏[九]。於戲！昔漢宣帝值匈奴乖亂，推亡固存。呼韓單于攜國歸命，入朝保塞，漢后所以有擁護之恩；郅支單于背叛禮義，傷毀威重，漢史所以明可誅之罪。二虜禍福，皆自取焉。四夷百蠻，宜以爲鑑。布告中外，深體朕懷，主者施行。

會昌三年（八四三）正月中旬

## 箋　校

〔一〕《舊書》卷一八《武宗紀》會昌三年二月收録本文。《編證》則以爲
　　　“《劉沔碑》，沔以正月十一日夜破烏介，疑捷報未必遲至二月到
　　　京”。今按《通鑑》卷二四七載本年正月“丙午，劉沔捷奏至”。丙
　　　午爲十七日。《編證》曰：“因制内言優賞河東立功將士，則必在接
　　　到捷報之日也。”故今訂本文作時爲會昌三年正月中旬。
　　　本文又載翁本、《叢刊》本、傅校本、《四庫》本李集卷三、《全文》卷
　　　六九八、《編證》。

〔二〕桀驁　原作“桀鷔”，《叢刊》本、《全文》同。按“鷔”字誤。今據
　　　《舊書》、翁本、傅校本、《四庫》本、《編證》改。

〔三〕多詐譀之詞　《舊書》、《全文》、《編證》作“多詐諛之詞”。

〔四〕漢書陳湯傳搴歙侯之旗　原作“漢世陳湯傳搴歙侯之旗”，《叢刊》
　　　本同。按“漢世”誤。今據翁本、《四庫》本、《編證》改。傅校本“漢
　　　世”作“漢世”，亦欠妥。《舊書》、《全文》無此注文。查《漢書》卷
　　　七十《陳湯傳》：“搴歙侯之旗，斬郅支之首。……萬夷慴伏，莫不
　　　懼震。”“歙”字亦作“翖”、“歙”。“翖侯”與唐時突厥、回紇官名
　　　“葉護”可能同出一源，爲突厥語之音譯（參見《漢語大辭典》第九
　　　册第六五三頁“翖侯”條）。

〔五〕搴翖侯之旗　諸本作“搴翎侯之旗”。按“翎”字誤。今據《漢書·
　　　陳湯傳》、《編證》改。

〔六〕伐彼在穴　原作“戈彼在穴”，《叢刊》本、傅校本同。今據《舊書》
　　　改。翁本、《四庫》本、《全文》、《編證》作“弋彼在穴”。

〔七〕條疏處分　原作“條流處分”，翁本、《叢刊》本同。按“流”字誤。
　　　今據《舊書》、傅校本、《全文》、《編證》改。

〔八〕摩尼等　《舊書》、《編證》作“摩尼寺”。

## 討劉稹制〔一〕　奉宣撰

門下：定天下者，致風俗於大同；安生人者，齊法度於畫一。雖晉之欒、趙，家有舊勳；漢之韓、黥，身爲佐命；至於干紀亂律，罔不梟夷。禁暴除殘，古今大義。故昭義節度劉悟〔二〕，頃居海岱，嘗列爪牙。屬師道阻兵，王師問罪〔三〕，三面開網，一境離心，乘此危機，遂能歸命。憲宗嘉其誠款，授以南燕；穆宗待以腹心，委之上黨。招致死士，固護一方，逮於末年，已虧臣節。劉從諫生禀戾氣，幼習亂風〔四〕。因跋扈之資，以專封壤；恃紀綱之力〔五〕，以襲兵符〔六〕。暫展執珪之儀，終無上絻之請。隙駒爲喻〔七〕，魏豹姑務於絕河；井蛙自居，孫述頗聞於恃險〔八〕。誘受亡命，妄作妖言；中訕朝廷〔九〕，潛圖左道。輒謀動戎師〔一〇〕，屢奏陰謀。顧若卵之可矜〔一一〕，豈泉魚之是察。暨乎沉痼，曾靡哀鳴。猶駐將盡之魂，恣行邪僻之志。罔惑舊校〔一二〕，樹立狡童。中使挾醫，莫覩其朝服；近臣銜命，不入於壘門。逆節甚明，人神共棄。其贈官及先所授官爵，并劉稹在身官〔一三〕，並宜削奪。成德節度使王元逵、魏博節度使何弘敬，或姻連王室，或任重藩維。懇陳一志之誠，願揚九伐之命。吳漢任職，受詔而初無辦嚴；卜式樸忠，未戰而義形於內〔一四〕。況成德軍嘗以驍騎橫陣〔一五〕，首破朱滔。戰勢方酣，再回魯陽之日；鼓音不息，三周不注之山〔一六〕。魏博軍亦以大旆涉河，竟殲師道。建十二郡之旗鼓，以列降人；削六十年之屬階，盡歸王化。士賈餘勇〔一七〕，軍有雄名。必能禀鄧侯之指縱，成葛亮之心伐。咨汝二帥〔一八〕，朕所注懷。元逵守本官充北面招討澤潞使[一九]，弘敬守本官充東面招討澤潞使[二〇]。潞府曩者烈祖在藩，先天啓聖。符瑞昭晰，纘事煥於泗亭[二一]；鑾輅巡遊，金石刻於代邸[二二]。實爲可封之俗，久爲仁壽之鄉。艱難以來，頗著誠節；必非同惡，咸許自新。其昭義軍舊將士及百姓等，如保初心，並赦而不問。昭義軍舊大將等，如能舍逆效順，以州郡兵衆歸降者，必厚加封賞。如能擒送劉積者，別授土地，以報勳庸[二三]。其村鄉百姓，如所在團結歸順者，亦加爵賞。劉悟下鄆州舊將校子孫及劉從諫近招致將士等，喻以善道，宜聽朕言。凡秉義立名，須明大順[二四]；未有忠於所奉，上悖君親。昔郤至有言，受君之禄，是以聚黨；有黨而爭命，罪孰大焉？田橫能得士心，人多致命；伏於海島，莫敢猖狂。及漢高召之，奔走向闕。豈嘗違拒漢使，留止田橫；唯慕殉以成仁，不相挺而作亂。故得其主殁延殊寵，光顯令名[二五]。爾等既有義心[二六]，宜思改悔。如能感喻劉積束身歸朝，必當待之如初，特與洗雪；爾等舊校，亦並甄酬。仍委陳夷行、劉沔、王茂元各務進兵[二七]，同力攻討。其諸道進軍，並不得焚燒廬舍，發掘丘墓，擒執百姓以爲俘囚。桑麻田苗，皆許本户爲主。罪止元惡，務安生靈。於戲！藩維大臣，抗疏於外；耆俊舊老，昌言於朝。戒朕以祖宗之法，不可私一族；刑賞之柄，所以正萬邦。宜用甲兵，陳於原野。雖朕以恩不聽，群臣以義固爭。詢自僉謀，諒非獲已。布告中外，明體朕懷。主者施行。

會昌三年(八四三)五月十三日

## 箋　校

〔一〕本文草制時間，《舊書》卷一八《武宗紀》所録全文，繫於會昌三年九月，《詔令》卷一二〇繫於同年七月，均不確。《通鑑》卷二四七載本年五月"辛丑,制削奪劉從諫及子稹官爵,以元逵爲澤潞北面招討使,何弘敬爲南面招討使,與夷行、劉沔、茂元合力攻討。"所記與本文相符。辛丑爲十三日。故從《通鑑》訂本文作時爲會昌三年五月十三日。

本文又載翁本、《叢刊》本、傅校本、《四庫》本李集卷三、《全文》卷六九七。

〔二〕故昭義節度劉悟　原無"故昭義節度"五字,《詔令》、翁本、《叢刊》本、傅校本、《四庫》本、《全文》同。今據陸氏校勘、《舊書》補。

〔三〕王師問罪　原作"六師問罪",《叢刊》本、《四庫》本同。按"六"字誤。今據《舊書》、翁本、傅校本、《全文》改。《詔令》奪"王師"二字。

〔四〕幼習亂風　原作"動扇剛風",《叢刊》本、《四庫》本同。按此於義不合。今據陸氏校勘、《詔令》、《舊書》、翁本、傅校本、《全文》改。

〔五〕恃紀綱之力　原作"恃紀綱之律",《叢刊》本、《四庫》本、《全文》同。按"律"字誤。今據陸氏校勘、《詔令》、《舊書》、翁本、傅校本改。

〔六〕以襲兵符　原作"以逞驕恣",《四庫》本、《叢刊》本同。按義不合。今據陸氏校勘、《詔令》、《舊書》、翁本、傅校本、《全文》改。

〔七〕隙駒爲喻　原作"隙駒爲樂",《叢刊》本、《四庫》本同。按"樂"字誤。今據《詔令》、《舊書》、翁本、傅校本、《全文》改。

〔八〕恃險　原作"巴蜀",《叢刊》、《四庫》本同。按此於義不合。今據陸氏校勘、《舊書》、翁本、傅校本、《全文》改。《詔令》作"險地"。

〔九〕中訶朝廷　翁本、《叢刊》本、傅校本、《四庫》本同。《舊書》作"中罔朝廷",《全文》作"中伺朝廷"。按作"訶"是。《漢書·淮南王安傳》:"多予金錢,爲中訶長安。"顏師古注:"訶,有所候伺也。"義本此。

〔一〇〕輒謀動戎師　《詔令》、《舊書》、傅校本、翁本、《全文》作“接壤戎帥”。

〔一一〕顧苕卵之可矜　《舊書》作“顧髦虻之所矜”。《詔令》作“顧累卵之可矜”。

〔一二〕罔惑舊校　《舊書》作“罔惑奮拔”，《詔令》作“罔感舊效”。

〔一三〕并劉積在身官　《舊書》此句下有一“爵”字。

〔一四〕義形於內　《舊書》作“義形於色”。

〔一五〕驍騎橫陣　原作“驍騎橫衝”，《叢刊》本、《四庫》本、《全文》同。今據翁本、傅校本、《詔令》改。《舊書》作“梟騎橫陣”，故以作“橫陣”，義較勝。

〔一六〕三周不注之山　傅校本作“三觸不周之山”。

〔一七〕士賈餘勇　《詔令》、《舊書》作“士傳餘勇”。

〔一八〕咨汝二帥　《舊書》、《詔令》作“咨爾二帥”。

〔一九〕元逵守本官充北面招討澤潞使　傅校本此句“元逵”下補一“宜”字。《詔令》、《全文》作“成德軍節度鎮冀深趙等州觀察處置等使金紫光禄大夫檢校司徒兼鎮州大都督府長史御史大夫駙馬都尉雲騎尉元逵宜守本官充北面招討澤潞使”。

〔二〇〕弘敬守本官充東面招討澤潞使　《詔令》、《全文》作“魏博等州節度觀察處置等使銀青光禄大夫檢校户部尚書兼魏（按原作‘鎮’字，誤）州大都督府長史御史大夫上柱國何弘敬守本官充東面招討澤潞使”。

〔二一〕續事焕於泗亭　《舊書》、《全文》作“彩續焕於泗亭”。

〔二二〕金石刻於代邸　原作“金石烈於代邸”，《叢刊》本、《四庫》本同。按“烈”字誤。今據陸氏校勘、《舊書》、《詔令》、翁本、傅校本、《全文》改。

〔二三〕以報勳庸　原作“以振勳庸”，《叢刊》本、《四庫》本、《全文》同。
　　　　按“振”字誤。今據《舊書》、《詔令》、翁本、傅校本改。

〔二四〕須明大順　原作“須明太順”，《叢刊》本同。按“太”字誤。今據
　　　　《詔令》、翁本、傅校本、《四庫》本、《全文》改。

〔二五〕其村鄉百姓……光顯令名　《舊書》無此一段文字。在“以報勳
　　　　庸”與“既有義心”之間僅有一句作“頃隨劉悟鄆州舊將校子孫”，
　　　　爲諸本所無。

〔二六〕爾等既有義心　《舊書》無“爾等”二字。

〔二七〕仍委陳夷行劉沔王茂元　原作“仍委夷行劉沔茂元”，《叢刊》本、
　　　　《四庫》本、翁本同。按奪“陳”、“王”二字。今據陸氏校勘、《詔
　　　　令》、《全文》補。《舊書》奪“陳”字，有“王”字。

## 授王宰兼充河陽行營諸軍攻討使制[一]　奉敕撰

敕：淮南勁兵，仗灌夫之勇[二]；河內雄屏，委寇恂之忠。各用
所長，俾專大任，以兹制勝，斯爲良圖[三]。忠武軍節度使、銀青光
禄大夫、檢校工部尚書、兼許州刺史、御史大夫、上柱國王宰，結髮
從軍，擁旄爲將；一劍橫陳，萬笴皆全；陰則難窺，勇能重閉。亞夫
緩急之任，繼父絳侯；祭肜禦侮之才，爲吾子路。近者狂寇憑阻，
屢犯顔行。茂元莫遑定居，驟聞三捷；願言奮旅，方展六奇。邇屬
爽秋，暫嬰寒泄。誠威重之可倚，顧卧護之未任。是用改爾乘軒，
總齊諸校；隱如敵國，禦彼奔衝。昔韓信建旗，出井陘之隘；鄧艾束
馬，越陰平之艱。皆立奇功，稱爲名將。爾宜自勵[四]，無愧前良。

　　　　　　　　　　　　　　　　　　會昌三年（八四三）九月初五

## 箋　校

〔一〕《新書》卷八《武宗紀》載"會昌三年九月辛卯,忠武軍節度使王宰兼河陽行營攻討使"。辛卯爲本月初五,故訂本文作時爲會昌三年九月初五。

本文又載翁本、《叢刊》本、傅校本、《四庫》本李集卷三、《全文》卷六九八。

〔二〕仗灌夫之勇　原作"伏灌夫之勇",《叢刊》本、《四庫》本、《全文》同。按"伏"字誤。今據陸氏校勘、翁本、傅校本改。

〔三〕斯爲良圖　翁本作"斯謂良圖"。傅校本作"可謂良圖"。

〔四〕爾宜自勵　原作"爾宜自厲",《叢刊》本、傅校本、《四庫》本、《全文》同。今據翁本改。

## 授劉沔招撫回鶻使制[一]　奉宣撰

昔東漢中夏既寧,匈奴飢饉,臧宮請命將臨塞,圖刻石之功。光武報云:"柔能制剛,弱能制强[二]。且傳聞之事,常多失實;雖滅大寇,不如息人[三]。"朕每覽前史,爲之興歎。又以大禹修德[四],有苗歸心;周穆徂征,荒服不至。固存取亂,在擇良圖。回鶻頃以本國荐饑,種落攜貳[五],紇扢斯乘其衰亂,遂覆危巢。既焚老上之庭,盡剪名王之族。可汗失地遠客,來附塞垣。朕言念姻親,不忘勳力。諭以呼韓款塞,漢氏舊章,戎不亂華,國之大典。且分兵食,捄彼飢人,令歸漠南[六]。方議賑贍,屬可汗久嬰沉痼,酋長異心。雖隨畜荐居,固無定所,而控弦深入,頗亦渝盟。邊將戎臣,屢抗章疏;策慮偪臆,咸請驅除。朕以王者之師,以全取勝。匈奴見短,嘉婁敬之善籌;馬邑設權,戒王恢之兵首。推誠含垢,亦以踰時[七]。況朔野沍寒[八]，有鞁瘃之患；陰山遥路，多曲折之艱。宜以德綏，豈勞兵碎。某官劉沔，久臨沙漠，頗識虜情。既啓十乘之行，必致六嬴之遁。委之告諭，方俟成功。可守本官充招撫回鶻使。如不自改悔，終須驅逐，其諸道行營兵馬使，權令指揮。主者施行。

會昌二年(八四二)九月上旬

## 箋　校

〔一〕《編證》收本文，並曰：“《劉沔碑》云：‘九月，制兼充招撫回紇使。’（《關中石刻文字新編》二）九月七日狀有云：‘昨來加劉沔招撫使。’可見此官之授在九月，且在七日前。”今從其説，訂本文作時爲會昌二年九月上旬。

本文又載《英華》卷四六一、翁本、傅校本、《叢刊》本、《四庫》本李集卷三、《全文》卷六九八。

〔二〕柔能制剛弱能制强　原作“柔能制强”，《叢刊》本、《四庫》本同。按此奪“剛弱能制”四字。今據陸氏校勘、《英華》、翁本、《全文》補。又，《後漢書》卷一八《臧宫傳》：“詔報曰：‘《黄石公記》曰：柔能制剛，弱能制彊。’”語本此。

〔三〕柔能制剛……不如息人　《後漢書·臧宫傳》：“詔報曰：‘……且北狄尚彊，而屯田警備傳聞之事，恒多失實。誠能舉天下之半以滅大寇，豈非至願？苟非其時，不如息人。’”本文所録即撮述其意。

〔四〕又以大禹修德　《英華》、《全文》、《編證》作“又以大舜修德”。

〔五〕種落攜貳　原作“落種攜貳”，《叢刊》本、傅校本、《四庫》本同。按“落種”二字倒誤。今據《英華》、翁本、《全文》改。

〔六〕令歸漠南　原作“令歸溟南”，《叢刊》本、《四庫》本同。按“溟”字誤。今據《英華》、翁本、傅校本、《全文》、《編證》改。

〔七〕亦以踰時　原作“亦以喻時”，《叢刊》本同。按“喻”字誤。今據《英華》、翁本、傅校本、《四庫》本、《全文》、《編證》改。

〔八〕朔野沍寒　原作“朔夜沍寒”，《叢刊》本、《四庫》本、《編證》同。按“夜”字誤。今據陸氏校勘、《英華》、翁本、傅校本、《全文》改。

## 授張仲武東面招撫回鶻使制〔一〕　奉宣撰

門下：古人云，兵者所以明德除害也。故舉得於外，則福生於內。朕每念戎事，務安生靈，既獲遠圖，宜恢長算。回鶻可汗寄託塞上，未歸虜庭。近者遣使薊門，懇陳誠款。宋人病告於子反，朝鮮心附於樓船；繄我信臣〔二〕，實得要領。幽州盧龍節度副使知節度事、觀察處置押奚、契丹兩蕃經略盧龍軍等使、銀青光禄大夫、檢校工部尚書、兼幽州大都督府長史〔三〕、御史大夫、蘭陵郡王、食邑三千戶張仲武，風雲感契，梟藻協誠。自升將壇，首剪狂寇。戈鋋亟聞於彗掃，牛馬殆至於谷量。故能望影揣情，已探致虜之術；豈止聞風破膽，益堅慕義之心。遽奏封章，願申告諭；彼既率服，寧忘懷柔。況虜騎往來，疾於風電；沙場夐邈，介以山川；臨敵應機，固難統一。昔衛、霍之襲葷狁，異道而征〔四〕；辛、趙之擊罕羌〔五〕，兩從其志。成予廟勝之策，在舉髦傑之臣。俾爾鷹揚，挫其狼顧。將復蠻夷之叛，固在七擒；勉思將帥之風，無忘五利〔六〕。崇以夏官之秩，委其統制之權。當竭一心，敬茲休命。可檢校兵部尚書、兼充東面招撫回鶻使。其當道行營兵馬使及奚、契丹、室韋等，並自指揮。餘如故。主者施行。

會昌二年（八四二）九月上旬

## 箋　校

〔一〕《通鑑》卷二四六載會昌二年九月“以劉沔兼招撫回鶻使,如須驅逐,其諸道行營兵權令指揮;以張仲武爲東面招撫回鶻使,其當道行營兵及奚、契丹、室韋等並自指揮”。故《編證》收録本文謂:“此制當與前制(即《授劉沔招撫回鶻使制》)同日發出。”今從其説,訂本文作時爲會昌二年九月上旬。

本文又載《英華》卷四六一、翁本、《叢刊》本、傅校本、《四庫》本李集卷三、《全文》卷六九八。

〔二〕繫我信臣　《英華》作“我之信臣”,《全文》作“翳我信臣”。

〔三〕長史　原作“長”,《叢刊》本同。按此當奪“史”字。今據陸氏校勘、《英華》、翁本、傅校本、《全文》、《編證》等補。

〔四〕異道而征　《全文》作“異道而行”。

〔五〕擊罕羌　原作“繫罕羌”,《叢刊》本、傅校本、《四庫》本同。按“繫”字誤。今據陸氏校勘、翁本、《全文》、《編證》改。《英華》作“擊罕(集作當)羌”。

〔六〕無忘五利　原作“無忘無利”,《叢刊》本同。按“無”字誤。據陸氏校勘、《英華》、翁本、傅校本、《四庫》本、《全文》、《編證》改。

# 文集卷第四

## 制

### 授王元逵平章事制[一]

門下：古之命帥，必重其名，假三事之崇，允萬夫之望。故韓信以丞相擊魏，樊噲以相國伐燕。克成茂功[二]，抑有前典[三]。成德節度使、鎮冀深趙等州觀察處置兼充北面行營招討澤潞等使、金紫光禄大夫、檢校司徒、兼鎮州大都督府長史、御史大夫、駙馬都尉、雲騎尉王元逵[四]，生稟忠厚，天資信誠。奇正得於心機，嚴莊表於師律。去病之略，無假孫吳；翁歸之才，實備文武。屬狡童逆命，自固妖巢[五]。果能揚義聲以載馳，繇直道而先奮；鋒逾駭電，勢盛疾雷。宣務柵上據層巒[六]，削成垣壘[七]；下臨平壤，盡見秋毫。始擒伏莽之戎，遽拔建瓴之險[八]。尋又陳兵原野，漸洗堯山；摧困獸之鬬心，挫螳螂之怒臂[九]。棄甲者萬計，折首者千人。

先獻戎俘,益彰臣節。今則望王師之陣[一〇],草木爲兵;聞吾帥之風,椒蘭比德。顧其殘孽,豈復稽誅[一一]?夫賞不逾時,速人爲善。雖卨敷五教,已列三公;而禹分兵麾,宜佩相印。是用命爾,升於鼎司。於戲!昔吳起有大功再三,不爲魏相;竇嬰破藩國者七,未踐漢臺。豈非名器之重,曷常虛授[一二]。爾其奮揚威武,殲厥渠魁。當感激而成功,勿遷延而玩寇。服兹休命,可不戒哉!可檢校司徒、同中書門下平章事、兼鎮州大都督府長史、依前充成德軍節度使、鎮冀深趙等州觀察處置、兼充北面招討澤潞等使,散官駙馬勳如故。主者施行。

會昌三年(八四三)七月底

## 箋　校

〔一〕《通鑑》卷二四七載會昌三年七月底"王元逵奏拔宣務柵,擊堯山;劉稹遣兵救堯山,元逵擊敗之。詔切責李彥佐、劉沔、王茂元,使速進兵逼賊境,且稱元逵之功以激勵之。加元逵同平章事"。今從《通鑑》,訂本文作時爲會昌三年七月底。

本文又載《詔令》卷六〇、翁本、《叢刊》本、傅校本、《四庫》本李集卷四、《全文》卷六九八。

〔二〕克成茂功　《詔令》作"克成茂勳"。

〔三〕抑有前典　原作"賞抑有典",《叢刊》本、《四庫》本、《全文》同。按此於義不合。今據陸氏校勘、《詔令》、翁本改。傅校本作"故有前典"。

〔四〕王元逵　原作"王元帥逵",《叢刊》本、《全文》同。按此"帥"字當衍。今據陸氏校勘、《詔令》、翁本、《四庫》本、傅校本刪。

〔五〕自固妖巢　原作"自固穴巢"。《叢刊》本、《四庫》本、《全文》同。

按“穴”字誤。據陸氏校勘、《詔令》、翁本、傅校本改。

〔六〕宣務柵　原作“宣士卒”，《叢刊》本、《四庫》本、《全文》同。按此於義不合。今據翁本、傅校本改。《詔令》無此三字。上句“勢盛疾雷”，下連“上據層巒”。

〔七〕削成垣壘　翁本作“削成堙壘”。

〔八〕遽拔建瓴之險　原作“遽拔升天之險”，《叢刊》本、《四庫》本、《全文》同。今據陸氏校勘、《詔令》、翁本、傅校本改。

〔九〕挫螳螂之怒臂　《詔令》作“碎螳螂之怒臂”。翁本、傅校本作“碎拒螳之怒臂”。

〔一〇〕今則望王師之陣　原作“□則望王師之陳”，《叢刊》本同。今據翁本、傅校本校補。《詔令》作“則今望王師之陣”。《四庫》本、《全文》作“彼則望王師之陳”。

〔一一〕豈復稽誅　原作“豈獲稽誅”，《叢刊》本、《四庫》本、《全文》同。按“獲”字誤。今據陸氏校勘、翁本、傅校本、《詔令》改。

〔一二〕曷常虛授　原作“曷常虛受”，《叢刊》本、《四庫》本、《全文》同。按“受”字誤。今據陸氏校勘、《詔令》、翁本、傅校本改。又，翁本“常”字作“嘗”字。

# 授石雄晉絳行營節度使制〔一〕

門下：兵家之策，戒在勢分。故楚爲三軍，破於英布。光武料敵，非劉尚之別營；葛亮出師，制魏延之異道。專其大任，方見成功；斷自朕心，授之戎律。天德軍豐州四城都防禦本管押蕃落等使、兼充晉絳行營諸軍副使、銀青光禄大夫、檢校左散騎常侍、豐州刺史、御史大夫、上柱國石雄，倜儻仗義，沉密有謀〔二〕。近者被羽先登，搴旗深入，剪彼葷允，碎其穹廬。勇則冠軍〔三〕，威能振敵。屬壺關逆命,羽檄交馳。念征虜奉公之心[四],思成皋過險之將,嘉其壯節,召自極邊。既而亞夫會兵,馳六乘之傳;庶乎馬武力戰,爲衆軍之鋒。朕以彦佐早升大將之壇,久服上公之袞[五],資其碩望,任以指蹤。鄧禹之鎮關河,功雖未遂;羊祜之平吴會[六],不必自行[七]。罷戎役以會朝,待寇寧而撫俗。親授方略,慰彼蒸黎;爰擢奇才,付予重事。爾其再申兵法,奮起士心。去病無以家爲,勿邀天幸;臧宫保於常勝,實在貴謀。敬聽朕言[八],副兹寵寄。可守本官兼充晋絳行營諸軍節度使,餘並如故。主者施行。

會昌三年(八四三)九月二十四日

箋　校

〔一〕《通鑑》卷二四七載會昌三年九月"庚戌,以石雄代李彦佐爲晋絳行營節度使"。故從《通鑑》訂本文作時爲會昌三年九月庚戌(二十四日)。

本文又載翁本、《叢刊》本、傅校本、《四庫》本李集卷四、《全文》卷六九八。

〔二〕沉密有謀　傅校本作"深沉有謀"。

〔三〕勇則冠軍　《全文》作"勇乃冠軍"。

〔四〕念征虜奉公之心　原作"命征虜奉公之心",《叢刊》本、《四庫》本、《全文》同。按"命"字誤。今據陸氏校勘、翁本、傅校本改。

〔五〕上公之袞　原作"上公之冕",《叢刊》本、《四庫》本同。按"冕"字誤。今據陸氏校勘、翁本、傅校本、《全文》改。

〔六〕羊祜之平吴會　原作"羊祜之守吴會",《叢刊》本、《四庫》本、《全文》同。按"守"字義不合史實。今據翁本、傅校本改。

〔七〕不必自行　翁本、傅校本作“身不自行”。

〔八〕敬聽朕言　傅校本此句删“敬”字，作“聽朕言”。

## 贈裴度太師制<sup>〔一〕</sup>

　　敕：堯之舊臣，伯益顯庸於舜、禹；周之元老，召公流美於成、康。永惟其人，是屬良相。裴度始以謀策除害，佐烈祖之中興；終以忠貞立朝，毗累聖之鴻業<sup>〔二〕</sup>。經緯之志，華皓不衰；功勳爛然，圖史輝焯。奸邪所忌，皲厓於時。暨氛霧既開，魚水將叶，條風孰見其喜愠，零雨皆美其來歸。未踐明廷，遽嬰沉痼。威鳳莫翔於舊沼，虚舟長往於夜川。俎謝之初，朋黨異議<sup>〔三〕</sup>；贈典不稱，人情爵然。屬告類上玄，涣流大號；載懷先正，宜有褒崇。寵既極於維師，恩有加於在昔。豈必望鄭侯之壟，方念茂功；過梁道之祠，乃思遺美。以兹爲勸，可不務乎！

會昌元年（八四一）三月

**箋　校**

〔一〕《舊書》卷一八上《武宗紀》載會昌元年三月“贈故中書令、晋國公裴度太師”。今從《舊書》訂本文作時爲會昌元年三月。

　　　本文又載翁本、《叢刊》本、傅校本、《四庫》本李集卷四、《全文》卷六九八。

〔二〕鴻業　傅校本作“洪業”。

〔三〕朋黨異議　原作“朋黨異義”，《叢刊》本、《四庫》本同。按“義”字誤。今據翁本、傅校本、《全文》改。

## 贈陳夷行司徒制<sup>〔一〕</sup>

　　敕：昔柳莊云亡，輟宗廟之祭；公叔既殁，表貞惠之名。前代所以追往悼懷，飾終加禮，永言髦傑，宜峻舊章。故河中節度、晋絳慈隰等州觀察處置等使、檢校司徒、兼河中尹、御史大夫陳夷行，身爲儒宗，位致宰相。言必體要，行歸於周。得壺遂之深忠[二]，持顏子之極樂。信能感物，桃李所以不言；思在無邪，藜藿由其不採。朕纘承鴻業，再授鈞衡。陳群立朝，道無適莫；葛亮稱物，心匪重輕[三]。雖壯趾爲災，躍步爲蹇，朕之毗倚，方固始終[四]。任以建牙，暫去巖廊之上；射不穿札，遂居將帥之間。方期永年，爲我良翰；遽聞淪謝，痛悼於心。是用燧以袞章，載之簡册。言念舊德，尚懷黃髮之謀；緬想貞風，爰舉素絲之節。以資縟禮[五]，用慰幽魂。

會昌三年(八四三)十一月

## 箋 校

〔 一 〕《舊書》卷一七三《陳夷行傳》載"會昌三年十一月，檢校司徒、平章事、河中尹、河中晋絳節度使。卒，贈司徒"。今從《舊書》陳氏本傳，訂本文作於會昌三年十一月。

本文又載翁本、《叢刊》本、傅校本、《四庫》本李集卷四、《全文》卷六九八。

〔 二 〕深忠　翁本作"深中"。

〔 三 〕心匪重輕　翁本、傅校本作"心靡重輕"。

〔 四 〕方固始終　原作"方回始終"，《叢刊》本同。按"回"字誤。今據陸氏校勘、翁本改。傅校本、《全文》作"方固初終"。《四庫》本作"方圖始終"。

〔 五 〕以資縟禮　翁本、《全文》作"以兹縟禮"。

# 贈崔珙左僕射制[一]

敕：孔子以顏、冉之行[二]，首於四科；漢代以荀、陳之門，方於八凱。乃眷時哲，保茲令名。用舉飾終之恩，以抒殲良之歎[三]。故山南西道節度使、銀青光禄大夫、檢校吏部尚書、兼興元尹、御史大夫、上柱國崔珙[四]，誠明履正，粹密鄰幾。有子政之精忠，得公綽之不欲。禮樂二事，以爲身文；仁義五常，自成家範。往以茂器，列於大僚。屬賢相受誣，廟堂議法，用長孺之道，以右正人；微京兆之言，豈聞非罪。既是魏其之直，益彰王鳳之邪。莊色於朝，群公聳視；讜詞不撓，淑問攸歸。歷踐名藩，皆有遺愛。居常慎獨，清則畏知。爰自子衿[五]，迄於白首，屬翼之志，終始不渝。未陟台階，實孤公望；追榮左揆[六]，式是優崇。可贈尚書左僕射[七]。

會昌五年（八四五）五、六月間

## 箋　校

〔一〕《舊書》卷一七七《崔珙傳》附記其兄崔珙事蹟云："以弟珙罷相貶官，珙亦罷鎮歸東都。五年卒。"並附載此制全文。按崔鉉在朝排擠崔珙，會昌三年，崔珙罷相，即制文所云"屬賢相受誣"。至會昌五年五月，崔鉉亦罷相，即制文所謂"益彰王鳳之邪"。故此文當作於會昌五年五月崔鉉罷相以後，約在五、六月間。

本文又載翁本、《叢刊》本、傅校本、《四庫》本李集卷四，《全文》卷六九八。

〔二〕顏冉之行　原作"顏再之行"，《叢刊》本同。按"再"字誤。今據陸氏校勘、《舊書》、翁本、《四庫》本、《全文》改。傅校本作"顏閔之行"。

〔三〕抒殲良之歎　原作“杼殲良之歎”,《叢刊》本、傅校本同。按“杼”
　　字誤。今據陸氏校勘、《舊書》、《四庫》本、《全文》改。翁本作“紓
　　殲良之歎”。
〔四〕故山南西道節度使……崔珙　《舊書》簡稱作“故山南西道節度使
　　崔珙”。
〔五〕爰自子衿　《舊書》、《全文》作“爰自青衿”。
〔六〕追榮左揆　《舊書》作“追榮左相”。
〔七〕可贈尚書左僕射　諸本無此句,據《舊書》補。

# 贈王茂元司徒制[一]

　　敕:昔許穆公身殁於師,贈以侯服,王事加等,《春秋》所書。
言念勞臣,終於盡瘁;舉兹盛典,用峻彝章。王茂元幼則服儒,長
能習吏[二];晚爲邊將,頗振軍聲。近者元戎啓行,大旆臨境[三]。
誓陟羊腸之險,寧辭馬革之勞。來必挫鋒,去者奪魄;挑戰孤壘,
自揭高旌。坐觀爇火之蓬,方解迎刃之竹。必當樽俎制勝,枕席
過師[四];勢如風霆,功在刻漏。遽嬰沉痼,莫展良圖。伏波之壯
勇不衰[五],呂蒙之療護無及。日未回於三舍,星已旋於再周。列
諸葛之鼓旗,徐驅而返;閱祭遵之車騎,悼往則深。亦既聞其綏
復,是宜加於衮歖。勉爾群帥,知予報功。

　　　　　　　　　　　　　會昌三年(八四三)九月下旬

# 箋　校

〔一〕《通鑑》卷二四七載會昌三年九月“丙午,河陽奏王茂元薨”。丙午
　　爲二十日。德裕所撰制文當在此後數日,故訂本文作時爲會昌三
　　年九月下旬。

本文又載翁本、《叢刊》本、傅校本、《四庫》本李集卷四、《全文》卷六九八。

〔二〕長能習吏　原作"長能習史",《叢刊》本同。按"史"字誤。今據翁本、傅校本、《四庫》本、《全文》改。《通鑑》卷二四七載會昌三年九月庚寅李德裕等奏:"茂元習吏事而非將才。"可證。

〔三〕大斾臨境　原作"大旅臨境",《叢刊》本、《四庫》本同。按此於義不合。今據傅校本、《全文》改。翁本此句第二字不清。

〔四〕枕席過師　原作"枕席還師",翁本、《叢刊》本、《四庫》本、《全文》同。今據陸氏校勘改。傅校本作"枕席遏師"。

〔五〕伏波之壯勇不衰　原作"伏彼之壯勇不衰",《叢刊》本同。按"彼"字誤。今據陸氏校勘、翁本、《四庫》本改。傅校本、《全文》作"伏波之壯志不衰"。

# 贈右衛將軍李安靜制[一]

敕:昔班固有言,何武、王嘉,區區以一簣障江河,用殄其身。朕常以固作一代之典,非所以垂法勸後也。若觀時以避禍,量力以圖全,則三綱之道,幾於絕矣。故右衛將軍李安靜,其祖太子少師綱,謇諤大節,炳於青史。安靜聿修厥德,不隕令名。往者產、祿擅朝,充、躬交亂。每念王室,殆於阽危;不憚芳蘭之焚,竟全孤竹之志。廣稱遺老,抗感憤之詞;苟不食言,由忠貞之故。永懷臣節,遠邁前良。近者深戒有司,下令遴柬[二],惟爾苗裔,靡有子遺。昔庭堅不祀,臧文所歎;仲宣無後,魏祖興嗟。榮以先王之臣[三],褒以揚名之典;懋茲休寵,用慰冥魂。

會昌年間(八四一至八四六)

〔一〕《新書》卷九九《李綱傳》附《李安静傳》載“安静，天授中爲右衛將
軍。武氏革命，群臣皆勸進，安静獨無所請。……來俊臣誣殺之。
會昌中，録忠臣後，訪子孫已絶，乃贈安静太子少師”。故從《新
書》訂本文作於會昌年間。
本文又載翁本、《叢刊》本、傅校本、《四庫》本李集卷四、《全文》卷
六九八。

〔二〕下令遴柬　《四庫》本、《全文》作“下令遴揀”。

〔三〕先王之臣　翁本、傅校本作“先正之臣”。

# 贈故蕃維州城副使悉怛謀制[一]

敕：兵家之法，地有必争。遠則漢氏之得陰山，匈奴慟哭；近
則張愿之城河外，朔邊底寧。乃眷維州，實爲險隘；有金湯之固，
居襟帶之衝。没爲戎疆，垂六十載。故蕃維州城副使悉怛謀，嘗
解辮髮，獻其壘垣。議臣託以和盟，沮其誠款，尋令束縛，歸戮虜
廷。彼獲甘心，且無噍類。昔常山臨代，爲全趙之寶符；河西絶
羌，斷西戎之右臂[二]。棄兹要害，用長寇讐，至今蜀人，言必流
涕。豈陳湯之專命，由匡衡之廢忠。言念始謀，久罹幽枉，爰加寵
贈，用慰貞魂。

會昌三年(八四三)三月

箋　校

〔一〕《通鑑》卷二四七載會昌三年三月“李德裕追論維州悉怛謀
事。……詔贈悉怛謀右衛將軍”。故從《通鑑》訂本文作時爲會昌
三年三月。

本文又載翁本、《叢刊》本、傅校本、《四庫》本李集卷四、《全文》卷
六九八。

〔二〕斷西戎之右臂　翁本、傅校本作“斷玁戎之右臂”。

## 授元晦諫議大夫制[一]

敕:昔汲黯薄淮陽守,願出入禁闥,補過拾遺。則諫諍之
任[二],實資諒直;我求其比,今得正人。吏部郎中元晦,往在內
廷,嘗感先顧,奮發忠懇,不私形骸,俯伏青蒲,至於雪涕[三]。數
共工之罪,不蔽堯聰[四];辨垣平之詐,益彰文德[五]。近因旌別邪
正,宰弼上言,以魯公藏瑁,莫如置革於左右[六];漢后輯檻[七],孰
若列游於公卿[八]?是用命爾,登於文陛。爾其副我寵擢,不替初
心。勿沽小名,以枉大節;勉服官業,期於有終。可諫議大夫[九]。

會昌三年(八四三)二月

## 箋　校

〔一〕《册府》卷四五七《臺省部·選任》收錄本文,並謂元晦“會昌三年
二月除右諫議大夫”。今從《册府》訂本文作時爲會昌三年二月。
本文又載《英華》卷三八一、翁本、《叢刊》本、傅校本、《四庫》本李
集卷四、《全文》卷六九八。

〔二〕諫諍之任　原作“諫爭之任”,翁本、《叢刊》本、傅校本、《四庫》本、
《全文》同。今據《册府》、《英華》改“爭”爲“諍”。

〔三〕至於雪涕　《册府》作“至於零涕”。

〔四〕不蔽堯聰　原作“不蔽聖聰”,《叢刊》本、《四庫》本、《全文》同。
按“聖”字誤。今據陸氏校勘、《册府》、《英華》、翁本、傅校本改,

〔五〕益彰文德　原作“益張文德”,《叢刊》本、《四庫》本、《全文》同。

按"張"字誤。今據陸氏校勘、《册府》、《英華》、翁本、傅校本改。

〔六〕莫如置革於左右　傅校本此句刪"革"字。

〔七〕漢后輯檻　《册府》作"漢后葺檻"。

〔八〕孰若列游於公卿　傅校本此句刪"列"字。

〔九〕可諫議大夫　諸本此句無"諫議大夫"四字,今據《英華》、《全文》補。《四庫》本"以枉大節"以下增有"勿避嫌怨,以負公評。我求端士,用繼前良,期爾盡規,至於無過。勉服厥官,毋忝優恩。可"。

## 授段元遜哥舒嶠等官制<sub>闕</sub>

## 授徐商禮部員外郎制<sup>〔一〕</sup>

敕:朝議郎、殿中侍御史、内供奉上柱國徐商。于公以容駟高閎<sup>〔二〕</sup>,虞氏以升卿名子,其所全活,不聞大賢,猶誠感幽神,慶流苗裔。矧乃祖往以淑問<sup>〔三〕</sup>,嘗爲理官。屬政在吕宗,謀傾王室,將相陷辟,忠良受誣。而深念群獄之冤,固拒詔使;分别楚囚之濫,自履危機。義激命輕,仁爲己任。有是陰德,宜覃後昆。爾風度粹和,文詞温麗,列於清憲,雅有貞標。既旌先正之忠,爰舉賞延之典。勉修官業,無替家聲。可。

約會昌二年(八四二)

篴　校

〔一〕岑仲勉《郎官石柱題名新考訂》附《翰林學士壁記注補》第三二二頁載"徐商會昌三年六月一日自禮部員外郎充",並引李騭《徐襄州碑》:"會昌二年,以文學選入禁署。"岑氏因此前封敕入翰林已是本年底,故"疑碑之'二'字誤"(上海古籍出版社一九八四年

版）。而參稽本文"爾風度粹和,文詞温麗,列於清憲,雅有貞標",
實以文學選入禮外之證。則《徐襄州碑》作二年是,姑訂本文作時
爲會昌二年。

本文又載《英華》卷三九一、翁本、《叢刊》本、傅校本、《四庫》本李
集卷四、《全文》卷六九八。

〔二〕高閣 《英華》作"高門"。

〔三〕矧乃祖往以淑問 《四庫》本作"矧乃祖往以淑聞"。

## 授狄兼謨兼益王傅鄭柬之兼益王府長史制[一]

敕:古者聖人之教子也,皆妙選天下之端士[二],以衛翼之。
漢代梁王好書,則以賈誼經緯之才,推明其志[三];淮陽好政,則以
玄成禮讓之節[四],鎮静其浮[五]。前王令猷,百代良法[六]。況朕
建立元子,錫之奥區[七],朱邸初開,黄髮是憲。以兼謨慷慨納
説[八],有爰絲正席之忠;以柬之取捨俟時,有貢禹彈冠之操;皆行
不苟合,誠無暗欺,歷職有聲,居正無撓[九];舉其素行,擢在首
僚[一〇]。爾宜廣德義之風,明孝愛之道[一一],俾其嚴於問寢,敬不
絶馳;化與心成,中道若性。服我休命,可不慎歟[一二]?

會昌三年(八四三)二月

## 箋 校

〔一〕《册府》卷七〇八《宫臣部·選任》録此文並云:"武宗會昌三年二
月,以狄兼謨兼益王傅、鄭柬之兼益王府長史。"今從《册府》,訂本
文作時爲會昌三年二月。

本文又載翁本、《叢刊》本、傅校本、《四庫》本李集卷四、《全文》卷
六九八。

〔二〕皆妙選天下之端士　《册府》此句無"妙"字。

〔三〕推明其志　《册府》作"而耀明之"。

〔四〕禮讓之節　《册府》作"讓兄之節"。

〔五〕鎮静其浮　《册府》作"而鎮静之"。

〔六〕百代良法　原作"百伐良法",《叢刊》本、傅校本同。按"伐"字誤。
　　今據翁本、《四庫》本、《全文》改。《册府》作"百代可法"。

〔七〕錫之奥區　原作"錫之粤區",《叢刊》本、《四庫》本同。按"粤"字
　　誤。今據陸氏校勘、《册府》、翁本、傅校本、《全文》改。

〔八〕慷慨納説　《册府》作"慷慨立志"。

〔九〕居正無撓　《册府》作"居正不撓"。

〔一○〕擢在首僚　《册府》作"擢在顯僚"。

〔一一〕明孝愛之道　傅校本作"明孝友之道"。

〔一二〕可不慎歟　《册府》作"可不勉歟"。

## 授鄭朗等左諫議大夫制〔一〕

　　敕〔二〕:予欲左右前後,皆得正人,朝夕交戒,儆予之闕,所以
分左右而備箴諫也。思見大儒骨鯁,白首耆艾,論議通古今,喟然
動衆心,所以增其秩而厚其禄也。朝散大夫、守諫議大夫、兼弘文
館學士、上柱國鄭朗等,皆以貞正守道,列於左掖,從容諷諫,每竭
嘉猷。況朗、璜近因陛見,乃能廷争〔三〕,執以言責,本於忠誠〔四〕。
昔峻阪乘危,爰絲攬轡;期門近出,次況當車。增主之明,二臣之力。
我求端士,用繼前良,期爾盡規,致予無過。拾遺左右,汲黯之願已
諧;禄賜愈多,貢禹之誠當勵。勉思厥職,無忝優恩〔五〕。可。

　　　　　　　　　　　　　會昌二年(八四二)十一月二十九日

篦　校

〔一〕《通鑑》卷二四六載會昌二年十一月“上幸涇陽校獵。乙卯,諫議大夫高少逸、鄭朗於閣中諫曰……。己未,以少逸爲給事中,朗爲左諫議大夫”。本月辛卯朔,己未爲廿九日。今從《通鑑》,訂本文作時爲會昌二年十一月廿九日。

本文又載翁本、《叢刊》本、傅校本、《四庫》本李集卷四、《全文》卷六九八。

〔二〕敕　原無此字,《叢刊》本、傅校本、《四庫》本同。今據翁本、《全文》補。

〔三〕乃能廷争　原作“乃能庭争”,《叢刊》本、《四庫》本、《全文》同。按“庭”字誤。今據翁本、傅校本改。

〔四〕本於忠誠　《四庫》本、《全文》作“本於志誠”。

〔五〕無忝優恩　原作“無忝優思”,《叢刊》本、《全文》同。按“思”字誤。今據陸氏校勘、翁本、傅校本、《四庫》本改。

## 授鄭裔綽渭南縣尉直弘文館制覃之子〔一〕

敕:宣議郎、前行京兆府參軍、驍騎尉、滎陽縣開國子鄭裔綽。昔漢武帝云,有社稷之臣,汲黯近之矣。緬懷先正,實邁前良。況兩代持衡,皆有貞節,守正去位〔二〕,遺風凜然。爾生於德門,早服儒訓〔三〕。黄金不遺,唯守於一經;白環比德,方榮於四代。嘉其勵行,不隕令名,俾從丹地之遊,佇繼緇衣之美。可京兆府渭南縣尉直弘文館,散官勳如故。

會昌年間(八四一至八四六)

## 箋　校

〔一〕《新書》卷一六五《鄭覃傳》附《鄭裔綽傳》載"裔綽峭立有父風,以門廕進,爲李德裕所知,擢渭南尉"。具體年月,無可細考,謹訂本文作時爲會昌年間李德裕執政之時。

本文又載翁本、《叢刊》本、傅校本、《四庫》本李集卷四,《全文》卷六九八。

本文標題之下陸氏據宋本補注"覃之子"三小字。翁本、傅校本有之。《叢刊》本、《四庫》本、《全文》無。

〔二〕守正去位　原作"守正持法",《叢刊》本、《四庫》本、《全文》同。今據陸氏校勘、翁本、傅校本改。

〔三〕早服儒訓　原作"且服儒訓",《叢刊》本、《四庫》本同。按"且"字誤。今據陸氏校勘、翁本、傅校本、《全文》改。

## 授李丕汾州刺史制〔一〕

敕〔二〕:賈誼云:"守圉扞敵之臣,誠死城郭封疆。"聖人有金城者,比物此志也〔三〕。若火焚岡而不改其貞,風振野而獨標其勁,臨危自奮,見義必爲,得不寵以命爵〔四〕,列於上賞?忻州刺史、兼御史中丞李丕〔五〕,幼而倜儻,長負不羈,才耀奇而穎出,智釋結而觿解。禦侮是寄,益德冠於三軍;騷動得人,劇孟雄於一敵。昔在爾祖,志康國屯。翼龍而飛,既濡其雨露;刑馬而誓,已表於山河。貽厥孫謀,載揚休問。近者祲生參代〔六〕,盜起汾川。保信都之城,不爲威惕;戮邯鄲之使,終以節全。戎士間行,奏章狎至。閱其忠款,可謂著明。乃眷西河,控於大夏〔七〕,文侯舊壤,干木遺風。以節概著者居之,固其宜也。勉圖嘉績,以保令名。可。

會昌四年(八四四)二月初

箋　校

〔一〕本文標題,翁本作《忻州刺史兼御史中丞李丕授汾州刺史制》。參
　　　本文所述,知此爲李丕由忻州刺史改汾州刺史制文。按《通鑑》卷
　　　二四七載會昌四年正月辛卯(初七日)李丕奏:"楊弁遣人來爲遊
　　　説,臣已斬之,兼斷其北出之路,發兵討之。"與本文所述合。本月
　　　壬子(廿八日),亂平,生擒楊弁。李丕當是因功授汾州刺史。約
　　　而推之,制文當作於會昌四年二月初。
　　　本文又載翁本、《叢刊》本、傅校本、《四庫》本李集卷四、《全文》卷
　　　六九八。

〔二〕敕　此字原闕,《叢刊》本、傅校本、《四庫》本同。今據翁本、《全
　　　文》補。

〔三〕比物此志也　《四庫》本、《全文》作"此物此志也"。

〔四〕寵以命爵　翁本、《全文》作"寵以名城"。傅校本作"寵以命城"。

〔五〕忻州刺史兼御史中丞李丕　翁本作"李丕",無前九字。

〔六〕褥生參代　原作"侵生參代",《叢刊》本同。按"侵"字誤。今據翁
　　　本、傅校本、《四庫》本改。《全文》作"褥生參伐"。按"伐"字亦誤。

〔七〕控於大夏　原作"控於大厦",《叢刊》本、《四庫》本同。按"厦"字
　　　誤。今據翁本、傅校本改。

## 授李丕晋州刺史充冀氏行營攻討副使制[一]

　　　敕:晋謀元帥,必有佐軍;漢制出師,皆立副貳,所以重戎事而
肅王命也。李丕頗有大慮,常好奇功。自爲攻拒之書,尤邃揣摩

之術。淬其智刃,研未兆之機[二];森其禮干,得備嚴之稱。暨蟬蛻丹水,鵬搏赤霄,未及歲期[三],累見誠節。今以玉璧重地,汾河要津,俾換珪符,用佐樽俎。庶乎易行而誘,成苗賁之爲;不胃而驅,效葉公之入。勉於盪寇,副我知臣。可。

會昌四年(八四四)三月上旬

## 箋　校

〔一〕《新書》卷八《武宗紀》載會昌四年三月"石雄兼冀氏行營攻討使,晋州刺史李丕副之"。又據本年三月十四日李德裕《奏晋州刺史李丕狀》(文集卷十六)叙及李丕在晋州綏輯,應接石雄,"與共謀度",可見彼時李丕已爲冀氏行營攻討使石雄之副使,而任命當稍早。以此推之,訂本文作時爲會昌四年三月上旬。此文標題中"冀氏",諸本均誤作"冀代"。今據史書改正。又,《元和郡縣圖志》卷一二,河東道晋州有"冀氏縣,西至州一百九十二里"。

本文又載翁本、《叢刊》本、傅校本、《四庫》本李集卷四、《全文》卷六九八。

〔二〕研未兆之機　原作"斫未兆之機",《叢刊》本、《四庫》本、《全文》同。按"斫"字誤。今據翁本、傅校本改。

〔三〕未及歲期　原作"未及歲暮",《叢刊》本、《四庫》本、《全文》同。按"暮"字誤。今據翁本、傅校本改。

# 文集卷第五

詔敕上<small>詔敕凡有敕字者,便行;無敕字者,<br>請翰林添奬飾語。他皆倣此。</small>

## 賜回鶻可汗書<sup>〔一〕</sup>　奉宣撰

敕:我國家統臨萬寓,列塞在陰山之南;先可汗總率本部<sup>〔二〕</sup>,建牙於大漠之北。各安土宇,二百餘年。此天所以限隔內外,不可逾越。近聞爲紇扢斯所敗,加以饑荒,國邑爲墟,屍僵道路。今可汗稍收離散,漸近邊城,將議遠圖,合先文誥<sup>〔三〕</sup>。故茲命使,宜聽朕言。可汗累代以來,推誠嚮國。往者中原有難<sup>〔四〕</sup>,助剪群兇。列聖念功,每加優寵。寧國、咸安二公主,降嫁龍庭。爰及先朝,復以今公主繼好,又以土無絲纊,歲遺縑繒。恩禮轉深,諸蕃稱羨。久保誠信,兩絕猜嫌。但以國家舊章,蕃漢殊壤,稍逾經制,豈朕所安?去歲嗢沒斯特勤已至近界<sup>〔五〕</sup>,邊將憤激,便請驅除<sup>〔六〕</sup>。朕念其無主可歸,且令安撫。今可汗既立,彼又降附,便合率領[七]，漸復舊疆;漂寓塞垣，殊非良計。又得宰相頡于伽思等表，借振武一城權與可汗、公主居住。中國之制，與外蕃不同，須守前代規模，祖宗法度。昔漢朝單于乖亂，呼韓款塞，宣帝送單于出朔方雞鹿塞，唯賑以米粟。國初太宗皇帝命李思摩建牙於漠南[八]，遺址並存，事皆可驗。未有深入漢界，借以一城。與退渾、党項微小雜種，同爲百姓，實亦屈可汗之尊貴，亂中國之舊規。若以未復本蕃，或欲別遷善地，求大國聲援，戢諸部交争，亦須率思歸之人，且於漠南駐止。朕當許公主朝覲，親問事宜。儻須應接，必無所悋。冀令彼國[九]，從此輯寧，豈不謂去危就安，轉禍爲福?朕緣公主將可汗丹誠來告，深感於衷。制置之間，須存遠大。故遣右金吾衛大將軍、兼御史大夫王會，宗正少卿[一○]、兼御史中丞李師偃，馳往喻懷。爰定所居，便申誓約;神明是質，豈可食言?可汗宜保一心[一一]，自求多福。

會昌元年(八四一)十二月庚辰(十四日)

## 箋　校

〔一〕《通鑑》卷二四六載會昌元年十二月"庚辰，制遣右金吾大將軍王會等慰問回鶻，仍賑米二萬斛。又賜烏介可汗勅書，諭以……"云云，即本文中語。故從《通鑑》訂本文作時爲會昌元年十二月庚辰(十四日)。

本文又載翁本、《叢刊》本、傅校本、《四庫》本李集卷五、《全文》卷六九九、《編證》。

本文標題下陸氏補"奉宣撰"三字，翁本亦有此三字。《叢刊》本、傅校本、《全文》、《四庫》本無。

〔二〕總率本部　原作"悤率本部"，《叢刊》本同。按"總"原刻作"惣"，此“悲”字當爲形誤。今據陸氏校勘、翁本、傅校本、《四庫》本、《全文》、《編證》改。

〔三〕合先文誥　原作“舍先文誥”，《叢刊》本同。按“舍”字誤。今據陸氏校勘、翁本、傅校本改。《四庫》本、《全文》作“今先文誥”。

〔四〕往者　原作“任者”，《叢刊》本同。按“任”字誤。今據陸氏校勘、翁本、傅校本、《四庫》本、《全文》、《編證》改。

〔五〕已至近界　原作“已至近昇”，《叢刊》本、傅校本同。按“昇”字誤。今據陸氏校勘、翁本、《四庫》本、《全文》、《編證》改。

〔六〕便請驅除　原作“便請袪除”，《叢刊》本、《四庫》本、《全文》、《編證》同。今據翁本、傅校本改。

〔七〕便合率領　原作“便合率”，《叢刊》本同。按此當奪一字。今據陸氏校勘、翁本、傅校本、《四庫》本、《全文》、《編證》補。

〔八〕漠南　原作“漢南”，《叢刊》本、《四庫》本、《全文》同。按“漢”字誤。今據陸氏校勘、翁本、傅校本、《編證》改。

〔九〕冀令彼國　原作“冀今彼國”，《叢刊》本、《四庫》本同。按“今”字誤。今據陸氏校勘、翁本、傅校本、《全文》、《編證》改。

〔一〇〕宗正少卿　《全文》作“副使宗正少卿”。《編證》注曰：“此書王會不稱安撫大使或正使，而師偓稱副使，則副使二字，似是衍文。”

〔一一〕可汗宜保一心　原作“可汗並保一心”，《叢刊》本、《四庫》本、《全文》、《編證》同。今據翁本、傅校本改。

## 賜回鶻書意[一]　奉宣撰

朕想可汗、公主以久修鄰好，累降嘉姻，望我國家，如歸親戚。朕每弘容納之意，固無纖芥之嫌。但以將相大臣，累陳公議，以可汗代居絕漠，臨長諸蕃，名聲既雄，部伍甚衆。今逗留塞上，逼近邊城，百姓不安，人心疑惑，耕種盡廢，士馬疲勞。朕二年以來，保護可汗一國，內阻公卿之議，外遏將帥之言，朕於可汗，心亦至矣。可汗亦須深見事體，早務歸還〔二〕。所求種糧及安存摩尼、尋勘退渾、党項劫掠等事，並當應接處置，必遣得宜。惟是擬借一城，自古以來，未有此事。天地以沙漠山河，限隔南北〔三〕。想蕃中故老，亦合備知。只如長安，東有潼關，西有散關，南有藍田關，北有蒲關。今四海一家，天子所都，猶有限隔。況蕃漢殊壤，豈可通同？且天下者，高祖、太宗之天下。朕守祖宗成業，常懷兢畏，豈敢上違天地之限，中隳祖宗之法？每欲發一號，施一令，皆告於宗廟，不敢自專。所借一城，理絕言議。想可汗便須息意，勿更披陳。其餘令楊觀專往，親喻朕意〔四〕。

會昌二年（八四二）二月

## 箋　校

〔一〕《編證》收錄本文，並謂“是書約發於二年之初”。今按《通鑑》卷二四六載會昌二年二月“回鶻復奏求糧及尋勘吐谷渾、党項所掠，又借振武城。詔遣內使楊觀賜可汗書，諭以城不可借，餘當應接處置”。所述與本文合，故訂本文作時爲會昌二年二月。

本文又載翁本、《叢刊》本、傅校本、《四庫》本李集卷五、《全文》卷六九九、《編證》。

〔二〕早務歸還　原作“早見歸還”，《叢刊》本、《全文》、《四庫》本、《編證》同。按“見”字誤。今據翁本改。傅校本作“且務歸還”。

〔三〕限隔南北　傅校本作“阻隔南北”。

〔四〕親喻朕意　原作“視喻朕意”，《叢刊》本同。按“視”字誤。今據翁本、傅校本、《四庫》本改。《全文》、《編證》作“示喻朕意”。

## 賜回鶻可汗書意[一]　奉宣撰

楊觀至，覽表，欲求糧食、牛羊。糧食已許自以馬價絹就振武和糴三千石。緣中國以農爲本，最貴耕牛，百姓所畜無多，常斷屠殺。羊則産於北土，不出中華。惟塞上蕃渾，各有畜牧，朝廷未嘗徵率，務使安存。今之所求，難允來意。又所請束縛嗢没斯送歸者，嗢没斯比自投邊將，屢獻誠款[二]。自本國破亡之初，奔迸先至塞上，不隨可汗、公主，已是二年。慮彼猜嫌，自懷憂懼，窮迫歸命，望朕保持。未嘗有交構之言，離間兩國。前可汗已緣失制馭之道，無兼愛之仁，侵擾諸蕃，肆爲暴虐，所以親屬内叛，部落外離，國破家殘，實由於此。今可汗失地遠客，危難之中，尤須追悔前非，以安反側。若又仁愛不至，骨肉相殘，可汗左右信臣，誰敢自保？朕統萬國，非止一蕃。未附者須務懷柔[三]，歸誠者固宜存撫[四]。儻徇可汗之意，殊乖覆育之恩。今已特許歸降，止於存其種族，必不别有任使，授以腹心。在可汗不失恩慈，於朝廷免虧信義。豈不兩全事體，深叶良圖？況前代以來，盡有故事。漢朝呼韓邪單于款塞[五]，其下大將烏厲屈、烏厲温敦並來降附，漢宣帝封以列侯。又國初頡利可汗之破敗也，降者甚衆，酋豪首領至，朝廷皆拜將軍，僅百餘人，無不撫納。想可汗深明朕意，勿更再論。摩尼教天寶以前，中國禁斷。自累朝緣回鶻敬信，始許興行；江淮數鎮，皆令闡教。近各得本道申奏，緣自聞回鶻破亡，奉法者因兹懈怠。蕃僧在彼，稍似無依。吳楚水鄉，人性嚚薄，信心既去，翕習至難。且佛是大師，尚隨緣行教，與蒼生緣盡，終不力爲。朕深念異國遠僧，欲其安堵，且令於兩都太原信嚮處行教，其江淮諸寺權停,待回鶻本土安寧,即却令如舊。

會昌二年(八四二)四月

## 箋　校

〔一〕《編證》收録本文,並謂:"楊觀之使,在二年初,此則楊觀剛回,而書中對嗢没斯則謂已許降附,必不别有任使,是在嗢没斯既降尚未授官之時,即二年四月也。"今從其説,訂本文作時爲會昌二年四月。

本文又載翁本、《叢刊》本、傅校本、《四庫》本李集卷五、《全文》卷六九九。

本文標題下陸氏據宋本補"奉宣撰"三字。翁本亦有此三字,别本均無。

〔二〕屢獻誠款　原作"屢猒誠款",《叢刊》本、《四庫》本同。按"猒"字誤。今據陸氏校勘、翁本、傅校本、《全文》、《編證》改。

〔三〕須務懷柔　原作"頃務懷柔",《叢刊》本同。按"頃"字誤。今據陸氏校勘、傅校本、《四庫》本、《全文》、《編證》改。

〔四〕固宜存撫　原作"因宜存撫",《叢刊》本、《四庫》本、《全文》、《編證》同。按"因"字誤。今據翁本、傅校本改。

〔五〕呼韓邪單于　原作"呼延邪單于",《叢刊》本、傅校本、《四庫》本、《全文》同。按"延"字誤。今據翁本、《編證》改。

## 賜回鶻可汗書并公主及九姓宰相詔書　奉宣撰〔一〕

朕自臨寰區,爲人父母,惟以好生爲德,不願黷武爲名。故自彼國不幸,爲紇扢斯所破〔二〕,來投邊境,已歷歲年,撫納之間,無所不至。初則念其饑歉,給其粳糧;旋則知其破傷,盡還馬價。前後遣使勞問，交馳道路，小小侵擾，亦盡不計。今則可汗尚屯近塞，未議還蕃[三]。朝廷大臣與四方節將，皆懷疑忿，盡請興師。雖朕切務含弘，亦所未喻。一昨數使却回[四]，皆言可汗祇待馬價。及令交付之次，又聞所止屢遷。或侵掠雲朔等州，或釁掣羌渾諸部[五]。未知此意，終欲何如？若以未交馬價，且近塞垣，行止之間，亦宜先告邊將。豈有倏來忽去，遷徙不常？雖云隨逐水草，動皆逼近城柵。遙揣深意，似恃姻好之情；每觀蹤由[六]，實懷馳突之計。況昨到橫水柵下，煞戮至多。蕃渾牛羊，豈恪驅掠[七]？黎庶何罪，皆被傷夷。所以中朝大臣等皆云，回鶻近塞，已是違盟，更戮邊人，實乖大義。咸願因此翦逐，以雪殂謝之冤。然朕志在懷柔，情深屈己。寧可汗之負德，終未忍於幸災。石誡直久在京城，備知仁一本作人[八]心憤惋，發於誠懇，固請自行。嘉其深見事機，所以不能違阻。可汗審自詢問，速擇良圖，無至不悛，或貽後悔。

會昌二年（八四二）八月十五日

## 箋　校

〔一〕本文述及遣石誡直賜可汗書，而文集卷十四《論回鶻石誡直狀》云：“兩日來臣等竊聞外議云，石誡直久在京城，事無巨細，靡不諳悉。”建議詔劉沔將石誡直勒回。此狀上於八月十八日。《編證》據此推定本文作於十五日。今從其說，訂本文作時爲會昌二年八月十五日。

本文又載翁本、《叢刊》本、傅校本、《四庫》本李集卷五、《全文》卷六九九。《舊書》卷一八上《武宗紀》收錄本文，文字出入較多。《編證》以爲其原因乃“經翰林修飾也”，並有詳細校記，可參。

本文標題下原有小字注"並公主及九姓宰相詔書"十字,翁本、《叢刊》本、《四庫》本、《編證》同。惟《全文》無。陸氏校勘又補"奉宣撰"三字,翁本同。別本均無此三字。

〔二〕爲紇扢斯所破　原作"紇扢斯所破",翁本、《叢刊》本、傅校本、《四庫》本同。按此當奪"爲"字。今據《全文》、《編證》補。

〔三〕未議還蕃　翁本作"未議述蕃"。按"述"字誤。

〔四〕一昨　原作"日昨",《叢刊》本、《四庫》本、《全文》同。按"日"字誤。今據陸氏校勘、翁本、傅校本、《編證》改。《舊紀》亦作"一昨"。

〔五〕羌渾諸部　傅校本作"羌胡諸部"。

〔六〕每觀蹤由　原作"每觀蹤跡",《叢刊》本、《四庫》本、《全文》、《編證》同。按"跡"字誤。今據陸氏校勘、傅校本改。翁本作"每觀蹤曰"。此頁配抄,當是"由"字缺一筆而誤作"曰"。

〔七〕豈悋驅掠　傅校本作"豈悋驅逐"。

〔八〕一本作人　《全文》無此注文。

## 賜太和公主敕書<sup>〔一〕</sup>　奉宣撰

敕:姑遠嫁絶域,二十餘年。跋履險難,備罹屯苦。朕每念於此,良用憫然。恭惟太皇太后春秋已高,慈愛深厚。比者望姑朝謁,再敘悲歡。倏已歲暮,寂無音耗。想姑見舊國之城邑,能不銷魂?望漢將之旌麾,必當流涕。今朔風既至,霰雪已零;絶國蕭條,固難久處。旃牆罽幕,何以禦冬?肉飯酪漿,且非適口。朕撫臨萬寓,子育群生,一物未安,終食三歎。況姑累年漂泊,何日忘懷?想姑高明,必是懸鑑。姑承宗廟之餘慶,爲三室之懿親<sup>〔二〕</sup>。

先朝割愛降婚，義寧家國。謂回鶻必能禦侮[三]，安靜塞垣，使邊人子孫，不見兵革，射獵者不敢西向，畏軒轅之臺。今回鶻所爲，甚不循理。蕃渾是朕之人，百姓牛羊，亦國家所有；因依漢地，遂至蕃孳。回鶻託以私讎，恣爲侵掠。每馬首南向，姑得不畏高祖、太宗之威靈？欲侵擾邊疆，姑得不思太皇太后之慈愛？爲其國母，足得指揮。若回鶻不能禀命[四]，則是棄絕姻好；今日以後，不得以姑爲詞。若恃我爲親，禀姑教令，則須便自戢斂，以繼舊歡。想姑以朕此書，喻彼將相，令其知分，更不徇非。塞外祁寒[五]，且無絲纊。朕每御裘服，則思彼未授衣，豈可回鶻譸張，遂忘親愛？今寄冬衣若干，具如別録。

會昌二年（八四二）八月十五日

## 箋　校

〔一〕《編證》收録此文，並謂："此敕當與前書（《賜回鶻可汗書》）同時發。"《編證》論前書題注云："此書内無分諭公主及九姓宰相之辭意，所謂'公主及九姓宰相詔書'者，即指後一篇之《賜太和公主敕書》。"說頗可信。故今訂本文作時爲會昌二年八月十五日。

本文又載翁本、《叢刊》本、傅校本、《四庫》本李集卷五、《全文》卷六九九。

〔二〕爲三室之懿親　《叢刊》本、《編證》同。《編證》謂"三室"乃指穆、敬、文三宗。翁本、《四庫》本、傅校本、《全文》則以"三"作"王"。

〔三〕禦侮　原作"侮禦"，《叢刊》本、《四庫》本同倒誤。今據陸氏校勘、翁本、傅校本、《全文》、《編證》改。

〔四〕不能禀命　原作"能不禀命"，《叢刊》本、《編證》同倒誤。今據陸氏校勘、翁本、傅校本、《四庫》本、《全文》改。

〔五〕塞外祁寒　原作"塞外祈寒"，《叢刊》本、《四庫》本同。按"祈"字誤。今據翁本、傅校本、《全文》、《編證》改。

## 賜背叛回鶻救書[一]　奉宣撰

近數得邊將奏報，知卿等本國自有離亂，可汗遇禍，雖未委虛實，良深震悼。我國家與卿等本國代結姻好，久爲親戚，協德同心，常爲諸蕃所羨，故得邊候不聳，封疆晏然。卿等忽領師徒，漠南屯集，又數至天德侵掠，頗擾邊人。聚師無名，忠義俱失，既乖舊好，良用憮然。若卿等本國所立新主非可汗至親，人心不從，擾亂未定，卿等只合自申方略，竭效忠誠，安靖本蕃[二]，以圖勳績；亦合遣使告朕，具述此心。若新立可汗是中國至親，人已歸附，卿等便合早自相率，保國寧家，與可汗協心，以修舊好。豈得寄命塞上，久勞師人？朕緣與卿本國情義至深，事同一體，又緣公主在彼，未知存亡，故遣使臣魏薈往諭朕意。卿宜備陳誠款，不得虛詞，兼禁戢師徒，勿爲侵軼。近聞天德遊弈軍將，曾有交鋒。卿等既犯塞垣，亦是邊將常事。今已各令諸鎮不許交兵[三]，卿宜曉諭部落，各令知悉。

　　　　　　　　　　　　　約會昌元年(八四一)二月

## 箋　校

〔一〕《編證》收錄本文，並據本文"遣使臣魏薈往諭朕意"，推斷本文作於會昌元年三月以前。因魏薈原係李珏、楊嗣復所引，武宗即位後，李、楊貶官，薈亦貶信州長史，故"此敕當發於會昌元年三月楊、李貶官……之前"。今從其説，姑訂本文作於會昌元年二月。

　　　本文又載翁本、《叢刊》本、傅校本、《四庫》本李集卷五、《全文》卷七〇〇。翁本標題下有小字注曰："一本作詔意。"

〔二〕安靖本蕃 《全文》作"安靜本蕃"。

〔三〕今已各令諸鎮 翁本作"今已各敕諸鎮"。

## 賜回鶻嗢没斯特勤等詔書[一] 奉宣撰

敕：回鶻嗢没斯特勤、那頡啜特勤、頡于伽思[二]、於解亦阿耽
于思、莫賀達干宰相伊難朱密伽諦略、摩咄將軍諦略等。天德軍
遞所奏表至，再三省覽，憂屬良深。彼蕃自忠義毗伽可汗以來，代
爲親隣，連降愛主，恩禮特異，古今莫及。朕君臨萬國[三]，撫育殊
方，苟有未安，則宜來告。況特勤等乃祖乃父，歸誠累朝。昨遣嗣
澤王溶弔册先可汗回[四]，始聞卿國中喪亂，諸部乖離。捄患卹
鄰，豈忘令典？方圖鎮撫，以命使臣。今又知堅昆等五族，深入凌
虐，可汗被害，公主及新可汗播越他所，未歸城邑。特勤等力不能
制，思存遠圖，相率遁逃，萬里歸命。又知欲奉公主朝覲，忠謀不
從，已踰大漠之南，同款五原之塞，發此單使，布其赤心。言念艱
危，惻然軫歎。料卿等皆英酋貴族，羈寓沙場，懷土之情，如何可
處？豈非欲討除外寇，匡復本蕃，抱此至忠，託於大援。但緣未知
指的，難便聽從。又慮邊境守臣，見卿忽至，或懷疑阻，不副朕心，
故遣鴻臚卿張賈馳往安撫。朕既獎卿忠款，報以信誠，雖隔塞垣，
已如相見。卿須深明朕志[五]，盡吐所懷，一一言於使臣，令其速
還聞奏。佇聞誠願，續有指揮，必當副彼急難，固不惜於事力。勉
於謀度，用保忠勳。秋熱[六]，卿及部下諸官並左相阿波兀等部落
黑車子、達怛等平安好。遣書指不多及。

會昌元年（八四一）八月

## 箋　校

〔一〕《編證》收録此文,並於校記第一條中謂:"《考異》二一會昌元年下云:'八月,張賈爲巡邊使,察回鶻情僞。《一品集·賜嗢没斯等詔》曰:……秋熱。然則詔下必在此際也。'"今從其説,訂本文作時爲會昌元年八月。

　　本文又載《英華》卷四六九、翁本、《叢刊》本、傅校本、《四庫》本李集卷五、《全文》卷六九八。

　　本文標題"特勤",諸本均作"特勒"。今據《編證》所考改。

〔二〕頡于伽思　原作"頡干伽思",翁本、《叢刊》本、傅校本同。按"干"字誤。今據《四庫》本、《全文》、《編證》改。《編證》校曰:"考《九姓回鶻可汗碑》有内宰相頡于伽思。……作頡干者傳寫之誤也。"《英華》作"曳于伽思",當是音譯之異。

〔三〕朕君臨萬國　原作"君臨萬國",《叢刊》本、《四庫》本、傅校本同。今據陸氏校勘、翁本、《全文》、《編證》補"朕"字。

〔四〕弔册　諸本作"吊册"。《編證》謂作"吊"誤。

〔五〕朕志　原作"朕忠",《叢刊》本、《四庫》本同。按"忠"字誤。今據陸氏校勘、翁本、傅校本改。《英華》作"朕意"。《全文》、《編證》作"朕衷"。

〔六〕秋熱　原作"秋熟",《叢刊》本、《四庫》本同。按"熟"字誤。今據陸氏校勘、翁本、傅校本、《全文》、《編證》改。

<h2 style="text-align:center">賜回鶻嗢没斯等詔<sup>〔一〕</sup>　奉宣撰</h2>

　　敕:回鶻嗢没斯特勤、那頡啜特勤、悉勿啜特勤、烏離思特勤、赤心宰相等。張賈等回,知卿等欲遠赴闕庭,自申忠款。眷言深志,豈忘于懷<sup>〔二〕</sup>? 聞卿等本國,頃因饑荒,遂至離散,親屬内叛,

諸部外侵。新立可汗，猶未安定。既是國中所奉，則爲卿等君親。古人云，未有仁而遺其親者，義而後其君者。想卿等本心，必思推戴。況回鶻代雄朔漠，威服諸蕃，今已破傷，足堪悲憤。若皆自爭雄長，不顧其君，各據一隅，必更衰弱。深慮從此之後，爲諸蕃所輕。與卿等本國代結姻親，久修鄰好，每念於此，良用惻然。與卿等爲謀，須務遠大，莫若自相率勵，同奉可汗，興復本蕃，再圖强盛。朕欲召卿赴闕，親諭此懷，又恐可汗聞知，謂朕幸其艱危，因有招納。蓋欲深全國體，兼爲卿等避嫌，以此思之，難遂來請[三]。卿等宜早歸本國，不更滯留。卿等表請器甲，朕君臨萬國，非止一蕃，祖宗舊章，不敢逾越。國家未曾賜諸蕃器甲，卿等亦合備知。若一處開恩，必自兹援例。朔州般次，舊例須待可汗遣馳馬迎取[四]，方令進發；可汗信使未至，難於遣行。今有賜物，具在別錄。以卿等率先向化[五]，特示優恩。緣新立可汗未受朝廷册命，數降使至卿等部落，亦恐非宜。所有賜賚，止於此度。想卿等明識，深諒朕懷。便令高品魏敬休宣諭，想宜知悉。

會昌元年(八四一)閏九月

## 箋　校

〔一〕傅璇琮《李德裕年譜》會昌元年曰："岑仲勉《會昌伐叛集編證》以爲此即承上《請賜回鶻嗢没斯等物狀》而發，時約亦在閏九月。詔中首云'張賈等回，知卿等欲遠赴闕庭，自申忠款'；又謂'新立可汗，猶未安定'，亦未言及烏介之名。可知此時已知回鶻已新立可汗，但尚未知確切詳情。"由此推之，本文作時當在會昌元年閏九月。

本文又載翁本、《叢刊》本、傅校本、《四庫》本李集卷五、《全文》卷

六九八、《編證》。

〔二〕豈忘于懷 《全文》、《編證》作"豈忘予懷"。《編證》注曰:"下文
　　　《遣王會安撫回鶻制》,亦有豈忘予懷句。"

〔三〕難遂來請 原作"難遂於請",《叢刊》本、《四庫》本、《全文》、《編
　　　證》同。按"於"字誤。今據翁本改。

〔四〕迎取 原作"迎聖",《叢刊》本、《四庫》本、《全文》、《編證》同。按
　　　"聖"字誤。今據陸氏校勘、翁本、傅校本改。

〔五〕率先向化 原作"率先向發",《叢刊》本、《四庫》本、《全文》、《編
　　　證》同。按"發"字誤。今據翁本、傅校本改。

## 賜思忠詔書〔一〕　奉宣撰

　　呂衛等至,知卿與可汗不能戢下,頗擾邊疆,既告諭不悛〔二〕,
須兵勢驅逐。卿忠誠奮發,願立奇功,請退渾、沙陀等部落合勢及
戰馬器甲等,並已允卿所奏,各有別敕處分。今令左衛將軍何清
朝、蔚州刺史契苾通分領蕃渾部落,取卿指揮。朕已切戒何清朝
等,令其協盡心力,副卿忠誠,進取之時,一切取卿方略。卿宜每
事與弘順等商量,審度事機,勿爲輕進。但得可汗抽退,不敢稽
留,塞上安寧,即是卿之勳力。必不可落其奸計,以損國威。兼令
高品駱遂泰〔三〕權監行營將士,卿與之籌慮,續續奏聞〔四〕。

　　　　　　　　　　　　　　　會昌二年(八四二)九月中旬

## 箋　校

〔一〕《編證》收錄本文,其據文集卷十四《請契苾通等分領沙陀退渾馬
　　　軍共六千人狀》作於會昌二年九月十三日,狀中有云"即令思忠領
　　　蕃渾馬軍深入",與此詔書相合,而推斷"此詔書是九月十三日或

稍後一二日所發也”。今從其説,訂本文作時爲會昌二年九月中旬。

本文又載翁本、《叢刊》本、傅校本、《四庫》本李集卷五、《全文》卷六九八。

翁本標題下有小字注曰:“一本作詔意。”傅校本標題作“賜思忠詔意”。

〔二〕告諭不悛　原作“告諭不浚”,《叢刊》本、傅校本同。按“浚”字誤。今據陸氏校勘、翁本、《四庫》本、《全文》、《編證》改。

〔三〕駱遂泰　《全文》作“駱遂秦”,傅校本作“駱遂恭”,均誤。文集卷一九《會昌五年六月二十九日就宅宣並謝恩問疾狀》“高品駱遂泰至,奉宣聖旨”云云,可證。

〔四〕續續奏聞　傅校本作“續次奏聞”。

# 文集卷第六

**詔救中**<sub></sub>黠戛斯國號皆依蕃書,譯字所以不同。商量册
命時,奏請依賈相公《華夷述》,便以黠戛斯爲定。

## 與紇扢斯可汗書　奉宣撰〔一〕

　　皇帝敬問紇扢斯可汗,時屬載陽,想彼休泰。朕撫臨萬寓,子
育群生,思致洽和,用臻至理。將軍踏布合祖等至〔二〕,覽表具
知〔三〕。可汗生戴斗之鄉,居寒露之野,智謀精果,材志沉雄;威動
龍荒,聲馳象魏,眷言丕績,深用注懷。我太宗文皇帝聖德高於百
王,英材軼於千古;内定諸夏,外服百蠻。貞觀四年,西北蕃君長
詣闕頓顙,請上尊號爲天可汗。是後降璽書西北蕃君長〔四〕,皆稱
皇帝天可汗〔五〕。臨統四夷,實自兹始。暨貞觀六年,太宗遣使臣
王義弘至可汗本國,將命鎮撫。貞觀二十一年〔六〕,可汗本國君長
身自入朝,太宗授左屯衛將軍堅昆都督。至天寶末年,朝貢不絕。

則可汗祖先,已受我國家恩德。計可汗國中遺老,必自流傳。朕纘奉丕圖,思申舊好。比聞天寶以後,爲回鶻所隔,久阻誠款。回鶻自謂天驕,罔修仁義;肆行殘忍,凌虐諸蕃。知可汗代爲仇讎,果能報復[七],滅其國邑,皆已丘墟[八]。驅彼酋渠,盡逾沙漠,茂功壯節,近代無儔。回鶻當中國伐叛之時,嘗展勳力。列聖嘉其大順,累降姻親。今失國逃亡,寄於塞上,只合早歸窮款,受朕撫循。而乃轉自鴟張,益懷狼顧,在陰山之外,誘惑小蕃,乘我無虞,即來侵掠,恣爲邊患,今已四年。朕大徵甲兵,久欲除勍。比令幽州、太原兩道節度使皆充招撫,以示綏懷,望其悛心,猶務含育。而凌蔑公主,頻擬傷殘,馳突邊城,敢謀盜竊。近太原節度使劉沔不勝其忿,潛出偏師,乘其譸張,便襲牙帳。虜衆大潰,穹廬盡焚;元惡傷殘,脫身潛竄。已取得太和公主,即至闕庭。回鶻殘兵不滿千人,散投山谷,旬日之內,必合梟擒。朕再見公主,良深欣慰[九]。可汗既爲讎怨,須盡殲夷[一○];儻留餘燼,必生後患。想遠聞慶快,當愜素心。聞可汗受氏之源,與我同族。漢北平太守材氣天下無雙,結髮事邊,控弦貫石。自後子孫,多習武略,代爲將門。至嫡孫都尉,提精卒五千,深入大漠。單于舉國來敵,莫能抗威[一一],身雖陷没,名震蠻貊。我國家承北平太守之後,可汗又是都尉苗裔,以此合族,尊卑可知。昨聞太和公主爲可汗兵衆所得[一二],可汗以同姓之國,使遣歸還,有以見可汗秉禮義之心,重親隣之好。朕深用感歎,至於涕零。公主尋爲回鶻劫奪,久不歸國;可汗所遣使臣[一三],皆被誅戮。朕言念傷痛,至今不忘。昨見可汗表求訪公主,使公主上天入地,必須覓得。今邊將憤惋,已立奇功,回鶻罪人,計日可致,即當顯戮,以謝可汗。況回鶻夷滅,種族必盡,與可汗便爲隣國,各保舊疆。繼好息人,事同一體。從此邊陲罷警,弓矢載櫜。必當諸部服從,皆懷健羨,知我兩國,永爲宗盟。想可汗明智,自有良算。故令太僕卿、兼御史中丞趙蕃持節充使,以答深誠,質於神明,用存大信。朕言不貳,可不勉歟!又自古外蕃,皆須因中國册命,然可彈壓一方。今欲册命可汗[一四],特加美號[一五],緣未知可汗之意,且遣諭懷[一六]。待趙蕃回日[一七],別命使展禮,以申和好。彼國將相[一八],並存問之。遣書指不多及。

會昌三年(八四三)二月中旬

## 箋　校

〔一〕《編證》收録本文,並謂"公主以二十五日還京,據書中'即至闕庭'語,知公主未至,則發書應在二十五日已前"。今從其説,姑訂本文作時爲會昌三年二月中旬。

　　本文標題中"紇扢斯",此後改作"黠戛斯"。卷首"詔敕中"下原注曰:"黠戛斯國號皆依蕃書,譯字所以不同。商量册命時,奏請依賈相公《華夷述》,便以黠戛斯爲定。"今考《新書·藝文志》地理類有賈耽《古今郡國縣道四夷述》四十卷。"華夷述"疑作"四夷述"。待考。

　　本文又載《英華》卷四七〇、翁本、《叢刊》本、傅校本、《四庫》本李集卷六、《全文》卷七〇〇。

〔二〕踏布合祖　原作"踏布等祖",《叢刊》本同。按"等"字誤。今據陸氏校勘、《英華》、翁本、傅校本、《四庫》本、《全文》、《編證》改。《編證》注曰:"前文《代劉沔與回鶻宰相書》亦作踏布合祖也。一行凡七人(亦見《代劉沔書》),來在二年年底。"

〔三〕覽表具知　原作“鑑表具之”，《叢刊》本同。《四庫》本、《全文》、《編證》作“鑑表具知”。按“鑑”、“之”二字誤。今據陸氏校勘、《英華》、翁本、傅校本改。

〔四〕是後降璽書　原作“是復降璽書”，《叢刊》本、《四庫》本同。按“復”字誤。今據陸氏校勘、《英華》、翁本、傅校本、《全文》、《編證》改。

〔五〕皆稱皇帝天可汗　《舊書·太宗本紀》貞觀四年“夏四月丁酉，御順天門，軍吏執頡利以獻捷。自是西北諸蕃咸請上尊號爲‘天可汗’，於是降璽書册命其君長，則兼稱之。”

〔六〕貞觀二十一年　《通鑑》會昌三年三月引本文，胡三省注曰：“‘二十一年’，當作‘二十二年’。”胡注是。參見《通鑑》卷一九八貞觀二十二年二月紀事。

〔七〕果能報復　原作“果能報國”，《叢刊》本、《四庫》本同。按“國”字誤。今據陸氏校勘、《英華》、翁本、傅校本、《全文》、《編證》改。

〔八〕皆已丘墟　原作“皆已立君”，《叢刊》本、《四庫》本、《全文》、《編證》同。按此於義不合。今據陸氏校勘、翁本、傅校本、《英華》改。

〔九〕良深欣慰　原作“良欣深慰”，《叢刊》本、傅校本同。按“欣深”二字倒誤。今據翁本、《四庫》本、《編證》改。《英華》於“深”下注云“集作用”。《全文》即作“良用欣慰”。

〔一〇〕須盡殲夷　原作“須盡殘夷”，《叢刊》本、《四庫》本同。按“殘”字誤。今據《英華》、翁本、傅校本、《全文》、《編證》改。

〔一一〕莫能抗威　《全文》作“莫敢抗威”。

〔一二〕兵衆所得　原作“衆兵所得”，《叢刊》本、傅校本、《四庫》本同。按“衆兵”二字倒誤。今據陸氏校勘、《英華》、翁本、《全文》、《編證》改。

〔一三〕所遣使臣　原作“所以使臣”，《叢刊》本同。按“以”字於義不合。今據陸氏校勘、《英華》、翁本、傅校本、《全文》、《編證》改。《四庫》本作“所使使臣”。

〔一四〕今欲册命可汗　原作“亟欲垂命可汗”，《叢刊》本、《四庫》本、《編證》同。今據《英華》、翁本、傅校本、《全文》改。按《通鑑》卷二四七載會昌三年三月，李德裕草賜黠戛斯可汗書，爲本文之節録，其云：“今欲册命可汗，特加美號，緣未知可汗之意，且遣諭懷。待趙蕃回日，別命使展禮。”可參。

〔一五〕特加美號　原作“時加美號”，《叢刊》本、《四庫》本同。按“時”字於義不合。今據《英華》、翁本、傅校本、《全文》、《編證》改。

〔一六〕且遣諭懷　原作“且遣謝懷”，《叢刊》本、《四庫》本同。按“謝”字誤。今據陸氏校勘、《英華》、翁本、傅校本、《全文》、《編證》改。

〔一七〕待趙蕃回日　原作“待趙馨回日”，《叢刊》本、《四庫》本同。按“馨”字誤。今據陸氏校勘、《英華》、翁本、傅校本、《全文》、《編證》改。

〔一八〕彼國將相　《全文》作“彼間將相”。《英華》於“彼”字下注云“集作間”。

## 與黠戛斯可汗書進狀二附　奉宣撰〔一〕

皇帝敬問黠戛斯可汗，温仵合將軍至〔二〕，覽書及領所獻馬百匹、鶻十聯，具悉。可汗特禀英姿，生知雄略，奮揚威武，底定龍荒。掃回鶻之穹廬〔三〕，報怨以直；護公主之廚幕，事大以誠。又遣貴族信臣，載馳朔漠；名馬鷙鳥，遠涉流沙。既展同姓之親，克副懷柔之意〔四〕。眷言勳績，深慰予衷。朕獲奉丕圖，撫寧萬國。

豈望化孚有截，致殷湯來享之明；實恐德未遍覆[五]，愧漢宣兼臨之盛。況與彼國壤隔內外，非正朔所加，禮既不施，政豈宜及？但以惜可汗宗盟之國，顧保先名；爲可汗弘遠之謀，須除後患。所以具古今禍福，往諭至懷。昔呼韓單于以郅支尚存，國難未靖，稱蕃事漢，福及子孫。至後漢[六]，單于比以大父，依漢而安[七]。繼襲其號，上書款塞，永願藩蔽漠南，遂致朔塞底寧，烽燧永息。近則回鶻結大國之援，雄長北蕃，諸部率從，莫敢不服，一隅安樂，百有餘年。此事昭然，可汗所覩。況今回鶻種類未盡，介居蕃漢之間。爰及黑車子，久畏其威，素服其信，慮彼再振，常持兩端。須令小蕃，知朕親厚可汗，棄絕回鶻，實在和好分定，內附約盟，則邪計奸謀，無由而入。故欲顯加冊命，昭示萬方。況登里可汗，回鶻舊號，是國家頃年所賜，非回鶻自制此名。今回鶻國已破亡，理當嫌避。朕以可汗先祖，往在貞觀，身自入朝，太宗授以左衛將軍[八]、堅昆都督。朕思欲繼太宗之舊典，彼亦宜遵先祖之明誡。便以堅昆爲國，施於冊命，更加美號，以表懿親。況堅者不朽之名，昆者有後之稱，示不忘本，豈不美歟！朕昨令禮部尚書鄭肅等，與彼使臣面陳大計，温仵合將軍等皆諭朕旨，願言結成。豈必契徑路之金，舉留犁之酒，保茲誠信，固在厥初。頃者回鶻初至塞上，請國家精兵十萬，送至漠北。漸歸本蕃，又請借漢界一城，養育疲羸，以圖興復。朕以可汗之故，盡不聽從。今回鶻是國家叛臣，爲可汗讎敵，須去根本，方保永安。是天亡之時，易於攻取。古人云："天與不取，反受其咎。"可汗須乘此機便，早務芟夷。回鶻未滅以前，可汗勿以飲食爲甘，弋獵爲樂，勵兵秣馬，不可暫閑。所恨隔在諸蕃，國家難於同力，儻更近塞，豈復稽誅？又恐餘孽歸降，可汗未能盡戮，納有罪之衆，受逋逃之臣。儻收吾憎，必開邊隙。則是蕃養虺毒，自生厲階〔九〕。前年回鶻宰相等向漢使云："李靖擒頡利後，國中只有三二十人，便却興復。"雖在危困〔一〇〕，尚爾張皇。可汗深察此言，豈得不慮？又聞合羅川回鶻牙帳，未盡毀除。想其懷土之心，必有思歸之志。速要平其區落，無使孑遺，既表成功，彼當絶望。可汗已攄積年之憤，自爲一代之雄，至於居處服章，皆宜變革〔一一〕，焉得安於所習？姑務因循，則何以震耀北方，彈壓諸部？朕撫有中夏，愛育生靈，常恐百姓未安，一物失所，豈願更廣威略，遥制要荒？但緣與可汗方保和盟，義同憂樂，纖微之事，皆欲備言。想可汗與將相籌謀，副兹誠意。此使到日，必諒朕心，即宜速遣報章，此當遣重臣册命。夏熱，想可汗休泰，將相以下，並存問之。遣書指不多及。

會昌四年（八四四）夏

## 箋　校

〔一〕《編證》收録本文，並云："《一品集》九《代李丕與郭誼書》，是四年夏初所發。内有云：'回鶻可汗士馬已盡，一身歸投黑車子。近黠戛斯國王遣將軍百餘人入朝，請發本國兵四十萬衆，襲逐可汗，擒送京闕。'又《考異》二二謂黠戛斯來在四年二月。合而觀之，與此書末之'夏熱'相合，故余以爲此書發於四年夏間也。"今從其説，訂本文作時爲會昌四年夏。

本文又載《英華》卷四七〇、翁本、《叢刊》本、傅校本、《四庫》本李集卷六、《全文》卷七〇〇。

諸本題下無小字注"進狀二附"，今據陸氏校勘、翁本、傅校本補。

又，諸本無"奉宣撰"三字，今據陸氏校勘、翁本補。

〔二〕温仵合將軍至　原作“將軍諦德伊斯難殊至”，《叢刊》本、《四庫》本同。按自此以下脱誤極多。陸氏據影宋抄本補校百餘字。其《儀顧堂題跋》曰：“‘皇帝敬問點戛斯可汗’以下一百二十字脱八十餘字，譌不可讀。”今據陸氏校勘、《英華》、翁本、傅校本、《全文》、《編證》校補。自此句改作“温仵合將軍至”，至“實恐德未遍覆”之“實”字。

〔三〕穹廬　《英華》、《全文》、《編證》作“穹居”。

〔四〕懷柔之意　《英華》、《全文》、《編證》作“懷柔之旨”。

〔五〕實　底本、《叢刊》本、《四庫》本自“温仵合將軍至”至此皆譌奪，見本文箋校〔二〕。

〔六〕至後漢　原作“之後漢”，《叢刊》本同。按“之”字誤。今據《英華》、翁本、《四庫》本改。陸氏校勘、傅校本作“其後漢”。《全文》、《編證》作“後漢”。

〔七〕依漢而安　原作“體漢而安”，《叢刊》本、《四庫》本同。按“體”字誤。今據《英華》、翁本、傅校本、《全文》、《編證》改。

〔八〕左衛將軍　《編證》注曰：“按上文《與紇扢斯可汗書》作左屯衛大將軍，與《會要》一○○、《新書·點戛斯傳》同。此祇稱左衛，殆奪屯字。”

〔九〕自生厲階　原作“自生勵階”，《叢刊》本同。按“勵”字誤。今據陸氏校勘、《英華》、翁本、傅校本、《四庫》本、《全文》、《編證》改。

〔一○〕雖在危困　原作“郢在危困”，《叢刊》本、《四庫》本同。按“郢”字誤。今據陸氏校勘、《英華》、翁本、傅校本、《全文》、《編證》改。

〔一一〕皆宜變革　原作“皆悉變革”，《叢刊》本、《四庫》本、《編證》同。按“悉”字於義不合。今據陸氏校勘、《英華》、翁本、傅校本、《全文》改。

### 進所撰黠戛斯書狀二〔一〕

右今月十三日,於閣中面奉聖旨,令撰書進來者。臣請待鄭
肅等與語了撰述〔二〕。今撰訖,謹進上。

## 箋　校

〔一〕《編證》收錄此二文,並謂:"明本(按:即《叢刊》本)篇目《進所撰
　　點戛斯狀》下有'二'字。按:下狀已別題《進所撰黠戛斯可汗書
　　狀》,則此'二'字衍文也。由狀文觀之,知書稿既進,武宗意欲添
　　入堅昆事,故發回修改。今集中所載,乃第二次改定之文矣。書中
　　有夏熱語,余以爲應是四年之夏。"今從其説,訂二文作時爲會昌四
　　年夏。

　　本文又載翁本、《叢刊》本、傅校本、《四庫》本李集卷六、《全文》卷
　　七〇六。

〔二〕鄭肅　此時任禮部尚書。前篇《與黠戛斯可汗書》已云:"朕昨令
　　禮部尚書鄭肅等,與彼使臣,面陳大計。"

## 進所撰黠戛斯可汗書狀〔一〕

右奉宣令臣於書内添堅昆事者〔二〕。緣未審知黠戛斯的是堅
昆之後,恐須粗言梗概,未可明書。今已依宣添改。其間有詞意
未盡處,亦更加添。臣學識空虚,文理淺近,再陳嚴宸,伏積兢惶。
謹連封進。

　　　　　　　　　　　　　　　　　　會昌四年(八四四)夏

## 箋　校

〔一〕進所撰黠戛斯可汗書狀　翁本題下有小字注曰:"此係進前書

狀。"諸本均無此注。

〔二〕令臣於　原作"令臣與",《叢刊》本、《四庫》本同。按"與"字誤。
今據陸氏校勘、翁本、傅校本、《全文》《編證》改。

### 賜黠戛斯書進狀附　奉宣撰[一]

皇帝敬問黠戛斯可汗,將軍諦德伊斯難珠至[二],覽書并白馬
二疋,具悉[三]。可汗降精斗極,雄朔漠以稱君;禀耀旄頭[四],分天
街而建國。特負英豪之氣,夙推統御之才。眷想嘉猷,載深寤歎。
來書云:"温仵合將軍歸國後,漢使不來。"温仵合去日,朕書具云:
"速遣報章,此當遣重臣册命。"自是可汗未諭此意,報答稍遲。此
則尋欲遣使,只是延望來信。又云:"金石路已隔絕。"蓋爲山川悠
遠,未得自與可汗封壤接連,非是兩國之情,猶有阻隔。想可汗明
識,無復致疑。又云:"兩地遣書,彼此不會。"且書不可以盡言,言
不可以盡意,況蕃漢文字,傳譯不同,只在共推赤心,永保盟好,豈
必緣飾詞語,以此交歡。每欲思惟先思好意[五],不更疑惑,便是
明誠。又云:"欲除却兩楹間惡刺。"此一事最是嘉言。緣回鶻雄
據北方,代爲君長,諸蕃臣伏,百有餘年。今可汗掃其穹廬[六],大
雪讐耻,功業既高於前古,威聲已振於北方[七]。固當深務遠圖,
豈可更留餘燼? 黑車子不度德量力,敢保寇讐,則是輕侮可汗,獨
不嚮化。此而可忍,孰不可容? 況可汗前來云求訪公主,使上天
入地必須覓得;今若舍而不問,何以取信朕懷? 想可汗乘彼盛秋,
長驅精騎,問回鶻逋逃之罪,行黑車子後服之誅,取若拾遺,役無
再舉,從兹盪定,豈不美歟? 來書又云:"送公主到彼,無一語來。"
緣公主纔離可汗五日,便被回鶻劫奪,所遣來使,盡被殺傷。公主

二年之中，流離沙漠，事已隔遠，所以不再叙言。然趙蕃去日，已具感悦之心，足表殷勤之意。又聞今秋欲移就回鶻牙帳，滅其大國，便保舊居。足使諸蕃畏威，回鶻絶望，稍近漢境，頗謂良圖。所云請發兵馬期集去處，緣黑車子猶去漢界一千餘里，在沙漠之中，從前漢兵未嘗到彼。比聞回鶻深意，常欲投竄安西。待至今秋，朕當令幽州、太原、振武、天德緣邊四鎮要路出兵[八]。料可汗攻討之時，回鶻必當潛遁，各令邀截，便可梟擒。此是一本無是字軍期，須合符契。想可汗必全大信，用叶一心。諦德伊斯難珠，朕已於三殿面對，兼賜宴樂，並依來表，不更滯留。朕續遣重臣，便申册命。故先達此旨[九]，令彼國明知。册命之禮，並依回鶻故事。可汗爰始立國，臨長諸蕃，須示鄰壤情深[一〇]，宗盟義重。以此鎮撫，誰敢不從？宜體至懷，共弘遠略。春暖，想可汗休泰。將相以下，並存問之。遣書指不多及。

會昌五年(八四五)春

## 箋　校

〔一〕《册府》卷九九四《外臣部》收録本文，注明爲會昌三年九月丁亥，但繫年可疑。《編證》收録本文，並謂："由書文觀之，是温仵合已歸國後而諦德乃來。温仵合之返，余決爲四年之夏，今書末稱春暖，則必五年春無疑矣。書又云，聞今秋欲移就回鶻牙帳，正與後篇《劉濛狀》相照應，而濛巡邊在五年二月，是又拙説之一證也。"今從其説，訂本文作時爲會昌五年春。

本文又載《英華》卷四七〇、翁本、《叢刊》本、傅校本、《四庫》本李集卷六、《全文》卷七〇〇。

〔二〕諦德伊斯難珠　原作"諦德伊斯難殊"，《叢刊》本、《四庫》本、《全文》、《編證》同。今據陸氏校勘、《册府》、《英華》、翁本、傅校本改。《編證》考此名異譯對音而注曰："伯希和氏云:'《新唐書》二一五下之伊難如,其對音必爲 Inanju 或 ïnanzu,漢籍或作伊難珠,嘔昆碑文作 Inancu,《册府元龜》九八〇又作伊斯難珠。考 Mahnnmag 有 Iznacu,殆即其對音。'(《中亞史地譯叢》二四頁)按伊斯難殊亦當與 Iznacu 相對。《新唐書》二一七上《回鶻傳》云:'乃使王子骨啜特勒、宰相帝德等率騎三千助討賊。'帝德、諦德,當是異譯,則此名回鶻與黠戛斯同有之矣。"

〔三〕具悉　原作"其悉",《叢刊》本同。按"其"字誤。今據《册府》、《英華》、翁本、《四庫》本、傅校本、《全文》、《編證》改。

〔四〕禀耀旌頭　原作"禀耀麾頭",《叢刊》本同。按"麾"字誤。今據《册府》、《英華》、翁本、傅校本、《四庫》本、《全文》、《編證》改。《編證》注曰:"按下文《幽州紀聖功碑銘》云:'天街之北,旌頭已落。'作麾者誤。"

〔五〕先思好意　《册府》作"先相好意"。《全文》作"先恩好意"。

〔六〕今可汗掃其穹廬　原作"今可汗掃其空廬",《叢刊》本、《四庫》本同。按"空"字誤。今據陸氏校勘、《英華》、翁本、《編證》改。傅校本、《全文》作"今可汗掃其穹居"。《册府》作"今可汗掃除窮居"。

〔七〕北方　《册府》、《英華》、《全文》作"北荒"。

〔八〕緣邊　原作"緣兵",《叢刊》本同。按"兵"字誤。今據陸氏校勘、《册府》、《英華》、翁本、傅校本、《四庫》本、《全文》、《編證》改。

〔九〕此旨　原作"此首",《叢刊》本同。按"首"字誤。今據陸氏校勘、《册府》、《英華》、翁本、傅校本、《四庫》本、《全文》、《編證》改。

〔一〇〕須示鄰壤情深　翁本作"須示(一作尔)鄰壤情深"。

### 進所撰黠戛斯書狀[一]

右奉宣令臣撰進來者。臣詳其表中情款，一一報答，盡不闕遺，兼不爲文言，遣其易會。緣册命時須令其稱藩事[二]，須云册命之禮，並依回鶻故事。若須更有邀約，即待朝廷命使日別賜敕書，稍爲允愜。謹緣上進，未審可否[三]？

會昌五年(八四五)春

### 箋　校

〔一〕本文與前一篇《與黠戛斯書》同時作。詳見該篇箋校。

本文又載翁本、《叢刊》本、傅校本、《四庫》本李集卷六、《全文》卷七〇七。

〔二〕稱藩事　諸本均作"稱蕃事"。按"蕃"字誤。今據《編證》改。《編證》注曰："稱蕃之蕃，亦應作藩。畿、明兩本均誤。"

〔三〕未審可否　原作"未審否"，《叢刊》本同。按此當奪一"可"字。今據陸氏校勘、翁本、傅校本、《四庫》本、《全文》、《編證》補。

## 賜石雄及三軍敕書[一]

敕石雄：晉絳密邇王畿，地當襟帶。自卿與將士等扼其險要[二]，勇冠諸軍，捍彼奔衝，爲吾砥柱。每尅期深入，屢挫狂鋒，批亢擣虛，導窾遊刃。永言勳績，豈忘於懷。昔商伐鬼方，三年乃尅；周公東征，三年不歸。憲宗平淮濆[三]，文宗定滄海，士不解甲，或三四年[四]。想卿等久在戎行，必經此役[五]。且士之生代，本爲功名，仗義從軍，固當殉命。居平則孝養父母，成長子孫[六]，衣食所資，無非國力。有事則投袂而起，負羽先登[七]，撫養之恩[八]，惟此爲報。今者纔近半歲，未曰勞師；功在垂成，往無不捷。

將士等各宜感勵，成此功名[九]。上黨既平，天下無事，從此永安家室，不復征行。近者楊弁首爲猖狂[一〇]，扇惑亂卒，今則身膏齊斧，戮及妻孥。生爲不忠之人，死爲負義之鬼；身名俱滅，可不痛哉！并部既安[一一]，王師益振，乘此聲勢，必殄餘妖。故令中使宣慰，兼賜優賞。卿等便須鼓行而進，徑入賊界下營，從此駐軍，速圖進取；勿使功業歸於別帥，爵賞在於他人。勉務壯圖，副兹厚遇。想宜知悉。

　　　　　　　　　　　　　會昌四年(八四四)二月底

## 箋　校

〔一〕本文云："近者楊弁首爲猖狂，扇惑亂卒。今則身膏齊斧，戮及妻孥。"又云："并部既安，王師益振，乘此聲勢，必殄餘妖。"傅璇琮《李德裕年譜》會昌四年以爲"當是楊弁被誅後令石雄等盡速進軍，時當在二月底、三月初。"楊弁於二月八日被誅，姑訂本文作時爲會昌四年二月底。

本文又載翁本、《叢刊》本、傅校本、《四庫》本李集卷六、《全文》卷七〇〇。

〔二〕扼其險要　原作"抳其險要"，《叢刊》本同。按"抳"字當係"掜"字之訛。"掜"同"扼"。今據陸氏校勘、翁本、傅校本、《全文》、《四庫》本改。

〔三〕平淮漬　原作"平淮西"，《叢刊》本、《四庫》本、《全文》同。今據陸氏校勘、翁本、傅校本改。

〔四〕或三四年　翁本、傅校本作"或四三年"。

〔五〕必經此役　原作"心經此役"，《叢刊》本、《四庫》本、《全文》同。按"心"字誤。今據陸氏校勘、翁本、傅校本改。

〔六〕居平則孝養父母成長子孫　《叢刊》本、《全文》作"居平則孝養父母成長則子孫”。按下一“則”字衍，據翁本、傅校本、《四庫》本刪。

〔七〕負羽先登　原作“負甲先登”，《叢刊》本、《四庫》本、《全文》同。今據陸氏校勘、翁本、傅校本改。

〔八〕撫養之恩　原作“撫養之息”，《叢刊》本同。按“息”字誤。今據陸氏校勘、翁本、傅校本、《四庫》本、《全文》改。

〔九〕成此功名　翁本、傅校本作“成此雄名”。

〔一〇〕楊弁　原作“楊弃”，《叢刊》本同。按“弃”字誤。據翁本、傅校本、《四庫》本、《全文》改。

〔一一〕并部既安　原作“諸部既安”，《叢刊》本、《四庫》本、《全文》同。今據陸氏校勘、翁本、傅校本改。

## 賜潞州軍人敕書意〔一〕

劉稹乳臭駭童，未有所識。皆是郭誼、王協，幸其昏弱，矯託軍情，妄獻表章，欲求繼襲。志在肆行禍福，自擅兵權；稱感從諫之恩，誓同生死。及見山東三郡，皆已歸降，事迫勢窮，歸惡劉稹，令其一門受戮，便欲自取寵榮。不義不忠，古無其比。朕以誘陷劉稹，皆是此二人。販賣圖全，義難容捨。已令澤潞、冀氏兩路進軍〔二〕，只取郭誼、王協及同惡之類，其他軍人一切不問，仍各有優賞，從後敕處分〔三〕。如兩道兵馬未到以前，有忠義之士先非同惡者，能自擒偢郭誼等，所與優賞，並同裴問〔四〕、王釗例處分。已詔石雄、王宰，到彼不令侵擾軍人百姓。如秋毫有犯，便按軍法〔五〕。各宜勉思機計，共保忠誠，勿受姦人扇動，妄生疑忌〔六〕。互相告報，咸使明知。扇動一作扇惑。妄生一作妄懷〔七〕。

會昌四年（八四四）八月十六日

## 箋　校

〔一〕《通鑑》卷二四八載會昌四年八月澤潞叛將郭誼等殺劉稹等請降。"丙申,宰相入賀。……上曰:'郭誼宜如何處之?'德裕曰:'劉稹騃孺子耳!阻兵拒命,皆誼爲之謀主;及勢孤力屈,又賣稹以求賞。此而不誅,何以懲惡?宜及諸軍在境,並誼等誅之。'上曰:'朕意亦以爲然。'乃詔石雄將七千人入潞州,以應謠言。"據此,本文當發於此時,故訂本文作時爲會昌四年八月丙申(十六日)。

本文又載翁本、《叢刊》本、傅校本、《四庫》本李集卷六、《全文》卷七〇〇。

〔二〕兩路進軍　原作"兩路遣軍",《叢刊》本、《四庫》本、《全文》同。按"遣"字誤。今據翁本、傅校本改。

〔三〕從後　原作"後從",《叢刊》本、《四庫》本、《全文》同倒誤。今據陸氏校勘、翁本、傅校本改。

〔四〕裴問　原作"斐問",《叢刊》本同。按"斐"字誤。今據陸氏校勘、翁本、傅校本、《四庫》本、《全文》改。《通鑑》卷二四八載會昌四年閏七月:"劉從諫妻裴氏,冕之支孫也,憂稹將敗,其弟問典兵在山東,欲召之使掌軍政。"本月丙子,邢州刺史崔嘏與裴問閉城,斬城中大將四人,請降於朝廷。

〔五〕便按軍法　翁本作"便按軍令"。

〔六〕妄生疑忌　翁本、傅校本作"妄生疑阻"。

〔七〕《全文》無小字注文。

### 賜党項敕書　奉宣撰[一]

敕:自爾祖歸款國家,依附邊塞,爲我赤子,編於黔黎,牛馬蕃孳,種落殷盛,不侵不叛,頗效信誠。比聞邊將不守朝章,失於綏輯，因緣征斂，害及無辜。念爾遠人，莫知控告，特命朕之愛子，實總元戎。所冀群師聽命而不敢自專[二]，諸部懷怨而有所披訴；奉我憲令，以保和寧。如聞莫顧私恩，遂懷憑恃，攘奪不避於官物，驅掠罔憚於平人，擅興甲兵，恣行攻劫，豈有朝廷內地，輒此鴟張？道路阻艱，商旅殆絕，朕便欲詔命諸鎮，同力勦除。深慮玉石難分，善惡同斃，今再爲條剖[三]，各使得宜。却令節將指揮，許其處斷。如事有寃濫[四]，政乖公平[五]，並遣巡院奏聞，朝廷必爲申理。如或不知恩貸，猶敢猖狂，國有典章，必難容捨。故兹宣示，當體朕懷。

會昌三年（八四三）十一月

## 箋　校

〔一〕《通鑑》卷二四七載會昌三年十一月“邠寧奏党項入寇。李德裕奏：‘党項愈熾，不可不爲區處。聞党項分隸諸鎮，剽掠於此則亡逃歸彼。節度使各利其駞馬，不爲擒送，以此無由禁戢。……臣今請以皇子兼統諸道，擇中朝廉幹之臣爲之副，居於夏州，理其辭訟，庶爲得宜。’乃以兗王岐爲靈、夏六道元帥，兼安撫党項大使。”所記與本文相合，故訂本文作時爲會昌三年十一月。

本文又載翁本、《叢刊》本、傅校本、《四庫》本李集卷六、《全文》卷七〇〇。《英華》卷四六八誤作張九齡文，不合史實，應改正。

諸本題下奪“奉宣撰”三字。今據陸氏校勘、翁本、傅校本補。

〔二〕群師聽命　《全文》作“群帥聽命”，“帥”字誤。

〔三〕條剖　原作“條例”，《叢刊》本、《四庫》本同。按“例”字誤。今據陸氏校勘、傅校本改。《英華》、翁本、《全文》作“條制”。

〔四〕事有寃濫　原作“是有□濫”，《叢刊》本、《四庫》本同。今據陸氏校勘，《英華》、翁本、傅校本改補。《全文》作“實有寃濫”。

〔五〕政乖公平　原作“政乘公平”，《叢刊》本、《四庫》本同。按“乘”字
誤。今據陸氏校勘、翁本、傅校本、《全文》、《英華》改。

## 賜劉沔張仲武密詔〔一〕

敕劉沔等：自回鶻本國殘破，寄命北邊，朕以其艱難之時，常
效勳力，平寧之後，結以姻親〔二〕，義在懷柔〔三〕，情深兼愛，亦既轉
粟賑救，降使撫循，示信推恩，朕無所愧。而狼顧塞上，鼠守雲中，
聞有備雖暫移營〔四〕，稍乘隙復來近塞〔五〕。察其情計，殊未歸還。
朕祇荷丕圖，撫臨萬寓〔六〕，守祖宗之法制，思黎庶之乂安。豈可
蓄虺穴於塞垣，養蠆毒於懷袖？乘其馳突，必欲驅除。昔晋侯報
楚之功，避子玉於三舍；然明一本作先軫背秦之惠〔七〕，覆孟明於二
崤。安國庇人，大義斯在。卿宜遣使告諭，明示朕懷。如或遲留，
尚爲巧詐，即須掎角相應〔八〕，臨以兵威。勉務良圖，副茲委遇〔九〕。

會昌二年（八四二）十二月二十七日

## 箋　校

〔一〕文集卷十四有《請發李思忠進軍于保大柵屯集狀》，文末注明“會
昌二年十二月二十七日”。文中有云：“其劉沔、張仲武詔意，謹同
封進。”即爲此詔。故訂本文作時爲會昌二年十二月二十七日。
本文又載翁本、《叢刊》本、傅校本、《四庫》本李集卷六、《全文》卷
六九八。
本文標題原作“賜劉沔張仲武客詔”，《叢刊》本同。按“客”字誤。
今據陸氏校勘、翁本、傅校本、《編證》改。《全文》“密”字作“等”
字，《四庫》本作“各”字。

〔二〕結以姻親　翁本、傅校本作“繼以姻親”。

〔三〕義在懷柔　原作“義切懷柔”，《叢刊》本、《四庫》本、《全文》、《編證》同。今據陸氏校勘、翁本、傅校本改。

〔四〕聞有備　原作“聞有備□”，《叢刊》本同，似缺一字。翁本“備”字下，與下句連接無空格。今從翁本。《全文》、《編證》亦同。《四庫》本作“聞我有備”。按此“聞有備”與下句“稍乘隙”對應，未有缺字。

〔五〕稍乘隙　原作“稍隙”，《叢刊》本、《四庫》本同。按此當奪一字。今據陸氏校勘、翁本、傅校本、《全文》、《編證》補。

〔六〕撫臨萬寓　《全文》作“撫臨萬國”。

〔七〕然明(一本作先軫)　原作“然明(一本作先車)”，傅校本、《叢刊》本同。按“車”字誤。翁本、《四庫》本作“然明(一本作先軫)”。《全文》作“先軫”，無注文。據此改作“軫”。《左傳》僖公三十三年記秦晉殽之戰，先軫陳伐秦之由曰：“秦不哀吾喪，而伐吾同姓，秦則無禮，何施之爲！”本年夏四月，晉軍敗秦師于殽，俘獲秦將百里孟明視等人。

〔八〕掎角相應　原作“埼角相應”，《叢刊》本同。按“埼”字誤。今據翁本、傅校本、《編證》改。《全文》、《四庫》本作“犄角相應”。按“犄角”同“掎角”。

〔九〕副茲委遇　原作“副委茲遇”，《叢刊》本同倒誤。今據陸氏校勘、翁本、傅校本、《四庫》本、《全文》、《編證》改。

## 賜張仲武詔[一]

敕仲武：周琡至，省表，知可汗猶有疑懼，近日移營。卿自總戎麾，累剪狂寇。英威所振，桀驁皆從[二]；仁義所綏，降附相繼。

昨者可汗來依塞表,已在彀中。豈謂黠虜之奸心,尚懷翻覆,柔服之際,又此遁逃。遠揣虜情,必終難保信[三]。昔去病深入大漠,方殄獫戎;近李靖再襲穹廬,始擒頡利。況卿伐謀制勝,才出古人,宜選練勁兵,掩其無備,使呂嘉懷貳而授首[四],孟獲雖縱而必擒,特立奇勳,永光千古。朕已令劉沔旋斾[五],却入東陘[六],候卿本道成功,即令歸鎮。經略之事,全以付卿。須及塞草未青,虜騎方困,一舉便剋,使無孑遺。卿先發馬步一萬人,於大界原防戍[七]。今緣可汗入卿掌握,已在網羅,豈得更屯精兵,守無用之地? 即宜追赴本道,同力剪除。緣卿師旅至多,費用尤重,其出界糧料,已令所司依前支給。卿宜勉於盡敵,以副朕懷。

會昌三年(八四三)二、三月間

## 箋　校

〔一〕本文云:"省表,知可汗猶有疑懼,近日移營。……須及塞草未青,虜騎方困,一舉便克,使無孑遺。"此係針對烏介餘部而言,事在會昌三年正月石雄擊敗回鶻於殺胡山之後。《編證》以爲"曰塞草未青,爲時約二、三月也"。其説可從。故訂本文作時爲會昌三年二、三月。

本文又載翁本、《叢刊》本、傅校本、《四庫》本李集卷六、《全文》卷六九八。

〔二〕桀驁　原作"桀驚",《叢刊》本、傅校本同。按"驚"字誤。今據翁本、《四庫》本、《全文》、《編證》改。

〔三〕必終難保信　翁本、傅校本無"必"字。

〔四〕授首　原作"受首",《叢刊》本、傅校本、《四庫》本、《全文》同。按"受"字誤。今據陸氏校勘、翁本、《編證》改。

〔五〕旋斾 原作“旋布”，《叢刊》本同。按“布”字於義不合。今據陸氏校勘、翁本、《四庫》本改。《全文》、傅校本、《編證》作“旋師”。

〔六〕東陘 原作“東徑”，《叢刊》本、《四庫》本、《全文》、《編證》同。按“徑”字誤。今據陸氏校勘、翁本、傅校本改。東陘，即東陘關。《新書》卷三九《地理志》河東道代州雁門郡“雁門，有東陘關、西陘關”。

〔七〕於大界原防戍 翁本作“於太原界防戍”，傅校本作“於太原界原防戍”。作“太原界”義較勝。

## 賜何重順詔與王元逵詔同，惟向前九句詞不同。[一]

敕重順：卿代傳忠孝，志在功名。朕每用注心，豈忘終食。況卿先父當大和之際，已有誠款，思靖鄰封，臣節昭彰，迥逾稱歎。澤潞一軍，素聞忠順。從前命帥，皆是儒臣。穆宗以劉悟有歸闕之功，委之心膂，令居善地，鎮靖一方。及殂謝之時，不能堅守臣節[二]，遂使三軍上請，以幼子總戎。其時朝廷因循，姑務安靖，授以旄鉞，事蓋從權。今從諫疾恙所侵，頗聞縣憫。昨士廉奏至[三]，大將及下[四]，復請劉稹權知軍務。朕深惜劉悟一門，自祖逸懷以來[五]，累代忠節。今劉稹又欲自擅，隳其門風。當撤瑟之辰，罔聞憂戚；在嘗藥之際，便窺兵權。尤爲臣子，所當共弃。卿宜訓練戎旅，嚴固封疆，候彼軍中有變，便須遣書告諭，令其三軍送劉稹歸闕，請朝廷推新擇帥[六]。朕必選舊德重望，委之撫循，劉稹厚加爵賞，別有任用；如妄自制置，邀求寵榮，國家典法，亦難寬宥。澤潞一鎮，與卿事體不同，勿爲子孫之謀，欲存輔車之勢。但能顯立功效，自然福及後昆。勉務良圖，副兹委遇。高秩厚賞[七]，無所愜焉。

會昌三年（八四三）四月十八日

## 箋　校

[一]《通鑑》卷二四七載會昌三年四月"上命德裕草詔賜成德節度使王元逵、魏博節度使何弘敬，其略曰：'澤潞一鎮，與卿事體不同，勿爲子孫之謀，欲存輔車之勢。……'丁丑，上臨朝，稱其語要切。"本月丁丑爲十九日。武宗覽德裕草詔當爲前一日，故訂本文作時爲會昌三年四月十八日。

本文又載翁本、《叢刊》本、傅校本、《四庫》本李集卷六、《全文》卷六九九。

題下注"惟向前九句詞不同"，原作"惟向前句九詞不同"，《叢刊》本、《四庫》本同。按"句九"二字倒誤。今據翁本、傅校本改。《全文》無注。

[二]臣節　翁本作"誠節"。

[三]士廉奏至　原作"士麻奏至"，《叢刊》本、《四庫》本、《全文》同。按"麻"字誤。今據陸氏校勘、翁本、傅校本改。

[四]大將及下　翁本作"大將以下"，傅校本作"大將已下"。

[五]自祖逸懷以來　原作"自夫逸懷以來"，《叢刊》本、《四庫》本、《全文》同。按"夫"字誤。據陸氏校勘、翁本、傅校本改。"逸懷"，《新書》作"逸淮"。按《新書》卷一五一有劉悟叔父《劉全諒傳》。傳曰："全諒，始名逸淮。……全諒事劉玄佐爲牙將，以勇果善騎射爲玄佐厚禮。累兼御史中丞。及玄佐子士寧代立，疑宋州刺史翟良佐不附己，揚言行部，至則以全諒代之，故汴將士多歸心焉。視事凡八月卒，贈尚書右僕射。"

[六]推新擇帥　翁本作"惟新擇帥"。

〔七〕高秩厚賞　《全文》作“高秩厚禄”。

# 賜張仲武詔[一]

　　卿智略挺生,忠誠特著,每陳章奏,皆契朕心。言念壯猷,無忘寤寐。今緣從諫疾病,頗已深緜[二],深慮將校異謀,妄有制置。太原地連河朔,城府空虚,已詔劉沔旋師[三],却歸本鎮。又緣回鶻餘燼未滅,塞上須有防虞,藉卿長才,列於禦侮,邊境戎事,悉以副卿[四]。宜深體朕懷,勉弘方略,控馭朔塞,爲我長城。當使早殄餘妖,永清絶漠,副兹委遇,以保功名。

會昌三年(八四三)四月初

## 箋　校

〔一〕本文云:“今緣從諫疾病,頗已深緜。”而《新書》卷八《武宗本紀》載會昌三年“四月乙丑,昭義節度使劉從諫卒,其子稹自稱留後”。乙丑爲本月七日。此詔發於劉從諫卒前,當在月初。故訂本文作時爲會昌三年四月初。

　　本文又載翁本、《叢刊》本、傅校本、《四庫》本李集卷六、《全文》卷六九九。

〔二〕頗已深緜　原作“頗以深緜”,《叢刊》本、《四庫》本、《全文》、《編證》同。今據陸氏校勘、翁本、傅校本改。

〔三〕旋師　傅校本作“還師”。

〔四〕悉以副卿　翁本、《編證》作“悉以付卿”。

# 賜彦佐沔茂元詔[一]

　　敕:古者凉風至,白露下,天子乃命將屬兵,以征不義。申令誓衆，今則其時。況蓐收司刑，助天而肅殺；金星動色，應節而耀芒[二]。咨爾帥臣，爲予之佐[三]。得不敬順天道，振揚兵威？近有詔書，令取七月中旬，五道齊進。王元逵久蓄忠憤，爲國除殘，率兵先諸軍，深入其險阻，拔宣務要害之壘，絶堯山應援之兵。既以扼咽，必當破膽。而卿不務疾雷先奮，欲以歲月勝彼。凡爲將帥，誰不樂此？豈祭遵之安重，致欒伯之遷延；且不副於詔書，以後期於成德。若未可深入，亦要先聲。宜早進軍，速臨賊境，樹立城柵，羅列旌旗，深溝高壘，勿與之戰；兼擇猛將，時出奇鋒，令彼一方，疲於奔命。如此足分賊勢，益壯東師。昔趙充國征羌，漢宣帝詔曰："太白出高，用兵深入，敢戰者吉。"卿宜思古名將，早立奇功，無執狐疑之心，勉務鷹揚之舉。國之大事，賞罰必行，當體朕懷，勿稽詔命。想宜知悉。

會昌三年(八四三)七月下旬

## 箋　校

〔一〕《通鑑》卷二四七載會昌三年七月"詔切責李彦佐、劉沔、王茂元，使速進兵逼賊境，且稱元逵之功以激厲之。"而七月下旬"王元逵奏拔宣務柵，擊堯山；劉稹遣兵救堯山，元逵擊敗之"。故訂本文作時亦爲會昌三年七月下旬。

本文又載翁本、《叢刊》本、傅校本、《四庫》本李集卷六、《全文》卷六九九。

本文標題原作"賜劉沔茂元詔"，與本文内容有未合處。《叢刊》本、傅校本、《四庫》本、《全文》同。今據陸氏校勘、翁本改。陸氏《儀顧堂題跋》曰："嘉靖本衍'劉'字，脱'彦佐'二字。"

〔二〕應節而耀芒　原作"應節而糶芒"，《叢刊》本同。按"糶"字誤。今據陸氏校勘、翁本、傅校本、《四庫》本、《全文》改。

〔三〕爲予之佐　原作“爲予之佑”，《叢刊》本、《四庫》本、《全文》同。
　　　按“佑”字誤。今據陸氏校勘、翁本、傅校本改。

# 賜彥佐詔意[一]

　　卿累當大任，實總元戎，既行節制之師，須務綏懷之德。養威持重，屬在於卿。至於負羽先登，搴旗深入，本非將帥之事，當假拳勇之材。況自古出師，皆有副貳；臨難則權以相濟，料敵則智以相資。故韓信伐趙，張耳爲貳；吴漢征蜀，劉尚副軍。國朝以來，多用此制。李勣之取平壤，參以道宗；李靖之襲陰山，副之公謹。近者劉沔全師北伐，按甲雲州，委石雄先鋒，大破回鶻。朕以石雄近摧醜虜，已著威名，久在徐州，諳練士卒。今輟自天德，與卿副領諸軍[二]。卿宜選徐州、陳許精兵三千人[三]，便令先入，勵其猛氣，必立奇功。倘能挫覆妖巢[四]，亦自勳歸元帥。勉於率下，深務協心。體朕至懷，以圖丕績。

會昌三年(八四三)七月下旬

## 箋　校

〔一〕《通鑑》卷二四七載會昌三年七月“德裕因請以天德防禦使石雄爲
　　　彥佐之副，俟至軍中，令代之。乙巳，以雄爲晋絳行營節度副使，仍
　　　詔彥佐進屯翼城。”乙巳爲十八日。本文已告彥佐，命石雄爲其副
　　　使，必在此後數天之内。故訂本文作時爲會昌三年七月下旬。
　　　本文又載翁本、《叢刊》本、傅校本、《四庫》本李集卷六、《全文》卷
　　　六九九。

〔二〕副領諸軍　原作“副須諸軍”，《叢刊》本同。按“須”字誤。今據陸

氏校勘、翁本、傅校本、《四庫》本、《全文》改。

〔三〕三千人　翁本、傅校本作“五千人”。

〔四〕挫覆妖巢　翁本作“坐覆妖巢”。

# 文集卷第七

## 詔敕下

### 賜石雄詔意 [一]

敕石雄：古者有必勝之將，無必勝之人，欲立奇功，實在謀帥[二]。朕所以求鷙鳥於累百，得飛將於無雙，總率諸軍，以臨賊境。況卿受尺一之詔，初無辦嚴；盤丈八之矛，果能盪寇。眷言勳績，深注余懷。近聞從諫時百姓相驚云，卿以七千兵至。數告於衆，魄兆於人。今天策向晨，已及成軍之候；龍驤建旆，必叶渡江之謠。舊史昭然，冥符可驗。加以天道在乎西北，順歲有功；福星煥乎龍庭，爲國大慶。勉弘方略，契此休徵。昔鍾會以二十萬兵，頓於劍閣；鄧艾衆纔一萬[三]，直抵成都。只在決機，豈由衆寡？知卿能辦，故諭此懷。然聞卿每自履軍，常先士卒。既爲輕敵[四]，未足耀奇。朕惜卿一舉之功[五]，以定必擒之計。至於小陣,不可自行。魏武帝嘗戒夏侯妙才曰:"爲將當有怯時,不可但恃勇也。當以勇爲本,行之以智計;但知任勇[六],一匹夫敵耳!"張遼單身入昌豨家,魏武責曰:"此非大將法。"今卿爲萬人之帥,啓千乘之行,舉必貴謀[七],動資持重。報國在於平賊,不在輕身;爲將本於坐籌,寧勞陷陣? 卿宜以朕之戒,常自書紳[八]。務建功名,副兹委遇。

會昌三年(八四三)十月上旬

## 箋　校

〔一〕《通鑑》卷二四七載會昌三年"上得雄捷書,喜甚。冬,十月,庚申,臨朝,謂宰相曰:'雄真良將!'……詔賜雄帛爲優賞"。此詔當即發於此間。本月庚申爲初五。故訂本文作時爲會昌三年十月上旬。

本文又載翁本、《叢刊》本、傅校本、《四庫》本李集卷七、《全文》卷六九九。

〔二〕實在謀帥　原作"實在謀師",《叢刊》本同。按"師"字誤。今據陸氏校勘、翁本、傅校本、《四庫》本、《全文》改。

〔三〕衆纔一萬　原作"纔一萬衆",《叢刊》本、《四庫》本同。今據陸氏校勘、翁本、傅校本、《全文》改。

〔四〕既爲輕敵　原作"既有輕敵",《叢刊》本、《四庫》本同。按"有"字誤。今據陸氏校勘、翁本、傅校本、《全文》改。

〔五〕朕惜卿　原作"朕借卿",《叢刊》本、《四庫》本、《全文》同。今據陸氏校勘、翁本、傅校本改。

〔六〕但知任勇　原作"但無知任勇",《叢刊》本、《四庫》本、《全文》同。按"無"字衍。今據陸氏校勘、翁本、傅校本刪。

〔七〕舉必貴謀　原作"舉必責謀",《叢刊》本同。按"責"字誤。今據翁
　　　本、傅校本、《四庫》本改。

〔八〕常自書紳　原作"嘗自書紳",《叢刊》本、《四庫》本、《全文》同。
　　　今據陸氏校勘、翁本、傅校本改。

## 賜劉沔詔意[一]

緣卿二年在外,城府久虛,今殘虜未平,南北皆有戎事,欲令
卿却歸本鎮,應接兩隅,行營諸軍,未知所付。聞王逢頗有武
用[二],卿所素知。今已追赴太原,欲令充本道行營都知兵馬使。
又緣離偏裨日近[三],官秩尚卑,指揮諸軍,未即宜稱。今緣石雄、
王宰,皆欲進兵,得卿一軍齊入,足分賊勢。卿宜審自籌度,歸本
鎮後,在朝及側近武臣,誰人堪付行營兵事,宜密狀具一兩人進
來;如卿離行營後,兵力事勢,深入未得,亦須審具事實聞奏,不要
隱情。今取決於卿,切在審詳。

會昌三年(八四三)十月

## 箋　校

〔一〕本文云:"緣卿二年在外,城府久虛,今殘虜未平,南北皆有戎事,欲
　　　令卿却歸本鎮,應接兩隅。"此乃指本年九月,石雄引兵踰烏嶺,破
　　　叛鎮劉稹五寨後之形勢。其時,朝廷欲調劉沔至滑州,以配合石
　　　雄、王宰進兵澤潞。《通鑑》卷二四七載本年十月"辛未,徙沔爲義
　　　成節度使"。本月辛未爲十六日,此詔當先達。故訂本文作時爲會
　　　昌三年十月。

　　　本文又載翁本、《叢刊》本、傅校本、《四庫》本李集卷七、《全文》卷
　　　六九九。

〔二〕聞王逢頗有武用　原作“聞王逢頗有武用”，《叢刊》本、傅校本同。按“逢”字誤。今據翁本、《四庫》本、《全文》改。王逢爲當時名將。《通鑑》卷二四七載會昌三年十二月“初，劉沔破回鶻，留兵三千戍橫水柵。河東行營都知兵馬使王逢奏乞益榆社兵。詔河東以兵二千赴之”，可證。

〔三〕又緣離偏裨日近　原作“又緣例偏裨日近”，《叢刊》本、《四庫》本、《全文》同。按“例”字誤。今據陸氏校勘、翁本、傅校本改。

# 賜李石詔意[一]

　　訪聞近日賊中，轉更窮蹙，自相殺戮，人心不安，即目軍權，多在郭誼。因此誘動，必應事機。李丕是郭誼密親[二]，尤合相信。卿宜暫追赴使，令與郭誼書，諭以利害，遣其自圖劉稹，早務歸降。倘效誠款，必重酬賞。卿宜面看李丕手疏，兼令便自封題，分付王逢，遣密作計召軍人百姓，送入澤潞。其書草，卿宜封進。

會昌三年（八四三）十二月

# 箋　校

〔一〕《通鑑》卷二四七載會昌三年十二月劉稹殺其大將薛茂卿，當即文中所云：“訪聞近日賊中，轉更窮蹙，自相殺戮，人心不安。”故訂本文作時爲會昌三年十二月。
　　本文又載翁本、《叢刊》本、傅校本、《四庫》本李集卷七、《全文》卷六九九。

〔二〕密親　原作“親密”，《叢刊》本、《四庫》本、《全文》同倒誤。今據翁本、傅校本改。

## 賜王元逵詔書[一]

材幹筋革,出自江淮。除進奉之外,並敕令所禁。蓋以有國之制,固須立防;朝廷法度,理當畫一。卿國之懿戚,時之信臣,方進勁兵,坐清殘孽。誠宜假以利器,用壯軍威[二]。朕之於卿,固無愛惜[三]。但以河朔數鎮,事體應同,若一度賜卿,必傳相援例。恩信不一,非撫御之遠圖;賜與頻繁,隳朝廷之舊制。卿是朕之心腹,必合樂守憲章。故示至懷,想當知悉。

會昌三年(八四三)十二月

**箋　校**

〔一〕《通鑑》卷二四七載會昌三年十二月"戊辰,王宰進攻澤州"。即與本文所云王元逵"方進勁兵,坐清殘孽"之形勢相符。更酌參同卷前一篇《賜李石詔意》及後一篇《賜李石詔意》,知本文當作於會昌三年十二月。

本文又載翁本、《叢刊》本、傅校本、《四庫》本李集卷七、《全文》卷六九九。

〔二〕用壯軍威　原作"壯軍威",《叢刊》本、《四庫》本、《全文》同。按此處奪一"用"字。今據陸氏校勘、翁本、傅校本補。

〔三〕固無愛惜　傅校本作"無所愛惜"。

## 賜李石詔意[一]

省所奏,劉積令賈群齎李恬書與卿,將血屬同赴闕庭[二],兼請歸葬東都。事宜具悉。比者河朔諸鎮,惟淄青變詐最多。劉悟隨來舊將,皆習見此事,察其情偽,深要精詳。蓋緣四面王師尅期深入，每度皆捷，聲勢轉雄[三]。王宰已據天井，卿當道又得石會。既失重關之嶮，將弋在穴之妖。鎮衛勁兵，皆臨境上，城孤援絕，情計已窮。所以密將款詞，歸命上相。恐是偷安旬月，貴緩王師[四]，稍得自完，復來侵軼。況饋運日有所費，春作漸已及時；勞我師徒，恐非至計。卿與其要約，令面縛來降。卿即馳至界首，親自受納。苟不如此，且須進軍。必不得因此遷延，令其得計；仍不得先受章表，便與奏聞。今賜與劉積書白，想宜知悉。

會昌四年（八四四）正月四日

## 箋　校

〔一〕《通鑑》卷二四七載會昌三年十二月“（李）石至太原，劉積遣軍將賈群詣石，以恬書與石云：‘積願舉族歸命相公，奉從諫喪歸葬東都。’石囚群，以其書聞”。與本文所述相合。又《考異》曰：“《一品集》，正月四日狀曰‘臣等得李石狀，報劉積潛有款誠’云云。……又草詔賜石曰：‘必不得因此遷延，令其得計。仍不得先受章表，便與奏聞。’”即本文之大旨。故訂本文作時爲會昌四年正月四日。本文又載翁本、《叢刊》本、傅校本、《四庫》本李集卷七、《全文》卷六九九。

〔二〕血屬　原作“兵屬”，《叢刊》本、《四庫》本、《全文》同。今據陸氏校勘、翁本、傅校本改。

〔三〕尅期深入每度皆捷聲勢轉雄　原作“尅期□□□□□□□□石雄”，《叢刊》本、《全文》同。按此缺八字，“石”字亦誤。今據陸氏校勘、翁本、傅校本補改。《四庫》本此十二字別作“尅期赴敵又聞王元逵并石雄”，當係館臣臆補所致。據《通鑑》會昌三年十二月，乃爲王宰攻克天井關。館臣所補，則又連及王元逵、石雄，實則王元逵在澤潞北面，石雄由西向東進攻澤潞，天井關乃在澤潞之南，皆與事實不符。故當以陸氏校勘、翁本、傅校本爲是。

〔四〕貴緩王師　原作“潰緩王師”，《叢刊》本、《四庫》本、傅校本、《全文》同。按“潰”字誤。今據陸氏校勘、翁本改。

## 賜王宰詔意<sup>〔一〕</sup>

省所奏，差張公輔入澤州、潞州，亦粗得賊中軍情，若許招誘，乞賜詔命，事宜具悉。劉稹喪父之初，已拒朝命，旋又焚爇晋絳廬舍，侵逼萬善孤軍。罪惡貫盈，言詞甚悖。自卿全師壓境，頻挫其勢<sup>〔二〕</sup>。尋得天井重關，下臨高平危壁。邇來頗自知懼，方獻僞詞。然天奪其心，鬼迷其志。宋人已病，不告析骸之情；朱鮪乞降，曾無面縛之效。尚聞張皇叛卒，覬望鴻恩；不戢群兇，徒云繼襲。想卿忠憤，必志梟夷。況自去年以來，月頻奄畢<sup>〔三〕</sup>；今又福星焕燿，正臨天駟。《東漢書》云：畢爲天網，網羅不善之人；房爲明堂，方集重華之慶。懸象昭晰，前史所書。朕奉天道以行誅，守祖宗之成法；顧兹小寇，終不貸刑。亦知晏實是卿之愛弟，將申大義，在抑私懷。豈無鶺鴒，固慎名器。今料其初通信使，必謂卿且駐軍。想彼叛徒，猶希洗雪；乘此討襲，必有奇功。韓信襲歷下之軍，李靖薄陰山之寇；皆因敵心懈弛，故得機計不遺<sup>〔四〕</sup>。想卿久習兵符，備詳虜態，便須覆其巢穴，不可更有招攜。劉稹縱有表章，請自面縛，不得便自報答，亦須奏聞。當務遠圖，勿拘小信。速宜攻討，以副朕懷。想宜知悉。

會昌四年（八四四）二月上旬

## 箋　校

〔一〕《通鑑》卷二四七載會昌四年二月“丙辰,李德裕言於上曰:‘王宰久應取澤州,今已遷延兩月。……又宰生子晏實,其父智興愛而子之。晏實今爲磁州刺史,爲劉稹所質。……’上命德裕草詔賜宰,督其進兵。且曰:‘朕顧兹小寇,終不貸刑。亦知晏實是卿愛弟,將申大義,在抑私懷。’”本月丙辰爲初三。此中數語即本文中語,其撰詔或稍遲一、二日,故訂本文作時爲會昌四年二月上旬。

本文又載翁本、《叢刊》本、傅校本、《四庫》本李集卷七、《全文》卷六九九。

〔二〕頻挫其勢　翁本、傅校本作“頻挫其鋒”。

〔三〕月頻奄畢　原作“頻奄畢”,《叢刊》本、傅校本、《四庫》本、《全文》同。按此處奪一“月”字。今據陸氏校勘、翁本補。

〔四〕機計不遺　原作“機討不遺”,《叢刊》本、《四庫》本、《全文》同。按“討”字誤。今據陸氏校勘、翁本、傅校本改。

## 賜張仲武詔意[一]

昨以李石文吏,不可自赴行營,令在太原應接戎事。緣親兵在外,城府空虛,楊弁糾合征師,衆纔一旅,迫逐主帥,擅領兵權。尋詔近地行營,量抽兵馬,便令翦撲,計日梟夷。緣鎮州地接土門,最爲便近,已詔元逵出師五千人馬[二],向南諸軍聲援。顧兹小寇,未足勞卿大軍。緣何清朝下橫水官健曾經楊弁將領[三],久與亂軍同處,恐其自思家屬,因此搖心。宜速與卿本道都頭密意動静,與清朝計會,犄角相應[四]。如萬一清朝官健禁戢不定,抽歸太原,已令把絶雁門[五],遏其歸路,卿便須出軍掩襲,勿遣漏失兇徒。每事與清朝商量，務從權便。應機在速，不更待奏聞。

會昌四年（八四四）正月中旬

## 箋　校

〔一〕《通鑑》卷二四七載會昌四年正月“辛丑，上與宰相議太原事。李
　　德裕曰……”傅璇琮《李德裕年譜》即謂：“此處所載德裕處理幽州
　　援太原事，其大意即見於《賜張仲武詔》。辛丑爲正月十七日，此
　　文當作於此後數日之內。”今姑訂本文作時爲會昌四年正月中旬。
　　本文又載翁本、《叢刊》本、傅校本、《四庫》本李集卷七、《全文》卷
　　六九九。

〔二〕五千人馬　《全文》作“五千人”，奪“馬”字。

〔三〕橫水官健　原作“河水官健”，《叢刊》本、《四庫》本、《全文》同。
　　按“河”字誤。今據翁本、傅校本改。《通鑑》卷二四七載會昌三年
　　十二月“初，劉沔破回鶻，留兵三千戍橫水柵。河東行營都知兵馬
　　使王逢奏乞益榆社兵。……李石召橫水戍卒千五百人，使都將楊
　　弁將之詣逢。壬午，戍卒至太原”。橫水官健即指此。

〔四〕犄角相應　原作“椅角相應”，《叢刊》本同。按“椅”字誤。今據陸
　　氏校勘、翁本、傅校本、《全文》、《四庫》本改。

〔五〕把絕雁門　翁本、傅校本作“斷絕雁門”。

## 賜劉沔詔意[一]

　　敕：自古出師，莫重謀帥。李廣臨塞，威動殊鄰；吳漢理軍，隱
如敵國[二]。舉兹制勝，方見成功。往者羯胡亂華，伊洛未靖，光
弼以元勳上宰[三]，移守盟津，即知急病抶艱，因事爲重。以卿近
破狂虜，已著英名，河內當賊咽喉，爲吾雄屏，爰求威望，將以撫

寧。昔漢光武謂寇恂曰："潁川迫近京師,當以時定。惟念卿獨能平之,從九卿復出憂國可知也。"卿勿以累換雄藩,輕此寄任,策勛之日,遷擢必殊。詔到便宜擇精兵二千人,自領赴鎮,直抵萬善,震耀威聲。壯忠武一本作捕鹿犄角之形,分常蛇首尾之勢。今屬水潦將至,農事已興,偃武息人,固難淹久。勉弘方略,副朕誠懷。

會昌四年(八四四)二月二十五日

## 箋 校

〔一〕《通鑑》卷二四七載會昌四年二月"壬申,李德裕言於上曰:'……今王宰久不進軍,請徙劉沔鎮河陽,仍令以義成精兵二千直抵萬善,處宰肘腋之下。……'上曰:'善!'戊寅,以義成節度使劉沔爲河陽節度使"。此處所述與本文相合。戊寅爲二十五日,故訂本文作時爲會昌四年二月二十五日。

本文又載翁本、《叢刊》本、傅校本、《四庫》本李集卷七、《全文》卷六九九。

〔二〕隱如敵國 原作"允如敵國",《叢刊》本、《四庫》本同。按"允"字誤。今據陸氏校勘、翁本、傅校本改。《全文》作"陰如敵國"。

〔三〕元勳上宰 原作"上勳元宰",《叢刊》本、《四庫》本、《全文》同。按此於義不合。今據翁本、傅校本改。

## 賜王宰詔意〔一〕

用兵之難,在於過險,既收要害,便合成功。故出井陘而趙師虜,過成臯而吳寇殄;得略陽而隴坻服,入大峴而廣固平。近則破鹿頭而翦蜀,克郾城而定蔡。卿初取天井,大振威聲;皆謂計日而取澤州,指期而擒劉稹。頓兵危坂,已涉二時;日費殆過於千金,途隘有逾於九折。士不宿飽，人已告勞。在朝公卿，繼陳讜論[二]，皆云卿之血屬，質在賊中。此亦人之常情[三]，固當無隱。昔樂羊食子，文侯見疑。愛既及於懿親，義豈後於君上？若慮危害晏實，未忍急攻，但卿披誠，朕必深恕。即當與卿移鎮，必使兩全。如能大義滅親，至誠體國，捨爾所愛，建茲殊勳，繼先正鐘鼎之榮[四]，傳子孫帶礪之慶，即須厭塞公議，早覆妖巢。朕之報卿，必異群帥。暑潦將至，農事已興，偃武息人，固難淹久。深思朕意，勿更食言。又知卿比留支兵，守備萬善，既分武力，尤費機謀。今授劉沔河陽，日臨寇境，俾爲聲援，常據要衝。卿既進攻，必無後慮，勉當協力，副朕至懷。

會昌四年（八四四）二月下旬

## 箋　校

〔一〕本文云："今授劉沔河陽。"《通鑑》卷二四七載會昌四年二月壬申"李德裕言於上曰：'……今王宰久不進軍，請徙劉沔鎮河陽。……'戊寅，以義成節度使劉沔爲河陽節度使"。戊寅爲二十五日。本文當發於此後數日，故訂本文作時爲會昌四年二月下旬。本文又載翁本、陸心源《唐文拾遺》。皕宋樓本《李文饒文集》卷七有陸氏據影宋本抄補之全文，並注曰："《賜王宰詔意》一首，在《賜石雄詔意》之前。嘉靖、萬曆兩刻皆缺，今據影宋本抄補。"陸氏校語謂本文三九二字，《儀顧堂題跋》亦謂本文三九二字，實則三一八字，此當係陸氏計數之誤。

翁本將本文置於另一篇《賜王宰詔意》（"將帥大略"）之前。傅校本於《賜王宰詔意》（"將帥大略"）前注曰："此上別有一詔，朱刻有之。"即其所據以校勘之朱珪舊藏本有此文。今考本文作於會昌四年二月下旬,而"將帥大略"一篇作於同年三月上旬,故從翁本、傅校本批注編次。

〔二〕繼陳讜論　翁本作"繼陳讜議"。

〔三〕此亦人之常情　《唐文拾遺》作"此一人之常情"。按"一"字誤。今據陸氏抄本、翁本改。

〔四〕繼先正　《唐文拾遺》作"繼先王"。按"王"字誤。今據陸氏抄本、翁本改。

## 賜王宰詔意[一]

將帥大略,前史備書。保境者以守險自固,進攻者以過險必尅。制其死命,務須批亢。今賊在網羅,只守巢穴,廣立虛柵,多設疑兵,蓋謂自防,豈暇侵軼?且欲偷安歲月,以老王師。卿分兵相守,果中奸計。況卿已得天井,尋扼咽喉,遊刃其間,更何顧慮?聞天井前後寨柵二十餘所,以備奔衝。如此費兵,固須寡力。料賊四面設備,兵數可知,卿進大軍,便須拒捍,何暇更於諸路,敢軼封疆?以近事明之,足可爲據。昨者榆社兵馬,盡赴太原,自沁至儀五百餘里,賊已却得石會,其間細路至多,數旬無備,竟不馳突。卿以此揣度,可見其情。又諸軍都頭,各守一寨,遷延避寇,苟務過時。卿若更廣詢謀,取其自便,必恐撓卿思慮,難見成功。卿宜密度事機,自爲心計。其賊路逼近州縣,及當卿腹背受敵之處,即須留兵防守,用備寇虞;其他抽隨大軍,併力攻討。如此則出其不意,必覆妖巢。國家無徵發之勞,計司減饋運之費,足得制勝,豈在濟師。又聞每度出兵,傷夷不少,待其瘡痛皆復,不免戰鬪闕人。今爲卿方圓,無所愛惜。其陣没官健,如無子弟,便別擇少壯者充替,其亡歿家糧賜,亦許不停;其傷夷校重有妨役使者,亦任擇人充替,其傷夷者仍不停糧。非惟感勵士心,亦冀漸完兵力。卿宜以此宣示,各使聞知。故令中使專往,看卿處置,須待事了,方得遣回。

會昌四年(八四四)三月上旬

## 箋　校

〔一〕傅璇琮《李德裕年譜》會昌四年載"三月初一日,德裕奏請李回出使天井、冀氏,至王宰、石雄軍中宣慰,督促其進軍"。並曰:"《一品集》卷七並有《賜王宰詔意》、《賜石雄詔意》,即遣使至其軍,令其速進軍,勿得遷延。"故訂本文作時爲會昌四年三月上旬。

本文又載翁本、《叢刊》本、傅校本、《四庫》本李集卷七、《全文》卷六九九。

賜石雄詔意〔一〕

　　與王宰詔同。於"奸計"字下云:"聞冀氏、翼城寨柵有一十八所,以備奔衝。"自此以後,又與王宰詔同〔二〕。至"各使聞知"下云:"又聞將士有苟避兵鋒,全不得力者。卿宜便令守寨,不要將行。其彦佐隨使衙隊,自大將至宴設及工巧之徒,除卿先令歸本道外,聞在者尤多。卿既領節旄,自有土地。並宜曉諭發遣,不要更留。仍具人數奏聞。雖卿善於撫衆,皆自樂從,然亦在割情,不令撓事。故令中使專往看卿處置,卿須待事了〔三〕,方得遣回。"

會昌四年(八四四)三月上旬

## 箋　校

〔一〕本文作時與前篇同。詳見前篇箋校。

本文又載翁本、《叢刊》本、傅校本、《四庫》本李集卷七、《全文》卷六九九。

〔二〕自此以後又與王宰詔同　翁本作小字占半格。

〔三〕卿須待事了　諸本均作"卿須待了"。按本文用語與前一篇《賜王宰詔意》同。今據前篇補一"事"字。

## 賜王元逵何弘敬詔意與彥佐等詔同，向後別各有處分。〔一〕

比緣暑熱未退〔二〕，固難進軍。想卿至誠，豈安終食？今清商已至，鼙鼓聲雄；白露將凝，戈鋋氣肅。擊隼應節而逾厲，代馬嘶風而自豪。順天行誅，正在今日。近者天井、冀氏，頻有交鋒。蓋緣卿等當軍未抵邢州，莫分賊勢，併有精卒，得以奔衝。今四面王師二十萬〔三〕，鎮魏兩軍，自當其半，屯集在境，已及歲期。雖罰罪除殘，誠無所惜〔四〕，然生人膏血，杼軸其空。朕既爲父母，豈可坐延歲月？想卿忠憤，固不懷安。況卿當道，頃爲盧從史、劉從諫所敗，與澤潞素是深讐。卿之騎兵，海內精勁，將虔劉殘憤，士百鬭心〔五〕。宜乘此機，豈可玩寇？想詔到之後，速抵邢州。但得綴其精兵，不令併力西向〔六〕。朕當詔王宰、石雄，齊心攻討；破此殘寇，決在今秋。故令中使往諭朕意，想卿勿更疑惑，副茲朕懷。

何弘敬詔中，改"未抵邢州"爲"未過漳河"。"況"字以下，改爲"卿奉親之孝，朕所深知。想陟岵有懷，循陔思養；違離周歲，固切歸心。當早決機，豈宜玩寇"。

會昌四年（八四四）閏七月中旬

## 箋　校

〔一〕按此詔書云："比緣暑熱未退，……今清商已至，鼙鼓聲雄，白露將凝,戈鋋氣肅。"正令鎮、魏兩鎮盡速進軍,以配合石雄、王宰進攻之時。據《通鑑》卷二四七載會昌四年閏七月壬戌(十一日)李德裕奏詔示何弘敬等進軍方略,與此二詔相合。詔書之發布當在李德裕奏對後數日,故訂此二詔作時爲會昌四年閏七月中旬。

此二詔又載翁本、《叢刊》本、傅校本、《四庫》本李集卷七、《全文》卷六九九。

此二詔題下注原作"與彦佐等詔同何後別各存處分",《叢刊》本、《四庫》本同。按"何"字應作"向","存"字應作"有"。今據陸氏校勘、翁本、傅校本改。

〔二〕暑熱未退　翁本"熱"下注云"一作潦"。

〔三〕二十萬　原作"一十萬",《叢刊》本、《四庫》本、《全文》同。今據陸氏校勘、翁本、傅校本改。

〔四〕誠無所悋　翁本、《全文》作"誠無所吝"。按"悋",同"吝"。

〔五〕士百鬭心　原作"士有鬭心",《叢刊》本、《四庫》本、《全文》同。按"有"字誤。今據陸氏校勘、翁本、傅校本改。

〔六〕不令併力西向　原作"不合併力西向",《叢刊》本、《四庫》本、《全文》同。按"合"字誤。今據陸氏校勘、翁本、傅校本改。

## 賜王元逵何弘敬詔意[一]

近頻捉得賊界生口及收得投降人等,每知賊中精卒,數亦無多,只是應急旋抽,併當一面。破其此計,實在共攻[二]。緣王宰即過乾河,便抵澤州城下,恐賊併取山東兵馬,抗拒南面王師。卿宜詔到日[三],便須深入,綴其精卒,不遣東西,旬月免有抹兵,王宰必能成事。如因此犄角,便克澤州,則卿之功勛,更高王宰。朕每念陳兵原野,又屬炎熱[四],由此孥童,致兹暴露[五]。然獫狁孔

叵,周宣興六月之師;淮夷未寧,公旦有三年之役。事非獲已,諒
匪勞人。卿當深體朕懷,早圖戡翦;上薦功於宗廟,下息患於生
靈。則卿之子孫,永受休禄;朕之酬賞,必極寵榮。布告三軍,咸
令知悉。

會昌四年(八四四)閏七月中旬

## 箋 校

〔一〕《通鑑》卷二四七載會昌四年閏七月壬戌(十一日)李德裕奏澤潞
　　降將高文端言,其旨多與本文所述相合。本文當是與同卷前篇《賜
　　王元逵何弘敬詔意》文先後頒發,均爲指示用兵決戰之詔書。故訂
　　本文作時爲會昌四年閏七月中旬。
　　本文又載翁本、《叢刊》本、傅校本、《四庫》本李集卷七、《全文》卷
　　六九九。
〔二〕實在共攻　翁本、傅校本作"實在齊攻"。
〔三〕卿宜詔到日　"宜",原作"宣",《叢刊》本同。今據翁本改。
〔四〕又屬炎熱　翁本、傅校本作"又屬蒸熱"。
〔五〕致兹暴露　原作"致兹暴陵",《叢刊》本、傅校本、《四庫》本、《全
　　文》同。按"陵"字誤。今據陸氏校勘、翁本改。

## 賜緣邊諸鎮密詔意[一]

　　近者寇孽初平,海内無事。方欲永櫜弓矢,保乂生人[二],圖
遠開邊,誠非朕志。然盛衰倚伏,皆有其時。古人云:"聖人無巧,
時變是守。"蓋惜其時也。昔漢武帝命將出師,輕齎深入,耗中國
三十餘年,竟不得臣伏匈奴,蕩定沙漠,此未得其時也。至宣帝值
匈奴百年之運,因懷亂危亡之機。單于稽首,三代偁藩,烽燧不

設,邊城晏閉[三],此遭遇其時也。近則回鶻常以兵助中國,有戡難之功。朝廷累降姻親,歲致繒絮。因我爲援,振服諸蕃,百有餘年,最爲強盛。及本國衰亂,種落流離,景附北邊,猶爲桀驁[四]。因其入塞,暫舉偏師,遂大破穹廬,却收公主,歸降甚衆,梟戮至多。一國銷亡,易於拉朽,豈非得其時也。今吐蕃未立贊普,已是三年。將相猜攜,自相攻擊,緣邊兵馬,頗已抽歸。想其域鎮皆空[五],守備多闕。儻彼鬭戰未定,自有黨讎[六]。一國之中,疑懼相半,則備邊城守,固有異心。計卿軍鎮必有舊人,諳練邊事,深入窺探,來往是常。易知隱伏之情,足見存亡之兆。宜精意選練,務得其人。切須識見精專,誠信可保,資以財帛,俾其陰通。自隴山大寧關[七],北至蕭關、原州、安樂州、烏蘭橋等,皆是賊之險路,入寇要津。各要知兵馬多少,何人主領。如兵數寡少,人心動搖,乘此危機,必易爲計。多設反間,密用奇謀,使自歸心,豈勞兵力,觀釁而動,取若拾遺,此兵法所謂不戰而屈人之兵,善之善也。國家河西、隴右四鎮一十八州,皆是吐蕃因中國有難,相繼陷没。今當其破滅之勢,正是倚伏之期。取亂侮亡,聖人遠略。斯乃以直報怨,非是不守和盟。想卿精忠,必達此旨。故令劉濛專往,親諭朕懷。卿宜選練師徒,多蓄軍食,使器甲犀利,烽火精明,尺籍伍符,盡無虛數,務修實效,勿顯事機,制置之間,尤須密静。詔書有所不盡,皆已指示使臣。勉建良圖,副兹委遇。

会昌五年(八四五)二月二十三日

箋　校

〔一〕本集卷十六《巡邊使劉濛狀》所述備邊事與本文相合,當爲同時所
　　　作。該文篇末注明"會昌五年二月二十三日",故知本文作時亦當

在會昌五年二月二十三日。

本文又載翁本、《叢刊》本、傅校本、《四庫》本李集卷七、《全文》卷六九九。

〔二〕保乂生人　原作"保义生人"，《叢刊》本、傅校本同。按"义"字誤。今據翁本、《全文》、《四庫》本改。

〔三〕邊城晏閉　原作"邊城晏間"，翁本、《叢刊》本、《四庫》本同。按"間"字誤。今據陸氏校勘、傅校本改。傅校曰："當是晏閉。"《全文》作"邊城晏開"，"開"字亦誤。

〔四〕桀驁　原作"桀鷔"，《叢刊》本、傅校本、《四庫》本、《全文》同。按"鷔"字誤。今據陸氏校勘、翁本改。

〔五〕域鎮皆空　原作"城鎮皆空"，翁本、《叢刊》本、《四庫》本、《全文》同。按"城"字誤。今據陸氏校勘、傅校本改。

〔六〕自有黨讎　翁本作"必自有黨有讎"。

〔七〕自隴山大寧關　"大"，原作"天"，《叢刊》本、《四庫》本、《全文》同。按"天"字誤。今據翁本、傅校本改。

## 停歸義軍敕旨〔一〕

敕：李思忠首率蕃兵，歸誠向闕，念其忠款，特許來朝。而又久慕華風，願留京邑，俾參環衛，用報勛庸。其歸義軍使宜停。將士等同叶義心，所宜優寵。況聞諸道軍鎮，皆置馬軍，選擇蕃渾，尤不易得。緣此將健久工騎射，頗出常倫；列於牙旗，足壯戎閫。宜分諸道節度團練使收管〔二〕，便給本道衣糧，稍加安存，務令得所。

會昌三年（八四三）三月

## 箋　校

〔一〕《通鑑》卷二四七載會昌三年三月“劉沔奏：‘歸義軍回鶻三千餘人及酋長四十三人準詔分隸諸道，皆大呼，連營據滹沱河，不肯從命，已盡誅之。回鶻降幽州者前後三萬餘人，皆散隸諸道。’”《編證》收録本文，引新、舊《唐書》以爲此文與劉沔坑殺回鶻三千人事有關，並繫本文於本年三月至五月。今據《通鑑》所記，訂本文作時爲會昌三年三月。

本文又載翁本、《叢刊》本、傅校本、《四庫》本李集卷七、《全文》卷七〇〇。

本文標題原作“停歸義軍敕書”，《叢刊》本、傅校本、《四庫》本、《全文》同。按“書”字誤。今據陸氏校勘、翁本改。

〔二〕節度團練使收管　原作“節度使團練收管”，《叢刊》本、《四庫》本、《全文》、《編證》同。今據翁本、傅校本改。

## 置孟州敕旨〔一〕

敕：昔馮異之守盟津，已建軍號；近光弼之保伊洛，先據三城。蓋以河有造舟之危，山有摧輪之險〔二〕。左右機軸，表裏金湯；既當形勝之地，實爲要害之郡。今所制置〔三〕，豈限常規？積萬庾於敖前，尤資地利；列二矛於河上〔四〕，須壯軍聲。其河陰縣宜割屬孟州，仍改爲望縣；其河清縣却還河南府〔五〕，縣官等並准前敕處分；其東都鎮遏兵馬，依前屬東都防禦使；鄭滑、汝州防戍兵各一千人，令弘敬權指揮，事平後續有處分。

會昌三年（八四三）九月二十二日

## 箋　校

〔一〕《通鑑》卷二四七載會昌三年九月“丙午，河陽奏王茂元薨。李德裕奏：‘……不若遂置孟州，其懷州別置刺史。……’上采其言。戊申，以河南尹敬昕爲河陽節度、懷孟觀察使”。此中所述與本文相合。本月戊申爲二十二日。故訂本文作時爲會昌三年九月二十二日。

本文又載翁本、《叢刊》本、傅校本、《四庫》本李集卷七、《全文》卷七〇〇。翁本編本文於第七卷之末。

〔二〕山有摧輪之險　原作“山有摧輪之險”，《叢刊》本、《四庫》本同。按“輪”字誤。今據翁本、傅校本、《全文》改。曹操《苦寒行》：“羊腸坂詰屈，車輪爲之摧。”

〔三〕今所制置　原作“今所置制”，《叢刊》本、傅校本、《四庫》本同倒誤。今據翁本、《全文》改。

〔四〕列二矛　原作“到二矛”，《叢刊》本、傅校本同。按“到”字誤。今據翁本、《四庫》本、《全文》改。

〔五〕其河清縣却還河南府　《全文》此句下有“收管”二字。

## 李回宣慰三道敕旨〔一〕

敕：成德軍、魏博皆出兵甲，俯臨賊境，秋氣已至，攻取是時。元逵、弘敬，制勝伐謀，必有成算，固須命使，遠訪嘉猷。又回鶻雖已遁逃，尚存餘燼。今朔風始勁，塞草具腓，猶慮未革梟音，敢懷狼顧，迫於飢窘，復擾邊城。仲武久欲蕩除，俾無噍類。成其志業，壯彼威聲，亦在使臣，往喻朕意。各宜奮厲，早建殊勛。解甲勞還，免及祁寒之候；止戈除害〔二〕，庶臻仁壽之期。咨爾帥臣，副予委遇。

宜令刑部侍郎、兼御史中丞李回充幽州、鎮、魏等道宣慰<sup>〔三〕</sup>。

會昌三年（八四三）七月中旬

## 箋　校

〔一〕本集卷一五有《幽州鎮魏使狀》，文末注明爲“會昌三年七月十一
　　　日”。此狀建議遣李回出使諭幽州、成德、魏博三鎮，未幾，得武宗
　　　準許。則敕旨當在上狀後數日。故訂本文作時爲會昌三年七月
　　　中旬。

　　　本文又載《詔令》卷一一七、翁本、《叢刊》本、傅校本、《四庫》本李
　　　集卷七、《全文》卷七〇〇。翁本編本文於《置孟州敕旨》前。

〔二〕止戈除害　《詔令》、翁本作“止戈除患”。

〔三〕宣慰　諸本同。《詔令》“慰”下有“使”字，似較勝。

<h1 align="center">賜王宰詔意<sup>〔一〕</sup></h1>

　　卿頃蒞澤州，頗彰惠政。彼之黎庶，自合有情；申以恩威，正
在今日。卿宜大布誠信，且務綏懷，不得焚其室廬，翦其桑梓。自
當壺漿塞路，襁負而歸。兼招取丁壯三五千人，不要分給器械，每
至填濠攻壘<sup>〔二〕</sup>，皆遣先驅。料澤州城内，非其父兄，即其子弟，必
合自相愛惜，豈願交接兵鋒。兼須遣使逼其軍城<sup>〔三〕</sup>，再三號令，
若能捨逆效順，速自歸降，非但生全，仍加優賞，克城之後，不犯秋
毫；如堅守危巢，坐待撲滅，必當不存噍類，務極兵威。料其聞此
先聲，皆自感厲。勉於方略，副朕深懷。

會昌四年（八四四）四月

## 箋　校

〔一〕《通鑑》卷二四七載會昌四年“夏，四月，王宰進攻澤州”。本文云：

“卿頃涖澤州,……申以恩威,正在今日。”與《通鑑》所述相合。故訂本文作時爲會昌四年四月。

本文又載翁本、《叢刊》本、傅校本、《四庫》本李集卷七、《全文》卷六九九。翁本編本文於文集卷七之第四篇,而諸本編本文於文集卷七之末。

〔二〕填濠攻壘　原作“填隴攻壘”,《叢刊》本、《四庫》本、《全文》同。按“隴”字誤。今據陸氏校勘、傅校本改。翁本作“填壕攻壘”。

〔三〕兼須遣使　原作“兼領遣使”,《叢刊》本、《四庫》本同。按“領”字誤。今據陸氏校勘、翁本、傅校本改。《全文》作“兼宜遣使”。

# 文集卷第八

## 制　詞

### 授嗢没斯可特進行左金吾衛大將軍員外置仍封懷化郡王制〔一〕

敕：昔秩訾獻籌，歸忠於大國；日逐避禍，納款於明庭。宣帝嘉其一心，寵以優禮；或存故王之印綬，或賜歸德之美名。爰舉舊章，式崇新命。回鶻嗢没斯特勤，倜儻慕義，深沉有謀。駃騠之生超千里，鷙鶚之擊厲九秋。屬獻款誠，布於邊將；尋執醜虜，不遺君親。戢其餒殍之徒，曾靡秋毫之犯。旋觀所履，大節甚明。朕與回鶻，代結和親，久敦鄰好，念其乖亂，義在固存。莫若撫其酋豪，顯其大順，使諸蕃知我招攜之禮，更逾往昔之恩。仍加帶礪之封，俾授爪牙之寄。服茲休寵，可不敬哉！可特進〔二〕、左金吾衛大將軍員外置同正員，仍封懷化郡王〔三〕。

會昌二年（八四二）五月

箋　校

〔一〕《編證》收録本文，並考證本文應作於會昌二年“四月十八日後、五
　　　月二日降表遞到之前”。《詔令》卷一二八亦收録本文，文末注明
　　　爲“會昌二年五月”。今從《詔令》。

　　　本文又載翁本、《叢刊》本、傅校本、《四庫》本李集卷八、《全文》卷
　　　六九七。

〔二〕可　原闕，今據陸氏校勘、翁本、傅校本、《詔令》補。

〔三〕可字下官稱諸本無之，今據《詔令》補。

# 授嗢没斯檢校工部尚書兼歸義軍使制[一]

　　敕：回鶻代雄絶漠，名振北蕃，而乃厭金革之強，慕朝廷之禮，
願襲冠帶，思覿漢儀。蟬蜕自致於潔清，豹變獨蔚其文彩。不有
髦傑，孰啓壯圖？嗢没斯禀氣陰山[二]，降精斗極，生知忠孝，神授
兵鈐。自強之心，隱如敵國，衛上之氣[三]，森若戈矛。果能因亂
布誠，覩幾立節，深叶懷柔之志，不因告諭之詞。昔者取士殊
鄰[四]，秦能致霸；得賢異壤，晋實用材。是用優以寵光，處之權
貴，褒納忠之顯效，錫歸義之美名。俾建旆於新軍，示絶席於諸
將。勉修臣節，服我官常。可檢校工部尚書、兼左金吾衛大將軍
同正、充歸義軍使、懷化郡王[五]。

　　　　　　　　　　　　　　會昌二年(八四二)六月二十一日

箋　校

〔一〕《通鑑》卷二四六載會昌二年嗢没斯入朝，六月甲申“以嗢没斯所
　　　部爲歸義軍，以嗢没斯爲左金吾大將軍，充軍使”。本月甲申爲二
　　　十一日。故訂本文作時爲會昌二年六月二十一日。

本文又載《詔令》卷一二八、《册府》卷九六五、翁本、《叢刊》本、傅
校本、《四庫》本李集卷八、《全文》卷六九七。

〔二〕禀氣陰山　《詔令》作“禀氣陰崧”。

〔三〕衛上　《詔令》、《册府》作“鋭上”。

〔四〕取士　原作“取土”，《叢刊》本同。按“土”字誤。今據陸氏校勘、
　　《詔令》、翁本、傅校本、《四庫》本、《全文》、《編證》改。

〔五〕可……懷化郡王　諸本無此數句。今據《詔令》、《全文》補。

## 授歷支特勤以下官制〔一〕

　　敕：國家與回鶻久修鄰好，重以姻親，視其酋豪，猶吾赤子。
屬本藩乖亂，種落未安，君長之間，自相疑阻。窮而歸款，得不撫
寧？況爾等生戴斗之鄉，精能貫日；負射鵰之藝，氣乃凌雲。忠而
善謀，勇則能斷，率其驍騎，來附北邊，願削衽以圖全，且囊弓而俟
命，矢其一志，之死靡他。既投我以誠，則招之以禮。昔徐盧款
塞，即受漢封，比能入朝，仍疏魏爵。今則解其被髦，榮以影纓。
爰嘉介石之心，式寵銜珠之命。秭侯忠孝〔二〕，可保於克終；安上
子孫，方期於必貴。勉兹師律，爲我信臣。

會昌二年（八四二）五月

篚　校

〔一〕《編證》收録本文，並據《新唐書》卷二一七下《回鶻傳》下謂：“與嗢
　　没斯同授官爵者，有阿歷支、習勿啜、烏羅思、愛邪勿四人。阿歷支
　　爲寧邊郡公，賜姓名曰李思貞。此作歷支（《會要》同），不審孰正。
　　餘引見前。又由《新書》觀之，知此制與前制（篚校者按：即《授嗢
　　没斯可特進行左金吾衛大將軍員外置仍封懷化郡王制》）同日發

出。”今從其説,訂本文作時爲會昌二年五月。

本文又載翁本、《叢刊》本、傅校本、《四庫》本李集卷八,《全文》卷六九七。

〔二〕秬侯忠孝　原作“宅侯忠孝”,《叢刊》本同。按“宅”字誤。今據翁本、傅校本、《四庫》本、《全文》、《編證》改。

## 授嗢没斯賜姓李名思忠制[一]

昔項伯歸義,奉春建策,賜之劉氏,列在漢宗。爰寵茂勳,抑惟前典。嗢没斯代雄沙漠,勇冠天山;早稱良將之材[二],嘗佩明王之紱。附於絶塞,歲以再期,秉是一心,竟全大節。今則解其毳服,始列牙旗[三],自我加恩,益聞厲志。驥登吴坂,感顧盼而長鳴[四];劍出豐城,因拂拭而增焕。朕以漢北平守廣,北狄避之,號爲飛將,顧其苗裔,頗在龍庭。美瓜瓞之所興,因而命氏;念棣萼之方暉[五],當使同榮。夫思在無邪,忠爲令德[六]。嘉其立志,用以錫名。爾宜念之,無替休命。

会昌二年(八四二)八月十六日

## 箋　校

〔一〕《編證》收録本文,並據《通鑑考異》卷二一載會昌二年八月丁丑(十六日)賜嗢没斯及其弟等姓名,定本篇作於此時。今從其説。

本文又載翁本、《叢刊》本、傅校本、《四庫》本李集卷八,《全文》卷六九七。

底本卷目作“賜姓李”,而篇目作“改姓李”,翁本、《叢刊》本同。《編證》注曰:“作賜是也。”今從《編證》改。

〔二〕早稱良將　原作“早俌良將”,《叢刊》本同。按“俌”字誤。今據陸氏校勘、翁本、傅校本、《四庫》本、《全文》、《編證》改。

〔三〕始列牙旗　原作"制列牙旗"，《叢刊》本、《四庫》本、《編證》同。
　　　按"制"字誤。今據翁本、傅校本、《全文》改。

〔四〕感顧肦而長鳴　原作"感顧肦而長鳴"，《叢刊》同。按"肦"字誤。
　　　今據陸氏校勘、傅校本、《四庫》本、《全文》、《編證》改。翁本作"感
　　　顧眪而長鳴"。

〔五〕念棣蕚之方曄　《全文》、《編證》作"念棣蕚之方韡"。今按《詩·
　　　小雅·常棣》："常棣之華，鄂不韡韡。"作"韡"義較勝。

〔六〕令德　原作"德令"，《叢刊》本、《四庫》本、傅校本同倒誤。今據翁
　　　本、《全文》、《編證》改。

## 授回鶻內宰相愛耶勿歸義軍副使兼賜姓名制[一]

　　自古軍制，必有佐貳，逮至漢氏，亦循舊章。既得將材，俾參
戎政，實資謀策，用正紀綱。愛耶勿往在龍庭，常爲貴相。乘其乖
亂，遂投迹於殊鄰；加以懷柔，竟歸心於上國。而又推誠所奉，果
協良圖，每獲異謀，必來獻款。旋觀深志，可謂竭情[二]。昔戎狄
請盟，良由孟樂；呼韓率服，始自秩訾[三]。言念茂功，所宜異等，
因其請族，錫以嘉名。漢錫秺侯，尚採祭天之義；魏親程昱，用疇
捧日之心。寵以貂璫，冠於裨校；服茲新命，宜保厥終。可檢校右
散騎常侍、兼歸義軍副使[四]，仍賜姓李名弘順。

會昌二年（八四二）八月十六日

## 箋　校

〔一〕《通鑑》卷二四六載會昌二年八月"丁丑，賜嗢没斯與其弟阿歷支、
　　　習勿啜、烏羅思皆姓李氏。……國相愛邪勿姓愛，名弘順；仍以弘

順爲歸義軍副使"。今從《通鑑》,訂本文作時爲會昌二年八月丁
丑(十六日)。

本文又載翁本、《叢刊》本、傅校本、《四庫》本李集卷八、《全文》卷
六九九。

〔二〕可謂竭情 《全文》作"可爲竭情"。

〔三〕始自秩訾 原作"始有秩訾",《叢刊》本、《四庫》本同。按"有"字
誤。今據翁本、傅校本、《全文》、《編證》改。

〔四〕《編證》注曰:"《新書》二一七下稱拜左威衛大將軍愛耶勿爲寧塞
郡公右領軍大將軍。"

## 授何清朝左衛將軍兼分領蕃渾兵馬制〔一〕

　　敕:新授金紫光禄大夫、檢校太子賓客、使持節都督銀州諸軍
事、兼銀州刺史、充本州押蕃落使、及度支銀州監牧馬副使何清
朝。漢用駱甲,則灌嬰副於騎將;魏得關羽,則張遼挾以前驅。故
能挫强楚之鋒芒,取顏良於麾蓋。爾夙負智勇,備嘗艱難,精誠發
而石開,志氣作而虹貫。朕以思忠仗義倜儻〔二〕,秉心堅正〔三〕,且
聞誓剪讎寇,不以賊遺君父,委之兵柄,庶展拘原。舉駭電之鋒,
期於盡敵;得射鵰之騎,未足稱功。宜勉一心,成予九伐。俾參環
衛,用壯軍聲。可檢校太子賓客、兼左衛將軍侍御史,散官如故,
仍分領河東道蕃渾兵馬赴振武界,取思忠指揮。

會昌二年(八四二)九月中旬

## 箋　校

〔一〕《編證》收録本文,並謂:"依前書(《賜思忠詔書》)意,此制當是同
　　時發出。"岑氏考訂此二文作於"九月十三日或稍後一二日"。今

從其説,訂本文作時爲會昌二年九月中旬。

本文又載翁本、《叢刊》本、傅校本、《四庫》本李集卷八、《全文》卷六九七。

〔二〕仗義倜儻 原作“伏義倜儻”,《叢刊》本同。按“伏”字誤。今據陸氏校勘、翁本、傅校本、《四庫》本、《全文》、《編證》改。《編證》注曰:“按同集《授石雄晉絳行營節度使制》有云:‘倜儻仗義。’”

〔三〕秉心堅正 傅校本作“秉心堅貞”。

# 奉宣代諸道節度使書上[一]

## 代劉沔與回鶻宰相頡于伽思書[二]

會昌二年八月二十日[三],大唐河東節度使、檢校右僕射劉沔致書於九姓回鶻頡于相公閣下。曩者回鶻因延陀之亂,歸心中國,太宗親幸靈武,納彼降人,置瀚海都督,列於内地。爰初封植,自我深恩。回鶻立國立家,莫非唐德。皇帝自聞回鶻乖亂,繼以災荒,爲紇扢斯所攻,國已殘滅,可汗率傷痍之衆,席卷而來,朝廷遣告諭之使,轂擊於外。誠宜恭聽詔命,漸歸漠南。國家得以施拯捄之恩,成招携之禮。昔呼韓單于亦以離亂,歸附漢廷。定計之初,則遣子入侍;款塞之後,又來朝京師。既得爲臣之義,實展外藩之敬。然後漢家擁護出塞,救恤加恩。況回鶻累代稱藩,久修臣禮,只合先請朝謁,自陳艱危。太和公主是帝室愛女,太皇太后夙所鍾念。可汗亦宜遂其情禮,便遣入朝。雖皇帝不許,當勤固請，爲可憐之意，陳自託之誠。豈不感明主之心，塞華夷之望，則我之捄恤，無所愧懷。而乃睥睨邊城，桀驁自若，邀求過望，如在本蕃。遐邇之人，無不驚歎。今又深入邊境，殘虐生人，以退渾爲名，侵暴未已。黎庶伏竄，莫敢定居；秋稼盈疇，不遑收刈。夫欲求大國之援，繼姻好之情，當務交懽，豈宜如是！來書又云：“蕃人易動難安，如忿怒後[四]，不可制得。”只如回鶻爲紇扢斯所困，豈可一日暫忘[五]？舉國將相遺骸，棄於草莽；累代可汗墳墓，隔在天涯。固宜泣血枕戈，嘗膽思報，大雪寃耻，告謝幽魂。回鶻忿怒之心，合施於彼。而欲滅棄仁義，逞志中華，天地神祇，豈容此事？詩云：“剛亦不吐，柔亦不茹。”回鶻以紇扢斯之强，不敢報復，可謂吐剛矣；輕退渾之弱，惟務傷煞[六]，可謂茹柔矣。又詩云：“君子如怒，亂庶遄沮。”君子怒以止亂，不聞生亂。望相公深思此義，勿更輕言。今敝邑恃回鶻之信[七]，不憚回鶻之怒。若外與中國結怨，内爲紇扢斯所排，遷集鳥徒，流離蓬轉，以沔揣度，終難取濟。前代郅支單于，不事大漢，寄命堅昆，尋又遠託康居，自成夷滅。往事之戒，得不在懷？昔呼韓之敗也，其臣伊秩訾勸呼韓稱臣事漢[八]，從漢求節。呼韓納用其策，竟保安全。又戎子駒支將預晉盟，執政以其有二，親數於朝，駒支乃自稱不侵不叛，何惡能爲？執政嘉之，遽命即事。今相公以偉才宏略，匡弼可汗。既無秩訾之明，謹於事大；又無駒支之辨[九]，自達其誠。而欲絕累代之懽，興二國之禍，稱難釋憾[一〇]，何以戴天？又古人云：“失之東隅，收之桑榆。”倘自改悔，實未爲晚。恐未嘗思此，聊布所懷。信之與否，幸垂見示。不具，沔白。

會昌二年（八四二）八月二十日

## 箋　校

〔一〕奉宣代諸道節度使書上　此句載翁本、《叢刊》本、傅校本卷目,又
　　　載《四庫》本篇目前。

〔二〕《通鑑》卷二四六載會昌二年八月"上又命李德裕代劉沔答回鶻相
　　　頡干(按:應作于)迦斯書"云云,即爲本文之節要。今從《通鑑》,
　　　訂本文作時爲會昌二年八月二十日。

　　　本文又載翁本、《叢刊》本、傅校本、《四庫》本李集卷八、《全文》卷
　　　七〇七。

〔三〕會昌二年　原作"會昌三年",《叢刊》本、傅校本、《四庫》本、《全
　　　文》同。按"三"字誤。今據翁本、《編證》改。《編證》注曰:"《沔
　　　碑》:'六月,又詔領師南討澤潞,屯楡社。'是三年八月,沔已解除
　　　討迴紇之職責。……會昌三年,乃二年之訛也。兹訂正。"岑氏所
　　　考與翁本正相合。

〔四〕如忿怒後　《全文》作"加忿怒後"。

〔五〕暫忘　原作"慙忘",《叢刊》本同。按"慙"字誤。今據陸氏校勘、
　　　翁本、傅校本、《四庫》本、《全文》、《編證》改。

〔六〕傷煞　《全文》作"傷殺"。

〔七〕敝邑　原作"弊邑",翁本、《叢刊》本、《全文》、《編證》同。按"弊"
　　　字誤。今據陸氏校勘、傅校本、《四庫》本改。

〔八〕其臣伊秩訾勸呼韓稱臣事漢　"其臣",原作"其君",《叢刊》本、
　　　《四庫》本同。按"君"字誤。今據陸氏校勘、翁本、傅校本、《全
　　　文》、《編證》改。"稱臣事漢",原作"偁臣事漢",《叢刊》本同。按
　　　"偁"字誤。今據翁本、傅校本、《四庫》本、《全文》、《編證》改。

〔九〕駒支之辨　翁本作"駒支之辯"。

〔一〇〕稱難釋憾　原作"偁雖釋憾",《叢刊》本、《四庫》本、《全文》同。

按“儸雖”二字誤。今據陸氏校勘、翁本、傅校本、《編證》改。

# 代忠順報回鶻宰相書意[一]

　　來牒云，未得般次歸國。不知今日推明日[二]，回鶻聞此事，盡頭悶者。國家富有四海，豈惜微細資財？比在京交付藥羅葛元政藥羅葛氏也之時[三]，已不管領。只緣可汗都無定所，來去不常，又無大段驅馬，自取般次，恐諸蕃刼奪，須稍安詳。欲令送至東北嶺外，忽慮萬一散失，又以詞語見尤。望依前自遣驅馬般運，此令兵馬護送。又云，嗢没斯王子不合親近。我國家統御四夷，皆同赤子，倘順於國，盡合綏懷。如天地之廣，無不覆載；如江海之大，無不包容。況嗢没斯是先可汗子孫，今可汗兄弟，窮而歸命，尤所矜憐。若棄其款誠，何以柔遠？回鶻須自愧不恤兄弟，令其不安，更欲追尋，是何道理？彼酋長如迫於飢渴，願歸國家，優待之禮，必與嗢没斯無異。想知朝廷眷遇回鶻之深也。如可汗早依聖旨，不入邊疆，但歸漠南候命[四]，朝廷豈有所惜？又云，回鶻往前蕃人，易動難安，不可制得。朝廷只要回鶻承順國家，常爲好事，惟行仁義，不作尤違，則朝廷欲疎隔回鶻一日不得。若只務侵擾漢界，刼奪牛羊，以此爲强，實所不憚，如此行事，與諸小部落何如[五]？欲稱回鶻强大[六]，豈肯敬貴？忠順邊將麁才，性本愚直，輒此忠告，幸垂三思。

會昌二年(八四二)七月末

## 箋　校

〔一〕《編證》收錄本文，並謂：“四月十八日狀請勒留馬價絹交忠順點檢
　　收管，故迴紇來牒索絹，特由忠順覆書。書詞所謂蕃人易動難安，

不可制得,與下文《代劉沔致回鶻宰相書意》相同。疑兩書之發,
相去未久。沔書發於八月二十,忠順書或在其先,緣彼書已不再提
馬價絹也。又依下篇注①給馬價絹應在七月十九已後。總合推
之,此書約附於七月之末,似謂事理較近。"今從其説,訂本文作時
爲會昌二年七月末。

本文又載翁本、《叢刊》本、傅校本、《四庫》本李集卷八、《全文》卷
七〇七。

〔二〕不知今日推明日　翁本、《叢刊》本、《四庫》本、《全文》、《編證》
　　同。陸氏校勘、傅校本此下有一"白"字。

〔三〕藥羅葛元政　原作"藥羅葛九政",《叢刊》本、傅校本、《四庫》本、
　　《全文》同。按"九"字誤。今據翁本、《編證》改。《編證》注曰:
　　"畿本、明本均作九政。兹據《應接天德討逐回鶻事宜狀》,改從
　　元政。"

〔四〕漠南　原作"漢南",《叢刊》本、《四庫》本同。按"漢"字誤。今據
　　陸氏校勘、翁本、傅校本、《全文》、《編證》改。

〔五〕何如　翁本作"何殊",義較勝。

〔六〕欲稱回鶻强大　原作"欲偁回鶻强大",《叢刊》本、傅校本、《全文》
　　同。按"偁"字誤。今據翁本、《四庫》本、《編證》改。

# 代劉沔與回鶻宰相書白〔一〕

　　紇扢斯專使將軍踏布合祖達干遏悉禾亥義〔二〕、判官元因娑
拽汗阿已時等七人至天德,上表云:"破滅回鶻之時,收得皇帝女
公主。緣與大唐本是同姓之國,固不敢留公主,差都呂施合將軍
送至南朝。至今不知信息,不知得達大唐,爲復被奸人中路隔絶。
緣此使不回,今出四十萬兵尋覓。若被別人留連不放,請子細報,

即差人就彼尋覓；上天入地，終須覓得送公主使。若入吐蕃國去，即至吐蕃，以來趁此。"〔三〕皇帝自覽表章，頗深軫念。緣與回鶻可汗久修鄰好，加以姻親，艱難之時，常展勛力，情義至重，休戚是同。今黠戛斯讎怨可汗，兼求公主，必慮大興兵甲，糾合諸蕃，長馳南行，直至塞上。今可汗人衆飢饉，兵數無多，强敵倘來，將何禦捍？非惟大唐之力，救助至難；兼恐邊城之民，因此罹患。可汗須與將相熟議，早務良圖。依倚側近山川，深自藏匿；且送公主歸國，以避責言。且黠戛斯雖來，足得免禍。又踏布合祖云："發日〔四〕，黠戛斯即移就合羅川，居回鶻舊國。兼以得安西、北庭達怛等五部落。"又云："昨者二千騎送踏布合祖至磧北，令纍路逢着回鶻即煞〔五〕。"踏布自本國至天德西城，更不逢着回鶻一人，無可煞戮〔六〕。又恐回鶻與吐蕃通信，已令兵馬把斷三河口道路。則籌略兵馬之勢〔七〕，揣度可知。且興廢在天，否泰有運。黠戛斯以寡爲衆〔八〕，以弱爲彊〔九〕，豈止人謀，固是天贊。古人云："大福不再來。"蓋以天亡之後，終難再振。若欲且依黑車子延引歲時，不惟雄豪所耻，實亦諸蕃輕笑。倘黠戛斯逼逐，則黑車子之心，焉可保信？不如早歸大國，自保安全；順天命以去危，恃姻好而求福。皇帝寵待存恤，必更加恩。輒獻良箴，幸垂採納。恐要見黠戛斯表本，今亦録往。

會昌二年(八四二)十二月底

## 箋　校

〔一〕《通鑑》卷二四六載會昌二年十月"黠戛斯遣將軍踏布合祖等至天德軍，言'先遣都吕施合等奉公主歸之大唐，至今無聲問，不知得達，或爲奸人所隔。今出兵求索，上天入地，期於必得。'"此中所述與本文相合。但《編證》收録本文，並謂：“《論譯語人狀》上於三年正月十日，則踏布合祖等抵邊，當在二年歲底，此書應即其時所擬；否則三年正月十一後，劉沔既取得公主，與書中語氣不倅矣。”今從《編證》，訂本文作時爲會昌二年十二月底。

本文又載翁本、《叢刊》本、傅校本、《四庫》本李集卷八、《全文》卷七〇七。

本文標題，《全文》、《編證》作“代劉沔與回鶻宰相書意”。

〔二〕達干邁悉禾亥義　原作“達千邁悉禾亥義”，《叢刊》本、傅校本、《四庫》本、《全文》同。按“千”字誤。今據翁本、《編證》改。《編證》注曰：“達干，畿、明兩本皆訛達千。兹訂正。”又“禾亥義”，翁本作“未亥義”。

〔三〕以來趁此　原作“□□□□”，缺四字，《叢刊》本、《編證》同。《四庫》本、《全文》奪四字。今據陸氏校勘補。翁本作“以來趁去”。傅校本原作“務覓必得”，傅校作“以來趁此”。

〔四〕發日　原作“□□”，缺兩字，《叢刊》本、《編證》同。《四庫》本、《全文》奪兩字。今據陸氏校勘、翁本、傅校本補。

〔五〕即煞　《全文》作“即殺”。

〔六〕煞戮　《全文》作“殺戮”。

〔七〕則籌略兵馬之勢　傅校本作“測籌兵勢”。

〔八〕以寡爲衆　“衆”，原作“重”，《叢刊》本同。今據翁本、《全文》、《編證》改。

〔九〕以弱爲彊　原作“以弱爲疆”，《叢刊》本、傅校本同。按“疆”字誤。今據陸氏校勘、翁本、《四庫》本、《全文》、《編證》改。

# 代苻澈與幽州大將書意〔一〕

某月日，河東節度使苻澈致書幽州大將周都衙以下：比聞海内之論，幽州師有紀律，人懷義心，河朔諸軍，以爲模楷。今之所覩，異於是矣。竊知大將以下，初上表舉陳行泰[二]，尋又舉張絳，皆云文武全才，軍情悦服。今又不容張絳，斥逐而來，取舍之間，蒼黃驟變。且舉棋不定，《春秋》所譏，遠近聞之，莫不嗤笑。旬月之內，移易三人，不可謂師有紀律矣；不俟朝旨，專自樹置，不可謂人懷義心矣。今欲頓雪前耻[三]，再取美名，莫若謝罪朝廷，別請戎帥[四]。如此則一軍盛美，千古流芳。澈忝在近鄰，素欽風義，輒陳鄙見，實謂良圖。幸大將等三思，不至疑惑。

會昌元年（八四一）十月

## 箋　校

〔一〕《通鑑》卷二四六載會昌元年“盧龍軍復亂，殺陳行泰，立牙將張絳”，“會雄武軍使張仲武起兵擊絳，且遣軍吏吳仲舒奉表詣京師，稱絳慘虐，請以本軍討之。冬，十月，仲舒至京師。詔宰相問狀……”此中所述與本文有關。當是張仲武起兵後，武宗急欲加恩，德裕上奏，以爲“須且挫其氣”（《請令苻澈與幽州大將書狀》）。本文與狀均作於會昌元年十月。

本文又載翁本、《叢刊》本、傳校本、《四庫》本李集卷八、《全文》卷七〇七。

標題中“苻澈”，原作“符澈”，諸本同。“符”字誤，據史書改正。《新書》卷一七七《韋博傳》：“回鶻入寇，以苻澈爲河東節度使，拜博爲判官。”

〔二〕陳行泰　原作“陳行恭”，《叢刊》本、《四庫》本、傳校本、《全文》同。按“恭”字誤。今據翁本改。前引《通鑑》正作“陳行泰”。

〔三〕今欲頓雪前耻　原作“今遇頓雪前耻”，《叢刊》本同。按此於義不合。今據翁本、傅校本改。《四庫》本、《全文》作“今思頓雪前恥”。

〔四〕戎帥　原作“戎師”,《叢刊》本同。按“師”字誤。今據翁本、傅校本、《四庫》本、《全文》改。

## 代弘敬與澤潞軍將書[一]

昨覽大將等陳情表,未知迷復,頗事游詞。弘敬任忝專征,兼許招諭,思欲布朝廷大信,解彼深疑,指事而言,更無文飾。只如公等本使,疾病緜惙,既以上聞,便須請監軍權知兵馬,以俟朝旨。豈有表章未發,邪計已萌,遽遣劉積衙内決事,不令常侍父疾?既虧子道,深紊國章[二];遠近聞知,無不駭聽。姜釜四月十三日到城,至二十三日,聖上驚異此事,要知端的,遂令追問[三],冀得實情。姜釜狀稱:四月六日大衙宅内小聽,實見本使[四]。至八日晚後,劉積傳本使處分,令入城請醫,並不見本使。又云:女壻李全方四月五日降職十將,妹壻王再晟被發遣山東[五],充邯鄲鎮佐軍虞候。釜見女壻輩皆被降黜,遂懷憂懼,求郭誼覓使入城。至四月三十日,追問梁叔乂,亦只緣公等本使不見,宣慰問疾使又不見。醫官梁叔乂自通狀云:“劉守義扶劉積時,叔乂對都押衙郭誼向守義道:‘且莫如此。若擬扶郎君,待國家處分,不可依河朔自專。’劉守義因此懷恨叔乂,詐傳本使處分,令入奏謝醫藥方,便奪叔乂職事。”姜釜、梁叔乂是彼心腹[六],尚不得面見本使,於朝廷通狀,稱本軍盡云已亡,軍中法嚴,不知委細。宣慰使既不得面見,固難辯明。今公等章表,仍云故使初奏病疾[七],姜釜、梁叔乂並云被臺司收繫。軍人聞此消息,且言故使尚未薨背,事已如此[八]。自是公等行詭譎之計,誣罔朝廷,凡所施爲,事多矯詐。

在朝廷須知事實,焉得不一一追問? 及奏公等本使喪亡,聖上三日廢朝,寵贈師傅。方欲遣使弔祭,以備哀榮,尋屬薛常侍回,知不入衙門不受敕;又鎮州史省方回及當道軍將樊琮回[九],知公等拒命之心,必無悛改。聖上曲爲含忍,詢訪百寮。朝廷大臣,藩翰戎師,切齒憤惋,如報私讎。聖上事非獲已,方降明制,始終恩禮,可謂無遺。公等須知罪惡貫盈,神人共棄,更不得扇虛妄之説,歸怨朝廷。聊布所懷,各當深悉。

會昌三年(八四三)五月中旬

## 箋 校

〔一〕《通鑑》卷二四七載會昌三年五月"辛丑,制削奪劉從諫及子稹官爵,以元逵爲澤潞北面招討使,何弘敬爲南面招討使,與夷行、劉沔、茂元合力攻討"。本月辛丑爲十三日。而本文云"弘敬任忝專征,兼許招諭","聖上事非獲已,方降明制",則本文當在十三日下詔討伐後不久所作。故訂本文作時爲會昌三年五月中旬。

本文又載翁本、《叢刊》本、傅校本、《四庫》本李集卷八、《全文》卷七○七。

〔二〕深縶國章 《全文》作"深累國章"。

〔三〕遂令追問 "問",原作"聞",《叢刊》本同。按"聞"字誤。今據翁本、《四庫》本、《全文》改。

〔四〕實見本使 原作"實本使",《叢刊》本、《四庫》本同。按此乃奪一"見"字。今據翁本、傅校本、《全文》補。

〔五〕妹壻王再晟被發遣山東 原作"妹壻王再晟發遣山東",《叢刊》本、《四庫》本同。按此乃奪一"被"字。今據翁本、傅校本、《全文》補。

〔六〕心腹　翁本作“腹心”。

〔七〕病疾　翁本、《全文》作“疾病”。

〔八〕且言故使尚未薨背事已如此　原作“□□□□□□□□□□□□□”，缺十二字，《叢刊》本同。《四庫》本奪十二字。今據陸氏校勘、翁本、傅校本、《全文》補。傅校本在“事已如此”下又另補十二字作“各自離散不肯心服甚至猖獗”。

〔九〕當道軍將樊琮回　原作“常道軍將樊琮回”，《叢刊》本、《四庫》本、《全文》同。按“常”字誤。今據翁本、傅校本改。

## 代彦佐與澤潞三軍書〔一〕

自天寶以後，兵起山東，惟澤潞一軍，不虧臣節。李司徒抱玉以元勛上將，初領戎韜；李相公抱真武略忠誠，復總戎柄。教習步射，振起軍聲，爲列鎮之雄，皆李公之力。及説諭太尉武俊，首破朱滔。擊韓師於武安，屋瓦皆振；剪符寇於淮服，草木爲兵。六十年間，忠名尚在。及李相公殂謝，朝廷以王尚書虔休代之，追李緘令居喪東洛。一軍受命，莫敢借留。致澤潞功勛，成澤潞節義，近代節相〔二〕，誰繼李公？彼軍尚不顧私恩，以隳王制，豈有從諫跋扈既久，忠孝無聞，於彼一軍，有何恩澤？若委心澤潞將校，即不合別置紀綱。足明刦脅人心〔三〕，自圖身計，奈何拒君親之命，從逆亂之謀？近者盧從史首鼠兩端，貪狼成性，苞隱奸慝，逗撓兵機〔四〕。彼大將烏司徒與王憲等，因事圖之，尋就束縛。破朱滔之功未朽，擒從史之效又彰。誠動上玄，忠貫白日，一軍盛美，可不惜哉！比聞從諫志在猖狂，招致亡命，逆人親黨，遊客布衣，皆在公宴之中，列於大將之上，一軍憤愧，固已積年。豈可舍累代之美名,忘近歲之深恥,將性命家族,以徇駭童[五]？生爲不忠之人,死爲不臣之鬼。彦佐忝受明命,總彼戎師[六],感歎之懷,寢食忘次。願將忠素,宣布皇恩,俟彼英豪,見幾而作。爵秩榮寵,身自取之,豈得臨難因循,爲人受禍？勉思奇策,以副深心。

會昌三年(八四三)五月中旬

## 箋　校

〔一〕本文當與前篇《代弘敬與澤潞軍將書》約同時所作。《通鑑》卷二
　　四七載會昌三年五月十三日下詔討伐劉稹之次日"壬寅(十四日)
　　以翰林學士承旨崔鉉爲中書侍郎、同平章事。……以武寧節度使
　　李彦佐爲晉絳行營諸軍節度招討使"。而本文云:"彦佐忝受明
　　命,總彼戎師。"正指此事。故訂本文作時爲會昌三年五月中旬。
　　本文又載翁本、《叢刊》本、傅校本、《四庫》本李集卷八、《全文》卷
　　七〇七。

〔二〕近代節相　原作"邇代節相",《叢刊》本、《四庫》本、《全文》同。
　　今據陸氏校勘、翁本、傅校本改。

〔三〕足明　原作"□□",缺兩字。《叢刊》本同。《全文》無此空缺,別
　　作"以"字。《四庫》本奪此兩字。今據陸氏校勘、翁本、傅校本補。

〔四〕逗撓兵機　《全文》作"逗留兵機"。

〔五〕以徇駭童　原作"以狗駭童",《叢刊》本、《四庫》本同。按"狗"字
　　誤。今據陸氏校勘、翁本、傅校本、《全文》改。

〔六〕總彼戎師　原作"總彼成師",翁本、《叢刊》本、《四庫》本、《全文》
　　同。按"成"字誤。今據陸氏校勘、傅校本改。

# 文集卷第九

## 奉宣代諸道節度使書下

### 代李石與劉稹書〔一〕

賈群至，承二十八日書誨〔二〕，承郎君自知僭負，思保生全，望
闕披誠，祈天請命。遠述迷復，聊慰石懷。以石思之，郎君爲子爲
臣，忠孝並棄。居喪求襲〔三〕，阻命專權，數遣亂軍，侵軼鄰境。比
者河陽、晋絳，未有重兵，侵犯顔行，屢焚廬舍。又疆場之吏〔四〕，
收得彼管簿書，皆呼官軍爲賊，來即痛殺，可謂悖言肆口，逆節滔
天。今欲自新，誠爲善意。伏思聖上屈累朝之法，實亦至難；在將
相等懷忿惋之心，豈宜延納？然須得實事，並見忠誠，則聖上矜貸
有名，群臣陳請有路。惟有盡率血屬〔五〕，面縛來降，石即馳詣界
首，親自受納，然後承詔解縛，送赴闕庭。則在朝公卿，豈有異議？
臨境將帥，皆得息詞。如擬先求解兵，次望洗雪，則此暫延旬月之

命,以偷頃刻之安。苟懷是心,誰敢保信?石屬忝宗室,任極台階,將身族保人,豈是小事?況國家自元和以來,累翦叛臣,至於事迫計窮,潛輸密款,僞詞變詐,無不備諳。今欲行之,必恐非計。夫魯陽回日,鄒子動天,更無其他,只在誠信。如未從鄙見,空獻表章,石忝帥臣,豈敢容受〔六〕?時不可失,幸少詳思。不宣,石白。

會昌四年(八四四)正月初四

## 箋　校

〔一〕傅璇琮《李德裕年譜》會昌四年曰:"德裕約於同日又有《賜李石詔意》及《代李石與劉稹書》。此二文亦未著年月,文中未提及楊弁作亂事,當亦爲正月初四所上。前文云:'省所奏,劉稹令賈群齎李恬書與卿,將血屬同赴闕庭,兼請歸葬東都。事宜具悉。……卿與其要約,令面縛來降,卿即馳至界首,親自受納。苟不如此,且須進軍。……今賜與劉稹書白,想宜知悉。'據末二句,則《代李石與劉稹書》亦同時所上。"故訂本文作時爲會昌四年正月初四。但當日河東關於楊弁之亂奏報到後,李石已奔汾州,則本文與《賜李石詔意》實未發出。

本文又載翁本、《叢刊》本、傅校本、《四庫》本李集卷九、《全文》卷七〇七。

〔二〕書誨　原作"書晦",《叢刊》本、《四庫》本同。"晦"字誤,據陸氏校勘、翁本、傅校本、《全文》改。

〔三〕居喪求襲　原作"居喪未襲",《叢刊》本、《四庫》本同。按"未"字誤。今據陸氏校勘、翁本、傅校本、《全文》改。

〔四〕又疆場之吏　原作"又疆塲之吏",《叢刊》本、傅校本、《四庫》本、《全文》同。按"塲"字誤。今據翁本改。《詩·小雅·信南山》:

“疆埸有瓜。”《左傳·成公十三年》：“鄭人怒君之疆埸。”

〔五〕血屬　原作“國屬”，《叢刊》本、《四庫》本、《全文》同。按“國”字誤。今據翁本改。本集卷七《賜李石詔意》：“省所奏，劉稹令賈群齎李恬書與卿，將血屬同赴闕庭，兼請歸葬東都。”

〔六〕豈敢容受　《全文》作“豈敢任受”。

## 代盧鈞與昭義大將書[一]

鈞謬承寵寄[二]，獲撫雄藩。實欲布時雨潤物之仁，昭蘇合境；揚薰風解慍之德，安輯疲人。想彼衆心[三]，必當感悅[四]。況昭義艱難之後，常保忠名；興元之初，又著勳力。穆宗以劉稹祖宗[五]，乘機變歸款，朝廷委以節義之軍，授以腹心之寄。豈謂移淄青舊染之俗，汙上黨爲善之人；日往月來，群情如醉。今王師問罪，將及歲期。憫彼一方，迷而不返，皆以奉劉稹爲義，實所懵然。且封壤城池，莫非王土，軍人黎庶，莫非王臣[六]。劉稹祖父，竊我憲章，質爾家族，蔑棄大義，顯負於君親，將何詭詞，自固於軍旅？且夫示衆以大順[七]，求人以盡心，而五郡從之，終乃不悟。昔晋侯重耳曰：“君父之命不校，校者吾讎。”公等豈無誠心，見此事理？又公等貴劉稹祖者，必以識君臣之義，審逆順之心，濯身滄波，上覩白日。以此爲是，遂能樂從。今則自遭其時，足以行志。近者楊弁起於卒伍，敢亂晋陽；康政、孫制等皆是耆將，已居右職。一旦狂惑，助其兇威，曾不再旬，果就擒縛，僇於都市，罪及妻孥。公等覩此禍機，得不深戒？李丕中丞能全勁節，自拔亂邦，曾未一年，驟歷三郡。已分茅土，爲國功臣。公等見其光榮，得不健羨？成敗利害，昭然可知；禍福無門，行之即是。鈞所以不引古事，不飾虛詞，直指目前，易於取信。公等倘梟戮劉稹，自建功名，大則別領將旄，次則不失符竹。身受爵祿，福及子孫，去危就安，事同反掌。又得戎旅解甲，黎庶歸耕，老幼無焚灼之虞，閭井得宴安之樂，再洽恩化，豈不美哉！先布至懷，各當信納。

會昌四年(八四四)四月

## 箋　校

〔一〕傅璇琮《李德裕年譜》會昌四年載"《代盧鈞與昭義大將書》首云：'鈞謬承寵寄，獲撫雄藩。'盧鈞由山南東道節度使爲昭義節度招撫使在會昌三年七月。文中又云：'今王師問罪，將及歲期。'又云：'李丕中丞能全勁節，自拔亂邦，曾未一年，驟歷三郡。已分茅土，爲國功臣。'按會昌三年五月下詔討劉稹，云'將及歲期'，則當在四年四月；又李丕爲晋州刺史在四年三月，至是已歷三郡(忻州、汾州、晋州)，亦與四月相符。"故訂本文作時爲會昌四年四月。

本文又載翁本、《叢刊》本、傅校本、《四庫》本李集卷九、《全文》卷七〇七。

〔二〕謬承寵寄　原作"繆承寵寄"，《叢刊》本、傅校本、《全文》同。按"繆"字誤。今據翁本、《四庫》本改。

〔三〕想彼衆心　原作"想衆心"，《叢刊》本、《四庫》本同。按此當奪一"彼"字。今據翁本、傅校本、《全文》補。

〔四〕必當感悅　原作"必當感懷"，《叢刊》本、《四庫》本同。今據翁本、傅校本、《全文》改。

〔五〕劉稹祖宗　翁本作"劉悟"。

〔六〕莫非王臣　《全文》作"豈非王臣"。

〔七〕示衆以大順　《全文》作"示衆於大順"。

# 代李丕與郭誼書[一]

夏首初熱,伏惟十三叔動止萬福。丕自歸朝廷,頗獲優寵,三
領大郡,榮列中司。想十三叔遠聞,必深喜慰。頃歲寓遊上黨,與
主公素未相知。十三叔翦拂提携,遂叨右職;尋蒙見哀羈旅,申以
婚姻。託繫援於高門,實光榮於鄙族。每懷恩遇,刻骨銘肌。去
年初投國家,便蒙聖上於三殿召對。此時丕具奏云,臣是十三叔
遣密歸國,先布款誠。十三叔久受劉家厚恩,未忍便棄。留待挾
持不得,勢力稍衰,必擒剪軍中惡人,率先歸國。聖上深賜信納,
已記十三叔姓名。自後緣丕除授忻州,去彼疆界遥遠,常抱深恨,
無由自申。今蒙改授晋州,兼充右尚書副使,密邇封壤,瞻望不
遥。若不披露赤誠,實負姻好。回鶻可汗士馬已盡,一身歸投黑
車子。近黠戞斯國王遣將軍百餘人入朝,請發本國兵四十萬衆,
襲逐可汗,擒送京闕。又西蕃贊普近亡,新立贊普,纔年十歲[二],
國中至今未定,兩蕃宰相以下,進表請託附大唐。今國家邊塞底
寧,八表無事,須將國力,平殄五州。除有司饋運之外,聖上不惜
内府金帛,頻以出賜。又諸道兵馬,微有損傷,即徵兵填替,必作
數年討伐之意。十三叔自料形勢,必當坐見危亡。幸因丕在鄰
近,朝廷委信,必須早圖功效,自取寵榮;保衰老之年,全一門之
命。書名竹帛,豈不美哉!丕只在冀氏,相去咫尺。只要十三叔
有一明據,得聖上密知。此狀到後,且望惠數行手示,潛布忠款。
丕便遣人進上,必請密詔安存。此事石尚書並不知。丕指天誓
心,達此誠意,幸垂延納,不至遲疑。禍機在身,豈得顧望?古人
云:"宴安鴆毒[三],不可懷也。"蓋以偷安比於鴆毒,切望思之。臨

紙零涕，此情何極！不宣，丕再拜。

會昌四年(八四四)四月

## 箋　校

〔一〕本文云：“丕自歸朝廷，頗獲優寵，三領大郡，榮列中司。”李丕授晉
　　　州刺史在會昌四年三月，而本文篇首即云：“夏首初熱。”合而觀
　　　之，可推定本文作時爲會昌四年四月。文中又云：“頃歲寓遊上黨，
　　　與主公素未相知。十三叔翦拂提携，遂叨右職；尋蒙見哀羈旅，申
　　　以婚姻。”可見李丕與郭誼之特殊關係。其時劉積年紀尚輕，郭誼
　　　實爲昭義鎮之核心人物。使郭誼歸降，澤潞叛亂即可迅速平定。
　　　此中可見李德裕平定澤潞之謀略。
　　　本文又載翁本、《叢刊》本、傅校本、《四庫》本李集卷九、《全文》卷
　　　七〇七。

〔二〕纔年十歲　翁本作“纔年一歲”。《新書》卷二六下《吐蕃傳下》：
　　　“會昌二年，贊普死，論贊熱等來告，天子命將作監李璟弔祠。無
　　　子，以妃綝兄尚延力子乞離胡爲贊普。”

〔三〕宴安鴆毒　原作“宴安鳩毒”，《叢刊》本同。按“鳩”字誤。今據翁
　　　本、傅校本、《四庫》本、《全文》改。《左傳‧閔公元年》：“宴安鴆
　　　毒，不可懷也。”

## 代石雄與劉積書〔一〕

　　雄白：比者牙一有内字〔二〕兵馬使棄累代之勛業，爲四海之罪
人，寄命網羅，坐待夷滅，將謂迫於將校，未遂本心。今則將校盡
離，軍心日駭，若不見幾而作，必恐受僇於人。昨打暮宿寨，收得
文書云：“陳許游奕使賀意密報云〔三〕：‘官軍二十五日齊進。’”雄

牒報王尚書,請勘虛實[四]。近得王尚書報云:"追到賀意勘責,款稱曾在昭義效職,與彼軍游奕使唐再清情分至深,每因游奕相見,彼此說軍中密事,並已承伏。"王尚書便已按軍令訖。賀意又款稱:"唐再清隔乾河密說云:'朝廷若與郎君節,須從西面來;若從南面來,緣劉公直心懷兩端,必恐自取。'"又云:"二郎疾病絕重,命在朝夕。軍中已別有準擬,不久即是王人,忠武軍何必苦相殺傷?"又收得彼處投降軍將高文端等,皆云向西諸寨兵馬商量[五],欲立安全慶替兵馬使。文端等不願更事全慶,所以歸國。雄雖久在行間,不與先相公交接[六],然俱是河朔軍將,臭味略同。將覩覆亡,不無深惜。今聖上方示大信,以安危疑,倘能自新,必舍罪釁。況兩面主兵大將,皆有賊心,事迫圖全,必自救禍。兵馬使若不早決大計,束身歸降,更欲遷延,即無所及。涼風已至,白露將疑。弓勁馬豪,視險如砥,糧儲豐足,器甲精堅。並是諸道強兵,近方抽到[七],士皆宿飽,人百鬭心[八]。大兵一交,立見燋爛[九]。輒申愚慮,幸納至懷。不具,雄白。

會昌四年(八四四)閏七月中旬

## 箋　校

〔一〕本文先敘賀意與澤潞叛軍暗通之事。文集卷一六《奉宣石雄所進文書欲勘問宜商量奏來狀》欲令王宰追賀意勘問,文末注明爲會昌四年閏七月一日。本文則云:"近得王尚書報云:'追到賀意勘責,款稱曾在昭義效職,與彼軍游奕使唐再清情分至深,每因游奕相見,彼此說軍中密事,並已承伏。'王尚書便已按軍令訖。"而文中又有"涼風已至,白露將凝"語,則本文當作於會昌四年閏七月中旬。

本文又載翁本、《叢刊》本、傅校本、《四庫》本李集卷九、《全文》卷
七〇七。

〔二〕比者牙(一有内字)　翁本小注爲:“一有内字,一作訝,無内字。”

〔三〕賀意　原作“賀喜”,《叢刊》本同。按“喜”字誤。今據翁本、傅校
本、《四庫》本、《全文》改。下文正作“賀意”。

〔四〕請勘虛實　翁本作“請勘問虛實”。傅校本作“請勘明虛實”。

〔五〕向西諸寨　原作“回西諸寨”,《叢刊》本、《四庫》本、《全文》同。
按此於義不合。今據陸氏校勘、翁本、傅校本改。

〔六〕交接　翁本作“相接”。

〔七〕近方抽到　原作“近訪抽到”,《叢刊》本、《四庫》本、傅校本同。按
“訪”字於義不合。今據翁本、《全文》改。

〔八〕人百鬭心　原作“人有鬭心”,《叢刊》本、《四庫》本、《全文》同。
按“有”字誤。今據陸氏校勘、翁本、傅校本改。

〔九〕燋爛　原作“憔爛”,《叢刊》本、傅校本同。按“憔”字誤。今據翁
本、《四庫》本改。《全文》作“焦爛”。“焦”同“燋”。


# 宰相等書並誅罪人敕

## 宰相與李執方書並是奉宣撰〔一〕

何司徒頃因軍中擾攘,起授翰垣。推體國之誠,動遵朝典;罄
守藩之禮,終保令名。遽此淪亡,深可悼惜。聞以監軍朝覲,貴安
物情,軍府事權令後嗣勾當,本於忠順,固匪徇私〔二〕。伏以聖上

君臨,惟新景化。施王者之號令,事貴有名;奉祖宗之法度,不可輕易。旋觀臣節,豈惜恩榮。今公卿之議,皆請別命戎帥。聖上恩深悼往,義在安人。以司徒之盡忠,方垂茂軌;想後嗣之善繼,必有令圖。只在鄰近將帥,成其美志。元和初兩河跋扈之勢,尚未可懷,朝廷制置之宜,難於今日。李師道兵鋒物力,足以自強,猶悉獻吏員,請頒貢賦,管内鹽法,皆歸有司,瀝款披肝,乃授留務。王承宗迷而知復,尋自納忠,進德、棣兩州,以效誠節,故得舉族榮盛,一門保安。望尚書以朝廷公議,兩鎮舊體,令速效忠款,自求寵榮,不使河朔鄰封,誤其大計。尚書藩方重寄[三],宗室信臣,報國之忠,仰思展用,成人之美,必爲忠謀[四]。望早布嘉言,勤於善誘,邀其實效,勿受詭詞。臨事制宜,固在明略。若未獲要領,無憚再三,待知赤誠,方可聞奏。但出於雅意,不可云某等令布此懷。其間若須商量者,望於判官、大將中揀忠信有才識人,令充使至此。伏希鑑悉。不宣,某等狀。

開成五年(八四〇)十一月

## 箋　校

〔一〕《舊書》卷一八上《武宗本紀》載開成五年十一月"魏博節度使何進滔卒,三軍推其子重霸知留後事"。本文所云"何司徒",即爲何進滔,官"檢校司徒、同中書門下平章事",乃繼史憲誠爲魏博節度使。開成五年十一月卒後,三軍擁立其子,實爲當時藩鎮之惡習。時李德裕爲相,乃諭河陽李執方勸說何進滔之子何重霸向朝廷效忠。《新書》卷二一〇《藩鎮·魏博何進滔傳》云:"子重順(按即重霸改名)襲。武宗詔河陽李執方、滄州劉約諭朝京師,或割地自效,不聽命。時帝新即位,重起兵,乃授福王綰節度大使,以重順自副,賜名弘敬。”本文作於何進滔“遽此淪亡”之時,當爲開成五年十一月。

本文又載翁本、《叢刊》本、傅校本、《四庫》本李集卷九、《全文》卷七○七。

本文題下有注曰:“並是奉宣撰。”翁本、《叢刊》本、傅校本、《四庫》本同。《全文》題下無注。

〔二〕固匪徇私 原作“固匪循私”,《叢刊》本、《四庫》本、《全文》同。今據翁本、傅校本改。

〔三〕尚書藩方重寄 原作“尚書潘方重寄”,《叢刊》本同。按“潘”字誤。今據翁本、傅校本、《四庫》本、《全文》改。

〔四〕必爲忠謀 原作“必當爲忠謀”,《叢刊》本、《四庫》本同。按“當”字衍。今據翁本、傅校本、《全文》删。

## 宰相與劉約書〔一〕

張判官至,奉問,具承情旨〔二〕。尚書以幽薊頻有叛亂,志在澄清,遠陳嘉猷,益見忠懇。況先侍中累代繼美,功德在人;尚書自接鄰封〔三〕,日彰惠政。想彼人情瞻望,芬若椒蘭。聖上天縱英明,文武並用,正是忠良報國之日,將帥展力之時。聖意又以幽薊一方,頻害節將,懲其污俗,未欲加恩。張絳固須首變亂風〔四〕,恭俟朝旨。若擬作三軍章表〔五〕,坐望兵符,竊料聖情,未必允許;倘不早圖良計,先效赤誠,計不日之間,必又致變。聞彼軍大將,多是舊人,感先侍中深恩,聆尚書美政,導其善意,必合遵承。且望密遣腹心,大布誠信,令張絳自求多福,以保永安。若能請朝廷命帥,舉尚書領鎮,便自歸闕,必不失二番金吾〔六〕。若欲外任,即商量宋亳大郡[七]，便與亞相，軍中兼與二十萬疋物充賞；大將以下，皆酬以官榮，令此一軍，永爲朝廷心腹。儻不思大義，姑務因循，即三數月間，且不問着，既未降朝命，何以保安？望尚書審更籌度，早施方略，必不可費國家財力，致他日興師。儻成此功，永光史策。張判官到後，且詳觀事勢，密自揣摩。可之與否，速望報示。不宜，某等狀上。

會昌元年(八四一)閏九月

## 箋　校

〔一〕傅璇琮《李德裕年譜》會昌元年引文集卷十三之《論幽州事宜狀》云："'臣等今月五日於紫宸，陛下訪問劉約事宜，令臣等亦與君賞一書……'此《論幽州事宜狀》作於閏九月，時張絳尚未爲張仲武所逐，則此《與劉約書》亦當作於閏九月。"故訂本文作時爲會昌元年閏九月。

按劉約之父劉濟，貞元、元和時任幽州節度使、加兼侍中，奉詔討王承宗有功，故德裕書中稱"先侍中累代繼美，功德在人"。劉約之兄劉總，性陰賊，毒死其父，領軍政。劉總死，"子礎及弟約至長安者十一人，皆擢州刺史"(《新書》卷二一二《藩鎮‧盧龍劉總傳》)。劉約時爲義昌節度使、滄州刺史(吳廷燮《唐方鎮年表》卷四)，與幽州接壤，故本文云："尚書以幽薊頻有叛亂，志在澄清，遠陳嘉猷，益見忠懇。……尚書自接鄰封，日彰惠政。"李德裕欲劉氏利用其先世對幽州之影響，爲朝廷處置幽州軍亂出力。

本文又載翁本、《叢刊》本、傅校本、《四庫》本李集卷九、《全文》卷七〇七。

〔二〕具承情旨　原作"具承情者"，《叢刊》本、《四庫》本同。按"者"字誤。今據陸氏校勘、翁本、傅校本、《全文》改。

〔三〕自接鄰封　原作“自按鄰封”，《叢刊》本、《四庫》本、《全文》同。按“按”字誤。今據陸氏校勘、翁本、傅校本改。

〔四〕張絳固須　原作“張絳固頓”，《叢刊》本、《四庫》本同。按“頓”字於義不合。今據陸氏校勘、翁本、傅校本、《全文》改。

〔五〕若擬作　翁本作“若擬將”，傅校本作“若將”。

〔六〕二番金吾　《全文》作“二蕃金吾”。

〔七〕宋亳大郡　原作“宋毫大郡”，《叢刊》本、傅校本同。按“毫”字誤。今據翁本、《四庫》本、《全文》改。《元和郡縣圖志》卷七載：“河南道三：汴宋節度使管州四：汴州、宋州、亳州、潁州。”

## 宰相與王宰書[一]

近聞游奕使更收得劉稹章表，竊以王太尉武俊有安國之大勳，藏於清廟。至於孫承宗阻命，在鎮猶遣親弟承恭[二]，自太原詣張相上表祈哀；憲宗不許，旋又遣男知感、知信入朝。屬淄青殄滅，因制使楊僕射檢得文案，方知危害武相，本在淄青，承宗無盜殺之罪，方獲昭雪。今劉稹父子無功，皆負重釁。既不詣尚書面縛，又不遣血屬祈哀[三]，置章表於衢路之間，望朝廷降非常之澤。悖慢無禮，前古未聞。游奕將不便毀除，實恐非是。況楊弁遣親姪入潞州潛通情計，劉稹並不擒送。又石會關將楊珍却還石會關，兼投賊界，劉稹便敢受納[四]，已加兵固守。比令逆將賈群送表至太原，少傅李相公奏聞[五]。旋屬軍中有變，竟未有進止處分。楊弁潛送，賈群却歸，劉稹亦便受領。狡童逆狀如此[六]，不知進表何爲？昔漢宣帝將圖霍禹，名臣張敞云：“不合明詔自親其文,只合明詔以恩不聽,群臣以義固争[七]。"今將帥大臣容其章表,即是私惠歸於臣下,不赦在於朝廷。事體之間,交恐不可。切慮尚書以疆場之事[八],皆須上聞。惟此事抑而不奏,未爲乖當[九]。望向後更有章表,便令將校所在焚之。惟面縛而來,然後可受領。輒此披陳,幸垂鑑納。不宣,某等狀上。

會昌四年(八四四)正月初五或初六

## 箋　校

〔一〕《通鑑》卷二四七載會昌四年正月戊子(初四日)太原監軍呂義忠奏楊弁作亂,朝議喧然。朝臣中有欲對楊弁、劉稹皆應罷兵者。王宰又上言,主招納劉稹。針對此等姑息言行,李德裕仍力主繼續用兵。"又爲相府與宰書"云云,即爲本文之概要。《通鑑》置此事於戊子(初四)與辛卯(初七)之間,則本文當作於初五或初六。
　　本文又載翁本、《叢刊》本、《四庫》本、傅校本李集卷九、《全文》卷七〇七。

〔二〕在鎮猶遣　翁本作"不綱猶遣"。

〔三〕又不遣血屬祈哀　原作"又不遣家屬祈哀",《叢刊》本、《四庫》本、《全文》同。按"家"字誤。今據陸氏校勘、翁本、傅校本改。《通鑑》亦載:"又爲相府與宰書,言:'……今劉稹不詣尚書面縛,又不遣血屬祈哀。'"可證。

〔四〕便敢受納　傅校本作"便令受納"。

〔五〕少傅李相公奏聞　原作"少傅李相公奏聞",《叢刊》本同。按"傅"字誤。今據翁本、傅校本、《四庫》本、《全文》改。李石於大和、開成間爲相,時任太子少傅。《新書》卷一三一《李石傳》:"會昌三年,檢校司空,徙節河東。……(楊)弁乘隙激衆以亂,還兵逐石出之。詔以太子少傅分司東都。”

〔六〕狨童　原作“校童”,《叢刊》本同。按“校”字誤。今據陸氏校勘、
　　　翁本、傅校本、《四庫》本、《全文》改。

〔七〕不合明詔……以義固爭　此爲李德裕撮述張敞奏語。語見《漢
　　　書》卷七六《張敞傳》:“明詔以恩不聽,群臣以義固爭而後許,天下
　　　必以陛下爲不忘功德。……今朝廷不聞直聲,而令明詔自親其文,
　　　非策之得者也。……”

〔八〕疆埸　原作“疆場”,《叢刊》本、傅校本、《全文》同。按“場”字誤。
　　　今據翁本、《四庫》本改。

〔九〕未爲乖當　傅校本、《全文》作“未爲至當”。

# 宰相與盧鈞書[一]

聖上以尚書廉簡奉公,和惠恤下,所至之地,皆有能名。以昭
義乘僭侈之餘,非廉簡無以革弊,當掊克之後,非惠和無以安人;
故輟自漢南,撫寧上黨。承入境之日,煦然如春,壺漿塞途,幼艾
相慶,甚善甚善。近頻見章表,捄雪罪人,姑務和寧,以安反側。
竊循雅旨,備見深懷。然《周書》云:“刑亂國,用重典。”蓋以汙染
之俗,終須蕩滌。雖唐虞之際,至理之極,猶投放四罪,天下乃定。
且以近事明之。頃歲劉總送幽州大將二十人,當時執政以苟且爲
意,奏請放還;其後朱克融之徒,皆是其數。朝廷深懲前弊,不得
不然。尚書公忠簡儉,皆以具美。惟稍闕威斷[二],實願彌縫。昔
子產戒太叔以政莫如猛。夫火烈,人望而畏之,故鮮死焉;水懦
弱,人狎而翫之,則多死焉。太叔爲政,不忍猛而寬,鄭國多盜。
太叔悔之曰:“吾早從夫子之言,不及此。”諸葛入蜀,刑法至峻。

法正諫曰：“君初有其地，未垂惠恤；且客主之義，宜相降下。願緩刑弛禁，以慰其望。”亮答曰：“寵之以位，位極則賤[三]；順之以恩，恩竭則慢。吾今威之以法，法行則知恩；限之以爵，爵加則知榮。榮恩並濟，上下有節；爲理之道，於此而著。”尚書以子產、諸葛亮何如人也，尚不以寬而理[四]，斷可知矣。切望寬猛相濟，仁勇並施，仗義而行，臨事必斷，不以小惠，撓茲至公。待一方之人，皆明大順，然後漸布仁德，平之以和，斯爲得也。輒陳至言，幸垂信納。不宣，某等狀上。

會昌四年（八四四）九月中旬

## 箋　校

〔一〕《通鑑》卷二四八載會昌四年九月“丁巳（初七日），盧鈞入潞州。”盧鈞寬厚愛人，昭義散卒歸之。朝廷對澤潞叛將之處置則極嚴，“又令昭義降將李丕、高文端、王釗等疏昭義將士與劉稹同惡者，悉誅之，死者甚衆。盧鈞疑其枉濫，奏請寬之。不從”。此實爲本文所謂“尚書公忠簡儉，皆以具美。惟稍缺威斷，實願彌縫”等語之緣由。以此推之，本文當作於會昌四年九月中旬。

本文又載翁本、《叢刊》本、傅校本、《四庫》本李集卷九、《全文》卷七〇七。

〔二〕惟稍闕威斷　原作“惟稍閫威斷”，傅校本、《叢刊》本同。按“閫”爲“闕”之異體字。今據翁本、《四庫》本、《全文》改。

〔三〕位極則賤　原作“位極則殘”，《叢刊》本、《四庫》本、《全文》同。按“殘”字誤。今據陸氏校勘、翁本、傅校本改。《三國志》卷三五《諸葛亮傳》引《蜀記》中諸葛亮對法正言作“位極則賤”。

〔四〕尚不以寬而理　翁本作“尚不能以寬而理”。

# 處置楊弁敕[一]

敕：楊弁起於卒伍，獲在偏裨。方屬徂征，敢爲桀逆，迫逐戎帥[二]，嘯聚叛徒。朕姑務苟安，未加顯戮，舍其悖亂，令赴行營。遂駐南轅之軒，已盜北門之管[三]，戰備符璽，并而竊之。啓石會重關，潛輸逆積[四]；釋賈群縲絏，俾達姦謀[五]。惑榆社之義心，召橫水之同惡。蠆毒近發於懷袖，蟻壤幾漏於江河[六]。康政等被汾邑之遺風[七]，習莘墟之有禮[八]，遽忘臣節，仍助凶威。撫弦登陣[九]，曾不興歎；以卵投石[一〇]，自取滅亡。雖禁暴除殘，國之大典，然俾其陷辟，終用愧懷。

會昌四年（八四四）二月辛酉（八日）

## 箋　校

〔一〕《舊書》卷一八上《武宗紀》會昌四年二月載“辛酉，太原送楊弁與其同惡五十四人來獻，斬於狗脊嶺”。本月辛酉爲初八日。本文爲處置楊弁等人之告敕，即爲當日發佈之敕旨，故訂本文作時爲會昌四年二月八日。

本文又載《詔令》卷一二七、翁本、《叢刊》本、傅校本、《四庫》本李集卷九、《全文》卷六九九。

〔二〕迫逐戎帥　原作“迫遂戎師”，《叢刊》本同。按“遂”、“師”二字誤。今據翁本、《四庫》本、《全文》改。《詔令》作“迫逐師旅”，傅校本作“迫逐戎師”。

〔三〕北門之管　原作“北門之營”，《叢刊》本同。按“營”字誤。今據《詔令》、翁本、傅校本、《四庫》本、《全文》改。

〔四〕潛輸逆積　《詔令》作“潛輸逆鎮”，翁本作“潛輸逆計”。

〔五〕俾達姦謀　原作"俾遠姦謀",《叢刊》本、《四庫》本、《全文》同。按"遠"字於義不合。今據陸氏校勘、翁本、傅校本改。《詔令》作"俾遂姦謀"。

〔六〕蟻壤幾漏於江河　原作"蟻壞幾漏於江河",《叢刊》本、《全文》同。按"壞"字誤。今據陸氏校勘、翁本、傅校本改。《詔令》作"蟻壞幾類於江河"。

〔七〕汾邑　原作"枌邑",《叢刊》本、《四庫》本、《全文》同,按"枌"字誤。今據《詔令》改。

〔八〕習莘墟之有禮　原作"習華墟之有禮",《叢刊》本、《四庫》本、《全文》同。按"華"字誤。今據翁本、《詔令》改。《左傳》僖公二十八年:"晉侯登有莘之虛以觀師,曰:'少長有禮,其可用也。'"

〔九〕撫弦登陴　《詔令》作"控弦登陴"。

〔一〇〕以卵投石　原作"以卯投石","卯"字刻誤,《叢刊》本同。今據陸氏校勘、《詔令》、翁本、傅校本、《四庫》本、《全文》改。

# 誅郭誼等敕〔一〕

敕:理髒髀者不可以芒刃,圖蔓草者必絕乎本根。故前代甲兵以正其刑〔二〕,鐘鼓以聲其罪〔三〕;爰用重典,庶清亂邦。逆賊郭誼等,狐鼠之妖,依丘穴而自固;牛羊之力,得水草而逾凶。久從叛臣,皆負逆氣〔四〕。頃自劉從諫背德反義,掩賊藏奸,稽其怙亂之謀,無非親吏之計。劉公直、安全慶等〔五〕,各憑地險,屢抗王師,每肆悖言,靡懷革面。吳寇將敗,周丘尚務於陸梁;隴坻向平,王捷猶稱於必死〔六〕。況郭誼、王協,聞邢、洺歸款,懼覆妖巢,賣孽童以圖全,據堅城而請命;摽甲以祈於撫納,要君以蓋其前愆。

天地神祇，所難容舍。昔伍被詣吏，不免就誅；延岑出降，終亦夷族。致之大辟，無所愧懷。郭誼、王協、劉公直、安全慶、李道德、李佐堯、劉武德、董可武各宜處斬；其餘反黨，各從別敕處分。

會昌四年（八四四）九月中旬

## 箋　校

〔一〕《通鑑》卷二四八載會昌四年九月“丁巳，盧鈞入潞州。……劉積將郭誼、王協、劉公直、安全慶、李道德、李佐堯、劉武德、董可武等至京師，皆斬之。”此中所記諸人與本文相符。丁巳爲七日。郭誼等處斬當在此後數日之內，故訂本文作時爲會昌四年九月中旬。

本文又載《册府》卷一五三、《詔令》卷一二七、翁本、《叢刊》本、傅校本、《四庫》本李集卷九、《全文》卷六九九。《舊書》卷一八上《武宗本紀》節録此文，自“逆賊郭誼”至“無所愧懷”。

〔二〕故前代甲兵以正其刑　《詔令》作“故有甲兵以正其刑”，《全文》作“故前代陳甲兵以正其刑”。

〔三〕鐘鼓以聲其罪　《詔令》作“鳴鐘鼓以聲其罪”。

〔四〕皆負逆氣　《全文》作“首負逆氣”。

〔五〕劉公直安全慶等　原作“劉公直安全慶”，無“等”字。《詔令》、翁本、《叢刊》本、傅校本、《四庫》本同。今據《舊書》、《全文》補“等”字，於義較勝。

〔六〕王捷　原作“王捷”，《叢刊》本、《四庫》本、《全文》同。按“捷”字誤。今據陸氏校勘、翁本、傅校本改。

## 誅張谷等告示中外敕<sup>〔一〕</sup>

敕：頃者劉從諫與李訓、鄭注結刎頸之交，濟其奸謀，以圖不軌,張皇兵力,脅制朝廷,自擅一方,外爲三窟。張谷、陳揚庭等,皆凶險無行,狡詐多端[二]。比在京師,人皆嫌惡,自知險薄[三],無地庇身,投迹戎藩,寄命從諫,久懷怨望,得肆陰謀。或妄設妖言,成其逆志;或爲草章表[四],飾以悖詞。既無禮於君親,曾不愧於天地。自朕君臨萬宇,姑務含容,而怙亂益堅,苞藏未息[五]。誘受亡命,招聚逆徒;志猶恃於金湯,心不利於王室。近又敢爲狂計,扶助孽童[六],污我忠義之軍,叶其犲豺之黨。天之所棄[七],神得誅之[八]。逆賊劉積弟稹[九]、曹九、滿郎、君郎、妹四娘、五娘,堂兄漢卿、匡周,堂弟魯卿、匡堯、穗;逆賊張谷并男涯[一〇]、解愁、何六、偃郎,孫男小吉,兄台男小魯、門哥、牽郎,男修文、千駒;陳揚庭并男窠郎[一一]、殊郎、弟宣力、醜奴;張泌并男歡郎[一二]、三寶;門客甄戈[一三],伎術人鄭誌、蔣黨;逆賊李訓兄仲京,郭行餘男台,王涯姪孫羽[一四],賈餗男庠,韓約男茂章[一五]、茂實,王璠男渥[一六],並就昭義梟斬訖。夫爲善者,天報以福;爲惡者,天報以殃。今沴氣既消,逆節咸服,方布和於四海,庶自戢於五兵[一七]。宣示中外,各令知悉。

會昌四年(八四四)九月中旬

## 箋　校

〔一〕本文與前篇《誅郭誼等敕》同時作。《通鑑》卷二四七載會昌四年九月丁巳以後,郭誼等押解至京師斬首,而"王羽、賈庠等已爲誼所殺。李德裕復下詔稱'逆賊王涯、賈餗等已就昭義誅其子孫'。宣告中外,識者非之。"《通鑑》胡注對此有議曰:"王涯、賈餗,非爲逆也。設以其附麗非人,害於而家,凶於而國,罪亦不至於殄滅而無遺育。"王涯等在甘露之變中被宦官冤殺,其子弟投奔澤潞,至此牽連被害。此中情由頗曲折,可參見岑仲勉《通鑑隋唐紀比事質疑》第二九五頁。

本文又載《册府》卷一五三、《詔令》卷一二七、翁本、《叢刊》本、傅校本、《四庫》本李集卷九、《全文》卷六九九。

〔二〕狡詐多端 原作"□□多端",缺二字。《叢刊》同。今據陸氏校勘、翁本、傅校本、《全文》、《詔令》補。《四庫》作"狡譎多端"。

〔三〕自知險薄 四字原缺,據《册府》、《詔令》、《全文》補。翁本、傅校本作"自知險惡"。

〔四〕或爲草章表 《册府》、《全文》作"或僞草章表"。

〔五〕苞藏未息 翁本、《詔令》、《全文》作"包藏未息"。

〔六〕扶助孽童 原作"挾助孽童",《叢刊》本、《四庫》本、《全文》同。按"挾"字誤。今據翁本、陸氏校勘、《詔令》、傅校本改。

〔七〕天之所棄 《全文》作"神之所棄"。

〔八〕神得誅之 《全文》作"人得誅之"。

〔九〕以下人名諸本皆有異同,《舊書》卷一八上、《通鑑》卷二四八所錄亦互有異同。今據陸氏《儀顧堂題跋》卷一〇所錄,並翁本、《詔令》所記,訂正之。陸氏云:"《誅張谷等告示中外敕》劉積弟下衍曹九等三字,脫積曹九滿郎君郎妹四娘五娘堂兄漢卿匡周堂弟魯卿匡堯穗逆賊廿七字。"今按劉積弟不當名積。翁本作"植",《詔令》作"稹",今據《詔令》改。積、稹同偏傍字,是。

〔一〇〕《儀顧堂題跋》卷一〇曰:"男涯下衍等字,脫解愁何六偊郎孫男小吉兄台男小吾門哥幸郎男修文千駒廿四字"。按"小吾",今據翁本改作"小魯";"幸郎",今據翁本、《詔令》改作"牽郎"。

〔一一〕《儀顧堂題跋》卷一〇曰:"窠郎下衍等字,脫殊郎弟宣力醜奴六字。"按此處實脫七字。

〔一二〕《儀顧堂題跋》卷一〇曰:"歡郎下脱三寶二字。"

〔一三〕門客甄戈　"甄戈",原作"甄伐",《叢刊》本同。按"伐"字誤。今據翁本、《舊書》、《全文》改。

〔一四〕《儀顧堂題跋》卷一〇曰:"孫羽下脱賈鍊男庠四字。"

〔一五〕《儀顧堂題跋》卷一〇曰:"茂章下脱茂實二字。"

〔一六〕王璠男渥　原作"王璠男涯",《叢刊》本、傅校本、《四庫》本、《全文》同。按其時宰相王涯,王璠男不當名涯。今據翁本、《通鑑》改。《詔令》作"王璠男掘",《舊書》作"王璠男珪"。

〔一七〕庶自戢於五兵　《詔令》作"庶息患於五兵"。

# 文集卷第十

## 論朝廷大政等狀

### 請尊憲宗章武孝皇帝爲不遷廟狀[一]

右，臣等伏聞開成中，文宗嘗顧問宰臣，欲褒崇憲宗功德。其時宰臣莫能推順美之心，明尊祖之義。臣等至愚，切所歎息。伏思國家受命二百二十五年矣，列聖之功德，區宇之廣大，王化之盛興，禮樂之備具，過殷、周遠矣，而未有中興不遷之廟，臣等所以夙夜發憤也。禮，祖有功，宗有德。夏之祖宗，經傳無聞。殷則一祖三宗，成湯爲始祖，太甲爲太宗，太戊爲中宗，武丁爲高宗。劉歆曰："天子七廟。苟有功德，則宗之，所以勸帝者功德博矣。故周公作《無逸》，舉殷之三宗，以勸成王。"漢景帝詔曰："孝文皇帝德厚侔天地，利澤施四海，廟樂不稱，朕甚懼焉。其爲孝文皇帝廟爲昭德之舞，以明休德，然後祖宗之功德，施於萬代。其與丞相、列侯、中二千石、禮官具禮儀奏。"丞相申屠嘉等奏曰："功莫大於高皇帝,德莫盛於文皇帝。高皇帝廟宜爲帝者太祖之廟,孝文皇帝廟宜爲帝者太宗之廟,天子宜代代獻祖宗之廟。"又漢宣帝詔："夙夜惟念孝武皇帝躬履仁義,選明將,討不服,功德茂盛,不能盡宣,而廟樂未稱。其議奏。"有司奏請尊孝武爲代宗廟[二],奏《盛德》、《文始》[三]、《五行》之舞,天子代代獻此。則子孫褒崇祖宗之明據也。自天寶以後,兵宿中原,强侯締交,髐髒甚衆,貢賦不入,刑政自出,包荒含垢,以至於貞元。德宗懲奉天之難,厭征伐之事,戎臣優以不朝,終老於外,其卒則以幕吏將校代之。故長武城在王畿之内,斥逐主將矣;河中居股肱之郡,坐邀符節;韋皋因備邊之勢,自擅靈關;李錡竊煮海之資,專制澤國。而兩河藩鎮,或倉卒易帥[四],甚於奕棋;或陸梁弄兵,同於拒轍。憲宗感祖宗之宿憤,舉升平之典法,始命將帥,順天行誅。元年僇惠琳暨闢、錡[五],季年梟元濟及師道。其他或折簡而召,或執珪請覲,獻其名城,割其愛子,不可遍舉。豈有去天下之害,不享其名;致生人之安,不受其報!臣伏見元和初議遷廟之禮,而史官稱中宗不得號中興之君。凡非我失之,自我復之,謂之中興;漢光武、晋元帝是也。臣等切思此議[六],實所未盡。中宗朝自以政事多釁,權移后妃,所以未得稱爲中興,恐議者復以此爲疑。夫興業之與隆道,事實不同。漢光武再造邦家,不失舊物;晋元帝雖在江左,亦能纂緒。此乃王業中興,可謂有功矣。殷高宗躬行大孝,求賢俾乂;周宣王微而後興,衰而復盛。此乃王道中興,可謂有德矣。故詩云:《車攻》,宣王復古也。宣王能内修政事,外攘夷狄,復文武之境土。又《烝民》,美宣王任賢使能,周室中興焉。又《江漢》,美宣王能興衰撥亂，命召公平淮夷。又《漢書·宣帝贊》曰："功光祖宗，業垂後嗣，可謂中興，侔德殷宗、周宣之美。"若皆如漢光武、晋元帝，則殷宗、周宣，並不得稱中興矣。臣等伏思任賢使能，内修政事，平淮夷之叛，復祖宗之土，皆憲宗有之，所謂隆道中興，與殷高宗、周宣王、漢宣帝侔德矣。臣等敢遵古典，請尊憲宗章武孝皇帝爲百代不遷之廟，上以昭陛下大孝之德，廣貽謨之訓；下以表臣等思古之憤，申欲報之誠。如合聖心，伏望令諸司清望官四品以上，尚書、兩省、御史臺與禮官參議聞奏。謹録奏聞[七]。會昌元年三月十一日，司空兼門下侍郎平章事□、右僕射兼門下侍郎平章事□、右僕射兼中書侍郎平章事□、中書侍郎平章事□[八]。奉宣：卿等所論至好，待續施行。其表留中不出[九]。

会昌元年（八四一）三月十一日

## 箋　校

〔一〕本文文末注曰："會昌元年三月十一日，司空兼門下侍郎平章事□，右僕射兼門下侍郎平章事□，右僕射兼中書侍郎平章事□，中書侍郎平章事□。"據《舊書》卷一八上《武宗本紀》會昌元年三月，"宰臣李德裕進位司空"，則"司空兼門下侍郎平章事"者爲李德裕。按《新書》卷六三《宰相表》，崔鄲於開成四年十一月壬午爲中書侍郎，則"中書侍郎平章事"者爲崔鄲。陳夷行於會昌元年三月甲戌爲門下侍郎、同中書門下平章事，則"門下侍郎平章事"者爲陳夷行。"右僕射兼中書侍郎平章事"者爲崔珙，珙於開成五年九月爲中書侍郎。故文末虛缺號所指四人依次爲李德裕、陳夷行、崔珙、崔鄲。又《唐會要》卷一六《廟議下》載會昌元年三月"中書門下奏請尊憲宗爲不遷廟"云云，其所記年月與本文相合，故訂本文作時爲會昌元年三月十一日。

本文又載《册府》卷五九二、翁本、《叢刊》本、傅校本、《四庫》本李集卷一〇、《全文》卷七〇六。

〔二〕代宗廟　原作"世宗廟",陸氏校勘、傅校本補一"代"字,今據翁本、宋本《册府》改。按《漢書·宣帝紀》:"尊孝武廟爲世宗廟。"唐人諱"世",故稱"代"。

〔三〕文始　原作"又始",據翁本、《册府》改。按《漢書·宣帝紀》:"奏《盛德》、《文始》、《五行》之舞。"

〔四〕倉卒易帥　原作"倉卒易師",翁本、《叢刊》本、《四庫》本同。按"師"字誤。今據陸氏校勘、傅校本、《全文》改。

〔五〕元年僇惠琳暨闢錡　《會要》作"元年僇惠琳暨闢",無"錡"字。《新書》卷七《憲宗本紀》載元和二年"十一月甲申,李錡伏誅"。明李錡之僇不在元年。以《會要》所記爲長。

〔六〕臣等切思此議　傅校本作"臣等竊思此議"。

〔七〕謹録奏聞　《全文》至此結束,無以下文字。

〔八〕諸官稱下虛缺號,《叢刊》本、傅校本、《四庫》本同。翁本依次用小字占半格注明四人爲"德裕"、"陳夷行"、"崔珙"、"李紳"。今按此處之"李紳"應作"崔鄲",因李紳入相在會昌二年二月。説詳後。

〔九〕文末翁本注曰:"《舊唐書·武宗本紀》云:'李德裕、陳夷行、崔珙、李紳等奏:"憲宗皇帝有恢復中興之功,請爲百代不遷之廟。"帝曰:"所論至當。"續議之,事竟不行。'"李紳入相年月,傅璇琮《李德裕年譜》會昌二年曰:"按《通鑑》會昌元年三月李德裕上疏救楊嗣復、李珏事,謂'(三月)丙申,德裕與崔珙、崔鄲、陳夷行三上奏'。又《考異》引德裕《獻替記》文,記德裕於三月二十五日入中書，會見他相，稱'崔相珙續至，崔郸次至，陳相最後至，已巳時矣。'皆未記有李紳。若李紳於二月已入相，絕不可能略去其姓名。又元王惲《玉堂嘉話》卷一載孔温業所撰《李紳拜相制》，載有年月日，爲'會昌二年二月十二日'。由上所載，則李紳入相，應以會昌二年二月爲是。"故翁本注引《舊書》之"李紳"，應改爲"崔郸"。

## 宰相再議添徽號狀[一]

右，奉批答[二]，已蒙允許。今欲頒下制命，昭布萬方。伏以軒屈崆峒，堯期姑射[三]，未有不心遊於至道，而能功濟於生靈。暨漢之文景，尊奉黃老，理致刑措，時稱大康。開元中，玄宗經始清宮，追尊玄祖，闡繹道要，遂臻治平，六合晏然，四十餘年。今者陛下蹈軒后之靈蹤，修開元之故事，進道不貴於尺璧[四]，澄心已得於玄珠；聖壽必過於殷宗，景化方躋於漢代。臣等所上徽號，義雖盡美，意有未周。今謹上尊號爲仁聖文武章天成功神德明道大孝皇帝，所冀冠皇王之高號，盡臣子之至誠。伏希聖慈，容鑑丹懇。謹録奏聞，伏候敕旨。樞密使稱，中旨欲得有"道"字，所以奏改[五]。

會昌四年（八四四）十二月底

## 箋　校

〔一〕《通鑑》卷二四八載會昌五年"正月，己酉朔，群臣上尊號曰仁聖文武章天成功神德明道大孝皇帝。尊號始無'道'字，中旨令加之"。即本文文末所謂"樞密使稱，中旨欲得有'道'字，所以奏改"。上尊號在正月初一。則本文當上於舊年年底，故訂本文作時爲會昌四年十二月底。

本文又載翁本、《叢刊》本、傅校本、《四庫》本李集卷一〇、《全文》
卷七〇六。

〔二〕奉批答　原作“奉批出”，《叢刊》本、《四庫》本同。“出”字誤，據
　　　翁本、傅校本、《全文》改。

〔三〕堯期姑射　《全文》作“堯遊姑射”。

〔四〕進道不貴於尺璧　原作“進道不遺於尺璧”，《叢刊》本、《四庫》本、
　　　《全文》同。按“遺”字誤。今據翁本、陸氏校勘、傅校本改。

〔五〕樞密使……所以奏改　《全文》無此數句。翁本文末注：“《通鑑》
　　　會昌五年‘正月己酉朔，上尊號曰仁聖文武章天成功神德明道大孝
　　　皇帝，尊號始無“道”字，中旨令加之’。”

## 宣懿皇太后祔陵廟狀第二第三狀附〔一〕

　　奉宣：“宣懿皇太后祔光陵同玄宮及不移福陵〔二〕、只祔廟，何
者爲便？商量奏來〔三〕。”右，臣等伏以園寢已安，神道貴靜。光陵
因山久固，僅二十年；福陵近又修崇，足彰嚴奉。今若再因合祔，
須啓二陵，或慮聖靈不安，未合先旨。又以陰陽避忌，亦有所疑，
不移福陵，實合禮意。伏以照臨在天，光靈未遠，合食清廟，於禮
無違。足以申陛下大孝之心，表先后昭配之德。既遵舊典，尤愜衆
情。臣等商量，祔太廟不移福陵，實爲允便。臣等不任感切之至。

　　　　　　　　　　　　　會昌元年（八四一）六月上旬

## 箋　校

〔一〕《會要》卷一六《廟議下》載會昌元年六月制：“朕近因載誕之日，展
　　　承顏之敬。太皇太后謂朕曰：‘……宣懿太后，長慶之際，德冠後
　　　宮。……當以宣懿皇太后祔在穆宗睿聖文惠孝皇帝廟……’”又

據《會要》卷二《帝號》，武宗生日在六月十二日。既然文集卷三《宣懿皇太后祔太廟制》已確定祔太廟不移寢陵，該制下於武宗生日之次日，而此三狀對此事尚在商議之中，故三狀均應撰於六月十二日之前，或即在六月上旬。

本文又載翁本、《叢刊》本、傅校本、《四庫》本李集卷一〇、《全文》卷七〇六。

翁本標題作《宣懿皇后陵廟狀》，奪“祔”字。又，諸本標題中均稱“宣懿皇后”，文中則稱“宣懿皇太后”，故標題均奪“太”字，而文集卷三《宣懿皇太后祔太廟制》正作“太后”，據此補“太”字。又，《會要》卷三《皇后》條：“穆宗皇后韋氏，會昌時追冊爲皇太后，謚曰宣懿，武宗母也。”

〔二〕不移福陵　傅校本作“不改福陵”。

〔三〕商量奏來　《全文》作“商量奏來者”。

第二狀〔一〕

奉宣：“宣懿皇太后祔廟事，令更審商量奏來。”右，臣等伏以陛下孝極因心，感深追遠，敬慎禮典，發於至誠。臣等仰奉聖情，旁詢物議，經旬思慮，敢不精詳。並請依前狀，只祔太廟，不奉陵寢，實爲合禮。謹再奏狀以聞。謹奏。

會昌元年（八四一）六月上旬

**箋　校**

〔一〕本文作時與參校本同前篇《宣懿皇太后祔陵廟狀》，詳該篇校記〔一〕。

第三狀〔一〕

宣懿皇太后祔廟事。右，臣等訪求典禮，敢不詳慎。伏以太廟合食，非臣子所議，苟不由禮，必爲後代所譏。《漢書》云："古人據正守順，不敢私其君。如此之難也。"臣等若輕爲獻議，不守禮經，非惟上負聖德，固亦自貽物論。所以前者附欽義、承慶口奏，假以太皇太后之意，即於禮至順，人無異詞。制中云："近因慶誕太皇太后，追感先帝久曠配食之禮，便及先太后母德慈仁，合配先聖。"陛下祗承聖旨，詔臣下行之，於禮無違，可爲後代之法。若捨此商量，便須出於聖意降敕。情禮至重，實難措詞。伏望陛下察臣等愛君之心，納臣等秉禮之志[二]，特允所奏，必合群情。臣等不勝懇切之至。

會昌元年（八四一）六月上旬

## 箋　校

〔一〕本文作時及參校本與前篇《宣懿皇太后祔陵廟狀》同，詳該篇校記〔一〕。

〔二〕納臣等秉禮之志　原作"約臣等秉禮之至"，《叢刊》本、《四庫》本、《全文》同。按"約"、"至"二字誤。今據翁本改。傅校本作"納臣等秉禮之至"，"至"字亦誤。

## 請立昭武廟狀[一]

孟州汜水縣高祖、太宗塑像[二]。右，汜水武牢關是太宗擒世充、竇建德之地[三]，關城東峰有二聖塑像[四]，在一堂之內。伏以山河如舊，城壘猶存，威靈皆畏於軒臺，風雲還疑於豐沛。誠宜百代嚴奉，萬邦所瞻。西漢故事，祖宗嘗所行幸，皆令郡國立廟。今緣定覺寺例合毀拆，望取寺中大殿材木，於東峰改造一殿，四面兼置宮牆，伏望號爲昭武廟，以昭聖祖武功之盛。委孟懷節度使差幹事判官一人，勾當修造。緣聖像彩色頗已故暗，望令李石於東都差揀絕好畫手[五]，就加嚴飾。初興功日，望令東都差分司郎官一人薦告；至功畢日，別差使展敬。未審可否？

會昌五年(八四五)十月乙亥(初一)

## 箋　校

〔一〕《會要》卷一二《廟制度》、《舊書》卷一八上《武宗本紀》均收錄本文。《會要》繫本文於會昌五年七月；《舊書》則繫於本年十月乙亥(初一)，所記年月日明確。今從《舊書》，訂本文作時爲會昌五年十月初一。

本文又載翁本、《叢刊》本、傅校本、《四庫》本李集卷一〇、《全文》卷七〇六。

〔二〕孟州汜水縣　原作"孟州汜州縣"，《叢刊》本、《四庫》本同；陸氏校勘删"州"字，則爲"孟州汜縣"。均欠妥。翁本、傅校本、《全文》、《會要》作"孟州汜水縣"，是。《元和郡縣圖志》卷五《河南道一》載"汜水縣，古東虢國"。可證。

〔三〕擒世充寶建德之地　《會要》、《舊書》、《全文》作"擒王世充寶建德之地"。

〔四〕有二聖塑像　《舊書》作"有二聖塑容"，《全文》作"有高祖、太宗塑像"，《會要》作"有高祖、太宗像"。

〔五〕畫手　原作"盡手"，《叢刊》本、傅校本同。按"盡"字誤。今據翁本、《舊書》、《會要》、《四庫》本、《全文》改。

## 請立東都太微宮狀闕

## 請立東都太廟狀闕

## 奉宣今日以後百官不得於京城置廟狀<sup>[一]</sup>

右，伏見《禮記》云："君子將營宮室，宗廟爲先，厩庫爲次，居室爲後<sup>[二]</sup>。"又韋彤《五禮精義》對曰："古之制，廟必中門之外。吉凶大事，皆告而行。所以親而尊之，不自專也。"今令城外置廟，稍異禮文；書於史策，必虧聖政<sup>[三]</sup>。伏以朱雀門至明德門，凡有九坊。其長興坊是皇城南第三坊，便有朝官私廟<sup>[四]</sup>，實則逼近宮闕。自威遠軍向南三坊，俗稱圍外，地至閑僻，人鮮經過，於此置廟，無所妨礙。臣等商量，今日以後，皇城南六坊内不得置私廟<sup>[五]</sup>。其朱雀街緣是南郊御路，至明德門夾街兩面坊及曲江側近，亦不得置。餘圍外深僻坊，並無所禁。所貴不違禮意，感悦人心。臣等頻奉聖旨，有事許再三論奏。輒罄所見，庶裨聰明。謹具奏聞，伏候敕旨。

會昌五年(八四五)二月

## 箋　校

〔一〕《會要》卷一九《百官家廟》載"會昌五年二月敕：'自今以後，百寮不得於京城内置廟。如欲於坊内置者，但准古禮於所居處，即不失敬親之禮。'"此處所述與本文相合，故訂本文作時爲會昌五年二月。本文又載《册府》卷五九二、翁本、《叢刊》本、傅校本、《四庫》本李集卷一〇、《全文》卷七〇六。

〔二〕居室爲後　"居室"，原作"宮室"，據《册府》改。按：《禮記·曲禮下》："君子將營宮室，宗廟爲先，廄庫爲次，居室爲後。"

〔三〕必虧聖政　《册府》作"恐乖聖政"。

〔四〕便有朝官私廟　原作"使有朝官私廟"，《叢刊》本同。按"使"字誤。今據陸氏校勘、翁本、傅校本、《四庫》本、《全文》改。

〔五〕置私廟 原作"豈私廟"，《叢刊》本同。按"豈"、"置"形近而訛。今據翁本、傅校本改。《會要》云"百寮不得於京城內置廟"，可證。《四庫》本、《全文》作"起私廟"，"起"字亦誤。

## 論侍講奏孔子門徒事狀[一]

右，今月十三日於延英殿，陛下謂臣等云："侍講稱孔子其徒三千，亦可謂之朋黨。"臣等自元和以來，嘗聞此説，幸因聖慈下問，輒敢覼縷而言。西漢劉向云："昔孔子與顏回、子貢更相稱譽，不爲朋黨。禹、稷與皋陶轉相汲引，不爲比周。何則？忠於爲國，無邪心也。"臣嘗以鯀、共工、驩兜與舜、禹雜處堯朝，共工、驩兜則爲黨，舜、禹則不爲黨。何者？共工、驩兜相與比周，迭爲掩蔽也。如賢人君子則不然，忠於國則同心，聞於義則同志；退而各自行己，不可交以私。是以趙宣子、隨會繼而納諫，司馬侯、叔向比以事君[二]，不爲黨也。公孫弘每與汲黯請間[三]，黯先發之，弘推其後，武帝所言皆聽。汲黯雖與公孫弘並進，然庭詰云："齊人少情。"譏其布被爲詐，則知先發後繼，不爲黨矣。國史稱太宗嘗與房玄齡圖事，則曰非杜如晦莫能籌之；及杜如晦至，竟以玄齡之策。此又同心圖國，不爲黨也。何者爲黨？《漢書》稱朱博、陳咸相爲腹心，背公死黨。東漢周福、房植，各以其黨相傾，議論相軋。故漢朝朋黨，始於甘陵二部。及其甚也，謂之鈎黨，繼受誅夷。以王制言之，非不幸也。魏朝何晏、丁謐，依附曹爽，祖尚浮虛，使有魏風俗，由兹大壞。此皆爲朋黨也。略舉數節，以明其類。至於歷代朋黨，不可殫言。仲尼知季路不免[四]，子游識子張之未仁；

曾子罪卜商喪親無聞，夫子罪宰我鑽燧爲久。惡既不掩，善固宜稱，此又不爲黨也。班固稱周室既微，由是列國公子，魏有信陵，趙有平原，齊有孟嘗，楚有春申，抵掌而游談者，以四豪爲稱首，於是背公死黨之議成，守職奉上之義廢矣。此四豪者，各有門客三千[五]，而謂之黨。仲尼三千，則不爲黨。蓋仲尼之徒，惟務仁義，不以爵祿爲貴；四豪之門，惟務譎詐，常以勢力相高。今侍講欲以奔走權勢之徒，攫挐名利之輩，比方孔門上哲[六]，實罔聖聰。臣未知元和以來，所謂黨者，爲國乎？爲身乎？若以爲國，則隨會、叔向、汲黯、房玄齡之道，可得行矣，不必聚黨成群。以臣觀之，今所謂黨者，進則誣善蔽忠，附下罔上，歙歙相是，態不可容；退則車馬馳驅，唯務權勢，聚於私室，朝夜合謀。清美之官，盡須其黨；華要之選，不在他人。陰附者羽翼自生，中立者抑壓不進。孔門顏、冉，豈有是哉？陛下以此察之，則奸僞自見。臣恐更有小人，妄陳此説，輒舉事例，庶裨聰明。伏望陛下，留臣此狀，時賜覽閱。所冀小臣瞽説，免惑聖心，臣不任懇激之至。謹録奏聞[七]。

會昌五年（八四五）十一月

## 箋　校

〔一〕《通鑑》卷二四八載會昌五年“給事中韋弘質上疏，言宰相權重，不應更領三司錢穀。德裕奏稱：‘制置職業，人主之柄。弘質受人教導，所謂賤人圖柄臣，非所宜言。’十二月，弘質坐貶官”。《舊書》卷一八上《武宗本紀》節録後篇《論朝廷事體狀》，文字略同，繫於十二月。《新書》卷一八〇《李德裕傳》節録本文，文字大略相同，而置於論韋弘質奏言之前。由此推之，本文應作於會昌五年十一月。

本文又載翁本、《叢刊》本、傅校本、《四庫》本李集卷一〇、《全文》

卷七〇六。

〔二〕司馬侯叔向比以事君　原作“司馬叔侯向比以事君”，《叢刊》本同。按“司馬侯”、“叔向”爲春秋時晋大夫。今據陸氏校勘、翁本、傅校本、《全文》、《新書》乙正。

〔三〕請間　原作“請問”，《叢刊》本同。按“問”字誤。今據翁本、傅校本、《四庫》本、《全文》、《新書》改。

〔四〕季路　原作“李路”，《叢刊》本同。按“李”字誤。今據翁本、傅校本、《四庫》本、《全文》改。

〔五〕各有門客三千　原作“各右門客三千”，《叢刊》本同。按“右”字誤。今據翁本、傅校本、《四庫》本、《全文》改。

〔六〕孔門上哲　傅校本作“孔子”。

〔七〕謹録奏聞　翁本於文末注曰：“事見本傳。”

## 論朝廷事體狀〔一〕

右，臣等每蒙延英召對，獲聞聖言，常欲朝廷尊，臣下肅，此則是陛下深究爲理之本。伏以管仲古之大賢，明於理國，其言可以爲百代之法。管仲云：“凡軍國之重器，莫重於令。令重則君尊，君尊則國安。故安國在乎尊君，尊君在乎行令。明君察於理人之本，莫要於令。故曰虧令者死，益令者死，不行令者死，留令者死〔二〕，不從令者死，五者死而無赦。”又曰：“令雖在上，而論可與不可者在下，是上失其威〔三〕，下繫於人也。”自大和以來，風俗大壞，令出於上，非之者在下。此弊不除，無以理國。韋弘質所論宰相不合兼領錢穀，臣等敢以事體聞奏。昔匡衡云：“大臣者，國家之股肱，萬姓所瞻仰也，明王所慎擇也。”傳曰：“下輕其上爵，賤人圖柄臣，則國家動搖而人不靜矣。"今韋弘質受人教導，輒獻封章，則是賤人圖柄臣矣。臣等又以蕭望之是漢朝名儒重德，爲御史大夫奏云："今歲首日月少光，咎在臣等。"上以望之意輕丞相，乃下侍中御史中丞詰問。又貞觀中，監察御史陳師合上書云："人之思慮有限，一人不可總數職。"太宗云："此人妄有毀謗，止欲離間我君臣。"流師合于嶺表。又賈誼云："人主之尊譬如堂，群臣如陛，衆庶如地。故陛九級上，廉遠地，則堂高；陛無級，廉近地，則堂卑。"亦由將相重則君尊，其勢然也。如宰相有奸謀隱慝，則人人皆得上論。至於制置職業，固是人主之柄，非小人所得干議。古者朝廷之士，尚各守官業，思不出位。況韋弘質賤人，豈得以非所宜言，上黷明主？此是輕宰相矣。後漢太學諸生，頗干時政，其時謂之處士橫議，皆是亂風俗，深要懲絶。伏望陛下知其邪計從朋黨而來，每事明察，遏絶將來之漸，則朝廷安靜，邪黨自銷。臣等不勝感憤，輒具聞奏，伏望特賜省覽。謹録奏聞。謹奏。

會昌五年（八四五）十二月

## 箋　校

〔一〕《舊書》卷一八上《武宗本紀》節録本文，並謂：會昌五年"十二月，車駕幸咸陽。給事中韋弘質上疏，論中書權重，三司錢穀不合相府兼領。宰相奏論之曰"云云，即爲本文之概要，故訂本文作時爲會昌五年十二月。參前篇《論侍講奏孔子門徒狀》校記〔一〕。

本文又載翁本、《叢刊》本、傅校本、《四庫》本李集卷一〇、《全文》卷七〇六。《新書》卷一八〇《李德裕傳》節録本文。

〔二〕益令者死不行令者死留令者死　原無此十三字，《叢刊》本、《四庫》本、《全文》均奪此十三字。今據翁本、傅校本、《新書》補。

〔三〕是上失其威　原作“是威”，翁本、《叢刊》本、傅校本、《四庫》本同。
　　今據《舊書》、《全文》補“上失其”三字。《新書》連下句作“是主威
　　下繫於人也”。

# 文集卷第十一

## 釐革故事

### 請增諫議大夫等品秩狀〔一〕

右，據《大唐六典》，隋氏門下省置諫議大夫七人，從四品下〔二〕，今正五品上。自大曆二年昇門下中書侍郎爲正三品，兩省遂闕四品。建官之制，有所未備〔三〕。謹按《左氏傳》云："衮職有闕，惟仲山甫補之。能補過也。"仲山甫則周之大臣。《漢書》汲黯稱〔四〕："願出入禁闥，補過拾遺。"《後漢書》張衡爲侍中，嘗居帷幄，從容諷諫，拾遺左右，皆大臣之任。故其秩峻，其任重，則君敬其言而用其道。況謇諤之地，宜用老成之人；秩不優崇，則難用耆德。其諫議大夫，望依隋氏舊制，昇爲從四品，分爲左右，以備兩省四品之闕。向後與丞郎出入迭用，以重其選〔五〕。

## 箋　校

〔一〕《舊書》卷一八上《武宗本紀》載會昌元年“五月辛未，中書門下奏”云云，即爲本文，文字大略相同。今從《舊紀》所記訂本文作時爲會昌元年五月辛未（初一）。

本文又載《叢刊》本、傅校本、《四庫》本李集卷一一、《全文》卷七〇六。

〔二〕從四品下　《舊紀》作“從四品上”。然《舊書》卷四三《職官志》諫議大夫作“從四品下，今正五品上”，與李集所記同，可證《舊紀》誤。

〔三〕有所未備　《舊紀》作“有所未周”。

〔四〕汲黯稱　傅校本作“稱汲黯”。

〔五〕以重其選　《舊紀》此句下即爲後《御史中丞》之撮述，與文集所載文字出入較大。

### 御史中丞

右，中丞爲大夫之貳。緣大夫秩崇，官不常置，中丞常爲憲臺之長。今九寺少卿及秘書少監、國子司業、京兆少尹等，並省寺之貳，皆爲四品。惟御史中丞官業雖重[一]，品秩未崇，望昇爲從四品。爲大夫之貳，令不隔品，亦爲丞郎出入迭用，以重其選。

以前，臣等商量，緣事關朝廷典制，須行之可久，必在博盡群議，詢謀僉同。望令兩省御史臺五品以上，尚書省四品以上，太子太保，太常卿參議聞奏。未審可否。

會昌元年（八四一）五月辛未（初一）

## 箋　校

〔一〕官業雖重　原作“官業雖至”，《叢刊》本、《四庫》本、《全文》同。

按“至”字誤。今據陸氏校勘、傅校本改。《舊紀》作“官名至重”。

# 論時政記等狀<sup>〔一〕</sup>

右，長壽二年，宰臣姚璹以爲帝王謨訓，不可闕於紀述，史官疏遠，無因得書，請自今以後，所論軍國政要<sup>〔二〕</sup>，宰臣一人撰録，號爲《時政記》。厥後因循，多闕紀述。臣等商量，向後每坐日<sup>〔三〕</sup>，聖言如有慮及生靈<sup>〔四〕</sup>，事關興替，可昭示百代，貽謀後昆者，及宰臣獻替謀猷，有益風教，並請依國朝故事，知印宰相撰録<sup>〔五〕</sup>，連署名封印，至歲末送史館。

## 箋　校

〔一〕《會要》卷六四《史館雜録》下載會昌三年十月“中書門下奏：‘時政記、起居注、修國史體例等’”云云，即爲本文，文字異同較多。《舊書》卷一八上《武宗本紀》載會昌元年十二月“中書門下奏修實録體例”云云，即爲本文《修史體例》。本文乃三篇成一組，爲同時之作。《舊紀》獨舉其中之一《修史體例》，並謂“李德裕奏改修《憲宗實録》所載吉甫不善之迹”，純係臆測。今從《會要》，視全文爲三篇一組，均作於會昌三年十月。

本文又載《叢刊》本、傅校本、《四庫》本李集卷一一、《全文》卷七〇六。

〔二〕軍國政要　原作“軍政國要”，《叢刊》本、《四庫》本同倒誤。據陸氏校勘、《會要》、傅校本、《全文》改。

〔三〕向後每坐日　《會要》作“爾後坐日”，《全文》作“向後坐日”。

〔四〕聖言　《會要》、《全文》作“每聞聖言”。

〔五〕知印宰相撰録　《會要》、《全文》於“知”字上有“其日”二字。

## 起居注

右,《起居注》,比者不逐季撰録,至有去官三五年後,猶未送納者。伏以每度延英奏事後,向外傳説,三事猶兩事虛謬。豈有《起居注》皆三二年後[一],採於傳聞,耳目已隔,固非實事。向後《起居注》記,望每季初即送納向前一季文字與史館納訖,具狀申中書門下。史館受訖,亦申報中書門下。其起居改轉,便望以注記遲速爲殿最。如有軍一本有國字大政、傳聞疑誤者,仍許於政事堂都見宰相等,臨事酌量。如事已施行,非關機密者,並一一向説。所冀書事信實,免有傳疑。

篎　校

〔一〕起居注　原作“起注居”,《叢刊》本、傳校本同倒誤。今據《四庫》本、《全文》改。“皆三二年後”,《會要》作“皆三數年後”。

## 修史體例[一]

右,臣等伏見近日《實録》,多云禁中言者。伏以君上與宰臣及公卿言事,皆須衆所聞見,方合書於史策。禁中之語,向外何由得知？或得於傳聞,多出邪妄,便載史筆,實累鴻猷。向後《實録》中如有此類,並請刊削,更不得以此紀述。又宰臣及公卿論事,行與不行,須有明據。或奏議允愜,必見褒稱;或所論乖僻,固有懲責。在藩鎮獻表者,必有答詔;居要官啓事者,自合著明。並當昭然在人耳目。或取舍存於案堂[二],或與奪形於詔敕。前代史書所載奏議,無不由此。近見《實録》,多載密疏,言不彰於朝聽,事不顯於當時,得自其家,未足爲信。向後所載群臣奏議,其可否得失,須朝廷共知者,方可紀述,密疏並請不載。如此則書必可法,人皆首公〔三〕,愛憎之志不行,褒貶之言必信矣。

以前臣等伏見近日《實録》,事多紕繆,若詳求撫實,須舉舊章。謹件如前。

會昌三年(八四三)十月

## 篋 校

〔一〕修史體例 《全文》作"論修史體例狀"。

〔二〕或取舍存於案堂 《會要》、《全文》作"或取舍存於堂案"。

〔三〕人皆首公 原作"人皆□公",缺一字,《叢刊》本同。今據陸氏校勘、傅校本補。《四庫》本作"人皆奉公"。《會要》、《全文》作"人皆守公"。

### 論九宮貴神壇狀〔一〕

右,准天寶三載十月六日敕,九宮貴神,實司水旱,功佐上帝,德庇下民,冀嘉穀歲登,災害不作,每至四時初節,令中書門下攝祭者。准禮,九宮次昊天上帝,壇在太清宮、太廟上,用牲牢、璧幣〔二〕,類於天地神祇〔三〕。天寶三載十二月,玄宗親祀。乾元元年正月,肅宗親祀。伏以累年以來,水旱愆候。恐是有司禱請,誠敬稍虧。今屬孟春,合修祀典。望至明年正月祭日〔四〕,差宰臣一人祈請;向後四時祭,並差僕射、少卿、尚書等官〔五〕。所冀稍重其事,以申嚴敬。臣等去月二十五日已於延英面奏。伏奉聖旨,令檢舊儀進來者〔六〕。今欲及祭時,伏望令有司崇飾舊壇,務於嚴潔。謹録奏聞,伏候敕旨。

會昌元年(八四一)十二月

〔一〕《舊唐書》卷二四《禮儀志》收錄本文，並曰：“會昌元年十二月，中書門下奏。”按此實係宰臣李德裕所奏，故訂本文作時爲會昌元年十二月。

本文又載《册府》卷五九二，《叢刊》本、傅校本、《四庫》本李集卷一一、《全文》卷七○六。

〔二〕璧幣　原作“幣璧”，今據《全文》、《册府》、《舊唐書·禮儀志》乙正。

〔三〕類於天地神祇　按“祇”原作“祇”，《叢刊》本、《四庫》、傅校本同。當誤。今據《全文》改。楊泉《物理論》：“地者，其曰坤，其德曰母，其神曰祇。”《會要》作“類於天地”，無“神祇”二字。

〔四〕正月祭日　《四庫》本、《全文》作“正月癸丑”。按“明年正月癸丑”，乃會昌二年正月十八日。而《舊唐書·禮儀志》載：“二年正月四日，太常禮院奏：‘準監察御史關牒，今月十三日祀九宮貴神……。’”十三日爲戊申，祀九宮貴神之舉於癸丑前已畢。故知此處“癸丑”乃“祭日”之形近而訛。

〔五〕並差僕射少卿尚書等官　《舊唐書·禮儀志》作“並請差僕射少師少保尚書太常卿等官”。

〔六〕令檢舊儀　《舊唐書·禮儀志》作“令檢儀注”。

# 論九宮貴神合是大祠狀[一]

右，既經兩朝親祀，必是祈請有徵。伏以自大和以來[二]，水旱愆候。陛下常憂稼穡，每念蒸人。臣等所以上副聖心，以修墜禮。伏見大和三年禮官、御史等狀，或言縱司水旱兵荒，品秩不過列宿，今者五星悉是從祀，日月猶在中祀。又云，太一、天一，此九神於天地猶子男也。竊觀其意，皆是以星辰不合比於天地。曾不知統而言之，則爲天地，而在天成象，自有尊卑。謹按後魏《五均志》："大辰第二星盛而常明者[三]，爲天皇露寢，大帝常居，始由道奧而陳變通之迹[四]。又天皇大帝，其精耀魄寶，蓋萬神之秘圖，與河洛之命紀皆稟焉。"此則上帝是星之明據也。天一掌八氣、九精之政令，以佐天極，微明而有常，則陰陽序而大運興；太一掌十有六神之法度，以輔人極，微明而得中，則神人和而王道平。又北斗有權、衡二星[五]，天一、太一參居其間，所以財成天工，輔相神道也。若一概以列宿論之，實爲乖謬[六]。又按《漢書》："天神貴者天一、太一，佐曰五帝。"古者天子以春秋祭太一，則列於祀典，其來久矣。今五帝猶爲大祀，則太一豈宜降禮? 稍重其祀，固爲得所[七]。劉向言："祖宗所立神祇舊位，誠未易動。"又曰："古今異制，經無明文；至尊至重，難以疑説正也。"以劉向博通，尚難改作，況臣等學不究於天人，禮尤懵於祀典，妄爲參酌，恐未得中。伏望更令太常卿與禮官詳定，庶獲明據太常卿等奏議合爲大祀[八]。

會昌二年（八四二）正月上旬

## 箋　校

〔一〕《舊唐書》卷二四下《禮儀志》載會昌二年"正月四日，太常禮院奏：'準監察御史關牒，今月十三日祀九宮貴神，已敕宰相崔珙攝太尉行事。……伏恐不合却用大祠禮科，伏候裁旨。'中書門下奏曰……"所載中書門下奏即爲本文。文字有出入，可以考校。太常禮院正月四日奏，請旨裁定本月十三日祀九宮貴神之儀注，則本文當作於正月上旬。

本文又載《册府》卷五九二、《叢刊》本、傅校本、《四庫》本李集卷一

一、《全文》卷七〇六。

〔二〕大和以來　原作“太和以來”，《叢刊》本、傳校本、《四庫》本、《全文》同。“太”字誤，據史實改。下文“大和三年”，正作“大和”，是。

〔三〕大辰　《册府》、《舊唐書‧禮儀志》作“北辰”。

〔四〕始由道奥　原作“始由道粤”，《叢刊》本、《四庫》本同。按“粤”字誤。今據《舊唐書‧禮儀志》、傳校本、《全文》改。

〔五〕權衡二星　原作“衡權二星”，《叢刊》本、《四庫》本、《全文》同倒誤。今據陸氏校勘、《舊唐書‧禮儀志》、傳校本改。

〔六〕實爲乖謬　《舊唐書‧禮儀志》作“實爲淺近”。

〔七〕固爲得所　傳校本作“固爲得禮”。

〔八〕太常卿等奏議合爲大祀　此句爲文末之注。《舊唐書‧禮儀志》、《全文》無。本文云“伏望更令太常卿與禮官詳定”，則知祀典儀注尚在商議之中。文末之注稱“合爲大祀”，當係議定後所加。

## 論冬至歲朝賀狀[一]

右，伏以近例，其日若遇有敕權停朝賀，惟詣興慶宮賀太皇太后、義安太后、積慶太后[二]。不詣闕庭，恐乖嚴敬；臣子之禮，實不遑安。臣等商量，向後冬至歲，如遇有敕權停朝賀者，其日中書門下與百寮，先詣東上閣門拜表稱慶。望內降高品宣答，百寮受宣畢，然後赴興慶宮，庶爲得禮。仍望永爲常式。未審可否，謹録奏聞，伏候敕旨。

會昌元年（八四一）至會昌四年（八四四）冬至節前

## 箋　校

〔一〕本文云：“伏以近例，其日若遇有敕權停朝賀，惟詣興慶宮賀太皇太后、義安太后、積慶太后。"則本文作時三太后俱在人世。按《舊書》卷一八上《武宗本紀》載會昌五年正月庚申"義安太后崩。敬宗之母也"。則本文當作於會昌四年或此前數年之冬至節前,惟不能具體指定爲何年。

本文又載《叢刊》本、傅校本、《四庫》本李集卷一一、《全文》卷七〇六。

〔二〕積慶太后　諸本作"積善太后",誤。據《舊書》卷七七《后妃列傳》載"穆宗貞獻皇后蕭氏,……武宗時,徙積慶殿,又號積慶太后。大中元年崩"。而積善太后則爲唐末昭宗皇后何氏。《舊書》同卷載"哀帝即位,……徙居積善宮,號積善太后。帝將禪天下,后亦遇害"。其非武宗朝人甚明。據改。

# 請復中書舍人故事〔一〕

右,伏見天寶以前中書舍人六員〔二〕,除機密遷授之外,其他政事,皆得商量。宰臣姚崇奏云:"事有是非,理均與奪,人心既異,所見或殊,抑使雷同,情有不盡。臣既是官長〔三〕,望於狀後略言事理優劣,奏聞進止〔四〕。"自艱難以來,務從權便,政頗去於臺閣,事多繫於軍期。決遣萬機,專在宰弼。伏以陛下神武功成,昧旦思理,精覈庶政,在廣詢謀。《詩》云:"不愆不忘,率由舊章。"前漢魏相,好觀故事,以爲古今異制,方今務在奉行故事而已。數條漢興以來國家便宜行事,奏請施行。臣等商量,今日以後,除機密及諸鎮奏請戎事、有司支遣錢穀等外〔五〕,其他臺閣常務,關於沿革,州縣奏請,系於典章及刑獄等,並令中書舍人依故事商量。臣等詳其可否〔六〕,聞奏〔七〕。

會昌五年(八四五)十二月

# 箋　校

〔一〕《會要》卷五五下《中書舍人》載會昌四年十一月"中書門下奏:'請復中書舍人'……"云云,即爲本文。而《舊書》卷一八上《武宗本紀》則載於會昌五年十二月"又奏曰"云云,即爲本文之概要。《新書》卷四七《百官志·中書省》亦載"會昌末,宰相李德裕建議:臺閣常務,州縣奏請,復以舍人平處可否",即指此事。故從《舊書》、《新書》,訂本文作時爲會昌五年十二月。

　　本文又載《叢刊》本、傅校本、《四庫》本李集卷一一、《全文》卷七〇六。

〔二〕伏見　原作"以見",《叢刊》本、傅校本、《四庫》本同。今據《會要》、《全文》改。

〔三〕臣既　《四庫》本"臣既"以下文字全部脱落,並與下篇《議禮法等大事》"須先據經義"相接,成錯簡。

〔四〕奏聞進止　《會要》作"奏聽進止"。

〔五〕錢穀等外　《全文》作"錢糧等外"。

〔六〕可否　原作"可不",《叢刊》本同。今據《會要》、傅校本、《全文》改。

〔七〕聞奏　《會要》、《全文》作"當別聞奏"。

## 議禮法等大事〔一〕

　　右,按《史記》:"仲尼在位,獄訟文詞有可與人共者〔二〕,不獨有也。"伏以漢、魏以來,朝廷大政,必令公卿奏議,講求理道,博盡群情。所以政必有經,人皆務學,著在史策,粲然可觀。臣等商量,如有事關禮法,群情凝滯者〔三〕,各望令本司申尚書都省,下禮官、學官詳議。意見不同者，任爲別狀。如是刑獄，亦令法官同議，然後丞郎以下詳具可否聞奏。如郎吏有能駁難者，皆許上聞；並須先據經義[四]，其次取正史策故事，不得自爲意見，言涉浮華。如禮官、學官才識出人，議論精當者，向後擢授臺省官；郎吏別與遷擢。所冀漢魏之風，復行今日。

　　以前，臣等今月二十五日，已於延英面奏。奉聖旨，令條疏將狀來者。謹具如前。

　　　　　　　　　　　　　　　　　　會昌五年(八四五)五月

## 箋　校

〔一〕《舊書》卷一八上《武宗本紀》載會昌五年"六月丙子，敕：'漢、魏已來，朝廷大政，必下公卿詳議……'"云云，即爲本文之概要。又見《會要》卷五七《尚書省》載會昌五年六月敕。六月丙子爲朔日，故本文當作於五月，得皇帝允許，遂於六月敕下。

本文又載《册府》卷三一四、《叢刊》本、傅校本、《四庫》本李集卷一一、《全文》卷七〇六。

〔二〕獄訟文詞　原作"獄訟之詞"，《叢刊》本、《四庫》本、《全文》同。今據傅校本、《史記》改。《史記‧孔子世家》："孔子在位聽訟，文辭有可與人共者，弗獨有也。"

〔三〕凝滯　《册府》卷三一四作"疑滯"。

〔四〕須先據經義　《四庫》本有鈔漏，自"須先據經義"至本文結束，與上篇《請復中書舍人故事》前半"臣既"相接。

## 請改單于大都護狀[一]

　　右，訪聞塞北諸蕃，皆云振武是單于故地，不可存其名號，以啓戎心。臣等謹詳國史,武德平突厥後,於振武置雲州都督[二],麟德三年改爲單于大都督[三],聖曆元年改爲安北都護,開元八年復爲單于都護。其安北都護本在天德,自貞觀二十一年以來,移在甘州,遷徙不定。今單于都護望改爲安北都護。如此制置,稍循故事。未審可否?

會昌五年(八四五)七月

**箋　校**

〔一〕《會要》卷七三《安北都護府》載"會昌五年七月,中書門下奏"云云,與本文大略相同。文字異處,可取比勘。故訂本文作時爲會昌五年七月。

本文又載《叢刊》本、傅校本、《四庫》本李集卷一一、《全文》卷七〇六。

〔二〕雲州都督　《會要》作"雲中都督"。

〔三〕麟德三年　《會要》作"麟德元年"。今按《通鑑》卷二〇一麟德元年載"正月甲子,改雲中都護府爲單于大都護府,以殷王旭輪爲單于大都護"。則以《會要》爲是。

## 公主上表[一]

右,臣等伏見公主上表稱"妾李者"。伏以臣妾之義,取其賤稱。家人之稱,亦要別嫌[二];因循舊章,恐未爲得。臣等商量,今日以後,公主上表,從大長公主以下,並望令稱"某邑公主第幾女上表",仍不令稱"族"[三]。所冀臣子之道,因此正名。郡主、縣主,亦望准此。未審狀不出[四]。

會昌五年(八四五)七月

篆　校

〔一〕《會要》卷六《公主雜録》載“會昌五年七月，中書門下奏”云云，即
　　爲本文之概要，故訂本文作時爲會昌五年七月。
　　本文又載《叢刊》本、傅校本、《四庫》本李集卷一一、《全文》卷七○
　　一。《舊書》卷一八上《武宗本紀》會昌五年八月“中書”奏云云，即
　　爲本文之撮述。《全文》題作“論公主上表狀”。
〔二〕亦要別嫌　《舊紀》、《會要》、《全文》作“即宜區別”。
〔三〕仍不令稱族　《全文》作“仍不令稱妾”。
〔四〕未審（狀不出）　《全文》作“未審可否”。

# 文集卷第十二

## 雜　狀

### 論儀鳳以後大臣褒贈狀〔一〕

#### 故中書令郝處俊

　　右，儀鳳元年八月，高宗將傳位於天后，處俊對曰："天下者，高祖、太宗之天下也，非天皇之天下也。天皇祗合謹守宗廟，傳之子孫，誠不可持國與人，有私於天后。"其事遂止。處俊後子孫爲酷吏所害。

#### 故文昌右相岑長倩

　　右，天授初，鳳閣舍人張嘉福與王慶之等，率數百人連名上表，請立武承嗣爲皇太子。長倩與地官尚書格輔元竟不署名，以中宗在東宮，不可更立武承嗣，言詞切直，仍責上書者遣散，爲承嗣所害。

### 故御史大夫同鳳閣鸞臺平章事格輔元

右，張嘉福請立武承嗣爲皇太子。天后問輔元，輔元固稱"不可"，爲武承嗣所害。

### 故右衛將軍李安静[二]

右，天授年，王公百僚皆勸革命，安静獨義形於色。及被收下獄，來俊臣詰其反狀，安静謂曰："以我是唐家老臣，須殺任殺，若問其謀反，實無可對。"爲俊臣所害。

### 故贈越州都督徐有功

右，當天后革命之初，宗室英賢，將相舊老，忠於國者，相繼受誅。徐有功自司刑丞累遷至司刑少卿，數議大獄，務在平恕。凡所濟活者數百家，前後奏雪枉破家者，三經斷死，而執志不渝，兼明玄宗外祖母龐氏之寃。開元中贈越州都督，就第吊祭，贈物三百段，授一子官[三]兼明一作兼雪，就第一作就家。

以前，臣等伏見元和以來，褚遂良、狄仁傑、張柬之等子孫，累有恩制授官[四]，惟此數家，未蒙甄録。望各訪求子孫承嫡者，特授一官。如先未有謚者，各令有司定謚；如無子孫，特與追贈。所貴百代之下，再振清風，海内忠良，無不感屬。未審可否？吏部狀准制請復舊官爵。

會昌年間（八四一至八四六）

## 箋　校

〔一〕本文具體年月難以考定，當與文集卷四之《贈右衛將軍李安静制》同時所作。《新書》卷九九《李綱傳》附《李安静傳》載"會昌中，録

忠臣後,訪子孫已絶,乃贈安静太子少師"。故訂本文作時爲會昌
年間。

本文又載《叢刊》本、傅校本、《四庫》本李集卷一二、《全文》卷七
〇三。

〔二〕李安静　原作"李安靖",據本書卷四《贈右衞將軍李安静制》、《通
鑑》卷二〇四改。

〔三〕授一子官　諸本均奪"授"字,據陸氏校勘補。

〔四〕累有恩制授官　諸本均奪"官"字,據陸氏校勘補。

### 故循州司馬杜元穎二狀〔一〕

右,臣等商量,杜元穎雖失於馭遠,致蠻寇内侵,然握節嬰城,
舍生取義,圍解之後,懲貶不輕。但以蠻夷之情,不可開縱,若爲
之報怨,以快其心,則是不貴王臣,取笑戎狄。漢景所以聞鄧公之
説,恨鼂錯之誅。元穎長慶之初,首居宰弼,潔廉畏法,忠藎小心,
雖無光赫之名,頗著直清之稱。既逢昌運,合與申冤。望却還舊
官階等〔二〕,仍追贈右僕射。未審可否?

會昌元年(八四一)正月

**箋　校**

〔一〕《新書》卷九六《杜元穎傳》載"元穎與李德裕善,會昌初,德裕當
國,因赦令復其官"。又《舊書》卷一八上《武宗本紀》載會昌元年
正月"大赦,改元"。故訂本文作時爲會昌元年正月。

本文又載《叢刊》本、傅校本、《四庫》本李集卷一二、《全文》卷七
〇三。

〔二〕望却還舊官階等　《全文》"却"作"乞"。

第二狀奉宣令更商量奏來者[一]

右，臣等商量，比聞外議，皆以元穎不能綏撫南蠻，又無備禦，責此二事，以爲愆尤。臣等究其情由，實有本末。緣韋皋久在西蜀，自固兵權，邀結南蠻，爲其外援，親昵信任，事同一家。此時亭障不修，邊防罷警。若後人加置一卒，繕理一城，必有異詞，便乖鄰好。自武元衡以後三十餘年，戎備落然，不可獨責元穎。蠻退後，京城傳說驅掠五萬餘人，音樂伎巧，無不蕩盡，緣郭釗無政，都不勘尋。臣德裕到鎮後，差官於蠻經歷州縣，一一勘尋，皆得來名，具在案牘。蠻共掠九千人，成都郭下成都、華陽兩縣只有八十人[二]，其中一人是子女錦錦，雜劇丈夫兩人，醫眼大秦僧一人[三]，餘並是尋常百姓，並非工巧。其八千九百餘人，皆是黎雅州百姓，半雜獠獠[四]。臣德裕到鎮後，移牒索得三千三百人，兩番送到[五]，與監軍使於龍興大慈寺點閱，並是南界蠻獠有實[六]。緣朝廷寵待如舊，從此蠻心益驕。今西川節將，惟務姑息。臣等所以薄元穎之過，謂合追榮。頻承顧問，不敢不縷悉聞奏。況元穎歿後，五經大赦，下位卑官，皆得追復官爵。倘聖旨以贈典爲優[七]，望只准赦文却還舊爵，其贈官落下。未審可否？

會昌元年（八四一）正月

**箋　校**

〔一〕本文之作時與參校本同前篇《故循州司馬杜元穎狀》，詳該篇校記
　　〔一〕。

〔二〕八十人　《四庫》本、《全文》作"八千人"。但本文明言"蠻共掠九千人"，其中"成都、華陽兩縣只有八十人"，"其八千九百餘人，皆

是黎雅州百姓”，正合九千人之數。故以“八十人”爲是。

〔三〕大秦僧一人　原作“太秦僧一人”，《叢刊》本、傅校本、《四庫》本同。按“太”字誤。今據《全文》改。“大秦”，古國名，又稱“犁軒”，即古羅馬帝國。

〔四〕半雜玃獠　原作“丰雜玃獠”，《叢刊》本同。按“丰”字誤。今據傅校本、《四庫》本、《全文》改。

〔五〕兩番送到　《四庫》本、《全文》作“兩番送得”。

〔六〕並是南界蠻獠有實　原作“並是南界蠻獠□□”，《叢刊》本同。所缺二字據陸氏校勘、傅校本補。《四庫》本、《全文》作“並是南界蠻獠”，奪二字。

〔七〕贈典爲優　原作“贈與爲優”，《叢刊》本、《四庫》本、《全文》同。按“與”字誤。今據陸氏校勘、傅校本改。

## 論大和五年八月將故維州城歸降准詔却執送本蕃就戮人吐蕃城副使悉怛謀狀[一]

右，臣頃蒙先朝授劍南西川節度使，其悉怛謀雖是吐蕃酋長，久樂皇風，將彼堅城，降臣當道。臣差行維州刺史虞藏儉，便領兵馬，入據其城，飛章以聞，先帝驚喜。其時與臣仇者，望風疾臣，遽興疑言，上罔宸聽，以爲與吐蕃盟約，不可背之，必恐將此爲詞，侵犯郊境。遂詔臣却還此城，兼執送悉怛謀等，令彼自戮，復降中使，迫促送還。昔白起殺降，終於杜郵致禍；陳湯見按，是爲郅支報仇。感歎前事，愧心終日。今者幸逢英主，忝被台司，輒敢追論，伏希省察。且維州據高山絶頂，三面臨江，在戎虜平川之衝[二]，是漢地入邊之路。初河隴盡没，唯此州獨存。吐蕃潛將婦人〔三〕,嫁與此州門子〔四〕。二十年後,兩男長成。竊開壘門,引兵而入,遂爲所滅,號無憂城。從此得併力於西邊,更無虞於南路,憑陵近甸,旰食累朝。貞元中,韋皋以經略河湟,此城爲始,盡鋭萬旅,急攻數年。吐蕃愛惜既甚,遣其舅論莽熱來救。雉堞高峻,臨衝難及於層霄;鳥徑屈蟠,猛士多糜於礧石。莫展公輸之巧,空擒莽熱而還〔五〕。及南蠻負恩,掃地驅劫。臣初到西蜀,衆心未安,外揚國威,中緝邊備。其維州熟臣信令,乃送款與臣。臣告之以須俟奏報,貴探情僞〔六〕。其悉怛謀等,尋帥城兵,并州印甲仗,塞途相繼,空壘來歸〔七〕。臣即大出牙兵,受其降禮,南蠻在列,莫敢仰視。況西山八國,隔在此州,比帶使名,都成虛語。諸羌久苦番中徵役,願作王人。自維州降後,皆云但得臣信牒帽子,便相率內屬。其蕃界合水、棲雞等城,既失險阻,自須抽歸,可減八處鎮兵,坐收千餘里舊地。臣見此有莫大之利,爲恢復之機〔八〕,所以面許奏聞,各加酬賞。臣自與錦袍金帶,顯俟朝旨。且吐蕃維州未降以前一年,猶圍逼魯州。以此言之,豈守盟約?況臣未嘗用兵攻取,彼自感化來降,又沮議之人,豈思事實?犬戎遲鈍〔九〕,土曠人稀,每欲乘秋犯邊,皆須數歲聚食。臣得維州逾月,未有一使入疆。自此之後,方應破膽,豈有慮其復怨,鼓此游詞〔一〇〕?臣受降之初,指天爲誓,寧忍將三百餘人性命,棄信偷安〔一一〕。累表陳論,乞垂矜舍。答詔嚴切,竟令執還,加以體被三木,輿於竹畚,及將即路,寃叫嗚呼〔一二〕。將吏對臣,無不隕涕。其部送者更遭蕃帥譏誚,云既以降彼,何須送來?乃却將此降人,戮於漢界之上。恣行殘忍,用固携離〔一三〕,至乃擲其嬰孩,承以槍槊。臣聞楚靈誘殺蠻子,《春秋》明譏;周文收送鄧叔,簡册深鄙〔一四〕。況乎大國,負此異族,塞忠款之路,快凶虐之情,從古以來,未有此事。伏惟仁聖文武至誠大孝皇帝陛下振睿聖之宏圖,得懷徠之上策[一五]。故南蠻申請朝之願,北虜效款塞之誠。臣實痛惜悉怛謀等,舉城向化,解辮歸義,而未加昆邪之爵,不賞庶其之功,翻以忠愛受屠[一六],爲仇讎所快。身遭此酷,名又不彰,職由愚臣,陷此非罪。雖時更一紀,而運屬千年,臣所以具陳根本,不憚繁細,冀蒙睿鑑,追獎忠魂。伏乞宣付中書,各加褒贈。冀華夷感德,幽顯伸寃,警既往之倖心,激將來之峻節。臣德裕無任懇願之至。謹録奏聞,伏候敕旨。

會昌三年(八四三)三月

## 箋 校

〔 一 〕《通鑑》卷二四七節録本文於會昌三年三月"李德裕追論維州悉怛謀事"下。本文云"雖時更一紀",《通鑑注》曰:"十二年爲一紀。大和五年悉怛謀死,至是年適十二年。"所論甚確。故訂本文作時爲會昌三年三月。

本文又載《叢刊》本、傅校本、《四庫》本李集卷一二、《全文》卷七〇三。《舊書》卷一七四《李德裕傳》亦摘要記載本文,文字可比勘。

〔 二 〕在戎虜平川之衝　原作"在戎虜平州之衝",《叢刊》本、《四庫》本、《全文》同。按"州"字誤。據《舊傳》、《通鑑》、傅校本改。

〔 三 〕婦人　原作"娬人"。"娬"同"婦"。

〔 四 〕門子　《全文》、《通鑑》作"門者"。

〔 五 〕空擒莽熱而還　《通鑑》作"雖擒論莽熱而還",此句下尚有"城堅卒不可克",爲諸本所無。

〔 六 〕貴探情僞　《全文》作"冀探情僞"。

〔七〕空壘來歸　《全文》作“空壘來降”。

〔八〕恢復之機　《舊傳》作“恢復之基”。

〔九〕犬戎遲鈍　原作“大戎遲鈍”，《叢刊》本同。“大戎”誤，據《舊傳》、《四庫》本、《全文》、傅校本改。

〔一〇〕鼓此游詞　《全文》作“鼓此浮詞”。

〔一一〕棄信偷安　原作“棄信”，奪二字，《叢刊》本、傅校本、《四庫》本同。據《舊傳》、《全文》補。

〔一二〕冤叫嗚呼　《舊傳》、《全文》作“冤叫呼天”。

〔一三〕用固携離　原作“周固携離”，《叢刊》本、《四庫》本同。按“周”字誤。今據陸氏校勘、《舊傳》、《通鑑》、傅校本、《全文》改。

〔一四〕簡册深鄙　原作“簡册□□”，《叢刊》本同。缺二字。今據陸氏校勘、《舊傳》、《全文》補。《四庫》本作“簡册致貶”。傅校本作“簡册是實”。

〔一五〕得懷徠之上策　原作“得懷狹之上策”，《叢刊》本、傅校本同。按“狹”字誤。今據《四庫》本、《全文》改。

〔一六〕翻以忠愛受屠　原作“翻以忠愛屠”，《叢刊》本同。按此當奪一“受”字。今據《四庫》本、傅校本、《全文》補。

## 論救楊嗣復李珏裴夷直三狀〔一〕

　　右，臣等聞向外傳説紛然，陛下皆遣中使，未測其由。臣等相顧憂惶，不知死所。嗣復等所涉論〔二〕，實負聖明。臣等所以顯書其罪，不爲末減，祇望止於竄逐，用戒群邪。古人稱：“刑人於市，與衆共棄。”陛下若以嗣復等罪狀必不可容，伏望且降使臣，就彼鞫問，待得其罪，顯戮不遲。如便遣使，必貽後悔。文宗只緣貶宋申錫，更不按問，至今人以爲寃。臣等於嗣復等，實無情故。所利者宗社，所惜者聖明，不欲令一事駭聽，失天下之望。若使四方將相，或以此爲詞，臣等避罪不言，無以塞責。伏望陛下特回宸慮，下納愚忠，臣等餘年，方敢自保。陛下若以臣等事君不盡，情涉容奸，先罪臣等，實所甘分。輒陳肝血，不避嚴誅，不任懇切兢皇之至。謹俯伏待罪，望速降敕旨。

會昌元年（八四一）三月二十五日

## 箋　校

〔一〕《通鑑》卷二四六載會昌元年三月李德裕論救楊嗣復等奏語，即爲本文之概要。《考異》並引《獻替記》曰：“會昌元年三月二十四日，遇假在宅。……二十五日早入中書，……余令三相會食，自歸廳寫狀，請開延英賜對。……至午又自寫第二狀封進。”則本文及下二狀當均爲二十五日所作。故訂《論救楊嗣復李珏裴夷直（三狀）》作時爲會昌元年三月二十五日。

本文又載《叢刊》本、傅校本、《四庫》本李集卷一二、《全文》卷七〇三。

按本文題中“裴夷直”，諸本作“陳夷直”，誤。《通鑑》同卷開成五年十一月載“故事，新天子即位，兩省官同署名。上之即位也，諫議大夫裴夷直漏名，由是出爲杭州刺史”。及會昌元年楊嗣復、李珏再貶，裴夷直再貶驪州司户。今據史改。

〔二〕所涉論　《叢刊》本、傅校本、《四庫》本同。《全文》作“所涉議論”。

第二狀〔一〕

右，臣等適以有狀論奏，未奉聖旨，今向外之心，驚駭不知所爲。臣等若苟務偷安，不更冒死陳奏，必恐旬月之後，人情皆以爲冤。陛下此時，追悔無及。臣等昨者商量之初，祇以嗣復等所涉議論，不可令在藩鎮，止於貶責，足以塞辜。如更過於此，實搖動天下之心，必損聖明之德。如以臣等情涉顧望，伏望先罪責臣，實所甘分。臣等專在中書，伏望特開延英賜對，得面陳肝血，死無所恨。

會昌元年（八四一）三月二十五日

箋　校

〔一〕本文作時及參校本同前篇《論救楊嗣復李珏裴夷直狀》，詳該篇校
　　　記〔一〕。

第三狀<sup>〔一〕</sup>

右，臣等適再已陳奏，未奉聖旨。伏見貞元初，宰臣劉晏，緣德宗在東宮時涉動搖之論，竟以此坐死。旋則朝廷中外，皆以爲冤，兩河不臣之地，悉恐亡懼。德宗尋亦追悔，官其子孫。近則宋申錫涉交通藩邸貶官，文宗尋又追悔，至於流涕。如嗣復等螻蟻之命，至細至微，特賜矜全，必彰聖德。天下臣子，孰不上感天慈？不爾，恐四海人情，自此憂懼。臣等亦兢危不暇，無以裨助聖明。伏望特開延英，賜臣等面陳血誠，以安中外。如蒙聖慈納臣等愚懇，伏望更重貶官，所冀人心允愜。

會昌元年（八四一）三月二十五日

箋　校

〔一〕本文作時及參校本同前篇《論救楊嗣復李珏裴夷直狀》，詳該篇校
　　　記〔一〕。

## 奏張仲武寄回鶻生口馳馬狀[一]

右，臣等舊讀《實錄》，不至遺忘。伏思累聖以來，未有此例。謹按《左傳》：“諸侯不相遺俘。”昔魯受齊俘，見譏左氏。諸侯尚爲非禮，況在台臣？臣等忝備鈞衡，須謹繩墨。若苟受私遺，不守舊章，則何以上戴聖君，儀刑百辟？伏望聖恩盡許却還，從此便爲故事。仍望許臣與一書報答，令其深諭國體。其書草續撰進上以聞。

會昌二年（八四二）七月

## 箋　校

〔一〕《編證》收録本文，並謂：“右狀無月日。仲武寄回鶻生口，當在破
　　　回鶻後。其破回鶻，余疑是七月事（參看下文《紀聖功碑銘》注），
　　　故附此。”今從其説，訂本文作時爲會昌二年七月。

　　　本文又載《叢刊》本、傅校本、《四庫》本李集卷一二、《全文》卷七〇
　　　四。《編證》又云：“明本篇目奪奏字。”按本文篇目諸本均奪“奏”
　　　字，今據底本卷目補。

## 薦前試宣州溧水縣尉胡震狀[一]

右，胡震博通六經，華皓一志，家在海郡，筋力未衰。臣童幼之時，於震受業。豈謂年逾四紀，位列三公，雖自君恩，亦因儒訓。臣伏以元和二年，前楊州士曹參軍薛玄造，緣與臣亡父授經，具表論薦，憲宗授越州諸暨縣令。臣幸因家門舊事，輒敢薦聞，伏希聖慈特受浙東管内一官。所冀臣報其舊恩，獲繼先志，既顯華門之士，實爲儒者之榮。臣不任懇款兢皇之至。謹録奏聞，伏聽敕旨。

奉宣：卿官至將相，不忘本師。朕深所嘉歎，宜依所奏[二]。

會昌二年（八四二）至會昌五年（八四五）

**箋 校**

〔一〕本文云："豈謂年逾四紀，位列三公。"李德裕會昌朝秉政時已年逾五十，而唐以太尉、司徒、司空爲三公。《新書》卷六三《宰相表》載李德裕首爲司空在會昌二年正月己亥。會昌六年正月以後，武宗疾重不能視朝，不久病逝。以此推之，本文作時當在會昌二年至會昌五年數年間。

本文又載《叢刊》本、傅校本、《四庫》本李集卷一二、《全文》卷七〇四。本文篇目原作"前試宣州溧水縣尉胡震"。《叢刊》本、《四庫》本同。底本卷目作"薦胡震狀"，陸氏校勘補"薦"字於篇目前，《全文》補"狀"字於題後，故補正作"薦前試宣州溧水縣尉胡震狀"。

〔二〕此另起一段爲武宗批答。《叢刊》本、傅校本、《四庫》本有之，《全文》刪去。

論河東等道比遠官加給俸料狀<sup>[一]</sup>

右，河東等道，或興王舊邦，或陪京近地，州縣之職，人合爲樂[二]，祇緣俸禄寡薄，官同比遠。元和六年閏十二月十二日及元和七年十二月二十四日敕：河東[三]、鳳翔、鄜坊、邠州、易定等道，令户部加給俸料錢，共當六萬二千五百貫。吏曹出得平留官數百員，時議以爲至當。自後訪聞户部所給零碎，兼不及時，觀察使以爲虛折，皆別將破用。徒有加給，不及官人，近地好官，依前比遠。伏望今日以後，户部却與實物，仍及時支遣，諸道並委觀察判官專判此案,隨月加給官人,不得別將破用。如有違越,觀察判官遠貶,觀察使奏取進止。又選人官成後,皆於城中舉債,到任填還,致其貪求,罔不由此。其今年河東、隴州[四]、鄜坊、邠州新授比遠官等,望許連狀相保,户部各借兩月加給料錢,至支給時除下。所冀初官到任,不帶息債,衣食稍足,可責清廉[五]。

會昌二年(八四二)二月丙寅(初一)

## 箋 校

〔一〕本文作時史籍所記稍異。《册府》卷五〇八《邦計部・俸禄四》會昌元年收録本文,《會要》卷九二《内外官料錢下》會昌元年亦收録本文。然《舊書》卷一八上《武宗本紀》載會昌二年二月丙寅(初一日)中書門下奏語即爲本文之概要,年月日明確。故訂本文作時爲會昌二年二月初一。

本文又載《叢刊》本、傅校本、《四庫》本李集卷一二、《全文》卷七〇四。

〔二〕人合爲樂　傅校本作"人合樂爲"。

〔三〕河東　原作"河中",《叢刊》本、傅校本、《四庫》本、《全文》同。按"中"字誤。今據《舊書》、《會要》、《册府》改。

〔四〕隴州　《會要》作"隴西"。

〔五〕可責清廉　原作"可貴清廉",《叢刊》本同。按"貴"字誤。今據《舊書》、《册府》、《會要》、傅校本、《全文》改

請淮南等五道置遊弈艒狀[一]

淮南緣疆界闊遠,請令出三百人。浙西、宣歙、江西、鄂岳各出二百人。

右，訪聞自有還僧以來，江西劫殺，比常年尤甚，自上元至宣池地界，商旅絶行。緣所在長吏，掩閉道路，頗甚怨嗟。望每道令揀前件人解弓弩及諳江路者[二]，每一百人置遊弈將一人，須清白強幹稍有見會者充。如法造遊弈舸船五十隻，一百人分爲兩番，長須在江路來往。淮南遊弈至池州界首，浙西遊弈至宣州界首，江西遊弈至鄂州界首，常須每月一度於界首交牌，各知界内平安，申報本使。其下番人便於沿江要害處置營，不得抽歸使下。其糧餉春冬衣，仰使司差人就營所支給[三]。如三度以下擒捉得賊，委使司超與職名。其官健以下，便以賊贓物賞給，務令優厚。如兩度有賊不覺察，遊弈將科責差替。如容縱賊盜，不問有贓無贓，並委本道差人所在集衆決殺。如賊大段巢穴去處，仰數道計會，一時掩捉。倘去根本，軍將授官酬賞。所貴鄰接之地，同力叶心，江路盜賊，因此斷絶。臣等今月二十五日已於延英面奏，伏蒙聖恩允許。未審可否？

會昌五年（八四五）九月

## 箋　校

〔一〕本文未注年月，今參杜牧《上李太尉論江賊書》（《樊川文集》卷一一），即知杜牧所論與本文有關，德裕所奏頗採杜牧上書之建議。德裕會昌四年八月拜太尉，杜牧同年九月由黄州遷池州刺史，故繆鉞《杜牧年譜》繫杜牧上書於會昌五年。今細按杜牧上書，自云"某到任才九月日"，則可知杜文作於五年六月。而本文云"訪聞自有還僧以來"，則事在會昌滅佛之舉之後，即八月之後。合而推之，本文約當作於會昌五年九月。

本文又載《叢刊》本、傅校本、《四庫》本李集卷一二、《全文》卷七〇四。

〔二〕及諳江路者　《全文》作“又諳江路者”。

〔三〕仰使司　原作“□使司”，《叢刊》本同。按缺一字。今據陸氏校
　　　勘、傅校本補。《四庫》本、《全文》作“委使司”。

## 論兩京及諸道悲田坊[一]

右，邮貧寬疾，著於《周典》；無告常餼，存於《王制》。國家立
悲田養病，置使專知。開元五年，宰臣宋璟、蘇頲奏，所稱悲田，乃
關釋教，此是僧尼職掌，不合定使專知，請令京兆按此分付其家，
玄宗不許。至二十二年十月，斷京城乞兒，悉令病坊收管，官以本
錢收利以給之。今緣諸道僧尼，盡以還俗，悲田坊無人主領，必恐
病貧無告，轉致困窮。臣等商量，緣悲田出於釋教，並望更爲養病
坊。其兩京及諸州，各於子錄事耆壽中，揀一人有名行謹信爲鄉
閭所稱者，專令勾當。其兩京望給寺田十頃，大州鎮望給田七頃，
其他諸州，望委觀察使量貧病多少，給田五頃、三二頃，以充粥飯。
如州鎮有羨餘官錢，量與置本收利，最爲穩便。若可如此方圓，不
在更給田之限，各委長吏處置訖聞奏。

　　　　　　　　　　　　　　會昌五年（八四五）十一月甲辰（初一）

篋　校

〔一〕《會要》卷四九《病坊》收錄本文，繫於會昌五年十一月。《舊書》卷
　　　一八上《武宗本紀》亦繫此事於本年十一月，並注明日期爲甲辰。
　　　本月甲辰朔，故訂本文作時爲會昌五年十一月初一。
　　　本文又載《叢刊》本、傅校本、《四庫》本李集卷一二、《全文》卷七
　　　〇四。

李德裕文集校箋

〔唐〕李德裕 撰

傅璇琮　周建國 校箋

中　册

中華書局

# 文集卷第十三

**論用兵**論兵狀請詔者留在内廷，降者敕存
於堂案。今撿拾舊稿，得三分之一。

## 論田牟請許党項讐復回鶻嗢没斯部落事狀[一]

右，臣等雖不習兵鈐，昧於邊事，然酌其物理，情實可知。伏
希聖慈，特賜詳覽。比者陛下常慮回鶻國中離散，未是實情。今
據我阿泥伊難珠合等書云，此間更無活處，即是實耗。又回鶻安
孝順云，赤心宰相問漢國中看你回鶻好無。足知依倚大國，意甚
勤懇。今若許田牟徇党項貪利之心，不自量力，犯必死之虜[二]，
絕歸款之誠，事捷亦損耗甲兵，大虧恩信；不成則永爲邊患，取笑
四夷。況窮鳥入懷，尚須矜憫；遠人慕義，曾未犯邊[三]。自六月
至今，未嘗捉烽戍一人，奪党項一物。披誠款塞，望闕哀鳴。昨者
所獻表章，詞懇意順；棄而不納，先務誅夷。此不可一也。若回鶻

國中無釁,種落皆安,嗢没斯叛逆而來,即須拒絕。可汗既自失國,牙帳已無[四],携挈傷殘,寄命他所。嗢没斯等迫於飢困,各欲求生。田牟執稱背國亡命,是去年爲惡徒黨,都似與德彝雪屈,爲党項報讐。察其用情,殊非體國。此不可二也。漢宣帝五鳳中,匈奴大亂,議者多曰匈奴爲害日久[五],可因其壞亂,舉兵滅之。蕭望之對曰:"宜遣使吊問,救其災患。四夷聞之,咸貴中國之仁義。"其後南單于果是臣服,六十年邊境無事。今縱不能扶其微弱,豈宜因此幸災? 此不可三也。伏望具詔太原、振武,排比騎兵於邊上,嚴防侵軼,待犯國家城鎮,然以武力驅除。若祇於党項、退渾小有劫奪,任部落自相仇報,未可助以甲兵。常令大信不渝,懷柔得所,彼雖戎狄,必合感恩。待張賈使回,足知情實。仍望詔田牟不得擅出詭計,妄邀奇功,兼詔仲武不得納將吏惑詞,爲國生事。如蒙允許,伏望付翰林約此意處分[六]。

會昌元年(八四一)八月二十四日

## 箋　校

〔一〕《通鑑》卷二四六載會昌元年八月"天德軍使田牟、監軍韋仲平欲
　　擊回鶻以求功,奏稱:'回鶻叛將嗢没斯等侵逼塞下,吐谷渾、沙陀、
　　党項皆世與爲仇。請自出兵驅逐。'上命朝臣議之。議者皆以爲嗢
　　没斯叛可汗而來,不可受,宜如牟等所請,擊之便。上以問宰相,李
　　德裕以爲"云云,即與本文大旨相合。辛酉,"詔田牟約勒將士及
　　雜虜,毋得先犯回鶻。"辛酉爲本月二十四日。《通鑑考異》引《伐
　　叛記》:"八月二十四日,請賜田牟、仲平詔,漢兵及蕃、渾不得先犯
　　回鶻。"與本文所述相合。參岑仲勉《編證》。故訂本文作時爲會
　　昌元年八月二十四日。

本文又載《叢刊》本、傅校本、《四庫》本李集卷一三、《全文》卷七〇四。

〔二〕犯必死之虜　原作“犯必死之慮”,《叢刊》本、傅校本、《四庫》本同。按“慮”字誤。今據《全文》、《編證》改。

〔三〕曾未犯邊　原作“曾采犯邊”,《叢刊》本、傅校本同。按“采”字誤。今據《四庫》本、《全文》、《編證》改。

〔四〕牙帳　原作“才帳”,《叢刊》本同。按“才”字誤。今據傅校本、《四庫》本、《全文》、《編證》改。

〔五〕匈奴爲害日久　原作“匈奴爲害”,《叢刊》本、《四庫》本、傅校本同。按此當奪二字。今據陸氏校勘,《全文》、《編證》補。

〔六〕約此意處分　《四庫》本、《全文》作“酌此意處分”。按“酌”字誤。《編證》注曰:“下文《奏回鶻事宜狀》云‘望付翰林約此意撰詔’;《喝没斯馬價絹狀》云‘望約此意處分’;《振武以北事宜狀》云‘伏望約此意撰詔處分’;《請賜仲武詔狀》云‘望付翰林約此意撰詔’;《巡邊使劉濛狀》云‘望付翰林約此意各賜詔處分’。字均從約。”

## 請密詔塞上事宜狀〔一〕

一、據太原奏事官孫儔稱,昨來回鶻到横水柵殺戮軍人百姓,今抽在釋迦泊東,約西去可汗三百里。未知此回鶻是那頡特勤下〔二〕,爲復是可汗遣來。今且須以此回鶻爲罪人,云不受可汗指揮,擅自劫掠邊界。請密詔劉沔與仲武計會,先經略此賊。如可以討逐,事亦有名。摧此一支,可汗必自知懼。

一、比聞公主與可汗常別居帳幕,每見漢使,亦是別見。望密詔劉沔與忠順、守志,每有使去〔三〕,即令將密意,看方便説諭公主知。親廟子孫，只合死生爲國，常須作計自拔，歸投國家，不合與可汗同行，擾亂邊界。如萬一迎得公主，亦不得便令赴闕，須且留在邊上，制置回鶻。縱力不能及，只要假公主名號，制服蕃人。

一、又慮回鶻於山外安置老弱家口，將精兵逼近城栅，攪擾百姓。如有此事，即須堅壁清野，不得與戰。其小城堡兵力薄少不堪固守處，並望抽入大城，回鶻縱得小城[四]，亦無用處，即別選驍將，潛出兵掠其家口輜重。此最是制勝之術。

右，謹件如前。望各賜密詔，潛令以此爲意[五]。

會昌二年（八四二）八月七日至十五日間

## 箋　校

〔一〕《編證》收録本文。《通鑑》卷二四六載會昌二年三月"李德裕上言：'釋迦泊西距可汗帳三百里，未知此兵爲那頡所部，爲可汗遣來。宜且指此兵云不受可汗指揮，擅掠邊鄙，密詔劉沔、仲武先經略此兵。如可以討逐，事亦有名。摧此一支，可汗必自知懼。'"此中所述即爲本文之概要。然《編證》列舉七條理由，以爲本文非作於三月，而在八月七日《論回鶻事宜狀》後、十五日賜可汗及公主書前。按八月七日狀云："回鶻自到杷頭烽北，已是數旬。奏報寂然，更無侵軼。"可證岑説。故訂本文作時爲會昌二年八月七日至十五日間。

本文又載《叢刊》本、傅校本、《四庫》本李集卷一三、《全文》卷七〇四。

〔二〕那頡特勤下　諸本作"郍頡特下"，誤。《編證》注二曰："《考異》二一云：'蓋那頡特下脱勤字，即那頡啜也。'"是勤字宋時已脱，今據補。"

〔三〕陸氏以宋本校明本補“亦是別見望密詔劉沔與忠順守志每有使”
　　十七字，《全文》、《編證》同。《叢刊》本、傅校本、《四庫》本俱奪此
　　十七字。《編證》注三曰：“《考異》引此狀，有忠順名，而明本無之，
　　則其爲奪文無疑也。”

〔四〕縱得小城　原作“從得小城”，《叢刊》本同。“從”字誤，據陸氏校
　　勘、《四庫》本、傅校本、《全文》改。

〔五〕潛令以此爲意　原作“潛令以此爲意請賜”，《叢刊》本、傅校本同。
　　“請賜”二字乃下篇題目之頭二字誤入本文之結尾。今據《四庫》
　　本、《全文》、《編證》刪。《編證》注曰：“明本此下誤接下篇目‘請
　　賜’二字。”

### 請賜回鶻嗢没斯等物狀〔一〕

　　右，比者只待張賈使回，今到已數日，須早發遣。緣回鶻已入
邊界，未測多少，天德兵力寡少，須務懷柔。伏以自古禦戎，祇有
二道：一是厚加撫慰，二是以力驅除。此事利害較然，前古皆有明
效。漢宣帝厚撫呼韓，大享其利〔二〕，邊境六十年無事；漢武力制
匈奴，海内疲弊，生人減半。今嗢没斯若不稍加恩意，令盡歡心，
須至以力驅除，必恐永爲邊患；假使其衆殘破，摧伏不難，亦須先
加以恩，不令疑貳。古人云：“將欲取之，必固與之。”正謂此也。
臣等商量，縱不與糧食接借，其賜物不可太薄。若止於祇賜特勤
宰相，實恐發遣未得。須是稍令優厚，於朝廷若無費損，可以保
全。朝野群情，皆望如此。伏希聖慈，特賜察納。

會昌元年(八四一)閏九月

## 箋　校

〔一〕《編證》收録本文,並謂:"明本卷目祇作《請賜嗢没斯等物狀》,無
回鶻字。若篇目則誤接於上篇《請密詔塞上事宜狀》末句'潛令以
此爲意'之下,又誤狀爲詔。畿本作《請賜回鶻嗢没斯等物詔狀》,
詔字亦衍(箋者按:清編《全唐文》同此有誤)。八月廿四日,《論田
牟事狀》云:'待張賈使回,足知情實。'則賈之出發,應在廿四日
前。此狀云:'今到已數日。'又全詔未言及烏介所在,祇論嗢没斯
等早歸本國。合而推之,蓋即《伐叛記》閏九月降使賜米二萬石一
事也。"按岑氏説可信,今訂本文作時爲會昌元年閏九月。

本文又載《叢刊》本、傅校本、《四庫》本李集卷一三、《全文》卷七
〇一。

〔二〕大享其利　《全文》作"代享其利"。

## 請於太原添兵備狀[一]

右,緣嗢没斯等本國殘破,未有所歸,逗留塞上,今已歲周。
雖近有恩賜,喻其歸還,然本蕃未寧,時屬寒沍,馬畜羸乏,必難首
途。回鶻和好多年,忠效久著,雖在邊境之内,計無侵軼之虞。臣
等所慮,吐蕃變詐多端,不可測度。或謂朝廷方備北虜,未暇西
防,或云嗢没斯招米點汗回鶻,乘此機勢,謀陷豐州。緣元和十三
年已曾此來,不可無備。太原兵額雖存,皆被軍將放却散諸處,緩
急點集至難。臣等商量,請發陳許步軍三千人,鄭滑步軍三千人,
令至太原屯集。如北邊有警[二],則大同軍正當賊路,足應事機;
如河西有虞,便令取嵐石路過河[三],至亦近便。況兩道人心忠
義,徵發不難,祇如一年防秋,無所損費。臣等詢於物議,皆願有

此提防。伏惟聖明，特賜允納。

會昌元年（八四一）十月

## 箋　校

〔一〕《編證》收録本文，並謂："此狀尚未提及烏介，而又云近有恩賜，則
　　　應上於閏九月之後，十一月之前。"其説是。文中有云"時屬寒
　　　冱"。北方邊塞十月寒冷凍結，氣候正合。故訂本文作時爲會昌元
　　　年十月。
　　　本文又載《叢刊》本、傅校本、《四庫》本李集卷一三、《全文》卷七
　　　〇三。
〔二〕北邊有警　原作"此邊有驚"，《叢刊》本、傅校本同。"此"字誤，據
　　　《四庫》本、《全文》、《編證》改。"驚"字誤，據《四庫》本、《全
　　　文》改。
〔三〕嵐石路　《編證》注曰："嵐石者，嵐州、石州也，均屬河東道。"

# 請遣使訪問太和公主狀〔一〕

　　右，伏以元和中，回鶻累請和親，憲宗不許。至長慶初，穆宗
以北虜代結姻好，中國無虞，邊境晏然，生人受福，所以割慈下嫁，
用示懷柔。今回鶻國已破亡，公主未知所在。若不遣使訪問，慰
其艱危，戎狄必謂國家降主虜庭〔二〕，本非愛惜，便懷輕易之意，永
無敬重之心。非止甚傷虜情，實亦負於公主。臣等商量，望令苗
稹將一二十輕騎〔三〕，齎詔書先至嗢没斯處，令其轉差人送入至公
主所在。若嗢没斯便受朝旨，固表恭順之心；若辭拒此行，足彰背
叛之跡。因此偵察，無所隱情。伏希聖旨，特賜省察。

會昌元年（八四一）十一月初

## 箋　校

〔一〕《通鑑》卷二四六載會昌元年“十一月，李德裕上言：‘今回鶻破亡，太和公主未知所在。若不遣使訪問，則戎狄必謂國家降主虜庭，本非愛惜；既負公主，又傷虜情。請遣通事舍人苗縝齎詔詣溫没斯，令轉達公主，兼可卜溫没斯逆順之情。’從之”。德裕之語即本文之大要。又《考異》曰：“按《實録》，十一月初猶未知公主所在，遣苗縝至嗢没斯處訪問。”故今訂本文作時爲會昌元年十一月初。

　　本文又載《叢刊》本、傅校本、《四庫》本李集卷一三、《全文》卷七〇三、《編證》。

〔二〕降主虜庭　原作“公主虜庭”，《叢刊》本、傅校本同。“公”字誤，據陸氏校勘、《通鑑》、《編證》、《全文》改。《四庫》本別作“降主北庭”。

〔三〕望令苗積將一二十輕騎　“輕騎”，原作“騎輕”，《叢刊》本、《四庫》本同倒誤。今據陸氏校勘、《全文》、《編證》改。“苗積”，本書卷一四《論回鶻石誡直狀》作“苗縝”，《通鑑》卷二四六作“苗縝”。

## 論幽州事宜狀[一]

　　右，臣等今月五日於紫宸，陛下訪問劉約事宜，令臣等亦與君賞一書，論以此意。臣等將謂君賞久在河朔，諳練戎機，遠授規模，必副聖意。君賞只合自出己意，潛道款誠，事從乖張，泯然無跡。豈有將朝廷密旨，顯示亂軍，激其悖心，致此章表？兼見君賞與張絳手疏，詞甚卑遜，非惟失將帥之體，實亦失忠藎之誠。近者何重順未得節制，初遣茂復諭旨，又遣執方致書。臣等兩度令元褰申意，料重順豈不知是朝廷密諭？然竟無大將軍表，終守恭順之詞，所以授之有名，不紊朝典。幽州一方，自朱克融留連中使，不受賜衣，繼以楊志誠累遣將吏上表，邀求官爵，自此悖慢之氣，與鎮、魏不同。今若便與留務〔二〕，實爲朝廷之耻。伏望且逗留旬月，更候事宜。克恭僆回日，伏望不賜詔書，庶全事體。

會昌元年（八四一）閏九月

## 箋　校

〔一〕《通鑑》卷二四六載會昌元年閏九月“盧龍軍復亂，殺陳行泰。……初，陳行泰逐史元忠，遣監軍僆以軍中大將表來求節鉞。李德裕曰：‘河朔事勢，臣所熟諳。比來朝廷遣使賜詔常太速，故軍情遂固。若置之數月不問，必自生變。今請留監軍僆，勿遣使以觀之。’”此處李德裕所言即本文之概要。故訂本文作時爲會昌元年閏九月。

本文又載《叢刊》本、傅校本、《四庫》本李集卷一三、《全文》卷七〇三。

〔二〕今若便與留務　原作“今若便與□□”，《叢刊》本、《全文》同。按缺二字。今據陸氏校勘、傅校本補。《四庫》本作“書諭”二字，當爲臆補。

## 請令苻澈與幽州大將書〔一〕

右，訪聞張仲武是幽州大將張朝先之子〔二〕，沉勇有謀。陛下縱欲加恩，亦須且挫其氣。又幽州旬月之内，移易三人，因此翻覆多端，亦要令其知愧。臣等商量，且望令苻澈與大將已下一書，觀其報答詞理，足以知其情。出鄰道節將，於國體無虧。其書白謹同封進。

會昌元年（八四一）十月

〔一〕郁賢皓《唐刺史考》河東道太原府載“苻澈，開成五年至會昌二年
　　　爲河東節度使、太原尹”。河東於幽州爲鄰道。《通鑑》卷二四六
　　　載會昌元年“冬，十月，仲舒至京師。詔宰相間狀，仲舒言：‘行泰、
　　　絳皆遊客，故人心不附。仲武幽州舊將，性忠義，通書，習戎事，人
　　　心嚮之。’”本文“訪聞張仲武是幽州大將張朝先之子”云云，與《通
　　　鑑》所載李德裕詢訪幽州軍吏吳仲舒事相合，故訂本文作時爲會昌
　　　元年十月。

　　　本文又載《叢刊》本、傅校本、《四庫》本李集卷一三、《全文》卷七
　　　〇五。

　　　本文標題中“苻澈”，諸本均誤作“符澈”，據史實改正。

〔二〕張朝先之子　上引《通鑑》“仲武幽州舊將”一語下，注云：“仲武，
　　　范陽舊將張光朝之子。”又，《新書》卷二一二《張仲武傳》云：“仲
　　　武，舊將張光朝子。”似以“張光朝之子”爲是。

## 條疏太原以北邊備事宜狀[一]

　　一、雲州之北，並是散地，備禦之要，繫杷頭烽[二]。今苻澈雖
修繕已畢[三]，杷頭烽內並未添兵鎮守，事同虛設，恐不應機。未
廢杷頭烽以前，杷頭烽內舊有軍鎮數處；自廢杷頭烽後[四]，併合
抽却。望令巡邊使速與苻澈計會，却抽舊兵，依前制置。如舊兵
已少，即與太原城下及閑處抽兵，其與山東連接處及西北鎮兵，不
在抽限。如更要築堡城，亦委逐便制置。

　　一、三受降城相去四百里，自置天德軍及振武節度，其東受降
城、中受降城[五]，並在腹內，都無大段兵馬鎮守。就中中受降城

不過三五十人，古城摧斷，都不修築。今虜衆在陰山之北，山中盡有過路，若突出山南，便入二城，即天德、振武當時隔斷。其中受降城本是突厥拂雲祠〔六〕，最是要地。今天德人力不及，望令太原、振武共出三千人，速與修築，便令鎮守，即天德形勢自壯，虜騎不敢窺邊。

一、東受降城緣是近年新築，城内無水，城外取金河水充飲，又於城西門掘一二十井，若被圍守，即須困蹙。今築月城，護取井水。其張仁願舊城，頗當要害。張惟清錯奏，恐黃河侵壞，先賢制置，皆有神靈保持，廢來二十年，基址依舊，園蔬樹木，至今盡在，隔河便是勝州，相去數里。望委巡邊使與劉沔計會，如何却復舊城，至爲穩便。

以前件，臣等伏以回鶻在邊，切須有備，邊備既壯，制置不難。訪問利害，大約如此〔七〕。其要切須得使臣專往〔八〕，自驗機宜，謹具條疏如前。其間條疏不盡者，望委巡邊使與所在節度使商量聞奏。謹具如前〔九〕。

會昌二年（八四二）二月

## 箋　校

〔一〕《通鑑》卷二四六載會昌二年二月“河東節度使苻澈修杷頭烽舊戍以備回鶻。李德裕奏請增兵鎮守，及脩東、中二受降城以壯天德形勢。從之”。此處所述與本文相合，故訂本文作時爲會昌二年二月。本文篇目原作“條疏太原已北邊備事宜”，奪“狀”字。據卷目補。卷目題下注：“天德狀附。”諸本均將本文與下文《條疏應接天德討逐回鶻事宜狀》誤混作一文，文末注明：“會昌二年四月十八日。”岑仲勉《編證》收錄本文，並指出諸本之誤，其曰：“《天德狀》原注上於二年四月十八日,考劉沔以三月廿□日授河東節度使(據《沔碑》),代苻澈(據《舊紀》),事隔兩旬,當就新任,而本狀尚令巡邊使與苻澈計會太原邊備,其不然者一。本狀又令巡邊使與沔計會勝州邊備,是沔尚在振武麟勝之任,其不然者二。《沔碑》云:'會昌二年春,迴紇大入寇,□太原振武北界,詔兵部郎中李拭經略器備城戍,且觀節將之能否。使還實辭,唯公可委。'知沔除河東,在拭還京後,狀稱巡邊使者,拭也。拭以二年正月巡邊(《考異》二一引《實録》),然則此狀當上於正月拭出巡之後,及三月中旬拭還京之前矣。"按岑氏所考精細,現參《通鑑》所載,訂本文作於二月。

本文又載《叢刊》本、傅校本、《四庫》本李集卷一三、《全文》卷七〇五。

〔二〕杷頭烽　原作"把頭烽"。據《通鑑》卷二四六《考異》引《會昌一品集》之《論討襲回鶻狀》、《論回鶻事宜狀》、《請發陳許等兵狀》改。全書各處同。

〔三〕苻澈　諸本均誤作"符澈",據史實改。

〔四〕杷頭烽內……杷頭烽後　陸氏以宋本補明本凡十二字:"內舊有軍鎮數處自廢杷頭烽。"此條亦載陸氏《儀顧堂題跋》。《全文》已補。《叢刊》本、傅校本、《四庫》本俱奪此十二字。

〔五〕中受降城　諸本於"中"字下俱奪"受降城"三字。《編證》本篇編竣覆勘曰:"'其東受降城中並在腹內'句,'中'字下應奪'受降城'三字,若果衹舉東受降城一處,'中'字固屬費解。"本文注一引《通鑑》"脩東、中二受降城以壯天德形勢",可證岑説之正確。

〔六〕拂雲祠　原作"拂雲詞",《叢刊》本同。按"詞"字誤。今據傅校本、《四庫》本、《全文》、《編證》改。

〔七〕大約如此　此句下原作"其□□",以下別提行爲一條,文理不通,

《叢刊》本同此致誤。今據陸氏校勘、傅校本、《編證》、《四庫》本改正。《全文》此句下刪“其”字、別提行爲一條,亦誤。

〔八〕其要切須得使臣專往　原作“一要切須得使臣專往”,別提行爲一條,《叢刊》本、《全文》同此致誤。今據陸氏校勘、《四庫》本、傅校本、《編證》改。

〔九〕謹具如前　諸本此句下均誤接下篇篇目,誤合兩狀爲一狀。今據《編證》改正。

## 條疏應接天德討逐回鶻事宜狀〔一〕

一、請速降中使,齎敕至雲朔、天德已來,宣諭生熟退渾及党項諸部落等,待天德交鋒後,任隨便出軍討逐。如得羊馬錢物奴婢等,任便本主自收〔二〕,官中更不尋問。仍據煞戮回鶻多少,別議優賞。

一、自古出師,皆有副貳,以防主將有故,便須得人。石雄驍勇善戰,當今無敵。望授天德軍都防禦副使、兼馬步都知兵馬使,助田牟攻討,仍勒乘遞赴天德軍。

一、回鶻藥羅葛元政馬價絹,望且勒留在振武,令中使與忠順同檢點收管。如田牟已用兵,其藥羅葛元政便望委忠順收錄。如請歸降,仍作般次送付太原。除首領外,委劉沔且散配儀、沁、嵐、石等州去塞遠處安置,並官給糧食。如不肯降,即須收係,待後處分。其趙進用等,亦望詔劉沔收管。其首領於公館安置,長行等散配諸處。

一、田牟都似不曉兵機。奏狀已出三千人拒回鶻,計其兵數,必是全軍盡出。忽有不利,城內豈免空虛? 馬上馳突,是戎虜所長,攻城圍守,戎虜所短。田牟祇合堅守城壘,以俟救兵。望速詔田牟,輒不得出兵野戰,待諸處兵至,方可逐便討除。

一、回鶻馬軍,難於支敵,依林守險,須用勁弩。望於浙西取弩手四百人,宣州取弩手三百人[三],令取河曲路赴天德。如所在逢回鶻,便令把隘,及依叢林射馬。河曲路與天德直對,兼經歷鹽、夏等州所在要處,便堪應急。到天德後,權取田牟指揮。

一、嗢没斯誠款雖未知真僞,然早要別加官爵,縱使不誠,亦是反間。且要獎其忠義,爲討伐之名,令遠近諸蕃知朝廷祇是責可汗犯順,非是要滅回鶻。

一、回鶻既乏糧食,又累年勞苦,人心易動,必可招降。望且遣田牟速招,降者許以優賞。如有降虜,旋給糧食,遞過太原,兼曉諭令於太原取優賞[四],不得留在天德。兼並闕[五]。

以前,臣等商量,若待天德奏到,已恐不及事機。望付翰林各撰密詔,令中使向前審詳事勢。如已接戰,便須準此處分。如蒙允許,其石雄便須今日降敕。未審可否[六]?會昌二年四月十八日,緣田牟不待朝旨已出兵拒可汗下兵馬,故有此處分。

會昌二年(八四二)四月十八日

## 箋　校

〔一〕《通鑑》卷二四六載會昌二年四月"庚辰,天德都防禦使田牟奏:'回鶻侵擾不已。不俟朝旨,已出兵三千拒之。'壬午,李德裕奏:'田牟殊不知兵。戎狄長於野戰,短於攻城。牟但應堅守以待諸道兵集,今全軍出戰,萬一失利,城中空虛,何以自固?望亟遣中使止之。……'"此中所述與本文相合。本月庚辰爲十六日,壬午爲十八日,與文末之注亦合。故訂本文作時爲會昌二年四月十八日。

本文篇題,諸本均誤接於《條疏太原以北邊備事宜狀》文末之下,
詳該篇箋校;又均奪"宜狀"二字。今據《編證》正補。

本文又載《叢刊》本、傅校本、《四庫》本李集卷一三、《全文》卷七○
五,《編證》。

〔二〕本主 原作"本王",《叢刊》本、傅校本同。按"王"字誤。今據陸
氏校勘、《四庫》本、《全文》、《編證》改。

〔三〕望於浙西取弩手四百人宣州取弩手三百人 此處原奪"取弩手四
百人宣州"八字,《叢刊》本、《四庫》本、傅校本同。今據陸氏校勘、
《全文》、《編證》補。

〔四〕兼曉諭令於太原 諸本均奪此七字,今據陸氏校勘補。

〔五〕兼(並闕) 諸本"兼"字下皆有闕奪。

〔六〕未審可否 原作"未審",《叢刊》本、傅校本、《四庫》本、《編證》
同。今據《全文》補。

## 論喝没斯特勤等狀[一]

右,自回鶻近邊,人情疑恐,聖德所感,威懷克宣。果得喝没斯
望闕歸心,率徒效命,必在優賞,昭示四方,使戎狄遠聞,皆感恩信。
望降中使,宣慰喝没斯特勤及王子等,並多攬將軍共七人,望各内賜
錦綵銀器。其喝没斯下兵馬,望賜米五千石,度支給絹三千疋,以戶
部物充,度支速差綱般送。仍許不分散部落,待委知事情,續議制
置[二]。如蒙允許,望付翰林賜詔書處分會昌二年五月四日[三]。

會昌二年(八四二)五月四日

## 箋 校

〔一〕岑仲勉《編證》收録本文,並謂:"畿、明兩本,此狀均缺日期。《考

異》二一云:‘《一品集·嗢没斯特勤等狀》,五月四日上。’是宋時見本尚未闕也。”今驗之䤵宋樓本陸氏校勘所補年月日與岑氏所考悉符,故訂本文作時爲會昌二年五月四日。

本文又載《叢刊》本、傅校本、《四庫》本李集卷一三、《全文》卷七〇四。

〔二〕待委知事情續議制置　諸本此句均奪“置”字,今據陸氏校勘補。

〔三〕如蒙允許望付翰林賜詔書處分(會昌二年五月四日)　諸本均奪此句及句下注文,今據陸氏校勘補。

## 論嗢没斯下將士二千六百一十八人賜號狀〔一〕

右,嗢没斯下將士,既與衣糧,又加冠帶,賜其軍號,實壯邊聲,撫循其人,莫切於此。臣等商量,望賜號歸義軍,仍望翰林賜敕書,宣示嗢没斯下歸義軍將士等。其嗢没斯望且令兼充歸義軍使。如蒙允許,便添入加工部尚書制宣行,仍與中書門下敕牒。會昌二年六月二十一日。

會昌二年(八四二)六月二十一日

## 箋　校

〔一〕本文文末注明年月日。《通鑑》卷二四六會昌二年載“嗢没斯入朝。六月,甲申,以嗢没斯所部爲歸義軍,以嗢没斯爲左金吾大將軍,充軍使”。此處所載與本文合。本月甲申正當二十一日,故訂本文作時爲會昌二年六月二十一日。

本文又載《叢刊》本、傅校本、《四庫》本李集卷一三、《全文》卷七〇四。

岑仲勉《編證》收錄本文,並謂:“明本篇目奪‘賜號狀’三字。”今按嘉靖本、《叢刊》本、傅校本、《四庫》本俱奪此三字,今據《全文》、

《編證》補。

## 論天德軍捉到回鶻生口等狀[一]

右,臣等見今日天德軍奏事官王可度云:"每有回鶻投降,及近城來捉得十人五人[二]。緣不敢留在軍城,問得事情後,便皆處置。"伏以回鶻窮困,情亦可憐,屢有殺傷,恐傷仁化。望付翰林賜田牟、仲武詔,前後更有此類,便遞送太原,令配在諸州安置,稍爲允愜。未審[三]。會昌二年三月四日。

會昌二年(八四二)三月四日

**箋 校**

〔一〕按文末所注,本文作時當在會昌二年三月四日。

本文又載《叢刊》本、傅校本、《四庫》本李集卷一三,《全文》卷七〇四。

〔二〕及近城來捉得十人五人 諸本此句均奪"近"字。今據陸氏校勘補。

〔三〕未審 《全文》作"未審可否"。《編證》注曰:"凡明本狀末着'未審'二字者,畿本均加'可否'二字於其下,明本亦或有之,但無'可否'者居多。"録此以供參考。又,岑氏所據之畿本大率承《全文》而爲之者。

## 請賜嗢没斯槍旗狀[一]

右,嗢没斯既加軍號,甚壯邊城,錫以牙旗,尤彰寵異。臣等商量,望依神策諸城鎮使例,賜以旗兩口,豹尾兩對,器仗并刀一副,令中使押領宣賜。如以中使行速,齎持稍難,其槍旗令於太原節度使下揀新好者充賜,亦稍穩便[二]。謹録奏聞,伏聽敕旨[三]。

會昌二年六月二十二日。

會昌二年(八四二)六月二十二日

## 箋　校

〔一〕岑仲勉《編證》收錄本文，並謂："二十一日上狀請賜軍號，此狀云
'既加軍號'，當是後一日所上。"本文文末注曰"會昌二年六月二
十二日"，作時當明確可信。

本文又載《叢刊》本、傅校本、《四庫》本李集卷一三、《全文》卷七
〇五。

本文篇題"槍旗"，原作"搶旗"，《叢刊》本、傅校本同。按"搶"字
誤。今據《四庫》本、《全文》、《編證》改。

〔二〕亦稍穩便　諸本此句奪"稍"字，據陸氏校勘補。

〔三〕伏聽敕旨　諸本奪此句，今據陸氏校勘補。

## 論嗢没斯家口等狀[一]

右，嗢没斯既加軍號，請留家口在太原安置，與諸弟等苦處先
登者。臣等商量，嗢没斯赤誠向闕，極力捍邊，請遣宗族，盡歸内
地，非惟絶其顧望，足以堅彼闕心。望詔劉沔、義忠，於雲朔等州，
揀一空閑城壘，兼與隨事造土屋。其嗢没斯及愛耶勿宰相等家口
等，即與別造壯净屋宇安置。其應歸漢家口等，大口每月給米三
斗，小口給二斗[二]，充糧食，委度支供軍使逐月支給。仍委劉沔
差漢兵勾當防援，不得令側近部落侵擾。

會昌二年(八四二)七月

## 箋　校

〔一〕岑仲勉《編證》收錄本文，並謂："右狀無月日，但既得朝旨加軍號

而請留家口,則約是七月所上也。"今按《通鑑》卷二四六載"會昌
二年七月,嗢没斯請置家太原,與諸弟竭力扞邊。詔劉沔存撫其
家。"所述與本文相合,岑氏説可從,故訂本文作時爲會昌二年
七月。

本文又載《叢刊》本、傅校本、《四庫》本李集卷一三、《全文》卷七
〇五。

〔二〕小口給二斟　諸本無此句,據陸氏校勘補。

## 論太原及振武軍鎮及退渾党項等
## 部落互市牛馬駱駝等狀<sup>〔一〕</sup>

右,緣回鶻新得馬價絹,訪聞塞上軍人及諸蕃部落,苟利貨
財,不惜駝馬。必恐競爲互市<sup>〔二〕</sup>,招誘外蕃,豈惟資助虜兵,實亦
減耗邊備。望詔劉沔、忠順、義忠、守志等切加鈐鍵,如有違犯,並
按軍令,馬及互市物並納官。如有人糾告,便以所得物充賞。

會昌二年(八四二)七月末

篋　校

〔一〕岑仲勉《編證》收録本文,並謂:"此狀無日月。按:七月十九日狀
《奉宣嗢没斯請落下馬價絹便賜與可汗穩便否奏來者》,是此分馬
價絹,賜與不賜,尚在酌量,故狀有望賜可汗書其嗢没斯已下本分
馬價絹便賜可汗之奏請。使絹已交給,唐朝君臣,何必議而後
行。……余謂給馬價應在十九日後,本狀又更在其後也。"今從其
説,訂本文作時爲會昌二年七月下旬。

本文又載《叢刊》本、傅校本、《四庫》本李集卷一三、《全文》卷七
〇五。

本文標題"互市"，原作"牙市"，《叢刊》本、傅校本、《四庫》本同。《編證》曰："唐人常寫互作牙(如《于考顯碑》牙施十計，見《關中金石存逸考》一)，因訛爲牙，昔人所謂訛互郎爲牙郎者是也。"據改。

〔二〕必恐兢爲互市　諸本作"必恐充爲互市"，"充"字誤。今據陸氏校勘改。

## 奉宣嗢没斯所請落下馬價絹
## 便賜與可汗穩便否奏來者狀<sup>〔一〕</sup>

右，臣等商量，賜可汗甚全國體。望付翰林賜可汗書旨言<sup>〔二〕</sup>：得嗢没斯表稱，在本國之時各有本分馬<sup>〔三〕</sup>，其馬價絹並合落下<sup>〔四〕</sup>，請充進奉。以可汗本國破殘<sup>〔五〕</sup>，久在邊陲，此已量與嗢没斯優賞<sup>〔六〕</sup>，其嗢没斯已下本分馬價絹<sup>〔七〕</sup>，便賜可汗。兼望賜嗢没斯詔，獎其忠藎。緣卿率衆歸國，若又落下馬價絹，恐可汗與卿結怨轉深，事體之間，亦慮非便。以卿等所請奏進奉馬價絹回賜可汗，所冀部落早退，令卿等必保安謐。望約此意處分，實爲允愜。會昌二年七月十九日。

會昌二年(八四二)七月十九日

## 箋　校

〔一〕岑仲勉《編證》收録本文，並謂："明本卷目無者字，篇目奪狀字。"據此補"狀"字。《通鑑考異》卷二一"又七月十九日狀"云云，即爲本文之節要，年月日與本文文末之注相符。故訂本文作時爲會昌二年七月十九日。

本文又載《叢刊》本、傅校本、《四庫》本李集卷一三、《全文》卷七〇五。

〔二〕賜可汗書旨言　諸本作“賜可汗書”，奪“旨言”二字。今據陸氏校勘補。

〔三〕在本國之時各有本分馬　原作“在本分馬”，奪“國之時各有本”六字，《叢刊》本、《四庫》本、《全文》同。今據陸氏校勘、《考異》、《編證》補。

〔四〕其馬價絹並合落下　原作“價絹並合落下”，《叢刊》本、《四庫》本、《全文》同。按此當奪二字。今據《考異》、《編證》補“其馬”二字。

〔五〕破殘　《考異》引文作“殘破”。

〔六〕此已量與嘔没斯優賞　原作“此已量與嘔没斯”，《叢刊》本、傅校本、《四庫》本、《全文》同。按此奪二字。今據陸氏校勘、《考異》、《編證》補“優賞”二字。

〔七〕其嘔没斯已下本分馬價絹　原作“已下本分馬價絹”，《叢刊》本、傅校本、《四庫》本、《全文》同。按此奪四字。今據陸氏校勘、《考異》、《編證》補“其嘔没斯”四字。

# 文集卷第十四

## 論用兵二

### 論回鶻事宜狀[一]

右,臣等累日精慮[二],回鶻自到杷頭烽北,已是數日[三],奏報寂然,更無侵軼[四]。察其情狀,祇與在天德[五]、振武界首不殊。前日尚書丞郎鄭肅等皆見臣等懇説,且欲曲全恩信,告諭丁寧,縱要驅除,祇可出於邊將,常令曲在於彼,未要便與交鋒。望更詔劉沔,令遣使邀約,若事非獲已,驅逐不遲。恐劉沔撰書叙朝廷意不盡,望付翰林賜劉沔書白。臣等今月一日所商量遣石雄斫營事,今且駐[六],更審候事勢。仍望兼賜遂泰詔處分[七]。會昌二年八月七日[八]。

會昌二年(八四二)八月七日

# 箋　校

〔一〕岑仲勉《編證》收録本文。本文文末原注“會昌二年八月十七日”，此與《考異》所記日期不同。《編證》曰：“此狀上於八月七日。《實錄》：‘八月壬戌朔，李德裕奏請遣石雄斫營取公主、擒可汗。戊辰，又奏斫營事令且住。’戊辰即八月七日，幾、明兩本均作八月十七日，衍‘十’字。”今從其説，訂本文作時爲會昌二年八月七日。

本文又載《叢刊》本、傅校本、《四庫》本李集卷一四、《全文》卷七〇五。《通鑑考異》卷二一引八月七日《論回鶻事宜狀》云云，即爲本文之概要。

〔二〕累日精慮　原作“累自精慮”，《叢刊》本、傅校本、《四庫》本同。“自”字誤，今據陸氏校勘、《全文》、《編證》改。

〔三〕已是數日　諸本同。《考異》引文作“已是數旬”，《編證》同此，並云：“緣回鶻漸逼杷頭烽，則其事早在八月前，且太原奏報往來，已須數日，若云到杷頭烽數日，是剛聞於朝廷，未得謂奏報寂然也，作旬爲長。”

〔四〕更無侵軼　原作“更無侵輪”，《叢刊》本同。按“輪”字誤。今據陸氏校勘、《考異》、傅校本、《四庫》本、《全文》、《編證》改。

〔五〕祇與在天德　原作“祇與天德”，《叢刊》本、《四庫》本、傅校本、《全文》同。按此奪一字。今據陸氏校勘、《考異》、《編證》補。

〔六〕今且駐　《考異》、《編證》作“望且令住”。《編證》注曰：“朔日既奏遣石雄斫營，則必已有旨處分，今擬緩行，須再下詔，作‘令’爲長，作‘今’則於事體不貫也。兹從《考異》。駐、住，通用字。”

〔七〕仍望兼賜遂泰詔處分　原作“仍望兼賜遂泰詔處”，《叢刊》本、傅校本、《四庫》本同。按奪一字。今據陸氏校勘、《全文》、《編證》補。

〔八〕會昌二年八月七日　原作“會昌二年八月十七日”，《叢刊》本同。

按“十”字衍，今據《考異》、《編證》訂正，詳注〔一〕。《四庫》本、《全文》無注。

## 請發陳許徐汝襄陽等兵狀<sup>〔一〕</sup>

右，臣等昨日已於延英面奏，請太原、振武、天德各加兵備，向後不更往來救援。伏蒙聖恩許臣等以進狀，請更徵發陳、許、徐、汝、襄陽等兵。今回鶻雖已抽退，康志亮稱退渾走捉嵐、石等州，臣等料其必歸靈夏。又河曲党項向與回鶻有讐<sup>〔二〕</sup>，至河冰合時，深慮可汗突出過河，兼與吐蕃連結，則爲患不細，深要防虞。其所徵諸道兵，恐不可停，須要及冰未合時前各到所在。謹再具聞奏<sup>〔三〕</sup>，未審<sup>〔四〕</sup>。會昌二年八月十日。

會昌二年（八四二）八月十日

## 箋　校

〔一〕岑仲勉《編證》收錄本文，其據《考異》所引《實錄》：“辛未，詔發陳、許、徐、汝、襄陽兵屯太原、振武、天德救援。”岑氏注曰：“辛未即十日，與《集》符。”故訂本文作時爲會昌二年八月十日。

本文又載《叢刊》本、傅校本、《四庫》本李集卷一四、《全文》卷七〇五。《考異》卷二一引《一品集》八月十日《請發陳許等兵狀》云云，即爲本文之概要。

〔二〕向與回鶻有讐　原作“回與回鶻有讐”，《叢刊》本同。按上“回”字誤。今據陸氏校勘、《四庫》本、《全文》、《編證》改。傅校本作“與回鶻有讐”。

〔三〕謹再具聞奏　原作“謹突具聞奏”，《叢刊》本同。按“突”字誤。今據陸氏校勘改。《四庫》本、《全文》、《編證》作"謹特具聞奏"。
《編證》注曰:"特,明本誤突。"

〔四〕未審　《全文》作"未審可否"。

## 論回鶻石誡直狀〔一〕

右,自兩日來,臣等竊聞外議云,石誡直久在京城,事無巨細,靡不諳悉。昨緣收入鴻臚,懼朝廷處置,因求奉使〔二〕,意在脫身。又云,石誡直先有兩男逃走,必是已入回鶻。料其此去,豈肯盡心〔三〕?臣等伏以自可汗在邊,已使苗縝〔四〕、王會、楊觀三度告諭,又曾領常照、安魯卿同往,逗留塞上,終不悛心。石誡直是一卑微首領,豈能有所感悟〔五〕?況自今夏已來,兩度點檢摩尼回鶻,又寵待喁没斯至厚,恐誡直之徒,必懷疑怨,此去豈止於無益,實慮生奸。伏望速詔劉沔所在勒回,實爲允愜。仍望兼賜崔巨玄詔。會昌二年八月十八日。

會昌二年(八四二)八月十八日

## 箋　校

〔一〕岑仲勉《編證》收録本文。又,《考異》卷二一引《一品集》八月十八日狀云云,即爲本文之節要,年月日與本文文末所注相合,故訂本文作時爲會昌二年八月十八日。

　　本文又載《叢刊》本、傅校本、《四庫》本李集卷一四、《全文》卷七〇五。

〔二〕因求奉使　原作"内求奉使",《叢刊》本、《四庫》本、傅校本、《全文》同。按"内"字誤。今據《考異》所引文改,《編證》同。

〔三〕豈肯盡心　原作"豈其肯盡心",《叢刊》本同。按"其"字衍。傅校本作“豈具肯盡心”，“具”字亦衍。今據《考異》所引文、《四庫》本、《全文》、《編證》删。

〔 四 〕苗縝　本書卷一三《請遣使訪問太和公主狀》作“苗積”，《通鑑》卷二四六作“苗縝”。

〔 五 〕有所感悟　原作“有所感癙”，《叢刊》本、傅校本同。按“癙”字誤。據《編證》改。《編證》注曰：“明本誤癙。按：癙可通悟，但作癙則意義迥異矣。”按此字，《四庫》本、《全文》作“癙”，可通“悟”。

# 論振武以北事宜狀<sup>〔一〕</sup>

右，緣回鶻牙帳漸移向東，去振武疆界稍近，今以草青馬壯，深慮有意窺邊。望令劉沔於雲伽關及邊界要害添兵，嚴加警備。先令鄭許、陳滑兩道兵馬於代州就糧。今緣杷頭烽北一川皆是散地，若回鶻萬一馳突，更無重兵備禦，則退渾部落，先被破傷，太原北境，不免搔擾。望付翰林賜劉沔詔，令酌量事機，審探回鶻情僞，更於杷頭烽北添置兵否<sup>〔二〕</sup>，令速詳利害聞奏。如蒙允許，伏望約此意撰詔處分。未審。會昌二年十月十日。

會昌二年（八四二）八月下旬

箋　校

〔 一 〕岑仲勉《編證》收録本文。本文文末原注日期爲會昌二年十月十日，《編證》則以爲“但狀有云：‘今以草青馬壯，深慮有意窺邊。’十月乃塞草黄落之時，十月字必誤，殆無疑義。狀又言鄭許、陳滑兩道兵馬於代州就糧。按：陳許等兵，是八月十日詔發，則此狀之上亦不能在八月十日以前可知，合諸《一品集》卷十四編次推之，余謂本狀當上於八月十八日之後（即《石誡直狀》後），八月二十七日之前也(即《驅逐回鶻事宜狀》)。故附於此"。今從其說,訂本文作時爲會昌二年八月下旬。

本文又載《叢刊》本、傅校本、《四庫》本李集卷一四、《全文》卷七〇五。

〔二〕添置兵否　諸本奪"兵否"二字,今據陸氏校勘補。

## 奏回鶻事宜狀[一]

右,臣等見楊觀説,緣回鶻赤心下兵馬多散在山北,恐與奚、契丹、室韋同邀截可汗,所以未敢遠去。今因華封輿迴[二],望賜仲武詔,令差明辨識事宜軍將,至奚、契丹等部落,諭以朝旨。緣回鶻曾有忠效[三],又因殘破,歸附國家。朝廷事體,須有存恤。令奚、契丹等與其同力,討除赤心下散卒,遣可汗漸出漢界,免有滯留。如蒙允許,望付翰林約此意撰詔,兼詔克恭[四]。未審。

會昌二年(八四二)四月

**箋　校**

〔一〕本文始見於皕宋樓本,陸心源將本文鈔於李集卷一四,並注曰:"此文在《論振武以北事宜狀》後。嘉靖、萬曆兩本皆缺,今據影宋本補。"陸心源《唐文拾遺》收錄本文,《叢刊》本李集補遺又據《唐文拾遺》錄補。

岑仲勉《編證》收錄本文,並謂:"《考異》二一云:'此狀雖無月日,約須在楊觀自回鶻還,赤心死,那頡啜未敗前也。'按:《賜回鶻可汗書意》云:'楊觀至,覽表欲求糧食牛羊,……嗢没斯……今已特許歸降,止於存其種族,必不別有任使,授以腹心。'是楊觀之回,應在嗢没斯未授官爵之前。嗢没斯殺赤心,余疑爲四月初事,則此狀

236　　李德裕文集校箋

當上於四月也。"今從其説,訂本文作時爲會昌二年四月。

本文又見於《考異》卷二一。其中所録雖爲節要,可參校。

〔二〕華封輿迴　原作"華封迴輿",《唐文拾遺》、《叢刊》本李集補遺同倒誤。《編證》曰:"此是華封輿迴之誤,華封輿爲張仲武判官名,見《會昌集》一八。"

〔三〕緣回鶻曾有忠效　《考異》所引文同。《唐文拾遺》、《叢刊》本李集補遺此句奪"有"字。

〔四〕克恭　《編證》曰:"名亦見《會昌集》一三《論幽州事宜狀》内,殆是中使監幽州軍者。"

# 要條疏邊上事宜狀〔一〕

一、回鶻猶在雲州,頗擾邊境。據二州蹤跡,必無深遠之謀。所慮邊上奸人,走投回鶻,爲其設計,令在雲、朔等州斷天德、振武驛路〔二〕,切須有備,防患未萌。望速令度支差使於河西路,潛爲准擬。

一、元和八年,回鶻回邊磧南支,取柳谷路打吐蕃,天德防禦使周懷義奏到〔三〕,朝廷未測其故,人情無不憂恐。臣德裕先臣奏〔四〕,請自夏州至天德復置廢館十一所,以通急驛;又請發夏州兵士五百人,於故經略軍應接驛路,兼護党項。臣等未知此路舊館,今已廢毀,爲復猶有存者?望賜忠順詔〔五〕,於此路量事再修舊館,以通天德奏事疾路〔六〕。

一、訪聞麟、勝兩州中間,地名富谷,人至殷繁,蓋藏甚實。望令度支揀幹事有才人充和糴使,及秋收就此和糴,於所在貯蓄。且以和糴爲名,兼令與節度使潛計會設備。如萬一振武不通,便改充天德軍運糧使。勝州隔河去東受降城十里，自東受降城至振武一百三十里。此路有糧，東可以壯振武，西可以救天德。所冀先事布置，即免臨時勞擾。

會昌二年(八四二)八月下旬

## 箋　校

〔一〕岑仲勉《編證》收録本文，篇目別作《條疏邊上要事宜狀》，並謂："明本卷目篇目均題《要條疏邊上事宜狀》，蓋誤倒也，兹改正，幾本無要字。"又謂："此狀缺奏上月日，依《一品集》卷十四編次推之，似是二年八月下旬所上。"今從其説，訂本文作時爲會昌二年八月下旬。

本文又載《叢刊》本、傅校本、《四庫》本李集卷一四、《全文》卷七〇五。《四庫》本奪本文篇目。

〔二〕令在雲朔等州　原作"今在雲朔等州"，《叢刊》本、傅校本同。按"今"字誤。今據《全文》、《編證》改。

〔三〕周懷義奏到　《編證》注曰："《元和志》四稱西城防禦使周懷義。《白氏集》三八有前汝州刺史周懷義除豐州刺史天德軍使制。元和九年六月卒，見《會要》二五。"

〔四〕臣德裕　原作"陳德裕"，《叢刊》本、傅校本同。按"陳"字誤。今據《四庫》本、《全文》、《編證》改。

〔五〕望賜忠順詔　原作"望使忠順詔"，《叢刊》本、傅校本、《四庫》本同。按"使"字誤。今據陸氏校勘、《全文》、《編證》改。

〔六〕疾路　《全文》作"驛路"。《編證》注曰："幾本作驛路，但會昌時天德奏事，非無驛路(如元和時，取太原至京)，特耽延時日耳；明本作疾路，正與前(急驛)相對照，改作'驛路'，誤也。"

# 驅逐回鶻事宜狀[一]

　　右，臣等累日商量，且如八月九日處分，太原三道各嚴兵守備，更令劉沔遣使告諭，待至來春回鶻人馬羸困之時，計會驅逐，則漢兵免冒寒苦，易爲施力。臣等思慮，量爲得計。若如此可行，即幽州兵馬，望且令於本界屯集，待候處分。入太原界後，即須供出界糧，未有用處，日費殊廣，恐度支物力供饋不辦。若慮冰合後回鶻更有馳突，事當及早驅逐，即須速爲計會。至十月已後，寒凍轉甚，恐施力不得，須決在三五日內方及事機[二]。又緣太原步兵鈍弱，素爲河朔所輕，兼本道奏事官孫寮、孫儔自稱，太原兵敵回鶻不得，即須於河朔側近別徵兵，滿取萬人，方可濟事，須令一兩月內便見成功，如此即免費資財，得早安邊境。伏以自兩漢每四夷有事，必令公卿集議，蓋以國之大事，最在戎機。元和中征討王承宗、李師道，長慶中征討李齐[三]，並令集議。況聞向外議論不一，互有異同。若不一度遍詢群情，終爲閑詞所撓。望令公卿集議，兩日內聞奏。所冀博盡群議，厭服衆心。未審[四]。會昌二年八月二十七日。

會昌二年(八四二)八月二十七日

## 箋　校

〔一〕本文文末注曰："會昌二年八月二十七日。"今從其説。

　　　　本文又載《叢刊》本、傅校本、《四庫》本李集卷一四、《全文》卷七〇五、《編證》。

〔二〕須決在　諸本作"須便"，據陸氏校勘改。

〔三〕李齐　諸本作"李斧"，誤。《通鑑》卷二四二載長慶二年七月"戊

戌,宣武監軍奏軍亂。庚子,李齊自奏已權知留後",八月"丙子,
(李)質與監軍姚文壽擒齊,殺之"。

〔四〕未審　《全文》作"末審可否"。

## 公卿集議須便施行其中有未盡處須更令
## 分析聞奏謹具一一如後狀<sup>〔一〕</sup>

一、議狀云:"選將練卒,未甚得人。"今緣邊節鎮將下群守,誰
人最不稱職? 文武班中,誰人堪任將帥? 須指陳其事,不得泛言。

一、又云:"守禦要害,未甚有備,犄角之設不相應<sup>〔二〕</sup>,輔車之
謀不相依。"今何處置兵,即爲要害? 何處加備,即爲相應? 並須
指言去處。

一、又云:"來即驅逐,去亦勿追。"昨所令集議,出師驅逐,是
逐出塞外,令歸沙漠。今若來即驅逐<sup>〔三〕</sup>,去亦勿追,如此相守,何
時得了? 軍糧日有所費,邊境終無安寧。此最關取舍大計,須便
堪行用。

一、又云:"部落能自攻討者,不須止遏。"而邊上諸蕃,多者一
二千帳,少者力又不足,各有家口畜産,常自護惜。昨者回鶻暫到
雲州,諸蕃奔逃不暇。雜虜既無統一,誰肯盡心? 今欲將何部落
討逐,亦須指言去處。

一、又云:"各敕邊將遣自招收,其遠征戍卒,請漸令抽罷。"此
事朝廷非不素知,祇緣去年將江淮六道衣糧,召募天德官健,僅經
一年,更無一人應募。李忠順請自招召,經半年祇得六百人。塞
上守備處召得一二千人,都未濟事。戍卒如何抽罷,亦須更別陳
方略。

以前謹具如前。昨所降敕旨云："且須切應事機，不得更爲虚論。"今詳議狀，並未切事機。臣等商量，望令牛僧孺與夷行同議，仔細分析，兩日内聞奏。未審[四]。會昌二年九月二十。

會昌二年（八四二）九月二日

## 箋　校

〔一〕本文文末原注"會昌二年九月二十"，日期不確。《編證》曰："合後七日狀比觀，即知此狀應在七日狀之前，且七日狀顯指第二次集議言，否則不得云'公卿所議猶未切要'也。況二十七日狀有云：'望令公卿集議，兩日内聞奏'，則公卿集議，應在八月底（是月大建），其聞奏應在九月一日或二日，今明本此狀末署'九月二十'，下缺日字，與全集書例不符，合而思之，知二十乃二日之訛。如是，則前後皆可相通矣。"今從其説，訂本文作時爲會昌二年九月二日。

本文又載《叢刊》本、傅校本、《四庫》本李集卷一四、《全文》卷七〇五。

本文篇目標題原奪"狀"字。今據卷目、《四庫》本、《全文》、《編證》補。

〔二〕不相應　原作"不相□"，缺一字，《叢刊》本、傅校本同。今據《四庫》本、《全文》、《編證》補。

〔三〕是逐出塞外令歸沙漠今若來即驅逐　諸本奪此十五字，今據陸氏校勘補。陸氏《儀顧堂題跋》亦補録此十五字。

〔四〕未審　《全文》作"未審可否"。

## 牛僧孺等奉敕公卿集議須便施行其中有
## 未盡處須更令分析謹連如前狀[一]

右，臣等伏詳公卿所議，猶未切要。狀云："邊將不聞以攻守之術上聞朝廷，則將略可知也。又諸道徵兵，其數不少，烏合之衆，號令不齊。又近者回鶻攻劫雲州，漸入内地，節級城守，莫能式遏；亦未見鄰近堡柵，首尾救援者。"竊詳此意，祇是見大段形勢，實未切事機。朝廷比來待遇回鶻，惟推恩信，諭其職分，使自退歸。所徵戍兵，祇令守備，都未嘗有攻討之意。昨者回鶻迫於飢困[二]，至雲州劫奪牛羊，已爲侵暴事，須與城柵鬬敵，兵法所謂疾雷不及掩耳。便云莫能式遏，亦似過誣。堡柵既無重兵，合須自守，令其首尾救援，亦是虛談。自古所云烏合之衆，皆謂臨時召募，未經訓習，如韓信驅市人而戰，即是烏合。陳許、淄青等兵[三]，並是節制之師，久經戰伐，但令一處指揮，自然號令齊一，固不可謂之烏合。又云："漢兵遠襲，恐遺虜擒[四]。"兵法云："善用兵者，致人之師，不可自致。"所謂致人者，是令其自來。況虜騎倏忽以來，疾如風電，固不合將兵遠襲。今可以計者，緣其有家口輜重，不離漢境二三百里，遠去未得；既有定所，便可爲謀。魏武破烏丸，李靖擒頡利，皆用此計。公卿等都不議及，亦似未見此勢[五]。昨令集議[六]，祇緣問驅逐守備，二計何先。今既云守備，過冬方圖進取，斯爲上策，便可施行。即與昨來加劉沔招撫使，且令告諭，理亦相近，恐不暇更有訪問。未審[七]。會昌二年九月七日。

會昌二年（八四二）九月七日

## 箋　校

〔一〕本文與前篇相連，前狀文末注"九月二十"，《編證》訂正爲"九月二日"。本文文末注"九月七日"，亦可證岑氏訂正後，"則前後皆可相通"。故訂本文作時爲會昌二年九月七日。

　　本文又載《叢刊》本、傅校本、《四庫》本李集卷一四、《全文》卷七〇五。

本文篇目除《四庫》本外，均奪“狀”字。而明本卷目簡作《牛僧孺等集議謹連如前狀》，亦有“狀”字，茲據補。

〔二〕昨者　諸本作“昨來”，據陸氏校勘過録。

〔三〕淄青等兵　原作“淄清等兵”，《叢刊》本、傅校本、《四庫》本同。按“清”字誤。今據《全文》、《編證》改。《元和郡縣圖志》卷十：“河南道六：淄青節度使，管州十二：鄆州、兖州、青州、齊州、曹州、濮州、密州、海州、沂州、萊州、淄州、登州。”

〔四〕恐遺虜擒　“遺”，傅校本作“遣”。

〔五〕亦似未見此勢　原作“亦似未見叱勢”，《叢刊》本同。按義不合。今據傅校本、《編證》改。《編證》注曰：“‘此’字幾本作‘形’，明本漫漶，界乎叱吐之間，蓋‘此’之訛也，茲訂爲‘此’字。”岑説今得傅校本驗證，甚是。《四庫》本、《全文》作“形”字，亦誤。《編證》已辨正。

〔六〕昨令集議　原作“非令集議”，《叢刊》本、《四庫》本、傅校本同。按義不合。今據《編證》改。下文“今既云守備”云云可證。

〔七〕未審　《全文》作“未審可否”。

# 請發鎮州馬軍狀〔一〕

右，太原奏事官孫儔適到，云回鶻移營近南四十里〔二〕。劉沔料必是緣契丹不同，恐襲其背，所以移營。又幽州進奏官孫方造云，仲武破回鶻之時，收得室韋部落主妻兒。昨室韋部落主欲將羊馬金帛贖妻兒，仲武並不要，只令殺回鶻監使，即還妻兒。室韋使已領幽州軍將同去殺回鶻監使，緣軍將未回，仲武未敢聞奏。據此事勢，正堪驅除。臣等問孫儔，與幽州合勢向前移營，驅除得否,更要添多少兵馬? 孫儔答云,若係移營,亦不要添大段兵馬,只緣大同軍兵少,得易定一千人助大同[三],即得其鎮州馬軍。臣等商量,不用徵發穩便。未審[四]。會昌二年九月十二日。

會昌二年(八四二)九月十二日

## 箋　校

〔一〕本文文末注曰:"會昌二年九月十二日。"《通鑑》卷二四六載會昌二年九月癸卯"李德裕等奏:'河東奏事官孫儔適至,云回鶻移營近南四十里。劉沔以爲此必契丹不與之同,恐爲其掩襲故也。據此事勢,正堪驅除。臣等問孫儔,若與幽州合勢,迫逐回鶻,更須益幾兵? 儔言不須多益兵,唯大同兵少,得易定千人助之足矣。'上皆從之。詔河東、幽州、振武、天德各出大兵,移營稍前,以迫回鶻"。其中李德裕等奏語,即爲本文之概要。癸卯爲本月十二日,故訂本文作時爲會昌二年九月十二日。

《編證》收録本文,篇目作"徵發鎮州馬軍事狀",並注曰:"明本篇目作'請發鎮州馬軍狀',兹從卷目。"

〔二〕云回鶻移營近南四十里　《編證》注曰:"《舊紀》八月後有云'太原奏迴紇移帳近南四十里'。"可與《通鑑》所載互參。

〔三〕得易定一千人助大同　《編證》注曰:"《舊書》一八上十月前云'詔太原起室韋、沙陀三部落、吐渾諸部,委石雄爲前鋒,易定兵千人,守大同軍。'"可與《通鑑》所載互參。

〔四〕未審　《全文》作"未審可否"。

## 請市蕃馬狀[一]

右,訪聞蕃渾羊馬,多在渾河川,恐啓戎心,更來侵掠。回鶻未退，尤須備邊。朝廷比來所乏，最在戎馬，因此收市，深得事機。宜收壯馬，令入東□〔二〕，保無散失。臣等商量，望委劉沔誘諭蕃人〔三〕，緣回鶻常有意劫奪，恐蕃人作主不得，應堪服衣甲壯馬，並與收市，其以太原見貯戶部物充賞價。如市收得後，旋送樓煩監收管。諸道若有欠缺，即量賜與。如蒙允許，望付翰林賜劉沔詔處分。未審〔四〕。會昌二年九月十一日。

會昌二年（八四二）九月十一日

## 箋　校

〔一〕本文文末注曰：“會昌二年九月十一日。”故訂本文作於此時。

　　本文又載《叢刊》本、傅校本、《四庫》本李集卷一四、《全文》卷七〇五、《編證》。

〔二〕令入東□　諸本此句均缺一字。

〔三〕蕃人　原作“番人”，《叢刊》本、傅校本、《四庫》本同。按“番”字誤。今據《全文》、《編證》改。《編證》注曰：“今番字，唐人皆作蕃，明本作‘番人’，非也。下文‘蕃人作主’同。”

〔四〕未審　《全文》作“未審可否”。

## 請契苾通等分領沙陀退渾馬軍共六千人狀〔一〕

右，奉宣旨：“思忠請前件馬軍合勢，令商量奏來者。”臣等商量，令劉沔與幽州、振武、天德合出大軍置營柵，漸移向前逼蹙，即令思忠領蕃渾馬軍深入。計思忠兵勢相及，可汗牙帳必自有變，兼令招其降者，即易成功。其蕃兵分爲兩廂，各令蕃將押領，至爲穩便。何清朝、契苾通是蕃人，各令管一廂，所冀諳識虜情〔二〕，易爲指使。如蒙允許，其何清朝計行李未遠〔三〕，望便以中書門下帖追。未審<sup>〔四〕</sup>。會昌二年九月十三日。

會昌二年（八四二）九月十三日

## 箋　校

〔一〕本文文末注曰：“會昌二年九月十三日。”《通鑑》卷二四六載會昌
　　二年九月“李思忠請與契苾、沙陀、吐谷渾六千騎合勢擊回鶻。乙
　　巳，以銀州刺史何清朝、蔚州刺史契苾通分將河東蕃兵詣振武，受
　　李思忠指揮。通，何力之五世孫”。其中所述與本文合。
　　本文又載《叢刊》本、傅校本、《四庫》本李集卷一四、《全文》卷七〇
　　五、《編證》。
　　本文標題原作“請蒦必通等分領涉陀退渾馬軍共六千人狀”，《叢
　　刊》本、傅校本同。按“蒦”、“涉”二字誤。《四庫》本誤“蒦”字。
　　今據《全文》、《編證》改。《編證》注曰：“明本卷目作《蒦苾通分領
　　沙陀退渾馬軍狀》，篇目及文内亦作蒦。按：譯音雖無定字，但契苾
　　何力、契苾明，碑及史均從契，以從契爲是。又明本篇目沙陀誤
　　涉陀。”

〔二〕諳識虜情　原作“諸識虜情”，《叢刊》本、傅校本同。按“諸”字於
　　義不合。今據陸氏校勘、《四庫》本、《全文》、《編證》改。

〔三〕行李未遠　原作“行李永遠”，《叢刊》本、傅校本、《四庫》本同。按
　　“永”字誤。今據《全文》、《編證》改。

〔四〕未審　《全文》作“未審可否”。

## 李思忠下蕃騎狀<sup>〔一〕</sup>

　　右，臣等訪聞退渾與回鶻久爲讐怨，恐合勢後不與思忠叶心，
或生別事。須令遂泰審與劉沔商量，如有可疑，即便假發遣。其

興唐、感義、奉誠等軍[二]，及契苾退渾等部落[三]，先各有本管都使都督，須令部領自去，即得兵將，各相諳識，易於指揮。望付翰林賜劉沔、忠順、遂泰等詔處分。會昌二年九月二十七日。

會昌二年（八四二）九月二十七日

## 箋　校

〔一〕本文文末注曰“會昌二年九月二十七日”，故訂本文作於此時。

本文又載《叢刊》本、傅校本、《四庫》本李集卷一四、《全文》卷七〇五。岑仲勉《編證》收錄本文，並謂：“明本卷目作《李思忠番騎狀》，番宜從蕃。”陸氏於卷目補一“下”字，遂與篇目一致。

〔二〕奉誠等軍　原作“奉臣誠等軍”，衍“臣”字，《叢刊》本、傅校本、《四庫》本同。據《全文》、《編證》刪。《編證》注曰：《新書》四三下云：‘奉誠都督府，本饒樂都督府。……貞觀二十二年，以內屬奚可度者部落更置。……開元二十三年，更名。’未知有關涉否。”錄此以供參考。

〔三〕契苾退渾等部落　《編證》注曰：“《舊書》一七下，大和六年正月‘戊戌，振武李泳招收得黑山外契苾部落四百七十三帳。……開成元年二月，天德奏生退渾部落三千帳來投豐州。’又一六一《劉沔傳》：‘開成中，党項雜虜大擾河西。沔率吐渾、契苾、沙陀三部落等諸族萬人，馬三千騎，徑至銀、夏討擊，大破之。’此皆塞上契苾退渾之一部也。”

## 河東奏請留沙陀馬軍狀[一]

右，思忠本請蕃騎，緣言語相通，易於指使，若令易定兵去，恐不相當。魏楚又稱，向北進軍，每頭軍事須得蕃兵一二百騎引行，若全令抽却，進軍不得。臣等商量，沙陀兵望許劉沔量留一半，其一半依前令與思忠合勢。如蒙允許[二]，望賜劉沔詔處分。會昌二年十月五日

會昌二年（八四二）十月五日

## 箋　校

〔一〕本文文末注曰“會昌二年十月五日”，故訂本文作於此時。

本文又載《叢刊》本、傅校本、《四庫》本李集卷一四、《全文》卷七〇五、《編證》。

本文標題原作“河東奉請留沙陀馬軍”，《叢刊》本、傅校本同。按“奉”字誤，並奪“狀”字。今據陸氏校勘、《四庫》本、《全文》、《編證》校補。《編證》注曰：“明本卷目奪留字，篇目奏誤奉，且奪狀字。”

〔二〕如蒙允許　《全文》作“如蒙俞允”。《編證》注曰：“允許，畿本作俞允。按前《論田牟狀》、《討逐回鶻事宜狀》……《契苾通等分領馬軍狀》及後《請發河中馬軍狀》、《請賜張仲武詔狀》、《劉濛狀》，均作如蒙允許，兹從明本。”

## 請何清朝等分領李思忠下蕃兵狀[一]

右，臣等前日商量，令契苾通[二]、何清朝分領部落，臨事取思忠指揮。昨日奉宣，恐契苾通等不受思忠指揮，不要分領。臣等亦有深慮，不敢不再陳論。沙陀部落比抽在太原衙內[三]，性至循良，於人情狎熟，不令別人管領亦得。所虜退渾[四]，昨者張獻節纔欲責罰，便疑爲惡[五]。忽恐思忠制御不得，却自因此生事。契苾通本是蕃中王子，先在蔚州，且遣分領，必上下情通，更無所慮。

又思忠雖志誠效順，然使用之初，亦未可獨任，漢將分領，事亦得宜。契苾通等雖是蕃人，任使已熟，切更誡勵，豈敢不順思忠？臣等所見如此，伏望聖明裁斷。未審[六]。會昌二年十月八日。

會昌二年（八四二）十月八日

## 箋　校

〔一〕《通鑑》卷二四六載會昌二年九月"李思忠請與契苾、沙陀、吐谷渾六千騎合勢擊回鶻。乙巳，以銀州刺史何清朝、蔚州刺史契苾通分將河東蕃兵詣振武，受李思忠指揮"。九月乙巳爲十四日。同卷九月十三日《請契苾通等分領沙陀退渾馬軍六千人狀》即與《通鑑》所述相符。後事態有變，同卷九月二十七日《李思忠下蕃騎狀》李德裕"訪聞退渾與回鶻久爲讐怨，恐合勢後不與思忠叶心，或別生事"。至本文"昨日奉宣，恐契苾通等不受思忠指揮，不要分領"，德裕至此"亦有深慮，不敢不再陳論"，並就李思忠與契苾通等合勢予以分析。本文文末注曰"會昌二年十月八日"，故訂本文作於此時。

本文又載《叢刊》本、傅校本、《四庫》本李集卷一四、《全文》卷七〇五、《編證》。

本文篇目原奪"狀"字，《叢刊》本、傅校本同。今據《四庫》本、《全文》、《編證》補。

〔二〕令契苾通　諸本此句下均衍"等不受思忠指揮"七字。今據陸氏校勘刪。

〔三〕比抽在太原衙内　原作"此在太原衙内"，《叢刊》本、傅校本同。按"此"字誤，奪"抽"字。今據陸氏校勘校補。《四庫》本、《全文》、《編證》作"比在太原衙内"，奪"抽"字。

〔四〕所虜退渾　《編證》注曰："所虜疑所慮之訛。"

〔五〕便疑爲惡　原作"便凝爲惡"，《叢刊》本、傅校本同。按"凝"字誤。
　　　今據《四庫》本、《全文》、《編證》改。

〔六〕未審　《全文》作"未審可否"。

## 請賜劉沔詔狀〔一〕

　　右，訪聞劉沔頗練邊事〔二〕，惟臨機決策，不免遲疑。兵書云：
"用兵祇聞拙速，不聞巧遲。"深恐過爲慎重，漸失事機。望賜劉沔
詔，比緣回鶻未爲侵擾〔三〕，且務綏懷。今既殺傷邊人，驅劫牛馬，
頻已有詔，速令驅除，自度便宜，臨機應變，不得過懷疑慮，皆待指
揮。朝廷既假以使名，令爲諸軍節制，邊境之事，皆以責成，向後
或要移營進軍，一切自取機便，不必皆候進止〔四〕。未審〔五〕。會昌
二年十月十七日。

會昌二年(八四二)十月十七日

## 箋　校

〔一〕《通鑑考異》卷二二引《一品集》會昌二年十月十七日狀，即爲本文
　　　之概要，所注年月與本文同，故訂本文作於此時。
　　　本文又載《叢刊》本、傅校本、《四庫》本李集卷一四、《全文》卷七〇
　　　一、《編證》。
　　　本文篇目原奪"狀"字，《叢刊》本、傅校本同。今據《四庫》本、《全
　　　文》、《編證》補。

〔二〕頗練邊事　原作"頗練兵機"，《叢刊》本、傅校本、《全文》、《四庫》
　　　本同。今據陸氏校勘、《考異》、《編證》改。《編證》注曰："邊事，幾
　　　本、明本均作兵機，茲從《考異》。"

〔三〕侵擾　原作"擾侵"，《叢刊》本、傅校本、《四庫》本、《全文》同倒

誤。今據《考異》、《編證》改。

〔四〕進止　原作"進上"，《叢刊》本、傅校本、《四庫》本同。按"上"字
　　誤。今據《考異》、《全文》、《編證》改。

〔五〕未審　《全文》作"末審可否"。

## 請發河中馬軍五百騎赴振武狀[一]

右，臣德裕得忠順狀，請自至界上，親臨賊營，專看事機，首爲
撲滅。緣當道軍馬數少，請馬軍一二千騎。臣等商量，緣可汗移
營，已近振武，忠順勇於戰鬥，必可指蹤，河中地閑，馬軍有朔方舊
法。都虞候王縱頃年曾充馬軍都虞候至西川防戌[二]，臣素所諳
知。望發馬軍五百騎，令王縱部赴振武，取忠順指揮。今當回鶻
衰殘，亦要及時驅逐，事有應變，不可憚煩。仍望賜絹一千八百
疋，內三百疋充職掌人優賞，以户部物充，度支差綱發遣，兼望令
中使送。如蒙允許，望付翰林賜詔處分，兼詔示忠順、守志。其賜
忠順狀，謹連封[三]。未審[四]。會昌二年十二月十日。

會昌二年(八四二)十二月十日

## 箋　校

〔一〕本文文末注曰："會昌二年十二月十日。"《通鑑》卷二四六載會昌
　　二年十一月與十二月之間"李忠順獨請與李思忠俱進"，以攻討近
　　邊之回鶻烏介部落。本文則明確繫於十二月十日，茲從本文所記。
　　説詳下篇。

　　本文又載《叢刊》本、傅校本、《四庫》本李集卷一四、《全文》卷七〇
　　二、《編證》。

　　本文篇目原奪"狀"字，《叢刊》本、傅校本同。今據《四庫》本、《全

文》、《編證》補。

〔二〕都虞候王縱……西川防戌　諸本此句均缺十三字，陸氏據宋本補十三字：“王縱頃年曾充馬軍都虞候至西”。《儀顧堂題跋》亦曾記錄此條。王縱，見《新書》卷一八七《王重榮傳》：“王重榮，太原祁人。父縱，大和末爲河中騎將，從石雄破回鶻，終鹽州刺史。”

〔三〕謹連封　《全文》作“謹遵連封”。

〔四〕未審　《全文》作“未審可否”。

## 請李思忠進軍於保大柵屯集狀[一]

右，伏以今年八月制置，待諸道進軍，移營逼可汗衙帳，即李思忠領衍蕃騎深入[二]，覆其巢穴。續緣劉沔、張仲武確稱，冬寒進軍未得，請待正初。今已及期，望詔劉沔、張仲武一時進軍，以壯思忠兵馬。恐不須令往中受降城[三]，令在保大柵屯集，稍爲穩便。望付翰林賜思忠、遂秦詔處分。其劉沔、仲武詔意，謹同封進。會昌二年十二月二十七日。

會昌二年(八四二)十二月二十七日

## 箋　校

〔一〕《通鑑》卷二四六載會昌二年“劉沔、張仲武固稱盛寒未可進兵，請待歲首。李忠順獨請與李思忠俱進。十二月，丙寅，李德裕奏請遣思忠進屯保大柵。從之”。本月丙寅爲初七日，本文文末注爲“二十七日”。本文與上文《請發河中馬軍五百騎赴振武狀》所述、與《通鑑》所述相符，唯《通鑑》繫於十二月丙寅(初七)，似過早。本文云：“續緣劉沔、張仲武確稱，冬寒進軍未得，請待正初，今已及期。”亦似在年底進狀。故從文末所注，訂本文作時爲會昌二年十二月二十七日。

本文又載《叢刊》本、傅校本、《四庫》本李集卷一四、《全文》卷七〇一、《編證》。

本文篇目原作“李思忠請進軍於保大柵屯集狀”，《叢刊》本、傅校本、《四庫》本、《全文》同。按“李思忠請”倒誤，今據陸氏校勘改。《編證》按明本卷目作“請發李思忠進軍於保大柵屯集狀”，按“發”字衍。

〔二〕李思忠領衍　《編證》注曰：“衍字疑誤，或當作遺。”

〔三〕恐不須　原作“恐不□”，《叢刊》本、傅校本、《全文》、《編證》同，均缺一字。今據陸氏校勘補。《四庫》本作“恐不便”，或爲臆補。

# 文集卷第十五

## 論用兵三

### 論譯語人狀[一]

　　右，緣石佛慶等皆是回鶻種類，必與本國有情，紇扢斯專使到京後，恐語有不便於回鶻者，不爲翻譯，兼潛將言語輒報在京回鶻。望賜劉沔、忠順詔，各擇解譯蕃語人不是與回鶻親族者，令乘遞赴京，冀得互相參驗，免有欺蔽。未審[二]。會昌二年正月十日。

會昌三年(八四三)正月十日

## 箋　校

〔一〕本文文末原注“會昌二年正月十日”，《叢刊》本、傅校本同。《編
　　　證》辨正曰：“考紇扢斯使實以二月底至京，今《會昌集》卷十四各
　　　狀，順編至二年底止，此狀冠卷十五之首，以後各狀，均三年所進，
　　　故知二年實三年之訛也，畿本不誤。”其説可信，故訂本文作時爲會

昌三年正月十日。

本文又載《叢刊》本、傅校本、《四庫》本李集卷一五、《全文》卷七〇一。

〔二〕未審 《全文》作"未審可否"。

## 請更發兵山外邀截回鶻狀[一]

右，緣回鶻既已討除，須令殄滅。今可汗窮蹙，正可梟擒，忽萬一透漏[二]，入黑車子部落，必恐延引歲月，勞師費財。望速詔忠順，令進軍於山外黑車子去路邀截。恐振武軍馬數少，其李思忠下沙陀五百騎，易定軍馬一千騎，便令何清朝押領同去。如至陰山，北蕃知回鶻猶在舊處，便令從北進軍取背，則前後受敵，必無所逃。未審[三]。會昌三年正月二十五日。

會昌三年(八四三)正月二十五日

## 箋　校

〔一〕傅璇琮《李德裕年譜》會昌三年箋本文曰："文中謂回鶻烏介部既已討除，須令殄滅，防其逃入黑車子部落。……按《新書》卷二一七下《回鶻傳》下謂'(烏介)可汗收所餘往依黑車子'，可見在此之前德裕於正月下旬已見及此。"又，《通鑑》卷二四七載會昌三年正月唐軍破烏介所部，"(石)雄追擊之;庚子(十一日)，大破回鶻於殺胡山，可汗被瘡，與數百騎遁去，雄迎太和公主以歸。……丙午(十七日)，劉沔捷奏至。……庚戌(二十一日)，以石雄爲豐州都防禦使"。接書："烏介可汗走保黑車子族。"其時序與本文文末所注相合，故訂本文作時爲會昌三年正月二十五日。

本文又載《叢刊》本、傅校本、《四庫》本李集卷一五、《全文》卷七〇

一、《編證》。

〔二〕忽萬一透漏　原作"忽萬一透",《叢刊》本、傅校本、《四庫》本、《編
　　　證》同。按奪一字。今據陸氏校勘補。《全文》作"萬一透",奪
　　　二字。

〔三〕未審　《全文》作"未審可否"。

# 殄滅回鶻事宜狀〔一〕

　　右,臣等商量,回鶻衰殘,取之在速,一切須令三月已前事了。
陛下若欲早見功效,須激勸人心。自古用兵,皆懸賞格,以此誓
衆,人必輕生。今因景度等〔二〕,往幽州、太原、振武,望三道各賜
敕書,如兵馬使已下大將取得可汗,便授金吾小將軍及大郡刺史,
賞錢一萬貫;如取得宰相,便授兼御史大夫,賞錢五千貫;若是小
將軍長行取得,白身授兼御史中丞,賞並准此。今可汗與宰相只
有四人,直依此酬賞,祇用二萬五千貫文,比一月供軍所費五分之
一。如此即得義勇知勸〔三〕,黠虜無逃。伏望出自宸衷,早賜明敕
處分。未審〔四〕。會昌三年正月三十日。

會昌三年(八四三)正月三十日

## 箋　校

〔一〕傅璇琮《李德裕年譜》會昌三年箋校本文曰:"其中云:'回鶻衰殘,
　　　取之在速,一切須令三月已前事了。'德裕意在盡早結束此次戰爭,
　　　以免拖延時日,虛耗軍費。"本文文末注曰"會昌三年正月三十
　　　日",故訂本文作於此時。
　　　本文又載《叢刊》本、傅校本、《四庫》本李集卷一五、《全文》卷七〇
　　　一、《編證》。

〔二〕景度等　《編證》注曰:"景度等當是中使。"

〔三〕義勇知勸　諸本作"義知勸",奪"勇"字,今據陸氏校勘補。

〔四〕未審　《全文》作"未審可否"。

## 李靖傳事狀[一]

　　貞觀三年,突厥諸部離叛,朝廷將圖進取,以靖爲定州道行軍總管[二],率驍騎三千,自馬邑出其不意,直趨惡陽嶺以逼之[三]。頡利可汗不虞於靖,見官軍掩至,於是大懼。四年,靖進擊定襄,破之,可汗僅以身遁。頡利可汗退保鐵山,遣使入朝謝罪,請舉國內附[四]。又以靖爲定襄道行軍總管,往迎頡利。頡利雖外請朝謁,而潛懷猶豫。其年二月,太宗遣鴻臚卿唐儉[五]、將軍安修仁慰之。靖揣知其意,謂副將公謹曰:"詔使到彼,虜必自寬。"遂選精騎一萬,齎二十日糧,引兵自白道襲之[六]。公謹曰:"詔許其降,行人在彼,未宜討擊。"靖曰:"此兵機也,時不可失,韓信所以破齊也。如唐儉輩,何足可惜?"督軍疾進。師至陰山[七],遇其斥候千餘帳,皆俘以隨軍。頡利見使者,大悅,不虞官兵至。靖兵將逼牙帳十五里,虜始覺[八]。頡利畏威先走,部衆因而潰散,靖斬萬餘級。頡利乘千里馬,將走投吐谷渾,西道行軍總管張寶相擒之以獻。

會昌三年(八四三)二月五日

## 箋　校

〔一〕岑仲勉《編證》收録本文,並謂:"此傳自'突厥諸部離叛'起,至'於是大懼'止,又自'退保鐵山'起,至文末'擒之以獻',幾與《舊唐書》六七《李靖傳》全同,中惟略去'俘男女十餘萬,殺其妻隋義成公主'二句。蓋德裕所徵,即吳兢、韋述等撰之《唐書》;劉昫修史,殆純據唐本編成,於此可見一端也。"《編證》箋注甚精,可參。

本文與同卷後一篇之《討襲回鶻事宜狀》同時作。該狀云:"其李靖傳事謹連奏上。"可證。該狀文末原注"會昌二年五月五日",《叢刊》本、傅校本同。按此年月不確。《編證》改爲會昌三年五月五日,月份仍誤。今據陸氏校勘訂爲"會昌三年二月五日",詳該篇箋校。

本文又載《叢刊》本、傅校本、《四庫》本李集卷一五。《全文》刪去本文。

〔二〕定州 《叢刊》本、《四庫》本、傅校本同。按《編證》注曰:"《貞觀政要》及《舊傳》作代州,此作定州,必誤。"

〔三〕直趨 原作"宜趨",《叢刊》本、傅校本同。按"宜"字誤。今據《四庫》本、《編證》改。

〔四〕舉國內附 原作"本國內附",《叢刊》本、傅校本、《四庫》本同。今據陸氏校勘、《編證》改。《編證》曰:"《貞觀政要》二及《舊傳》正爲'舉國'。"

〔五〕鴻臚卿 原作"鴻臚",無"卿"字,《叢刊》本、傅校本、《四庫》本同。據《編證》補。《編證》曰:"據《政要》及《舊傳》補。"

〔六〕白道 原作"別道",誤,《叢刊》本、傅校本、《四庫》本同。《編證》曰:"茲據《政要》及《舊傳》正爲白道。白道者,塞外山名也。"據改。

〔七〕師至陰山 原作"司師進陰山",《叢刊》本、傅校本、《四庫》本同。《編證》曰:"明本衍司字。又畿、明本均作師進陰山,按上文已云疾進,茲據《舊傳》正爲師至陰山。《政要》作行至陰山。"據《編證》刪改。

〔八〕虞始覺　原作“虞始覺”,《叢刊》本同。“虞”字誤,據傅校本、《四庫》本、《編證》改。《編證》曰:“虜,明本誤虞,《舊傳》及幾本均作虜。”

## 討襲回鶻事宜狀[一]

右,臣等伏見李靖再破頡利可汗,方始擒得。望付翰林録《李靖傳》,詔示劉沔,曉諭云:“比者未取却公主,與回鶻接戰,朝廷力稍不及,舍之即易。今既取却公主,又與回鶻接戰,即須剪除令盡,不得遺生後患。”兼令揀退渾、沙陀精兵三千騎[二],檥檥排比[三],兼曬取三千人十日乾糧及乾蒸餅;聞塞上五百錢買得一頭牛,亦令約人數曬取牛肉乾脯。且如此排比,待景度幽州使回,令劉沔專差信實軍將至景度數探問事情。如仲武便肯出軍討襲,即須且讓仲武,不得争功。如仲武不信[四],詞言悠慢,未有去思,即須及塞草未青,虜馬羸弱,便令蕃軍掩襲,必見成功。其《李靖傳》事謹連奏上,伏希聖明採納。會昌二年五月五日。

會昌三年(八四三)二月五日

## 箋　校

〔一〕本文文末原注“會昌二年五月五日”,誤。岑仲勉《編證》收録本文,並謂:“二年尚未取却公主,故可斷是三年之訛。”岑訂年份可信,而仍作五月五日則不確。本文云“即須及塞草未青,虜馬羸弱,便令蕃軍掩襲”,決非五月之時。今驗之陸氏校勘,作二月五日,則時序切合,故訂本文作時爲會昌三年二月五日。

本文又載《叢刊》本、《四庫》李集卷一五、《全文》卷七〇一。

〔二〕沙陀精兵　諸本作“沙陀共”,欠妥。據陸氏校勘校補。

〔三〕樅樅排比　原作“捴排比”，“捴”字誤。《叢刊》本同。《四庫》本作“從排比”，陸校作“樅排比”，俱誤。兹從《全文》、傅校本、《編證》校補。《編證》注曰：“按下《劉濛狀》亦有‘樅樅排比’語，則明本奪誤也。”

〔四〕如仲武不信　原作“如仲武不□”，《叢刊》本、《四庫》本、《全文》、《編證》同。按缺一字。今據陸氏校勘、傅校本補。

## 論昭義三軍請劉積勾當軍務狀[一]

右，伏以元和中李師道自擅一方，久爲桀逆，及王師壓境，天網四陳[二]，劉悟頗識轉禍之機，乃有納忠之效。朝廷獎其歸命，寵遇渥渥，待以信臣，委之雄鎮。從諫頃因父歿[三]，自總兵權。屬寶曆中政務因循，事歸苟且，與其符節，以系國章。然猶恭守詔條，咨諏善道，亦修覲禮，一至闕庭，驟陟台階，實非公議。爰自近歲，頗聚甲兵，招致亡命之徒，遂成逋逃之藪，怵於邪説，自謂雄豪。及寢疾彌留，罔思臣節；又令紀綱舊校，誘動軍情，樹置駔童，再圖兵柄。陛下以澤潞玄宗歷試舊地，有上黨故風，風俗和平[四]，人心忠義；艱難以後，多用儒臣；又以劉悟功著先朝，欲全其宗族；特令供奉官薛士幹宣諭，示以聖情。而將校繼有表章，未從明命。臣等伏思，劉悟以師道之逆，親自梟夷，誠合示一軍大順之源，置子孫於無過之地；而乃繼師道覆車之軌，襲怙亂之風。此而可容，孰不可忍？固須廣詢庭議，以盡群情。臣等商量，望令兩省及尚書省[五]、御史臺，並文官四品以上、武官三品以上，於尚書省集議奏聞[六]。未審[七]。會昌三年五月二日。

會昌三年（八四三）五月二日

## 箋 校

〔一〕傅璇琮《李德裕年譜》會昌三年載《舊紀》於五月載集議情況云：
"宰臣百僚進議狀，以'昆戎未殄，塞上用兵，不宜中原生事。潞府請以親王遙領，令積權知兵馬事，以俟邊上罷兵。'獨李德裕以爲澤潞內地，前時從諫許襲，已是失斷；自後跋扈難制，規脅朝廷。以積豎子，不可復踐前車，討之必殄。武宗性雄俊，曰：'吾與德裕同之，保無後悔。'自是諫官上疏言不可用兵相繼。"由此可見，當時集議對劉積用兵，反對者甚衆，即使武宗贊同李德裕意見，諫官也仍上疏諫止，可見阻力甚大。

本文文末注曰"會昌三年五月二日"，故訂本文作時如此。

本文又載《叢刊》本、傅校本、《四庫》本李集卷一五、《全文》卷七〇一。

〔二〕天綱四陳　原作"天綱四陳"，《叢刊》本同。"綱"字誤，據陸氏校勘、傅校本、《四庫》本、《全文》改。

〔三〕頃因父歿　諸本作"因父歿"，奪"頃"字，據陸氏校勘補。

〔四〕有上黨故風風俗和平　原作"有上黨故風俗和平"，奪一"風"字，《叢刊》本、傅校本同。《全文》於"故"下注云"闕"，缺一字。今據《四庫》本補。

〔五〕及尚書省　諸本無此四字，據陸氏校勘補。

〔六〕集議奏聞　諸本作"集議奏"，奪"聞"字。今據陸氏校勘補。

〔七〕未審　《全文》作"未審可否"。

## 李彦佐翼城駐軍事宜狀〔一〕

右，彦佐即至翼城，計賊中軍人百姓必有歸降來者。彦佐務推恩信，必盡綏懷。臣等深慮賊中潛奸人許爲降附，人數漸廣，必

有異謀。臣等商量,望付翰林詔示彦佐,如有百姓歸降,量事優
邮,各令復業。如軍歸降者,亦須各有優賞,便令將朝廷意旨,轉
相招誘,逐旋疏理處置,不得留在冀城。如軍人已歸降者,不許却
入賊中,即望於界上別立一營令屯集,委彦佐揀幹事軍將別將三
五百人主領,仍不與器械,並不得令在晉絳界内屯集。未審[二]。
會昌三年六月五日。

會昌三年(八四三)六月五日

## 箋 校

[一]本文文末注曰"會昌三年六月五日",故訂本文作於此時。

　　　本文又載《叢刊》本、傅校本、《四庫》本李集卷一五、《全文》卷七
　　　○一。

[二]未審　《全文》作"未審可否"。

## 請賜澤潞四面節度使狀[一]

　　右,臣伏見後漢秦豐叛,光武令朱祐盡力攻之,至窮困,豐乃
將其母子九人降祐。光武不舍其罪,至洛陽斬之。大司馬吳漢劾
奏祐違詔受降,失將帥之任。伏以兵未交鋒,便能歸順,須存大
信,猶可曲全。今劉稹告諭不悛[二],加兵自備,逆命之罪,天地不
容。若至窮蹙歸降,並不得受。臣等謹録漢朝故事如前,望付翰
林録示元逵、彦佐、劉沔、茂元、弘敬及義逸、行周等,詔令准此處
分。未審[三]。會昌三年六月十九日。

會昌三年(八四三)六月十九日

## 箋 校

[一]本文文末注曰"會昌三年六月十九日",今考《通鑑》卷二四七本年

六月“丙子,詔王元逵、李彦佐、劉沔、王茂元、何弘敬以七月中旬五道齊進,劉稹求降皆不得受。又詔劉沔自將兵取仰車關路以臨賊境”。本月丙子即爲十九日,可見李德裕奏狀之當日,即按其意下詔部署五道齊進,討伐劉稹。故訂本文作時爲會昌三年六月十九日。

本文又載《叢刊》本、傅校本、《四庫》本李集卷一五、《全文》卷七〇一。

本文篇目原奪“狀”字,《叢刊》本、傅校本同。今據《四庫》本、《全文》補。

〔二〕告諭不悛　原作“告論不悛”,《叢刊》本同。按“論”字誤。今據傅校本、《四庫》本、《全文》改。

〔三〕未審　《全文》作“未審可否”。

## 幽州鎮魏使狀[一]

右,緣秋氣已至,將議進兵,幽州須早取可汗,鎮、魏須速平劉稹,各要遣使諭旨,兼潛探三鎮軍情。今日延英面奉聖旨,欲令張賈充使。臣等續商量,張賈幹濟有才,甚諳軍中事體,然性稍負氣[二],慮不安恬[三]。恐不如且輟,命李回充使[四]。如以臺綱不可暫缺[五],即兵部侍郎鄭涯久充戎鎮判官,性甚精敏,雖無詞辨,言亦分明,官重事閑,最相宜稱。未審[六]。會昌三年七月十一日。

會昌三年(八四三)七月十一日

## 箋　校

〔一〕岑仲勉《編證》收録本文,並謂:“《舊紀》一八上:‘秋色已至,……’(略同此狀)。上曰:‘不如令李回去。’即遣回奉使三鎮。”《舊書》

記此事於七月戊子，而戊子爲初一日。岑氏曰："集作十一日，是戊戌。如是戊子，則應書朔，今不書朔，當是戊戌之訛。"今從其説，訂本文作於此時。

本文又載《册府》卷一三六、《叢刊》本、傅校本、《四庫》本李集卷一五、《全文》卷七〇一。

本文篇目原奪"狀"字，《叢刊》本、傅校本同。今據陸氏校勘、《四庫》本、《全文》補。

〔二〕然性稍負氣　《舊紀》作"然性剛負氣"，《册府》作"然性氣稍直"。

〔三〕慮不安恬　原作"不安恬"，《叢刊》本、傅校本、《四庫》本、《全文》同。按此當奪一字。今據《册府》、《舊紀》補。

〔四〕恐不如且輒命李回充使　諸本此句無"命"字，欠妥。《編證》曰："《舊紀》作'不如且命李回'，則'輒'或爲'命'之訛；否則'輒'下應補'命'字，文氣方足。"岑説是，據補。

〔五〕臺綱　原作"綱臺"，《叢刊》本、傅校本、《四庫》本、《全文》同倒誤。據《册府》、《舊書》改。

〔六〕未審　《全文》作"未審可否"。

## 請賜弘敬詔狀<sup>〔一〕</sup>

右<sup>〔二〕</sup>，緣令王宰自領陳許兵，直抵邢州，要詔示元逵、弘敬，諭以河陽、太原，皆隔山險，進軍未得。緣卿等已東面進軍，賊中慴懼，近日頻入晋絳，焚燒村舍，地邇關輔，深要防虞，恐昭義知西面進軍稍難，偷安旬月。今令王宰自領全師，直抵磁州，以分賊勢。望付翰林約此意撰詔。未審<sup>〔三〕</sup>。會昌三年八月十一日。

會昌三年（八四三）八月十一日

## 箋　校

〔一〕《通鑑》卷二四七載會昌三年八月“王元逵前鋒入邢州境已踰月，何弘敬猶未出師。元逵屢有密表，稱弘敬懷兩端。丁卯，李德裕上言：‘忠武累戰有功，軍聲頗振。王宰年力方壯，謀略可稱。請賜弘敬詔，以“河陽、河東皆閡山險，未能進軍，賊屢出兵焚掠晉絳。今遣王宰將忠武全軍徑魏博，直抵磁州，以分賊勢”。弘敬必懼。此攻心伐謀之術也。’從之。詔宰悉選步騎精兵自相、魏趣磁州”。此中所述與本文相符。本月丁卯爲十一日，與本文文末所注相合，故訂本文作時爲會昌三年八月十一日。

本文又載《叢刊》本、傅校本、《四庫》本李集卷一五、《全文》卷七〇一。

〔二〕右　原作“又”，《叢刊》本，傅校本同。按“又”字誤。今據文集體例及《四庫》本、《全文》改。

〔三〕未審　《全文》作“未審可否”。

## 請發陳許軍馬狀〔一〕

右，臣等商量，賊中人心，久合自變，猶恐顧望河朔，旬月偷安。陳許累有戰功，軍聲甚振，王宰年力方壯，才略可稱。委之征行，必有殊效。非惟破賊積之膽，足以堅鎮、魏之心。倘有先聲，必當自潰。望詔王宰，自揀當軍馬步精兵，除合留在鎮外，並取河陽相衛路直抵磁州〔二〕。其在鎮兵馬，委行敏權知，仍差幹事判官一人留務。未審。會昌三年八月十一日。

會昌三年（八四三）八月十一日

〔一〕本文諸本皆缺，陸心源鈔録於嘉靖本卷一五上，並注曰：“《請發陳
許軍馬狀》在《論彦佐劉沔狀》前。嘉靖、萬曆兩刻皆缺，今據影宋
本抄補。”後此文收入陸氏所編《唐文拾遺》卷二八，復爲《叢刊》本
收入補遺，題下注曰：“明本有目無文，據陸心源《唐文拾遺》
録補。”

《通鑑》卷二四七載會昌三年八月“丁卯，李德裕上言”云云，即有
前一篇《請賜弘敬詔狀》之概要。此下有云：“詔（王）宰悉選步騎
精兵自相、魏趣磁州。”與本文所述相合。本文文末注曰“會昌三
年八月十一日”，與《通鑑》所記時日相合，故訂本文作時如此。而
德裕上奏之本日，朝廷即行下詔，可見其時伐叛雷厲風行之勢。

〔二〕河陽相衛路　“衛”，《通鑑》卷二四七作“魏”。

# 論彦佐劉沔下諸道客軍狀[一]

右，訪聞諸道客軍，皆自有都頭，常相顧望，不肯效命。請依
河朔軍法，委彦佐、劉沔每三二千人分爲一團；如有應急使用處，
便點一團令去，一切成敗，責在都頭。如此則人必齊心，將皆懼
法，臨機赴敵，不敢因循。如蒙允許，望付翰林，各賜詔處分。未
審[二]。會昌三年八月十五日。

會昌三年（八四三）八月十五日

〔一〕本文文末注曰“會昌三年八月十五日”，故訂本文作於此時。

本文又載《叢刊》本、傅校本、《四庫》本李集卷一五、《全文》卷七
〇一。

〔二〕未審　《全文》作“未審可否”。

## 論陳許兵馬狀<sup>〔一〕</sup>

右，緣魏博討賊遷延，頗招物議。昨令陳許兵馬直抵磁州，此是制敵深謀，攻心上策。徐廼文到京之後，方知陳許發兵，便云弘敬全軍自取磁州，則是畏懼陳許，須待弘敬出軍表到，方得委知。若便遣王宰罷行，亦是姑息太過。只緣河陽山險，攻討艱難，王宰頓軍，虛費饋運。望密詔示王宰，但令從容排比，未要速便道途。賊中聞此軍聲，必合破膽。魏博若全師自出，續止陳許不遲。如蒙允許，望付翰林約此意賜詔處分。未審<sup>〔二〕</sup>。會昌三年八月二十日。

會昌三年(八四三)八月二十日

## 箋　校

〔一〕《通鑑》卷二四七載會昌三年八月“何弘敬聞王宰將至，恐忠武兵入魏境，軍中有變，蒼黃出師。丙子，弘敬奏，已自將全軍渡漳水，趣磁州”。本月丙子爲二十日。本文文末注曰“會昌三年八月二十日”，但文中尚云：“徐廼文到京之後，方知陳許發兵，便云弘敬全軍自取磁州，則是畏懼陳許，須待弘敬出軍表到，方得委知。”《通鑑》所記“丙子，弘敬奏”云云，則知出軍表奏已到。可知同一天内，李德裕先奏狀，何弘敬表繼至，故訂本文作時如此。

　　本文又載《叢刊》本、傅校本、《四庫》本李集卷一五、《全文》卷七〇一。

〔二〕未審　《全文》作“未審可否”。

# 論河陽事宜狀[一]

右，緣河陽奏事官高從真到，稱十八日陳後遍山遍谷，盡是賊軍。茂元兵力寡少，頗似危急，若賊勢更甚，便要退守懷州，非惟損挫威聲，必恐驚動東洛。皆由魏博未有戰陳[二]，彥佐又隔深山，所以併力南攻，不得不慮。自元和以來，賊中用衆，皆取軍寡弱處，即併兵用力；一處不敵後，即移向他處。計王宰排比，已有次第，倘遣全軍便發，救援河陽，不止捍蔽洛京，足以臨制魏博。如恐全軍費損饋運，計王宰必有先鋒[三]。望今日降中使賜詔，令宜發先鋒五千人，便赴河陽，所冀免落奸計。事幾至切，不可更遲。如蒙允許，望賜茂元、王宰、行敏詔處分。會昌三年八月二十四日。

會昌三年（八四三）八月二十四日

## 箋　校

〔一〕《通鑑》卷二四七載會昌三年八月“庚辰，李德裕上言：‘河陽兵力寡弱，自科斗店之敗，賊勢愈熾。王茂元復有疾，人情危怯，欲退保懷州。臣竊見元和以來諸賊，常視官軍寡弱之處，併力攻之；一軍不支，然後更攻他處。今魏博未與賊戰，西軍閡險不進，故賊得併兵南下。若河陽退縮，不惟虧沮軍聲，兼恐震驚洛師。望詔王宰更不之磁州，亟以忠武軍應援河陽；不惟扞蔽東都，兼可臨制魏博。若慮全軍供餉難給，且令發先鋒五千人赴河陽，亦足張聲勢。’”本月庚辰即二十四日，與本文文末所注相合。此中所述與本文文字頗有異同，實則爲一事，故訂本文作於此時。
本文又載《叢刊》本、傅校本、《四庫》本李集卷一五、《全文》卷七〇一。

〔二〕皆由魏博未有戰陳　原作"皆由魏博未有陳戰陳",衍"陳"字,《叢
　　　刊》本、傅校本同。據《四庫》本刪,乃文從字順。《全文》作"皆由
　　　魏博未有陳戰",下一"陳"字屬下句作"陳彦佐",亦誤。

〔三〕必有先鋒　諸本作"必見先鋒"。據陸氏校勘過録,作"必有先
　　　鋒",義較勝。

第二狀〔一〕

　　右,訪聞河陽兵力已竭,弓矢皆盡,地邇東洛,實係安危,向外
人情〔二〕,無不憂恐。切望詔王宰,發先鋒五千人後,須自領全軍
繼進,仍望今日内發使賜詔處分。河陽所貯諸道進助軍器械,並
望且搬賜茂元;猶恐器械數少,兼望内賜甲一千副、弓三千張,並
絃箭三萬隻、陌刀二千口。兼聞河陽軍用罄竭,賞給不充,自出軍
以來並未有恩賜,望賜絹三萬匹,且以河陰見在物委度支差脚速
搬送〔三〕。未審〔四〕。會昌三年八月二十八日。

會昌三年（八四三）八月二十八日

## 箋　校

〔一〕《通鑑》卷二四七載會昌三年八月"甲申,（李德裕）又奏請王宰以
　　　全軍繼進,仍急以器械繒帛助河陽窘乏"。甲申爲二十八日,與本
　　　文文末所注相合,故訂本文作於此時。
　　　本文又載《叢刊》本、傅校本、《四庫》本李集卷一五、《全文》卷七
　　　〇一。

〔二〕向外人情　《全文》作"内外人情"。

〔三〕河陰　《全文》誤作"河陽"。審全句"且以河陰見在物委度支差脚
　　　速搬送",乃是搬送至河陽,故此處應作"河陰"。

〔四〕未審　《全文》作“未審可否”。

## 奉宣王宰欲令直抵磁州得否宜商量奏來狀〔一〕

右，臣等商量，昨者緣魏博久未進軍，兼涉物議，所以請王宰全軍直抵磁州，以分賊勢。所冀昭義破膽，弘敬不敢逗留。今既收平恩〔二〕，殺傷不少，便許弘敬自當一面，必見成功。然河朔軍情，常須以威臨制。弘敬一心，雖至忠順，終慮將校異端。況中外人心，皆憂河陽寡弱。王宰已排比兵，又頒恩賜，且令全軍赴河陽，兼得遙制魏博。兩面事勢，皆得機宜。未審〔三〕。會昌三年九月一日。

會昌三年（八四三）九月一日

## 箋　校

〔一〕本文文末注曰：“會昌三年九月一日。”《通鑑》卷二四七載九月“何弘敬奏拔肥鄉、平恩，殺傷甚衆”。所述與本文相符，故訂本文作於此時。

本文又載《叢刊》本、傅校本、《四庫》本李集卷一五、《全文》卷七〇一。

本文篇目原作《奉宣……奏來者》，《叢刊》本、傅校本、《四庫》本同。“者”字誤，據陸氏校勘、《全文》改。

〔二〕平恩　諸本作“平息”，誤。平恩，地名。《通鑑注》：“肥鄉，漢邯溝縣地，曹魏置肥鄉縣。至唐，與平恩皆屬洺州。”今據陸氏校勘、《通鑑》改。

〔三〕未審　《全文》作“未審可否”。

# 請賜仲武詔狀[一]

右，臣等見李回説，仲武似疑劉稹未有罪狀，及見李回説從諫積惡僭侈，便忠憤感激，告若罪狀如此，朝廷固合誅夷。臣等商量，因處分邊事，望賜仲武書，諭以深意。要云從諫入覲之初[二]，便與鄭注交結[三]，因緣貨賄，濫授鈞衡，及歸鎮後，又與李訓結託，所謀狂險，中外具悉。自訓、注夷滅，心不自安，頗恃甲兵，轉懷悖慢。先朝外雖優寵，中實懷疑。及從諫疾病之時，曾無誠款。昨遣中使臨問，兼借名醫，矯託異端，竟不相見，便樹置劉稹，令將校繼獻章表，不待朝旨，便令繼襲。以澤潞一鎮，有啓聖舊宫，艱難已來，多用文吏，如抱真首創軍幕於國，兼有大功，身殁之後，其子皆赴京闕。此謂劉稹愚騃[四]，迫於軍情，望其愛惜家門，稍能悛悔，頻敢馳突晋、絳，侵軼河陽。近李丕投降，及魏博收平恩縣，得劉稹牓帖，並已進來，皆呼官軍爲賊，逢着即須痛殺。悖逆如此，天地不容。想卿遠聞，因當奮激。卿宜速諭諸蕃部落，同滅可汗；卿但北邊立功，劉稹必當自潰。策勳命賞，以卿一道爲先。卿深體此懷，兼示將校。如蒙允許，望付翰林約此意撰詔。未審[五]。會昌三年九月二日。

會昌三年（八四三）九月二日

## 箋　校

〔一〕本文文末注曰"會昌三年九月二日"，故訂本文作時如此。

本文又載《叢刊》本、傅校本、《四庫》本李集卷一五、《全文》卷七〇一。

本文篇目原奪"狀"字，《叢刊》本、傅校本同。據《四庫》本、《全文》補。

〔二〕入覲之初　嘉靖本與《叢刊》本、傅校本此文錯簡嚴重,陸心源以
　　　宋本校明本,於本句下校曰:"入覲之初下脱'便'字,應接下葉與
　　　鄭注交結至會昌三年九月二日止,是爲賜仲武詔。"原本錯簡於
　　　"入覲之初"下有"茂元縱得痊復"云云,陸氏另有一段校語曰:"茂
　　　元縱得痊復,是《請授王宰兼行營諸軍攻討使》下半篇,應接下頁
　　　尚未安定云云。"如此則與《四庫》本、《全文》所載本文相一致,而
　　　文從字順。

〔三〕便與鄭注交結　《四庫》本、《全文》此句奪"便"字。

〔四〕此謂劉稹愚駿　《全文》作"比謂劉稹愚駿"。

〔五〕未審　《全文》作"未審可否"。

## 請授王宰兼行營諸軍攻討使狀<sup>〔一〕</sup>

　　右,緣王茂元雖是將家,久習吏事,深入攻討,非其所長。訪
聞東畿自聞狂寇侵軼,尚未安定<sup>〔二〕</sup>。茂元縱得痊復,且要留鎮河
陽,行營諸軍,須便有所委。茂元疾雖加重,朝廷亦免它虞。前月
二十九日延英面奉聖旨,亦以兩道節度同在一處非便。臣等商
量,望授王宰兼行營諸軍攻討使。如蒙允許,望加劉沔、張仲武招
撫使,例降黄敕處分。未審<sup>〔三〕</sup>。會昌三年九月四日。

會昌三年(八四三)九月四日

## 箋　校

〔一〕《通鑑》卷二四七載會昌三年八月"上以王茂元、王宰兩節度使共
　　　處河陽非宜。庚寅,李德裕等奏:'茂元習吏事而非將才,請以宰爲
　　　河陽行營攻討使。茂元病愈,止令鎮河陽,病困亦免他虞。'九月,

辛卯，以宰兼河陽行營攻討使"。此中所述亦即本文之概要，然《通鑑》所注年月稍疏。八月無庚寅，庚寅乃九月初四日，與本文文末所注相合，故訂本文作時如此。辛卯爲初五日，可見德裕此狀奏聞之次日，王宰即得到任命。

本文又載《叢刊》本、傅校本、《四庫》本李集卷一五、《全文》卷七〇一。

〔二〕尚未安定　嘉靖本與《叢刊》本、傅校本此文錯簡嚴重，陸心源以宋本校明本，於本句下校曰："《請授王宰狀》影宋本在《賜張仲武詔》後、《論石雄狀》前。尚未安定下接前頁茂元縱得痊復云云。"如此則與《四庫》本、《全文》相一致，且文義通順。

〔三〕未審　《全文》作"未審可否"。

## 論石雄請添兵狀[一]

右，訪聞冀氏去潞州最近，纔二百里已下，於此進兵，最當要害。冀城亦是大路，須備賊奔衝。石雄雖兵數已多，終是分張處廣，恐須初允所請[二]，方可責其成功。今緣西備蕃戎，邊鎮不可抽減，向東抽發，又不及幾。訪聞奏事軍將張弘慶云，陳許、徐泗兵初到行營，軍外子弟有一萬人已上，緣未有戰陣，聞不得已稍却歸本道。今猶有少壯堪充戰卒五六千人，皆是父子兄弟，人心齊一，臨時使用，絕勝諸軍。冀氏去賊最近，石雄又至驍勇，假其兵力，事必速成。陛下方集大勳，不可更惜小費。臣等商量，望賜石雄、義逸詔，令與陳許、徐泗軍外子弟各召二千人，並須揀少壯有武藝堪入戰陣者充；仍望約陳許長行例[三]，度支權給衣糧。徐泗緣有醬菜，望以兩處兵馬皆在行營，事體須同，不可獨給。如蒙允許,望速賜詔示。未審[四]。會昌三年九月二十四日。

會昌三年(八四三)九月二十四日

## 箋　校

〔一〕《通鑑》卷二四七載會昌三年九月"庚戌,以石雄代李彦佐爲晋絳
行營節度使,令自冀氏取潞州,仍分兵屯翼城以備侵軼"。此中所
述與本文相合。庚戌爲二十四日。可見李德裕奏狀之當日,朝廷
即任命石雄(參見前卷四《授石雄晋絳行營節度使制》),故訂本文
作於此時。
本文又載《叢刊》本、傅校本、《四庫》本李集卷一五、《全文》卷七
〇一。

〔二〕恐須　原作"□須",缺一字,《叢刊》本、傅校本、《全文》同。據陸
氏校勘補。《四庫》本作"便須"。

〔三〕仍望約陳許長行例　諸本作"仍望約陳許長行制","制"字誤,據
陸氏校勘改。又,嘉靖本、《叢刊》本、傅校本此文錯簡嚴重,陸心
源以宋本校明本,於本句下校曰:"陳許長行例下接後半頁度支權
給至會昌三年九月二十四日止。"如此則與《四庫》本、《全文》所載
本文相一致,且文義通順。

〔四〕未審　《全文》作"未審可否"。

## 請問薄重榮賊中事宜狀[一]

　　右,臣等昨於延英奏,請降中使問薄重英[二],生口四十人内,
幾人是赤頭郎。聖意以元逹之故,不欲更問。臣等商量,緣薄重
榮是賊之心腹,必盡知謀計,終要遣使出城,勘問賊中兵馬多少,
諸界布置防備何處? 今欲入兵,何處最當要害? 兼問賊中人情,

還思歸順否？直對鎮州押衙軍將，仔細勘問，不要回避，必得事情。因此不妨便知生口赤頭郎數。元逐知勘赤頭郎賊中事宜，必不疑慮。因此兼勘河陽、魏博生口，以此參驗，必知事實[三]。未審[四]。會昌三年十月六日。

會昌三年（八四三）十月六日

## 箋　校

〔一〕本文文末注曰“會昌三年十月六日”，故訂本文作於此時。

　　　本文又載《叢刊》本、傅校本、《四庫》本李集卷一五、《全文》卷七〇二。諸本篇目中“薄重榮”均作“薄仲榮”，今據陸氏校勘改，文內同此而改。

〔二〕薄重英　傅校本、《叢刊》本作“薄仲英”；《四庫》本、《全文》作“薄仲榮”。似以作“榮”爲長。

〔三〕必知事實　諸本作“必知”，無“事實”二字，據陸氏校勘補。

〔四〕未審　《全文》作“未審可否”。

請問生口取賊計策狀[一]

　　右，伏以殘寇未平，須廣求良計，臣等苟有所見，即合上聞[二]。遠則韓信，近則李靖，皆臨刑免死，後立殊勳。忽有其人，亦不可料。望令勘事中使宣問，如有奇計秘能，必取劉稹，或可以反間，令自相梟戮，及能設計取彼州縣，兼招得都頭者，並仰速具事由聞奏。如計畫明切，便堪施行，即貸其死命。令於諸軍敕命，不妨有可採録，或助戎功。可否之間，在於宸斷。會昌三年十月十日。

會昌三年（八四三）十月十日

〔一〕本文文末注曰“會昌三年十月十日”，故訂本文作於此時。

　　　　本文又載《叢刊》本、傅校本、《四庫》本李集卷一五、《全文》卷七

　　　　〇二。

〔二〕即合上聞　諸本作“則合上聞”，據陸氏校勘過録。

## 請諸道進軍狀[一]

　　右，緣王宰兵已深入，須取澤州，又恐賊於萬善向東衝突，須
更尅期齊進。正月六日，並是良日[二]；一日雖是歲首，亦合軍機。
緣軍在行營，歲日與常日無異，賊中有州縣村閭，隨分必須作歲。
乘其無備，必易成功。其兩日伏在聖明裁定。戎事尚密，所降中
使，望計行程，令取事前兩日到行營即得[三]。又恐賊中困斃，即
自有變，望密詔王宰、石雄、義忠等，聞彼有變，便須星夜進軍[四]。
兼先差專使與彼大將書，具云初經變革，須得王師應接，以安人
心；兵馬並不入潞州，祇在三數十里内下營，並不驚擾村閭，即當
秋毫不犯；直須待立功軍出潞州，新節度使入後，處置大段公事
了，方得抽軍。其元逵、弘敬，緣隔山東，又恐漏洩此意，並望不賜
詔示。如蒙允許，望付翰林各賜詔處分。會昌三年十二月二十二日。

　　　　　　　　　　　　會昌三年（八四三）十二月二十二日

箋　校

〔一〕《通鑑》卷二四七載會昌三年十二月“戊辰，王宰進攻澤州”。此條
　　　下《考異》曰：“《一品集》，十月二十三日狀：‘緣王宰兵已深入，須
　　　取澤州。’按此月三日宰始得天井關，於十月之末豈能深入取澤州？
　　　蓋十二月十三日狀，‘二’字誤在‘月’下耳。”據《考異》，本文當作

於十二月十三日。戊辰爲十四日。王宰進攻澤州正在德裕奏狀之次日，其説甚合情理。但陸宋樓本本文文末注曰"十二月二十二日"，與《考異》相差九日，今姑訂本文作時爲會昌三年十二月二十二日。

本文又載《叢刊》本、傅校本、《四庫》本李集卷一五、《全文》卷七〇二。

〔二〕並是良日　《全文》作"並是良辰"。

〔三〕到行營即得　原作"到行營即待"，《叢刊》本、《四庫》本、《全文》同。按"待"字誤。今據陸氏校勘、傅校本改。

〔四〕星夜進軍　原作"星夜進□"，缺一字，《叢刊》本、傅校本、《四庫》本同。今據陸氏校勘補。《全文》作"星夜兼進"，亦誤。

## 論劉稹送誠款與李石狀〔一〕

右，臣等得李石狀，報劉稹潛有款誠。伏以王師壓境，已是六月，賊境累經侵軼，頗肆猖狂。今事勢困窮〔二〕，人心思變，因此請命〔三〕，冀遒靈誅。望詔李石且與李恬書，不得云已與聞奏，但遣將血屬直至界首〔四〕，方敢上聞。以此邀之，更觀旬月。仍望詔元逵、弘敬、王宰、石雄，便令齊入，切料旬朔之内，必有變生。今饋運之費，計至春末並足，如二月已來尚未殄滅，然議納其誠款〔五〕，事亦不遲。如蒙允許，望付翰林各賜詔處分。會昌四年正月四日。

會昌四年（八四四）正月四日

## 箋　校

〔一〕《通鑑》卷二四七載會昌三年年底"洺州刺史李恬，（李）石之從兄也。石至太原，劉稹遣軍將賈群詣石，以恬書與石云：'稹願舉族歸命相公,奉從諫喪歸葬東都。'石囚群,以其書聞"。此下《考異》曰:"《一品集》,正月四日狀曰'臣等得李石狀,報劉稹潛有款誠'云云。"即爲本文之節録。陸氏校勘於文末,傅校本於題下分别補注"會昌四年正月四日",正與《通鑑考異》所記相合,故訂本文作於此時。

本文又載《叢刊》本、傅校本、《四庫》本李集卷一五、《全文》卷七〇二。

本文篇目,諸本均作《論劉稹送款與李石狀》,無"誠"字,今據陸氏校勘補。

〔二〕今事勢困窮　《全文》作"今事勢窮困"。

〔三〕因此請命　原作"困此請命",《叢刊》本、傅校本同。按"困"字誤。今據《四庫》本、《全文》改。

〔四〕但遣將血屬直至界首　原作"但遣將兵屬直界首",《叢刊》本、《四庫》本、《全文》同。按"兵"字誤,又奪"至"字。今據陸氏校勘校補。傅校本此句奪"至"字。

〔五〕納其誠款　原作"納其代款",《叢刊》本、傅校本、《四庫》本同。按"代"字誤。今據陸氏校勘改。《全文》作"納其款",奪"誠"字。

# 文集卷第十六

## 論用兵四

### 請遣使至天井冀氏宣慰狀[一]

右，臣等近訪聞城中之計，只待林木陰合，以老王師，如此遷延，必恐過夏。伏見元和中憲宗緣淮西久未成功，遣尚書右丞許孟容至行營宣慰，令面詰責光顔、重胤，兼取光顔等及大將已下狀，皆請一箇月内平賊[二]。自後不敢逗留，累破大城柵。憲宗又令梁守謙往，遂破郾城；續令裴度去，竟破淮蔡。去秋李回唯至鎮、魏兩道，王宰、石雄並未有制使宣慰。臣等商量，望令李回至天井、冀氏宣慰，兼取王宰、石雄及諸軍都頭兩道大將等狀，令具破賊期限聞奏。如蒙允許，望令乘遞早發。未審[三]。會昌四年三月一日。

會昌四年（八四四）三月一日

箋　校

〔一〕本文文末注曰"會昌四年三月一日",故訂本文作於此時。

本文又載《叢刊》本、傅校本、《四庫》本李集卷一六、《全文》卷七
〇二。

〔二〕平賊　諸本作"併賊","併"字誤。今據陸氏校勘改。

〔三〕未審　《全文》作"未審可否"。

## 奏晋州刺史李丕狀 緣楊弁作亂時,李丕殺安義節之子。〔一〕

右,緣安義節管沙陀兵馬三十餘年,蕃人之心,最尚讐怨,戰
陣之際,固難隄防。李丕既不主兵,無以自衛,且令在州綏緝,應
接石雄行營,每欲進兵,與共謀度,不妨理郡,兼得坐籌。如蒙允
許,望各賜詔處分。未審〔二〕。會昌四年三月十四日。

會昌四年(八四四)三月十四日

箋　校

〔一〕傅璇琮《李德裕年譜》會昌四年載"《一品集》又有《奏晋州刺史李
丕狀》,其中叙及李丕在晋州綏輯,應接石雄,而石雄進兵時,亦須
同李丕‘與共謀度’,即李丕已爲石雄副使。此文注云‘會昌四年
三月十四日’,則授李丕制當在本年三月上旬"。故訂本文作於
此時。

本文又載《叢刊》本、傅校本、《四庫》本李集卷一六、《全文》卷七
〇二。

本文篇目下原注曰:"緣揚言作亂而李丕殺安義節之子。"《叢刊》
本、傅校本、《四庫》本同。按"揚言"爲"楊弁"之誤,"而"爲"時"
之誤。今據陸氏校勘改。《全文》題下無注文。

〔二〕未審 《全文》作"未審可否"。

## 李克勤請官軍一千二百人自引路
## 取涉縣斷賊山東三州道路狀〔一〕

右,奉宣令臣等商量奏來者。臣等唤得王逢細問,王逢云:
"自領行營兵馬,便在榆社,並不到儀州。其涉縣道路遠近,山川
險阻,先不曾諳委;又恐李克勤所通涉縣賊兵多少〔二〕,未得諳實。
今請於儀州置軍糧,迤邐下寨〔三〕,兼側近捉生勘問,委知涉縣無
賊大兵鎮守,方可進軍。"又云:"榆社河東怯弱,終不堪用。代州
向北軍馬〔四〕,王逢曾經使用,郎校精強。今來是防秋時,請委節
度使,除蔚州飛狐靈丘與幽州接界外,代北諸州軍量抽二千人即
得〔五〕。此二千人已敵榆社五千人。又向北烽子約有一千人,敵
得已來極堅勁耐辛苦〔六〕,一人敵得十人〔七〕。量抽五百人,將赴行
營,每隊與十人五人,令入險偷城〔八〕,非常得力。"又云:"李克勤
所請一千二百人太少,軍中難得一一相似,若只與二千二百
人〔九〕,無二三百人已來堪用〔一○〕。"臣等商量,且差中使押領李克
勤赴榆社。至晉州過日,先召取李丕,與李克勤面議機計,審定入
兵處所,録取兩本狀,一本封進,一本將與義忠。其所要兵馬多少
及進軍時日,並委義忠與行營大將及克勤審細商量奏聞。如可決
行,須便應機速去,不要更待進止,即事得神速,免漏軍機。如蒙
允許,望賜義忠、李丕詔處分。未審〔一一〕。會昌四年四月二日。

會昌四年(八四四)四月二日

## 箋 校
〔一〕本文文末注曰"會昌四年四月二日",故訂本文作於此時。

本文又載《叢刊》本、傅校本、《四庫》本李集卷一六、《全文》卷七〇二。

〔二〕所通涉縣賊兵多少　諸本此句奪“賊兵”二字，據陸氏校勘補。

〔三〕下寨　《全文》作“下塞”。

〔四〕代州　諸本作“代山”，據陸氏校勘改。

〔五〕代北　諸本奪“北”字，據陸氏校勘補。

〔六〕敵得已來極堅勁耐辛苦　諸本此句奪“得”、“堅”二字，據陸氏校勘補。傅校本作“敵得已來極望勁耐辛苦”，“望”字亦誤。

〔七〕一人敵得十人　諸本此句奪“得”字，據陸氏校勘補。

〔八〕令入險偷城　諸本作“令入陰偷城”，“陰”字誤，據陸氏校勘改。

〔九〕李克勤所請……若只與二千二百人　《四庫》本、《全文》此數句少十九字，祇作“李克勤與一千二百人”一句。玆從䌐宋樓本、《叢刊》本、傅校本。

〔一〇〕無二三百人已來堪用　原作“無□三百人已來堪用”，《叢刊》本、《四庫》本、《全文》同。按此缺一字。今據陸氏校勘、傅校本補。

〔一一〕未審　《全文》作“未審可否”。

## 魏城入賊路狀〔一〕

右，伏以饋運支計，本約至五月。今若五月未平小寇，即須便過盛暑。臣等夙夜思慮，切要改張。緣石雄西面險阻〔二〕，須得王宰、忠義深入，方可進軍。榆社兵甲未足〔三〕，天井固難獨入。以此之故〔四〕，遂成因循。訪聞魏城絕當要害，向南十二里至狗脊嶺，雖有小山，並無險阻，二十五里便至武鄉縣，直抵潞州，便是平川。臣等訪問王逢，須得一萬精兵，方可前進。今則近更無徵兵處,遠處又不及事,望降中使與石雄商量,便將義武步兵萬人就義武馬軍,兼沙陀馬軍五百就榆社沙陀,此外於忠武步兵及河中衙隊共揀七千人〔五〕,通前似僅一萬人,並榆杜、宣武、兗海、義父馬軍〔六〕,都是一萬五千精兵,足得濟事。取魏武路直入〔七〕,旬月必見成功。冀氏、翼城,猶有一萬八千人,但令保險,又守城寨,權差供奉官一人監領〔八〕,待石雄得武鄉後即令冀氏、翼城諸寨兵馬齊進,與石雄合軍。仍委石雄與李丕同商量,如此穩便,即須排比今月中旬末赴魏城。事貴神速,不得漏泄。未審〔九〕。會昌四年四月五日。

会昌四年(八四四)五月五日

## 箋　校

〔一〕本文文末原注"會昌四年四月五日",《叢刊》本、傅校本同。但陸氏校勘改作"五月五日"。本文云"今若五月未平小寇,即須便過盛暑",似是五月初口氣。今姑訂本文作時爲會昌四年五月五日。本文又載《叢刊》本、傅校本、《四庫》本李集卷一六、《全文》卷七○二。

〔二〕緣石雄西面險阻　諸本此句奪"緣"字,據陸氏校勘補。

〔三〕兵甲　原作"兵由",《叢刊》本同。按"由"字誤。今據《四庫》本、《全文》改。

〔四〕以此之故　諸本此句奪"之"字,據陸氏校勘補。

〔五〕忠武步兵　原作"中武步兵",《叢刊》本、傅校本同。按"中武"誤。時王宰爲忠武節度使,兹據改。《四庫》本、《全文》作"中武部兵",亦欠妥。

〔六〕義父　《全文》作"義武"。

〔七〕魏武路　疑當作"魏城路"。

〔八〕權差供奉官 諸本作“權差供奉”，奪“官”字，據陸氏校勘補。

〔九〕未審 諸本無此二字，據陸氏校勘補。

## 天井冀氏行營狀〔一〕

右，昨者初夏，頻請進軍，所冀未熱之時，便見次第。今炎毒已甚，迫促稍難。殷宗伐鬼方，周公東征，皆三年乃尅。淮蔡、滄景，亦三四年。王者之師，以全取勝。急攻則狂賊得計，稍緩則賊勢日窮。況出內庫貨財，以資軍食，計量饋運，必及冬間。緣兩道皆有供奉官，非惟節將心不敢安，難於擇使；亦恐營柵甚暑，不易秖供。望賜詔各令且回。兼詔示王宰、石雄，亦不可云稍緩之意〔二〕，但云時方炎暑，恐供奉在彼有妨戎事，任卿自擇便利，不得安閑。會昌四年六月四日。

會昌四年(八四四)六月四日

## 箋　校

〔一〕傅璇琮《李德裕年譜》會昌四年曰：“《天井冀氏行營狀》文末注云‘會昌四年六月四日’。……蓋因四、五月時未能取得較大進展，暑熱已臨，須令進討之師稍事休息，以利秋涼時再次進擊。”故今訂本文作於此時。

本文又載《叢刊》本、傅校本、《四庫》本李集卷一六、《全文》卷七〇二。

〔二〕亦不可云 諸本奪“云”字，據陸氏校勘補。

## 請准兵部式依開元二年軍功格置
## 跳盪及第一第二功狀〔一〕

開元格：臨陣對寇，矢石未交，先鋒挺入，陷堅突衆〔二〕，賊徒因而破敗者，爲跳盪。

右，開元中酬跳盪功，止於武官及勳，比今日流例，即事校簿。其立跳盪功與格文相當者，不問軍將、官健、白身，便望授監察御史。如已是御史者[三]，超兩資授憲官；如官已至常侍、大夫者[四]，臨時別望優與處分。其先鋒第一功，如無官者[五]，便授檢校將軍卿監；累官至賓客者，即授御史。其第二功，無官者授檢校少卿監及中郎將，累官至賓客者[六]，即與御史。

開元格：跳盪功，破賊陣不滿萬人，所敍不得過十人；若萬人以上，每一千人聽加一人。其先鋒第一功，所敍不得過二十人；第二功，所敍不得過四十人。

右，三等立功人數，請依開元格收敍。如過此數，並望落下。

開元格：招得一萬人已上，其頭首一人准跳盪功例。一千人已上，准第一等例。賊數不滿千人，量差等處分。

右，若依舊格，難有此例[七]。今望招得一千人，便准跳盪例；五百人准第一等例；五百人以下節級處分。

開元格：每獲一生口[八]，酬獲人絹十疋。

右，緣並無軍將官健等第[九]，稍似不倫[一〇]。今請獲賊都頭，賞絹三百疋；獲賊正兵馬使[一一]，賞絹一百五十疋；獲賊副兵馬使[一二]、都虞候，賞絹一百疋；都虞候已上，仍並別酬官爵；如是官健，仍優與職名；獲賊十將，賞絹七十疋；獲賊副將，賞絹三十疋；獲賊赤頭郎及劉積新召宅內突將，賞絹十疋；獲賊長行，賞絹三疋；如是土團練鄉夫之類，不在此例。每獲生口，便望令所獲人對中使點勘上曆，不得令有虛妄。其賞給時，亦望令中使自對面分付。

以前件開元格如前。臣等商量，緣比來大陣酬賞，只是十將已上得官，其副將已上至長行，並是甄錄。今但與格文相當，即便酬官，所冀盡霑渥澤。又緣每陣獲生，並有優賞，今據開元舊格，等級加恩，如此則頒賞有名，人心知勸。如蒙允許，望各賜詔；仍封賞格，令牓示三軍。未審[一三]。

會昌四年（八四四）六至七月間

## 箋　校

〔一〕傅璇琮《李德裕年譜》會昌四年曰：“從整個討伐澤潞的戰場看，五、六月間東南西北四面皆無重大軍事行動。在此期間，德裕着重於整頓、改革內部機構，如精簡官員，重新擬訂軍功賞罰規定，以准備下一步的作戰行動。《一品集》卷十六《請准兵部式依開元二年軍功格置跳盪及第一第二功狀》，即是一例。”然本文未注年月。同卷前一篇《天井冀氏行營狀》作於六月四日，後一篇《奉宣石雄所進文書欲勘問宜商量奏來狀》作於閏七月一日，而此卷所收文，大致按時間先後排列，故訂本文作時爲會昌四年六至七月間。

　本文又載《叢刊》本、傅校本、《四庫》本李集卷一六、《全文》卷七○二。

　本文篇目諸本均奪“式”字，據陸氏校勘補。

〔二〕陷堅突衆　原作“陷堅□灾衆”，《叢刊》本、傅校本同。《四庫》本作“陷堅闕災衆”。空闕處衍，“灾”或“災”誤。今據《全文》刪改。

〔三〕如已是御史者　諸本此句均奪前五字，據陸氏校勘、《全文》補。

〔四〕如官已至常侍大夫者　諸本此句均奪“如官”二字，據陸氏校勘補。

〔五〕如無官者　諸本作“如有官者”，“有”字誤。今據陸氏校勘改。

〔六〕累官至賓客者　此句原奪“官”字，《叢刊》本、《四庫》本同。今據陸氏校勘、《全文》補。

〔 七 〕難有此例　原作"雖有此例"，《叢刊》本、《四庫》本同。"雖"字
　　　　誤，今據陸氏校勘、《全文》改。

〔 八 〕每獲一生口　諸本作"每獲一生"，奪"口"字，據陸氏校勘補。

〔 九 〕官健等第　原作"言健等第"，《叢刊》本同。按"言"字誤。今據傅
　　　　校本、《四庫》本、《全文》改。

〔一〇〕稍似不倫　諸本作"稍似不備"，"備"字誤，據陸氏校勘改。

〔一一〕獲賊正兵馬使　諸本作"獲正兵馬使"，奪"賊"字，據陸氏校勘補。

〔一二〕獲賊副兵馬使　諸本作"獲副兵馬使"，奪"賊"字，據陸氏校勘補。

〔一三〕未審　《全文》作"未審可否"。

## 奉宣石雄所進文書欲勘問宜商量奏來狀<sup>〔一〕</sup>

右，臣等商量，賀意比因楊弁作亂之時，已涉賊中言語，究其
蹤跡，必非循良。深恐王宰不知<sup>〔二〕</sup>，爲其詿誤。若不尋問，旬月
後王宰的自知，見朝廷隱忍，必懷憂負。又不一度明辨，石雄轉有
所疑。望付封晉絳所進賊中文書，詔示王宰及守度，對王宰追賀
意勘問。如審有潛報蹤由，便就行營按軍令；如涉曖昧，即令王宰
差使押領送上都；其遊弈差替聞奏。仍望詔示石雄。未審<sup>〔三〕</sup>。會
昌四年閏七月一日。

會昌四年(八四四)閏七月一日

## 箋　校

〔 一 〕本文文末注曰"會昌四年閏七月一日"，故訂本文作於此時。
　　　　本文又載《叢刊》本、傅校本、《四庫》本李集卷一六、《全文》卷七
　　　　〇二。

〔二〕深恐王宰　諸本作"深知王宰"。按"知"字誤,據陸氏校勘改。

〔三〕未審　《全文》作"未審可否"。

# 論赤頭赤心健兒等狀[一]

右,健兒等敢同元惡[二],久抗王師,比屋皆誅,未足塞責。然以此軍忠義,未嘗失節,艱難已後,頻立戰功,赤頭、赤心,皆是賊妄立此名[三],以張聲勢,未必人皆敢勇,生死一心。所慮玉石俱焚,善惡同棄。詔王宰、石雄、義逸、國亮,許其自相糺出。如是鄆州父兄子弟,及從諫處招到兇惡將健等,乘用兵後爲劉積出死力戰鬪[四],先犯官軍毀罵行營節度使者,任自推出,即免累及平人。伏料如此號令,必不敢容蔽兇黨,其合誅戮者,亦自甘心,昭示四方,稱朝廷弔人伐罪之意。如蒙允許,望付翰林約此意詔示。未審[五]。會昌四年九月三日。

會昌四年(八四四)九月三日

## 箋　校

〔一〕本文文末注曰"會昌四年九月三日",故訂本文作於此時。

本文又載《叢刊》本、傅校本、《四庫》本李集卷一六、《全文》卷七〇二。

〔二〕健兒　原作"從兒",《叢刊》本、傅校本同。按"從"字誤。今據陸氏校勘、《四庫》本、《全文》改。

〔三〕皆是　原作"昔是",《叢刊》本同。按"昔"字誤。今據陸氏校勘、傅校本、《四庫》本、《全文》改。

〔四〕乘用兵後　原作"棄用兵後",《叢刊》本、傅校本同。按義不合。今據《四庫》本、《全文》改。

〔五〕未審　《全文》作"未審可否"。

## 論堯山縣狀[一]

　　右,臣等見鎭州奏事官梁居簡稱,城内並無禮於元逵兇惡頭首,推出二十餘人,並梟戮訖,其餘皆懼殺戮,却閉城門。伏以寇孽既平,盡是國家城鎭。控制河朔,須存壘垣,豈可更令元逵窮兵攻取?望中使賜城内將士敕書招携,各令安堵。仍賜元逵詔,便令抽兵歸本道。並賜盧鈞詔,亦令自遣使安存。未審[二]。會昌四年九月十八日。

會昌四年(八四四)九月十八日

## 箋　校

〔一〕《通鑑》卷二四八載會昌四年九月"昭義屬城有嘗無禮於王元逵者,元逵推求得二十餘人,斬之。餘衆懼,復閉城自守。戊辰,李德裕等奏"云云,即爲本文之節要。本月戊辰爲十八日,與本文文末所注相合,故訂本文作於此時。
　　　本文又載《叢刊》本、傅校本、《四庫》本李集卷一六、《全文》卷七〇二。
〔二〕未審　《全文》作"未審可否"。

## 奏磁邢州諸鎭縣兵馬狀[一]

　　右件鎭縣兵馬,並准江淮諸道例,割屬本州收管,所有解補,並委刺史自處置訖。申使如鎭遏十將已上[二],是軍中舊將,兼有憲官,不願屬刺史者,並委盧鈞追上驅使。

會昌四年(八四四)九月二十日前後

〔一〕傅璇琮《李德裕年譜》會昌四年載本年編年文,於本文下云:“按本
　　卷各篇皆注年月,而此篇獨無。此前一篇《論堯山縣狀》爲九月十
　　八日,此後一篇《潞磁等四州縣令録事參軍狀》爲九月二十七日,
　　依時間順序,則此篇當在九月二十日前後。”
　　　本文又載《叢刊》本、傅校本、《四庫》本李集卷一六、《本文》卷七
　　〇二。

〔二〕申使如鎮遏十將已上　原作“□□如鎮遏十將以上”,《叢刊》本、
　　《四庫》本、《全文》同。按缺二字。今據陸氏校勘、傅校本補。

# 潞磁等四州縣令録事參軍狀[一]

　右,緣地貧俸薄,無人情願,多是假攝,破害疲甿。望委吏部
於今年選人中,揀幹濟曾有績效人,稍優一兩任注擬。其俸料待
勘數到,續請商量聞奏。
　　　以前並是積久之弊,且要改張。所冀刺史得主兵權,免
受牽制;官人皆由選擇,可委緝綏。既無軍鎮干侵[二],自然
得施教化。臣等商量如前,未審[三]。會昌四年九月二十七日。

　　　　　　　　　　會昌四年(八四四)九月二十七日

〔一〕本文文末注曰“會昌四年九月二十七日”,故訂本文作於此時。
　　　本文又載《叢刊》本、傅校本、《四庫》本李集卷一六、《全文》卷七
　　〇二。

〔二〕既無軍鎮干侵　《全文》作“既無軍頭干侵”。

〔三〕未審　《全文》作“未審可否”。

# 論邢州狀<sup>〔一〕</sup>

右,邢州城門盧弘指稱<sup>〔二〕</sup>,劉從諫安置昭義軍額,龍罡縣安置邢州額<sup>〔三〕</sup>,刺史李行循見在縣中安置。伏以朝廷制置,必在正名,劉從諫曾不聞奏,擅自移改。臣等商量,邢州額望依前於城門安置<sup>〔四〕</sup>,刺史便勒移入州内<sup>〔五〕</sup>。如亭臺有僭侈處,並勒毁拆訖聞奏。龍罡縣依前充縣令理所。會昌四年十月十七日。

會昌四年(八四四)十月十七日

## 箋　校

〔一〕本文文末注曰"會昌四年十月十七日",故訂本文作於此時。

本文又載《叢刊》本、傅校本、《四庫》本李集卷一六、《全文》卷七
〇二。

〔二〕盧弘指稱　疑爲"盧弘止稱"之訛,有史爲證:《通鑑》卷二四七載
本年八月"李德裕奏:'今不須復置邢、洺、磁留後,但遣盧弘止宣
慰三州及成德、魏博兩道。'"又《舊書·盧弘正(按:應作止)傳》:
"李德裕曰:'給事中盧弘正嘗爲昭義判官,性又通敏,推擇攸宜。'
即命爲邢洺磁團練觀察留後。未行而積誅,乃令弘正銜命宣諭河
北三鎮。"

〔三〕龍罡　原作"龍罡",《叢刊》本、傅校本同。"罡"字誤,今據《四
庫》本、《全文》改。

〔四〕於城門安置　諸本作"於城安置",無"門"字,據陸氏校勘補。

〔五〕勒移入州内　原作"勤移入州内",《叢刊》本同。"勤"字誤,今據
傅校本、《四庫》本、《全文》改。

# 巡邊使劉濛狀[一]

　　右，緣李回等稱，黠戛斯使云，今冬必欲就黑車子收回鶻可汗餘燼[二]，切望國家兵馬應接。黠戛斯使回日，已賜敕書，許令幽州、太原、天德、振武[三]，各於要路邀截出兵[四]。伏以控馭蕃戎，最在誠信，既有期約，不可參差。須遣使臣，早爲布置。其劉濛便望從靈武至天德、振武取太原路赴京。兵力素全，番人至衆，祇要令先事揀練，兼修整器械。緣累年用兵，計所闕者最是兵仗[五]，早須爲備。擬仍令代北諸軍鎮添補逃亡官健，及點檢退渾、沙陀等部落，樅樅排比。至防秋時，且各令於杷頭烽内要害城鎮屯集，待知回鶻指的消息，即於山外邀截。其天德自西受降城至振武穿陰山賊路，如有要路削及添木石填塞處，早令下手修繕，仍於要路深掘壕塹，多置陷馬坑，須防黠戛斯向北蹙逐，回鶻入塞唐突。緣天德、振武兩處兵力寡少，恐須臨時接借。望委劉濛與節度防禦使仔細商量，據下切要聞，不得妄令申請。其幽州兵馬至多，不必先令排比[六]。待至冬初[七]，續降中使賜詔。如蒙允許，望付翰林約此意各賜詔處分。未審[八]。會昌五年二月二十三日。

會昌五年（八四五）二月二十三日

## 箋　校

〔一〕岑仲勉《編證》收録本文，對本文作時有較詳考訂。按本文文末注曰"會昌五年二月二十三日"，但《通鑑》卷二四七載會昌四年二月"乃以給事中劉濛爲巡邊使"。《考異》節録本文數句，謂是"會昌四年二月二十二日奏狀"，均誤差一年。《編證》駁正《通鑑》有五條，茲録其第三、第四條，以見大略："此狀今列《一品集》卷十六，其前《論邢州狀》，會昌四年十月十七日上，其後《昭義軍事宜狀》，會昌五年二月二十三日（按：岑氏筆誤，應爲會昌五年八月十一日）上，如依《考異》改爲四年春夏所上，則時序不符，不可者三。今集此狀上於五年二月二十三日，而《實錄》則五年二月二十五日以濛爲巡邊使，兩書年日之真確，正可互相爲證，《考異》所云四年二月二十二日，當是司馬氏見本之誤，據此以推翻《實錄》，不可者四。"今從其説，訂本文作時如此。

本文又載《叢刊》本、傅校本、《四庫》本李集卷一六、《全文》卷七〇二。劉濛爲劉晏孫，其事附見《新書》卷一四九《劉晏傳》。傳云："濛，字仁澤。舉進士，累官度支郎中。會昌初，擢給事中。以材爲宰相李德裕所知。時回鶻衰，朝廷經略河、湟，建遣濛按邊，調兵械糧餉，爲宣慰靈夏以北党項使。始議造木牛運。宣宗立，德裕得罪，濛貶朗州刺史，終大理卿。"

〔二〕回鶻可汗餘燼　原作"回紇可汗餘燼"，"紇"字誤。《編證》曰："德宗後已改回鶻，此乃傳寫之誤也。"本文下文俱作"回鶻"，據改。《四庫》本作"回鶻"，是。

〔三〕天德振武　《編證》作"振武天德"，其曰："兹據《考異》二二乙之。上文《與黠戛斯書》亦振武列天德前，若下文'從靈武至天德、振武'，則就其順道言之，不能爲例。"錄此供參。

〔四〕各於要路邀截出兵　原作"各於路邀截出兵"，《叢刊》本、傅校本、《四庫》本、《全文》同。按奪"要"字。今據陸氏校勘補。《考異》、《編證》作"各於要路出兵邀截"。

〔五〕計所闕者最是兵仗　原作"計所聞者最是兵伏"，《叢刊》本、傅校本同。按"聞"、"伏"二字誤。今據陸氏校勘、《全文》、《編證》改。《四庫》本作"計所先者最是兵仗"，"先"字亦誤。

〔六〕不必先令排比　原作“不得先令排比”，《叢刊》本、傅校本、《四庫》本、《全文》同。按“得”字誤。今據《考異》、《編證》改。

〔七〕待至冬初　原作“待冬至初”，《叢刊》本、傅校本、《四庫》本同。按“冬至”二字倒誤。今據《考異》、《編證》改。

〔八〕未審　《全文》作“未審可否”。

# 昭義軍事宜狀[一]

　　右，今日見石雄報狀，盧鈞因出城至裴村送兵馬[二]，步軍遂回旗劫掠。以此知盧鈞都不曉戎事。從前發遣兵馬，節度使不合出子城，諸城門亦合先布腹心把捉。聞昭義軍中畏懼石雄稍甚。如軍亂未定，且要石雄提挈精卒，自至澤州，移牒索亂軍頭首；如送出首惡，其餘不問，計必當無事。如指揮未定，且要分五百人，兼揀好將，鎮守端氏城。其端氏城是劉從諫近年修築，非常牢固。去年劉稹阻命，安全慶軍糧元在端氏[三]，所以敢擾西界。今若分兵鎮守端氏，即翼城盡無可虞。又恐亂軍潰散，於諸處劫殺，河陰兵馬，切不可抽，亦須稍加警備。石雄忠勇，思慮恐未周至，伏望賜密詔處分。謹錄奏聞。會昌五年八月十一日。

會昌五年（八四五）八月十一日

## 箋　校

〔一〕《通鑑》卷二四八載會昌五年七月末“詔發昭義騎兵五百、步兵千五百戍振武，節度使盧鈞出至裴村餞之；潞卒素驕，憚於遠戍，乘醉，回旗入城，閉門大譟，鈞奔潞城以避之”。而本文云“今日見石雄報狀，盧鈞因出城至裴村送兵馬”云云，與本文合。文末注曰“會昌五年八月十一日”，即石雄報狀奏到之日，故訂本文作於此時。

本文又載《叢刊》本、傅校本、《四庫》本李集卷一六、《全文》卷七
〇二。

〔二〕裴村　諸本作"斐村"，誤。今據《通鑑》改。

〔三〕安全慶軍糧元在端氏　諸本作"安全慶軍元在端氏"，奪"糧"字，
　　據陸氏校勘補。

## 請先降使至党項屯集處狀<sup>〔一〕</sup>

右，伏以前代伐叛，皆須先諭文誥，儻未柔服，則當臨以兵威。
古人云："明其有罪，敵乃可服。"緣党項自麟府鄜坊至於太原，徧
居河曲，種落實蕃，其間皆有善良，豈敢盡爲暴害？況北有殘虜，
西有犬戎，使其貳心，終成邊隙。切要存以大信，示以優恩；撫納
不悛，然加顯戮，便須擒盡首惡，永絶禍根。如此則朝廷誅之有
名，彼亦無怨。臣等商量，望差給、舍一人，令邊鎮出兵護送，且至
叱利鎮城下，密召酋長，喻以國恩，問其屯兵事由，有何冤屈？既
命親王爲帥，又有巡院監察，祇合詣闕伸冤，豈可便興師旅，殘毀
城戍，焚爇村閭？百姓何辜，受此塗炭！其首謀背叛及打破邠寧
鹽州界城堡罪人<sup>〔二〕</sup>，並須分別送出，仍須是本族酋長，不特是族
內平人。善惡既分，邊境寧靜，即且爲容忍，待之如初。若不送罪
人，猶敢嘯聚，必當大兵誅討，他日不得有詞。如蒙允許，臣等續
揀擇使臣聞奏。仍望付翰林約此意撰救書。未審<sup>〔三〕</sup>。會昌六年正
月十一日。

會昌六年（八四六）正月十一日

## 箋　校

〔一〕《通鑑》卷二四八載會昌五年年底"朝廷雖爲党項置使，党項侵盜不已，攻陷邠、寧、鹽州界城堡，屯叱利寨。宰相請遣使宣慰，上決意討之"。又載，"六年春，二月，庚辰，以夏州節度使米暨爲東北道招討党項使"。史籍所載，即本文與下文《論鹽州屯集党項狀》之背景。本文文末注曰"會昌六年正月十一日"，故訂本文作於此時。

本文又載《叢刊》本、傅校本、《四庫》本李集卷一六、《全文》卷七〇二。

〔二〕其首謀背叛　原作"其首謀皆叛"，《叢刊》本、傅校本同。按此於義不合，"皆"似爲"背"之訛，今據《四庫》本改。《全文》作"其首謀逆叛"。

〔三〕未審　《全文》作"未審可否"。

## 論鹽州屯集党項狀〔一〕

右，党項久爲劫盜，須示嚴刑。比者且務含容，猶可待之恩信，今者自知惡稔，朝廷將欲翦除，必恐轉不自安，更懷奸計。出師則鳥散山谷，抽兵則蟻聚塞垣，日往月來，漸成邊患。望賜王劍、士幹詔〔二〕，及其屯集未散，速令攻討；如已退散，則須乘此兵力驅出南山。其打破城堡及於叱利鎮屯集者，即且驅出，令於平夏放牧，不得更固山險。切須分別詳審，不得枉及無辜〔三〕。務令邊寨永清，商旅無滯，冀因此舉，盡獲叛徒〔四〕。未審〔五〕。會昌六年正月二十六日。

會昌六年(八四六)正月二十六日

箋　校

〔一〕本文文末注曰“會昌六年正月二十六日”，故訂本文作於此時。
　　　本文又載《叢刊》本、傅校本、《四庫》本李集卷一六、《全文》卷七
　　　〇二。
〔二〕望賜王釗士幹詔　原作“望使王釗士幹詔”，《叢刊》本、傅校本、
　　　《四庫》本同。按“使”字誤。今據《全文》改。王釗前爲昭義劉稹
　　　之將。《舊書》卷一八上《武宗本紀》載會昌四年七月“洺州刺史王
　　　釗、磁州刺史安玉以城降何弘敬”。據《通鑑》，王釗等降在會昌四
　　　年閏七月中旬。
〔三〕枉及無辜　《四庫》本作“濫及無辜”。
〔四〕盡獲叛徒　《四庫》本作“盡殱兇殘”。
〔五〕未審　《全文》作“未審可否”。

# 文集卷第十七

## 密　狀

### 論遊幸狀〔一〕

#### 人君動法於日

右，臣竊見近日陛下畋遊稍遠，還宫近夜。伏以人君動法於日，故日出視朝，日入宴息。古人云：將旦，清風發，群陰伏，君以臨朝，不牽於色；日將入，專以侍君就房，有常節〔二〕。伏望陛下深察古人之言，向後遊幸，不至侵夜。

#### 人君動敬天道

古以人君天之所予，常宜奉順天道，亦猶人臣之事陛下，常須戒慎。臣雖暗昧，不知天道，近頻見中朝人説，自秋已來，五星所行，稍失常度。此皆天意懇勤，儆戒陛下。《毛詩》云："敬天之渝，無敢馳驅。"又古人云:"動人以行不以言,應天以實不以文。"伏惟陛下稍節馳驅,以順天意。

以前,臣伏蒙陛下拔自遠鎮[三],授之鈞衡,若畏避不言,實負恩德。不敢對諸宰臣論奏,謹具密狀以聞。不任惶懼迫切之至。

會昌元年(八四一)十一月

## 箋　校

〔一〕《新書》卷一八○《李德裕傳》叙會昌元年德裕諫止武宗殺楊嗣復、李珏一事後,載:"時帝數出畋游,暮夜乃還。德裕上言:'人君動法於日,故出而視朝,入而燕息。傳曰:"君就房有常節。"惟深察古誼,毋繼以夜。側聞五星失度,恐天以是勤勤儆戒。詩曰:"敬天之渝,不敢馳驅。"願節田游,承天意。'尋册拜司空。"此中所述即本文之節要。又《通鑑》卷二四六載本年十一月"上頗好田獵及武戲,五坊小兒得出入禁中,賞賜甚厚。嘗謁郭太后,從容問爲天子之道,太后勸以納諫。上退,悉取諫疏閲之,多諫遊獵。自是上出畋稍稀,五坊無復橫賜"。據此,訂本文作時爲會昌元年十一月。明年正月,德裕進位司空,與傳文"尋册拜司空"語合。

　　本文又載《叢刊》本、傅校本、《四庫》本李集卷一七、《全文》卷七○三。

〔二〕尃以侍君就房有常節　原作"□□侍君就房有常節",缺二字,《叢刊》本同。今據陸氏校勘、傅校本補。此句首二字,《四庫》本作"嬪妃"。《全文》作"傳曰",與《新傳》引文相合。

〔三〕臣伏蒙陛下拔自遠鎮　諸本此句無"拔"字,今據陸氏校勘補。

# 論討襲回鶻事宜狀[一]

右，臣頻奉聖旨，緣回鶻漸逼杷頭烽，早須討襲，兼如何取得公主者。臣久經思慮，非不精詳。回鶻皆騎兵，長於野戰，若在磧鹵，難與交鋒，雖良將勁卒，無以制勝。臣比聞戎虜不解攻城，則知除馬上馳突，其佗並不慣習。臣料必無遊奕伏道，又未會斫營。倘令石雄以義武馬軍一千騎[二]，兼揀退渾一千騎[三]，精選步卒，以爲羽翼，銜枚夜襲，必易成功。臣夙夜籌度，無出此計。如以爲允，伏望各賜密詔處分。臣伏望留中不出。

會昌二年(八四二)八月一日

## 箋　校

〔一〕《通鑑》卷二四六載會昌二年八月條《考異》引《實錄》云："八月，壬戌朔，李德裕奏請遣石雄斫營取公主，擒可汗。"即指本文。故訂本文作時爲會昌二年八月一日。

本文又載《叢刊》本、傅校本、《四庫》本李集卷一七、《全文》卷七○二、《編證》。

本文篇目原無"論"字，《叢刊》本、傅校本、《四庫》本、《全文》同。今據陸氏校勘、《編證》、《考異》補。

〔二〕以義武馬軍　《編證》注曰："《潛研堂金石文跋尾》四云：'義成軍管鄭滑二州，史或舉州名，或稱軍號，如鎮冀稱成德，易定稱義武之類，皆是也。"

〔三〕退渾一千騎　原作"退□一千騎"，缺一字，《叢刊》本同。今據陸氏校勘、《四庫》本、《全文》、《編證》補。傅校本作退軍一千騎"，"軍"字誤。

# 論幽州事宜狀[一]

右，臣伏見報狀，見幽州雄武軍使張仲武已將兵馬赴幽州。今日奏事官吳仲舒到臣宅[二]，臣扶疾與之相見細問，雄武軍祇有兵士八百人在[三]，此外更有土團子弟五百人。臣問兵馬至少，如何去得？仲舒答臣云："祇繫人心歸向，若人心不從，三萬人去亦無益。"據此說，即是仲武得幽州人心。又云："張絳初處置陳行泰之時，已曾喚仲武，欲讓與留務。祇是衙門内一二百人未肯[四]。仲武行至昌平縣，去幽州九十里，却令歸鎮。"臣又問萬一人不得，即有何計？仲舒云："幽州軍糧並貯在媯州及向北七鎮。若萬一人未得，却於居庸關守險，絕其糧道，幽州自存立不得。"伏以陳行泰、張絳，皆是邀求符節，固不可比仲武先布款誠，候朝廷指揮。因此拔用，必能盡節，加之恩寵，亦似有名。緣在假未獲面奏，謹先密奏。伏望留中不出。

會昌元年(八四一)十月

## 箋　校

〔一〕《通鑑》卷二四六載會昌元年十月"仲舒至京師，詔宰相問狀"。以下仲舒與李德裕對話，即爲本文之大要。是時，雄武軍使張仲武起兵擊張絳，並遣軍吏吳仲舒奉表詣京師，稱絳慘虐，請以本軍討之。德裕問狀後，朝廷乃以仲武知盧龍留後。仲武尋克幽州。故從《通鑑》，訂本文作於會昌元年十月。

本文又載《叢刊》本、傳校本、《四庫》本李集卷一七、《全文》卷七○二。

〔二〕今日奏事官吳仲舒到臣宅　諸本此句前有"雄武軍使"四字，今據陸氏校勘删。

〔三〕雄武軍　諸本無“軍”字,據陸氏校勘補。

〔四〕祇是衙門内一二百人未肯　諸本此句無“祇”字,據陸氏校勘補。
《通鑑》作“牙中一二百人不可”。

# 論田群狀〔一〕

右,臣數日來竊聞外議云,田肇緣田群抵法,不食而終,義動
人倫,無不傷歎。伏見後漢時,河間人尹次〔二〕、潁川人史玉皆坐
煞人當死〔三〕。尹次兄初、史玉母渾皆詣官曹來代其命〔四〕,因縊而
物故。漢帝哀之,並赦其死。既有故事,敢不密陳。臣若於中書
公論,必外爲人傳説,臣對諸宰臣不敢議及此事。今手狀陳奏,實
願發自天慈,必冀中外人心,無不感悦。臣與田肇兄弟,唯識其
面,未嘗交言。班行具知,非敢謬妄。況臣年近六十,位忝上公,
唯願竭肺肝,上裨聖德,豈敢稍涉情故,罔惑聖聰。此狀願留中
不出。

會昌五年(八四五)

## 箋　校

〔一〕本文云:“況臣年近六十,位忝上公。”會昌五年,德裕年五十九,似
當作於本年。且德裕此前已加司空、司徒、太尉,即所謂“位忝上
公”,故訂本文作於此時。

《新唐書·田弘正傳》:“弘正子布、群、牟。……群,會昌中歷蔡州
刺史,坐贓且抵死,兄肇聞之,不食卒。宰相李德裕奉:‘漢河間人
尹次、潁川人史玉坐殺人當死,次兄初、玉母渾詣宮請代,因縊物
故,於時皆赦其死。’於是武宗詔減死一等。”李德裕奏語可與本文

比勘。

本文又載《叢刊》本、傅校本、《四庫》本李集卷一七、《全文》卷七○二。

〔二〕河間人尹次　原作"河間尹"，《叢刊》本、《四庫》本、《全文》同。按此奪"人"字。今據陸氏校勘、傅校本補。下文"尹次兄初"云云可證。又脱"次"字，據下文及《新唐書·田弘正傳》補。按《後漢書》卷四八作"安帝時河間人尹次"。

〔三〕坐煞人當死　《全文》作"坐殺人當死"。

〔四〕來代其命　《全文》作"求代其命"，義較勝。

### 論劉稹狀太原狀附〔一〕

右，臣適見度支報狀，王宰已似納其情款。發使之時，不以先聞，便受表章，欲自擅招撫之功。昔韓信破田榮，李靖擒頡利，皆是納降之後，潛兵掩襲。祇可令王宰失信，豈得損朝廷武威？建立奇功，實在今日。必不可以太原小擾，失此事機。緣内養尋常充使，恐節將未便承稟。伏望降供奉官，今日便赴行營，自看進軍〔二〕，掩其無備。兼許三軍重賞〔三〕，儻立除勳〔四〕，必比諸軍倍加賞賜。如劉稹已出潞府，須令全家面縛，兼郭誼、劉公直、張谷、陳揚庭、李仲京等，面縛即受領。如劉稹自來，却令送回，輒不得受。兼要降供奉官至晉絳行營，密諭石雄，若王宰已納劉稹，即石雄無功可紀。累經大陣，自當矢石，垂成之際，須自取奇功，便看齊入，勿失此便。

會昌四年（八四四）正月五日或六日

## 箋　校

〔一〕《通鑑》卷二四七載會昌四年正月戊子（初四日），吕義忠遣使上奏太原兵亂，朝議喧然。或言對太原、潞州皆應罷兵。"王宰又上言：'遊奕將得劉稹表，臣近遣人至澤潞，賊有意歸附。若許招納，乞降詔命。'李德裕上言：'宰擅受稹表，遣人入賊中，曾不聞奏。觀宰意似欲擅招撫之功'"云云，即爲本文。此後，德裕又上言："太原人心從來忠順，……望詔李石、義忠還赴太原行營，召旁近之兵討除亂者"云云，即爲所附《太原狀》之概要。辛卯（初七），詔王逢悉留太原兵守榆社，以易定千騎、宣武、兗海步兵三千討楊弁。故本文及所附《太原狀》當作於戊子太原兵亂奏到之後，辛卯詔令王逢討楊弁之前，即本月五日或六日。

本文又載《叢刊》本、傅校本、《四庫》本李集卷一七、《全文》卷七〇二。

〔二〕自看進軍　《全文》作"自首進軍"。

〔三〕兼許三軍重賞　諸本作"兼許三軍"，奪"重賞"二字，據陸氏校勘補。

〔四〕儻立除勳　《四庫》本、《全文》作"倘立殊勳"，義較勝。

### 太原狀〔一〕

　　右，太原只是貧虚，犒賞不足。從前人心忠順，況一千五百人，豈足爲事？必不可姑息寬縱。況兵事未罷，深慮所在動心。望賜李石詔，且令身赴行營，於側近徵兵討亂；兼遣義忠却赴太原，許罪其首惡，其餘一切不問。若兵力可及，便須翦戮。頃年張延賞在西川，因張朏作亂，走至漢州，却得入成都。今令李石且依有兵處却入，則不損朝廷威命，兼不妨榆社有兵。望速降使處分[二]。

　　以前件，臣緣假日，兵機切速，不暇與李紳等參議，謹密狀奏聞。如蒙允許，便望今日內降詔[三]。

會昌四年（八四四）正月五日或六日

## 箋　校

〔一〕本文附於前篇《論劉積狀》後，篇目原作“太原”，奪“狀”字，《叢刊》本、傅校本、《四庫》本同。今據《全文》補。《論劉積狀》題下注：“太原狀附”，亦可爲證。

　　本文作時及參校本同前篇，詳該篇校記。

〔二〕望速降使處分　諸本此句奪“速”字，據陸氏校勘補。

〔三〕便望今日內降詔　諸本作“便望今日□□□”，缺三字，據陸氏校勘補。

## 論鎮州奏事官高迪陳意見二事狀<sub>請官軍回避偷兵處不戰。</sub>[一]

　　右，高迪稱[二]，賊中更無他計策[三]，祇是潛抽兵併向一處排陳，引官軍索戰。官軍即須探知。若攻城寨來，即要與戰；如不來，並不要將兵逼逐。緣偷兵併來，停住三日不得，即須却歸本處。但三四數度不與戰，即賊知官軍覺其情計，自然喪氣。如此不得便宜，後必軍人別有變故[四]。每度出軍排陣，官軍便逼逐與鬬，皆是落賊奸計。一度小得便宜後，知官軍三箇月瘡痍未復，即撤兵又向別處。切要詔王宰[五]、石雄、義忠常密遣細作探[六]，偵知諸處抽兵來，即不要戰；知抽兵却兵虛處，即入兵攻討。但常如此支敵，萬萬不落便宜。

會昌四年（八四四）閏七月中旬

## 箋　校

〔一〕《通鑑》卷二四八載會昌四年閏七月壬戌（十一日），以李紳同平章事，充淮南節度使。此後，載李德裕奏曰："鎮州奏事官高迪密陳意見二事：其一，以爲'賊中好爲偷兵術，潛抽諸處兵聚於一處，官軍多就迫逐，以致失利；經一兩月，又偷兵詣他處。官軍須知此情，自非來攻城柵，慎勿與戰。彼淹留不過三日，須散歸舊屯。如此數四空歸，自然喪氣。官軍密遣諜者詗其抽兵之處，乘虛襲之，無不捷矣。'其二，'鎮、魏屯兵雖多，終不能分賊勢。何則？下營不離故處，每三兩月一深入，燒掠而去。賊但固守城柵，城外百姓，賊亦不惜。宜令進營據其要害，以漸逼之。若止如今日，賊中殊不以爲懼。'望詔諸將各使知之。"此中所述即爲本文及下文《第二狀》之概要。因狀中未述及本月二十五日邢、洺二州歸降之事，合而推之，本文及《第二狀》當作於本月中旬。

本文又載《叢刊》本、傅校本、《四庫》本李集卷一七、《全文》卷七〇二。

〔二〕高迪稱　原作"高迪稍"，《叢刊》本、傅校本同。按"稍"字誤。今據陸氏校勘、《四庫》本、《全文》改。

〔三〕賊中更無他計策　諸本此句奪"策"字，據陸氏校勘補。

〔四〕軍人別有變故　傅校本作"軍中別有變故"。

〔五〕切要詔王宰　諸本此句奪"詔"字，據陸氏校勘補。

〔六〕密遣細作探　《全文》作"密遣細作探知"。

<br>

第二狀請令鎮州、魏博深入下營，要分賊勢。〔一〕

右，高迪稱，鎮州、魏博兵馬至多，並未分得賊勢，緣不離舊處下營，一兩箇月，一度將兵深入，燒掠村閭，驅奪牛馬〔二〕，與乞火相類。賊中並固守城邑，外有村閭牛馬，賊亦不惜。今須令鎮州兵馬移軍下寨，扼其要害，每移三二十里即得。魏博即須令早過漳河。若且如今日下營處，賊中都未忙忽，灼然分賊勢未得。又云，河北節度使，朝廷若會其情，甚易驅使。每賜詔，切要好言語優獎，彼此不要令知。與元逵詔，即須云一切委任元逵；與弘敬詔，即云一切委在弘敬。但稍示親信，必自盡心。

　　以前謹具如前。高迪雖是河北軍將，臣每度與言，頗似忠信。盡望付翰林，約此意賜元逵、弘敬、王宰、石雄、義忠詔，所冀速平殘寇。謹錄奏聞，謹奏〔三〕。

　　　　　　　　　　　　會昌四年(八四四)閏七月中旬

**箋　校**

〔一〕本文爲《論鎮州奏事官高迪陳意見二事狀》之第二狀，其作時及參
　　　校本同前篇，詳該篇校記〔一〕。

　　　本文篇目原作《請令鎮州魏博深入下營要分賊勢》，《叢刊》本、傅
　　　校本同，《四庫》本增一“狀”字，此皆誤將題下自注作題目。《全
　　　文》題作《第二狀》，是。按前狀題下亦有注，則此“請令鎮州魏博
　　　深入下營要分賊勢”當亦爲題下之注，故校正如此。

〔二〕驅奪牛馬　諸本作“驅討牛馬”，“討”字誤，據陸氏校勘改。

〔三〕謹奏　原作“謹處”，《叢刊》本、傅校本、《四庫》本同。《全文》無
　　　此二字。今據陸氏校勘校補。

### 進任畹李丕與臣狀共三道〔一〕

　　右，臣緣小寇末殄，前月末與河中留後任畹委曲，令轉問李
丕，有何方略，一一條疏報臣〔二〕。今得任畹書，並封送李丕狀兩

道,並謹封上進〔三〕。其李丕狀一道,論請依前取黃澤嶺路,斷賊要害。臣近訪知魏城路,及狗脊嶺東西〔四〕,經五月十四日陣〔五〕,被賊掘坑塹至深,必恐進兵不得。古人云:"戰不勝,則易地而處。"伏望密詔義忠、朝清,潛移兵取黃澤路,掩其不備,得否,令子細籌度。如可去,便候進止。事貴神速,須務至密。機計儻漏,還備陞防。其一狀請令諸軍各齎十日乾糧,深入過險。此亦是用奇之計。伏望約此意賜石雄、王逢詔,令如此排比;石雄就河府,王逢就絳州,各曬乾糧。緣日色猶烈,數日可致。兼各賜度支側近軍糧米一二千石,尤冀集事。臣緣寇孽未剪,每得四遠文狀,皆願一一上聞,頻瀆宸嚴,不任惶惕。伏望留中不出。謹錄奏聞,謹奏〔六〕。

會昌四年(八四四)閏七月中旬

## 箋 校

〔一〕本文在《論鎮州奏事官高迪陳意見二事狀》之後,內容爲籌度進攻澤潞之策,亦當在閏七月中旬,故訂本文作於此時。

本文又載《叢刊》本、傅校本、《四庫》本李集卷一七、《全文》卷七〇三。諸本篇目作"任畹李丕與臣狀共三道",明本卷目簡作"進任畹李丕狀",茲據此補"進"字。又,文集卷一八專列"進獻"文,題俱作"進某某狀",可證。

〔二〕一一條疏報臣　諸本此句奪"臣"字,據陸氏校勘補。

〔三〕並謹封上進　《全文》作"並謹封進"。

〔四〕及狗脊嶺　諸本作"又狗脊嶺",按"又"字誤,據陸氏校勘改。

〔五〕經五月十四日陣　《全文》作"經五月十四日陣破",按"破"乃"被"之訛,屬下句。

〔六〕謹録奏聞謹奏　諸本文末無此六字，今據陸氏校勘補。

# 續得高文端賊中事宜四狀〔一〕

一、高文端稱，直下打澤州城，恐損官軍兵馬。緣賊兵緣有一萬五千人〔二〕，常出一半已上，於四面山谷埋伏，待官軍打城困乏，即四面齊來救援，恐落賊奸計。其陳許軍請過乾河，北逼澤州。更下一寨，城堡連接〔三〕，便築鹿項夾城，但從一面起手，圍遶澤州。每日常須大兵排陣，四面抵敵賊救兵。賊心危急，恐被圍合，必有大戰。待賊軍退敗，乘勢便收澤州。如此則不損官軍，免落奸計。伏望依此詔示王宰。

一、請令王逢進軍取賊固鎮兩寨〔四〕，但兩嶺上排陣，直抵賊固鎮寨，當川亦須着兵，亦抵賊寨。緣固鎮兩寨，四面懸崖，官軍便打，必恐損人難收。其賊寨更無井水，盡喫泉水，在寨東南澗內，約一里已來。但逼賊寨三兩日，絕其取水路，賊軍無水可喫，即須拔寨退走，官軍便可進取固鎮〔五〕。東十五里是青龍寨，在嶺北側上，四面並是懸崖，取水亦在寨外。還依固鎮寨，絕其取水路即得〔六〕。青龍寨東去沁州十五里，城寨至牢固，賊兵約一千五百人，內五百人土軍團練，全安慶自領。伏望依此詔示王逢。

一、長橋賊都頭王釗約將一萬兵，今在洺州城內〔七〕。緣劉稹處置却失天井關都頭薛茂卿一門〔八〕，又處置却邢洺兩州救援兵馬使談朝清兄弟三人，王釗自此疑懼。劉稹差親器仗官賈少遇追王釗入潞州，並不伏追。官健一時叫鬮，王釗已持兩端，必不肯爲劉稹用命。本是潞州子弟，見有兄弟數人在軍，材能最出於衆。若招降得家族至多〔九〕，必恐顧惜家口〔一〇〕。又官健投降後爲諸軍所殺,亦恐非願。唯密將意與王釗,今將一萬人却入潞州,處置得劉積,別與一道節度使,兼與檢校高官,更別賜錢物。高文端云,官健受苦日久,朝夕難過,家屬盡在潞州,若遣回軍,必皆情願。臣恐弘敬不知王釗不伏劉積追呼,伏望專降中使,密賜詔示,令依此速致意於王釗〔一〕,取其回意聞奏。河朔多異色人〔一二〕,若遣傳意,計合必達。

一、臣問高文端:"賊中誰人最是急熱〔一三〕?"高文端云:"潞州城内即有郭誼、王協、張谷,向外即劉公直。"臣先得元龜狀稱:"劉公直曾事王晏,平常依倚於王宰。"伏望詔王宰,令百方將意與劉公直,若肯回戈却取劉積,亦許別與重官酬獎〔一四〕,仍別賜錢物。

以前謹具如前。昨日高文端到宅辭臣,因子細問得賊中事宜,兼共商量計策,皆似可用〔一五〕。謹録奏聞,謹奏。

會昌四年(八四四)閏七月中旬

## 箋　校

〔一〕《通鑑》卷二四八載會昌四年閏七月壬戌(十一日)後"劉積腹心將高文端降,言賊中乏食,令婦人掭穗,舂以給軍。德裕訪文端破賊之策,文端以爲"云云,即本文德裕奏請詔示王宰、王逢、何弘敬三段奏語,亦即本文前三狀之概要。狀中提及密詔何弘敬致意王釗,令其歸降,並帶兵攻劉積。王釗以洺州降何弘敬在本月丙子(二十五日)。合而推之,本文當作於本月中旬,故訂本文作於此時。

本文又載《叢刊》本、傅校本、《四庫》本李集卷一七、《全文》卷七〇三。

〔二〕緣有　《叢刊》本、傅校本同。《四庫》本、《全文》作"原有"。

〔三〕城堡連接　原作"城□連接",缺一字,《叢刊》本同。今據傅校本補。《四庫》本、《全文》作“城寨連接”。

〔四〕固鎮兩寨　原作“回鎮兩寨”，《叢刊》本、傅校本同。按“回”字誤。今據《通鑑》、《四庫》本、《全文》改。《通鑑》：“文端又言：‘固鎮寨四崖懸絶，勢不可攻。然寨中無水，皆飲澗水。……前十五里至青龍寨，亦四崖懸絶。水在寨外，可以前法取也。’”兩寨，即固鎮寨、青龍寨。

〔五〕進取固鎮　諸本此句奪“取”字，據陸氏校勘補。

〔六〕即得　《全文》作“即是”。

〔七〕洺州城内　原作“沼州城内”，《叢刊》本、傅校本同。按“沼”字誤，據《通鑑》、《四庫》本、《全文》改。

〔八〕薛茂卿一門　原作“□茂卿一門”，缺一字，《叢刊》本、傅校本同。今據陸氏校勘、《通鑑》、《四庫》本、《全文》補。

〔九〕若招降得家族至多　諸本此句奪“得家族”三字，據陸氏校勘補。

〔一〇〕顧惜家口　原作“願惜家口”，《叢刊》本同。義不合，據傅校本、《四庫》本、《全文》改。

〔一一〕致意於王釗　諸本作“致意與王釗”，按“與”字誤。今據陸氏校勘改。

〔一二〕河朔多異色人　《全文》作“河朔多冀邑人”。

〔一三〕誰人最是急熱　諸本作“誰人作急”。按“作”字衍，奪“最是熱”三字。今據陸氏校勘校補。

〔一四〕亦許別與重官酬獎　諸本此句奪“獎”字，據陸氏校勘補。

〔一五〕皆似可用　諸本此句奪“用”字，據陸氏校勘補。

# 天井冀氏事宜狀〔一〕

右，臣昨日晚見鎮州奏事官高迪云，向前已曾向臣言軍中密事,今更有切事要言於臣,請不令王助知。今山東三州歸降已平了,天井、冀氏却須令堅守城寨,不得與戰,不二十日内,必自變生[二]。緣賊已窮蹙,不可更逼著。恐其計窮,必爲濟河焚舟之計,一人敵十人之命,官軍與戰,必恐不利。若萬一小衄,却恐延賊旬月之命。緣臨洺已投魏博,當道兵馬,過來不得,請詔弘敬速撥兵取臨洺路[三],便扼武安。潞府知山東兵來,必梟擒劉稹向闕[四]。臣伏見高迪之言,至忠至切。伏望速賜弘敬、王宰、石雄詔處分。謹密狀奏聞,伏望留中不出[五]。謹奏[六]。

會昌四年(八四四)八月十二日

## 箋 校

〔一〕《通鑑》卷二四八載會昌四年"八月,辛卯,鎮、魏奏邢、洺、磁三州降,宰相入賀。李德裕曰:'昭義根本盡在山東,三州降,則上黨不日有變矣。'辛卯爲十一日。此中所述與本文相符。本文曰"臣昨日晚見鎮州奏事官高迪云",則本文當作於十一日山東三州歸降之奏報到京之次日,故訂本文作於此時。

本文又載《叢刊》、傅校本、《四庫》本李集卷一七、《全文》卷七〇三。

〔二〕必自變生　《全文》作"必自生變"。

〔三〕請詔弘敬　諸本作"請召弘敬","召"字誤,據陸氏校勘改。

〔四〕向闕　原作"向聞",《叢刊》本同。按"聞"字誤,據《四庫》本、《全文》改。

〔五〕伏望留中不出　原作"伏留中不出",奪"望"字,《叢刊》本、傅校本同。據陸氏校勘、《四庫》本、《全文》補。

〔六〕謹奏　諸本無此二字,據陸氏校勘補。

## 論洺州事宜狀[一]

右，適徐乃文將弘敬委曲呈臣，似憂朝廷處置洺州亦未得所。臣細問其故，徐乃文云：“安、王已送啓狀與王釗，高元武又歸投王釗，即日有二萬六千人，甚得軍心，都頭盡皆畏伏。取郭誼未得已前，且要令在洺州勾當。緣歸降人皆未甚安，忽恐惜留王釗，未肯放出。萬一有此，終不如無。”伏望速降使賜弘敬詔，看彼事宜。如王釗出彼未得，且令勾當，待盧鈞到後，令赴闕不遲[二]。崔叔途是王釗下都頭[三]，甚有膽略，昨來首謀歸國，盡是叔途。王釗未出已前，弘敬意且欲留叔途。今在闕下，伏望於安省安置。其弘敬委曲，謹封進上。委曲中所云中丞是李回。謹録奏聞，謹奏[四]。

會昌四年（八四四）八月中旬

## 箋　校

〔一〕本文在八月十二日《天井冀氏事宜狀》之後。本文云，王釗“甚得軍心，都頭盡皆畏伏。取郭誼未得已前，且要令在洺州勾當”。又，《通鑑》卷二四八載本月乙未（十五日）王宰奏郭誼殺劉積以後投降。“丙申（十六日），宰相入賀。……上曰：‘郭誼宜如何處之？’”李德裕以爲郭誼罪不容赦。則本文亦當在十六日之後。合而推之，似仍在八月中旬，故訂本文作於此時。

本文又載《叢刊》本、傅校本、《四庫》本李集卷一七、《全文》卷七〇三。諸本篇目無“論”字，據陸氏校勘補。

〔二〕令赴闕不遲　原作“令赴聞不遲”，《叢刊》本、傅校本同。按“聞”字誤，據《四庫》本、《全文》改。

〔三〕崔叔途 《全文》作“崔叔度”。

〔四〕謹奏 《四庫》本、《全文》無此二字。

## 論回鶻事宜狀<sup>〔一〕</sup>

右，自劉稹平後，臣久欲奏聞，請降識事情中使宣諭仲武<sup>〔二〕</sup>，令早滅却殘虜，兼探仲武見劉稹平後，有何言說。兩度緣延英論事校多，未及陳奏。昨日，幽州奏事官論博言到<sup>〔三〕</sup>，傳仲武語與臣，近稍得回鶻消息，人心頗有離異。緣可汗欲得投安西，其部落百姓皆云骨肉盡在向南，願投國家。又云，與室韋已不得所。據此時勢，即合歸降，不然自相破滅。伏望因此機便，特降供奉官有才識者充使，兼賜仲武詔，諭以劉稹已平，天下無事，唯殘虜未滅，常繫聖心。仲武猶帶北面招討使，合爲國家了却殘虜，成此功業，令超於鎮、魏。朝廷酬報，必極優崇。料仲武全羨兩道立功<sup>〔四〕</sup>，皆加寵位，又知朝廷内無寇孽，足得捍邊。仲武是見機之人，必思自效。令取歲内百計招降，兼示以優待可汗，必令得所。緣國家與回鶻久爲敵國，結怨已深，雖近方戢兵，終須早有經略，且令招誘，最謂得宜。臣謹密狀聞奏。此狀望留中不出。謹奏<sup>〔五〕</sup>。

會昌四年(八四四)九月下旬

## 箋 校

〔一〕《通鑑》卷二四八載會昌四年九月“乙亥，李德裕等請上尊號”。戊子“再貶僧孺汀州刺史，宗閔漳州長史”。乙亥爲九月二十五日，本月無戊子，戊子實即十月十日。《通鑑》於此二事間記：“李德裕奏：‘據幽州奏事官言，詞知回鶻上下離心，可汗欲之安西，其部落言親戚皆在唐，不如歸唐；又與室韋已相失，計其不日來降，或自相殘滅。望遣識事中使賜仲武詔,諭以鎮、魏已平昭義,惟回鶻未滅,仲武猶帶北面招討使,宜早思立功。'"此中所述與本文相合。合而推之,本文作時當在會昌四年九月下旬。

本文又載《叢刊》本、傅校本、《四庫》本李集卷一七、《全文》卷七〇三、《編證》。

諸本篇目奪"論"字。《編證》曰"據明本卷目補",從之。

〔二〕請降識事情中使 原作"請降職事情中使",《叢刊》本、傅校本、《四庫》本同。按"職"字誤,據《通鑑》、《全文》、《編證》改。《編證》注曰:"識事情中使,即下文所謂供奉官有才識者是也。"

〔三〕幽州奏事官論博言到 諸本此句奪"幽州"二字,據陸氏校勘補。

〔四〕全羨 《四庫》本、《全文》作"企羨",義較勝。

〔五〕謹奏 諸本無此二字,據陸氏校勘補。

# 進振武節度使李忠順與臣狀一道〔一〕

右,今日振武奏事官閭丘弘到〔二〕,云却收到河東沒落官健楊惟清等二人,稱回鶻可汗在天德北三百里已下。臣昨日已見李思忠下軍將閭顒,説思忠意緣朝廷冊命黠戛斯,恐回鶻可汗必懷疾妬,與諸小蕃合勢遮截漢使,請令漢使且於天德住〔三〕,待計會黠戛斯兵馬迎接,方可進發。今忽近天德,已似有驗。其邊界事宜,李忠順皆自有表進訖〔四〕。李忠順別有狀一道,稱回鶻合祿哈等一人投降〔五〕,賣得款云可汗見在兵秖有一千五百人,衣甲約六七十領,角有三隻,鼓有四面,每度與諸蕃打得羊馬數亦至少,旋自分却。據此通款,事皆詣實。李忠順疑蕃人詐妄,未敢奏聞。其別狀謹封進上。伏望聖慈早加警備,以戒不虞。臣此狀請留中不出。謹録奏聞,謹奏[六]。

會昌五年(八四五)

篋　校

[一]岑仲勉《編證》收録本文,並曰:"狀云'緣朝廷册命黠戛斯',册命
　　之議,依前《與黠戛斯書》各注觀之,應在五年,書回鶻常欲投竄安
　　西,此則云在天德北三百里,是已由東復西,情狀亦合。"兹從其説,
　　訂本文作時如此。
　　本文又載《叢刊》本、傅校本、《四庫》本李集卷一七、《全文》卷七
　　〇三。

[二]閻丘弘　原作"間丘弘",《叢刊》本、傅校本、《四庫》本同。按
　　"間"字誤,據陸氏校勘、《全文》、《編證》改。

[三]請令漢使　諸本作"請令漢兵",據陸氏校勘改。

[四]李忠順　原作"李思順",《叢刊》本、傅校本、《全文》同。今據《四
　　庫》本、《編證》改。本文篇目及下文俱作"李忠順",亦可證。
　　下同。

[五]合禄哈等　原作"合禄□等",缺一字,《叢刊》本、傅校本、《四庫》
　　本同。今據《全文》、《編證》補。

[六]謹録奏聞謹奏　諸本無此六字,據陸氏校勘補。

論潞府事宜狀[一]

　　右,臣伏見報,兵馬不肯發赴振武,閉城叫反。古人云:"敗軍
之氣,没世不復。"今潞府乘破敗之後,又失天險,祇是憚於征役,
豈敢更爲逆命? 亦恐是盧鈞姑息太過,軍人知其畏懦,因此生心。
然亦須及其事初,預爲之備。臣比見叛亂之地,皆是制置太遲,及

朝廷徵發，賊已處處設備。兵法云："疾雷不及掩耳。"又云："用兵只聞拙速，不聞巧遲。"去春楊弁便是速討之力，旬日而平。望賜王宰密詔，令府城下揀四千人，縱縱排比。如已聞作亂，不要更待詔旨，令一千人守石會關，令三千人取儀州路，把斷武安。緣軍糧兵馬，多在山東，但遣邢州不通，自然駐旬月不得。邢、洺之心未可保也，望密詔王縱、溫士良各令自守〔二〕，不得出兵，唯要與武安路太原兵馬遙爲聲援，最切在令山東斷絕，即立可知剪〔三〕。縱萬一無事，不妨且賜密詔。王宰先知石雄勇於赴敵，計亦知警急，必便赴澤州〔四〕。亦要賜詔守澤州〔五〕，並須用河陽兵馬，不得用昭義舊人；亦要賜恭甫詔，知有警急，發馬步一千人赴晉州屯集，以防越軼。臣思慮所及〔六〕，不敢不便奏聞，伏望留中不出。謹奏〔七〕。

會昌五年(八四五)七月

## 箋　校

〔一〕《通鑑》卷二四八載會昌五年七月"詔發昭義騎兵五百、步兵千五百戍振武，節度使盧鈞出至裴村餞之。潞卒素驕，憚於遠戍，乘醉，回旗入城，閉門大譟，鈞奔潞城以避之。……李德裕奏：'請詔河東節度使王宰以步騎一千守石會關，三千自儀州路據武安，以斷邢、洺之路；又令河陽節度使石雄引兵守澤州，河中節度使韋恭甫發步騎千人戍晉州。如此，賊必無能爲。'皆從之"。此中李德裕奏語即本文之概要，故訂本文作於此時。

本文又載《叢刊》本、傅校本、《四庫》本李集卷一七、《全文》卷七〇三。

諸本篇目均作"潞府事宜狀"，明本卷目作"論潞府事宜狀"。且本卷爲"密狀"，各篇均以"論"字冠首，茲據補"論"字。

〔二〕温士良各令自守　原作“温士□各令自守”，缺一字，《叢刊》本、
　　《全文》同。今據傅校本補。《四庫》本作“温士等各令自守”，
　　“等”字似臆補。

〔三〕即立可知剪　《四庫》本、《全文》作“即立可誅剪”。

〔四〕必便赴澤州　諸本此句奪“赴”字，據陸氏校勘補。

〔五〕亦要賜詔守澤州　諸本作“亦要賜澤州詔守”，倒誤。據陸氏校
　　勘改。

〔六〕臣思慮所及　原作“臣累慮所及”，《叢刊》本、傅校本同。按“累”
　　字誤，據《四庫》本、《全文》改。

〔七〕謹奏　諸本無此二字。據陸氏校勘補。

# 論昭義軍事宜狀〔一〕

　　右，適魏博奏事徐迺文見臣云，昨日聞三道使出城，一道往魏
博，恐令弘敬出軍，却慮三州不安，實非穩便。臣當時説向聖意，
只令石雄至潞州界首搜索惡人，恐三州未諭朝旨，知弘敬忠盡，故
令中使先往，遣弘敬安存三州，並不徵發。迺文稱若如此處置，至
爲切當。緣涉縣正當山東系口，絶是要地，有鎮兵五百人已下，去
潞府一百六十里，軍糧至多，潞州官健月糧，皆在此請受，恐潞府
叛兵急則投竄涉縣，搖動三州，切要國家先遣兵把捉此鎮。有昭
義舊都押衙焦長楚〔二〕，是本軍舊人，劉從諫降黜，令往山東，今在
邯鄲。若朝廷特賜一詔，令鎮守涉縣，兼把捉潞河徽子口，至爲穩
便。如焦長楚不可委信，朝廷專揀一武將速去亦得。古人云：“耕
當問奴，織當問婢。”蓋以其雖是下賤，能識耕織之故。臣不諳澤
潞界內山川，見迺文所説，稍似有理，不敢不便密狀聞奏。望賜留

中不出。

會昌五年（八四五）七月

## 箋　校

〔一〕本文繼同卷《論潞府事宜狀》而作，事當在會昌五年七月。至八
　　月，昭義節度使盧鈞已平亂兵。《通鑑》卷二四八載八月“昭義亂
　　兵奉都將李文矩爲帥；文矩不從，亂兵亦不敢害。文矩稍以禍福諭
　　之，亂兵漸聽命，及遣人謝盧鈞於潞城。鈞還入上黨，復遣之戍振
　　武。行一驛，乃潛選兵追殺之”。本文仍在計議對付昭義亂兵之
　　策，當在盧鈞平亂兵前，故訂本文作時如此。
　　本文又載《叢刊》本、傅校本、《四庫》本李集卷一七、《全文》卷七
　　〇三。

〔二〕焦長楚　《舊書》卷一七《文宗本紀》作“焦楚長”。

# 文集卷第十八

## 進 獻

### 進上尊號玉册文狀會昌二年[一]

今月二十一日奉宣，令臣撰文者。臣聞王充云："古之帝王建德者，須鴻筆之臣褒述紀德。"又揚雄云："廊廟之上，高文典册用相如[二]。"臣本以門蔭入仕，不由俊造之選[三]，獨學無友，未嘗琢磨。然心好藝文，老而不倦，近加衰病，久廢含毫。祗奉渥恩，實懷榮懼。謹以撰訖，謹連封進，不任兢惶隕越之至。謹録奏聞，伏候敕旨[四]。

會昌二年（八四二）三月下旬

### 箋 校

〔一〕《舊書》卷一八上《武宗本紀》載會昌二年四月乙丑朔，李德裕等上章"請加尊號曰仁聖文武至神大孝皇帝。戊寅，御宣政殿受册。是

月九日雨,至十四日轉甚,乃改用二十三日"。本文云:"今月二十
一日奉宣,令臣撰文者。""今月"當爲三月,故訂本文作於會昌二
年三月下旬。

本文又載《叢刊》本、傅校本、《四庫》本李集卷一八,《全文》卷七
〇三。

〔二〕高文典册　原作"高文曲册",《叢刊》本同。"曲"字誤,據陸氏校
　　　勘、傅校本、《四庫》本、《全文》改。

〔三〕俊造之選　原作"進造之選",《叢刊》本、傅校本、《四庫》本同。今
　　　據陸氏校勘、《全文》改。

〔四〕伏候敕旨　《四庫》本無此句。

## 進上尊號玉册文狀會昌四年〔一〕

　　奉宣,令臣撰文者。伏以陛下聰明神武,高穎百王〔二〕;伐罪
成功,清和六合。雖有鴻筆,猶難措辭。況臣從吏多年,文業久
廢,克勵疲病,莫副殊知。祇荷明恩,倍懷兢惕。謹以撰訖,謹連
進上,不任榮抃惶越之至。謹録奏聞,伏候敕旨。

會昌四年(八四四)十二月底

## 箋　校

〔一〕《舊書》卷一八上《武宗本紀》載會昌五年正月己酉朔"宰臣李德
　　　裕、杜悰、李讓夷、崔鉉、太常卿孫簡等率文武百僚上徽號曰仁聖文
　　　武章天成功神德明道皇帝"。本文作時當在去年年底。

本文又載《叢刊》本、傅校本、《四庫》本李集卷一八,《全文》卷七
〇三。

〔二〕高穎百王　《全文》作"高視百王"。

# 進真容讚狀<sup>[一]</sup>

　　奉宣，令臣撰者。臣幼習儒風，莫能勵己；長從吏役，無所成名。雖嘗忝禁林，獲掌綸命，學既慚於刻鵠，文有愧於雕蟲。陛下假以恩光，常加寵飾，賜令撰述，益荷殊榮。但以談天者豈測其高，酌海者莫知其廣，聖功神武，睿德文思，雖欲贊揚，實撰不逮<sup>[二]</sup>。今已撰訖，謹連封上，塵黷嚴宸，無地自容。不任兢惶榮抃之至。

會昌四年（八四四）九月

**箋　校**

〔一〕本文與本集卷一之《仁聖文武至神大孝皇帝真容讚并序》同時作，詳該篇校記〔一〕。

　　　本文又載《叢刊》本、傅校本、《四庫》本李集卷一八、《全文》卷七〇三。

〔二〕實撰不逮　《四庫》本、《全文》作"實慚不逮"，義較勝。

# 進幽州紀聖功碑狀<sup>[一]</sup>

　　奉宣，令臣撰述者。北狄强悍<sup>[二]</sup>，勇於四夷；前代聖王，莫能制伏。昨者回鶻雖乘危蹙，勢已内侵，豺狼之師，尚餘十萬。陛下神武雄斷，智出萬方<sup>[三]</sup>；震天威以霆聲，碎獯戎而瓦解<sup>[四]</sup>。武功盛烈，高穎百王<sup>[五]</sup>。豈比周穆犬戎之征，荒服不至；漢武馬邑之詐，群帥無功。將垂耿光，宜命鴻筆<sup>[六]</sup>。臣學藝荒淺<sup>[七]</sup>，久病衰殘<sup>[八]</sup>，紀軒后之功，徒知竭思；叙唐堯之德，終愧難名。採其功狀，稍似摭實。今已撰訖，謹連進上。輕黷宸宸<sup>[九]</sup>，不任惶越。

謹録奏聞。

會昌五年(八四五)

## 箋　校

〔一〕本文與本集卷二之《幽州紀聖功碑銘并序》同作於會昌五年,詳該
　　　篇校記〔一〕。

　　　本文又載《英華》卷六四一,篇目作《進幽州紀聖功碑文狀》。又載
　　　《叢刊》本、傅校本、《四庫》本李集卷一八、《全文》卷七〇三(標題
　　　同《英華》)。

　　　《編證》收録本文,並注曰:"畿本狀上有'文'字,似當題爲《進幽州
　　　紀聖功碑銘狀》也。"

〔二〕北狄强悍　《英華》、《全文》此句前有"伏以"二字。

〔三〕智出萬方　《英華》、《全文》作"智出無方"。

〔四〕碎獷戎而瓦解　原作"碎獷戎而瓦解",《叢刊》本、傅校本同。按
　　　"獷"字誤,據《英華》、《四庫》本、《全文》、《編證》改。《編證》注
　　　曰:"明本誤獷,按字書無此字。"

〔五〕高穎百王　《英華》、《全文》作"高視百王"。

〔六〕宜命鴻筆　《全文》作"宜著鴻筆"。

〔七〕臣學藝荒淺　《英華》作"臣學慚(集作藝)荒淺"。

〔八〕久病衰殘　原作"久病殘衰",《叢刊》本、《四庫》本同倒誤。據陸
　　　氏校勘、傅校本、《全文》改。《英華》作"久病衰羸(集作殘)"。

〔九〕輕黷宸扆　《英華》作"輕黷宸嚴(集作扆)"。

## 進黠戛斯朝貢圖傳狀<sup>〔一〕</sup>

臣二十一日於延英面奏,呂述等准敕訪黠戛斯國邑風俗<sup>〔二〕</sup>,

編爲一傳。今修撰已成[三]，稍似詳備。臣伏見貞觀初，因四夷來朝，太宗令閻立本各寫其衣服形貌，爲職貢圖。臣謹令畫工注寫注吾合素等形狀，列於傳前。兼臣不揆淺陋，輒撰傳序，所冀聖明柔遠之德，高於百王；絕域慕義之心，傳於千古。輕黷宸嚴，伏增兢懼。謹封上進。

會昌三年(八四三)二月底

## 箋　校

〔一〕岑仲勉《編證》收録本文，並謂：“明本卷目作《圖傳狀》，篇目及幾本作《傳圖狀》。按：後序亦稱《圖傳序》，故從卷目。注吾合素以二月來，此云二十一日，意即二月二十一日。由是推之，此狀當上於二月底也。”今從其説，訂本文作時爲會昌三年二月底。

　　　本文又載《叢刊》本、傅校本、《四庫》本李集卷一八、《全文》卷七〇三。

〔二〕吕述　《編證》注曰：“吕述時爲秘書少監。……又四年平劉稹時，述爲河南少尹，見《新書·牛僧孺傳》。”

〔三〕今修撰已成　原作“佘修撰已成”，《叢刊》本同。按“佘”字誤，據傅校本、《四庫》本、《全文》、《編證》改。

## 進侍宴詩一首狀[一]

　　伏以六合清和，四夷慕義，芳春令節，錫宴群臣。見膏露之晞陽，喜薰風之解愠；萬心歡樂，累日忘疲。伏惟陛下睿德日新，文章天縱，詞高黃竹，思緣白雲。含毫而瑞景揚光，摛藻而非烟動色。臣早司綸綍，嘗忝內庭，雕蟲薄技[二]，實感憲宗、穆宗、文宗知獎。不測不揆淺薄[三]，輒進詩一首。輕黷宸嚴，伏增惶惕。謹隨狀奉進。

會昌五年(八四五)三月寒食節

## 箋　校

〔一〕詩題所謂"侍宴詩"，即文集卷二〇之《寒食日三殿侍宴奉進詩一
首》。詩云："赤縣陽和布，蒼生雨露膏。野平惟有麥，田闢又無
蒿。"此四句言平定澤潞後情景。以此推之，此之"寒食日"爲會昌
五年之寒食。因會昌四年之寒食澤潞尚未平定，六年之寒食則武
宗病情已重，不能賜宴群臣，故訂本文作時如此。
本文又載《叢刊》本、傅校本、《四庫》本李集卷一八、《全文》卷七
〇三。

〔二〕雕蟲薄技　原作"雕蟲薄枝"，《叢刊》本同。"枝"字誤，據《四庫》
本、傅校本、《全文》改。

〔三〕不測不揆淺薄　《全文》作"不揆淺薄"。

# 進新舊文十卷狀〔一〕

四月二十三日奉宣，令狀臣進來者。伏以揚雄云："童子雕蟲
篆刻，壯夫不爲。"臣往在弱齡，即好辭賦，性情所得〔二〕，衰老不
忘。屬吏職歲深，文業多廢，意之所感，時乃成章。豈謂擊壤庸
音，謬入帝堯之聽；巴渝末曲，猥蒙漢祖之知。跼蹐悵惶，神魂飛
越。謹錄新舊文十卷進上。輕瀆宸嚴〔三〕，無任兢惕〔四〕。

會昌五年(八四五)四月下旬

## 箋　校

〔一〕本文編次於同卷《進侍宴詩一首狀》之後，當爲此後不久所作。
《進侍宴詩一首狀》作於會昌五年三月，本文則云"四月二十三日

奉宣”,時序相合,故訂本文作時爲會昌五年四月下旬。

本文又載《英華》卷六四一、《叢刊》本、傅校本、《四庫》本李集卷一八、《全文》卷七〇三。

〔二〕性情所得 《英華》作“情性(集作性情)所得”。

〔三〕輕黷宸嚴 《英華》、《全文》作“輕瀆宸嚴”,《四庫》本無此四字。

〔四〕無任兢惕 原無此四字,《叢刊》本、傅校本、《四庫》本同。據《英華》、《全文》補。

# 進瑞橘賦狀[一]

今月十九日,聖恩賜臣朱橘三顆者。伏以遠自湘山,移根清籞[二];蒙雨露之渥澤,庇日月之休光[三]。始發素榮,俄成丹實,誠宜奉金華之宴,助玉食之甘。豈謂恩及賤微,獲觀嘉瑞。臣久參綸命,常效雕蟲,仰荷皇慈,輒獻小賦;輕黷宸宸,倍積兢惶。臣又伏見玄宗朝種柑結實,宣付史館,祖宗故事,敢不奏聞? 其賦謹隨狀上進,臣不任感恩踴躍之至。謹奉狀以聞。

會昌五年(八四五)九月下旬

## 箋 校

〔一〕本文與文集卷二〇之《瑞橘賦》同爲會昌五年秋末所作,詳該篇校記〔一〕。而本文有云:“今月十九日,聖恩賜臣朱橘三顆者。”則可進而推得其作時在九月十九日以後,故訂本文作於下旬。

本文又載《叢刊》本、傅校本、《四庫》本李集卷一八、《全文》卷七〇三。

〔二〕移根清籞 原作“移根清禦”,《叢刊》本同。“禦”字誤,據陸氏校勘、傅校本、《四庫》本、《全文》改。

〔三〕庇日月之休光　原作"比日月之休光"，《叢刊》本、傅校本同。
　　　"比"字誤，據《四庫》本、《全文》改。

## 進西南備邊録狀[一]

伏以犬戎歷代爲患，國之仇讐。南蠻自經負恩，常懷反側，西
蜀兩路，實繫安危。臣頃在西川，講求利病，頗收要害之地，實盡
經遠之圖。因著《西南備邊録》十三卷[二]。臣所創立城鎮，兼畫
小圖，米鹽器甲，無不該備。昔蕭何收秦圖書，具知阨塞；軍國之
政，莫切於斯。謹封進上，庶裨睿覽[三]。第四卷叙維州本末，尤
似精詳。所冀聖慈知臣竭力奉公，盡心立事，所至之地，不敢苟
安。輕黷宸嚴，伏增戰越。

開成五年(八四〇)九月後

## 箋　校

〔一〕本文云："所冀聖慈知臣竭力奉公，盡心立事，所至之地，不敢苟
　　　安。"似爲武宗召其入相之初情事。李德裕以開成五年九月拜相，
　　　故訂本文作於此時。
　　　本文又載《叢刊》本、傅校本、《四庫》本李集卷一八、《全文》卷七
　　　〇三。

〔二〕西南備邊録　《新書·藝文志》子録兵書類著録爲十三卷，而《崇
　　　文總目》、陳振孫《直齋書録解題》皆作一卷。陳志(卷七)謂："唐
　　　宰相李德裕文饒撰。大和中鎮蜀所作，内州縣城鎮兵食之數，大略
　　　具矣。"今佚。

〔三〕昔蕭何……庶裨睿覽　原奪二十一字，《叢刊》本、傅校本同。陸
　　　氏校勘補二十一字："秦圖書具知阨塞軍國之政莫切於斯謹封進上

庶禈"，陸氏《儀顧堂題跋》所記同。《全文》無缺奪，唯"睿覽"，作
"聖覽"。《四庫》本此數句別作"謹繕寫呈進伏乞睿覽"，乃與皕宋
樓本、《全文》大異，當係館臣臆改臆補。

# 辭　讓

## 讓官表〔一〕

臣某言：伏以臣之事君，猶子之事父，若情有所隱，志在苟安，
不自披誠〔二〕，即爲冒寵〔三〕。臣某誠皇誠恐，頓首頓首。伏惟仁聖
文武至神大孝皇帝去邪用相，有大舜之功；柔遠固存，臻漢宣之
理。故得王道正直，海内清和〔四〕；邊朔底寧，干戈永戢。文明之
化，方致雍熙；螢爝之光，所宜自息。豈敢虛矯，上負君親。臣始
自孩童，常多疾病，逮於壯歲，猶甚虛羸。屬廉問江南，荏苒八歲；
移鎮巴蜀，首尾三年。暑濕所侵，遂成沉痼。患風毒脚氣十五餘
年，服藥過虛，又得渴疾。每日自午以後〔五〕，瞑眩失常。形骸僅
存，心氣俱竭，唯恐晚歸私第，殞盡道途。臣伏見國史，岑文本受
委既深，形骸頓竭，太宗嘗謂左右，知其將盡。韋處厚積以虛憊，
不早退身，侍立之時，仆於玉墀之下。臣竊以二臣爲戒，不敢違
安。所冀陛下弘太宗之仁，不軫念於無及〔六〕；臣得延處厚之數，
免自促於明時。伏望陛下察臣懇誠，矜臣衰耗，得罷繁務，退守州
行，稍獲安閑，漸自頤養，一二年後，或冀有瘳。臣儻餘齡尚存，筋
力未朽，必當灰身粉骨，上報聖慈。不任祈恩之至，謹奉表

以聞[七]。

會昌三年(八四三)四月十三日

## 箋　校

〔一〕《通鑑》卷二四七載會昌三年"四月辛未,李德裕乞退就閒局。上曰:'卿每辭位,使我旬日不得所。今大事皆未就,卿豈得求去?'"本月己未朔,辛未爲十三日。故訂本文作於會昌三年四月十三日。本文又載《叢刊》本、傅校本、《四庫》本李集卷一八、《全文》卷七〇〇。

〔二〕不自披誠　《四庫》本、《全文》作"不事披誠"。

〔三〕即爲冒寵　原作"即爲冐寵",《叢刊》本、傅校本同。"冐"字誤,據《四庫》本、《全文》改。

〔四〕海内清和　原作"海内",奪二字,《叢刊》本、傅校本、《四庫》本同。據陸氏校勘、《全文》補。

〔五〕以後　諸本作"已後",今據陸氏校勘改。

〔六〕不軫念於無及　《全文》作"下軫念於無及"。

〔七〕謹奉表以聞　原作"謹奉表",奪二字,《叢刊》本、傅校本、《全文》同。據陸氏校勘補。《四庫》本無此句。文末有小字注曰:"批答不録。"

### 讓太尉第二表第一表舍人撰不録,同日更進此表。[一]

臣某言:臣今日已進讓表,驚寵之心,不遑啓處,再陳衷懇[二],實懼爲煩。臣某中謝。伏見國初已來,授此官唯有七人,尚父子儀,猶以懇辭而免。近者智興、載義,皆超拜太傅、太保。只緣朝廷重惜此官,裴度守司徒十年,竟不遷授,以臣僭越,必致顛擠。況臣既無汗馬之勞，涓塵莫效；又有負薪之疾，曠廢至多。唯陛下寵以美名，榮皆過實，而臣靦顏自處，竊位偷安。非止獲朝野之譏，實恐受神明之譴，輒披丹款，猶冀聽從。伏望特罷新恩[三]，且守舊秩，不任祈恩迫切之至。謹再奉表以聞。臣某云云[四]。

省表具知。我文祖有文貞、房杜[五]，左右前後，若日月照臨[六]，緝熙帝圖，肇顯天禄。卿異代同德[七]，建勳垂休，克相朕躬，光集大命。功居第一，節貫在三；神開智謀，識洞蓍蔡。用夔龍之道，振堯舜之風；懸衡不欺，朗鑑能燭。乃者董狨狂戾[八]，參剪伐之權；頑童侵虐，啓平殄之策。替我獨斷，挺身群疑，子房潛運於先機，張華堅執於必克。制變兵事，訏謨國經[九]；晝則共議公朝，夜多不寐私室。輝發綸綍，揣摩典章，弼亮五年，風雨一志。剛健不倚，謙尊益光；見吳芮蕭何之心，盡食蘗飲冰之節。今邊烽息照，兇首已殲，允賴疇咨，克平夷夏。特寵槐庭之拜，俾崇鳳沼之榮。巍我三台，耀映千古。未爲寵答，繼有讓章；體朕至懷，宜斷來表。所謝知。

會昌四年(八四四)八月下旬

## 箋　校

[一]《通鑑》卷二四八載會昌四年八月“戊申，加李德裕太尉，趙國公。德裕固辭。上曰：‘恨無官賞卿耳！卿若不應得，朕必不與卿。’”此中所述與本文相合。戊申爲二十八日，德裕讓太尉諸表約在其時，故訂本文作時爲會昌四年八月下旬。

本文又載《叢刊》本、傅校本、《四庫》本李集卷一八、《全文》卷七○○（武宗批答未附原文後，別載於《全文》卷七七，題作“答李德裕讓太尉第二表批"）。

〔二〕再陳衷懇　原作"再陳恐懇"，《叢刊》本、《四庫》本、《全文》同。按"恐"字誤，據陸氏校勘改。傅校本作"再陳忠懇"。

〔三〕特罷新恩　諸本作"息罷新恩"。"息"字誤，據陸氏校勘改。

〔四〕謹再奉表以聞臣某（云云）　《四庫》本、《全文》無此十字。

〔五〕房杜　原作"房社"，《叢刊》本同。按"社"字誤，據陸氏校勘、傅校本、《四庫》本、《全文》改。

〔六〕若日月照臨　《全文》作"若日照月臨"。

〔七〕卿異代同德　諸本奪"卿"字，據陸氏校勘補。

〔八〕狂麆　《全文》作"狂獗"。

〔九〕訏謨國經　原作"訂謨國經"，《叢刊》本、《四庫》本同。按"訂"字誤，今據陸氏校勘、傅校本、《全文》改。《詩·大雅·抑》："訏謨定命。"

## 讓太尉第三表受册後進〔一〕

臣某言：臣聞廟器不盈，周公戒其必覆；馬力已竭，顏氏知其必顛。臣竊感之，以憂以蹙。臣某中謝。昔子文避禄，謂之逃死〔二〕；冶廑辭卿，迫於懼禍。伏以上公亢極，本待勛臣，其間或授時賢，皆是元老。臣既非耆艾，又乏戰功；奉宸籌而曾靡運籌，假英威而未嘗推轂。有何勞效，蒙此殊榮，夙夜自思，至今戰汗。伏見廣德二年九月十七日，代宗受尚父汾陽王此官，三讓而免。至大曆十四年閏五月三日，德宗再申前命，重受尚父，不許陳讓，三載而終。臣竊思尚父十五餘年得延光寵，豈非牢讓而致，陰隲所持〔三〕。昨者恭惟聖獎至深，恩意加等〔四〕，祇受典册，未敢固辭。

臣伏念齒髮雖彫，心力猶壯，實願贊陛下升平之運，見萬方仁壽之期，東封告成，大典咸備，然後散金娛老，歸守丘園，貪全盛時，不忍自促。所以再陳懇款，上瀆皇明，竭至敬而不敢繁文，陳至誠而不爲飾讓。心懇詞直，庶獲聽從。伏望特追新恩，却守舊秩。臣不任懇迫屏營之至，謹奉表陳讓以聞[五]。

省表具知[六]。襃德賞功，《禮經》備舉；疇庸答效，國典攸存。昔子儀以外立軍功[七]，所宜牢讓；今卿以内匡時政，非合固辭。況道濟公忠，才兼文武，弼諧五載，始終一心。頃以虜寇初平，纔息戈甲，旋又潞童怙亂，須議翦除。唯卿竭誠，與我同志。晋武平吴之計，全在張華；漢高鎮俗之謀，誰先周勃！所以舉兹寵秩，用答元勛，恨更無官，以償忠節。且三載考績，猶進律以甄勞；況五兵成功，無超位而表異。自予遷授，非限常程，式示恩榮，允符公論。是宜賛傑，用佐經邦。王祥之碩德當任[八]，楊秉之貞廉稱職。未酬萬一，無至再三，勉服官常，宜斷來表。

會昌四年(八四四)八月底

## 箋　校

〔一〕本文作時與參校本同前篇《讓太尉第二表》，詳該篇校記〔一〕。本文題下，陸氏校勘補"受册後進"四字，此四字爲諸本所無。德裕拜太尉在八月二十八日，其受册後進此表當在月底。

〔二〕謂之逃死　諸本作"竟之逃死"，據陸氏校勘改。

〔三〕陰隋所持　諸本作"隋所持"，奪"陰"字，據陸氏校勘補。

〔四〕恩意加等　《全文》作"恩義加等"。

〔五〕謹奉表陳讓以聞　諸本無此七字，據陸氏校勘補。

〔六〕省表具知　原作“省表具之”，《叢刊》本同。按“之”字誤，據傅校
　　　本、《四庫》本改。《全文》作“省表具悉”。
〔七〕外立軍功　諸本作“外止軍功”，“止”字誤，據陸氏校勘改。
〔八〕王祥之碩德當任　傅校本作“王祥之碩德當仁”。

## 讓官表批答不錄〔一〕

臣某言：臣聞道不欲盈，玄祖之至誠；人惡其上，魯史之明規。
既以迫於愚衷，敢慮動而生悔？臣某中謝。臣頃居宰弼，獲戾於
時，既望汩以懷沙，甘赴湘而捐珙〔二〕。自謂永違白日，莫覿青天。
雖文宗墜履不遺，驟分圭瑞；而微臣傷弓是懼，常蹈春冰。伏值陛
下大明初升，臨照四海，知臣常忝禁署，逮事穆宗。念已廢之舊
臣〔三〕，憫傷弓之鎩羽〔四〕；召自滄海，擢授黃樞〔五〕。明德每覆其瑕
疵，至仁常矜其衰疾，參贊萬務，倏已六年。袞冕禋郊〔六〕，再覿配
天之禮；干戈問罪，三見拘原之功。所謂百生遭逢，千載際會。微
倚伏之數，惟恐罹災；思存亡之幾，所宜知止。非慕三公乞骸之
請〔七〕，敢希二疏解組之風，忍去盛時，自貽深戚。實以久嬰沉痼，
年漸衰遲，宗族孤單，兄弟衰落，先臣松檟，近在東國〔八〕，血屬數
人〔九〕，皆居上國，不欲遠離京闕，只願歸老田園。伏望陛下深鑑
孤忠，特遂丹懇，察臣上報聖德，不必須在鼎司。改授閑官，優游
暮齒。所冀自知稅駕，無李斯之歎音；便保懸輿〔一〇〕，復韋賢之故
事。進退惶灼，伏地涕零。不任兢惶感切之至，謹奉表陳乞以聞。
臣某云云〔一一〕。

會昌五年（八四五）六月下旬

## 箋　校

〔一〕本文云："參贊萬務，倏已六年。"德裕於開成五年再度拜相，至會
　　　昌五年，正爲六年。又，本集卷一九有《會昌五年六月二十九日就
　　　宅宣并謝恩問疾表狀》，意此文當稍後於本文，故訂本文作時爲會
　　　昌五年六月下旬。
　　　本文又載《叢刊》本、傅校本、《四庫》本李集卷一八、《全文》卷七
　　　〇〇。

〔二〕赴湘而捐玦　諸本作"赴湘而溺死"，不合上表用語，據陸氏校
　　　勘改。

〔三〕舊臣　諸本作"舊物"，據陸氏校勘改。

〔四〕憫傷弓之鎩羽　諸本作"憫既傷之弱羽"，誤。據陸氏校勘改。

〔五〕擢授黃樞　諸本作"擢授黃閣"，據陸氏校勘改。

〔六〕袞冕禋郊　諸本作"裘冕禋郊"，據陸氏校勘、傅校本改。

〔七〕乞骸之請　《全文》作"乞骸之節"。

〔八〕近在東國　《全文》作"近在東都"。

〔九〕血屬數人　諸本作"家屬數人"，據陸氏校勘改。

〔一〇〕便保懸輿　《全文》作"便得懸輿"。

〔一一〕謹奉表陳乞以聞臣某(云云)　《四庫》本無此十一字。《全文》無
　　　"臣某(云云)"四字。

## 讓司空後舉太常卿王起自代狀〔一〕

　　伏准建中元年正月五日敕，常參官上後三日舉一人自代者。
昔東漢以陳蕃爲三公，其讓表曰："不愆不忘，率由舊章，臣不如太
常胡廣。"臣伏見前件官五朝舊老，一代名臣。孔門四科，實居其

首;皋繇九德，無不備包。足以燮和陰陽，允叶人望，當唐虞讓德之舉，副陛下則哲之知。伏望察臣至誠，之非飾請[二]。所冀虞丘無蔽賢之咎，臧文免竊位之譏。謹録奏聞，伏候敕旨。

會昌二年(八四二)正月上旬

## 箋　校

〔一〕傅璇琮《李德裕年譜》會昌二年載："《舊・武宗紀》曾載會昌元年三月'宰臣李德裕進位司空'，未記日期。按《新・宰相表》會昌二年載：'正月己亥，李德裕爲司空。'又載：'正月己亥，(陳)夷行爲尚書左僕射，(崔)珙爲尚書右僕射。'又《舊・武宗紀》會昌二年正月亦載'宰相崔珙、陳夷行奏定左右僕射上事儀注'。則德裕進位司空當在會昌二年。且王起於會昌元年春末尚在洛陽，至夏秋始應召入朝，爲吏部尚書、判太常卿(見上年德裕與王起先後撰《秋聲賦》條)。此《自代狀》稱王起爲太常卿，則決非會昌元年三月事，《舊・武宗紀》誤。"會昌二年正月己亥爲初四日，故訂本文作時如此。

本文又載《叢刊》本、傅校本、《四庫》本李集卷一八、《全文》卷七〇四。

本文篇目原作"上司空後"。"上"字誤，據本集卷目、《四庫》本、《全文》改。

〔二〕之非飾請　《全文》作"實非飾請"，傅校本作"知非飾請"。

## 加司徒請停册禮狀[一]

臣伏見今月二十二日制書，制授臣司徒，仍令所司擇日備禮册命者。臣竊位妨賢，允宜黜免，聖慈寬宥，擢授中台。跼蹐慙

惶,若臨泉谷。伏以明庭授冊,上路乘軒,豈可以覥冒之容,再塵
清廟,不稱之服,重列天衢?爲衆目之所嗤,致處士之橫議。臣且
自愧,況在周行。又以伐叛之時[二],所宜務簡,炎蒸之候,不可勞
人。伏見大和四年,裴度受司徒平章事,故辭冊禮[三],竟獲允從,
既有近例,足得循守。伏望陛下察臣懇款,皆自至誠,冊命之禮,
特賜停罷。臣不任惶懼感切之至[四]。

會昌三年(八四三)六月下旬

## 箋 校

〔一〕《新書》卷六三《宰相表》載"會昌三年六月辛酉,德裕爲司徒。"本
　　月戊午朔,辛酉爲初四日。本文云:"臣伏見今月二十二日制書,制
　　授臣司徒,仍令所司擇日備禮冊命者。"下制備禮冊命當爲六月二
　　十二日。德裕請求停止行此冊命禮,故本文又云:"又以伐叛之時,
　　所宜務簡,炎蒸之候,不可勞人。"所謂伐叛之時,即指討伐劉稹;
　　"炎蒸之候",與六月正合。故訂本文作於此時。
　　本文又載《叢刊》本、傳校本、《四庫》本李集卷一八、《全文》卷七〇四。
〔二〕又以伐叛之時　原作"人以伐叛之時",《叢刊》本、傳校本同。欠
　　妥,據《四庫》本、《全文》改。
〔三〕故辭冊禮　《四庫》本、《全文》作"固辭冊禮"。
〔四〕惶懼感切之至　原無此六字,《叢刊》本、傳校本同,據陸氏校勘
　　補。《四庫》本、《全文》別作"哀懇屏營之至"。

## 請改封衛國公狀[一]

臣今日蒙恩進封趙國公,承命哀惶,不任感涕。臣亡父先臣,
憲宗寵封趙國。先臣與嫡孫寬中小名三趙[二],意在傳嫡嗣,不及

支庶。臣前年恩例進封[三]，合是趙郡，臣以寬中之故，改就中山。臣亡祖先臣[四]，曾居衛州汲縣，竟以汲縣解進士及第[五]。儻蒙聖恩改封衛國，遂臣私誠，庶代受殊榮，免違先志。如蒙允許，望賜帖麻施行。臣不任悲懇屏營之至，謹奉狀奏聞。

會昌四年(八四四)八月下旬

## 箋　校

〔一〕《通鑑》卷二四八載會昌四年八月戊申(二十八日)"加李德裕太尉、趙國公。德裕固辭"。《唐大詔令集》、新、舊《唐書》本傳記此時德裕封衛國公。《新傳》所載較爲明晰，蓋初擬封趙國，後因德裕請改封，乃改封衛國。傳云："德裕又陳：'先臣封於趙。冢孫寬中始生，字曰三趙，意將傳嫡，不及支庶。臣前益封，已改中山。臣先世皆嘗居汲，願得封衛。'從之。遂改衛國公。"傳文可與本文相參。故訂本文作於此時。

本文又載《叢刊》本、傅校本、《四庫》本李集卷一八、《全文》卷七〇四。

〔二〕先臣與嫡孫寬中　《全文》作"先臣與嫡子嫡孫寬中"。

〔三〕恩例進封　原作"恩倒進封"，《叢刊》本同。"倒"字誤，據陸氏校勘、傅校本、《四庫》本、《全文》改。

〔四〕臣亡祖先臣　原作"亡祖先臣"，《叢刊》本、傅校本、《四庫》本同。按此當奪"臣"字，據陸氏校勘、《全文》補。

〔五〕竟以汲縣解進士及第　原作"解進士及第"，《叢刊》本、傅校本、《四庫》本同。按觀上下文義，似有奪誤，今據《全文》補"竟以汲縣"四字。

## 爲星變陳乞狀<sup>〔一〕</sup>

臣某言：伏以謫見于天<sup>〔二〕</sup>，以警在位，稽於前史，皆有明徵。臣某中謝。臣才非時須，量乖公器，因緣門蔭，遂忝華資，出入蕃宣，已逾三紀。早負素飡之責，常愧周行；老無黃髮之謀，空竊高位。夙夜思省，冰炭在心。近伏見熒惑順行，稍逼上相，實懼天譴，以致身災。武德七年，熒惑犯左執法，右僕射蕭瑀遜位。貞觀十五年，熒惑犯上相，左僕射高士廉遜位。國史之內，此例至多。臣人微才輕，位忝上相。倘冒恩寵，猶自懷安，忽至顚隮<sup>〔三〕</sup>，必傷玄化。雖竭誠報國，必不愧於明神<sup>〔四〕</sup>；盡禮事君，志實貫於冰雪。所慮物忌其滿，天與之災，踟蹰兢惶，不知所據。伏望聖慈察臣單緒，海內孤根，百口童蒙，仰臣覆露；一門宗祀，須臣主持<sup>〔五〕</sup>。特免上公，退歸私第。所冀中衢擊壤，復比於堯翁<sup>〔六〕</sup>；舊里懸車，不愧於漢相。臣不任祗恩皇迫之至<sup>〔七〕</sup>。

會昌五年（八四五）十二月初

## 箋　校

〔一〕本文與文集卷一九之《會昌五年十二月三日宰相對後就宅宣示謝
　　　恩不許讓官表狀》同時而略前作。該文附武宗批答云：“卿所讓夷
　　　等奉，欲遂頤養，辭位閑休。”當即指本文所謂“特免上公，退歸私
　　　第”云云。故訂本文作時如此。
　　　本文又載《叢刊》本、傅校本、《四庫》本李集卷一八、《全文》卷七
　　　〇四。
〔二〕謫見于天　《全文》作“謫見天文”。
〔三〕忽至顚隮　原作“忽至顚擠”，《叢刊》本、傅校本、《四庫》本同。按

“擠”字誤，據《全文》改。《書·微子》：“王子弗出，我乃顚隮。”

〔四〕明神　《全文》作“神明”。

〔五〕須臣主持　原作“須臣□□”，缺二字，《叢刊》本同。今據陸氏校
　　　勘、傅校本、《全文》補。《四庫》本作“須臣纘承”。

〔六〕堯翁　原作“堯君”，《叢刊》本、《四庫》本、《全文》同。按“君”字
　　　誤，據陸氏校勘、傅校本改。

〔七〕臣不任祗恩皇迫之至　《全文》作“臣不任祈恩皇迫之至”。

## 讓張仲武寄信物狀二　張仲武與臣書四紙，內一紙信物數〔一〕。

今某月日〔二〕，仲武判官華封輿到臣宅，送前件書并信物等，
已聞奏訖。臣素具懇誠，實非飾讓。臣登朝序，垂三十年，未曾爲
將相撰碑〔三〕，衆人所悉〔四〕。蓋緣雕蟲薄技，已忝榮名，不願鬻文，
更受財貨。比見文士，或已居重位，或已是暮年，矻矻爲文，只望
酬報。臣心鄙恥，所不樂聞。大和中幽州刺史李載乂撰碑〔五〕，歛
取太過，軍亂之際，怨詞頗甚。況今陛下聖明御寓，風教鼎新，文
德邁於羲軒，武功高於周漢，河朔節將，皆竭忠誠，尤宜示以典章，
令知法度。臣忝居台鉉，過受殊恩，若不守廉隅，坐安厚賂〔六〕，何
以仰裨玄化，表率庶僚？倘以仲武之情不可全阻，許臣量受一千
匹，已是乖臣本心。伏希聖慈，鑑臣丹懇。仲武書謹封進上。臣
不任云云〔七〕。

　　　　　　　　　　　　　　　　　　　會昌五年(八四五)

## 箋　校

〔一〕本文云：“臣登朝序，垂三十年，未曾爲將相撰碑。”此當是李德裕
　　　撰《幽州紀聖功碑銘并序》文後，張仲武遣人饋以厚禮，德裕上狀

奏聞,謙讓勿受。《幽州紀聖功碑銘并序》作於會昌五年,故訂本文亦作於此時。

本文又載《叢刊》本、傅校本、《四庫》本李集卷一八、《全文》卷七〇四。

本文篇目,明本卷目原作《讓張仲武寄信物狀(二)》,篇目漏書標題,別作“張仲武與臣書四紙(内一紙信物數)”十四字。此乃將原十四字題注中“張仲武與臣書四紙”八字誤作標題,《叢刊》本、傅校本、《四庫》本同此致誤。今據明本卷目、《全文》改正。

〔二〕今某月日　原作“今古月曰”,《叢刊》本同。按此於義不合,據陸氏校勘、傅校本改。《四庫》本、《全文》作“今古月日”,“古”字亦誤。

〔三〕未曾爲將相撰碑　諸本作“未曾爲宰相撰碑”。按“宰”字誤,據陸氏校勘改。

〔四〕衆人所悉　諸本作“所悉”,奪二字,據陸氏校勘補。

〔五〕李載乂　諸本作“李載文”,誤。今據陸氏校勘過録。《通鑑》卷二四三載敬宗寶曆二年“冬,十月己亥,以李載義爲盧龍節度使。”《新書》卷二一二、《舊書》卷一八〇有《李載義傳》,即其人。

〔六〕坐安厚賂　原作“坐厚賂”,《叢刊》本同,奪一字。傅校本作“坐□厚賂”,缺一字。今據陸氏校勘補。《四庫》本、《全文》作“坐受厚賂”。

〔七〕臣不任(云云)　《四庫》本、《全文》無此五字。

再讓仲武寄信物狀〔一〕

右,高品孟公度至,奉宣聖旨,緣河朔體大〔二〕,令臣即受者。伏以浩蕩之功,生靈共載;有截之内〔三〕,謳歌必歸。昨者藩臣拜章,願紀貞石,臣謬當恩顧[四],獲序聖功[五]。才力至微,神武難備,莫能相質,空愧雕蟲。豈敢廣受縑素,增其蕪鄙,虧於事體,乖臣本心。昨日進狀懇辭,誠非飾讓。實以文至淺陋,已慙黃絹之工;取又不廉,益昧素絲之節[六]。愚衷上啓,宸鑑未回,特降王人,重宣聖旨,捧戴惵懼,進退徬徨。臣事君之心,實無所隱。終希允臣誠懇,獲守典章,使廉儉興行,皇風遐暢。謹再狀以聞。臣不任云云[七]。

會昌五年(八四五)

**箋　校**

〔一〕本文作時與參校本同前篇《讓張仲武寄信物狀》,詳該篇校記〔一〕。

〔二〕體大　原作"體太",《叢刊》本、傅校本同。按"太"字誤,據《四庫》本、《全文》改。

〔三〕有截之内　原作"擊壤之内",《叢刊》本、《四庫》本、《全文》同。按"擊壤"誤,據陸氏校勘、傅校本改。《詩·商頌·長發》:"苞有三蘖,莫遂莫達。九有有截。""有截",天下九州也。

〔四〕臣謬當恩顧　諸本作"臣謬當臣願",於義不合,今據陸氏校勘改。

〔五〕獲序聖功　諸本作"獲聖功",奪"序"字,據陸氏校勘補。

〔六〕素絲之節　原作"素系之節",《叢刊》本同。按"系"字誤,據陸氏校勘、傅校本、《四庫》本、《全文》改。

〔七〕臣不任(云云)　《四庫》本、《全文》無此五字。

# 文集卷第十九

謝　恩故事,宰相狀並是舍人具草,或敕使待去,
或抵暮夜,須自叙意者即單狀。

## 謝宣示嗢没斯等冠帶訖圖狀[一]

伏以漢宣帝時,呼韓單于來朝京邑,然待以客禮,未備漢儀。
至後漢建武二十六年,單于慕先人之義,歸心中國,光武修祖宗之
業,柔服北邊,因其稱藩,始加冠帶[二]。厥後綿歷五代,僅及千
年,惟聞征伐之勤,莫覩來廷之盛。伏惟陛下功高漢后,威服窮
荒;不勞六月之師[三],坐俟七旬之格。故得嗢没斯誓心向闕,稽
首歸忠;自獻刑馬之書,仍酌留犁之酒[四]。永勵臣節,以保塞垣。
今則榮以影纓,解其衣毳,簪笏就列,威儀可觀。推勁捍之心,豈
勞戴鶡;服禮義之化,寧比冠雞。鑑于丹青,益表神化。臣等謬參
樞近,獲覩成功,歡抃之心,倍萬常品[五]。

會昌二年(八四二)六月下旬

篤　校

〔一〕岑仲勉《編證》收錄本文，並謂：“此狀無月日，以前授使制願襲冠帶語度之，當在其後不久，故附於此。明本卷目、篇目均誤嘔爲盟，篇目復奪没字。”岑所謂“前授使制”即文集卷八《授嘔没斯檢校工部尚書兼歸義軍使制》，作於六月二十一日，故訂本文作時爲會昌二年六月下旬。

本文又載《叢刊》本、傅校本、《四庫》本李集卷一九、《全文》卷七〇四。

〔二〕始加冠帶　原作“始知冠帶”，《叢刊》本、《四庫》本同。按“知”字誤，據陸氏校勘、傅校本、《全文》、《編證》改。

〔三〕不勞六月之師　原作“不勞七月之師”，《叢刊》本、傅校本同。按“七”字誤，據《四庫》本、《全文》、《編證》改。《編證》注曰：“六月，明本誤七月。”

〔四〕留犁之酒　原作“留挈之酒”，《叢刊》本、《四庫》本同。按“挈”字誤，據陸氏校勘、《全文》、《編證》改。傅校本作“留挈之酒”，“挈”字亦誤。

〔五〕倍萬常品　原作“陪萬常品”，《叢刊》本、傅校本同。按“陪”字誤，據陸氏校勘、《四庫》本、《全文》、《編證》改。

## 謝恩賜王元逵與臣贊皇縣圖及三祖碑文狀〔一〕

高品楊文端至，奉宣聖旨，賜臣前件圖等。伏以桑梓雖存，久隔兵戈之地；松楸浸遠，已絶霜露之思。運屬承明，時逢開泰，戎臣效順，寰海大同。故國山河，因丹青而盡見；祖宗基搆，尋碑版而可知〔二〕。祇戴天慈，載深感泣。不任荷恩榮惕之至。

會昌四年（八四四）秋冬

箋　校

〔一〕傅璇琮《李德裕年譜》會昌四年載本文"未注年月。……又曰：'運
　　　　屬承明，時逢開泰，戎臣效順，寰海大同。'是當在劉稹平定以後，當
　　　　作於本年秋冬"。故訂本文作時如此。
　　　　本文又載《叢刊》本、傅校本、《四庫》本李集卷一九、《全文》卷七
　　　　〇四。
〔二〕碑版　原作"碑坂"，《叢刊》本同。"坂"字誤，據《四庫》本、《全
　　　　文》改。傅校本作"碑板"。

## 謝恩令所進《異域歸忠傳》兩卷序中改云奉敕撰狀〔一〕

　　奉宣："卿所進《異域歸忠傳》兩卷，宜寫賜嗢没斯序中，仍云
奉敕撰者。"臣才識淺近，學藝空虛，輕瀆宸嚴，方懷兢惕，豈望聖
慈弘貸、時假寵光〔二〕。頒賜歸國之臣，仍榮奉敕之字。草木承雨
露之澤〔三〕，皆被鮮輝；烟霞照日月之光，盡成綵繢。顧臣璞陋，獲
奉殊恩，竹帛垂榮，傳于不朽。不任荷恩感戴之至。今既奉敕撰
序，與臣自進不同。序中已改兩處訖，謹同封進上。如允聖意，伏
望宣付中書門下。

會昌二年（八四二）七月

箋　校

〔一〕岑仲勉《編證》收録本文，並謂："畿本篇目闕'所'字，明本卷目誤
　　　　'云'爲'元'，兹合校如文。又明本篇目作'謝恩賜進'，且闕'云'
　　　　字。此狀應即進序後所上，故附序後。"又，《會要》卷三四《修撰》
　　　　載："會昌二年七月，宰臣德裕進《異域歸忠傳》兩卷。"今從《會
　　　　要》，訂本文作時爲會昌二年七月。

本文又載《叢刊》本、傅校本、《四庫》本李集卷一九、《全文》卷七
〇四。

〔二〕時假寵光　《全文》、《編證》作"特假寵光"。

〔三〕承雨露之澤　原作"乘雨露之澤",《叢刊》本、傅校本、《四庫》本
同。按"乘"字誤,據《全文》、《編證》改。

## 謝宣示所進黠戛斯朝貢圖深愜于懷狀[一]

今日欵義、行深至,奉宣聖旨:"卿所進圖傳,深愜于懷者。"伏
以陛下大化神明,百蠻震疊,故遠夷慕義,萬里來朝。誠宜圖以丹
青,録於編簡,傳之千古,以闡威靈[二]。臣學術空虛,文藝淺薄,
輒爲傳序,莫究聖功。陛下延納微誠[三],特賜宣示,寵渥所及,縉
紳爲榮。不任荷恩感戴之至。

會昌三年(八四三)二月底

篇　校

〔一〕岑仲勉《編證》收録本文,與文集卷一八之《進黠戛斯朝貢圖傳
　　狀》、卷二之《黠戛斯朝貢圖傳序》同編於會昌三年二月底,詳各篇
　　校記〔一〕,故訂本文作於此時。

　　本文又載《叢刊》本、傅校本、《四庫》本李集卷一九、《全文》卷七
　　〇四。

　　本文篇目原奪"所"字,《叢刊》本、傅校本、《四庫》本、《全文》同。
　　今據陸氏校勘、《編證》補。《編證》注曰:"明本卷目有'所'字,篇
　　目及畿本無之。"

〔二〕以闡威靈　原作"以煇威靈",《叢刊》本、傅校本、《四庫》本同。按
　　"煇"字誤,據陸氏校勘改。《全文》、《編證》作"以煇威靈","煇"

字亦誤。

〔三〕延納微誠　《全文》作“遷納微誠”。

## 謝贈故蕃維州城副使悉怛謀官狀<sup>〔一〕</sup>

伏以遠夷率服，大國綏懷，一失良圖，千古不復。悉怛謀仰天歸命，空壁求降。拒其款誠<sup>〔二〕</sup>，已絕羌戎之望；執之爲戮，實傷義士之心。況受降之時<sup>〔三〕</sup>，臣與其盟詛，力不能捄，心實懷慙。運屬聖明，合申幽枉，輒敢論奏，豈望聽從。陛下用周文之心，已同葬骨；念汧城之枉，仍賜策書。臣忝補鈞衡，嘗居戎帥，仰感玄造，倍百群情<sup>〔四〕</sup>。臣不任云云<sup>〔五〕</sup>。

會昌三年（八四三）三月

## 箋　校

〔一〕《通鑑》卷二四七載會昌三年三月“李德裕追論維州悉怛謀事，……詔贈悉怛謀右衛將軍”。今從《通鑑》訂本文作於此時。同時略前所作者尚有文集卷一二之《論大和五年八月將故維州城歸降准詔却執送本蕃就戮人吐蕃城副使悉怛謀狀》、卷四之《贈故蕃維州城副使悉怛謀制》，詳各篇校記〔一〕。
　　　本文又載《叢刊》本、傅校本、《四庫》本李集卷一九、《全文》卷七〇四。

〔二〕拒其款誠　諸本作“據其款誠”，“據”字誤，據陸氏校勘改。

〔三〕況受降之時　諸本此句奪“況”字，今據陸氏校勘補。

〔四〕倍百群情　原作“陪百群情”，《叢刊》本、傅校本同。按“陪”字誤，據《四庫》本、《全文》改。

〔五〕臣不任（云云）　《全文》作“臣不任荷恩感戴之至”。

## 謝恩所進瑞橘賦宣付史館狀[一]

高品劉傳奉宣聖旨,賜臣批示,以臣所請宣示史館,特賜允從者。伏以橘性不遷,楚詞所載,聖情封植,禁籞結根,此六合同風、九州共貫之應也。玄宗朝種柑結實,亦是乘太平之休氣,道德之仁風,事協祖宗,實光簡册。臣目觀佳瑞,慙無潤色之工;心感玄猷,莫盡揄揚之美。豈謂天慈曲被,特允微衷。擊壤庸音,獲知於皇鑑;雕蟲薄伎,謬列於青編。千古光榮,百生何幸! 不任感恩踴躍之至。謹奉狀陳謝以聞。

會昌五年(八四五)秋末

篋　校

〔一〕本文又載《叢刊》本、傅校本、《四庫》本李集卷一九、《全文》卷七
　　〇四。

## 謝賜讓官批答狀[一]

高品馮至珣至,奉宣聖旨,并賜臣批答,以臣昨所陳請,未賜允從者。蜉蝣淺命,未報君恩;犬馬微誠,敢忘臣節。迫以服藥瞑眩,抱疾沉羸,心力衰殘,形氣減耗。承吁俞之命[二],或慮闕遺;奉密勿之機[三],實憂不逮。輒陳誠款,冀或聽從。陛下特降綸言,再加褒飾。德音撫慰,自合忘生;睿獎至深,豈敢言病? 謹當策勵疲蹇,上副天慈;竭盡肺肝,以修官業。不任荷恩感戴之至。

會昌三年(八四三)四月中旬

〔一〕本文與文集卷一八之《讓官表》同時略後而作。《通鑑》卷二四七
　　　載會昌三年四月辛未（十三日）“李德裕乞退就閑局。上曰：‘卿每
　　　辭位，使我旬日不得所。今大事皆未就，卿豈得求去？’”此即見批
　　　答後上狀謝恩。合而推之，本文約作於會昌三年四月中旬。
　　　本文又載《叢刊》本、傅校本、《四庫》本李集卷一九、《全文》卷七
　　　〇四。

〔二〕承吁俞之命　原作“承訐俞之命”，《叢刊》本、《四庫》本、《全文》
　　　同。按“訐”字誤，據陸氏校勘、傅校本改。

〔三〕奉密勿之機　原作“忽奉密之機”，《叢刊》本、《四庫》本同。按此
　　　於義不合，今據陸氏校勘、傅校本、《全文》改。

## 謝恩不許讓官表狀[一]

　　今日行深、紹宗奉宣聖旨：“卿太尉官，自朕意與，不是他門僥
求而得[二]，不要更引故事辭讓者。”臣跪受聖旨，惶灼無地。臣昨
者以位高疾仆，器滿忌傾，實懷畎室之憂，敢喜在閭之賀，輒陳微
懇，退積慙惶。陛下察臣孤立事君，寵拔皆由於睿鑑[三]；一心守
道，進取不近於回邪，勉以至公，絶其辭讓。臣敢不祇奉明詔，克
勵貞規，慕孔父益恭之誠，遵叔敖愈卑之志。豈比罪無所禱，孫賈
黜於聖人；久不自安，崔烈詢於厥子。仰思宸睠[四]，倍積光榮。
不任荷恩感激之至。謹奉狀陳謝以聞。

會昌四年（八四四）八月下旬

〔一〕《通鑑》卷二四八載會昌四年八月戊申（二十八日）“加李德裕太

尉、趙國公。德裕固辭。上曰：‘恨無官賞卿耳！卿若不應得，朕必不與卿。’”即爲本文所言之事，故訂本文作時如此。

本文又載《叢刊》本、傅校本、《四庫》本李集卷一九、《全文》卷七〇四。

〔二〕不是他門僥求而得　原作“不是他門僥求而不”，句末“不”字屬下句首字，與“得”字倒誤。《叢刊》本、傅校本、《四庫》本同倒誤。今據《全文》改。

〔三〕睿鑑　原作“睿監”，《叢刊》本同。今據陸氏校勘、傅校本、《四庫》本、《全文》改。

〔四〕宸睠　原作“睠宸”，《叢刊》本、《四庫》本同。今據陸氏校勘、傅校本、《全文》改。

## 謝恩不許讓官表狀兵罷後上表〔一〕

行深、紹宗奉宣聖旨：“豈政理有失，風俗有乖，何遽退辭？一二年分憂，不用進表者。”伏以自古臣得其君，最爲難遇。非龍顏英王〔二〕，良、平無以效其謀；非日角聖姿，寇、鄧莫能申其志〔三〕。則知致理不由於臣力，成功皆系於上心。伏以陛下明過高光，德侔天地。常制勝於千里之外，動合機先；不取材於三傑之臣，皆躋慮表。故能征伐必克，擒縱無遺〔四〕。臣謬忝鈞衡，親稟神筭〔五〕，竟微獲兔之效，内展指蹤；又無汗馬之勞，外施武力。每奉聖詔，屢獎丹誠，夙夜自思，冰炭交集。況今四表無事，六氣斯和，籥勻可致於治平〔六〕，文軌盡同於玄化。時雨既降，浸灌何施；鴻明照臨，爝火宜息。昨者輒陳誠懇，上瀆宸嚴。所冀守介石之誠，或能回日；寧敢慕揮金之樂，取適當年。陛下至德矜愚，深慈宥過，寬其罪戾，重降恩私。唯願盡螻蟻之生，勉自陳力；豈復顧蜉蝣之命，更徇微衷。上戴皇明，尤增靦懼。臣不任云云[七]。

會昌四年（八四四）八月下旬

## 箋　校

［一］本文與前篇《謝恩不許讓官表狀》同作於會昌四年八月下旬，詳該篇校記［一］。本文題下原注：“兵罷後上表”，《叢刊》本、《四庫》本同。清編《全唐文》無注。

本文又載《叢刊》本、傅校本、《四庫》本李集卷一九、《全文》卷七〇四。

［二］英王　《四庫》本、《全文》作“英主”，義較勝。

［三］寇鄧　原作“冠鄧”，《叢刊》本同。按“冠”字誤，據傅校本、《四庫》本、《全文》改。“寇”，指寇恂；“鄧”，指鄧禹。見《後漢書》卷一六《鄧寇列傳》。

［四］擒縱無遺　原作“擒蹤無遺”，《叢刊》本同。按“蹤”字誤，據傅校本、《四庫》本、《全文》改。

［五］親稟神筭　《全文》作“親稟宸算”。

［六］籌勺可致於治平　“籌勺”，原作“蕭芍”，《叢刊》本同。據《全文》改。

［七］臣不任（云云）　《全文》作“臣不任荷恩感激之至”。

## 謝恩改封衞國公狀[一]

奉今月二十七日敕，臣封衞國公者[二]。仰戴天慈，獲遂私懇，以感以泣，榮惕載深。伏以支庶嗣侯，雖存故事，玄成以兄有譴，乃紹扶陽之封；耿霸以父屬愛，遂繼牟平之爵。開元中，蘇頲特封許國公,亦無襲字。然地居嫡長,受則無嫌。伏思亡父先臣,開國全趙,亡兄已經繼襲,未及傳孫[三]。臣每念貽謀,豈宜不正?若苟安殊寵,實愧幽明[四]。輒罄愚衷,果蒙聽察。況衛國之疆軫,密邇叢臺[五]。先祖之所成名,由兹光大;微孫得以啓土[六],實謂至榮。祗奉寵章,益慚非據。臣不任云云[七]。

會昌四年(八四四)八月下旬

## 箋　校

〔一〕本文當與文集卷一八之《請改封衛國公狀》同時略後而作,詳該篇校記〔一〕。

　　本文又載《叢刊》本、傅校本、《四庫》本李集卷一九、《全文》卷七〇四。

　　諸本篇目作"謝恩加特進階改封衛國公狀",不確。今據陸氏校勘刪"加特進階"四字,參文集卷一八《請改封衛國公狀》校記〔一〕。

　　前引《新書·李德裕傳》、《通鑑》已明德裕改封衛國公在拜太尉之時,即會昌四年八月下旬,不與加特進階同時。《新書》卷六三《宰相表》:"會昌五年正月己未,德裕加特進。"

〔二〕衛國公者　原作"衛公者",《叢刊》本、傅校本、《四庫》本同。按奪"國"字,據本文標題及《全文》補。

〔三〕未及傳孫　原作"未傳",《叢刊》本、傅校本、《四庫》本同。按此當奪"及"、"孫"二字,據陸氏校勘補。《全文》作"未得傳孫"。

〔四〕實愧幽明　原作"實存幽明",《叢刊》本同。按"存"字誤,據陸氏校勘、《全文》改。傅校本作"實負幽明",《四庫》本作"實悖幽明"。

〔五〕密邇叢臺　"密",原作"蜜",《叢刊》本同,據《全文》改。

〔六〕啓土　原作“啓上”，《叢刊》本、傅校本同。按“上”於義不合，今據
　　《四庫》本、《全文》改。

〔七〕臣不任（云云）　《全文》作“臣不任荷恩感戴之至”。

## 謝恩加特進階狀[一]

　　伏奉今月十二日制書，授臣散官特進者。伏以漢氏之制，勳
望優隆，則位加特進，服以文冕，列侍清祠，榮亞三台，品居第二。
自非學深張禹，功重竇融，則何以膺是寵章，允兹瞻望？臣器本凡
薄，才在下中[二]，遭逢聖明，謬忝樞務。近者展采清廟，祇事圓
丘。獲親日月之光，已驚殊寵；又沐雲霄之澤，更荷新恩。雖臣殞
身，豈能上報？惟冀飲水效節[三]，介石存誠，居若對於神明，動罔
僭於風雨。保其一志，少答鴻私。臣不任荷恩惕懼之至[四]。

　　　　　　　　　　　　　會昌五年（八四五）正月己未（十一日）

## 箋　校

〔一〕傅璇琮《李德裕年譜》會昌五年載“《新書》卷六十三《宰相表》，會
　　昌五年‘正月己未，德裕加特進’。按本月己酉朔，己未爲十一日。
　　但狀中云‘伏奉今月十二日制書授臣散官特進者’，謂十二日授。
　　按十二日庚申，義安太后卒（見《舊紀》），恐不惶授階勳，疑《一品
　　集》之‘二’爲‘一’之誤”。故訂本文作時爲會昌五年正月十一日。
　　本文又載《叢刊》本、傅校本、《四庫》本李集卷一九、《全文》卷七
　　〇四。

〔二〕才在下中　原作“才在下幸”，《叢刊》本同。按“幸”字誤，據傅校
　　本、《四庫》本、《全文》改。

〔三〕飲水　《四庫》本、《全文》作“飲冰”，義較胜。

〔四〕臣不任荷恩惕懼之至　《全文》此句無“臣”字。

# 會昌五年十二月三日宰相對後就宅
## 宣示謝恩不許讓官表狀連宣〔一〕

卿所讓夷等奉，欲遂頤養〔二〕，辭位閑休。今者社稷安謀，系在良筭〔三〕。況北虜殘孽未殄，西戎國内不安，除寇靖邊，藉卿調鼎。遽兹陳退，所不忍聞；縱累陳情，終不允遂。

今日奉宣，縱累陳情，終不允遂者。臣荏苒六年，徒竭丹款，竟無一善，稍補皇猷，靦冒難居，屢祈退免。面請則每慮煩瀆，口陳則莫盡肺肝，頻以懇誠，託於同列，因臣不對，得爲上聞。豈意天慈矜愚，聖德念舊，尚取涓塵之效，未徵尸素之尤。累降近日〔四〕，再宣慈旨。實恐馨蜉蝣之命，無以報天；所冀盡犬馬之心，唯知戀主。仰戴皇澤，倍切微衷。臣不任云云〔五〕。

會昌五年（八四五）十二月三日

# 箋　校

〔一〕本文題下注“連宣”，録武宗《答李德裕讓官敕》於本文前，《叢刊》本、傅校本、《四庫》本同。《全文》卷七七録武宗《答李德裕讓官敕》。據本文篇目，知本文作時爲會昌五年十二月三日。

　　本文又載《叢刊》本、傅校本、《四庫》本李集卷一九、《全文》卷七〇四（題下無“連宣”二字注文）。

〔二〕卿所讓夷等奉欲遂頤養　《全文》作“卿欲遂頤養”，奪“所讓夷等奉”五字。據本文“口陳則莫盡肺肝，頻以懇誠，託於同列”，則知德裕讓官乃託同列李讓夷等爲之者。《新書》卷一八一《李讓夷傳》：“武宗初，李德裕復入，三遷至尚書右丞，拜中書侍郎、同中書

門下平章事。潞州平,檢校尚書右僕射。”此時,李讓夷官檢校尚書
右僕射兼中書侍郎,故德裕稱其爲同列。

〔三〕系在良竿　原作“系在良平”,《叢刊》本、《四庫》本、《全文》同。
按“平”字誤,據陸氏校勘、傅校本改。

〔四〕累降近日　《全文》作“累降近臣”。

〔五〕臣不任(云云)　《全文》作“不任荷恩兢惕之至”。

## 謝賜錦綵銀器狀[一]

中使田獻鍔至,奉宣聖旨,賜臣前件錦綵銀器等[二]。臣伏聞
虞舜舞干而苗人來格[三],周穆徂征而荒服不至。即知王者之功,
莫大於耀德戢兵,安人柔遠。伏以陛下聖德廣運,神武照臨,息雷
霆之威,而蠻夷自服;弘天地之德,而邊鄙乂安。臣願以鴻猷,播
於蕃帥,因綴古今之事,庶堅忠義之心。豈意慈容,厚加寵錫,班
行聳聽,里閈生光。非止閤門之榮,實增後代之價。仰慚恩覆,倍
積兢惶[四]。

会昌二年(八四二)七月

## 箋　校

〔一〕岑仲勉《編證》收錄本文,並謂:“以文内‘因綴古今之事,庶堅忠義
之心’二語觀之,蓋進《歸忠傳》後頒賜之謝狀也,故附於此。”文集
同卷之《謝恩令所進〈異域歸忠傳〉兩卷序中改云奉敕撰狀》實作
於本年七月,詳該篇校記〔一〕。故訂本文作於此時。
本文又載《叢刊》本、傅校本、《四庫》本李集卷一九、《全文》卷七
○四。

〔二〕賜臣前件錦綵銀器等　此句原奪“賜”字,《叢刊》本、傅校本、《四

庫》本同。今據陸氏校勘、《全文》、《編證》補。

〔三〕苗人來格　原作“苗人來革”，《叢刊》本、傅校本同。按“革”字誤，據《四庫》本、《全文》、《編證》改。《編證》注曰：“格，明本誤革”。

〔四〕倍積兢惶　《全文》、《編證》此句下尚有“臣不任忻忭感戴之至”。

# 謝恩賜錦綵銀器狀〔一〕

高品劉行宣至〔二〕，奉宣聖旨，以臣撰《真容讚》，特賜前件錦綵銀器等。臣學非稽古，文不逮人，徒以運遇聖明，職叨宰弼，宸心向屬，榮寵荐加。得以淺陋之詞〔三〕，上述鴻明之德。叙帝堯之奇表，非可强名；讚軒后之英威，空慙竭思。豈謂皇慈曲被，厚錫俄霑。錦綵焕華麗之文〔四〕，器物呈彫鏤之妙。跪受榮感，報效無階。臣不任荷恩忭躍之至〔五〕。

會昌四年（八四四）九月

## 箋　校

〔一〕本文云：“高品劉行宣至，奉宣聖旨，以臣撰《真容讚》，特賜前件錦綵銀器等。”文集卷一之《仁聖文武至神大孝皇帝真容讚并序》作於會昌四年九月，詳該篇校記〔一〕。故訂本文作於此時。

本文又載《叢刊》本、傅校本、《四庫》本李集卷一九、《全文》卷七〇四。

〔二〕高品劉行宣至　此句原無“至”字，《叢刊》本、傅校本、《四庫》本同。今據《全文》補。

〔三〕淺陋之詞　原作“淺漏之詞”，《叢刊》本、《四庫》本同。按“漏”字誤，今據陸氏校勘、傅校本、《全文》改。

〔四〕焕華麗之文　《四庫》本作“燿華麗之文”，《全文》作“窮華麗之文”。

〔五〕臣不任荷恩忭躍之至　原作“臣不任”，奪六字，《叢刊》本、傅校本、《四庫》本同，據陸氏校勘補。《全文》別作“臣不任忻荷感恩之至”。

## 會昌五年六月二十九日就宅宣并謝恩問疾狀〔一〕

卿昨日所上表陳情，緣多疾病，請退守周行，朕已省覽，終不允所奏。卿實有疾，爲復別有故？如要他有披陳〔二〕，宜盡肺肝，便進狀來。況北虜未歸，朝廷事切，每有料度，皆藉規模。且三五年間，終未令卿離中書，忽有奏章，實難允遂。如實有疾，但將息候痊日，須强扶持對來，仍斷來章。

高品駱遂泰至，奉宣聖旨者。臣承命兢皇，不知所處。臣緣抱疾歲久，服藥過多，形體虛羸，筋力不逮，實恐妨廢機務，轉積僭尤，所以輒獻懇誠，願辭繁劇。每於延英奏事，陛下常假慈顔，心肺肝懷，無所不盡，更無他故，須有上陳。只以衰羸，自憂顛仆。況臣四海之內，孤獨一身，唯將赤誠，仰戴明主，豈敢輒懷顧望〔三〕，上負天慈。伏望更許兩日將息，即冀朝謁。臣不任云云。

會昌五年(八四五)六月二十九日

## 箋　校

〔一〕本文篇目原作“會昌二年”，《叢刊》本、傅校本、《四庫》本同。“二”字誤，今據陸氏校勘、《全文》改。按本文作時與文集卷一八《讓官表》約略同時。表云：“參贊萬務，倏已六年。”德裕於開成五年相武宗，至會昌五年，正爲六年。故訂本文作時如此。

本文又載《叢刊》本、傅校本、《四庫》本李集卷一九、《全文》卷七

〇四。

本文原附武宗《問李德裕疾敕》,《叢刊》本、傅校本、《四庫》本同。《全文》將武宗敕收錄於卷七七。

〔二〕如要他有披陳　原作"如要□有備陳",《叢刊》本同。按此缺一字,"備"字又誤,今據陸氏校勘校補。《四庫》本、《全文》作"如要他有備陳","備"字仍誤。傅校本作"如要□有披陳",仍缺一字。

〔三〕輒懷顧望　諸本作"輒懷願望","願"字誤,據陸氏校勘改。

# 謝恩問疾狀[一]

高品王克諫至,奉宣聖旨:"卿小有違裕,昨日於延英面奏,乞假將息,實疚予懷。且善頤養,當就痊平。所要内庫食物及藥物,無致嫌疑,但具數奏來,即令宣賜者。"臣緣常服冷藥十五餘年,屬蒲柳年侵,衰憊日甚,風毒脚氣,往往上衝。頃刻之間,心腹悶痛,飯食至少,筋力漸羸。所以冒昧上陳,請三數日在家將息。陛下恩深覆育,軫父母惟疾之憂;德過生成,念犬馬至微之命。恤問稠疊,沉痼頓痊[二]。臣食物未得,更無所闕,天慈下降,感極涕零。臣不任云云[三]。

會昌五年(八四五)十二月上旬

# 箋　校

〔一〕本文與文集卷一八之《爲星變陳乞狀》、卷一九之《會昌五年十二月三日宰相對後就宅宣示謝恩不許讓官表狀》同時稍後而作。本文云:"高品王克諫至,奉宣聖旨:'卿小有違裕,昨日於延英面奏,乞假將息。'"即與前二文所述相合,故訂本文作時如此,並詳該二文校記〔一〕。

本文又載《叢刊》本、傅校本、《四庫》本李集卷一九、《全文》卷七
〇四。

〔二〕沉痼頓痊　原作“沉痼頃痊”,《叢刊》本、傅校本同。“頃”字誤,據
《四庫》本、《全文》改。

〔三〕臣不任(云云)　《全文》作“不任感恩兢惕之至”。

# 文集卷第二十

## 祈　告

### 武宗改名告天地文〔一〕

臣纘承丕緒〔二〕，勵翼七年，不敢怠荒，以思無逸。北制强虜，東剪叛徒，享此鴻名，實由玄造。常欲述帝堯之典，欽若昊天；修周武之法，建用王極〔三〕。成于王道，以黜異端。釋氏之教，興於戎狄，悖君臣之禮，廢父子之親；耗蠹蒸人，殫竭物命。宣尼垂訓，不語怪神，因而漸除，咸一於正。襲前聖之業，燦而光明，臣之本心，諒在於此。伏以書載五行，當避水土〔四〕；名有五義，不以山川。臣之稱名〔五〕，稍違古典。今則循漢宣之故事，稟皇祖之詒謀，採用離明，以符土德〔六〕。又臣近因微恙，已及二時，感此陽和，物皆暢茂，未逢勿藥之喜，獨有向隅之憂。如臣政教不明，宜有陰譴；刑罰不中，未合天心。伏願舍臣咎愆，許臣改悔，永保宗廟，以安邦家，所疾日瘳，平復如舊，五星度理，百福來臻。敢不克己厲精，祇事上帝；洗心齋戒，嚴奉神祇。懇陳至誠，仰望照鑑。

會昌六年（八四六）三月壬寅（初一日）

箋　校

〔一〕《通鑑》卷二四八載會昌六年“上疾久未平，以爲漢火德，改‘洛’爲‘雒’；唐土德，不可以王氣勝君名。三月，下詔改名炎”。此中所述與本文相合。《舊書》卷一八上《武宗本紀》亦云：“三月壬寅，上不豫，制改御名炎。”壬寅爲初一日，故訂本文作於此時。

本文又載《叢刊》本、傅校本、《四庫》本李集卷二〇、《全文》卷七一一。

本文篇目中“武宗”二字當爲後來所加，此時不當稱武宗。本文係李德裕代武宗立言。

〔二〕臣纘承丕緒　“纘”，原作“讚”，《叢刊》本同。今據《全文》改。

〔三〕建用王極　《四庫》本、《全文》作“建用皇極”。

〔四〕當避水土　諸本作“當被水土”，按“被”字於義不合，今據陸氏校勘改。

〔五〕臣之稱名　原作“之稱名”，《叢刊》本、傅校本同。按此奪“臣”字，據陸氏校勘補。《四庫》本、《全文》作“後之稱名”。

〔六〕以符土德　《四庫》本、《全文》作“以符一德”。

祈祭西嶽文〔一〕

惟神作鎮中土，據于西陲。積高炳靈，宅神明之粵〔二〕；少陰協德，成天地之功。恭聞烈祖玄宗，御曆永年，祭必受福，秘礎昭賽，金刻猶存。近者陰澤稍愆，宿種未茂，精意纔達，甘液驟零，既紓播種之勤,已獲流根之潤。今因報德,再竭至誠。某纘奉丕圖,勤勞七載,恭己思道,豈敢怠荒。屬黠虜南侵,震驚朔野,兵鋒一舉,毳幕皆焚。潞子嬰兒,梟首魏闕;參墟叛將,面縛畺門。成此武功,無非幽贊。又以釋氏之教,出於西夷,棄五常之典,絕三綱之常,殫竭財力,蠹耗生人〔三〕。黜其異端,以正王度,庶可復古,諒非近名。屬以忽於所慎,寒暑成疾,曠時且乖於勿藥,昧旦徒切於求衣。如某政教不明,宜有陰譴,刑罰不中,未合天心〔四〕。實希明神,許其改悔,永保宗廟,以安邦家,所疾日瘳,平復如舊。昔成湯自咎者六,零雨消災〔五〕;宋景善言者叁,法星退舍。至誠所感,前史昭然;誠信不欺,恃神正直。敢不誓於丹腑,嚴奉明靈。敬陳忠懇,伏望臨鑑。

会昌六年(八四六)三月上旬

## 箋　校

〔一〕本文云:"某纘奉丕圖,勤勞七載,恭己思道,豈敢怠荒。"其與前一篇之《武宗改名告天地文》所云"臣纘承丕緒,勵翼七年,不敢怠荒,以思無逸"相合,當作於同時略後。故訂本文作時爲會昌六年三月上旬。

本文又載《叢刊》本、傅校本、《四庫》本李集卷二〇、《全文》卷七一一。

〔二〕宅神明之粵　《全文》作"宅神明之奧"。

〔三〕蠹耗生人　《全文》作"耗蠹生人"。

〔四〕未合天心　原作"未合大心",《叢刊》本同。按"大"字誤,前篇《武宗改名告天地文》亦曰"未合天心"。今據傅校本、《四庫》本、《全文》改。

〔五〕零雨消災　《全文》作"霖雨消災"。

## 賀廢毀佛寺德音表[一]

　　臣某等伏奉今日制,拆寺蘭若共四萬六千六百餘所,還俗僧尼并奴婢爲兩稅户共約四十一萬餘人,得良田約數千頃,其僧尼令隸主客户大秦穆護祆二十餘人並令還俗者[二]。臣聞仲尼祖述堯舜,憲章文武,大弘聖道,以黜異端。末季以來,斯道久廢,不遇大聖,孰能拯之? 臣某等中賀[三]。伏以三王之前,皆垂拱而理,不可得而言也。厥後周美成康,漢稱文景,至化深厚,大道和平。人自稟於孝慈,俗必臻於仁壽。豈嘗有外夷之教,玷中夏之風[四]。東漢楚王英始盛桑門之饌,淪於左道;桓帝更增犀蓋之飾,歸於亂政。魏之三祖,西晉太康,雖君非大聖,臣非上拆[五],然猶祖尚老莊,斯教未行。至東晉,因吴人之佻薄,襲孫權之弊政,始建塔廟,乃譯梵書。宋、齊、梁、陳[六],其教浸盛。好大不經之説,陋乃詩書;因報拔濟之談,隆於仁孝。運祚浮促,篡奪相尋,二百年間,五變朝市。君無殷宗之福,臣靡衛武之年,感驗寂寥,斯可明矣。高祖神堯皇帝方欲剗除斯弊[七],掃刷中區,時屬宰臣蕭瑀,本梁氏之子孫,尋覆車之軌轍,廢格明詔,以迄於今。遂使土木興妖,山林增構。一巖之秀,必極雕鐫;一川之腴,已布高刹。鬼功不可,人力寧堪? 耗蠹生靈,侵減征税[八],國家大蠹,千有餘年。伏惟仁聖文武章天成功神德明道大孝皇帝陛下明紹於天,粹合於道,黜霸圖而功盛,入聖域而德優[九]。常欲天下之動,咸貞於一;以一言之蔽,思必無邪。先定宸心,獨發英斷。破逃亡之藪,皆列齊人;收高壤之田,盡歸王税。正群生之大惑,返六合之澆風,出前聖之謨，爲後王之法。巍巍功德，焕炳圖書。臣竊位樞衡，莫能裨益，愧無將明之效，徒懷鼓舞之心。千古未逢，百生何幸！不任抃賀踴躍之至，謹奉表陳賀以聞[一〇]。

會昌五年(八四五)八月壬午(七日)

## 箋　校

〔一〕《通鑑》卷二四八載會昌五年八月“壬午，詔陳釋教之弊，宣告中外”。壬午爲初七日，德裕上賀表亦當同日。故訂本文作時如此。杜牧有《杭州新造南亭子記》論其事，文云：“文宗皇帝嘗語宰相曰：‘古者三人共食一農人，今加兵、佛，一農人乃爲五人所共食，其間吾民尤困於佛。’帝念其本牢根大，不能果去之。武宗皇帝始即位，獨奮怒曰：‘窮吾天下，佛也。’……後至會昌五年，……出四御史纚行天下以督之。御史乘驛未出關，天下寺至於屋基耕而刓之。”(《全文》卷七五三)杜牧文所記，已揭出當時滅佛之主因及社會反映。

本文又載《叢刊》本、傅校本、《四庫》本李集卷二〇、《全文》卷七〇〇。

本文篇目，諸本作“賀廢毁諸寺德音表”，按“諸”字誤，據陸氏校勘、明本卷目改。

〔二〕大秦穆護祆　諸本作“大秦穆護襖”，“襖”字誤，據史書改。《舊唐書·武宗紀》會昌五年八月制：“勒大秦穆護祆三千餘人還俗，不雜中華之風。”

〔三〕中賀　諸本作“中謝”，據陸氏校勘改。

〔四〕玷中夏之風　原作“點中夜之風”，《叢刊》本同。按“點”字、“夜”字誤，據陸氏校勘、《全文》改。《四庫》本作“點中夏之風”，“點”字仍誤。傅校本作“玷中之風”，奪一字。

〔五〕臣非上拆 《四庫》本、《全文》作“臣非上哲”，義較勝，似是。

〔六〕宋齊梁陳 原作“□齊梁陳”，缺一字，《叢刊》本同。據陸氏校勘、傅校本、《四庫》本、《全文》補。

〔七〕高祖神堯皇帝方欲剗除斯弊 此句前二字原作“高宗”，《叢刊》本、傅校本同。按作“高宗”誤，據《全文》改。又，《通鑑》卷一九一載武德九年“太史令傅奕上疏，請除佛法。……上詔百官議其事，……蕭瑀曰：‘佛，聖人也，而奕非之；非聖人者無法，當治其罪。’……上亦惡沙門、道士苟避征徭，不守戒律，皆如奕言”。《舊書》卷一《高祖本紀》亦記其事於武德九年。且蕭瑀卒於貞觀二十一年，故知作“高宗”誤。《四庫》本作“高宗祖堯皇帝方欲剗除斯弊”，亦誤。

〔八〕侵減征税 《全文》作“侵減正税”。

〔九〕入聖域 《全文》作“入聖學”。

〔一〇〕謹奉表陳賀以聞 《四庫》本、《全文》無此句。

## 瑞橘賦并序〔一〕

清霜始降，上命中使賜臣等朱橘各三枚〔二〕，蓋靈囿之所植也。臣伏以度淮爲枳〔三〕，由地氣而不遷；吹谷生黍，信陽和之所感。昔漢武致石榴於異國，靈根遐布，此西域柔服之應也；魏武植朱橘於銅雀，華實莫就，乃吳人未格之兆也。考於前史，昭晰可知。豈非天地和同，靈物效祉？去蠻夷之陋，獲近太陽；感王化之盛，更承膏露。草木尚爾，況乎人心！漢宣帝宮館山澤，意有所感，必詔近臣賦之。臣幼學爲文，忝列樞近，稽首獻賦曰〔四〕：

美南州之嘉樹，受烈氣於炎德。固一志於殊方，遂不遷於上國。貞葉凝碧,藹湘岸之夕陰〔五〕;華實變黃,動江潭之秋色。雜丹楓於溪畔,映緑篠於巖側。翡翠以之列巢,鵁雛於焉棲息。雖同霑於雨露,竊自得於彫飾。終獲譽於皇明,豈因人而羽翼。感洪鈞之獨運,翰造化之玄力。思六合之同風,採孤根而移植。播元氣之茂育,諒英靈之不測。逮乎霜飛天囿,風落秦川,金莖炫耀於朝日,玉樹青葱於霽天。峩方壺之翠島,列靈沼之清漣。上爵松檜〔六〕,下秀蓀荃。秇朱草與屈軼,華靈芝與賓連。靈卉畢植,而嘉橘在焉。冰心獨潤,金衣更鮮。天漢之華星焜耀,閬風之珠樹粲然。香若團於野露,色疑炫於江煙。既而太官獻新,奇果列筵。飛厥苞之自遠〔七〕,何菲陋之莫傳。樹隱方塘,比丹墀之效實〔八〕.〔九〕,與赤瑛而共妍〔一〇〕。東鄙孤臣,謬陳三事,既乏和美之用,猶霑可口之味。并食不割,竊愧晏嬰之知;捧之以拜,重感桓榮之賜。庶不改於霜雪〔一一〕,永酬恩於天地。

會昌五年(八四五)秋末

## 箋　校

〔一〕本文云:“清霜始降,上命中使賜臣等朱橘各三枚”,又云:“華實變黃,動江潭之秋色”。文集卷一八之《進瑞橘賦狀》亦云:“今月十九日,聖恩賜臣朱橘三顆者。”則今月必爲九月,文必作於秋末。本文又云:“天地和同,靈物效祉。去蠻夷之陋,……感王化之盛,……。”當在外攘回鶻,內平澤潞之後。又本文在同卷《賀廢毀佛寺德音表》之後。合而推之,故訂本文作時爲會昌五年秋末。

本文又載《英華》卷八七、《文粹》卷六、《叢刊》本、傅校本、《四庫》本李集卷二〇、《全文》卷六九七。

本文篇目原奪“并序”二字,《叢刊》本、傅校本、《四庫》本同。據明本卷目、《英華》、《文粹》、《全文》補。

〔二〕上命中使賜臣　《英華》、《文粹》、《全文》作"上命中使賜宰臣"。

〔三〕度淮爲枳　原作"度淮而枳",《叢刊》本、《四庫》本、《全文》同。
　　　按"而"字誤,據陸氏校勘,《英華》、《文粹》改。

〔四〕稽首獻賦曰　《英華》、《文粹》、《全文》此句前有"敢"字。

〔五〕藹湘岸之夕陰　原作"謁湘岸之夕陰",《叢刊》本、傅校本同。按
　　　"謁"字誤,據陸氏校勘改。此字,《英華》作"蔚",校云"一作藹";
　　　《文粹》、《全文》作"蔚",《四庫》本作"靄"。

〔六〕上欝松檜　原作"上欝松",《叢刊》本同。按此奪"檜"字,據陸氏
　　　校勘、傅校本補。《英華》、《文粹》作"上蔚檉松"。《四庫》本、《全
　　　文》作"上欝松檉"。

〔七〕飛厥苞之自遠　《文粹》、《全文》作"非厥苞之自遠"。

〔八〕比丹墀之效實　《英華》、《文粹》、《全文》作"比丹萍之初實"。

〔九〕盤映皎日　《英華》、《文粹》、《全文》作"盤映皎月"。

〔一〇〕共妍　原作"共研",《叢刊》本同。按"研"字誤,據陸氏校勘、《英
　　　華》、《文粹》、傅校本、《四庫》本、《全文》改。

〔一一〕霜雪　《文粹》、《全文》作"雪霜"。《英華》作"雪霜",校云"一作
　　　霜雪"。

## 奉和聖制南郊禮畢詩〔一〕

磬筦歌大呂,冕裘旅天神。燒蕭闢閶闔〔二〕,祈穀爲蒸人。羽旗灑
輕雪,麥壠含陽春。昌運歲今會〔三〕,王猷從此新。三臣皆就日,
萬國望如雲。仁壽信非遠,群生方在鈞。

會昌五年(八四五)正月上旬

## 箋　校

〔一〕《新書》卷八《武宗本紀》載會昌五年正月"辛亥,有事於南郊"。本
　　　月己酉朔,辛亥爲初三日。詩當作於本月初三南郊禮畢以後。時
　　　武宗有南郊禮畢詩,德裕賡和其詩。武宗之詩今已不存。故訂本
　　　詩作時如此。

　　　本詩又載《叢刊》本、傅校本、《四庫》本李集卷二〇、《全詩》卷四
　　　七五。

〔二〕燒蕭　原作"燒簫",《叢刊》本同。按"簫"字誤,據陸氏校勘、傅校
　　　本、《四庫》本、《全詩》改。

〔三〕昌運歲今會　《全詩》於"歲"字下校云"一作感"。

# 郊壇回輿與中書二相公蒙聖慈召至御馬
# 前仰感恩遇輒書是詩兼呈二相公〔一〕

七萃和鑾動,三條葆吹回。相星環日道〔二〕,蒼馬近龍媒古詞臣歌馬
蒼〔三〕。咫尺天顏接,光華喜氣來。自慙衰且病,無以效涓埃。

　　　　　　　　　　　　　　　　　　會昌五年(八四五)正月上旬

## 箋　校

〔一〕本詩亦爲會昌五年正月初三南郊禮畢後所作,詳前《奉和聖制南郊
　　　禮畢詩》校記〔一〕。題中"中書二相公",即爲檢校尚書右僕射兼
　　　中書侍郎李讓夷,中書侍郎、同中書門下平章事崔鉉。

　　　本詩又載《叢刊》本、傅校本、《四庫》本李集卷二〇、《全詩》卷四
　　　七五。

〔二〕相星環日道　《全詩》於"環"下校云"一作還"。

〔三〕蒼馬近龍媒(古詞臣歌馬蒼)　按《漢鐃歌》:"君馬黄,臣馬蒼,二

馬同逐臣馬良。"據此，《全詩》小注作"古詞歌臣馬蒼"，義較勝。

## 寒食日三殿侍宴奉進詩一首[一]

宛轉龍日節[二]，參差燕羽高。風光搖禁柳，霽色暖宮桃。春露明仙掌，晨霞照錦袍[三]。雪疑陳組練[四]，林植聳干旄。廣樂初蹌鳳，神山欲抃鰲。鳴笳朱鷺起，疊鼓紫騂豪[五]。象舞嚴金鎧，豐歌耀寶刀。不勞孫子法，自得太公韜已上四句，奉述內樂破陳樂。分席羅玄冕，行觴舉縹醪[六]。彀中時落羽，檣末乍升猱。瑞景開陰翳，薰風散鬱陶。天顏歡益醉，臣節罄忘勞[七]。楛矢方來貢[八]，雕弓已載囊。英威揚絕漠，神箅盡臨洮已上四句，奉述北虜款塞，西戎畏威。赤縣陽和布，蒼生雨露膏。野平唯有麥[九]，田闢又無蒿。祿秩榮三事，功勳乏一毫[一〇]。寢謀慙汲黯，秉羽貴孫敖。煥若遊玄圃，歡如享太牢。輕生何以報，祗自比鴻毛[一一]。

會昌五年（八四五）寒食節

## 箋　校

〔一〕本詩云："楛矢方來貢，雕弓已載囊。英威揚絕漠，神箅盡臨洮。"
　　句下注曰："已上四句，奉述北虜款塞，西戎畏威。"即指討除回鶻
　　事。又，文集卷二《幽州紀聖功碑銘并序》贊張仲武曰："公前後受
　　降三萬人，特勤二人，可汗姊一人，都督外宰相四人，其他侯王騎將
　　不可備載。"可與詩句相參證。詩又云："赤縣陽和布，蒼生雨露
　　膏。野平惟有麥，田闢又無蒿。"此顯係會昌四年秋澤潞叛鎮被平
　　定後之氣象，故知詩當作於會昌五年之寒食節。因此前之寒食澤
　　潞尚未平定，而六年之寒食武宗病情已重，不復能宴賜群臣。
　　本詩又載《叢刊》本、傅校本、《四庫》本李集卷二〇、《全詩》卷四

七五。

〔二〕龍日節　《全詩》作“龍歌節”。《四庫》本作“龍蛇節”。

〔三〕照錦袍　原作“照□袍”，《叢刊》本同，據陸氏校勘補。《四庫》本作“照帝袍”。《全詩》作“照御（一作日，一作錦）袍”。傅校本作“照御袍”。

〔四〕雪凝陳組練　《四庫》本、傅校本、《全詩》作“雪凝陳組練”，義較勝。

〔五〕疊鼓紫騂豪　《全詩》作“疊鼓紫騂（一作驪）豪”。

〔六〕縹醪　《全詩》作“綠醪”。“綠”與“玄”相對，義較勝。

〔七〕臣節馨忘勞　原作“臣節□□□”，《叢刊》本同，缺三字，據陸氏校勘補。《四庫》本作“臣節喜名標”。《全詩》作“臣節勁尤高（一作馨忘勞）”。傅校本作“臣節勁尤高”。

〔八〕楛矢　原作“楉矢”，《叢刊》本、傅校本同。按“楉”字誤，據《四庫》本、《全詩》改。

〔九〕野平　原作“野半”，《叢刊》本同。按“半”字誤，據傅校本、《四庫》本、《全詩》改。

〔一〇〕功勳　《全詩》作“功勳（一作勤）”。

〔一一〕祇自　《全詩》作“祇（一作只）自”。

# 别集卷第一

## 賦　上——十三首

### 成都二首

#### 黄冶賦并序〔一〕

蜀道有青城、峨眉山，皆隱淪所託。辛亥歲，有以鑄金術干余者。竊嘆劉向累世懿德，爲漢儒宗，其所述作，振於聖道〔二〕，猶愛信鴻寶，幾嬰時僇。況流俗之士，能無感於此乎？因作賦以正之。

漢武帝遭世承平〔三〕，百蠻以寧。自謂德成堯、禹，功高湯、武。聞升龍於鼎湖，乃甘心於斯語〔四〕。有方士李少君，譎詐丕誕，乘邪進取，盛稱化丹砂爲黄金，可以登青霄而輕舉。時董大夫侍側，帝曰：“子知其術乎？”仲舒進曰：“臣惟聞天地變化，聖人鎔範。方士之言，臣以爲誯〔五〕。至如圓方爲爐〔六〕，造化爲冶，鼓風爲槖，熾陽爲火，玄黄之氣，絪緼和粹，禀而生者，爲仁爲智。是以生寶寔繁，終古不匱，天地之鎔範鼓鑄也如是。及夫堯、舜之化，大道爲爐〔七〕，中和爲冶，聲教爲槖，文明爲火，以法天爲造，以得賢爲寶。是以得其鴻名，後天難老。至於仲尼無位〔八〕，大莫能致，猶鑄顔與冉〔九〕，底於極智〔一〇〕，聖人之鎔鑄也取類一本有天地字〔一一〕。若乃不務遠德〔一二〕，誉信秘録，祈年永久，以極嗜欲，斯則不由於正道，無益於景福。”帝曰：“善！”乃罷方士而去之。故得漢道隆盛，令名不虧。

大和五年（八三一）

## 箋　校

〔一〕本文云：“辛亥歲，有以鑄金術干余者。”大和五年歲在辛亥，時德裕在西川節度使任，故訂本文作於此年。文中對方士之煉丹以求長生之術，持明顯反對態度。此與其在浙西時反對朝廷遣宦者迎道士周息元之舉相一致。

本文又載《英華》卷一一八、《叢刊》本、傅校本、《四庫》本李集之别集卷一、《全文》卷六九六。

〔二〕振於聖道　《英華》、《全文》作“根於聖道”。

〔三〕遵世承平　《英華》、《全文》作“遭世承平”。

〔四〕斯語　《英華》作“虚佇”。

〔五〕臣以爲諂　《英華》作“以爲詒誕（一作臣以爲諂）”。

〔六〕圓方爲爐　傅校本作“圓方爲鑪”。

〔七〕大道爲爐　原作“大道爲鑪”，《叢刊》本、傅校本同。按“鑪”字誤，據《英華》、《全文》、《四庫》本改。

〔八〕無位　《英華》作“爲佐（一作無位）”。

〔九〕猶鑄顏與冉　原作“猶鑄顏於與冉”，《叢刊》本同。按“於”字衍，據陸氏校勘、傅校本、《四庫》本、《全文》、《英華》删。

〔一〇〕底於極智　《英華》作“抵於極摯（一作智）”。

〔一一〕聖人之鎔鑄也取類（一本有天地字）　《英華》作“聖人之鎔範（一作鑄）也取類（二字一作如字）”，《四庫》本作“聖人之鎔鑄也取類天地”。

〔一二〕遠德　《全文》作“德業”。

## 畫桐花鳳扇賦并序〔一〕

成都夾岷江，磯岸多植紫桐。每至暮春，有靈禽五色，小於玄鳥，來集桐花，以飲朝露；及華落，則烟飛雨散，不知其所。往有名工，繪於素扇，以償稚子〔二〕。余因作小賦，書於扇上。

桐始華兮緑江曙，粲鮮葩兮泫朝露。樹曄曄兮霞舒，鳥爛爛兮星布。彼嘉桐兮貞且猗〔三〕，當暮春兮發英蕤。豈鵷雛之珍族，又棲託乎瓊枝。彼零露兮甘且白〔四〕，涵晚月兮洒鮮澤〔五〕。豈青鳥之靈儔，常飲沆乎玉液。有嘉穀而不啄，有喬松而不適。獨美露而愛桐，非人間之羽翮。逮花落而春歸，忽雨散而川寂。悵丹穴之何遠，想瑶池而已隔。爰有妙工，圖其麗容。宛宛兮若殞珠於芳藥，飄飄兮疑振羽於光風。感班姬之素扇，空皎潔兮如霞〔六〕。亦有美人，增華點絢。雀伺蟬而輕騖南朝畫扇尤重蟬雀，女乘鸞而微眄。未若繪斯禽於珍箑〔七〕，動涼風於羅薦。非欲發長袂之清香，掩高歌之孤轉〔八〕。庶玉女之提携，列崑墟之瑶宴。乃爲歌曰：

青春晚兮芳節闌，敷紫華兮蔭碧湍。美斯鳥兮類鵷鸞，具體微兮容色丹。彼飛翔於霄漢，此藻繪於冰紈。雖清秋而已至〔九〕，常愛玩而忘飡。

大和五年或六年(八三一或八三二)春

## 箋　校

〔一〕本文接於上篇《黃冶賦》之後，即別集卷首所謂"成都二首"。李德裕於大和四年冬至大和六年冬在西川節度使任，而本文寫暮春景色，當爲其在大和五年春或六年春所作。別集卷四録德裕佚詩存目《錦城春事憶江南五言三首》(《桐花鳳》、《百花潭》、《憶子夜歌》)亦當作於同時。惟諸詩已佚，未能細考。

本文又載《英華》卷一〇八、《叢刊》本、傅校本、《四庫》本李集之別集卷一、《全文》卷六九六。

〔二〕以償稚子　《全文》作"以賚稚子"。

〔三〕貞且猗　原作"貞且猗"，《叢刊》本同。按"猗"，字書無此字。今據傅校本、《四庫》本、《全文》改。《英華》作"貞且倚"。

〔四〕彼零露　《全文》作"被零露"。

〔五〕涵晚月　《英華》、《全文》作"涵曉月"。

〔六〕如霞　《英華》、《全文》作"如霰"。

〔七〕未若繪斯禽　《英華》作"未若繪兹鳥(二字一作斯禽)"。

〔八〕孤轉　《英華》、《全文》作"孤囀"。

〔九〕而已至　《英華》、《全文》作"之已至"。

## 再至江南四首

通犀帶賦并序〔一〕

客有以通犀帶示余者，嘉其珍物。古人未有詞賦，因抒此作[二]，蓋盡其美焉。

　　君子以良玉比德，豈不以溫潤而近人。惟駭雞之至寶[三]，亦含章而可珍。包黃中之粹色，發奇彩之彬彬。芝草繞葩而獵葉，烟霞異狀而輪囷。雖復孕玄兔於月魄，隱青鸞於鏡塵；顧霄漢之悠遠，悵人工之弗真[四]。匠者以其靈可禦邪，光能遠燭，剪截本末，發揮藻繢；砥若礪金，剗如切玉，析以爲帶，加之盛服。御之則裨身，襪之則韞櫝。似達人之卷舒，不專玩乎掌握。矧乎白璧雖美，尚不掩瑕。何茲物之無玷，豈待瑩而增華。溫兮如玉氣舒虹，粲兮若晨光爍霞。彼廓落之繁飾，諒無足以偶嗟。若乃名山岑寂，珍圖譎詭；柳谷則麟馬粲然，扶風則魚龍隱起；徒有象而無施，故雖奇而莫擬。然則美服珍玩，近於禍機。虞公滅而垂棘返，莊武殘而龍劍飛。先哲所以聞象則服，防患則微。經侯委珮而去[五]，宣子辭環以歸。

大和八年（八三四）冬季

## 箋　校

〔一〕本文篇目前注曰：“再至江南四首。”按德裕長慶二年初次出鎮浙西，大和八年冬，罷相後復出爲浙西觀察使，明年四月則貶爲袁州長史。此所謂“再至江南四首”，即本文與後《鼓吹賦》、《白芙蓉賦》、《重臺芙蓉賦》四首，當作於大和八年冬至明年春夏之間。本文爲四首之第一篇，姑訂本文作時爲大和八年冬。

本文又載《叢刊》本、傅校本、《四庫》本李集之別集卷一、《全文》卷六九六。

〔二〕因抒此作　原作“因杼此作”，《叢刊》本、傅校本、《四庫》本同。按“杼”字誤，據《全文》改。《漢書·王褒傳》：“敢不略陳愚而抒情素。”

〔三〕至寶 《四庫》本、《全文》作“至寶”。

〔四〕悵人工之弗真 原作“悵工人之弗真”，《叢刊》本、《四庫》本、《全文》同。按“工人”倒誤，據陸氏校勘、傅校本改。

〔五〕經侯 原作“經候”，《叢刊》本同。按“候”字誤，據《四庫》本、傅校本、《全文》改。

# 鼓吹賦并序〔一〕

鼓吹本軒皇因出師而作，前代將相，有功即假之〔二〕，今藩閫皆備此樂。余往歲剖符金陵，有童子六七人，皆於此藝特妙，每曲宴奏之。及再至江南，並逾弱冠。悲流年之倐忽，憶前歡而悽愴。乃爲此賦。

追昔吳會之年，思爲衛霍之將。懷瀚海而發憤，想狼居而在望。厭桑濮之遺音，感簫鼓之悲壯。每聞兹樂，心焉猶尚。爰有倡童出《西京賦》，穎秀含聰，思慮未敢，專和發中，繁會曲折，變態不窮，交蠲爍電，揮手成風。或累發而辟隱〔三〕，或徐弄而從容〔四〕。管孤引以嘤嘤，鼓輕投而逢逢。若乃清景妍和，嘉客來萃。登高臺而互動，對芳樹而並吹。見鵙鷃之争屬，聳壯士之憤氣《鵙鷃争》、《壯士怒》皆鼓吹曲名〔五〕。忽疑朔雁叶於寒煙〔六〕，胡沙蔽於天地。其始也，若伐木丁丁，響連青冥，喧禽萬族，聲應崖谷。其縱也，狼羊鬬角〔七〕，奔兕相觸，轉石振於崩溪，燎野焚於寒竹。其終也，如風飈暫息，萬籟皆肅，天地霽而雷霆收，川波静而魚龍伏。昔我往矣，子衿青青。我今來思，突而弁兮〔八〕。諒昔人之多感，覩移柳而興悽。惜歲年之易往，歎親好之長暌。於是勉其成人，再命迭作。念《所思》而不見，慨《悲翁》之蕭索《所思》、《悲翁》并曲名[九]。音豈殊於今昔，情自有於哀樂。乃知孔將比於鳴蛙，陸反思於唳鶴。彼衰退於憂傷，並榮華之昭灼。

大和八年（八三四）冬季

## 箋　校

〔一〕本文接於上篇《通犀帶賦》之後，爲"再至江南四首"之第二篇。本文云："余往歲剖符金陵，有童子六七人，皆於此藝特妙，每曲宴奏之。及再至江南，並逾弱冠。"似再至江南之初，故訂本文作時爲大和八年冬季。

本文又載《叢刊》本、傅校本、《四庫》本李集之別集卷一、《全文》卷六九六。

本文篇目下原奪"并序"二字，《叢刊》本、傅校本同。本文實有序，據《四庫》本、《全文》補。

〔二〕有功即假之　原作"有功自假之"，《叢刊》本同。按"自"字誤，據陸氏校勘、傅校本改。《四庫》本、《全文》作"有功則假之"。

〔三〕或累發而辟隱　原作"或累發而碎隱"，《叢刊》本、《四庫》本、《全文》同。按"碎"字誤，據陸氏校勘、傅校本改。

〔四〕或徐弄而從容　原作"或徐弁而從容"，《叢刊》本、《四庫》本、《全文》同。按"弁"字誤，據陸氏校勘、傅校本改。

〔五〕鵬鶚爭壯士怒　按宋郭茂倩《樂府詩集》卷一六至二〇錄鼓吹曲辭，無《鵬鶚爭》、《壯士怒》曲名，恐其時已佚。

〔六〕忽疑朔雁叶於寒煙　《全文》作"忽疑翔雁叫於寒煙"。

〔七〕狼羊鬭角　《全文》作"狠羊鬭角"，義較勝。

〔八〕突而弁兮　原作"突而棄兮"，《叢刊》本同。按"棄"字誤，據傅校本、《四庫》本、《全文》改。《詩·齊風·甫田》:"突而弁兮。"謂男子加冠。

〔九〕所思悲翁并曲名　《樂府詩集》卷一六《鼓吹曲辭》引《古今樂録》曰:"漢鼓吹鐃歌十八曲⋯⋯二曰《思悲翁》⋯⋯十二曰《有所思》⋯⋯"集中所録《思悲翁》、《有所思》古辭可參。

## 白芙蓉賦并序〔一〕

金陵城西池有白芙蓉,素萼盈尺,皎如霜雪。江南梅雨,麥秋後風景甚清,漾舟绿潭,不覺隆暑。與嘉客泛玩,終夕忘疲。古人惟賦紅蕖,未有斯作。因以抒思,庶得其髣髴焉。

朱明夕霽,佳木凝陰。蘭未歇其秀色,鳥尚流其好音。泛回塘兮清景暮,環修渚兮碧流深。誠有感於逝節,更新得於賞心〔二〕。是時黛葉已繁,瓊英始發。搖瑞彩於波上,挺纖莖於蘋末。忽疑巨蜯濯漪〔三〕,暫覩其明月;復以處子映松〔四〕,遥覬其冰雪。煥列宿於長河,耀良玉於方折〔五〕。點白露於葭菼,散飛鴻於林樾。余乃鼓輕枻,入澄瀛。《楚詞》曰:"楚人呼池澤中曰瀛。"度柳杞,越蘭蘅。裴回容與〔六〕,放志遺榮。近汀洲而菱密,出蓮徑而潭平。飛鸂鶒,起鵁鶄。揮水珠而濺葉,動波紋而抗莖〔七〕。傳羽卮而適性,合金絲而寫情。管度風而音遠,歌臨流而轉清。既而稍憩川陰,暫遊霄外,極望漪瀾,静無夕靄。又如游女解珮於漢曲,宓妃採蓮於湍瀨。舒蕰藻以爲席,倚立荷以爲蓋。發巧笑之芬芳,感嘉期之來會。嗟夫! 楚澤之中,無蓮不紅,惟斯華以素爲絢,猶美人以禮防躬。銀輝光而流燭,玉精氣而舒虹。雖有貴其符采,且未匹其華容。由是南國之姝,以爲麗觀。延華頸於沼沚,曳羅裾於磯岸。且謂降玄實於瑤池，徙靈根於天漢。悵霄路兮永絕，與時芳兮共玩。聽高柳之早蟬，悲此歲之過半。彼妍姿之昭灼，待風雨而消散。乃爲歌曰：

秋水闊兮秋露濃，盛華落兮歎芙蓉。菖花紫兮君不識，萍實丹兮君不逢。想佳人兮密靜處，顏如玉兮無冶容。

大和九年（八三五）孟夏四月

## 箋　校

〔一〕本文云“朱明夕霽，佳木凝陰”，又云“聽高柳之早蟬，悲此歲之過半”，實爲夏季景象。本篇亦爲“再至江南四首”之一，而德裕於大和九年孟夏四月貶袁州。其《畏途賦》（別集卷二）自序云“乙卯歲孟夏，余俟罪南服，自歷陽登舟”，赴袁州貶所。此當爲臨貶之前所作。賦中香花美人之嘆，亦楚詞怨君之意。故訂本文作於此時。

本文又載《叢刊》本、傅校本、《四庫》本李集之別集卷一、《全文》卷六九六。

〔二〕更新得於賞心　原作“更新□於賞心”，《叢刊》本、傅校本同，缺一字，據陸氏校勘補。《四庫》本作“更新獲於賞心”。《全文》作“思更新於賞心”。

〔三〕巨蜂　原作“臣蜂”，《叢刊》本同。按“臣”字誤，據《四庫》本、《全文》改。

〔四〕復以　《四庫》本、《全文》作“復似”。

〔五〕耀良玉於方折　原作“耀良□於方折”，《叢刊》本同。按此缺一字，據陸氏校勘、傅校本、《四庫》本、《全文》補。

〔六〕裴回容與　原作“斐回容與”，《叢刊》本同。按“斐”字誤，據傅校本改。“裴回”，同“徘徊”。《後漢書·馮衍傳》：“發軔新豐兮，裴回鎬京。”《四庫》本、《全文》作“徘徊容與”。

〔七〕動波紋　原作“運波紋”，《叢刊》本同。按“運”同“動”，據傅校本、《四庫》本、《全文》改。

## 重臺芙蓉賦并序<sup>〔一〕</sup>

　　吳興郡南白蘋亭有重臺芙蓉，本生於長城章后舊居之側，移植蘋洲，至今滋茂。余頃歲徙根於金陵桂亭，奇秀芬芳，非世間之物。因爲此賦，以代美人託意焉。

　　昔柳惲爲吳興太守，顧座客而歎曰：“遊汀洲以採蘋，憶瀟湘之故人。悲白日之已晚，惜青春之不返。且欲捨瓊蘂於桂山<sup>〔二〕</sup>，折瑤華於蘭畹。”客乃稱曰：“彼有清川，爰生瑞蓮。紅葩煒而韡韡<sup>〔三〕</sup>，翠葉小而田田此花大於常蓮而葉小於衆荷。願得薦佳名於君子，悅麗色於當年。”於是縱蘭棹，泛淪漣，吟朱鷺於篴管<sup>〔四〕</sup>，鳴鵾鷄於瑟絃。臨漪瀾以遠望，歎華艷之何鮮。是日際海澄廓，微風不起，涵麗景於碧湍，爛朝霞於清泚。鮮膚秀穎，攢立叢倚。疑西子之顏酡<sup>〔五〕</sup>，自館娃而戾止。遠以意之，若珠闕玲瓏，疊映崑峰。粲玉女之光色，抗霓旗以相從。迫而察之，若桂裳重復，爵擾丹谷。思江妃之窈窕，發紅羅之紛郁。爾其映蘭芷，出蘋萍，掩萋萋之衆色，挺嫋嫋之修莖。泫清露以濯秀，流鮮飈而發精。雖草木之無情，亦獨立而傾城。若乃行潦既收，秋光始静，見涼野之夕陰，悵回塘之餘景。思摘芳以贈遠，更臨流而引領。翡翠失其輝鮮，珠璣奪其光穎。惟斯物之特麗，宜獨秀於寥天。在靈境而何降，居下澤而何偏。有繁華而不實，嗟淑類而莫傳。念莊姜之無子，非巧笑之未妍。彼天意之所屬，諒難得而知焉此花無實，徙根又不三數年，故人間罕有。乃爲歌曰：

吳山秀兮烟景媚，因淑女兮感斯瑞。蓮雖多兮無厥類，蘭徒芳兮何足貴。人已去兮代不留，獨含情兮託兹地。

大和九年（八三五）孟夏四月

## 箋　校

〔一〕本文爲"再至江南四首"之最後一篇，當與上篇《白芙蓉賦》同時稍後所作。時德裕身遭誹謗，幾遭不測之禍。本文所謂"以代美人託意焉"，實有深意。《通鑑》卷二四五載大和九年三月"左丞王璠、戶部侍郎李漢奏德裕厚賂仲陽，陰結漳王，圖爲不軌。上怒甚，召宰相及璠、漢、鄭注等面質之。璠、漢等極口誣之。路隋曰：'德裕不至有此。果如此言，臣亦應得罪。'言者稍息。夏，四月，以德裕爲賓客分司"。德裕未及赴賓客分司之任，朝廷又下貶制。"庚子，制以曩日上初得疾，王涯呼李德裕奔問起居，德裕竟不至；又在西蜀徵逋懸錢三千萬緡，百姓愁困；貶德裕袁州長史"。本月庚子爲二十五日。據《白芙蓉賦》"聽高柳之早蟬，悲此歲之過半"，及本文"代美人託意"之楚騷怨君之詞，可推斷此二文爲孟夏四月赴袁州貶所前所作。

本文又載《叢刊》本、傅校本、《四庫》本李集之別集卷一、《全文》卷六九六。

〔二〕捨瓊藥　《四庫》本、《全文》作"拾瓊藥"，義較勝。

〔三〕韡韡　原作"曄曄"，《叢刊》本、《四庫》本同。《全文》作"暵暵"。今據陸氏校勘、傅校本改。《詩·小雅·常棣》："常棣之華，鄂不韡韡。"

〔四〕篋管　《全文》作"篋（一作簫）管"。

〔五〕顔酡　原作“顔配”,據傅校本、《四庫》本、《全文》改。

# 袁州七首[一]

## 山鳳凰賦并序[二]

仰山在郡之坤隅,高松翳景,名鼍所集。有麗鳥殊色殊色出應瑞《鸚鵡賦》,文如緉綉,邑人呼爲山鳳凰。愛其毛羽,重於身命,雖遭繒繳,終不奮飛。比夫雄鷄斷尾,則殊知異心矣。余感而賦之,以貽親友。

懿靈山之岑寂,寔珍禽之可依。何文章之英麗,信羽族之所稀。混赤霄而一色,與白日而增輝。焕若玉女携宓妃,凌丹壑兮遊翠微。振桂裳兮垂組綬[三],騰鑣駕兮曳鸞旗[四]。粲若夭桃發兮山已春,朝霞爛兮露欲晞。或飲于澗,或集于磯。糅芙蕖之絳采[五],掩虹霓之夕霏。既而衡網高懸,虞人合圍;身挂纖繳[六],足履駭機。畏采毛之摧落,不凌屬而奮飛。乃知玉之敗也,以致其瓊弁;翠之焚也,猶襲其寶衣。何異夫懷禄躭寵,樂而忘歸,玩軒冕而不去,惜印綬而無時。嗟乎! 乘君子之器,與兹鳥而同譏。

大和九年(八三五)下半年

## 箋　校

〔一〕袁州七首　此四字爲諸本所無,據陸氏校勘補於本文篇首。“七首”,蓋指本文及下六篇《孔雀尾賦》、《智囊賦》、《積薪賦》、《欹器賦》、《蚍蜉賦》、《振鷺賦》,均爲德裕貶袁州後所作。

〔二〕李德裕以大和九年四、五月間離潤州赴袁州貶所,自歷陽登舟,溯江而上。五月,届於江州蠡澤。又,《舊書・文宗紀》:開成元年三月"壬寅,以袁州長史李德裕爲滁州刺史。"德裕當於大和九年夏至開成元年春在袁州。以袁州七首編次計之,本篇列第一首,姑訂本文作時爲大和九年下半年。

本文又載《叢刊》本、傅校本、《四庫》本李集之别集卷一、《全文》卷六九六。

〔三〕振桂裳　傅校本作"振袿裳",義較勝。宋玉《神女賦》:"被袿裳。"指婦人之上衣。

〔四〕騰鑣駕　原作"騰鑢駕",《叢刊》本、傅校本同。按"鑢"字誤,據《四庫》本、《全文》改。鑣,馬具。《詩・衛風・碩人》:"四牡有驕,朱幩鑣鑣。"

〔五〕芙蕖　原作"关蕖",《叢刊》本同。按"关"字刊誤,據傅校本、《四庫》本、《全文》改。

〔六〕身挂纖繳　原作"身桂纖繳",《叢刊》本、傅校本同。按"桂"字誤,據《四庫》本、《全文》改。

# 孔雀尾賦并序〔一〕

故人以孔雀見遺,死於中途,將命者提挈一本作携空籠,與翠尾皆至,余憫而爲賦。

感君子之嘉惠,意未忘於所知。携珍禽以贈余,諒有貴乎羽儀。去舊國之岑寂,歷三湘之嶮巇。念未飛之衆雛,懷獨宿之羈雌。忽哀鳴而望絶,遂委翼而長辭。異黄鵠之高翔,揭空籠而載馳。想綷羽而不見,覿修尾而增悲。蘭色羍爵〔二〕,金華陸離。垂之兮疑拖緑鼇音庚,綬名,舉之兮如飛翠緌。嗟紱冕之寄身,與鍛翮而一殪。雖暫榮而可樂,終以飾而賈害。況復德輶如毛而鮮舉，福輕乎羽而莫載。何必負斯尾之翹翹，冒長途而效愛。

大和九年（八三五）下半年

## 箋　校

〔一〕本文爲"袁州七首"之第二篇，當與《山鳳凰賦》作於同時。詳該篇
　　校記〔一〕。姑訂本文作時爲大和九年下半年。

　　　本文又載《叢刊》本、傅校本、《四庫》本李集之別集卷一、《全文》卷
　　六九六。

〔二〕蘭色芉欝　《四庫》本、《全文》作"蘭色芊欝"。按"芉"字，意即豐
　　茸，茂密貌。

### 智囊賦并序〔一〕

余嘗感漢晁錯、魏桓範，皆號爲智囊，不能全身，竟罹大患。
揚子稱或問多以智殺身，雄對曰："皋陶以其智爲帝謨，箕子以其
智爲武王陳洪範，殺身者遠矣。"余久欲賦之，比屬逾紀總戎，願言
不暇。今俟罪江徼，徬徨歲深，筐篋之中，典籍皆闕。聊以所記古
今興敗，粗成此賦。

夫天之清氣爲人，而人之清氣爲智。苟虛心而沖用，必存神
而索至。況悟養以保身〔二〕，豈憂患之能累。何興敗之相詭，乃躁
靜而殊致。或朋遠而無疵，或馳騖而役思。故由於彼而入聖門，
出於此而爭利器。若乃淡然玄默，應變無方，韜隨和而不耀，匿于
越而寶藏。雖不止如炙輠，猶淵默如括囊〔三〕。君子所以有斯號
者，蓋欲保無咎於末光。夫智可以養生，乃能周物。道無夷險，用
有工拙〔四〕。得於身也，祭以免而苟以全；失於邦也，臧不容而湯
不沒。彼前軌之昭然，曾未戒於危轍。嗟乎！水濟舟以致遠，亦

覆舟於畏途。智排患以解紛,亦有患於不虞。將必殆於無涯,信莫尚於冥樞。或有好學務敏,擇仁乃廬。斯先哲之所履,亦庶幾於不渝。然則大智閑閑[五],不嬰世故。舉始終而後入,先奔沉而預慮。或衛足之無術,故離形而盡去。呂易宗於奇貨,疾知來於武庫。雖乘勢與億中,非淑人之所務。鴟夷子喟然歎曰:"昔我經世,徒聞智憂。索遺珠而不得,復明燭其焉求。與萬物而道夭,又何謨於大猷。今吾所謂智者,乘五湖之浩蕩,永終老於扁舟。"

大和九年(八三五)冬

## 箋　校

〔一〕本文爲"袁州七首"之第三篇,當與《山鳳凰賦》同一時期作。事詳該篇校記〔一〕。本文云:"余俟罪江徼,徬徨歲深。"當爲大和九年冬在袁州貶所作。

　　本文又載《叢刊》本、傅校本、《四庫》本李集之別集卷一、《全文》卷六九六。

〔二〕況悟養以保身　《全文》作"況恬養以保身"。

〔三〕淵默　原作"淵然",《叢刊》本、傅校本、《四庫》本、《全文》同。按"然"字誤,據陸氏校勘改。

〔四〕用有工拙　原作"用有二拙",《叢刊》本、傅校本同。按此於義不合,今據陸氏校勘、《全文》改。《四庫》本作"用有二哲",亦欠妥。

〔五〕大智閑閑　《全文》作"天智閑閑"。

積薪賦并序[一]

　　此郡巖壑重復,榛林欝盛。樵採之子,未賞輟音,往往沿流而下,詣余求售。余因積薪于庭,竊有所歎,乃爲《積薪賦》[二]:

邈巖居之幽遠,有楚澤之放臣。方絕學以自爨,誠未暇於披榛。悲顔子之飯煤,感萊蕪之生塵。時束蘊一本作緼字以請火,訪蓬茨於善鄰。乃遇樵客,維舟水濱。余訊之曰:"樵採賤業,常棲隱淪。詩既嘉於刈楚,傳亦歎於析薪。爾豈延瀨之客,不取金而且貧。豈叔敖之子[三],以好廉而苦辛。何乃負擔不已,其生實勤。"客顧余而歎曰:"貴則近禍,富多不仁。寄迹於此,以養吾真。"善大雅之知言,信蒭蕘之可詢[四]。既而交加累積,高下齊均。矗若井幹,疊似龍麟。避汍泉而無浸[五],先曲突以斯陳[六]。苟知防患之術,終無焦爛之賓。嗟長孺之昧道,常喻此而求伸。雖後來而高處,亦居上而先焚。使薪爲能言之物,豈容入爨而揚芬[七]。未若生幽崖之側,糾芳桂之輪。不近野田之燎,免罹匠者之斤。冒霰雪以終歲,齊天年於大椿。

開成元年(八三六)春

## 箋　校

〔一〕本文爲"袁州七首"之第四篇,係德裕在袁州貶所時所作。事詳
　　《山鳳凰賦》校記〔一〕。上篇《智囊賦》作於大和九年歲末,以編次
　　時序推之,本文當作於開成元年春。
　　本文又載《英華》卷一二三、《叢刊》本、傅校本、《四庫》本李集之別
　　集卷一、《全文》卷六九六。

〔二〕積薪賦　《英華》、《全文》於此句下有"賦曰"二字。

〔三〕豈叔敖之子　《英華》、《全文》此句上有"又"字。

〔四〕信蒭蕘之可詢　"蒭",陸氏校勘、傅校本、《全文》作"芻"。《英
　　華》作"信蒭蕘之(一作以)可詢"。

〔五〕汍泉　原作"汷泉",《叢刊》本、傅校本同。按"汷"字誤,據《四

庫》本、《全文》改。《詩·小雅·大東》:"有冽氿泉。"

〔六〕先曲突以斯陳 《英華》作"生曲突而不陳(一作先曲突以斯陳)"。

〔七〕豈容 《英華》作"豈欲(一作容)"。

## 欹器賦并序〔一〕

癸丑歲,余時在中樞,丞相路公見遺欹器。贈以古人之物,永懷君子之心。嘗欲報以詞賦,屬力小任重〔二〕,朝夕盡瘁,固未暇於體物。今者公已歿世,余又放逐,忽覩茲器,悽然懷舊。因追爲此賦,置公靈筵〔三〕。

昔周道砥平,既安且寧。赫赫公旦,配德阿衡。謂難守者成,難持者盈。始作茲器,告於神明。至仲尼憲文武之道,思周公之德,入太廟而觀器,覩遺法而歎息。且曰:"月滿而虧,日中則昃。"彼天道而常然,欲久盛而焉得。乃沃水於器〔四〕,察微要終。挹彼注茲,受之若沖。虛則觤觕,似君子之困蒙;中則端平,若君子之中庸。既滿則跌,霆流電發。器如坻隤,水若河決。非神鼎之自盈,異衢樽之不竭。蓋欲表人道之隆替,明百事之有節。然茲器也,不以中而自藏,不以跌而自傷。其過也如彼薄蝕,其更也浸發輝光。得其道者,居則念於豐蔀,動乃思於謙受。顏既復而不遠,惠屢黜而何咎。知任重之力及〔五〕,悟物盈之難久。雖神道之無形,常參然於前後〔六〕。昔與君子,同秉國鈞。公得之爲賢相,余失之爲放臣。覩遺物之猶在,懷舊好而悲辛。欲克己以復禮,永德報於仁人〔七〕。

開成元年(八三六)春

## 箋　校

〔一〕本文爲“袁州七首”之第五篇,文云:“公已殁世,余又放逐。”係懷念宰相路隋而作。《通鑑》卷二四五載大和九年“左丞王璠、户部侍郎李漢奏德裕厚賂仲陽,陰結漳王,圖爲不軌。上怒甚,召宰相及璠、漢、鄭注等面質之。璠、漢等極口誣之。路隋曰:‘德裕不至有此。果如所言,臣亦應得罪!’言者稍息。夏,四月,以德裕爲賓客分司”。丙申,以門下侍郎、同平章事路隋充鎮海節度使,趣之赴鎮,不得面辭,“坐救李德裕故也”。又據《舊書》卷一五九《路隋傳》:“大和九年七月,遘疾於路,薨於揚子江之中流。”本文當與上篇《積薪賦》作於同時,以編次推之爲開成元年春。

本文又載《文粹》卷八、《英華》卷一〇七、《叢刊》本、傅校本、《四庫》本李集之別集卷一、《全文》卷六九六。

〔二〕屬力小任重　《英華》作“屬力少(一作小)任重”,《全文》作“屬力小(一作少)任重”。

〔三〕置公靈筵　《英華》、《全文》此句下有“詞曰”二字。

〔四〕乃沃水於器　原作“乃沃水而器”,《叢刊》本同。按“而”字誤,據陸氏校勘、《文粹》、《英華》、傅校本、《四庫》本、《全文》改。

〔五〕力及　原作“必及”,《文粹》、《叢刊》本、傅校本、《四庫》本、《全文》同。據陸氏校勘、《英華》改。

〔六〕常參然於前後　《文粹》作“常慘然而前後”,《英華》作“常慘然於前後”,義較勝。

〔七〕永德報於仁人　傅校本作“永報德於仁人”。

蚍蜉賦并序〔一〕

此郡多蚍蜉,所居臨流〔二〕,寔繁其類。或聚於袵席,或入於盤盂。終日厭苦，而不知可禦之術。因戲爲此賦，令稚子燁和之〔三〕。

　　惟江潭之下國，况幽居於澤畔。何螻蟻之微物，亦有徒而凌亂。或泮散於經筍，或夤緣於食案。余乃戲而問之曰："爾能居厚地而漏山阿，無乃處吾身而爲大患。"蟻不能言，辭以意宣。其旨曰："我禀形於造化，亦一氣之所甄。嘗濟齊師之乏，亦聞媧德之殫。覘封穴而知雨，驗寸壤而得泉。出以時而不息〔四〕，故學者得而俙焉。戴粒而遊，若巨鰲之冠神岳；繞磨而行，若日月之麗清天。若乃依垤緣壁，滔滔弈弈，其聚無聲，其行無迹。值晏温而出遊，當祁寒而入隙。迅雷作而不駭〔五〕，微雨灑而自適。生雖瑣細〔六〕，亦有行藏。止若群羊之聚，進如旅雁之翔。乘其便也，雖鱣鯨而可制〔七〕；無其勢也，雖蛭蟣而不傷。今願悔過，戢于垣牆。豈同青蠅之點白，汙君子之衣裳。"

開成元年（八三六）春

## 箋　校

〔一〕本文爲"袁州七首"之第六篇，文云："惟江潭之下國，况幽居於澤畔。"正袁州貶所所作，當與前《積薪賦》同時，故訂本文作時爲開成元年春。

　　　本文又載《英華》卷一四三、《叢刊》本、傅校本、《四庫》本李集之别集卷一、《全文》卷六九六。

〔二〕所居臨流　《英華》、《全文》皆於句首有"余"字。

〔三〕稚子燁　《舊書·李德裕傳》："德裕三子。燁，檢校祠部員外郎、汴宋亳觀察判官。大中二年，坐父貶象（按：應作蒙）州立山尉。……燁咸通初量移郴州郴縣尉，卒於桂陽。"

〔四〕出以時而不息　《英華》作"以時術(三字一作出以時)而不息"。

〔五〕迅雷作而不駭　《英華》作"迅雷作而靡(一作不)駭"。

〔六〕生雖瑣細　《英華》作"生維(一作雖)瑣細"。

〔七〕雖鱣鯨而可制　《英華》作"雖鱣鯨而可至(一作制)"。

### 振鷺賦并序〔一〕

此郡帶江緣嶺,野竹成林。每向夕,有白鷺群飛,集於林杪。余所居在峰岑之上,臨眺一川,翫其往來,有以自適,因爲此賦。

日之夕矣,川陸載陰。有群飛之振鷺,顧儔匹而弄音。始遵渚以亂下,若濤起於清潯。俄矯翼以歸來,疑霰集於平林。爾其遊止有度,不徐不疾。散雪彩於江煙,皎霜容於寒日。映楓葉而暫見,入蘆花而還失。歎美羽之翩翩,感余生之憂慄。若乃不爲鷁退,常與鴻冥。乍回合兮如練,忽寥落兮如星。陌汀葭之靡靡,棲岸竹之青青。又似素旄陳於曠野,白筆森於廣庭。悲夫! 綠篠枝弱,巢非所據。□蕭瑟而多風〔二〕,亦扶疏而受露。豈不知陂澤可宿,荊榛易固。惡下流而不居,恐搏獸之當路。逮乎天清潦收,獨立蓮漪〔三〕。意態閑暇,羽毛襂襹。或暫往而得遊鯈,或終夕而守空陂。隱青莎以延佇〔四〕,若田父之輟耡。重曰:振鷺于飛,于彼滄洲。聊自適於遐曠,本無心於去留。思有客於微子,愧植羽於宛丘。信茲禽之可玩,何必從海上之群鷗。

開成元年(八三六)春

### 箋　校

〔一〕本文爲"袁州七首"最後一篇,當與《積薪賦》作於同時,故訂本篇
　　作時爲開成元年春。

本文又載《叢刊》本、傅校本、《四庫》本李集之別集卷一、《全文》卷六九六。

〔二〕□蕭瑟而多風　原作"簫瑟而多風"，《叢刊》本同。按"簫"字誤，且缺一字，據陸氏校勘、傅校本補改。《四庫》本、《全文》作"既蕭瑟而多風"。

〔三〕獨立蓮漪　《全文》作"獨立漣漪"。

〔四〕隱青莎以延佇　《四庫》本、《全文》作"隱青沙以延佇"。

# 別集卷第二

## 賦　下一十四首

## 袁州八首

### 問泉途賦并序[一]

　　問泉途,思沈侯也。沈使,傳師也[二]。余與沈侯同侍禁林,俱守藩翰,出入光寵,垂二十年。君性樂山水,尤好絲竹,良辰美景,不廢賞心。嘗歎人世險艱,多言可畏,固未得盡其所懷也。昔尚子平偁吾已知富不如貧,貴不如賤,未知存,何如亡耳[三]!陶靖節亦偁人生實難,生如之何?今作賦以問之。

　　昔我與子,同升玉堂。回先帝之英眄,被霄漢之輝光。君聳駕於長沙[四],余建斾於朱方。且欲極山水之臨泛,盡人生之樂康。謝既好於絲竹,陶亦間於壺觴。雖爵服之已貴,何憂思之未忘。寳瑟獨奏於門庭，玉顔不畜於洞房。今則逝矣，前榮可傷。於是託意宵夢，久而乃寐，問冥昧於故人，求神道之髣髴。或曰生特在於行樂，死何用於虛謐？或言惟令名之不泯，非苦節而安致？彼終古之茫茫，竟斯言之誰是？又曰君有瑶席，尚可陳兮；君有清香，尚可焚兮。昔之艷姬，復得見兮；昔之哀歌，復得聞兮。誰爲朋友，展戲謔兮？豈有樽酒，接殷勤兮？余聞神之清者，上爲列真[五]；德之粹者，復爲賢人。萬化轉續，如在鎔鈞。或壽或夭，或鄙或仁。亦受氣於蠻貊，仍託形於介鱗。獨讒人没於泉下，不得同於物化。懷君子之素風，方俟命於昊穹。無乃困武叔而見弘石，迫無極而值充躬？有明龍而害正，有儀尚之蔽忠。苟不罹於此患，固無傷於道窮。

開成元年（八三六）春

## 箋　校

〔一〕本卷卷首標曰“袁州八首”。蓋別集卷一之“袁州七首”與本卷之“袁州八首”皆作於德裕貶袁州期間，事詳前《山鳳凰賦》校記之〔一〕。此八篇，連同本篇，以次爲《傷年賦》、《懷鴞賦》、《觀釣賦》、《斑竹管賦》、《柳栢賦》、《白猿賦》、《二芳叢賦》。按編次時序，均應作於開成元年春。故今訂本文作時如此。

本文又載《叢刊》本、傅校本、《四庫》本李集之別集卷二、《全文》卷六九六。

〔二〕沈使傳師也　按：據上文，似應作“沈侯，傳師也”。沈傳師爲德裕好友。《新書·沈傳師傳》：“召入翰林爲學士，改中書舍人。翰林缺承旨，次當傳師。穆宗欲面命，辭曰：‘學士、院長參天子密議，次爲宰相，臣自知必不能，願治人一方，爲陛下長養之。’因稱疾出。

帝遣中使敦召。李德裕素與善，開曉諄切，終不出。遂以本官兼史職。俄出爲湖南觀察使。”傅璇琮《李德裕年譜》本篇注：“按沈傳師，大和九年四月卒於長安，時爲吏部侍郎。”故本篇充滿悲悼之意。

〔三〕何如亡耳　原作“亡何如耳”，《叢刊》本、《四庫》本、《全文》同倒誤。今據陸氏校勘、傅校本改。

〔四〕君聳駕於長沙　即指沈傳師出爲湖南觀察使。《舊書·穆宗本紀》：長慶三年“六月，宰相監修國史杜元穎奏：史官沈傳師除鎮湖南。”

〔五〕上爲列真　原作“上爲列星”，《叢刊》本、《四庫》本、《全文》同。按“星”字誤，據陸氏校勘、傅校本改。

## 傷年賦並序〔一〕

余兹年五十，久嬰沉痼，楚澤卑濕，杳無歸期。恐田園將蕪，不遂懸車之適，乃爲此賦。

五十已至，生涯可知。在樂安而猶歎，況形神之支離。傷壽有賈生之痛，招魂無宋玉之詞。遨故園之寥遠，念歸途之未期。顧稚子而悽惻，想田廬而涕洟。有客庤止，問我何悲。仲尼晚而喜《易》，郤縠老而敦《詩》。《國語》：“公問元帥於趙衰，對曰：‘郤縠可，行年五十矣，守學彌篤。’”苟朝聞於聖道，雖年往而未衰。余乃對曰：“心之憂矣，子豈知之。嗟世路之險隘，矧駑駘之已疲。法先哲以行止，經險阻而勿違。陽息駕於折坂，思保身於不危。文飛轡於崢道，若遺風而載馳。幸回車之未晚，與此路而長辭。嗟乎！亢必有悔，盈難久持。李斯寵而忘返，豈黃犬之可思〔二〕。種嬰患而

且寱,眇滄波而莫追[三]。雋畏勢而自引,非羈羅之所羈。宜見險
而高舉,顧軒冕其如遺。雖高華之難企,在哲人之所爲。何必求
季主以盡性[四],訪詹尹而決疑。商有山兮逶迤,從園公兮採芝。
湘有水兮漣漪,繼漁父兮維絲。既已覺於今是,豈遑遑於路岐。”

開成元年(八三六)春

## 箋　校

〔一〕本文爲“袁州八首”之第二篇。文云“楚澤卑濕”,即指袁州貶地。
　　　又云“余茲年五十”,開成元年德裕正五十歲。本年四月間,德裕
　　　離袁州赴滁州,此篇則作於本年春季。
　　　本文又載《叢刊》本、傅校本、《四庫》本李集之別集卷二、《全文》卷
　　　六九六。

〔二〕黄犬　原作“黄大”,《叢刊》本、傅校本同。按此用秦李斯臨刑時
　　　所云“吾欲與若復牽黄犬俱出上蔡東門逐狡兔”語,“大”字當爲刊
　　　誤,今據《四庫》本、《全文》改。

〔三〕眇滄波　《全文》作“渺滄波”。

〔四〕以盡性　《全文》作“之盡性”。

## 懷鵐賦并序[一]

　　荆楚多飛鵐。余所居在岑蟄之中,蓋茲鳥族類所託,不足歁
其蓄也。天寶末,韋郇公謫守蕲春。時李鄴公亦以處士放逐,嘗
中夜同宴,屢聞鵐音。郇公執爵流涕歎曰[二]:“長沙下國。”鄴公
曰:“此鳥之聲,人以爲惡。以好音聽之,則無足悲矣。請飲酒,不
聞鵐音者,浮以大白。”坐客皆企其聲,終夕不厭。余因其夜鳴不
已,感前賢亦罹其患,乃爲此賦。

我樂遐深，幽居北岑。積杉松之翠霭，蔽篔簹之清陰。風氣常合[三]，頹陽易沉。何飛鸒之茂族，盡棲息乎繁林。余以修短委命，行藏縱心。既無情於忌鵬，非有歎於巢鵾。未嘗張羅於叢薄[四]，射宿於川潯。誠不忍於思炙，惟載懷於革音。嗟夫！天地之間，禽有萬類。彼鵷鳳之靈姿，故特稟於間氣。標靜素於鴻鵠，賦妍華於孔雀[五]。獨兹鳥之可傷，無一美而自庇。或曰人之所處，不宜來萃。故聞其音而悽慘，覩其貌而睜眙。由是翔集無所，摧頹逼威。晝戢翼於蒙籠，夜相鳴而悲思。余乃歎曰："天有定命，聖不能知。彼冥數之未兆，非畏之而可移。梟集牙而戰勝，蚖入笥而福綏。造化默以潛運，倚伏難以預期[六]。況乎愛子及室，恩斯勤斯。齊萬物以遂性，豈美惡而異宜。至人入鳥而不亂，至治層巢而不窺。我若不容於深谷，使其伏寓而何之？"

開成元年（八三六）春

## 箋　校

〔一〕本文爲"袁州八首"之第三篇，當與《傷年賦》作於同時，事詳前二
　　　篇校記〔一〕。故訂本文作時爲開成元年春。
　　　本文又載《叢刊》本、傅校本、《四庫》本李集之別集卷二、《全文》卷
　　　六九六。

〔二〕郇公　原作"即公"，《叢刊》本、傅校本同。按"即"字誤，據陸氏校
　　　勘、《四庫》本、《全文》改。

〔三〕風氣常合　原作"□氣常合"，《叢刊》本、傅校本同。按此缺一字，
　　　據陸氏校勘、《全文》補。《四庫》本作"夜氣常合"。

〔四〕未嘗張羅於叢薄　《全文》此句上有"初"字。

〔五〕孔雀　《全文》作"孔翠"。

〔六〕預期 《全文》作“預祈”。

## 觀釣賦并序〔一〕

余所居止江流之上〔二〕，每值清景，必杖策獨遊，見蘆人漁子，則樂而忘返。莊生稱就藪澤，樂閑曠，釣魚閑處，此江湖之士，避世之人也。班嗣亦稱魚釣一壑，則萬物不奸其志。是知古之賢人，皆樂於此。彼之垂釣者，未可量焉。因爲《觀釣賦》。

臨江皋以四望，愛春水以悠悠。赴滄海以東會，引清湘而北流。此水北流。想鴟夷而可觀，冀漁父之出遊。將欲訪行止於二子，永棲遲於一丘。徘徊春渚，忽值釣舟。奏小海之悲曲，發阿激之櫂謳。觀其垂綸川上，或縱或收。悟直鍼之莫致，直鍼，楚詞。察芳餌之自求。追感夫子，遑遑歲暮，麟鳳不來，絃歌誰愬。客有皓髮，愕而招路。問孔氏之何津〔三〕，獨危真而未悟。悲聞道之已晚，乃引舟而遠去。子寂聽其拏音，季授綏而不顧。逮乎屈平既放，飄爾南征。不泛泛以隨波，或皎皎而揚清。漁父歎其違俗，大夫甘其徇名。遂鼓枻而孤往，猶放歌乎濯纓〔四〕。若乃川霧始收，秋光向夕。蘭露洰而風清〔五〕，竹烟散而潭碧。映微月於湍瀨，響哀猿於岩壁。喜良夜而不歸，更鳴根而遠適。或有略小務大，邈乎難量。任公期年而釣鰲，呂望何時而得璜。且夫一竿之説，所貴不綱，九罭未具，難希鱒魴。顧余情之無欲，彼小大而皆忘。雖餌食而不取，思寄適於濠梁。

開成元年（八三六）春

## 箋 校

〔一〕本文爲“袁州八首”之第四篇。文云：“臨江皋以四望，愛春水以悠悠。"德裕唯於開成元年春在袁州,故訂本文作於此時。

本文又載《叢刊》本、傅校本、《四庫》本李集之別集卷二、《全文》卷六九六。

〔二〕余所居止　《全文》作"余所居在"。

〔三〕何津　原作"何治",《叢刊》本、《四庫》本、《全文》同。按此於義不合,據陸氏校勘、傅校本改。

〔四〕猶放歌乎濯纓　原作"猶放歌乎乎濯纓",《叢刊》本、傅校本同。按此衍一"乎"字,據陸氏校勘、《四庫》本、《全文》删。

〔五〕蘭露洉而風清　《全文》作"蘭露泫而風清",傅校本作"蘭露泣而風清"。

# 斑竹管賦并序〔一〕

余寓居郊外精舍,有湘中守贈以斑竹筆管,奇彩爛然。愛玩不足,因爲小賦以報之。

山合沓兮瀟湘曲,水潺湲兮出幽谷。緣層嶺兮茂奇篠,夾澄瀾兮聳修竹。鷗鵠起兮鈎輈,白猿悲兮斷續。實璀璨兮來鳳,根連延兮倚鹿。往者二妃不從,獨處兹岑,望蒼梧兮日遠〔二〕,撫瑶琴兮怨深。洒思淚兮珠已盡,染翠莖兮苔更侵。何精誠之感物,遂散漫於幽林。爰有良牧,採之巖址。表貞節於苦寒,見虚心於君子。始裁截以成管,因天姿而具美。疑貝錦之濯波,似餘霞之散綺。自我放逐,塊然巖中。泰初憂而絶筆,殷浩默而書空。忽有客以贈鯉,遂起予以雕蟲。念楚人之所賦,實周詩之變風。昔漢代方侈,增其炳煥。綴明璣以爲柙〔三〕,飾文犀以爲玩。傅子曰:漢末一筆之柙〔四〕,彫以黄金,飾以和璧,綴以隋珠,裝以翡翠〔五〕。此筆非文犀之植，必象牙之管也〔六〕。徒有貴於繁華，竟何資於藻翰？曾不知擇美於江潭，訪奇於湘岸。況乃彤管有煒，列於詩人。周得之以操牘，張得之以書紳。惟茲物之日用，與造化之齊均。方資此以終老〔七〕，永躬耕於典墳。

開成元年(八三六)春

## 箋　校

〔一〕本文爲“袁州八首”之第五篇，當與前數篇作於同時，事詳各篇校記〔一〕。故今訂本篇作時爲開成元年春。

　　本文又載《英華》卷一○六、《叢刊》本、傅校本、《四庫》本李集之別集卷二、《全文》卷六九六。

〔二〕望蒼梧兮日遠　《全文》作“望蒼梧以日遠”。

〔三〕綴明璣以爲柙　“柙”，原作“押”。據《英華》、《四庫》本、《全文》改。

〔四〕漢末一筆之柙　“柙”，原作“押”。據《四庫》本、《全文》改。

〔五〕裝以翡翠　《英華》作“發(一作裝)以翡翠”。

〔六〕必象牙之管也　《英華》作“必象齒之管也”。

〔七〕方資此以終老　《英華》作“方寳(一作資)此以終老”。

柳栢賦并序〔一〕

夫受天地之正氣者〔二〕，惟松栢而已。故聖人稱其有心，美其後彫，豈無他木，莫可儔匹。予嘗歎栢之爲物，貞苦有餘〔三〕，而姿華不足〔四〕。徒植於精舍，列於幽庭，不得處園池之中，與松竹相映〔五〕。獨此郡有柳栢，風姿濯濯，宛若黃楊〔六〕，而冒霜停雪，四時不改。斯得謂之具美矣。惜其生而遐遠，人罕知之，偶爲此賦，以貽親友。

　惟天地之生物，均覆載而不私。雖草木之殊性，皆榮落之有時。感松栢兮得真[七]，經隆冬而乃知。常集霰於窮節，終秉心而不移。觀夫竹嬋娟以挺秀，松英茂以含滋。可蔭蔚於臺榭，故封植於園池。嗟緑栢之貞若[八]，爰自託於幽崖。或森森於寒壠，或蕭蕭於江祠[九]。何炎徼之僻陋，或珍木而在兹。齊蓊蔚於蘭若，儷芬芳於桂枝。遠而象之，聳幹參差，疑翠旌之陸離；迫而玩之，布葉低垂，若羽蓋之葳蕤[一〇]。又似翠列巢以群棲[一一]，鸞奮翼而來儀。含輕烟於夕景，泣零露於朝曦。待秋實之繁衍[一二]，綴青珠之纍纍。嗟乎！材不可備，人亦如斯。子張之容雖盛，柳惠之貞則虧。有長孺之正色，無思曼之風姿[一三]。歎此物之具美，以幽深而見遺。非欲企瓊林於塵外，方玉樹於前墀。望舊國兮無際，思故人兮未期。曾不得倚樹而泛瑶瑟，攀條而獻蘭芝。慨路遠而莫致，抑毫端而孔悲。顧謂稚子燁，起爲謡曰：楚山側兮湘水源[一四]，美斯栢兮託幽根。條總翠兮冬轉茂，實垂珠兮秋始繁。彼變化兮不測，焉知非緩也之精魂[一五]。”

開成元年（八三六）春

## 箋　校

〔一〕本文爲“袁州八首”之第六篇，當與前諸篇同時作，事詳各篇校記〔一〕。故今訂本文作時爲開成元年春。

　本文又載《英華》卷一四五、《叢刊》本、傅校本、《四庫》本李集之別集卷二、《全文》卷六九六。

〔二〕正氣　“氣”字原闕，據《英華》補。

〔三〕貞苦有餘　《英華》作“貞苦（一作若）有餘”。

〔四〕而姿華不足　《英華》作“而華滋（一作而姿華）不足”。

〔五〕松竹　“竹”原作“栢”，據《英華》改。

〔六〕宛若黄楊　《全文》作“宛然黄楊”。

〔七〕感松栢兮得真　《英華》作“感松栢兮自得（二字一作得真）”。

〔八〕嗟緑栢之貞若　《英華》、《全文》作“嗟緑栢之貞苦”。

〔九〕或蕭蕭於江祠　《英華》作“或蕭蕭（一作肅肅）於神祠”。

〔一〇〕若羽蓋之葳蕤　《英華》作“若孔蓋之葳蕤”。

〔一一〕又似翠列巢以群棲　傅校本作“又似翠逈巢以群棲”。

〔一二〕繁衍　《英華》作“蕃衍”。

〔一三〕無思曼之風姿　《英華》作“無思曼（《南史》：張緒，字思曼）之風
姿”。

〔一四〕楚山側兮湘水源　《英華》作“楚山側兮秋（一作湘）水源”。

〔一五〕焉知非緩也之精魂　《英華》、《全文》作“焉知非張緒之精魂”。

## 白猿賦并序〔一〕

此郡多白猿，其性馴而仁愛。所止榛林不瘁，果熟乃取；不與
玃相狎〔二〕，猴亦畏而避之。昔傅奕或言玄有《猿猴賦》，但悦其變
態似優，以爲賦玩，且不言二物殊性。余今作賦以辨之爾。

昔周穆之南邁，將奮旅於湘沅。既隻輪而無返，化君子以爲
狷〔三〕。嗟物變而何常，故族類而始蕃。或哀吟於永夜，或清叫於
朝暾〔四〕。峰合沓以連響，水潺湲而共喧。矧三聲之未絶，感行客
之銷魂。觀其雖爲異物，而猶善處。動不爲暴，止皆擇所。青松
欝而不殘〔五〕，楂梨熟而後取。顧猰貐與猱狿音廷，信莫得而儔侣。
若乃靈變難測，神通有知〔六〕；《淮南子》稱“有神白猿”〔七〕。女試劍而

方接,舉修篛而止馳。養矯矢而未發,昒喬柯而已悲。凌峻壑而電耀,掛長蘿而匏垂。避側足而不履,尚有畏於阽危。施於射,則李控弦而盈貫;用於道,則華養形而不衰。華佗五禽戲中有戲猿也。彼沐猴之佻巧,雖貌同而心異。既貪婪而解讓,亦躁動而不忌。嗟斯物之既馴,有仁愛而可畏。故鄧生以違性興感,齊后以望思掩淚。嗟乎! 人之化也,實可悲辛。或少貴而老賤,或始富而終貧。中行之後,困於畎畝;叔敖之子,疲於負薪。何止鮌化熊而爲厲,哀成虎而不仁。變欽鴀於瑤席,鳴杜鵑於巴岷。乃知人世之可厭,不足控摶而自珍。

開成元年(八三六)春

## 箋 校

〔一〕本文爲"袁州八首"之第七篇,當與前數篇作於同時,事詳各篇校
　　　記〔一〕。故今訂本文作時爲開成元年春。
　　　本文又載《叢刊》本、傅校本、《四庫》本李集之別集卷二、《全文》卷
　　　六九六。

〔二〕果熟乃取不與玃相狎　"取不"原作"不取",今據《古今合璧事類
　　　備要》別集卷七九引李德裕《白猿賦》、《新編古今事文類聚》後集
　　　卷三七引李德裕《白猿賦》乙正。

〔三〕化君子以爲猨　《全文》作"化君子以爲猿"。按猨,同"猿"。

〔四〕或清叫　《全文》作"或清嘯"。

〔五〕青松　《全文》作"檉松"。

〔六〕靈變難測神通有知　原作"靈通有知",《叢刊》本、傅校本、《四庫》
　　　本同。按此當奪三字,據陸氏校勘、《全文》補。

〔七〕有神白猿　《全文》作"有神曰猿"。

## 二芳叢賦并序〔一〕

余所居精舍前,有山石榴、黃躑躅,春晚敷榮,相錯如錦。因爲小賦,以狀其繁麗焉。

鶗鳩鳴矣,眾芳已衰。美嘉木之並植,惜繁榮之後時。觀其擢纖柯以相紏,糅鮮葩而如織。金散裹蹄之輝〔二〕,玉耀雞冠之色。一則含情脈脈,如有思而不得。類西施之容冶,服紅羅之盛飾。復似朱草發其英蕤,長離奮其羽翼。一則凝思悵悵,若將翱而未翔。疑嬴女之性情,婿爵金之薄粧。又似黃星爛於霄漢,瑞鵠來於建章。彼紅榮之曄曄,麗幽叢而有光。其舒焰也,朝霞之映白日;其含彩也,丹砂之生雪床。彼緗蕊之粲粲,隱眾葉而閑芳。其繁姿也,時菊之被秋霜;其秀色也,鳴鸝之集黃楊。由是楚澤放臣,小山遊客,厭杜蘅之霏靡,忘桂花之潔白。玩此樹而淹留,倚幽岩而將夕。嗟衰老之已遷,念流芳之可惜。況鱗悲失浪,羽畏虛彈。有楊朱之危涕,無越石之暫懽。豈獨琴感猗蘭之曉,詩嗟蕙草之殘。思欲揖金膏而駐魄,攀珠樹而輟湌。顧人間之華艷,何足幽賞而盤桓。

開成元年(八三六)春暮

## 箋 校

〔一〕本文爲"袁州八首"之最後一篇,文云:"春晚敷榮,相錯如錦。"則可知本篇作於本年春暮,於"袁州八首"時序相合,故訂本文作時如此。本文又載《叢刊》本、傅校本、《四庫》本李集之別集卷二、《全文》卷六九七。

〔二〕金散裹蹄之輝 原作"金散裹蹄之輝",《叢刊》本、傅校本、《四庫》

本同。按“裛”應作“裹”。今據《全文》改。“裹蹄”，即裹蹏。《漢
書·武帝紀》：“今更黃金爲麟趾，裹蹏以協瑞焉。”

# 北歸六首

## 畏途賦并序[一]

乙卯歲孟夏，余俟罪南服，自歷陽登舟，五月屆于蠡澤，當隆
暑赫曦之候，涉潯陽不測之川，親愛聞之，無不揮淚。今明王祝
網[二]，幸得生去炎方。或有勉余改轅而陸者，因答此賦。

余以軒冕來寄[三]，廟堂非據，賀客旋軫，吊賓在戶。自淮服
而載馳，貫岷山而上泝。歊氣溢於大浸[四]，溫風發於中路。于時
行潦猥至，百川皆注。望九派而無濟[五]，橫扁舟而徑度。非知漁
父之勇，已忘胥靡之懼。此爲陽侯[六]。神將駭而還伏，蛟欲絶而自
去。豈有幼安之感，幸無杜侯之慮[七]。訪潯陽之故里，懷靖節之
舊居。陳一樽之遙奠，悲三徑之久蕪。當其辭簪組，返蓬蘆，逸妻
賓敬，稚子歡娛，臨流賦詩，卧壑觀書。對南山之幽靄，蔭嘉木之
扶疏。不爲軒冕之累，焉得風波之虞？何夫子之早瘭[八]，居一世
之不如。然代有覆舟之子，皆由任其智力。比鷁艫爲輕禽，以席
帆爲快翼。載已重而皆積，途既遠而未息。志擾擾以爭先，日冥
冥而作慝。既而戕風鼓怒，氛侵改色[九]。深則困於巨浪，淺則觸
於危石。雖有神人，莫能拯溺。談者未知患難之所來，常以川流
爲怵惕。今余所謂畏途蠡澤[一〇]，敬仲以爲□□[一一]，蒙莊以爲
衽席。苟能慮於幾微，又何畏於行役。

開成元年(八三六)孟夏

## 箋　校

〔一〕本文篇目前標曰“北歸六首”。六首依次爲本文、《知止賦》、《劍池賦》、《望匡廬賦》、《大孤山賦》、《項王亭賦》，皆爲德裕離袁州赴任滁州途中所作。其中《項王亭賦》自序此次行程謂：“丙辰歲孟夏，余息駕烏江。”德裕當由烏江（在今安徽和縣）陸行抵滁州，可見此六首賦均作於本年孟夏。故訂本文作時如此。

德裕此次由袁州徙滁州之原因，史書多有所記。《新書·李德裕傳》：“未幾，宗閔以罪斥，而注、訓等亂敗。帝追悟德裕以誣構逐，乃徙滁州刺史。”

本文又載《叢刊》本、傅校本、《四庫》本李集之別集卷二、《全文》卷六九七。

〔二〕今明王祝網　《全文》作“今明主祝網”。

〔三〕余以　原作“余非”，《叢刊》本、《四庫》本同。按“非”字誤，據陸氏校勘、傅校本、《全文》改。

〔四〕歊氣　原作“敲氣”，《叢刊》本、傅校本、《四庫》本同。按“敲”字誤，據《全文》改。歊氣，熱氣。《新書·西域傳下·波斯》：“氣常歊熱，地夷漫，知耕種畜牧。”

〔五〕無濟　《全文》作“無際”。

〔六〕此爲陽侯　《四庫》本、《全文》無此四字。

〔七〕幸無杜侯之慮　原作“幸杜侯之慮”，《叢刊》本、傅校本、《四庫》本同。今據《全文》補“無”字。

〔八〕早寤　原作“早窘”，《叢刊》本、傅校本同。按“窘”字誤，據《四庫》本改。《全文》作“早悟”，按寤，通“悟”。

〔九〕氛侵改色　傅校本、《全文》作“氛祲改色”。

〔一〇〕今余所謂畏途蠱澤　《全文》作“今余所謂畏途且作蠱澤”。

〔一一〕敬仲以爲□□　傅校本作“敬仲以爲坦途”，《四庫》本作“敬仲以爲富鄉”。

## 知止賦并序〔一〕

古人稱山林之士，往而不能返；朝廷之士，入而不能出。先哲所以趨舍異懷，隱顯殊迹，蓋兼之者鮮矣。今余自春秋至西漢，取其卿大夫進能知止退不失正者，綴爲此賦。

觀陽秋與漢册〔二〕，求知止之大夫。魯莫高於柳惠，衛莫貴於甯俞；吳乃得於延州，楚乃尚於於菟。雖至聖無軌，超然不拘，猶歎行藏以與顏，稱卷舒而善蘧。則由聖門而進退者，豈不勇於知止乎！在漢留侯，與道爲徒。厭華屋而不處，思赤松以遊娛。清則兩龔，美則二疏，父子欣以相顧，衰老至而歸歟。祈祈青衿〔三〕，載負經書；靄靄玄冕，祖我城隅。歎冥鴻之不反〔四〕，皆雪涕以漣洳〔五〕。嗟余生之疲病，念寄世之須臾。曾涉險而知懼，痛摧輪之不虞。諒難復於玷缺，韋玄成作詩自著，復玷缺之艱難。且覃思於玄虛。聊揮金於餘日，乃回駕於迷途。況乎託北皐以爲宅，應璩詩：南臨洛水，北據邙山〔六〕。托此以爲宅〔七〕，因茂林以爲蔭矣〔八〕。就東山而結廬。左思徙居洛城東，著經始東山廬詩〔九〕。仲既得於清曠，仲長論曰：“欲卜居清曠，以樂吾志。”陶豈歎於將蕪。其遠眺也，則伊出陸渾，北統皇居〔一〇〕。度雙闕之蒼翠，若天澤之逶迆。少室東映於原隰，鳴皐西對於林間。其近瞰也，則檻泉流於一壑〔一一〕，嘉木盈於萬株。遝被芳蓀，沚映芙蕖。聽求友之鳴禽，見自樂之鰷魚。徙奇樹於台嶺，隱翠葉而垂珠。得怪石於震澤，聳青岑而韜瑜。昔有淮侯種瓜〔一二〕，陶相灌蔬。竊比君子，亦能荷鋤。或引蔓於長坂，或遵流於清渠。傲情人世之外，寄迹羲皇之初。望夕景於平林，眺寒烟於故墟。麏麚遠而騰倚，鳧雁去而相呼。酌盈樽而自慰，賴鳴琴而不孤。懷綺皓而披素卷，想瀛洲而觀畫圖。何必尚遍遊於名嶽，尚子平〔一三〕。蠡長往於五湖。嗟夫！世於知止之道，若存若無。李斯忌於稅駕，惠子疲於據梧。盡生涯以自若，何智力之有餘？庶耿光之未晚〔一四〕，期終老於桑榆。

開成元年（八三六）孟夏

## 箋　校

〔一〕本文爲“北歸六首”之第二篇，與《畏途賦》作於同時，詳該篇校記〔一〕。故訂本文作時爲開成元年孟夏。

　　本文又載《英華》卷九三、《叢刊》本、傅校本、《四庫》本李集之別集卷二、《全文》卷六九七。

〔二〕觀陽秋與漢册　《英華》作“觀春秋與漢策”，《全文》作“觀春秋與漢册”。

〔三〕祈祈青衿　《英華》、《全文》作“祁祁青衿”。

〔四〕歎冥鴻之不反　原作“歎冥鴻之不及”，《叢刊》本、傅校本、《四庫》本、《全文》同。據陸氏校勘改。《英華》作“歎冥鴻之不反（一作及）”。

〔五〕漣洳　《英華》、《全文》作“漣如”。

〔六〕北據邙山　原作“北據印山”，《叢刊》本同。按“印”字誤，據《英華》、傅校本、《全文》改。《四庫》本無此注文。

〔七〕托此以爲宅　《英華》、《全文》作“托崇岫以爲宅”。《四庫》本無此注文。

〔八〕因茂林以爲蔭矣　《英華》、《全文》此句無“矣”字。《四庫》本無此注文。

〔九〕左思……經始東山廬詩　此句出《文選》李善注引王隱語。

〔一〇〕北統皇居　《英華》、《全文》作“北繞皇居”。

〔一一〕檻泉　原作“濫泉”，《叢刊》本、傅校本、《四庫》本同。按“濫”字誤，據《英華》、《全文》改。

〔一二〕淮侯種瓜　《英華》作“罷侯種瓜”。

〔一三〕尚子平　《英華》、《全唐文》作“尚子平也”。

〔一四〕庶耿光之未晚　《英華》、《全文》作“庶收光之未晚”。

## 劍池賦并序〔一〕

丙辰歲孟夏月，余屆途豐城，弭檝江渚，問埋劍之地，則左池存焉〔二〕。感其至靈之物，亦有淪棄，非遇識者，無由振發。雖人亡劍去，而故事可悲。因維舟俄頃，以爲此賦。

天地神物，龍泉、太阿。光耀時促，沉埋日多。往者紫氣衝星，時人莫識。吴已亡而氣存，寶乃隆於敵國。既精感而上達，當龍變而不息。豈通塞之有時，何顯晦之難測。我不自振，掘之而得。雖潛朽壤之中，每受莓苔之蝕。誠宜英主用之，提携指揮〔三〕，内以清諸侯，外以服四夷。爲東序之秘寶，備有國之光儀。一見留於邑長，一獲備於台司〔四〕。始謂伸於知己，終乃屈於不知。既而長鳴玉匣，躍入漣漪。化鋒鍔兮奮迅，焕晶光兮陸離。垂尾滄波，斷鯨鯢之族；矯首清漢，襲江海之祇〔五〕。昔時在獄，今成廢池。寶嘗棄於兹地，人載懷而孔悲〔六〕。況乎耶溪水涸，赤堇山閟，巧冶既殁，作者曠世，風胡已遠，壯武復逝。斯物倘有〔七〕，知之者誰氏？惟人代兮去不留，嗟雙劍兮焉可求。

開成元年（八三六）孟夏

## 箋　校

〔一〕本文爲“北歸六首”之第三篇。文云：“丙辰歲孟夏月，余届途豐
　　　城。”開成元年歲在丙辰。豐城即今江西豐城，乃德裕北歸必經之
　　　地。故訂本篇作時爲開成元年孟夏。

　　　本文又載《叢刊》本、傅校本、《四庫》本李集之別集卷二、《全文》卷
　　　六九七。

〔二〕則左池存焉　《全文》作“則有池存焉”。

〔三〕提携指揮　原作“提携旨揮”，《叢刊》本同。按“旨”字誤，據傅校
　　　本、《四庫》本、《全文》改。

〔四〕備於台司　《四庫》本、《全文》作“珮於台司”。

〔五〕襲江海之祇　《全文》作“曹江海之祇”。

〔六〕人載懷而孔悲　傅校本作“人懷載而孔悲”。

〔七〕斯物倘有　《全文》作“斯物倘存”。

## 望匡廬賦并序〔一〕

　　滄湖口北望匡、廬二山，影入澄潭，峰連清漢，江水無際，烟景
相鮮。沿流而東，若存世表。因懷遠公、陸先生，悵然成賦。

　　春水湖平，霽天景旭。眇赴海之清瀾，映干霄之翠嶽。波鱗
爛而勢微〔二〕，帆雁引而相續。輕烟冒於爐峰，若香散於空谷；飛
流洒於星灣，疑虹飲於曾曲。想遠公之平昔，比孟綽之不欲。談
精義於松間，東林寺有遠公與殷仲堪説《易》松猶在。寄虛懷於巖足。
喜濯纓而旋返，悲負鼎而放逐。耻隨屈、賈之波，不及宗、雷之

躅〔三〕。整襟帶於瑶席,望玄師於林麓。余受法於茅山,玄師則傳法祖師也〔四〕。徒佩紫青之書,未脱朱丹之轂。感明主之嘉惠,荷天地之覆育。既復扶陽之爵,又剖專城之竹。被金組於薄躬,昭皇明於荒服。豹文忽變,蔚然以姿;蟬緌更新,倏然而脱。雖澡身於滄浪,終有愧於玷辱。念大福兮不再來,歸東皋兮供黍粟。

開成元年(八三六)孟夏

## 箋　校

〔一〕本文爲“北歸六首”之第四篇,當與前數篇作於同時。江州爲其北歸必經之地。據此,知其北歸由豐城北上,渡鄱陽湖而入於長江。故訂本文作時如此。

本文又載《叢刊》本、傅校本、《四庫》本李集之別集卷二、《全文》卷六九七。

〔二〕波鱗爛　原作“波麟爛”,《叢刊》本、傅校本同。按“麟”字誤,據陸氏校勘、《四庫》本、《全文》改。

〔三〕不及宗雷之躅　《全文》作“不同宗雷之躅”。

〔四〕余受法於茅山玄師則傳法祖師也　原作“余受於芳法玄師則傳法山之祖師也”,《叢刊》本、傅校本同。按此語義不通,當有訛誤。今據《全文》過録。

大孤山賦并序〔一〕

余剖符淮甸〔二〕,道出蠡澤。屬江天清霽,千里無波,點大孤於中流,昇旭日於匡皁。不因左官〔三〕,豈遂斯遊!謝康樂尤好山水,嘗居此地,竟闕詞賦,其故何哉?彼孤嶼亂流,非可儔匹。因爲小賦,以寄友朋。

川瀆巇道,人心所惡。必有穹石,禦其橫騖。勢莫壯於灩澦,氣莫雄於砥柱。惟大孤之角立,掩二山而礌豎。高標九派之衝,以捍百川之注。眈若虎視,蚴如龍據。靡搖巨浪,神明之所扶;不倚群山,上玄之所固。彼迤邐而何多,信巋然而有數。念前世之獨立,知君子之難遇。如介石者袁、楊,制橫流者李、杜。觀其側秀靈草,旁挺奇樹,寧憂梓匠之斤,豈有樵人之路。想江妃之乍遊,疑水仙之或駐。嗟瀛洲之方丈,蓋髣髴如烟霧。據神黿而跪跪,逐風濤而沿泝。未若根連坤軸,終古而長存;迹寄夜川,負之而不去。雖愚叟之復生,焉能移其跬步。

開成元年(八三六)孟夏

## 箋　校

〔一〕本文爲"北歸六首"之第五篇,與前數篇同時作,事詳各篇校記〔一〕。故今訂本文作時爲開成元年孟夏。

本文又載《叢刊》本、傅校本、《四庫》本李集之別集卷二、《全文》卷六九七。

〔二〕余剖符淮甸　原作"余剖符淮司",《叢刊》本、《四庫》本同。按"司"字誤,據陸氏校勘、傅校本、《全文》改。

〔三〕不因左官　《全文》作"不因佐官"。傅校本作"不因左宦"。

## 項王亭賦并序[一]

丙辰歲孟夏,余息駕烏江[二],晨登荒亭,曠然遠覽。因覘太尉清河公刻石,美項氏之材,歎其屈於天命,且曰:"漢祖困阨之時[三],生計非蕭、張所出。"余以爲不然矣。自古聰明神武之主,未嘗不應天順人,以定大業。項氏縱火咸陽,失秦中之固;遷主炎裔，傷義士之心。違天違人，霸業隳矣。漢皆反是，故能成功。據秦遺業，東制區夏，數敗於外，常有關中。爲舊主縞素，以義動天下；雖項氏猶存，而王業基矣。若乃蠖屈鴻門，龍潛天漢，始降志於一人，終申威於四海，則蕭、張之計，不亦遠乎〔四〕？余嘗論之，漢祖猶龍，項氏如虎。龍雖困而能變不測，虎雖雄而其力易摧。一神一鷙，宜乎復絶。然艤舟不渡，留騅報德，亦可謂知命矣。自湯武以干戈創業，後之英雄，莫高項氏。感其伏劍此地，因作賦以吊之。

　　登彼高原，徘徊始曙。尚識艤舟之岸〔五〕，焉知繫馬之樹。望牛渚以悵然，歎烏江而不渡〔六〕。想山川之未改，嗟斯人之何遽〔七〕。思項氏之入關，按秦圖之割據。恃八千之剽疾，棄百二之險固。咸陽不留，王業已去。將衣錦於舊國，遂揚旆而東顧。雖未至於陰陵，誰不知其失路。耻沐猴之醜詆，乃烹韓而洩怒。謂天命之可欺，何霸王之不寤。嗟乎！楚聲既合，漢圍已布。歌既闋而甚悲，酒盈樽而不御。當其盛也，天下侯伯，自我而宰制；及其衰也，帳中美人，寄命而無處。季數遁而不亡，羽一敗而終仆。豈非獨任於威力，不由於智慮。追昔四隤之下，風烟將暮；大咤雷奮，重瞳電注，叱漢千騎，如獵狐兔。謝亭長而依然，愧父兄兮不渡。既伏劍而已矣，彼群帥之猶懼。雖霸業之無成，亦終古而獨步。周視陳迹，緬然如素。聽喬木之悲風，感高秋之零露〔八〕。因獻吊於茲亭，庶神期之可遇〔九〕。

開成元年（八三六）孟夏

## 箋　校

〔一〕本文爲"北歸六首"之最後一篇，文云："丙辰歲孟夏，余息駕烏江。"德裕沿江東下,當由和州烏江口(在今安徽和縣)登陸北行赴滁州任所。事詳前數篇校記〔一〕。故訂本文作時如此。

本文又載《英華》卷一三〇、《叢刊》本、傅校本、《四庫》本李集之別集卷二、《全文》卷六九七。

〔二〕余息駕烏江　原作"余息駕馬江",《叢刊》本同。按"馬"字刊誤,據《英華》、傅校本、《四庫》本、《全文》改。《英華》全句作"余税(一作息)駕烏江"。

〔三〕漢祖困阨之時　原作"困阨之時",《叢刊》本、傅校本、《四庫》本同。按此奪"漢祖"二字,據陸氏校勘、《英華》、《全文》補。

〔四〕不亦遠乎　原作"亦不遠乎",《叢刊》本、傅校本同。按"亦不"倒誤,據《英華》、《四庫》本、《全文》改。

〔五〕尚識艤舟之岸　原作"尚識艤舟之岸",《叢刊》本、傅校本同。按"艤"字誤,據《英華》、《四庫》本、《全文》改。《全文》"岸"字作"崖"字。按"艤",附船着岸。左思《蜀都賦》:"試水客,艤輕舟。"

〔六〕歎烏江而不渡　《英華》作"歎烏江之日渡(三字一作而不度,又作而日度)"。

〔七〕嗟斯人之何遽　原作"嗟斯人之何據",《叢刊》本、傅校本同。按此於義不合,今據《英華》、《四庫》本、《全文》改。《英華》全句作"嗟人世(一作世人)之何遽"。

〔八〕感高秋之零露　"露",原作"落",據《英華》、《全文》改。

〔九〕庶神期之可遇　《英華》作"庶神靈(一作期)之可遇"。

# 別集卷第三

詩　上并唱和酬答三十六首

七言九韻雨中自秘書省訪王三侍御知早入朝
便入集賢侍御任集賢校書及升栢臺又與秘閣
相對同院張學士亦余特厚故以詩贈之[一]

秘書省校書郎李德裕

共憐獨鶴青霞姿，瀛洲故山歸已遲。仁者焉能效鶖鶊，飛舞自合追長離。梧桐迥齊鵁鵲觀，烟雨屢拂蛟龍旗。鴻雁衝飆去不盡，寒聲晚下天泉池。顧我蓬萊靜無事，玉版寶書藏衆瑞。青編盡以汲冢來[二]，科斗皆從魯室至。金門待詔何逍遥，名儒早問張子僑。王褒軼材晚始入，宫女已能傳洞簫。應令栢臺長對户，別來相望獨寥寥。

元和八年（八一三）

# 箋　校

〔一〕《新書·李德裕傳》:"不喜與諸生試有司,以蔭補校書郎。"此詩正德裕任秘書省校書郎時酬贈王起之作。德裕何時任校書郎?迄無定論。據其《重過列子廟追感頃年自淮服與居守王僕射同題名於廟壁僕射已爲御史余尚布衣……》詩,可知德裕在其父出鎮淮南時尚爲布衣,而其好友王起當年應辟,任淮南節度使李吉甫之掌書記,帶監察御史銜。吉甫鎮淮南在元和三年九月至元和五年底。至元和六年正月,吉甫再入相。德裕任校書郎當在此後。又據《白居易集》卷五四所載《贈吉甫先父官并與一子官制》:"某官李吉甫,出入將相,迨今七載。"吉甫首次任相在元和二年正月,則知此制下於元和八年。其長子德脩應早已贈官。此次特贈一子官者當是德裕,即所謂"以蔭補校書郎"也。《舊書·李德裕傳》:"以父再秉國鈞,避嫌不仕臺省,累辟諸府從事。"則可知德裕任校書郎爲時甚短。元和九年十月,吉甫病卒,德裕應守制。故訂本詩作時如此。

本詩又載《叢刊》本、傅校本、《四庫》本李集之別集卷三、《全唐詩》卷四七五。

《全詩》題中無"七言九韻"四字。王三侍御,即指王起,時以殿中侍御史入兼集賢殿直學士。據岑仲勉《唐人行第録》所考,"王三"之"三"字當"十一"兩字之誤合。起兄播號王八,起不得號王三。

〔二〕青編盡以汲冢來　《全詩》作"青編盡以(一作似)汲冢來"。

## 奉酬李校書雨中自秘書省歸見訪時
### 早入朝便入集賢不遇詩有序〔一〕

起頃任集賢校書〔二〕,及升柏臺,又與秘閣相對。今直書張學士〔三〕,嘗忝同席〔四〕,而與校書相遠〔五〕,故瞻望之詞多。

王□〔六〕

台庭才子來款扉,典校初從天祿歸。已憨陋巷來玉趾,仍聞細雨霑綵衣。詰朝始趨鳳闕去〔七〕,此日逐歡雞黍違〔八〕。憶昨謬官在烏府,喜君對門討魚魯。直廬相望夜每闌,高閣遙臨月時吐。昔聞三入承明廬,今來重至中秘書〔九〕。校文復忝丞相屬,博物更與張侯居。新冠峨峨不變鐵,舊泉脉脉猶在渠。忽見校書有情人〔一〇〕,臨風不羨潘錦舒〔一一〕。憶見青天霧未卷〔一二〕,吟玩瑤草不知晚〔一三〕。自憐豈是風引舟,如何漸與蓬山遠。

元和八年(八一三)

## 箋　校

〔一〕此爲王起酬和李德裕前詩之作,當同作於元和八年,事詳前篇校記〔一〕。

本詩又載《叢刊》本、傅校本、《四庫》本李集之別集卷三、《全詩》卷四六四。

本詩詩題原作《奉酬李校書雨中自秘書省歸見訪時早入朝便入集賢不遇》,《叢刊》本、傅校本、《四庫》本同。今據《全詩》補"詩有序"三字。又,"頃任集賢校書"以下爲詩序。嘉靖本、《叢刊》本、傅校本、《四庫》本均誤混入詩題中,今據《全詩》改正。

〔二〕起頃任集賢校書　原作"頃任集賢校書",《叢刊》本、傅校本、《四庫》本同。據《全詩》補"起"字。

〔三〕今直書張學士　《全詩》作"今直書殿有張學士"。

〔四〕嘗忝同席　原作"賞忝同席",《叢刊》本、《四庫》本同。按"賞"字誤,據陸氏校勘、傅校本改。《全詩》作"嘗忝同幕"。

〔五〕而與校書相遠　《全詩》作"而與秘書稍遠"。

〔六〕王□　原作"王",《叢刊》本、傅校本同。《四庫》本作"王闢",似
　　　應作"王起"。

〔七〕詰朝始趨鳳闕去　原作"詰朝始趂鳳闕去",《叢刊》本、《四庫》本
　　　同。按"趂"同趨,據陸氏校勘、傅校本、《全詩》改。

〔八〕此日逐歎雞黍違　《全詩》作"此日遂愁雞黍違"。

〔九〕今來重至中秘書　《全詩》作"今來重入中(一作今日重來入)秘
　　　書"。

〔一○〕忽見校書有情人　原作"忽□□□□情人",《四庫》本同。今據
　　　《叢刊》本、傅校本補。《全詩》作"忽枉情人吐芳訊"。

〔一一〕臨風不羨潘錦舒　原作"臨風不羨潘□舒",《叢刊》本、傅校本、
　　　《四庫》本同,缺一字。據《全詩》補。

〔一二〕憶見青天霧未卷　《全詩》作"憶見青天霞未卷"。

〔一三〕吟玩瑤草不知晚　《全詩》作"吟玩瑤華不知晚"。

## 山亭書懷〔一〕

太原節度使檢校吏部尚書平章事張弘靖〔二〕

叢石依古城,懸泉灑清池。高低袤丈內,衡霍相蔽虧。歸田竟何
因,爲郡豈所宜。誰能辨人野,寄適聊在斯。

元和十三年(八一八)六月十二日

## 箋　校

〔一〕此詩以太原節度使張弘靖首唱,節度使府中李德裕、崔恭、韓察、高
　　　銖,以及陸澻(按:原作"纏",據《新書·宰相世系表三下》、《全詩》
　　　作"澻")、胡証、張賈諸人奉和。集中收錄諸詩,詩末注曰:"元和

十三年六月十二日題。"故訂諸詩作時如此。

諸詩又載《叢刊》本、《四庫》本李集之別集卷三。本詩及韓察、崔恭、陸灃、胡証、張賈諸人詩載《全詩》卷三六六。傅校本自李德裕詩至胡証詩缺，共缺二頁。

〔二〕張弘靖　《全詩》張弘靖小傳："字元理，蒲州人。嘉貞之孫，延賞之子。以蔭爲河南參軍。擢監察御史，累遷户部侍郎、河中節度使。元和中，拜刑部尚書、同中書門下平章事，封高平縣侯，出爲太原節度使。"據吳廷燮《唐方鎮年表》卷四，張弘靖於元和十一年正月至十四年五月任太原節度使。李德裕應張弘靖之辟爲節度使掌書記則當在元和十一年冬之後。按李吉甫於元和九年十月卒，德裕丁父憂，當於十一年冬終制。文集別集卷七《祭唐叔文》乃德裕代張弘靖作，作時爲元和十二年六月，則是年六月以前已在太原幕中。

### 奉和山亭書懷[一]

#### 節度掌書記監察御史李德裕[二]

岩石在朱户，風泉當翠樓。始知嵼亭賞，難與清暉留。餘景淡將夕，凝嵐輕欲收。東山有歸志，方接赤松遊。

元和十三年(八一八)六月十二日

### 箋　校

〔一〕本詩作時及寫作背景詳前篇校記〔一〕。

本詩又載《叢刊》本、《四庫》本李集之別集卷三、《全詩》卷四七五。《全詩》卷四七五本詩標題作《奉和太原張尚書(一作相公)山亭書懷》。

〔二〕節度掌書記監察御史李德裕　別集卷七德裕《掌書記廳壁記》曰：

"丙申歲，丞相高平公始自樞衡以膺謀帥，以右拾遺杜君爲主記。明主惜其忠規，復拜舊職，尋參内庭視草之列。次用殿中侍御史崔君。德裕獲接崔君之後。"丙申爲元和十一年，張弘靖先後用杜元穎、崔公信爲掌書記。後杜入朝，崔爲觀察判官，德裕乃接任掌書記。其時當在元和十二年。

### 和張相公太原山亭懷古詩[一]

節度副使檢校右散騎侍崔恭[二]

高情樂閑放，寄跡山水中。朝霞鋪座右，虚白貯清風。潛竇激飛泉，石路險且崇[三]。步武有勝概，不與俗情同。

元和十三年（八一八）六月十二日

## 箋　校

〔一〕本詩作時、參校本及背景詳前張弘靖《山亭書懷》校記〔一〕。

《全詩》本詩題作《和張相公太原山亭懷古詩》，別本俱作《奉和山亭書懷》。

〔二〕崔恭　《新書·宰相世系表》："恭，汾州刺史。"《紀事》卷五九則謂其"終汾州刺史"。

〔三〕石路險且崇　《全詩》作"石路躋且崇"。

### 和張相公太原山亭懷古詩[一]

節度判官侍御史韓察[二]

搆石狀崖巘[三]，翠含城上樓。若移廬霍峰[四]，遠帶沅湘流。瀟洒主人静，夤緣芳徑幽。清輝在昏旦，豈異東川遊[五]。

元和十三年（八一八）六月十二日

〔一〕本詩作時、參校本及背景詳前張弘靖《山亭書懷》校記〔一〕。

　　　《全詩》本詩題作《和張相公太原山亭懷古詩》，別本俱作《奉和山亭書懷》。

〔二〕韓察　《全詩》韓察小傳謂其存詩一首，而《全詩》所録奉和張弘靖詩與別本異。全詩如下："公府政多暇，思與仁智全。爲山想巖穴，引水聽潺湲。軒冕迹自逸，塵俗無由牽。蒼生方矚望，詎得賦歸田。"

〔三〕搆石　《紀事》卷五九"搆"作"疊"。

〔四〕若移　《紀事》卷五九"若"作"昔"。

〔五〕東川　《紀事》卷五九"川"作"山"。

### 和太原相公山亭懷古〔一〕

節度推官監察御史高鉄〔二〕

鬭石類崖巘〔三〕，飛流瀉潺湲。遠壑簪宇際，孤巒雉堞間。何必到海岳，境幽機自閑。兹焉得奇趣〔四〕，高步謝東山。

元和十三年(八一八)六月十二日

〔一〕本詩作時及寫作背景詳前張弘靖《山亭書懷》校記〔一〕。

　　　本詩又載《叢刊》本、《四庫》本李集之别集卷三、《全詩》卷四八八。《全詩》本詩標題作《和太原張相公山亭懷古》，別本俱作《奉和山亭書懷》。

〔二〕高鉄　《新唐書·高鈜傳》附弟高鉄傳："鉄字權仲，既擢第，署太原張弘靖幕府。……大中初，遷禮部尚書判户部，徙太常卿。"

〔三〕鬭石類崖巘　《全詩》作"鬭石類巖巘"。

〔四〕兹焉得奇趣　《全詩》作“兹焉得高趣”。

和張相公太原山亭懷古詩<sup>〔一〕</sup>

給事中陸澧<sup>〔二〕</sup>

激水瀉飛瀑，寄懷良在兹。如何謝安石，要結東山期。入座蘭蕙馥，當軒松桂滋。於焉悟幽道，境寂心自怡。

元和十三年（八一八）六月十二日

**箋　校**

〔一〕本詩作時、參校本及寫作背景詳前張弘靖《山亭書懷》校記〔一〕。
　　　《全詩》本詩題作《和張相公太原山亭懷古詩》，別本俱作《奉和山亭書懷》。

〔二〕陸澧　原作“陸纏”，《叢刊》本、《四庫》本同。按“纏”字誤，據《新書·宰相世系表三下》、《全詩》改。周勛初《唐詩大辭典·詩人》：“陸澧，憲宗元和初官侍御史。歷户部郎中、主客郎中。十三年官給事中。……《全唐詩》録存其詩一首。”

和張相公太原亭懷古詩<sup>〔一〕</sup>

右金吾衛大將軍胡証<sup>〔二〕</sup>

飛泉天台狀，峭石蓬萊姿。潺湲與青翠，咫尺當幽奇。居然盡精到<sup>〔三〕</sup>，得似書妍詞<sup>〔四〕</sup>。豈無他山勝，懿此清軒墀。

元和十三年（八一八）六月十二日

**箋　校**

〔一〕本詩作時、參校本及寫作背景詳前張弘靖《山亭書懷》校記〔一〕。
　　　《全詩》本詩題作《和張相公太原亭懷古詩》，別本俱作《奉和山亭書懷》。

〔二〕胡証　周勋初《唐詩大辭典·詩人》：“胡証，憲宗元和九年拜振
　　　武、靈勝節度使，……穆宗長慶元年以金吾大將軍充送太和公主入
　　　回紇使。……《全唐詩》存詩一首，《全唐詩外編》收詩一首。”

〔三〕居然盡精到　《全詩》作“居然盡精道”。

〔四〕得似書妍詞　《全詩》作“得以書妍詞”。

### 和張相公太原山亭懷古詩〔一〕

從姪尚書右丞賈〔二〕

中庭起崖石〔三〕，漱玉下漣漪。丹丘誰云遠，寓象得心期。豈不貴
鍾鼎，至懷在希夷。唯當蓬萊閣，靈鳳復來儀。

元和十三年六月十二日題

### 箋　校

〔一〕本詩作時、參校本及寫作背景詳前張弘靖《山亭書懷》校記〔一〕。
　　　《全詩》本詩題作《和太原山亭懷古詩》，無“張相公”三字。別本俱
　　　作《奉和山亭書懷》。

〔二〕張賈　《全詩》作者小傳：“張賈，弘靖之從姪，官至兵部尚書。”

〔三〕中庭起崖石　《全詩》作“中庭起崖谷”。

## 奉和韋侍御陪相公遊開義五言六韻〔一〕

節度掌書記監察御史裏行賜緋魚袋李德裕

羊公追勝躅，兹地暫逍遥。風景同南峴，丹青見北朝。石渠清夏
氣，高樹激鮮飆。念法珍禽集，聞經醉象調。偶分甘露味，偏覺衆
香饒。便食僧飯，故云。爲問毗城內〔二〕，餘薫幾日銷。

元和十三年（八一八）夏

## 箋　校

〔一〕此詩排列於《奉和山亭書懷》之後，題下署曰："節度掌書記、監察
　　　御史裏行賜緋魚袋李德裕。"詩中云"石渠清夏氣，高樹激鮮飈"，
　　　或即爲同年夏日作。元和十四年五月，德裕已隨張弘靖入朝。故
　　　訂本詩作於此時。
　　　本詩又載《叢刊》本、傅校本、《四庫》本李集之別集卷三、《全詩》卷
　　　四七五。
〔二〕爲問毗城内　《全詩》作"爲問毗城（一作田）内"。

### 贈圓明上人圓公，佛頂之最[一]

遠公説易長松下，龍樹雙經海藏中。今日導師聞佛慧，始知前路
化成空[二]。

元和十三年（八一八）二月十九日

## 箋　校

〔一〕皕宋樓本將本詩與後兩首《贈奉律上人》、《戲贈慎微寺主道安上
　　　座三僧正》同編，並注曰："元和十三年二月十九日題。石寺廢，移
　　　崇福寺木塔院，陷石於東壁。"三詩當作於其時。故訂本詩作時
　　　如此。
　　　本詩又載《叢刊》本、傅校本、《四庫》本李集之別集卷三、《全詩》卷
　　　四七五。
〔二〕始知前路化成空　《全詩》作"始知前路化成（一作城）空"。

### 贈奉律上人律公精於《維摩經》[一]

知君學地厭多聞，廣渡群生出世氛。飯色不應殊寶器，樹香皆遺

入禪薰。

元和十三年（八一八）二月十九日

## 箋　校

〔一〕本詩作時、參校本與前篇《贈圓明上人》同，詳該篇校記〔一〕。

題下自注原作"律公精於維摩終"，《叢刊》本、傅校本同。按"終"
字誤，據《四庫》本、《全詩》改作"經"。

## 戲贈慎微寺主道安上座三僧正[一]

甘露灑空惟一味，旃檀移植自成薰。遥知暢獻分南北，應用調柔
致六群。

元和十三年二月十九日題。石寺廢，移崇福寺木塔院，陷石於東壁[二]。

## 箋　校

〔一〕本詩作時、參校本與前篇《贈圓明上人》同，詳該篇校記〔一〕。詩
題中"寺主"，原作"寺王"，《叢刊》本、傅校本、《四庫》本同。按
"王"字誤，據《全詩》改。

〔二〕《全詩》無此條注文。

## 長安秋夜[一]

内宫傳詔問戎機[二]，載筆金鑾夜始歸。萬户千門皆寂寂，月中清
露點朝衣。

約元和十五年（八二〇）秋

## 箋　校

〔一〕此爲李德裕任翰林學士時記宫中值宿之作。岑仲勉《翰林學士壁

記注補》七載"李德裕元和十五年閏正月十三日自監察御史充"，
"長慶二年二月十九日，改御史中丞出院"。此詩記秋夜禁中值宿
之事，當在元和十五年秋或長慶元年秋。姑訂本詩作時爲元和十
五年秋。

本詩又載《才調集》卷八、《叢刊》本、傅校本、《四庫》本李集之別集
卷三、《全詩》卷四七五。

〔二〕内宫傳詔問戎機　《才調集》"宫"作"官"。

## 清泠池懷古余別有序刻石〔一〕

區囿三百里〔二〕，常聞駟馬來。旌旗朝甬道〔三〕，簫鼓燕平臺。追昔
賦文雅，從容遊上才。竹園秋水净，風苑雪烟開。牛禍釁將發，羊
孫謀始回。羊勝、公孫詭。袁絲徒伏劍，長孺欲成灰。韓安國。興廢
由所感，湮淪斯可哀。空留故池雁，刷羽尚徘徊。

大和四年(八三〇)秋

## 箋　校

〔一〕李德裕於大和三年九月任滑州刺史，抵任當在冬十月。大和四年
　　十月，又由滑州刺史改任成都尹，充劍南西川節度使。本詩云："竹
　　園秋水净，風苑雪烟開。"當作於大和四年秋滑州刺史、義成節度使
　　任内。題中"清泠池"，諸本均誤作"清泠池"。今據李吉甫《元和
　　郡縣圖志》卷七改。其曰清泠池在宋城縣東二里。池在宋州梁孝
　　王故宫内，故址在今河南商丘東。宋州與滑州鄰近。故訂本詩作
　　時如此。

　　本詩又載《叢刊》本、傅校本、《四庫》本李集之別集卷三、《全詩》卷
　　四七五。

〔二〕區囿三百里　《全詩》作“區囿（一作有）三百里”。

〔三〕旌旗朝甬道　原作“旌旗朝角道”，《叢刊》本、《四庫》本同。按“角”字誤，據陸氏校勘、傅校本、《全詩》改。

# 述夢詩四十韻〔一〕

去年七月，溽暑之後，驟降。其夕五鼓未盡，凉風淒然，始覺枕簟微冷。俄而假寐斯熟，忽夢賦詩懷禁披舊遊，凡四十餘韻。初覺尚憶其半，經時悉以遺忘。今屬歲杪無事，羈懷多感，因綴其所遺，爲述夢詩，以寄一二僚友。

賦命誠非薄，良時幸已遭。君當堯舜日，官接鳳凰曹。目睇煙霄闊，心驚羽翼高。此六句夢中作。椅梧連鶴禁，壈坷接龍韜〔二〕。内署北連春宫，西接羽林軍。我后憐詞客，先朝曾宣諭，卿等是我門客。吾僚並雋髦。著書同陸賈，待詔比王褒。重價連懸璧〔三〕，英詞淬寶刀。泉流初落澗，《文賦》稱“泉流於吻齒”。露滴更濡毫。赤豹欣來獻，彤弓喜暫櫜。時西戎乞盟，幽鎮二帥束身赴闕，海内無事累月。詩稱赤豹、黄羆，蓋蠻貊之貢物。非煙含瑞氣，馴雉潔霜毛。静室便幽獨，虛樓散麝陶。學士各有一室，西垣有小樓，時宴語於此。花光晨艷艷，松韻晚騷騷。畫壁看飛鶴，儦圖見巨鼇〔四〕。内署垣壁，比畫松鶴。先是西壁畫海中曲龍山，憲宗曾欲臨幸，中使懼而塗焉。倚簷陰藥樹〔五〕，落格蔓蒲桃〔六〕。此八句悉是内署中物，惟嘗遊者，依然可想也。荷静蓬池鱠，冰寒郢水醪。每學士初上賜食，皆是蓬萊池魚鱠。夏至後，賜及頒燒香酒。以酒味稍濃，每和水而飲，禁中有郢酒坊也。荔枝來自遠，蘆橘賜仍叨〔七〕。先朝初臨御，南方曾獻荔枝，亦蒙頒賜。自後以道遠罷獻也。麝氣隨蘭澤，霜華入杏膏。恩光惟覺重，攜挈未爲勞。此八句述以恩賜。每有賜與,常携挈而歸。夕閱梨園騎,宵聞禁仗獒。每梨園獵回,或抵暮夜,院門常見歸騎。扇回交彩翟,鵰起颺銀絛〔八〕。鬐待袁絲攬,書期蜀客操。盡規常謇謇,退食尚忉忉〔九〕。此八句述内庭所覩。黿顧垂金鈿〔一〇〕,鷺飛曳錦袍〔一一〕。曾蒙賜錦袍。曳者,蓋取詩人不曳不婁之義也。御溝楊柳弱,天厩驌驦豪。學士皆蒙借飛龍馬。屢換青春直,閑隨上苑遨。普濟寺與芙蓉苑相連,常所遊眺,芙蓉亦謂之南苑也。煙低行殿竹,風拆繞牆桃〔一二〕。此八句述沐瀚日遊戲〔一三〕。聚散俄成昔,悲愁益自熬。每懷仙駕遠,更望茂陵號。地接三茅嶺,川迎伍子濤。代稱海濤是伍子嗔氣所作〔一四〕。花迷瓜步暗,石固蒜山牢〔一五〕。此兩句又是夢中所作。蘭野凝香管,梅洲動翠篙。泉無驚綵妓,溪鳥避干旄。感舊心猶絕,思歸更首搔。無聊燃密炬〔一六〕,誰復勸金刕。余自到此,絕無夜宴。酒器中大者呼爲船〔一七〕。賓僚顧形迹,未曾以此相勸。嵐氣朝生棟,城陰夜入濠〔一八〕。望烟歸海嶠,送雁渡江皋。宛馬嘶寒櫪,吳鈎在錦弢。未能追狡兔,空覺長黃蒿〔一九〕。水國逾千里,風帆過萬艘。閔川終古恨,惟見暮滔滔。

寶曆元年(八二五)年底

## 箋 校

〔一〕此詩據范仲淹《述夢詩序》(《范文正公集》卷六)云:“時元微之在浙東,劉夢得在歷陽,並屬和焉。”本集於詩後附録元、劉和詩。李德裕大和元年(八二七)加禮部尚書,而元、劉和詩尚稱“浙西李大夫”,當作於寶曆間。劉禹錫任和州刺史在長慶四年(八二四)八月,合而推之,德裕原唱當在寶曆元年(八二五)年底,即詩序所謂“歲杪無事”也。元、劉和作似在寶曆二年初。故訂本詩作時如此。

本詩又載《紀事》卷四八、《叢刊》本、傅校本、《四庫》本李集之別集卷三、《全詩》卷四七五。

《全詩》本詩題下有"有序"二字。

〔二〕壒堄接龍韜　《紀事》作"坤堄接龍韜"。《全詩》作"壒(一作坤)堄接龍韜"。

〔三〕重價連懸璧　《全詩》作"重價連懸(一作憐玄)璧"。《紀事》作"重價憐玄璧"。

〔四〕僊圖見巨黿　《紀事》作"山圖見巨黿",《全詩》作"仙(一作山)圖見巨黿"。

〔五〕倚簷陰藥樹　《紀事》作"傍簷陰藥樹",《全詩》作"倚(一作傍)簷陰藥樹"。

〔六〕落格蔓蒲桃　"蒲桃",陸氏校勘、傅校本作"葡萄"。

〔七〕蘆橘賜仍叨　《紀事》作"蘆橘賜常叨",《全詩》作"蘆橘賜仍(一作常)叨"。

〔八〕鷗起颺銀條　《全詩》作"鷗起颺銀(一作金)條"。

〔九〕退食尚忉忉　《紀事》作"退舍尚忉忉",《全詩》作"退食(一作舍)尚忉忉"。

〔一〇〕龜顧垂金鈿　《紀事》、《全詩》作"龜顧垂金鈕"。

〔一一〕鷺飛曳錦袍　《全詩》作"鷺飛(一作迴)曳錦袍"。

〔一二〕風拆繞牆桃　《紀事》作"風折繞垣桃",《全詩》作"風拆繞牆(一作垣)桃"。

〔一三〕此八句述沐澣日遊戲　"沐澣",《全詩》作"休澣"。

〔一四〕代稱海濤是伍子嗔氣所作　原作"伐稱海濤是伍子嗔氣所作",《叢刊》本同。按"伐"字誤,據傅校本、《四庫》本、《紀事》、《全詩》改。此句"嗔氣",《紀事》、《全詩》作"憤氣"。

〔一五〕石固蒜山牢　原作“石固菻山牢”，《叢刊》本、傅校本同。按“菻”字誤，據《紀事》、《全詩》、《四庫》本改。《元和郡縣圖志》卷二五潤州丹徒縣：“蒜山，在縣西九里。……山多澤蒜，因以爲名。”

〔一六〕無聊燃密炬　“密”，《紀事》、《全詩》均作“蜜”，似是。

〔一七〕酒器中大者呼爲船　原作“酒器中大者呼爲舩”，《叢刊》本、《四庫》本同。按“舩”字誤，據陸氏校勘、傅校本改。《紀事》、《全詩》此句末一字作“舠”。

〔一八〕城陰夜入濠　《紀事》作“城陰暝入濠”，《全詩》作“城陰夜（一作溟）入濠”。

〔一九〕空覺長黄蒿　《紀事》作“空覺長江蒿”，《全詩》作“空覺長黄（一作江）蒿”。

## 奉和浙西大夫述夢四十韻次本韻大夫本題言曾於夢中賦詩以寄一二僚友故今所和者亦止述翰苑舊遊而已[一]

元　積

聞有池塘什，還因夢寐遭。攀禾工類蔡，詠豆敏過曹。莊蝶玄言秘，羅禽藻思高。本篇稱六句皆夢中作，三聯亦多徵故事也[二]。戈矛排筆陣，貔虎讓文韜。綵繢鸞鳳鷁，權奇驥騄髦。神樞千里應，華衮一言褒。李廣留飛箭，王祥得佩刀。傳乘司隸馬，繼染翰林毫。辨穎何超脱[三]，詞鋒豈足櫜。金剛錐透玉，賓鐵劍吹毛。自戈矛而下，皆述大夫刀筆贍盛，文藻秀麗，翰苑謨猷，綸誥褒貶，功多名將，人許三公，世總臺綱[四]，充學士等矣。顧我曾陪附，思君正欝陶。近酬新樂録，仍寄續離騷。近蒙大夫寄薔薇歌，酬和才畢，此篇續至。阿閣偏隨鳳，大夫與積偏多同直。方壺共跨鼇。借騎銀杏葉，學士初入，例借飛龍馬。横賜錦垂萄。解已具本篇。冰井分珍菓，金瓶貯御醪。獨辭珠有戒,廉取玉非叨[五]。綾紙侵紅點[六],書詔皆用綾摶紙。蘭燈焰碧膏[七]。麻制例皆通宵勘寫。代予言不易,承聖旨偏勞。積與大夫相代爲翰林承旨。繞月同棲鵲,驚風比夜葵。吏傳開鎖契,學士院密通銀臺,每旦常聞門使勘契開鎖,聲甚煩多。神撼引鈴絛。院中有急命,即鈴索自搖,習以爲常[八]。渥澤深難報,危心過自操。犯顏誠懇懇,騰口懼忉忉。佩寵雖絪綬,安貧尚葛袍。賓親多謝絕,延薦必英豪。自阿閤而下,皆言積同在翰林日,居處深秘,賜與頻繁[九],奉職勤勞、畏慎、周密等事也。分阻盃盤會,閑隨寺觀遨。學士無過從聚會之例,大夫與積,時時期於寺觀閑行而已矣[一〇]。祇園一林杏,慈恩。仙洞萬株桃。玄都。瀣海滄波減,昆明劫火熬。未陪登鶴駕,已計墮烏號。痛淚過江水[一一],冤聲出海濤。尚看恩詔濕,已夢壽宮牢。本篇言此兩句是夢中作,故言夢字[一二]。再造承天寶,新持濟巨篙。猶憐弊簪屨,重委舊旄旄。渤海以下,皆言舉感先恩、捧荷新澤等事。北望心彌苦,西一本有馳字回首屢搔。九霄難就日,兩浙僅容舠。暮竹寒窗影,衰楊古郡濠。魚蝦集橘市,鶴鸛起亭皋。越州宅牕戶間盡見城郭。朽刃休衝斗,自謂。良弓枉在弢。竊論。早彎摧虎兕,便鑄墾蓬蒿。漁艇宜孤棹,樓船稱萬艘。量材分用處,終不學滔滔。

寶曆二年(八二六)

箋　校

〔一〕元稹和詩之作時、參校本俱見前篇李德裕原唱詩校記〔一〕。

《全詩》卷四二三元稹詩收錄本詩。

詩題中“次本韻”三字,《全詩》置於題末。“曾於夢中”,原作“贈於夢中”,《叢刊》本、《四庫》本、《全詩》同。按“贈”字誤,據陸氏校勘、傅校本改。

〔二〕本篇稱六句皆夢中作三聯亦多徵故事也　《紀事》卷四八李德裕
　　本篇下録此詩首六句注曰：“本篇稱六句皆夢中作，故此三聯，多證
　　故事。”

〔三〕辨穎何超脱　原作“辨穎□超脱”，《叢刊》本、《全詩》，均缺一
　　字。據陸氏校勘、傅校本補。《四庫》本作“洵”，當係臆補。又，傅
　　校本改“辨”作“辯”。

〔四〕世總臺綱　原作“世縱臺綱”，《叢刊》本同。按“縱”字誤，據陸氏
　　校勘、傅校本、《全詩》、《四庫》本改。

〔五〕廉取玉非叨　原作“廉取（一本有玉字）非叨”，《叢刊》本、《四庫》
　　本同。按“廉取非叨”不成詩句，據傅校本、《全詩》補“玉”字。

〔六〕綾紙侵紅點　《全詩》作“麥紙侵紅點”。

〔七〕蘭燈焰碧膏　原作“蘭燈焰碧高”，《叢刊》本、《全詩》同。按“高”
　　字誤，據陸氏校勘、傅校本、《四庫》本改。

〔八〕院中有急命即鈴索自摇習以爲常　《全詩》作：“院有懸鈴，以備夜
　　直，警急文書出入，皆引之以代傳呼。每用兵，鈴輒有聲如人引，聲
　　耗緩急具如之，曾莫之差。”

〔九〕賜與頻繁　原作“與頻繁”，據傅校本補“賜”字。

〔一○〕時時期於寺觀閑行而已矣　原作“時時而（字一本作相）期於寺觀
　　閑行而已矣”，《叢刊》本同。今據《全詩》過録。《四庫》本作“時
　　而相期於寺觀間行而已矣”。按“間”字誤。傅校本作“時時而（一
　　本作相）期於寺觀閑行而已”。

〔一一〕痛淚過江水　原作“痛淚過江□”，《叢刊》本同。按此缺一字。據
　　傅校本補“水”字。《全詩》此作“浪”字，《四庫》本作“渚”字。

〔一二〕故言夢字　原作“故言故言夢字”，《叢刊》本同。按“故言”有二字
　　衍，據陸氏校勘、傅校本、《四庫》本、《全詩》删。

## 浙西大夫述夢四十韻并浙東相公
## 繼有酬和斐然繼聲本韻次用[一]

劉禹錫

位是才能取，時因際會遭。羽儀呈鶩鷖[二]，鈍劍試豪曹。洛下推年少，山東許地高。門承金鼎鉉[三]，家有玉璜韜。呂侃嗣侯。海浪浮鵬翅，天風引驥髦。便知蓬閣閟，不識魯衣褒。興發春塘草，魂交益部刀。形開猶抱膝，燭盡遽揮毫。昔士當初筮[四]，逢時詠載櫜。懷鉛辦蟲蠹[五]，染素學鵝毛。車騎方休汝，歸來欲效陶。大夫罷太原從事歸京師。南臺資謇諤，內署選風騷。羽化如乘鯉，樓居舊冠鼇。美香焚濕麝，名菓賜乾萄。議敕蠅棲筆，邀懽蟻泛醪[六]。代言無所戲，謝表自稱叨。蘭焰凝芳澤，芝泥瑩玉膏。對頻聲價出，直久夢魂勞。草詔令歸馬，批章答獻羔。幽薊歸闕[七]，西戎乞盟，並見前注。銀花懸院牖[八]，翠羽映簾條。諷諫欣然納，奇觚率爾操。禁中時諤諤，天下免忉忉。左顧龜成印，雙飛鵠織袍。謝賓緣地密，潔己是心豪。五日思歸沐，三春羨眾遨。茶爐依綠筍，棋局就紅桃。溟海桑潛變，陰陽灰暗熬[九]。儵成脫屣去，臣憶奉弓號[一〇]。建節辭烏柏，宣風看鷺濤。土山京口峻，鐵瓮郡城牢。舊說潤州城如鐵瓮，見韓滉《南城紀》。曲島花千樹，官池水一篙。鶯來和絲管，雁起拂旌旄[一一]。宛轉傾羅扇，回旋墮玉搔。罰籌長竪纛，觥盞樣如舠。山是千重障，江爲四面濠。臥龍曾得雨，浙東。孤鶴尚鳴臯。浙西。劍用雄開匣，二公。弓閑蟄受弢。自謂。鳳姿嘗在竹，二公。鸚羽不離蒿。自謂。吳越分雙鎮，東西接萬艘。今朝比潘陸，江海更滔滔。

寶曆二年（八二六）

别集卷第三　詩上 | 437

## 箋　校

〔一〕劉禹錫和詩之作時、參校本俱見前李德裕原唱詩校記〔一〕。

　　《全詩》卷三六三劉禹錫詩收録本詩。

　　詩題中"斐然"原作"裴然",《叢刊》本同。按"裴"字誤,據陸氏校勘、傅校本、《全詩》、《四庫》本改。

〔二〕鷟鷟　《全詩》作"鸑鷟"。

〔三〕鼎鉉　《全詩》作"鉉鼎"。

〔四〕昔士當初筮　《全詩》作"昔仕當初筮"。

〔五〕懷鉛　原作"懷銘",《叢刊》本同。按"銘"字誤,據《四庫》本、《全詩》改。

〔六〕邀懽蟻泛醪　《全詩》作"邀歌蟻泛醪"。

〔七〕幽薊歸闕　原作"幽驥歸闕",《叢刊》本、傅校本同。按"驥"字誤,據《四庫》本改。

〔八〕銀花懸院牖　"牖",陸氏校勘、傅校本作"燭"。《全詩》作"牓"。

〔九〕陰陽灰暗熬　《全詩》、《四庫》本、傅校本作"陰陽炭暗熬"。

〔一〇〕臣憶奉弓號　傅校本作"臣憶捧弓號"。

〔一一〕雁起拂旌旄　《全詩》作"雁起拂麾旄"。

## 招隱山觀玉蘂樹戲書即事奉寄江西沈大夫

閣老〔一〕此樹吳人不識,因予賞玩,乃得此名。

潤州刺史李德裕

玉蘂天中樹,金閨昔共窺。落英開舞雪〔二〕,密葉乍低帷。内署沈大夫所居門前有此樹。每花落,空中回旋久之,方集庭際。大夫草詔之月,皆邀予同玩。舊賞烟霄遠,前歡歲月移。今來想顏色,還似憶瓊枝。

大和三年(八二九)春

## 箋　校

〔一〕本詩係李德裕在浙西時奉寄長慶時同爲翰林學士,此時已任江西
　　　觀察使之沈傳師所作。本集李德裕詩後附沈傳師和作。據《舊
　　　書·文宗紀》,大和二年十月"以右丞沈傳師爲江西觀察使",至大
　　　和四年九月"以大理卿裴誼檢校右散騎常侍,充江西觀察使,代沈
　　　傳師"。而李德裕則於大和三年八月應召入朝。詩中寫玉藥樹春
　　　天開花情景,故知二人唱和在大和三年春。
　　　本詩又載《叢刊》本、傅校本、《四庫》本李集之別集卷三、《全詩》卷
　　　四七五。
　　　宋歐陽棐《集古録目》卷九著録《玉藥花唱和詩》,謂:"潤州刺史李
　　　德裕、洪州刺史沈傳師贈玉藥花詩二首,皆傳師書。"
　　　招隱山,據《元和郡縣圖志》卷二五潤州丹徒縣"獸窟山,一名招隱
　　　山,在縣西南九里。即隱士戴顒之所居也"。
〔二〕落英開舞雪　《全詩》作"落英閒舞雪"。

### 奉酬浙西尚書九丈招隱山觀玉藥樹戲書見懷之作〔一〕

江南西道團練觀察使沈傳師

曾對金鑾直,同依玉樹陰。雪英飛舞近,煙葉動搖深。素蕚年年
密,衰容日日侵。勞君想華髮,僅欲不勝簪〔二〕。

大和三年(八二九)春

## 箋　校

〔一〕本詩作時及參校本俱見前篇李德裕原唱詩校記〔一〕。《全詩》卷
　　　四六六沈傳師詩收録本詩。

陳寅恪《柳如是別傳》第四章有一段引文關涉李德裕與沈傳師唱和之玉蘂花詩,録以供參考。其曰:"河東君此聯上句'玉蘂禁春如我瘦',亦非泛語。《初學集》肆伍《玉蘂軒記》云:

河東君評花,最愛山礬。以爲梅花苦寒,蘭花傷豔。山礬清而不寒,香而不豔,有淑姬静女之風。……今年得兩株於廢圃老牆之下……予名之曰玉蘂,而爲記曰,瑒花之更名山礬,始於黄魯直。以瑒花爲唐昌之玉蘂者,段謙叔、曾端伯、洪景盧也。其辨證而以爲非者,周子充也。……以唐人之詩觀之,則劉夢得之雪蘂瓊絲,王仲初之瓏鬆玉刻,非此花誠不足以當之。……以爲玉蘂不生凡地,惟唐昌及集賢翰林有之,則陋。又以爲玉蘂之種,江南惟招隱有之。然則子充非重玉蘂也,重李文饒之玉蘂耳。……

寅恪案,牧齋此記乃借駁周必大玉蘂辨證,以爲河東君出自寒微之辨護。

〔二〕僅欲不勝簪 《全詩》作"近欲不勝簪",句下注云:"德裕元倡有'今來想顏色,還似憶瓊枝'之句,故云。"

## 寄題惠林李侍郎舊館[一]

棟宇非吾室,煙山是我鄰。百齡惟待盡[二],一世樂長貧。半壁懸秋日,空林滿夕塵。祇應雙鶴吊,松路更無人。

開成五年(八四〇)

篘 校

〔一〕本詩所稱惠林寺在洛陽北。李侍郎即李景讓,開成四年,入爲禮部侍郎。五年,以禮部侍郎知貢舉,選進士三十一人,稱得人。事見《登科記考》卷二一。惠林寺爲其曾祖父李憕舊墅,叔祖李源曾居依此寺。長慶二年,李德裕有《薦處士李源表》(見《李文饒文集》

補遺），故訂本詩作時爲開成五年。

本詩又載《叢刊》本、傅校本、《四庫》本李集之別集卷三、《全詩》卷四七五。

〔二〕百齡惟待盡　原作“下齡惟待盡”，《叢刊》本、《四庫》本同。按“下”字誤，據陸氏校勘、傅校本、《全詩》改。

## 寄茅山孫鍊師[一]

何地最翛然，華陽第八天。松風清有露，蘿月净無烟。乍警瑶壇鶴，時嘶玉樹蟬。欲馳千里戀[二]，惟有鳳門泉[三]。

長慶二年（八二二）至大和三年（八二九）

**箋　校**

〔一〕本詩及以下數篇《又二絶》、《題奇石》、《送張中丞入臺從事》、《懷京國》、《追和太師顏公同清遠道士遊虎丘寺》均當作於李德裕首次鎮浙西時，諸詩所涉及之人物、地理均與潤州有關。故訂本詩作時如此。

本詩又載《叢刊》本、傅校本、《四庫》本李集之別集卷三、《全詩》卷四七五。

茅山，在句容（今屬江蘇）之句曲山。相傳漢代茅盈、茅固、茅衷兄弟三人得道居此，因名茅山。

孫鍊師，即孫智清，黃洞元弟子，爲茅山道十六代宗師，《茅山志》卷一一有傳。

〔二〕欲馳千里戀　《全詩》於“戀”下注“一作思”。

〔三〕惟有鳳門泉　《全詩》於“有”下注“一作戀”。

# 又二絶<sup>〔一〕</sup>

石上谿蓀發紫茸,碧山幽藹水溶溶。菖花定是無人見,春日惟應羽客逢。

獨尋蘭渚翫遲暉,閑倚松窗望翠微。遥想春山明月曙<sup>〔二〕</sup>,玉壇清磬步虛歸。

長慶二年(八二二)至大和三年(八二九)

## 箋　校

〔一〕本詩作時、參校本俱見前《寄茅山孫鍊師》校記〔一〕。

〔二〕遥想春山明月曙　《全詩》於“曙”下注“一作曉”。

# 題奇石<sup>〔一〕</sup>石在浙西公署。

蘊玉抱清輝,閑庭日瀟灑。塊然天地間,自是孤生者。

長慶二年(八二二)至大和三年(八二九)

## 箋　校

〔一〕本詩作時、參校本俱見前《寄茅山孫鍊師》校記〔一〕。本詩題下注“石在浙西公署”,亦爲作於浙西之一證。

# 送張中丞入臺從事<sup>〔一〕</sup>

騑騎朝天去<sup>〔二〕</sup>,江城曙闕深。夜珠先去握<sup>〔三〕</sup>,芳桂乍辭陰。澤國三千里,覉孤萬感心。自嗟文廢久,此曲爲盧諶。

長慶二年(八二二)至大和三年(八二九)

〔一〕本詩作時、參校本俱見前《寄茅山孫錬師》校記〔一〕。張中丞，
　　　未詳。

〔二〕馹騎　《全詩》作“驛騎”。

〔三〕夜珠先去握　原作“夜珠光去握”，《叢刊》本、傅校本、《四庫》本
　　　同。按“光”字誤，不得與下句“乍”字相對。今據《全詩》改。

## 懷京國[一]

海上東風犯雪來，臘前先折鏡湖梅。遥思禁苑青春夜，坐待宫人
畫詔迴。

長慶三年(八二三)冬至大和二年(八二八)冬

箋　校

〔一〕本詩作時、參校本俱見前《寄茅山孫錬師》校記〔一〕。
　　　鏡湖，在今浙江紹興，亦稱鑑湖，爲浙東觀察使越州治所内名勝，故
　　　本詩當是出示當年翰林院同僚元稹之作。元稹長慶三年(八二
　　　三)八月自同州遷浙東觀察使，大和三年(八二九)九月内調爲尚
　　　書左丞，故訂本詩作時如此。

## 追和太師顔公同清遠道士遊虎丘寺[一]

茂苑有靈峰，嗟余未遊觀。藏山半平陸[二]，壞谷爲高岸。岡繞數
仞墻，巖潛千丈幹。乃知造化意，迴斡資奇玩[三]。鏐騰昔虎踞，
劍没嘗龍焕。潭黛入海底，釜岑聳霄半。層巒未升日，哀狖寧知
旦。緑篠夏凝陰，碧林秋不换。冥搜既窈窕，回望何蕭散。川晴嵐
氣收[四]，江春雜英亂。逸人綴青藻[五]，前哲留篇翰。共扣哀玉音，

皆舒文綉段。難追彦回賞，徒起興公歎。一夕如再升，含毫星斗爛。

長慶二年(八二二)至大和三年(八二九)

## 箋　校

〔一〕本詩作時、參校本俱見前《寄茅山孫鍊師》校記〔一〕。

《全詩》詩題作《追和太師顏(一本此下有魯字)公同(一作刻)清遠道士遊虎丘寺(一作詩)》。

〔二〕藏山半平陸　《全詩》作"藏山半(一作在)平陸"。

〔三〕回幹　原作"回幹"，《叢刊》本、傅校本、《四庫》本同。按"幹"字誤，據《全詩》改。

〔四〕川晴嵐氣收　《全詩》作"川晴(一作曉)嵐氣收"。

〔五〕逸人綴青藻　《全詩》作"逸人綴清藻"。

# 東郡懷古二首〔一〕

## 王京兆〔二〕

河水昔將決，衝波溢川潯。崢嶸金堤下，噴薄風雷音。投馬災未弭，爲魚歎方深。惟公執珪璧，誓與身俱沉。誠信不虛發，神明宜爾臨。湍流自此回，咫尺焉能侵。逮我守東郡，悽然懷所欽。雖非識君面，自謂知君心。意氣苟相合，神明無古今。登城見遺廟，日夕空悲唫。

## 陽給事〔三〕

宋氏遠家左〔四〕，豺狼滿中州。陽君守滑臺〔五〕，終古垂英猷。數仞城既毀，萬夫心莫留。跳身入飛鏃，免胄臨霜矛。畢命在旗下，僵尸橫道周。義風激河汴，壯氣淪山丘。嗟爾抱忠烈，古來誰與儔。

就烹感漢使[六]，握節悲陽秋。顔子綴清藻，鏗然如素璆。徘徊望故壘，尚想精魂遊。大和四年六月一日題

大和四年（八三〇）六月一日

## 箋　校

〔一〕本詩後自注“大和四年六月一日題”。東郡，漢郡名，即唐滑州（今河南滑縣）。時李德裕爲滑州刺史、義成節度使。

本詩又載《叢刊》本、傅校本、《四庫》本李集之別集卷三、《全詩》卷四七五、《北京圖書館藏中國歷代石刻拓本匯編》第三十册。

〔二〕王京兆　王尊，漢成帝時官京兆尹，遷爲東郡太守。河水決堤，尊投白馬祀水神，親執珪璧，露宿河岸，至水退方止。事見《漢書·王尊傳》。《水經注》卷五引《郡國志》：“粤在漢世，河決金堤，涿郡王尊自徐州刺史遷東郡太守，河水盛溢，泛浸瓠子，金堤決壞，尊躬率民吏，投沉白馬，祈水神河伯，親執圭璧，請身填堤，廬居其上。民吏皆走，尊立不動，而水波齊足而止，公私壯其勇節。”

〔三〕陽給事　陽瓚，南朝劉宋時滑州司馬。永初末，魏兵入侵，陽瓚堅守滑州危城，城陷不屈死。事見顔延年《陽給事誄》。

〔四〕宋氏遠家左　《全詩》作“宋氏遠家（一作江）左”。石刻作“宋氏遠江左”。

〔五〕滑臺　《元和郡縣圖志》卷八云滑州城“即古滑臺城。……相傳云衛靈公所築小城，昔滑氏爲壘，後人增以爲城，其高峻堅險。臨河亦有臺”。

〔六〕就烹感漢使　石刻作“就烹感漢策”。

## 秋日登郡樓望贊皇山感而成詠[一]

昔人懷井邑，爲有掛冠旗。顧我飄蓬者，長隨泛梗移。越唫因病

感,潘鬢入秋悲。北指邯鄲道,應無歸去期。

大和四年(八三〇)八月

## 箋　校

〔一〕本詩作時,據趙明誠《金石録》卷九“第一千七百九十七唐秋日望
贊皇山詩(李德裕撰并八分書,大和四年八月)”,即指本詩。其
時,李德裕任滑州刺史、義成節度使。郡樓,指東郡城樓。贊皇山,
在今河北趙縣,爲德裕故里。

本詩又載《叢刊》本、傅校本、《四庫》本李集之別集卷三、《全詩》卷
四七五。

雨後净望河西連山愴然成詠<sup>〔一〕</sup>

宿雨初收晚吹繁,秋光極目自銷魂。烟山北下歸遼海,鴻雁南飛
出薊門。只恨無功書史籍<sup>〔二〕</sup>,豈悲臨老事戎軒。唯懷藥餌蠲衰
病,爲惜餘年報主恩。

大和四年(八三〇)秋

## 箋　校

〔一〕本詩云“秋光極目自銷魂”,詩中情狀與前首《秋日登郡樓望贊皇
山感而成詠》相似,當亦大和四年秋滑州作。《舊書·李德裕傳》:
“大和三年八月,召爲兵部侍郎,裴度薦以爲相。而吏部侍郎李宗
閔有中人之助,是月拜平章事,懼德裕大用。九月,檢校禮部尚書,
出爲鄭滑節度使。德裕爲逢吉所擯,在浙西八年……。到未旬時,
又爲宗閔所逐。中懷於悒,無以自申。”史傳所述與德裕此時所詠
之詩頗可參證。

本詩又載《叢刊》本、傅校本、《四庫》本李集之別集卷三、《全詩》卷

四七五。

〔二〕史籍　原作“史藉”，《叢刊》本、傅校本同。按“藉”字誤，據《全詩》、《四庫》本改。

## 秋日美晴郡樓閑眺寄荊南張書記[一]

高檻涼風起，清川旭景開。秋聲向野去，爽氣自山來。霄外鴻初返，簷間燕已歸。不因煙雨夕，何處夢陽臺。

大和四年（八三〇）秋

### 箋　校

〔一〕題中荊南，爲節鎮名，治江陵，今屬湖北。張書記，即張次宗，張弘靖之子，大和中歷佐段文昌淮南、荊南幕。開成中，李德裕引爲考功員外郎、知制誥。附兩《唐書·張弘靖傳》。段文昌於大和四年三月至六年十一月鎮荊南，李德裕於大和四年十月由滑州改西川，故訂本詩作於大和四年秋。

本詩又載《叢刊》本、傅校本、《四庫》本李集之別集卷三、《全詩》卷四七五。

## 故人寄茶[一]

劍外九華英，緘題下玉京。開時微月上，碾處亂泉聲。半夜邀僧至[二]，孤唫對竹烹。碧流霞腳碎，香泛乳花輕。六腑睡神去，數朝詩思清。其餘不敢費，留伴讀書行[三]。讀一本作肘。

大和四年（八三〇）秋

### 箋　校

〔一〕《全詩》卷五九二曹鄴名下亦載此詩，詩題相同，並於題下注曰：

"一作李德裕詩。"此詩韋莊《又玄集》收録作李德裕詩,當爲李詩。
傅璇琮《李德裕年譜》大和四年載:"此詩繫於《秋日美晴郡樓閑眺
寄荆南張書記》之後,云:'劍外九華英,緘題下玉京。……'似亦
作於滑州,尚未赴西川。"德裕於本年十月離滑州赴西川,故訂本詩
作時如此。

本詩又載《叢刊》本、傅校本、《四庫》本李集之別集卷三、《全詩》卷
四七五。

〔二〕半夜邀僧至　《又玄集》作"半夜招僧至"。

〔三〕留伴讀書行　《又玄集》作"留伴肘書行",《全詩》作"留伴讀(一
作肘)書行"。

# 别集卷第四

## 詩　下<sub></sub>并唱酬共三十五首

### 奉送相公十八丈鎮揚州<sup>〔一〕</sup>

西川節度使李德裕

千騎風生大旆舒，春江重到武侯廬<sup>〔二〕</sup>。共懸龜印銜新綬<sup>〔三〕</sup>，同憶鱣庭訪舊居<sup>〔四〕</sup>。取履橋邊啼鳥換，釣璜溪畔落花初<sup>〔五〕</sup>。今來却笑臨邛客，入蜀空馳使者車。

### 箋　校

〔一〕本詩詩題，《全詩》作《奉送相公十八丈鎮揚州（一作和王播遊故居感舊）》。王播爲德裕好友王起之兄。王播大和四年正月卒，李德裕則於該年十月方離滑州赴西川節度使任，故岑仲勉《唐人行第録》"王十八播"條，以爲"播弟起號十一，播不得爲十八。而且李詩有‘春江重到武侯廬，……今來却笑臨邛客，入蜀空馳使者車’

等句,確是西川節度口氣,又'同憶鱣庭訪舊居'句實切吉甫之曾鎮淮南。以此思之,李詩不特題僞,詩亦僞"。但王播有《爲淮南節度使遊故居感舊》詩,許渾有《和淮南王相公與賓僚同遊瓜洲別業題舊書齋》詩。此詩似爲他人和王播之作,誤收作李詩者。

本詩又載《叢刊》本、傅校本、《四庫》本李集之別集卷四、《全詩》卷四七五。《紀事》卷四五王播條下以王播所作爲原唱,並錄德裕詩,爲和作。

〔二〕春江重到 《紀事》作"春江重訪"。

〔三〕共懸 《紀事》作"共提"。

〔四〕訪舊居 《紀事》作"是故居"。

〔五〕落花初 原作"落□初",《叢刊》本同,缺一字。據陸氏校勘、傅校本、《四庫》本補。《紀事》作"野花疏"。《全詩》作"落花(一作霞)初(一作野花疏)"。

## 酬西川尚書〔一〕

淮南節度使王播

昔年獻賦去江湄,今日行春到始悲〔二〕。三徑尚存新竹樹〔三〕,四鄰惟見舊孫兒。壁間潛認偷光處,川上寧忘結網時。更見橋邊記名字〔四〕,始知題柱免人嗤。

## 箋 校

〔一〕本詩與李詩關係之辨,詳見前篇校記〔一〕。參校本亦同前篇。

《全詩》卷四六六王播詩標題作《淮南遊故居感舊酬西川李尚書德裕(一本題作爲淮南節度使遊故居感舊)》。

〔二〕到始悲 《紀事》、《全詩》作"到却悲"。

〔三〕三徑尚存 《紀事》、《全詩》作"三徑僅存"。

〔四〕名字　《紀事》、《全詩》作"名姓"。

# 題劍門[一]

奇峰百仞懸，清眺出嵐烟。迴若戈回日，高疑劍倚天。參差霞壁
聳，合沓翠屏連。想是三刀夢[二]，森然在目前。

　　　　頃歲入蜀，偶題此詩，馬上所成，數字未穩。今憑連帥尚
　　書盧公再換舊石。會昌三年四月一日，守司空兼門下侍郎平
　　章事李德裕。

　　　　　　　　　　　　　　　大和四年(八三〇)十一月

## 箋　校

〔一〕此詩爲大和四年十一月李德裕赴西川節度使任，途中所作。同時，
　　德裕又有《劍門銘》之作。劍門，據《元和郡縣圖志》卷三三劍南道
　　劍州普安縣"大劍山，亦曰梁山，在縣北四十九里。初，姜維自沓中
　　爲鄧艾所摧，與張翼、董厥合，還保劍門以拒鍾會，即此也"。本年
　　十一月初一日，李德裕赴西川途中行經華山，有華嶽題名，則本詩
　　亦當作於十一月中。會昌三年四月一日，再請劍州刺史盧某換舊
　　石，以資紀念。
　　本詩又載《叢刊》本、傅校本、《四庫》本李集之別集卷四、《全詩》卷
　　四七五。
〔二〕想是三刀夢　傅校本作"想見三刀夢"。

# 漢州月夕遊房太尉西湖[一]

丞相鳴琴地，何年閉玉徽。房公以好琴聞於四海。偶因明月夕，重敲
故樓扉。桃李谿空在[二]，芙蓉客暫依。《南史》："安陸侯與王仲寶長

史庾杲之書稱：‘泛緑水，依芙蓉，何其麗也。’”誰憐濟川楫〔三〕，長與夜舟歸。

大和四年（八三〇）冬

## 箋　校

〔一〕漢州，在成都東北一百里，唐時屬劍南道成都府，即今四川廣漢市。房太尉，《全詩》校：“一作房公。”指房琯。房琯，肅宗時爲宰相，卒贈太尉。西湖，即漢州城西池。詩當作於大和四年十一月、十二月間，時當德裕赴西川節度使任途中。此後《重題》、《房公舊竹亭聞琴緬慕風流神期如在因重題此作》皆爲同時之作，故訂諸詩作時如此。

本詩又載《叢刊》本、傅校本、《四庫》本李集之別集卷四、《全詩》卷四七五。《紀事》卷四八，詩題“房太尉”作“房公”。

〔二〕桃李谿空在　原作“桃柳谿空在”，《叢刊》本、傅校本、《四庫》本、《全詩》同，據陸氏校勘改。《紀事》作“桃李蹊空在”。

〔三〕誰憐濟川楫　《紀事》作“唯憐濟川楫”，《全詩》作“誰（一作唯）憐濟川楫”。

重　題〔一〕

晚日臨寒渚，微風發櫂謳。鳳池波自闊〔二〕，魚水運難留。亭古思宏棟，川長憶夜舟〔三〕。想公高世志，祇似冶城遊〔四〕。

大和四年（八三〇）冬

## 箋　校

〔一〕本詩作時、參校本俱見前篇《漢州月夕遊房太尉西湖》校記〔一〕。

〔二〕波自闊　原作“波自閲”，《叢刊》本同。按“閲”字誤，據陸氏校勘、傅校本、《四庫》本、《紀事》改。《全詩》作“波自闊（一作閡）”。

〔三〕憶夜舟　《紀事》作“憶濟舟”。《全詩》作“憶夜（一作濟）舟”。

〔四〕冶城遊　《紀事》作“化城遊”，《全詩》作“冶（一作化）城遊”。

## 奉　和〔一〕

兵部侍郎鄭澣

太尉留琴地，時移重可尋。徽絃一掩抑，風月助登臨。榮駐清油騎〔二〕，高張白雪音。祇言酬唱美，良史記王箴。

## 重　題

静對烟波夕，猶思棟宇精〔三〕。卧龍空有處，馴鳥獨忘情。顧步襟期遠，參差物象橫。自宜雕樂石，爽氣際青城。

## 箋　校

〔一〕鄭澣和詩二首，《全詩》卷三六八鄭澣詩題作《和李德裕遊漢州房公湖二首》，其作時、參校本見前李德裕《漢州月夕遊房太尉西湖》詩校記〔一〕。

鄭澣，鄭餘慶之子。《舊書·鄭澣傳》：“大和二年，遷禮部侍郎，典貢舉二年，選拔造秀，時號得人。轉兵部侍郎，改吏部，出爲河南尹，皆著能名。”本詩署爲“兵部侍郎鄭澣”，與史傳所述相合。

〔二〕清油騎　傅校本、《全詩》作“青油騎”。

〔三〕猶思棟宇精　《全詩》作“猶思棟宇清”。

## 奉　和〔一〕

禮部郎中集賢殿學士劉禹錫

木落漢川夜，西湖懸玉鈎。旌旗還水次〔二〕，舟楫泛中流。目極想前事，神交如舊遊〔三〕。瑶琴久已絶，松韻自悲秋。

## 重　題

林端落照盡,湖上遠風清[四]。水榭芝蘭室,僊舟魚鳥情。人琴久寂寞,煙月冀平生[五]。一泛釣璜處[六],再唫鏘玉聲。

### 箋　校

〔一〕劉禹錫和詩二首,《全詩》卷三五八劉禹錫詩題作《和西川李尚書漢州微月遊房太尉西湖》、《和重題》。其作時、參校本見前李德裕詩校記〔一〕。

朱金城《白居易年譜》大和四年條,據劉禹錫《蒙恩轉儀曹郎依前充集賢學士舉韓湖州自代》詩,斷“禹錫二年春爲主客郎中、集賢學士,至大和三年轉禮部郎中,依前充集賢學士”。本詩署爲“禮部郎中、集賢殿學士劉禹錫”,至此已任職一年。至大和五年冬,劉方由禮部郎中出爲蘇州刺史。

〔二〕旌旗還水次　原作“旌旗還外次”,《叢刊》本、《四庫》本同。按“外”字誤,據陸氏校勘改。《全詩》、傅校本作“旌旗環水次”。

〔三〕神交如舊遊　《全詩》、傅校本作“神交如共遊”。

〔四〕湖上遠風清　《全詩》作“湖上遠嵐清”。

〔五〕煙月冀平生　傅校本、《全詩》作“煙月若平生”。

〔六〕一泛釣璜處　原作“一泛釣橫處”,《叢刊》本同。按“橫”字誤,據陸氏校勘、傅校本、《全詩》改。《四庫》本作“一泛釣潢處”。

### 房公舊竹亭聞琴緬慕風流神期如在因重題此作[一]

流水音長在,青霞意不傳。獨悲形解後,誰聽廣陵絃。

大和四年(八三〇)冬

箋　校

〔一〕本詩作時、參校本見前《漢州月夕遊房太尉西湖》詩校記〔一〕。

　　　本詩詩題，《紀事》作《房公舊竹亭聞琴緬慕風流神期如對有作》，
　　　《全詩》作《房公舊竹亭聞琴緬慕風流神期如在因重題此作（在一
　　　作對）》。

奉　和<sup>〔一〕</sup>

鄭　澣

石室寒飈警<sup>〔二〕</sup>，孫枝雅器裁。坐來山水操，絃斷吊餘哀<sup>〔三〕</sup>。

箋　校

〔一〕鄭澣和詩，《全詩》卷三六八鄭澣詩題作《和李德裕房公舊竹亭聞
　　　琴》。其作時、參校本見前李德裕《漢州月夕遊房太尉西湖》詩校
　　　記〔一〕。

〔二〕石室寒飈警　《全詩》作“石室寒飈鶩”。

〔三〕絃斷吊餘哀　《全詩》作“弦斷弔遺埃”。

奉　和<sup>〔一〕</sup>

劉禹錫

尚有竹間露<sup>〔二〕</sup>，永無綦下塵。一聞流水曲，重憶湌霞人。

箋　校

〔一〕劉禹錫和詩，《全詩》卷三六四劉禹錫詩題作《和遊房公舊竹亭聞
　　　琴絶句》。其作時、參校本見前李德裕《漢州月夕遊房太尉西湖》
　　　詩校記〔一〕。

〔二〕尚有竹間露　《全詩》作“尚有竹間路”。

### 憶金門舊遊奉寄江西沈大夫[一]

東望滄溟路幾重，無因白首更相逢。已悲泉下雙琪樹，韋中令、元武昌皆已淪没[二]。又借天邊一卧龍[三]。杜西川謫官南海。人事升沉纔十載，官遊漂泊過千峰[四]。思君遠寄西山藥，大夫嘗鎮鍾陵[五]，兼好金丹之術。歲暮相期向赤松。

大和五年(八三一)冬

## 箋　校

〔一〕金門舊遊，指長慶年間與李德裕同在翰林院之僚友，詩中述及沈傳
　　　師、韋處厚、元稹、杜元穎諸人。詩中有注云："韋中令、元武昌皆已
　　　淪没。"韋中令，指韋處厚，處厚於長慶時與德裕同在翰林，寶曆二
　　　年十二月爲中書侍郎、同中書門下平章事，大和二年十二月卒。元
　　　武昌，指元稹，大和五年七月卒於武昌節度使任上。本詩結云"歲
　　　暮"，故當作於大和五年冬。"江西沈大夫"當作"宣歙沈大夫"，説
　　　詳〔五〕。
　　　　本詩又載《叢刊》本、傅校本、《四庫》本李集之別集卷四、《全詩》卷
　　　四七五。

〔二〕元武昌　諸本作"武元昌"，陸氏校勘作"武文昌"，均誤。元稹卒
　　　於武昌軍節度使任上，故應作"元武昌"。

〔三〕又借天邊一卧龍　《全詩》作"又惜天邊一卧龍"。句下注曰："杜
　　　西川謫官南海。"卧龍，指杜元穎。大和三年十一月，南詔入寇西
　　　川。西川節度使杜元穎治無狀，大敗。十二月丁卯"貶杜元穎循州
　　　司馬"(《舊書·文宗紀》)。

〔四〕官遊　傅校本、《全詩》作"宦遊"。

〔五〕大夫嘗鎮鍾陵　沈傳師嘗爲江西觀察使,治所在鍾陵,今江西南昌。《舊書·文宗紀》:大和四年九月丁丑"以大理卿裴誼檢校右散騎常侍,充江西觀察使,代沈傳師;以傳師爲宣歙觀察使。"故注文稱沈"嘗鎮鍾陵",則知題中"江西"二字當"宣歙"之誤。

## 錦城春事憶江南五言三首

桐花鳳　百花潭　憶子夜歌並闕。

## 早入中書行公主册禮事畢登集賢閣成詠[一]

明星入東陌,燦燦光層宙。皎月映高梧,輕風發涼候。金門列葆吹,鍾室傳清漏[二]。簡册自中來,貂黄添宣授[三]。更登天禄閣,極眺終南岫。遥羨商山翁,閑歌紫芝秀。晨興念始辱[四],夕惕思致寇。傾奪非我心,悽然感田竇。

會昌二年(八四二)八月

### 箋　校

〔一〕《舊書·武宗紀》會昌二年八月"制以皇長女爲昌樂公主,第二女爲壽春公主,第三女永寧公主"。詩云"輕風發涼候",正中秋八月之氣候。又云"貂黄添宣授"。時李德裕官門下侍郎、同平章事。貂黄,貂尾金蟬,爲朝中侍中、黄門(即門下)侍郎等顯官之冠飾,故云。故訂本詩作時如此。

本詩又載《叢刊》本、傅校本、《四庫》本李集之别集卷四、《全詩》卷四七五。

〔二〕鍾室　《全詩》作"鐘室"。

〔三〕貂黄添宣授　《全詩》、傅校本作"貂黄忝宣授"。

〔四〕晨興念始辱 《全詩》作“晨興念始(一作殆)辱”。

## 題羅浮石刻於石上〔一〕

清景持芳菊,凉天倚茂松。名山何必去,此地有群峰。

約開成五年(八四○)

**箋 校**

〔一〕羅浮,指羅浮山,在今廣東省東江北岸,爲道教之“第七洞天”。李
德裕開成五年所作《平泉山居草木記》已記其洛陽平泉墅有“日
觀、震澤、巫嶺、羅浮……之石在焉”。歐陽修《集古録跋尾》卷九
“唐李文饒平泉山居詩”條,下注爲“開成五年”。

## 重過列子廟追感頃年自淮服與居守王僕射同題名於廟壁僕射已爲御史余尚布衣自後俱列紫垣繼遊内署兩爲夏官之代復聯左揆之榮荷寵多同感涕何極因書四韻奉寄〔一〕

白首過遺廟,朱輪入故城。已慙聯左揆,猶喜抗前旌。曳履忘年
舊,彈冠久要情。重看題壁處,豈羡棄繻生。

開成五年(八四○)八月

**箋 校**

〔一〕本詩作於開成五年八月,李德裕自淮南奉召入京過汴州列子廟途
中。頃年,指元和三至五年李德裕父李吉甫鎮淮南時。淮服,指淮
南。居守王僕射,指王起,開成五年八月,王起爲檢校左僕射、東都
留守。吉甫鎮淮南時,曾辟王起爲節度書記,帶監察御史銜,故云

“已爲御史”。紫垣，指宮禁。李德裕與王起均曾任翰林學士。王起於大和九年，開成三年兩度任兵部尚書，故云“兩爲夏官”；李德裕開成四年檢校尚書左僕射，王起開成五年八月檢校尚書左僕射，故云“復聯左揆”。列子廟，在汴州（今河南開封）。《寶刻叢編》卷五：“李德裕《列子觀題名》與王起題名，汴。”故訂本詩作時如此。本詩又載《叢刊》本、傅校本、《四庫》本李集之別集卷四、《全詩》卷四七五。

## 遥傷茅山縣孫尊師三首[一]

蟬蜕遺虛白，蜺飛入上清。同人悲劍解，舊友覺衣輕。黄鵠遥將舉，斑麟儼未行[二]。惟應鮑靚室，中夜識琴聲。

金格期初至，飆輪去不停。山摧武擔石，天隕少微星。弟子悲徐甲，門人泣蔡經。空聞留玉舄，猶在阜鄉亭。

空宇留丹竈，層霞被羽衣。舊山聞鹿化，遺鳥尚梟飛。數日奇香在，何年白鶴歸。想君旋下淚[三]，方款里閭扉。

約會昌二年（八四二）

## 箋　校

〔一〕孫尊師，孫智清，即本集卷三《寄茅山孫鍊師》之孫鍊師，詳該篇校記〔一〕。此三詩與下一首《尊師是桃源黄先生傳法弟子……寄題黄先生舊館》爲同時之作。宋歐陽棐《集古録目》卷十《李德裕遥傷孫尊師詩》：“李德裕《遥傷孫尊師》詩三首，《寄題黄先生舊館》詩一首，附試秘書省校書郎裴大質八分書。李德裕時爲司空平章事。以會昌三年刻在茅山。”按《新書·宰相表》會昌二年“正月己亥，李德裕爲司空。”《新書·武宗紀》會昌三年六月載：“辛酉，李

別集卷第四　詩下　│　459

德裕爲司徒。"合而推之,悼孫智清諸詩似作於會昌二年,三年刻於
茅山。

諸詩又載《叢刊》本、傅校本、《四庫》本李集之別集卷四、《全詩》卷
四七五。

〔二〕斑麟　原作"班麟",《叢刊》本、傅校本同。按"班"字誤,據陸氏校
　　　勘,《全詩》、《四庫》本改。

〔三〕想君旋下泪　《全詩》作"想君旋下泪(一作泊)"。

## 尊師是桃源黄先生傳法弟子常見尊師稱先師<br>靈迹今重賦此詩兼寄題黄先生舊館[一]

後學方成市,吾師又上賓。今茅山宫觀道士,並是先生弟子。洞天應
不夜,源樹祇如春。此並述桃源事。棋客留童子,瞿山童即先生弟子,
桃源得仙人棋子,載在傳記[二]。山精避直神。先生初至茅山,童子觸法坐
有聲。先生疑山神所爲,書符召至之。其靈異如此矣。無因握石髓,及與
養生人[三]。

約會昌二年(八四二)

## 箋　校

〔一〕本詩作時、背景、參校本詳見前篇《遥傷茅山孫尊師三首》校記
　　　〔一〕。

〔二〕黄先生,黄洞元,爲孫智清之師,茅山道第十五代宗師,《茅山志》
　　　卷一一有傳。黄洞元曾居朗州桃源觀,有童子瞿柏庭來,自言曾觀
　　　仙人奕棋,後辭去,約復見於茅山。事詳《全文》卷六八九符載《黄
　　　仙師瞿童記》,卷七六一狄中立《桃源觀山界記》等。

〔三〕及與養生人　《全詩》作"及(一作分)與養生人"。

## 僕射相公偶話於故集賢張學士廳寫得德裕
## 與僕射舊唱和詩其時和者五人惟僕射與
## 德裕皆列高位淒然懷舊輒獻此詩[一]

賦感鄰人笛,詩留夫子牆。延年如有作,應不用山王。顏延年《五君詠》,山濤、王戎以貴不得列於五君之數。

會昌四年(八四四)四月

### 箋　校

〔一〕《通鑑》卷二四七載會昌四年四月"以左僕射王起同平章事,充山南西道節度使"。僕射相公即指王起,詩當作於其時。

本詩又載《叢刊》本、傅校本、《四庫》本李集之別集卷四、《全詩》卷四七五。

### 惠　泉[一]

兹泉由太潔,終不畜纖鱗。到底清何益,含虛勢自貧。明璣難秘彩[二],美玉詎潛珍[三]。未及黃陂量,滔滔豈有津。

大和七年(八三三)至大和八年(八三四)

### 箋　校

〔一〕王讜《唐語林》卷七補遺載:"李衛公性簡儉,不好聲妓。……在中書,不飲京城水,茶湯悉用常州惠山泉,時謂之'水遞'。有相知僧允躬白公曰……公遂罷取惠山水。"今按德裕大和七年二月入相,七月爲中書侍郎,大和八年十月罷政事出鎮山南西道。姑繫本詩於此時。

本詩又載《叢刊》本、傅校本、《四庫》本李集之別集卷四、《全詩》卷四七五。

〔二〕明璣難秘彩　《全詩》作“明璣(一作珠)難秘彩”。

〔三〕美玉詎潛珍　《全詩》作“美玉詎潛(一作藏)珍”。

## 無　題〔一〕

松倚蒼崖老，蘭臨碧洞衰〔二〕。不勞鄰舍笛，吹起舊時悲。

會昌四年(八四四)

## 箋　校

〔一〕本詩旨意與前《僕射相公偶話於故集賢張學士廳寫得德裕與僕射
　　舊唱和詩》相近，同爲懷人之作，當作於同時，姑訂本詩作時爲會昌
　　四年。

　　本詩又載《叢刊》本、傅校本、《四庫》本李集之別集卷四、《全詩》卷
　　四七五。

〔二〕蘭臨碧洞衰　《全詩》作“蘭臨碧洞(一作淵)衰”。

## 題冠蓋里在襄州南大山下〔一〕

偶來冠蓋里，愧是舊三公。自喜無兵術，輕裝上閟宮。

會昌六年(八四六)四月至九月間

## 箋　校

〔一〕李德裕於會昌六年四月至九月罷政事出爲江陵尹、荊南節度使同
　　平章事，治江陵。詩當爲其時過往襄州所作。冠蓋里，在襄州。自
　　峴山至宜城百餘里間，漢宣帝末有卿士、刺史、二千石數十家，敕號
　　爲冠蓋里。見《太平寰宇記》卷一四五。

　　本詩又載《叢刊》本、傅校本、《四庫》本李集之別集卷四、《全詩》卷
　　四七五。

# 離平泉馬上作[一]

十年紫殿掌洪鈞,出入三朝一品身。文帝寵深陪雉尾,武皇恩厚宴龍津[二]。黑山永破和親虜,烏嶺全阮跋扈臣。自是功高臨盡處,禍來名滅不由人。

## 箋　校

〔一〕傅璇琮《李德裕年譜》大中三年載:"'十年紫殿掌洪鈞'首,含幸災樂禍之意,尤其是末二句'自是功高臨盡處,禍來名滅不由人',更不像德裕所自道。《雲溪友議》、《古今詩話》皆謂此詩作於再貶朱崖道中,而別集所載題作《離平泉馬上作》,則應是大中二年正月初三由洛陽赴潮州時所作。岐異若此,更可懷疑。……《南部新書》只載'獨上江亭望帝京'一首,謂:'……今傳太尉崖州之詩,皆仇家所作,只此一首親作也。'此説較得其實。"

本詩出《雲溪友議》卷中,係晚唐人偽作。又載《叢刊》本、傅校本、《四庫》本李集之別集卷四、《全詩》卷四七五(題有注曰"一作離東都平泉")。

〔二〕武皇恩厚宴龍津　《雲溪友議》作"武皇恩重宴龍津",《全詩》作"武皇恩厚(一作重)宴龍津"。

## 謫遷嶺南道中作[一]

嶺水爭分路轉迷[二],桄榔椰葉暗蠻溪。愁衝毒霧逢蛇草,畏落沙蟲避燕泥。五月畬田收火米,三更津吏報潮雞。不堪腸斷思鄉處,紅槿花中越鳥啼。

大中二年(八四八)五月

## 箋　校

〔一〕嶺南,指越城、都龐、萌渚、騎田、大庾五嶺以南地區。詩作於德裕
大中二年自洛陽貶潮州司馬途中。德裕於五月抵達貶所,詩中所
述爲將達潮州之情景。"五月畬田收火米",已點明作時。

　　本詩又載韋莊《又玄集》卷中、《叢刊》本、傅校本、《四庫》本李集之
別集卷四、《全詩》卷四七五。

　　本詩詩題原作"謫仙領南道中作",《叢刊》本同。按"仙領"於義不
合,據《又玄集》、傅校本改作"謫遷嶺南道中作"。《四庫》本、《全
詩》作"謫嶺南道中作",奪"遷"字。

〔二〕嶺水爭分路轉迷　《又玄集》作"嶺水爭流路轉迷"。

## 到惡溪夜泊蘆島[一]

甘露花香不再持,遠公應怪負前期。青蠅豈獨悲虞氏,黄犬應聞
笑李斯。風雨瘴昏蠻日月,煙波魂斷惡溪時。嶺頭無限相思淚,
泣向寒梅近北枝。

　　　　　　　　　　　　　　　　大中二年(八四八)冬

## 箋　校

〔一〕惡溪,即潮州之韓江。韓愈貶潮州時有《鱷魚文》云:"潮州刺史韓
愈,使軍事衙推秦濟,以羊一猪一投惡溪之潭水,以與鱷魚食。"本
詩當爲德裕在潮州時作。大中二年九月,再貶潮州司馬李德裕爲
崖州户司。《南部新書》戊謂德裕於大中二年"十月十六日,再貶
崖州司户"。應是制下於九月,十月由潮州赴崖州。詩結聯"寒
梅"云云,已是冬景,則可進而推斷詩爲德裕由潮州貶崖州時作。

　　本詩又載《叢刊》本、傅校本、《四庫》本李集之別集卷四、《全詩》卷

四七五。

# 登崖州城作[一]

獨上高樓望帝京[二]，烏飛猶是半年程。青山似欲留人住[三]，百匝
千遭遶郡城。

大中三年（八四九）

## 箋　校

〔一〕李德裕大中二年九月由潮州司馬貶崖州司户，十月赴任，至三年正
　　月，方達崖州。本詩爲德裕在崖州所作。

　　本詩又載《雲溪友議》卷中、《叢刊》本、傅校本、《四庫》本李集之别
　　集卷四、《全詩》卷四七五。《雲溪友議》題作《登崖州城樓》。

〔二〕獨上高樓望帝京　《雲溪友議》作“獨上江亭望帝京”。

〔三〕青山似欲留人住　《全詩》作“青山似欲留人住（一作也恐人歸
　　去）”。

# 歌篇三首

## 鴛鴦篇[一]

君不見昔時同心人，化作鴛鴦鳥。和鳴一夕不暫離，交頸千年尚
爲少。二月草霏霏，山櫻花未稀。金塘風日好，何處不相依。既
逢解佩遊女，更值凌波宓妃。精光搖翠蓋，麗色映珠璣。雙影相
伴，雙心莫違。淹留碧沙上，蕩漾洗紅衣。春光兮宛轉，嬉遊兮未
反。宿莫近天泉池，飛莫近長洲苑。爾願歡愛不相忘，須去人間
羅網遠。南有瀟湘洲，且爲千里遊。洞庭無苦寒，沅江多碧流。

昔爲薄命妾，無日不含愁。今爲水中鳥，鵁鶄自相求。洛陽女兒在青閣，二月羅衣輕更薄。金泥文彩未足珍，畫作鴛鴦始堪著。亦有少婦破瓜年，春閨無伴獨嬋娟。夜夜學織連枝錦，織作鴛鴦人共憐。悠悠湘水濱，清淺漾初蘋。菖花發艷無人識，江柳逶迤空自春。唯憐獨鶴依琴曲，更念孤鸞隱鏡塵。願作鴛鴦被，長覆有情人。

大中二年（八四八）二月

箋　校

〔一〕李德裕於大中二年正月初由洛陽赴潮州司馬貶所，二月戊申（十八
　　　日）宿於洞庭西。此詩"悠悠湘水濱，清淺漾初蘋"，似見當時情
　　　景。詩中"二月草霏霏"、"二月羅衣輕更薄"，時令亦合，故訂本詩
　　　作時爲大中二年二月。

　　　本詩題下原注"闕"，《叢刊》本、傅校本、《四庫》本李集之別集卷四
　　　同。今據《全詩》卷四七五補。

### 霜夜對月聽小童薛陽陶吹觱篥歌〔一〕

君不見秋山寂歷風飂歇，半夜青崖吐明月。寒光乍出松篠間，高籟蕭蕭從此發。忽聞歌管吟朔風，精魂想在幽巖中。□□□□□□□，□□□□□□□叢。□□□□□□指，□□ □□□□水。□□□□□□□，□□□□□□起。□□□□□□霜，□□□□□□長。□□□□□□□，□□□□□□光。□□□□□□楚，□□□□□□□旅。□□□□□□□，□□□□□□塢。□□□□□□陰，□□□□□□深。□□□□□□□，□□□□□□心。

寶曆元年（八二五）秋

## 箋　校

〔一〕本詩詩題原作“霜夜對月聽小童薛陽陶吹笛”，題下注“闕”。《叢刊》本、傅校本、《四庫》本李集之別集卷四同。按“吹笛”誤，據白居易、劉禹錫和詩改作“吹觱篥”。又據《全詩》卷四七五録佚句六句。又據劉禹錫《和浙西李大夫霜夜對月聽小童吹觱篥歌（依本韻）》（《劉禹錫集》卷三七），知六句之後尚有十八句九韻，依次爲叢、水、起、長、光、旅、塢、深、心。

元稹《和述夢詩》云：“近酬新樂録，仍寄續離騷。”句下自注云：“近蒙大夫寄觱篥歌，酬和才畢，此篇續至。”（《全詩》卷四二三）德裕之《述夢詩》作於寶曆元年歲末，詳別集卷三該篇箋校〔一〕。《觱篥歌》作於《述夢詩》之前，詩云“秋山寂歷風飆歇”，則知詩作於寶曆元年秋。

《全詩》卷六六五載羅隱《薛陽陶觱篥歌》，詩云：“平泉上相東征日，曾爲陽陶歌觱篥。烏江太守會稽侯，相次三篇皆俊逸。”第三句句下注曰：“平泉爲李德裕，……蘇州刺史白居易、越州刺史元稹並有和篇。此言烏江，恐是吳江，乃蘇州也。”按“烏江”不誤，乃指和州，時劉禹錫爲和州刺史。白居易和詩《小童薛陽陶吹觱篥歌和浙西李大夫作》（《白居易集》卷二一），其中有云：“薛氏樂童年十二。”知當時薛陽陶尚在少年。至羅隱作詩時，薛氏已入老年矣。

# 南梁行和二十兄〔一〕

江城欝欝春草長〔二〕，悠悠漢水浮清光。雜英飛盡空和景，緑楊陰重官舍静。此時醉客縱横書，公言可薦承明廬。青天詔下寵光至，頒籍金閨徵石渠。重歸山路烟嵐隔，巫山未深晚花折。澗底紅光奪日燃〔三〕，搖風有毒愁行客。杜鵑啼咽花亦殷，聲悲絶艷連

空山。斜陽瞥映淺深樹,雲雨飜迷崖谷間。山雞錦質矜毛羽,透
竹穿蘿命儔侶。喬木幽谷上下同,雄雌不異飛棲處。望秦峰迥過
商顏,浪疊雲堆萬簇山。行盡杳冥青嶂外,九重鐘漏紫雲間〔四〕。
元和列侍明光殿,諫草初焚市朝變。北闕趨臣半隙塵,南梁笑客
皆飛霰。追思感歎却昏迷,霜鬢愁吟到曉雞。故國歲深開斷
簡〔五〕,秋堂月曉掩遺褋。嗚嗚曉角霞輝燦〔六〕,撫劍當楹一長歎。
芻狗無由學聖賢,空持感激終昏旦。

## 箋　校

〔一〕此爲李紳詩。王旋伯《李紳詩注》:"本詩回憶元和十四年春在山
　　　南西道節度使官署任職的狀況、同年五月調任右拾遺前往西京長
　　　安途中所見景物以及貶斥後和寫詩時的感觸。寫作時間約在文宗
　　　開成初年。"李德裕別集卷四誤收此詩,題下注"和二十二凡",此
　　　乃將"兄"字誤析爲"二凡"兩字。《全詩》卷四七五録本詩又改
　　　"凡"爲"兄",作"和二十二兄",仍不確。李紳,排行二十。其本趙
　　　人,徙家吳中,與李德裕同出趙郡李氏,故李德裕《南梁行》自注作
　　　"和二十兄"。唐人唱和詩附編集中,蓋德裕和詩已佚,輯其別集
　　　者誤收李紳原詩。開成初年,李德裕在袁州貶所,憂讒畏譏之心情
　　　正與李紳相同,其和詩亦當作於其時。而李紳詩可由此斷爲開成
　　　元年春。
　　　此處所録李紳詩,又載《叢刊》本、傅校本、《四庫》本李集之別集卷
　　　四、《全詩》卷四七五。
〔二〕江城欝欝春草長　《全詩》作"江南欝欝春草長"。
〔三〕澗底紅光奪日燃　《全詩》作"澗底紅光奪目(一作日)燃"。
〔四〕九重鐘漏紫雲間　原作"九重鍾漏紫雲間",《叢刊》本、傅校本同。

按“鍾”字誤，據《四庫》本、《全詩》改。

〔五〕故國歲深開斷簡　諸本作“故園歲深開斷簡”。按“園”字誤，據陸
氏校勘改。

〔六〕鳴鳴曉角霞輝燦　原作“鳴鳴曉角霞輝粲”，《叢刊》本同。按“鳴
鳴”誤，據陸氏校勘、傅校本、《四庫》本、《全詩》改。

# 別集卷第五

## 疏　狀

### 諫敬宗搜訪道士疏[一]

臣聞道之高者,莫若廣成、玄元;人之聖者,莫若軒皇[二]、孔子。昔軒皇問廣成子理身之要,何以長久。廣成子云:"無視無聽,抱神以静。形將自正,神將自清。無勞子形,無摇子精,乃可長生。慎守其一,以處其和。故我修身千二百歲矣,吾形未嘗衰。"又云:"得吾道者,上爲皇而下爲王。"玄元語孔子云:"去子之驕氣與多欲,態色與淫志,是皆無益於子之身,吾所告子者是已。"故軒皇發謂天之歎,孔子興猶龍之感。前聖之道,不其至乎?伏惟文武大聖廣孝皇帝陛下稽玄祖之訓,修軒皇之術,凝神閑館[三],物色異人,將以覿冰雪之姿[四],屈順風之請。恭惟聖感,必降真僊。若使廣成、玄元,混迹而至,語陛下之道,授陛下之言,以臣度思，無出於此。臣所慮赴召者，必怪迂之士，苟合之徒〔五〕。使物淖冰，以爲小術，衒耀邪僻，蔽欺聰明。如文成〔六〕、五利，無一可驗。臣所以三年之内，四奉詔書，未嘗以一人塞詔，實有所懼。臣又聞前代帝王，雖好方士，未有服其藥者。故《漢書》稱黄金可成〔七〕，以爲飲食器則益壽。又高宗朝劉道合〔八〕、玄宗朝孫甑生〔九〕，皆成黄金，二祖竟不敢服。蓋以宗廟社稷之重，不可輕易。此事炳然，具載國史。以臣微見，儻陛下睿思精求〔一〇〕，必致真隱，惟問保和之術，不求藥餌之功；縱使必成黄金，止可充於玩好。則九廟靈鑑〔一一〕，必當慰悦；寰海兆庶〔一二〕，誰不歡心？臣思罄愚衷，以裨玄化，輒陳懇款，伏積兢惶〔一三〕。

寶曆二年（八二六）八月

## 箋　校

〔一〕《舊書》卷一七上《敬宗本紀》載寶曆二年八月“浙西觀察使李德裕上疏言，息元誕妄，無異於人”。此與新、舊《唐書》德裕本傳所載其在浙西反對宦者至浙西迎道士周息元事相合，故訂本文作時爲寶曆二年八月。

本文又載《叢刊》本、傅校本、《四庫》本李集之别集卷五，《全文》卷七〇一。《舊書》卷一七四《李德裕傳》、《新書》卷一八〇《李德裕傳》均節録本文。

〔二〕軒皇　《舊傳》、《全文》作“軒黄”。《新傳》作“軒轅”。

〔三〕凝神閑館　原作“凝神閒館”，《叢刊》本同。按“閒”字誤，據《舊傳》、傅校本、《四庫》本、《全文》改。

〔四〕冰雪之姿　原作“水雪之姿”，《叢刊》本同。按“水”字誤，據陸氏校勘、《舊傳》、傅校本、《四庫》本、《全文》改。

〔五〕苟合之徒　原作“苟舍之徒”，《叢刊》本同。按“舍”字刊誤，據《舊傳》、傅校本、《四庫》本、《全文》改。

〔六〕文成　原作“文武”，《叢刊》本同。按“武”字刊誤，據陸氏校勘、《舊傳》、《新傳》、傅校本、《四庫》本、《全文》改。

〔七〕故漢書稱黃金可成　原作“故漢書稱黃金成”，《叢刊》本、傅校本、《四庫》本同。按此奪“可”字，據《舊傳》、《新傳》、《全文》補。

〔八〕劉道合　《舊書》卷一九二、《新書》卷一九六《隱逸》均有傳。

〔九〕孫甄生　《新書》卷二〇四《方伎》有傳。傳云：“天寶中，有孫甄生者，以技聞，能使石自鬭，草爲人騎馳走。楊貴妃喜觀之，數召入宮中。”《全文》作“孫甄生”，“甄”字誤。

〔一〇〕睿思精求　《舊傳》作“睿慮精求”。

〔一一〕餌之功縱使必成黃金止可充於玩好則九　原缺此十七字，《叢刊》本、《四庫》本同。今據陸氏校勘、傅校本、《全文》、《舊傳》補。

〔一二〕必當慰悦寰海兆庶　原缺此八字，《叢刊》本、《四庫》本同。今據陸氏校勘、傅校本、《全文》、《舊傳》補。

〔一三〕化輒陳懇款伏積兢惶　此九字原作“皇”，《叢刊》本、《四庫》本同。按“皇”字誤，又缺八字，今據陸氏校勘、傅校本、《全文》校補。《舊傳》改“輒陳懇款伏積兢惶”作“無任兢憂之至”。

# 駙馬不許至要官私第狀〔一〕

伏見國朝故事，駙馬緣是親密，不合與朝廷要官往來。玄宗開元中，禁止尤切。臣訪聞近日駙馬公至宰相要官私第。此輩無他才技可以延接，惟是漏泄禁密，交通中外，群情所知〔二〕，以爲甚弊。其朝官素是雜流，則不妨往來，若職在清列，豈可知聞？伏望宣示宰相，其駙馬諸親，今後公事即於中書見宰相〔三〕，不令詣私第〔四〕。

長慶元年(八二一)正月

## 箋　校

〔一〕《舊書·李德裕傳》"穆宗不持政道,多所恩貸。戚里諸親,邪謀請謁,傳導中人之旨,與權臣往來,德裕嫉之。長慶元年正月,上疏論之"云云,即爲本文。文字略有異同,可比勘。本文從《舊傳》,定長慶元年正月作。

本文又載《叢刊》本、傅校本、《四庫》本李集之別集卷五、《全文》卷七〇五。

〔二〕群情所知　原作"群情",《叢刊》本、傅校本、《四庫》本同。按此奪二字,據《舊傳》《全文》補。

〔三〕今後公事即於中書見宰相　《全文》作"自今已後有公事任至中書見宰相"。

〔四〕不令詣私第　《全文》作"此外更不得至宰相及臺省要官宅"。

## 代高平公進書畫二狀〔一〕

　　鍾、張、衛、索真迹各一卷,二王真迹各五卷,晋、魏、宋、齊、梁、陳、隋真迹各一卷,顧、陸、張、鄭、田、楊、董洎國朝名畫各一卷〔二〕。

伏以前代帝王,多求遺逸,朝觀夕覽,取鑑於斯。陛下睿聖欽明,凝情好古,聽政之暇,將以怡神。前件書畫,歷代共寶,是稱珍絶。其陸探微《蕭史圖》,妙冠一時〔三〕,名居上品。所希睿鑑,別賜省覽。

元和十三年(八一八)

〔一〕晚唐張彥遠《歷代名畫記》卷一《叙畫之興廢》記張弘靖富有名家
　　　書畫,其云:"元和十三年,高平公鎮太原,……乃以鍾、張、衛、索真
　　　迹各一卷……洎國朝名手畫合三十卷表上,曰……又別進《玄宗馬
　　　射真圖》,表曰……"據此,訂本文及下篇《進玄宗馬射圖狀》作時
　　　爲元和十三年。
　　　本文又載《叢刊》本、傅校本、《四庫》本李集之別集卷五、《全文》卷
　　　七〇五。

〔二〕洎國朝名畫各一卷　原作"洎國朝名畫各□卷",《叢刊》本、傅校
　　　本、《四庫》本同。按此缺一字,據陸氏校勘、《全文》補。

〔三〕妙冠一時　原作"妙觀一",《叢刊》本、《四庫》本同。按"觀"字
　　　誤,又奪"時"字,今據陸氏校勘、《全文》校補。傅校本作"妙觀一
　　　時","觀"字亦誤。

<h3 style="text-align:center">進玄宗馬射圖狀[一]</h3>

　　伏以玄宗皇帝天縱神武,藝冠前王,凡所畋遊,必存繪事。豈
止雲夢殪兕,楚人美旅蓋之雄[二];潯陽射蛟,漢史稱舳艫之盛。
前件圖,臣瞻奉光靈,素所寶惜。陛下旁求珍迹,以備石渠。祖宗
之美,敢不呈獻。

元和十三年(八一八)

篋　校

〔一〕本文作時及參校本與前篇《代高平公進書畫二狀》同,詳該篇校記
　　　〔一〕。

〔二〕楚人美旅蓋之雄　《全文》作"楚人美旄蓋之雄",義似較勝。

# 奏銀粧具狀〔一〕

臣百生多幸〔二〕，獲被昌期〔三〕，受寄名藩，每憂曠職，孜孜夙夜，上報國恩。數年以來，災旱相繼，罄竭微慮，粗免流亡，物力之間，尚未完復。臣伏準今年三月初三日赦文，常貢之外，不令進物〔四〕。此則陛下至聖至明，細微洞照，一恐聚斂之吏，緣以成奸，彫瘵之人，不勝其弊〔五〕。上弘儉約之德，下敷惻憫之仁，萬國群黎，鼓舞未息。昨奉五月二十三日詔書，令訪茅山真隱，將欲師處謙守約之道，敦務實去華之美。雖無人上塞丹詔，實率土已偃玄風〔六〕，豈止微臣，獨懷忭賀。況進獻之事，臣子之常心，雖有敕不許〔七〕，亦合竭力上貢。惟臣當道，素號富饒，近年以來，比舊則異〔八〕。貞元中李錡任觀察使日，職兼鹽鐵。百姓除實出榷酒錢外更置官酤，兩重納榷，獲利至厚。又訪聞當時進奉，亦兼用鹽鐵羨餘，貢獻繁多，自後莫及。至薛苹任觀察使時，又奏置榷酒。上供之外，頗有餘財；軍用之間，實爲優足。自元和十四年七月三日敕，却停榷酤。又准元和十五年五月七日赦文，諸州羨餘，不令送使，惟有留使錢五十萬貫支用，猶欠十三萬貫不足，須是諸事節用，百計補填，經費之中，未免懸闕。至於綾紗等物〔九〕，猶是本州所出，易於方圓。金銀不出當州，皆須外處回市。去年二月中奉宣，令進盝子，計用銀九千四百餘兩。其時貯備都無三二百兩，乃諸頭收市，方獲製造上供〔一〇〕。昨又奉宣旨，令進粧具二十件，計用銀一萬三千兩，金一百三十兩。尋令併合聖節進奉金銀造成兩具進納訖〔一一〕。今差人於淮南收買，旋到旋造，星夜不輟，竭力營求，深憂不迨。臣若因循不奏，則負陛下任使之恩；若分外誅求，則又累陛下慈儉之德。伏乞陛下覽前件榷酤及諸州羨餘之目，則知臣軍用短闕，本末有由。伏料陛下見臣論奏，必賜詳悉，知臣竭愛君守官之節[一二]，盡納忠藎直之心。伏乞聖慈宣令宰臣商議，何以遣臣得上不違宣旨，下不闕軍儲，不困疲人，不招物議[一三]，前後詔敕，並可遵承。輒冒宸嚴，敢陳丹懇[一四]，不任戰汗之至。

長慶四年（八二四）七月

## 箋　校

〔一〕《冊府》卷五四六《諫諍部》收録本文，並云“李德裕爲浙西觀察使，長慶四年七月上表曰”云云，即爲本文。文字有異同，可比勘。今從其説，訂本文作時爲長慶四年七月。

本文又載《舊書·李德裕傳》、《叢刊》本、傅校本、《四庫》本李集之別集卷五、《全文》卷七〇五。

〔二〕臣百生多幸　原作“臣有生多幸”，《叢刊》本、《四庫》本、《全文》同。按“有”字誤，據《舊傳》、《冊府》、傅校本改。

〔三〕獲被昌期　“被”，《叢刊》本、傅校本、《四庫》本同。《舊傳》、《冊府》、《全文》作“遇”。

〔四〕不令進物　“物”，《叢刊》本、傅校本、《四庫》本同。《舊傳》、《冊府》、《全文》作“獻”。

〔五〕不勝其弊　“弊”，《舊傳》、《冊府》、《叢刊》本、《四庫》本、《全文》同。陸氏校勘、傅校本作“敝”。

〔六〕率土　原作“率王”，《叢刊》本同。按此於義不合，今據《舊傳》、《冊府》、《四庫》本、《全文》改。

〔七〕有敕不許　原作“有赦不許”，《叢刊》本、《四庫》本同。按此於義不合,今據陸氏校勘、《舊傳》、《册府》改。傅校本、《全文》作“有敕文不許”。

〔八〕比舊則異　原作“□舊則異”,《叢刊》本同。按此缺一字,今據《舊書》、《册府》、傅校本、《四庫》本、《全文》補。

〔九〕綾紗等物　原作“□紗等物”,《叢刊》本、傅校本同。按此缺一字,今據陸氏校勘、《舊傳》、《册府》、《四庫》本、《全文》補。

〔一〇〕方獲製造上供　《册府》、《全文》此句文字出入較多,作“此時亦稍優饒悉力上供幸免敗闕”。

〔一一〕尋令併合聖節進奉金銀造成兩具進納訖　“聖”,《舊傳》作“四”。《册府》叙其事作:“又奉宣索粧具,令先造兩具進來。昨所造成兩具,以當銀一千三百餘兩,並是具迴今年冬至及來年元日常進器物料内金銀,充約計二十具,共當銀一萬三千餘兩,金一百三十餘兩。”

〔一二〕愛君守官　“官”,《舊傳》、《册府》作“事”。

〔一三〕不招物議　《舊傳》、《册府》作“不斂物怨”。

〔一四〕敢陳丹懇　原無此句,《叢刊》本、傅校本、《四庫》本、《舊傳》同。今據《册府》、《全文》補。

## 奏繚綾狀〔一〕

臣昨緣宣索,已具軍資歲計及近年物力聞奏,伏料聖慈,必垂省覽。又奉詔旨,令織定羅紗袍段及可幅盤條繚綾一千匹〔二〕。伏讀詔書,倍增惶灼。臣伏見太宗朝臺使至涼州,見名鷹,諷李大亮令獻之。大亮密表陳誠,太宗賜詔報云:“有臣如此,朕一本有復字何憂。”再三嘉歎,事載史書。又玄宗令中使於江南採鸂鶒諸鳥,汴州刺史倪若冰一本皆作若水陳論,玄宗亦賜詔嘉納,其鳥即時皆放。又令皇甫詢於益州織半臂背子〔三〕、琵琶捍撥、鏤牙合子等，蘇頲不奉詔書，輒自停織。玄宗皆不加罪，忻納所陳。臣竊以鵁鶄、鏤牙，至爲微細，若冰等尚以勞人損德，瀝款效忠。當聖祖之朝，有臣如此，豈明王之代，獨無其人？蓋有蔽者弗言〔四〕，本傳作："蓋有位者蔽而不聞而已。"非陛下拒而不納。又伏覩四月二十三日德音云："侯伯有位之士，無或棄予，謂不可者〔五〕。一本作諫字。其有違道傷理，徇欲懷安，面刺廷争〔六〕，無有隱諱。"則是容納善道，增光祖宗；不盡忠規，過在臣下。况玄鵝天馬〔七〕，蹙豹盤絛〔八〕，文彩珍奇，只合聖躬自服。今所織千匹，費用至多，臣愚亦所未曉。昔漢文衣弋綈之衣，元帝罷輕纖之服；仁德慈儉，至今稱之。伏乞陛下近覽太宗、玄宗之容納，遠思文帝、孝元之恭己，以臣前表，宣示群臣，酌臣當道物力所宜，更賜節減。則海隅蒼生，無不受賜。臣不勝懇切兢惶之至〔九〕。優詔報之，其繚綾罷進。

長慶四年（八二四）九月

## 箋　校

〔一〕《册府》卷五四六《諫諍部》繼上文長慶四年七月《奏銀粧具狀》，收録本文，其云："九月又上表曰：'已緣當道宣索，昨已具軍資歲計及近年物力聞奏'。"故今從《册府》，訂本篇作時爲長慶四年九月。

本文又載《舊書·李德裕傳》、《叢刊》本、傅校本、《四庫》本李集之别集卷五、《全文》卷七〇五。《新書·李德裕傳》撮述本文。

〔二〕可幅盤絛繚綾　原作"可輻盤絛繚綾"，《叢刊》本、《四庫》本同。按"輻"字誤，據《舊傳》、《册府》、傅校本、《全文》改。

〔三〕半臂背子　原作“半肩子”，《叢刊》本、《四庫》本同。按此於義不合，今據《舊傳》、《新傳》、《册府》、《全文》改。傅校本作“半臂肩子”。

〔四〕蓋有蔽者弗言　《舊傳》、《册府》作“蓋有位者蔽而不言”，《全文》作“蓋有位者蔽而勿言”。

〔五〕謂不可者(一本作諫字)　《舊傳》、《册府》作“謂不可教”，《全文》作“謂不可諫”。

〔六〕面刺廷争　“刺”，《舊傳》、《册府》、《叢刊》本、《四庫》本、《全文》同。陸氏校勘、傅校本作“折”。

〔七〕況玄鵝天馬　原作“況立鵝天馬”，《新傳》、《叢刊》本、傅校本、《四庫》本同。今據《舊傳》、《册府》改。

〔八〕蹙豹盤條　《舊傳》、《册府》、《全文》作“掬豹盤條”。

〔九〕臣不勝懇切兢惶之至　原作“臣不勝”，《叢刊》本、傅校本、《四庫》本同。按此文意未完，今據《舊傳》補。《册府》作“臣不勝激切兢惶之至”，《全文》作“臣不任惶惕懇誠之至”。

## 亳州聖水狀〔一〕

臣訪聞此水本因妖僧誑惑，狡計丐錢。數月以來，江南之人，奔走塞路。每三十家，都顧一人取水。擬取之時，病者斷食葷血，既飲之後，又二七日蔬飯〔二〕。危疾之人，俟之病愈。其水斗價三千，本傳作“水斗三十千”〔三〕。而取者益之他水，一本作彌字。沿路轉以市人〔四〕。老疾飲之，多至危篤。昨點兩浙、福建百姓，渡江者日三五千人〔五〕。臣於蒜山，已加捉搦。若不絶其根本，終恐無益黎甿。昔吳時有聖水，宋時有聖火，並皆妖妄，古人所非。乞下本道觀察使令狐楚,速令填塞,以絕妖源。

寶曆二年(八二六)

## 箋　校

〔一〕《舊書·李德裕傳》收録本文,其云"寶曆二年,亳州言出聖水,飲
　　　之者愈疾。德裕奏曰",即指此事。故訂本文作於寶曆二年。
　　　本文又載《叢刊》本、傅校本、《四庫》本李集之別集卷五、《全文》卷
　　　七〇六。《新書·李德裕傳》撮述本文。

〔二〕蔬飯　《舊傳》、《全文》作"蔬殽"。

〔三〕本傳作水斗三十千　《新書·李德裕傳》作"而水斗三十千"。而
　　　《舊傳》作"其水斗價三貫"。按一千文爲一貫,與本文"其水斗價
　　　三千"相合。故注文從《新傳》作"水斗三十千",誤。

〔四〕沿路轉以市人　原作"路轉以市人",《叢刊》本、《四庫》本同。按
　　　此奪"沿"字,據陸氏校勘、《舊傳》、《全文》補。傅校本作"江路轉
　　　以市人"。

〔五〕渡江者日三五千人　《舊傳》作"渡江者日三五十人",《新傳》作
　　　"往者日數十百人"。當以《舊傳》所言爲是。

王智興度僧尼狀<sup>〔一〕</sup>

　　王智興於新屬泗州置僧尼戒壇<sup>〔二〕</sup>,自去冬於江淮以南,所在
懸牓招置。江淮自元和二年後,不敢私度。聞泗州有壇,户有三
丁,必令一丁落髮,意欲規避王徭,影庇資産。自正月以來,落髮
者無慮數萬。臣今於蒜山渡點其過者<sup>〔三〕</sup>,一日一百餘人<sup>〔四〕</sup>,勘問
惟十四人是舊人沙彌,餘是蘇、常百姓<sup>〔五〕</sup>,亦無本州文牒<sup>〔六〕</sup>,尋已
勒還本貫。訪聞泗州置壇次第<sup>〔七〕</sup>,凡髡夫到<sup>〔八〕</sup>,人納二千<sup>〔九〕</sup>,給

牒即回，別無法事。若不特行禁止，比至誕節，計江淮以南，失却六十萬丁壯。此事非細，繫於朝廷法度。下闕文〔一〇〕。

長慶四年（八二四）十二月下旬

## 箋　校

〔一〕《通鑑》卷二四三載長慶四年十二月“乙未，徐泗觀察使王智興以上生日，請於泗州置戒壇，度僧尼以資福。許之。自元和以來，敕禁此弊，智興欲聚貨，首請置之。於是四方輻湊，江淮尤甚，智興家貲由此累鉅萬。浙西觀察使李德裕上言：‘若不鈐制，至降誕日方停，計兩浙、福建當失六十萬丁。’奏至，即日罷之”。本月乙未爲二十一日，故訂本文作時爲長慶四年十二月下旬。

本文又載《舊書·李德裕傳》、《叢刊》本、傅校本、《四庫》本李集之別集卷五、《全文》卷七〇六。《新書·李德裕傳》撮述本文。

〔二〕戒壇　原作“誡壇”，《叢刊》本、傅校本、《四庫》本同。按“誡”字誤，據《舊傳》、《通鑑》、《全文》改。

〔三〕臣今於蒜山渡點其過者　原作“臣令於蒜山度點其過者”，《叢刊》本、《四庫》本同。按“令”字、“度”字誤，據《舊傳》、《全文》改。傅校本作“臣令於蒜山渡點其過者”，“令”字仍誤。

〔四〕一日一百餘人　“日一”，原誤合作“旦”，據《舊傳》、《全文》改。

〔五〕餘是蘇常百姓　原作“於是蘇常百姓”，《叢刊》本、《四庫》本同。按“於”字誤，據《舊傳》、傅校本、《全文》改。

〔六〕文牓　《舊傳》、《全文》作“文憑”。

〔七〕訪聞泗州置壇次第　原作“訪聞泗州置壇次”，《叢刊》本、傅校本、《四庫》本同。按此奪“第”字，據《舊傳》、《全文》補。

〔八〕凡髡夫到　《舊傳》作“凡僧徒到者”，《全文》作“凡髡夫到者”。

〔九〕人納二千　《舊傳》、《全文》作“人納二緡”。

〔一〇〕下闕文　《舊傳》録本文以“繫於朝廷法度”爲結句,各本皆同。審
　　　文意,實闕文未完。

# 別集卷第六

## 書　碑

### 與桂州鄭中丞書〔一〕

　　某當先聖御極,再參樞務。兩度册文,及《宣懿太后祔廟制》《聖容贊》《幽州紀聖功碑》《討回紇制》《討劉稹制》、五度點戞斯書、兩度用兵詔敕,及先聖改名制、告昊天上帝文并奏議等,勒成十五卷。貞觀初有顔、岑二中書〔二〕,代宗朝常相,元和初某先太師忠懿公〔三〕,一代盛事,皆所潤色。小子詞業淺近,獲繼家聲,武宗一朝,册命典誥,軍機羽檄,皆受命撰述〔四〕,偶副聖情。伏恐製序之時,要知此意,伏惟詳悉。謹狀。

大中元年(八四七)八月

### 箋　校

〔一〕文集卷首鄭亞《會昌一品集序》云:“亞自左掖,出爲桂林。九月,公書至自洛,以典誥制命示於幽鄙,且使爲序,以集成書。"鄭亞出鎮桂管在大中元年。洛陽、桂州相距數千里,而其稱"九月,公書至自洛",則可推斷德裕此書作於八月間。

本文又載《叢刊》本、傅校本、《四庫》本李集之別集卷六、《全文》卷七○七。

〔二〕貞觀初有顔岑二中書　顔,指顔師古;岑,指岑文本。《新書》卷一○二《岑文本傳》:"貞觀元年,除祕書郎,兼直中書省。……李靖復薦於帝,擢中書舍人。時顔師古爲侍郎,自武德以來,詔誥或大事皆所草定。及得文本,號善職,而敏速過之。"

〔三〕元和初某先太師忠懿公　原作"元和初某先太師忠公",《叢刊》本、傅校本、《四庫》本同。按此奪"懿"字,據《全文》補。《新書》卷一四六《李吉甫傳》:"會暴疾卒,……有司謚曰敬憲,度支郎中張仲方非之。帝怒,貶仲方,更賜謚曰忠懿。"

〔四〕皆受命撰述　原作"皆命受撰述",《叢刊》本、《四庫》本同。按"命受"二字倒誤,據傅校本、《全文》改。

## 與姚諫議邰書三首[一]

閏冬極寒,伏惟諫議十五郎尊體動止萬福。即日某悲緒外,蒙差趙押衙至,奉示問,不任悚荷。無由拜伏,倍積瞻戀[二]。謹因使回,奉狀不次。閏十一月二十八日[三],從表兄崖州司户參軍同正李某狀上[四]。

天地窮人,物情所弃[五],無復音書。平生舊知,無復吊問。閣老至仁念舊,盛德矜孤,再降專人,遠逾溟漲,兼賜衣服器物茶藥至多。槁木暫榮,寒灰稍暖,開緘感切,涕咽難勝。大海之中,無人拯卹,資儲蕩盡,家事一空。百口嗷然,往往絕食,塊獨窮悴,終日苦飢。惟恨垂殁之年，頓作餒而之鬼[六]。自十月末得疾，伏枕七旬，屬纊者數四。藥物陳裏[七]，又無醫人，委命信天，幸而自活。羸憊至甚，生意方微，自料此生，無由再望旌榮。臨紙涕戀，不勝遠誠。病後多書不得，伏惟恕察。謹狀。

伏蒙又賜《口箴》，不任感戴。東都日所惠本留洛中，無人檢得。兼以道路艱阻，二年來不曾有人至洛，以此前狀諮請，倍深惶悚。小生《舌箴》更改三五字。不欲兩本流傳，今謹録新本獻上，舊本伏望封還。如不能遠寄，伏惟必賜焚却，下情切望。趙總管知廣州時多，此月下旬方至此[八]。伏惟照察。謹狀。

大中三年(八四九)閏十一月底

## 箋　校

〔一〕李德裕卒於大中三年十二月十日，詳參陳寅恪《李德裕貶死年月及歸葬傳説辨證》。本年十一月閏。本文云"閏十二月二十八日"，當是"閏十一月二十八日"之誤。本文第三首云"此月下旬"，亦指閏十一月下旬。由此可知，德裕作書不久，旋即下世。故訂本文作於大中三年閏十一月底。

本文又載《叢刊》本、傅校本、《四庫》本李集之別集卷六、《全文》卷七〇七。洪邁《容齋續筆》卷一《李衛公帖》載："李衛公在朱崖，表弟某侍郎遣人餉以衣物。公有書答謝之，曰：'天地窮人，……'"即爲本文之第二首。惟文字出入較多，可比勘。

本文篇目中"姚諫議邰"，《全文》作"姚諫議邰"，岑仲勉《唐史餘瀋·再論文饒集之姚諫議》云："粟香五筆三記唐姚勖等題名云：'姚勖……大中四年二月遊。'在常州荊溪縣，似即勖官常州刺史之時。勖大中四年尚作官而合無可考，文饒集之姚諫議，似可斷爲勖矣。”岑説與洪邁《李衛公帖》有相合之處。洪曰：“姚崇曾孫勖爲李公厚善。及李譖逐，擿索支黨，無敢通勞問。既居海上，家無資，病無湯劑，勖數饋餉候問，不傳時爲厚薄，其某侍郎之徒歟？”

〔二〕倍積瞻戀　原作“陪積瞻戀”，《叢刊》本同。按“陪”字誤，據傅校本、《四庫》本、《全文》改。

〔三〕閏十一月　原作“閏十二月”，《叢刊》本、《四庫》本、傅校本、《全文》同。按本年十一月閏，據改。又，《容齋續筆》云：“書後云：‘閏十一月二十日，從表兄崖州司户參軍同正李德裕狀侍郎十九弟。’……所謂閏十一月，正在三年。”

〔四〕從表兄　原作“從表文”，《叢刊》本、《四庫》本、《全文》同。按“文”於義不合，據前引《容齋續筆》改。傅校本作“從表丈”。

〔五〕物情所弃　原作“物精所弃”，《叢刊》本同。按此於義不合，據陸氏校勘、《容齋續筆》、傅校本、《四庫》本、《全文》改。

〔六〕餒而之鬼　原作“餒死之鬼”，《叢刊》本、《四庫》本、《全文》同。按“死”字誤，據陸氏校勘、《容齋續筆》、傅校本改。

〔七〕藥物陳裛　原作“藥物陳稾”，《叢刊》本同。按“稾”字刊誤，據《容齋續筆》、傅校本、《四庫》本、《全文》改。

〔八〕此月下旬方至此　原作“此吕下旬方此至”，《叢刊》本、《四庫》本同。按“吕”字誤，“此至”二字倒，今據陸氏校勘、傅校本、《全文》改。

## 唐故左神策軍護軍中尉兼左街功德使知内侍省事劉公神道碑〔一〕

宸極正位，運四時者璇樞；太微啓扉，分兩垣者上將。其或道兼文武，勳著旂常，禀嶽立之神姿，藴泉渟之深識。存也出忠入孝，愛敬同歸；歿也灑澤漏泉，始終一貫。求之前古，不亦難哉！
公諱弘規，前京兆雲陽人也。派流甚遠，珪組相承，炳焯周邦，光
揚史牒。曾祖恩，官止同州白水縣令。祖信，終於漢中郡折衝都
尉。父英，皇左武衛中郎將，歷階勳至游擊將軍、上柱國。皆纘前
緒〔二〕，踐履夷途。或明恕而行，俾人歸厚；或強毅以立，顧敵必
摧。不顯當時，宜生達者。公十有五，乃應選用。冲和之美，暢茂
於四肢；喜愠之來，不塵於絕境。亦由崑岫片玉，嶧陽孤桐，生稟
異姿，終成重器。始署雲騎尉賜緋，累遷内侍省内僕寺丞。密侍
赤墀，飛聲紫禁。值操不逾於規矩，抗志已在於丹霄。無何，丁郎
將憂，苴枲服喪，杖而後起，不辭王事，是謂從權。俄授徵事郎内
侍省府局令。屬劉闢逆命，禁旅徂征，護汧隴梟騎之鋒，平井絡鴟
張之虜。始以義擊，俄焉凱歸〔三〕，由是有輕車都尉之授。旋又將
命撫循，自靈州以屆於邊。犒軍五城，勤役萬里，懋乃休績，簡於
天心。加銀印赤紱之賜，充天威軍使，奉詔蠻方，再安憬俗〔四〕。
俶儻扶義，有叱馭之風；感激捐軀〔五〕，忘跕鳶之苦。恩禮浹洽，要
荒晏如。尋自奚官局丞擢翰林院使。偓署重深，天顔咫尺，導才
臣之啓沃，廣睿哲之聰明。公學富丘墳，智參神化，叶機贊命，發
揮王猷，故事藹然，内庭緊賴。爰加内侍伯貳副軍中尉，副左街功
德之任。紫艾龜印之寵，以昭其庸；武旅鳧藻之師，實爲之佐。檢
校司空王公諤之授鉞河東也，改内給事，爲之護軍。以金蘭之契，
睦於元帥；以泉海之量，接於賓僚。三軍煦愛日之和〔六〕，列郡靡
清風之德。洎振武失守，主將遁逃，朝廷軫憂〔七〕，慮爲邊患，因命
尚書張煦節制是邦，詔公領步騎五千爲之聲援。公内運秘計，外
示閑安，詭以巡邊，掩其無備。長驅猛鋭，深入壘門，乃以宣勞之

名,俾其少長皆會。然後擒執魁首,置之典刑,戮三百餘人,闔城股悚。昔武安之阬趙卒,莫辯幽冤;韓信之戰井陘[八],徒聞疾鬥。未若公德刑具舉,威惠皆宣,乘馹上聞,班師舊鎮。司徒既歿,承乏總戎,而高平公弈葉相門,一時盛德,與公虛舟相待,朱瑟諧音,淡然而成,去如始至。尋又奉詔巡邊,以觀軍實,北至鈎注,東達飛狐。道里曲折,不遺於掌握;兵機奇正,盡在於襟靈。士懷挾纊之恩,人感投醪之醉。壺漿塞路,幼艾爭先,爰寫山河,存於繪事。憲宗悦而加歎[九],嘗置座隅。得李恂之圖書,乃知聚落;觀千秋之畫地,盡見山川。加朝議大夫內侍省內常侍,復歸舊鎮,報忠勞也。上以公器能可以居重任,機權可以參密勿,遂發中詔,俾還京師,改內飛龍使,換右神策軍副使。飛龍掌天驥之閑,古太僕之職也;禁旅總蘭錡之兵,古上卿之寄也。公或爲長,或爲副,蓋選衆而舉,惟材是擇。翌日命知樞密。公揣摩心術,練達國章,謀無不成,運有餘裕。當神武經緯之際,王師戡定之初,一日萬機,晝嘗三接。忠猷隱於聞聽,嘉謀秘於宮闈[一〇],略而不書,蓋溫樹不言之義也。真拜內常侍,知內侍省事。旌其忠力,賜名弘規;弘者光大之稱,規者規範之謂。合此二義,表兹一心。俄而淄青干紀,兵集淮海。以公累護戎事,尤邃武經,出爲淮南監軍,委以攻討。鳴鐘鼓以問罪,運籌策以出奇。方屬志於戈矛,遽纏哀於風樹。抱終身之痛,自達神明;當赴難之辰,敢避金革。起復寧遠將軍,依前充監軍使。元惡既殲,復掌樞密。憲宗憑几大漸,召公受遺;穆宗膺圖御民[一一],繫公定策。捧日而昇黃道,翼龍而上赤霄,名節功勛,光昭圖史。遷忠武將軍內侍省少監,賜上柱國,進雲麾將軍。服闋,授銀青光禄大夫、監門衛將軍、知內侍省事,封彭城縣開國子,累封沛國公,食邑三千户,賜以長戟,列之朱門。守約鳴謙,不有其貴。屬幽、鎮首禍,趙、魏挺災,公内竭謀猷,定指蹤之計;外緝機務,當政賦之源。慮不及私,居嘗慎獨。懸水鏡而情無隱伏,持權衡而心靡重輕[一二]。巍然如山,以鎮群動。逮長慶季歲,穆皇疾已彌留[一三]。公志仗神明,心存王室,請立先后,以爲副君[一四]。雪涕抗詞,首陳大計,舉觴瀝款,衆議皆從。延年離席而社稷已安,趙喜橫階而尊卑乃定。惟公方之,諒無慙德。公以名遂身退,舉能進善,人之高躅也。乃推同志固繁機,遷左監門衛上將軍、知省事,復爲河東監軍使。拜泣玉墀,寵錫金帶。雖魏后深恩,授劉楨之廓落[一五];吳君密渥,賜陸遜之金環。煥赫輝榮,莫逾於此。穆宗厭代,先后嚮明。公懇請會朝,旋奉俞詔,拜特進、行右武衛上將軍。公以子牟之戀,常懷魏闕;汲黯之志,惟在漢庭。懇辭北轅,上不能奪,尋除内宅使、鴻臚禮賓等使。前代特進,位次三公,居驃騎儀同之上,非茂勛俊德,曷以處之?遷左神策軍中尉、兼左街功德使。漢氏京師有南北軍之屯,武帝既平百粤,内增七校,今之中尉,寔司其任。公閑禮敦詩[一六],深知將帥之體;安人和衆,實有經武之材。以清净禮緇黄,以慈惠親戎旅。西方之教,不肅而成;北落之衛,隱然難犯。吐論必援於經史,耽翫惟志於圖書,遇物而涇渭自分,立誠而風雨如晦。權雖侔於衛、霍[一七],主意益親;寵雖盛於金、張,人心咸悅。非全才曠度,豈能臻於此歟?公志氣方强,春秋甚富。將欲揚威瀚海,耀武龍庭,展報國之壯圖,恢致君之遠略。勞而生疾,懇請辭榮。天子憂吕蒙之未瘳,委景丹之卧鎮[一八],近臣挾醫而駢至,中使賜藥以交馳。心徒傾於太陽,命已迫於朝露,灑血懷感,啓手歸全。以十一月二十八日薨於長安來遲里第，享年五十二。遺表獻名馬、雕鞍、寶器、犀帶。臣子之戀，不其至乎！敬宗當宁流襟，廢朝三日，贈開府儀同三司，贈絹一千匹、布四百端、錢三千貫。上擬三台之耀，下管九泉之榮，禮命所加，冠於當代。朝廷碩臣，聞必興歎；和嶧故校，相視潸然。昔李將軍之殂，人皆流涕，以其信結於士大夫，公近之矣。況公瞑目之後，曾未經旬，變起林光，災纏霄極。則知日磾已沒，何羅之釁遂成；許褚既終，徐地之妖莫遏〔一九〕。惟公峰巒聳拔，挺秀色於晴霞；律呂含和，流清音於大厦。志必存於經濟，量莫挹其沖深；思若涌泉，智如炙輠；決勝千里，通知四夷；察情僞之端，達幾微之際。故天子虛己以聽，詢謀允諧。道不取於苟容〔二○〕，言必歸於中正。居平而博厚泛愛，臨事而感槩立名。體征虜之奉公，得亞夫之守節。公之掌樞也，屬穆皇寢疾逾年；公之總戎也，屬敬宗朝廷多事。公協和將相，安靖邦家，勁草不搖，喬松自直。《傳》稱："公家之利，知無不爲，忠也；送往事居，俱無怍色，貞也〔二一〕。"惟公有之矣。惜乎未及中壽，俄歸杳冥，景已戢於虞泉，名空留於簡册，可不悲哉！夫人密國夫人李氏，懿行蘭薰，貞風玉瑩，榮封石窌，寵章全德；德禮茂於宗姻，洵美光於內則；悲深晝哭〔二二〕，痛結泉扉。有子五人：長曰行立，朝散大夫、內侍省宮闈局令、上柱國、彭城郡開國伯、賜緋魚袋；次曰行深，中散大夫、內侍省給事、賜紫金魚袋；次曰行元〔二三〕，□□□□□□□□□□□□□□□□賜綠；次曰行先〔二四〕，朝散大夫、內府局丞、上柱國〔二五〕、□□□□□□□□□□□□□，次曰行〔二六〕□□□□□□□□□□□□□□□□□□□。咸以珪璧之姿，藻身文囿；鴻鵠之志，矯翼禁林。朱紫連華，閨門雍睦。忠出於孝，負五龍之俊才;喪過乎哀,有二連之深戚。粵以大和元年十一月十四日,即幽窆於滻川之西[二七],禮也。青鳥啓兆,悲蔂樹之長陰;白鶴臨風,嗟吊賓之遽返。永圖丕績,乃篆貞珉。銘曰:

皇王神化,仰法星樞。始自絲忽,風行八區。誰參其任,公實帝俞。出吐君命,入讚臣謨。其一。惟后建邦,外分蕃岳。奧則淮壤[二八],雄惟朔漠。誰護其軍,公多智略。恒瀚既寧,王猷允若。其二。漢家宮室,上應太微。布列環衛,恢張武威。誰司其柄,公達戎機。英王流眄,忠賢是依。其三。內外之寄,安危所注。惟公全德,乃暢機務。美璧良珪,瑞質凝素。霜戟寶刀,森然輝庫。其四。天挺奇志,貞若渾金。出入三紀,賢明一心。寒松在巘,霜霰寧侵。皇澤之厚,川流比深。其五。趙孟愒景,光音遂遠。長卿病痟,藥石皆晚。靈芝難駐,奇香莫返。光碎珠泉,芳消蘭畹。其六。鹵簿詔葬,城闕之東。列旌旗於素滻,凝簫挽於朔風。落槭槭之霜葉,叫離離之晚鴻。時一往兮舟壑逝,魂歸來兮松柏中。其七。

大和元年(八二七)十一月

## 箋　校

〔一〕本文爲劉弘規神道碑。劉弘規,兩《唐書》無傳。《新書·李逢吉傳》載穆宗暴疾,"中外阻遏,逢吉因中人梁守謙、劉弘規、王守澄議,請立景王爲皇太子"。由此可知,敬宗之立,劉弘規曾預其事。本文記劉氏事蹟頗詳,可補史書之闕略。文記劉氏之葬曰:"粵以大和元年十一月十四日,即幽窆於滻川之西,禮也。"德裕撰碑銘當同時而略後,故訂本文作時爲大和元年十一月。

本文又載《叢刊》本、傅校本、《四庫》本李集之別集卷六、《全文》卷七一一。

本文篇目,《全文》於"神道碑"下增一"銘"字。

〔二〕皆纘前緒　原作"皆績前緒",《叢刊》本同。按"績"字誤,據傅校本、《四庫》本、《全文》改。

〔三〕俄焉凱歸　傅校本作"俄而凱歸"。

〔四〕再安憬俗　原作"再女憬俗",《叢刊》本同。按此於義不合,據陸氏校勘、傅校本、《全文》改。《四庫》本作"奠安憬俗"。

〔五〕捐軀　原作"捐驅",《叢刊》本同。按"驅"字誤,據傅校本、《四庫》本、《全文》改。

〔六〕三軍煦愛日之和　原作"三軍照愛日之和",《叢刊》本、《四庫》本同。按"照"字誤,據傅校本、《全文》改。

〔七〕朝廷　原作"朝庭",《叢刊》本、傅校本同。按"庭"字誤,據《四庫》本、《全文》改。

〔八〕韓信之戰井陘　《全文》作"韓信之下井陘"。

〔九〕憲宗悦而加歎　《全文》作"憲宗悦而嘉歎"。

〔一〇〕嘉謀秘於宮闈　傅校本作"嘉謀閟於宮闈"。

〔一一〕御民　"民",《叢刊》本、傅校本、《四庫》本同,《全文》作"宇"。

〔一二〕持權衡　《全文》作"持天衡"。

〔一三〕穆皇疾　原作"穆皇戾",《叢刊》本、《四庫》本同。按"戾"字誤,據傅校本、《全文》改。

〔一四〕以爲副君　原作"以爲副軍",《叢刊》本、《四庫》本同。按"軍"字誤,據傅校本、《全文》改。

〔一五〕授劉楨之廓落　諸本多作"授劉積之部落"。按"積"字誤,據《四庫》本改。這是頌揚劉弘規文武之才的碑文,將叛亂首領牽入,是爲大誤。下文"賜陸遜之金環",四六對句可證。"部"字亦誤,《三國志》卷二一《劉楨傳》引《典略》曰:"文帝嘗賜楨廓落帶。"據改。

〔一六〕公閲禮敦詩　傅校本作“公閲禮明詩”，《全文》作“公説禮敦詩”。

〔一七〕衛霍　原作“魏霍”，《叢刊》本、傅校本同。按“魏”字誤，據《四庫》本、《全文》改。

〔一八〕委景丹之卧鎮　原作“委丹景之卧鎮”，《叢刊》本同。按“丹景”二字倒誤，據傅校本、《四庫》本、《全文》改。《後漢書》卷二二《景丹傳》：“賊迫近京師，但得將軍威重，卧以鎮之足矣。”

〔一九〕徐地之妖　原作“徐地之媛”，《叢刊》本同。按“媛”字誤，據陸氏校勘、傅校本、《四庫》本、《全文》改。

〔二〇〕苟容　原作“荀容”，《叢刊》本同。按“荀”字誤，據陸氏校勘、傅校本、《四庫》本、《全文》改。

〔二一〕按以上數句，見《左傳》僖公九年：“公家之利，知無不爲，忠也。送往事居，耦俱無猜，貞也。”

〔二二〕悲深晝哭　原作“悲深畫哭”，《叢刊》本、傅校本同。按“畫”字誤，據《四庫》本、《全文》改。

〔二三〕次曰行元　下闕十五字。

〔二四〕次曰行先　傅校本、《全文》作“次曰行宣”。

〔二五〕上柱國　下闕十四字。

〔二六〕次曰行　下闕十七字。

〔二七〕即幽窆於滻川之西　原作“即幽窆於川滻之西”，《叢刊》本、《四庫》本、傅校本同。按“川滻”二字倒誤，據《全文》改。按“滻川之西”當在長樂坡。《元和郡縣圖志》卷一：《關内道・京兆府》萬年縣：“長樂坡，在縣東北十二里，即滻川之西岸。”

〔二八〕奧則淮壤　原作“粤則淮壤”，《叢刊》本、《四庫》本同。按“粤”字誤，據傅校本、《全文》改。

## 唐故開府儀同三司行右領軍衛上將軍致仕上柱國扶風馬公神道碑銘并序[一]

夫隴坻長松，必備明堂之制；荆岑璞玉，終爲大國之寶。士或起漁釣而遭時會，亦有披荆榛而贊王業。求之古昔[二]，何代無賢？大和六年，開府儀同三司、右領軍衛上將軍致仕、上柱國岐山公、實封三百户、扶風馬公以侯印罷歸，至開成五年九月四日[三]，薨於永嘉里第，享年六十三。詔贈揚州大都督。明年二月八日，以鹵簿鼓吹葬於京兆灞陵之原。馬公即國之盡忠衛主之臣也。公諱存亮，字季明。大父瑾，皇銀青光禄大夫。考操，皇朝議郎房州長史。公之先族趙奢，嘗以百萬勁兵，號爲馬服，制秦吞魏，因而氏焉。厥後文武派分，英華不絶。武則伸威百蠻，鑄銅而表海；文則研道《六經》，施帳而授業。公繼前業，蔚爲茂器，終始一貫，貞明六朝。德宗時弱冠筮仕，風儀夙成。帝欲分綺季之勞，翼皇儲之重，於是暫離武帳，出侍龍樓；贊蘭英結珮之馨，規桐葉剪圭之戲，此則史丹之保護也[四]。帝欲秩出納之司，糾梯航之貢，於是副弘羊而實天庫[五]，佐安國而裨水衡，此又孔僅之方略也。帝欲具飾車旗，宣明衣服，公於是典其寮案，重立規模。疊烟霞以散王侯，卷虹蜺而給妃后；卿靄施彰於五輅，日華摇裔於九游，此又叔孫通之文物也。帝欲順時巡以察風俗，先品實以奉園陵，公於是廣靈囿以樹農功，采類宮以列珍饌；法后稷播殖之道[六]，遏嗇夫捷給之詞，此又卜式之理上林也。帝欲昆夷即序，士馬無譁，公於是視秩視玉鈐[七]，榮加金鈕，以奇謀而協上將，以忠懇而暢皇猷；尺籍五符之勤，訓馬簡士之要，雖程功於衛、霍，終歸美於程、李,此又許歷之副趙奢也。元和十三年,公自神策軍副使詔受雲麾將軍、左監門衛將軍、知内侍省事、兼左街功德使。公於是金湯天壘,雷電皇威,斥游墮於五營,取材能於七萃;備牙爪則數逾十萬,竭心膂則酬必九遷;貔貅虎豹之師,鵝鸛魚麗之訓;文茵貝冑之盛,羽葆靈旂之飾;奉元會則雪霜委積於殿廷,侍郊丘則錦綉施張於原野。公珪璋挺器,禮樂資身。轅下無睚眦之徒,轅門多温恭之士;知吕蒙於行陣,重郤縠於詩書。晉代名卿,咸授趙衰之舉〔八〕;漢朝武略,多由去病之門,此又方召之佐宣王也。敬宗時宫掖無虞,蜂蠆暴起,塵驚王座,熊突彤闈〔九〕。良媛以羅袂當衝,侍臣以藥囊捍患。宸慮未經於細柳,天行俄及於聖皇〔一〇〕。何羅之釁始萌,日磾之心已動。公於是覽義皇之轡,駐豐隆之馭,關□壁而納□日〔一一〕,闢獸落而留六龍,指麾殄寇之兵,調侍太官之膳〔一二〕。群兇既成於京觀,庶官方及於乘輿,公乃率玄甲而清紫微,奉翠華而入黄道,此又耿弇安君父清妖孽也。於是奠食井賦〔一三〕,紀功旂常,文錦玉帶,綢繆蕃錫。公辭榮畏滿,名遂身退。坐鑄俎而監淮海,衛瓘之忠勤也;馳輶車而款天闕,子牟之誠戀也;捐寵綬而授松檟,揚王孫之達命也;歸鄉里而散金帛,蘇季子之行義也。慶忌嫉邪之心,萬石周慎之志;保貞廉而碎首,惡讒愿而忘身;思患覩漏河之初,知機見履霜之漸。士君子所以推公之明識也。公始罷淮南監軍使,詔除内飛龍使。荏苒一紀,劬勞六閑,朝習華騮,莫巡棧皁。無竊轡詭銜之患,遂翹足交頸之安;瘁精爽於北辰,播芳烈於來代。旋以股肱近地,河關要津,爰輟信臣,再監戎旅。繡衣晝行於阡陌,金俎暮奠於松楸,爲子爲臣,忠孝備矣。既而以疾告老,乞還京師,累表抗辭,留中未下。天子眷懷耆舊，注意貞良，久而乃從，不奪其志。此又終始之大節，古今之至人。長慶初，某忝職內庭，獲覯公之儀表，玉山峻嶺，瓊樹高柯。霍子孟資性端莊，進有常處；張子孺小心畏忌，每遠權勢。御札盈几，天香滿衣；驂八駿而幸玄洲，捧六鈞而殪青兕。勳名光焯，當代莫儔。夫人岐國夫人王氏，寶劍早沉於清渭，珠光先閟於黃泉。嗣子瓊林使朝議大夫、行內侍省奚官局令、上柱國、扶風郡開國公、食邑二千戶、襲實封一百五十戶[一四]、賜紫金魚袋元某，夙稟英才，早聞詩禮，守公法度，以紹家風。次子幽州監軍使、朝議大夫、行內侍省內僕局令、上柱國、賜緋魚袋元貫，朝議大夫、奚官局令、上柱國、賜緋魚袋元償，儒林郎、守內侍省內府局丞、上柱國元真等，金貂相映，朱紫交輝。鳳毛歸美於一門，驥足皆期於萬里。以某知公故事，見託斯文。刻石路隅，庶紀佳績，俾後代知天子聞鼓鼙而憶名將，鑑丹青而思老臣[一五]。乃爲銘曰[一六]：

明堂巍巍，天駟前施。木帝乘馬，是能星馳。馬服生趙[一七]，秦鹿交馳[一八]。趙秦同出，後有帝枝[一九]。鳴喝龍章[二〇]，車馬是司[二一]。戰國更霸，迭相盛衰。趙困長平，秦始開基。劉累遠孫，剪秦無遺。劉即范氏，累乃龍師。厥派緜緜，尋源乃知。貞元年中，公侍丹墀。一善及物，知無不爲。進退諤諤，行無越思。明明六聖，信任不疑。赫赫貞臣，顛危必持。理身清静，成國雍熙。實本兵柄，左右皇威。內訓七萃，七萃如貔。外遏百蠻，百蠻以綏。冬有愛日，人心所歸。疾風勁草，輿論欽之。始去禁衛，萬夫涕洟。逮總天厩，六閑允釐。盡瘁事國，形神久疲。監視諸侯，琴書自怡。金印組綬，去之若遺。陶逕潘園[二二]，優游在斯。長慶四年[二三]，詔樹豐碑。上將刻字，文以好辭。後十六年，蓋臣其萎。

原阡松櫃兮霜露已滋，苑池臺榭兮榛蕪可悲。覩塵根兮空嗟蔓草，篆貞珉兮攸媿色絲。

會昌元年（八四一）二月

## 箋　校

〔一〕本文爲馬存亮碑銘。馬存亮，《新書》卷二〇七《宦者》有傳。傳曰：“存亮逮事德宗，更六朝。資端畏，善訓士，始去禁衛，衆皆泣。唐世中人以忠謹稱者，唯存亮、西門季玄、嚴遵美三人而已。”本文云，存亮“至開成六年九月四日薨於永嘉里第”。按開成僅五年，此“六”字當爲“五”字之訛。又云：“明年二月八日……葬於京兆灞陵之原。”由此推之，文當作於會昌元年二月間。

本文又載《叢刊》本、傅校本、《四庫》本李集之別集卷六、《全文》卷七一一（篇目奪“并序”二字）。

〔二〕求之古昔　原作“求之古”，《叢刊》本同。按此奪“昔”字，據陸氏校勘、傅校本、《全文》補。《四庫》作“求之於古”，當係館臣臆改。

〔三〕開成五年　諸本作“開成六年”，誤。今據史實改。並參本文箋校〔二三〕。

〔四〕史丹　原作“史册”，《叢刊》本、《四庫》本、《全文》同。按“册”字誤，據陸氏校勘、傅校本改。

〔五〕於是副弘羊　原作“於是副洪羊”，《叢刊》本、傅校本同。按“洪”字誤，據《四庫》本改。“弘羊”，指桑弘羊，西漢大臣。

〔六〕法后稷播殖之道　《全文》作“法后稷播種之道”。

〔七〕公於是視秩視玉鈴　《四庫》本、《全文》刪上“視”字，作“公於是秩視玉鈴”，義似較勝。

〔八〕趙衰　原作“趙襄”，《叢刊》本、《四庫》本同。按“襄”字誤，據陸氏校勘、傅校本、《全文》改。趙衰,晋文公大臣,助文公創建霸業。其子即趙盾。

〔九〕熊突彤闈　傅校本作"豨突彤闈"。

〔一〇〕天行俄及於聖皇　原作"天行俄及於□皇",《叢刊》本同。按此缺一字,據傅校本補"聖"字。又此字,《四庫》本作"穹",《全文》作"窒"。

〔一一〕關□壁而納□日　諸本均缺二字。"壁",《全文》作"璧"。

〔一二〕調侍　原作"調停",《叢刊》本、《四庫》本、《全文》同。按"停"字誤,據陸氏校勘、傅校本改。

〔一三〕於是奠食井賦　原作"於是真食井賦",《叢刊》本、《四庫》本、《全文》同。按"真"字誤,據陸氏校勘、傅校本改。

〔一四〕襲實封　原作"襲重封",《叢刊》本、《四庫》本、《全文》同。按此於義不合,據傅校本改。

〔一五〕思老臣　原作"思者臣",《叢刊》本同。按此於義不合,據傅校本、《四庫》本、《全文》改。

〔一六〕銘曰　"曰"字原闕,《叢刊》本同。據傅校本、《四庫》本、《全文》補。

〔一七〕馬服生趙　原作"鳴嚙□□",《叢刊》本、《四庫》本、《全文》同。陸氏校勘補"龍章"二字。按此段銘文諸本奪誤較多,兹據傅校本校補作"馬服生趙"。

〔一八〕秦鹿交馳　原作"車馬是司",《叢刊》本、《四庫》本、《全文》同。今據傅校本改。

〔一九〕後有帝枝　原作"後有□□",《叢刊》本、《四庫》本、《全文》同。按缺二字,據傅校本補。

〔二〇〕鳴嚙龍章　原作"馬服生趙",《叢刊》本、《四庫》本、《全文》同。

按此句應在前,今據傅校本改。

〔二一〕車馬是司　原作“□□□□”,《叢刊》本、《四庫》本、《全文》同。
按缺四字,據傅校本補。

〔二二〕陶徑潘園　原作“陶徑潘國”,《叢刊》本同。按“國”字誤,據陸氏
校勘、傅校本、《四庫》本、《全文》改。

〔二三〕長慶四年　諸本均作“長慶六年”,而長慶僅四年,明年正月改元
寶曆,故“六”字當係“四”字之訛。後文云:“後十六年,蓋臣其
萎。”從長慶四年(八二四)計至開成五年(八四○)馬存亮卒,恰爲
十六年,此可爲證。

傅璇琮文集

〔唐〕李德裕 撰

傅璇琮　周建國 校箋

# 李德裕文集校箋

下 册

中華書局

# 別集卷第七

## 記六首

### 掌書記廳壁記[一]

《續漢書·百官志》稱：三公及大將軍皆有記室，主上表章報書記[二]。雖列於上宰之庭，然本爲從軍之職。故揚雄稱，軍旅之際，飛書馳檄用枚皋。非夫天機殊健[三]，學源濬發；含思而九流委輸，揮毫而萬象駿奔；如庖丁提刃，爲之滿志；師文鼓瑟[四]，效不可窮；則不能稱是職也。昔安豐侯竇融徵還京師，光武問曰："所上表章，誰與參之？"融曰："皆從事班彪所爲。"及竇憲貴寵，班固、傅毅之徒，皆置之戎幕，以典文章，憲邸文章之盛，冠於當代。魏氏以陳琳、阮瑀管記室。自東漢以後，文才高名之士，未有不由於是選，其簡才之用，亦金馬、石渠之亞。況河東精甲十萬，提封千里，半雜胡騂，遥制邊朔，惟師旅之威容，爲列藩之儀表。

典茲羽檄,代有英髦。間者吳少微、富嘉謨、王翰、孫逖,咸有制作存於是邦。其所不知,蓋闕如也。暨太尉臨淮王總節制之師,德裕叔父嘗與斯職[五]。尋以才識英妙,肅宗召拜監察御史。厥後僕射高貞公、今河陽節度令狐公以人文掌宸翰;國子司業鄭公、給事河南尹杜公以才華登貴仕。繼斯躅者,不亦盛歟!丙申歲,丞相高平公始自樞衡以膺謀帥,以右拾遺杜君爲主記,明主惜其忠規,復拜舊職,尋參内庭視草之列。次用殿中侍御史崔君。德裕獲接崔君之後,文學空虚,才術莫迨;繼清塵於吾祖,挹芬烈於前賢。先是廡廊之下有豐碑,紀其名氏而不書職業,今再刊斯記於本署西垣,以高平公統戎爲始。元和十四年四月十一日記。

元和十四年(八一九)四月十一日

## 箋　校

〔一〕本文文末署曰"元和十四年四月十一日",時李德裕在河東節度使
　　　張弘靖幕中。
　　　本文又載《叢刊》本、傅校本、《四庫》本李集之別集卷七、《全文》卷
　　　七〇八。

〔二〕主上表章報書記　司馬彪《續漢書·百官志》太尉下:"令史及御
　　　屬二十三人。本注曰:'……記室令史主上章表報書記。'"

〔三〕天機殊健　傅校本作"天機殊捷",《全文》作"天機殊捷"。

〔四〕師文鼓瑟　原作"師文□瑟",《叢刊》本同。按此缺一字,據陸氏
　　　校勘、傅校本、《四庫》本、《全文》補。

〔五〕德裕祖父嘗與斯職　"祖父",原作"叔父"。按"叔"字誤。德裕祖
　　　父指李栖筠。《新唐書·李栖筠傳》:"李光弼守河陽,高其才,引
　　　爲行軍司馬,兼糧料使。"李光弼即上文所謂"太尉臨淮王"。下文

"繼清塵於吾祖"方合於李栖筠之事實。諸本作"叔父",大誤。
"嘗與斯職",原作"嘗興斯職",《叢刊》本同。按"興"字誤,據陸
氏校勘、《四庫》本、《全文》改。傅校本作"嘗典斯職"。

## 丞相鄒平公新置資福院記<sup>〔一〕</sup>

夫威鳳之炳然,非海晏則不至;卿雲之靄然,非氣和則不
至<sup>〔二〕</sup>。故君子藏器抱璞,含忠毓德,不遭遇其時,則光名不曄。
是以干木之退也,高於千乘君;曼容之仕也,止於六百石。先僕射
佩虎符而知足,視蟬冕而蔑如,由斯志矣。先僕射苞文武之道,有
清直之德。良玉美潤,徒蓄寶於荆岑;喬木幽深,不呈材於廊廟,
知者所以歎息也。丞相鄒平公鍾是餘慶,爲唐寶臣。公天挺奇
表,角犀特秀。居五嶽也,禀太華削成之狀;方四時也,得清秋爽
朗之氣。森矛戟以耀穎,粲珪璋而洞照,蓋人之傑歟!憲宗皇帝
以神武之姿,墾除菑害。睿慮澹以泉默,英威赫而電斷,奇權秘
計<sup>〔三〕</sup>,皆中詔決之。參宸筭者,惟公與二三髦士<sup>〔四〕</sup>,揣摩潤色,繄
公稱首。既平淮夷,盪齊寇,四罪咸服,八表晏然。雖則武力之拘
原,亦由謀臣之決策。洎今上之宅憂也,袞龍未襲,嗣明未位,召
公於東宫含春殿,歔欷前席,付以大柄。公乃請偃武論道,與天下
休息。上若涉水而得舟檝,馭馬而有銜轡。始拜言以命咎,即其
時而相説;君臣之遇,古無儔也。公之爲政,貞以制動,平以稱物,
其志在於識相體弘,簡易而已。嘗以爲用京房之法,則煩碎而亂
理;聽嗇夫之辨,則捷給而傷化。由是遵坦夷之路,窒邪枉之門;
不勤人以務遠,恥竭澤以言利。矧夫洞虛明之境,應必以誠,端不
言之蹊,孰不歸我?故奉聖者稱公爲良相焉。公之趨丹阤<sup>〔五〕</sup>,侍

紫垣,名冠近臣,寵加贈典。先僕射自珥貂而升左揆[六],先夫人由趙郡而啓大國,金印石窆,當代榮之。建中初,先僕射以柱下史參梓潼軍計,典昌榮二部,益部之内,有林居一廛。庾氏誅茅,始傷於寄寓;仲長樹果,終見於繁蔚。公年纔佩觿[七],志拾青紫,方覃思於經籍,未馳騖於文章[八]。遊焉息焉,必在於是。及鍾家難,乃入爲官。暨韋太尉鎮是邦也,公釋褐從事,在賓幄之間。逮兹抗戎旃,佩相印,曾未一紀,繼爲三公。下車逾月,訪於舊館。邵伯之樹未剪,武侯之廬猶在。于公邑里,遂見高車;龍驤門閭,竟容長戟。公瞻搆灑泣,循陔永思。以爲徵壞壁者,夫子之居尚毁;固朽宅者,如來之乘斯遠。孰若歸於净土,環以香林?乃購之於官,以爲精舍。又以桑門之上首者七人居之,所以證迷途而資夙植也。殿堂層立,軒房四柱[九],鎔金作繪,髣髴諸天。況乎蜀山葱蒨,下臨於雉堞;錦江明滅,近繚於郊坰。紅樹倚檻,青蕪傍砌[一〇];海雛乍來,靈草長秀。彼之聽和音者,不惟於寂慮;聞異香者,自入於禪薰。公之孝思,永代作則。豈止何充之宅,獨入檀那;將與文公之堂,俱爲不朽。某貌焉孤生,流落於代,辱公感舊,遂不見遺。公自内庭升台司[一一],居視草之列,二三年間,位階先達[一二]。由是議人倫者歸公之盛德。不陪密坐[一三],驟變寒暑,迂懸榻之念,忝授簡之思。且嘗典綸綍,獲備官寮,報德不讓,懼斯文之闕焉。長慶二年十月二十二日,朝議大夫、御史中丞、上柱國、贊皇縣開國男、食邑三百户、賜紫金魚袋李德裕撰。

長慶二年(八二二)十月二十二日

## 箋　校

〔一〕傅璇琮《李德裕年譜》長慶二年載:"此文應段文昌所請而作。段文昌於長慶元年二月以檢校刑部尚書、同平章事,爲西川節度使。文昌之祖籍爲齊州臨淄,唐初鄒平縣曾隸之。故德裕文中稱'丞相鄒平公'(至於文昌正式進爵爲鄒平公,則在文宗時,見《新書》卷八九《段文昌傳》)。"又曰:"此文篇末署爲'長慶二年十月二十二日,朝議大夫、御史中丞、上柱國、贊皇縣開國男、食邑三百户、賜紫金魚袋李德裕撰'。而據《舊紀》,德裕於長慶二年九月癸卯已任命爲潤州刺史、兼御史大夫、浙西觀察使。九月戊子朔,癸卯爲十六日。未知文內'十月'之'十'有誤否,此點待考。"今姑訂本文作時爲長慶二年十月二十二日。

本文又載《叢刊》本、傅校本、《四庫》本李集之別集卷七、《全文》卷七〇八。傅校本注曰:"此下二首以明鈔本校。"

〔二〕不至　傅校本作"不生",《全文》作"不出"。

〔三〕奇權秘計　傅校本作"兵權秘計"。

〔四〕髦士　原作"麾士",《叢刊》本、《四庫》本同。按此於義不合,據傅校本、《全文》改。

〔五〕丹甿　原作"丹記"。按"記"字誤,據傅校本、《全文》改。張衡《西京賦》:"金甿玉階,彤庭輝輝。"

〔六〕珥貂　原作"弭貂",據《全文》改。

〔七〕公年纔佩觽　原作"年公纔佩觽",《叢刊》本同。按"年公"二字倒誤,據傅校本、《四庫》本、《全文》改。

〔八〕馳騖　原作"馳鶩",《叢刊》本同。按"鶩"字誤,據傅校本、《四庫》本、《全文》改。

〔九〕軒房四柱　傅校本作"軒房四注"。

〔一〇〕青藁傍砌　傅校本作"青渠傍砌"。

〔一一〕公自內庭升台司　《全文》作"爰自內庭升台司"。

# 三聖記〔一〕

## 大聖祖玄元皇帝〔二〕

有唐寶曆二年歲次丙午,八月丙申朔,十五日庚戌,玉清玄都大洞三道弟子、正議大夫、使持節潤州諸軍事、守潤州刺史、兼御史大夫、充浙西道都團練觀察處置等使、上柱國、贊皇縣開國男、食邑三百户、賜紫金魚袋李德裕,上爲九廟聖主,次爲七代先靈,下爲一切含識,於茅山崇玄觀南,敬造老君殿院,及造老君、孔子、尹真人像三軀,皆按史籍遺文,庶垂不朽〔三〕。

## 老　君〔四〕

按《史記》,孔子適周,將問禮於老子。老子曰:"子所言者,其人與骨皆已朽矣〔五〕,獨其言在耳。且夫君子得其時則駕,不得其時則蓬累而行。吾聞之,良賈深藏若虚,君子盛德,容貌若愚。去子之驕氣與多慾,態色與滛志,是皆無益於子之身。吾所告子,若是而已。"孔子去,謂弟子曰:"鳥,吾知其能飛;魚,吾知其能游;獸,吾知其能走。走者可以爲網,游者可以爲綸,飛者可以爲矰。至於龍,吾不知。其乘風雲而上天〔六〕。吾今日見老子,其猶龍耶!"

### 孔子闕[七]

### 尹真人[八]

按《史記》，老子居周久之，見周之衰，乃遂去。至關，關令尹喜曰：“子將隱矣，彊爲我著書。”於是老子乃著書上下篇，言道德之意五千餘言而去。《列仙傳》曰：“關令尹喜者，周大夫也。喜內學星宿[九]，服精華，隱德行仁，時人莫知也。老子西遊，喜先見其氣，知真人當過，物色而迎之[一〇]，果得老子。老子亦知其奇，爲著書。與老子俱之流沙西，服巨勝實，莫知所終。”

寶曆二年（八二六）八月十五日

### 箋　校

〔一〕本文開篇注明“有唐寶曆二年歲次丙午，八月丙申朔，十五日庚戌”，年月日明確，故訂本文作時爲寶曆二年八月十五日。時德裕任浙西觀察使，在潤州。

本文又載《叢刊》本、傅校本李集之別集卷七。傅校本前一篇《丞相鄒平公新置資福院記》注：“此下二首以明鈔本校。”即包括此《三聖記》。《四庫》本刪去本文，《全文》卷七〇八載本文第一篇，刪去《老君》、《尹真人》兩篇。今考《老君》、《尹真人》兩篇實出於《史記》卷六三《老子列傳》與裴駰《集解》所引《列仙傳》。當是德裕造老君殿院及老君、孔子、尹真人像後，又刻史傳遺文於內。後之編李集者誤以爲李文而入於集者。

〔二〕大聖祖玄元皇帝　陸氏校勘，《全文》刪去此小標題。傅校本作“大盛祖玄元皇帝”。

〔三〕庶垂不朽　《全文》此句下有“謹記”二字。

〔四〕老君　《全文》刪此篇。

〔五〕其人與骨皆已朽矣　原作"共人與骨皆已朽矣"，《叢刊》本同。按"共"字誤，據陸氏校勘、《史記》、傅校本改。

〔六〕其乘風雲而上天　原作"其乘風雨而上天"，《叢刊》本、傅校本同。按"雨"字誤，據陸氏校勘、《史記》改。

〔七〕孔子（闕）　原無此三字，《叢刊》本同。據陸氏校勘、傅校本補。

〔八〕尹真人　《全文》删此篇。

〔九〕喜内學星宿　《史記集解》引《列仙傳》作"善内學星宿"。

〔一〇〕物色而迎之　《史記集解》引《列仙傳》作"候物色而迹之"。

## 重寫前益州五長史真記〔一〕

　　益州草堂寺《成都記》云："在府西七里，去浣花亭三里。"列畫前長史一十四人，節度職不帶尹，則帶長史，非今賓佐也。代稱絶筆。余嘗於數公子孫之家獲見圖狀，乃知草堂續事〔二〕，靡不造真者。昔巖野旁求，徒聞審像；稽山高邈，惟上鎔金。孰若記之丹青，妙盡神照。楚國祠廟，魯王宮室，洎此邦文翁舊館，皆圖歷代卿相，粲然可觀。雖有慕於前良，曾莫究於形似。豈與夫年代已遠，遺像猶存，入虛室而烟霞暫披，拂浮埃而瑶林斯覿。余以精舍甚古，貌像將傾，乃選其功德尤盛者五人，模於郡之廳所〔三〕。追維二漢臺閣，皆有圖寫。黄霸、于定國〔四〕，雖宰相名臣，不得在畫像之列。卓子康德行君子，而在功臣之右。今之所取，意在斯乎？采色既新〔五〕，光靈可想，儼若神對，吾將與歸，因叙其事，詔諸來哲。大和四年閏十二月十八日，西川劍南節度副大使、知節度事、銀青光禄大夫、檢校兵部尚書、兼成都尹、御史大夫、贊皇縣開國伯李德裕記。

大和四年（八三〇）閏十二月十八日

## 箋　校

〔一〕本文文後署曰："大和四年閏十二月十八日，西川劍南節度副大使、
知節度事、銀青光禄大夫、檢校兵部尚書、兼成都尹、御史大夫、贊
皇縣開國伯李德裕記。"按《通鑑》卷二四四載大和四年"西川節度
使郭釗以疾求代。冬，十月，戊申，以義成節度使李德裕爲西川節
度使"。本文當是德裕到任不久在益州治所所作，故訂本文作時爲
大和四年閏十二月十八日。

本文又載《叢刊》本、傅校本、《四庫》本李集之別集卷七、《全文》卷
七〇八。

〔二〕續事　原作"績事"，《叢刊》本、傅校本同。按此於義不合，據《四
庫》本、《全文》改。

〔三〕廳所　原作"聽所"，《叢刊》本同。按"聽"字刊誤，據傅校本、《四
庫》本、《全文》改。

〔四〕于定國　《全文》此句下有"之流"二字。

〔五〕采色既新　原作"既新"，《叢刊》本同。按此當奪二字，據陸氏校
勘、傅校本補。《全文》作"□□既新"，缺二字。《四庫》本作"圖繪
既新"，似爲臆補。

# 懷崧樓記[一]

　　懷崧，思解組也。元和庚子歲，予獲在内庭，同僚九人，丞弼
者五。十數年間[二]，零落將盡，今所存者，惟三川守李公而已[三]。
已殁者西川杜公[四]、武昌元公、中書韋公、鎮海路公、吏部沈公、左丞庾公、
舍人李公。洎大和己丑歲[五]，復接舊老，同升台階。或纔歇止輿，
已協白雞之夢；或未聞稅駕，遽有黄犬之悲。向之榮華，可以悽
愴。況余憂傷所侵，疲薾多病；嘗驚北叟之福，豈忘東山之歸？此

地舊隱曲軒,傍施僻塊[六],竹樹陰合,簷檻晝昏;喧雀所依,涼飆罕至。余盡去危堞,敞爲虚樓,剪榛木而始見前山,除密篠而近對嘉樹;廳事前有大辛夷樹,亦爲草木所蔽。延清輝於月觀,留愛景於寒榮。晨憩宵遊,皆有殊致。周視原野,永懷崧峰,肇此佳名,且符夙尚。盡庾公不淺之意,寫仲宣極望之心;貽於後賢,斯乃無愧。丙辰歲丙申月庚辰日[七],銀青光禄大夫、守滁州刺史李德裕記。

開成元年(八三六)七月十三日

## 箋　校

〔一〕本文文末原署曰:"丙辰歲丙辰月,銀青光録大夫、守滁州刺史李德裕記。"而別集卷二《項王亭賦并序》云:"丙辰歲孟夏,余息駕烏江,晨登荒亭,曠然遠覽。"可知德裕本年三月由袁州長史改滁州刺史,乃於孟夏四月由烏江口和州北岸登陸,北行抵滁州任所。今考丙辰歲爲開成元年,然本年無丙辰月,有丙申月爲七月。"丙辰"當是"丙申"之譌。《英華》文末署曰:"丙寅歲丙申月庚辰日",年份干支有誤,月日干支可參。兩相參稽,今訂爲丙辰歲丙申月庚辰日,即開成元年七月十三日。又據《舊書·文宗紀》,開成元年七月"壬午,以滁州刺史李德裕爲太子賓客"。壬午爲十五日。嗣後,德裕即赴洛,九月抵洛陽。故本文應作於七月十三日。

　　本文又載《英華》卷八一〇、《叢刊》本、傅校本、《四庫》本李集之別集卷七、《全文》卷七〇八。

　　王象之《輿地碑記目》卷二滁州碑記述及本文,題作《懷嵩樓記》。按崧同"嵩"。韓愈《送侯參謀》詩:"三月崧少步。"指嵩山。

〔二〕十數年間　原作"數十年間",《叢刊》本、傅校本、《四庫》本同。今據《英華》改。本文云:"元和庚子歲,予獲在内庭。"德裕以元和十五年(八二○)閏正月爲翰林學士,計至作本文時共十六年。《英華》作“十數年間”,是。

〔三〕惟三川守李公而已　《英華》作“惟余與三川守李公而已”。

〔四〕已歿者　原作“已殘者”,《叢刊》本、《四庫》本同。按“殘”字誤,據陸氏校勘、《英華》、傅校本、《全文》改。岑仲勉《郎官石柱題名新考訂》附《翰林學士壁記注補》六:“《文饒別集》七《懷崧樓記》:‘元和庚子歲,予獲在内庭。同僚九人,丞弼者五……’其記開成元年作。《舊唐書》紀一七下,是歲四月李紳爲河南尹,即三川守李公也。已卒者則杜元穎、元稹、韋處厚、路隋、沈傳師、庾敬休、李肇七人,皆與德裕同時居内署者。”

〔五〕洎大和己丑歲　今檢之陳垣《二十史朔閏表》等,大和年間無己丑歲,此“己丑”有誤。

〔六〕傍施僻塊　《英華》作“傍施墢垙”,《全文》作“旁施埤垙”。

〔七〕丙辰歲丙申月庚辰日　原作“丙辰歲丙辰月”,《叢刊》本、傅校本、《四庫》本、《全文》同。按“丙辰月”,誤,且奪“庚辰日”三字,今參《英華》校補,詳〔一〕。

## 玄真子漁歌記[一]

德裕頃在内庭,伏覩憲宗皇帝寫真求訪玄真子《漁歌》,歎不能致。余世與玄真子有舊,早聞其名。又感明主賞異愛才,見思如此,每夢想遺迹,今乃獲之,如遇良寶。於戲! 漁父賢而名隱,鴟夷智而功高,未若玄真隱而名彰,顯而無事,不窮不達,其嚴光之比歟? 處二子之間,誠有裕矣。長慶三年甲寅歲夏四月辛未日[二],潤州刺史兼御史大夫李德裕記。

長慶三年(八二三)四月

# 篆　校

〔一〕本文文末署曰："長慶三年甲寅歲夏四月辛未日，潤州刺史兼御史大夫李德裕記。"今按長慶三年歲在癸卯，而非甲寅。此處"甲寅"誤。又本年夏四月乙酉朔，無辛未日，"辛未日"亦誤。合而推之，訂本文作時爲長慶三年四月。

　　本文又載《叢刊》本、傅校本李集之別集卷七。《四庫》本李集之別集卷七、《全文》卷七○八載李德裕所作記，删張志和《漁歌》五首；《全詩》卷三○八載張詩。

〔二〕長慶三年甲寅歲夏四月辛未日　此句年份干支與日期干支有誤，詳〔一〕。

### 漁歌如左〔一〕

烟波釣徒玄真子張志和

西塞山邊白鷺飛，桃花流水鱖魚肥。青箬笠，綠簑衣，斜風細雨不須歸。

### 右　一

釣臺漁父褐爲裘，兩兩三三舴艋舟。能縱櫂，慣乘流，長江白浪不曾憂。

### 右　二

霅溪灣裏釣漁翁，舴艋爲家西復東。江上雪，浦邊風，反着荷衣不歎窮〔二〕。

### 右　三

松江蟹舍主人歡〔三〕，菰飰蓴羹亦共飱〔四〕。楓葉落，荻花乾，醉泊漁舟不覺寒〔五〕。

右　四

青草湖中月正圓,巴陵漁父櫂歌連。釣車子,掘頭船,樂在風波不
用僊。

右　五

長慶三年(八二三)四月

## 箋　校

〔一〕漁歌如左　《四庫》本、《全文》自此以下均删去。

〔二〕反着荷衣不歎窮　《全詩》作"笑著荷衣不歎窮"。

〔三〕松江蟹舍主人歡　原作"松江蟹合主人歡",《叢刊》本同。按"合"
　　　字誤,據傅校本、《全詩》改。

〔四〕菰餹蓴羹亦共飡　《全詩》作"菰飯蓴羹亦共餐"。

〔五〕醉泊漁舟不覺寒　《全詩》作"醉宿漁舟不覺寒"。

# 祭　文

## 祭唐叔文[一]

　　維元和十二年,歲次丁酉,六月己未朔,二十一日己卯,河東
節度使、檢校吏部尚書、平章事張弘靖,敢昭告於晋唐叔之靈:惟
神娠母發祥,手文爲信,殪徒林之兕,以啓夏墟;受密須之鼓,以疆
戎索。豈止削桐無戲[二],歸禾有典,宜在晋蕃育,與周盛衰。況
式瞻西山,神靈是宅。每廷烟夜籏,嵐氣朝隮,必膚寸而合,油然
以遍。蓄泄在我,神宜主之。屬淫雨爲災[三],粢盛將廢,是用率

別集卷第七　祭文　│　515

兹祀典,以榮閟宮。伏願降福蒸人,撒兹陰沴,俾三農有望,萬庾斯豐。永儲犧牲,以答神祝。尚饗。

余元和中〔四〕,掌記戎幕。時因晋祠止雨,太保高平公命余爲此文。嘗對諸從事稱賞,以爲徵唐叔故事,迨無遺漏。今遇尚書博陵公移鎮北都,輒敢寄題廟宇。會昌四年三月十五日,司徒兼門下侍郎平章事李德裕。

元和十二年(八一七)六月二十一日

## 箋 校

〔一〕本文云:"維元和十二年,歲次丁酉,六月己未朔,二十一日己卯,河東節度使、檢校吏部尚書、平章事張弘靖,敢昭告於晋唐叔之靈。"時李德裕應張弘靖之辟,爲河東節度使掌書記。本文乃德裕代張弘靖作。文末有附記云:"今遇尚書博陵公移鎮北都,輒敢寄題廟宇。會昌四年三月十五日,司徒兼門下侍郎平章事李德裕。"博陵公,崔元式。《舊書》卷一八上《武宗紀》:"(會昌四年)二月甲寅朔。丁巳,制河中晋絳慈隰等州節度觀察等使、中散大夫、檢校左散騎常侍、河中尹、御史大夫、上柱國、博陵縣開國男、食邑三百户崔元式可檢校禮部尚書,兼太原尹、北都留守,充河東節度觀察使。"德裕乃因崔元式移鎮,請其將此早年所作題於廟宇。

本文又載《叢刊》本、傅校本、《四庫》本李集之別集卷七、《全文》卷七一一。

〔二〕削桐無戲 原作"削祠葉無戲",《叢刊》本同。按"祠"字誤,據陸氏校勘、傅校本、《四庫》本、《全文》改。

〔三〕屬淫雨爲災 原作"屬淮雨爲災",《叢刊》本、傅校本、《四庫》本、《全文》同。按此於義不合,據陸氏校勘改。

〔四〕余元和中　原作"奈元和中",《叢刊》本同。按"奈"字誤,據陸氏
　　校勘、傅校本、《四庫》本、《全文》改。

# 祭韋相執誼文[一]

　　維大中年月日[二],趙郡李德裕謹以蔬禮之奠,敬祭於故相韋
公僕射之靈。嗚呼! 皇道咸寧,藉於賢相。德邁皋陶,功宣吕尚。
文學世雄,智謀神貺。一遭讒疾,投身荒瘴。地雖厚兮不察,天雖
高兮難諒[三]。野掇澗蘋,晨薦秬鬯。信成禍深,業崇身喪。某亦
竄跡南陬,從公舊丘。永泯軒裳之顧,長爲猿鶴之愁。嘻吁絶域,
痾瘵而周[四]。儻知公者,測公無罪;不知我者,謂我何求。其心
若水,其死若休。臨風敬吊,願與神遊。尚饗[五]。

大中三年(八四九)

## 箋　校

〔一〕本文是否爲李德裕所作,學者尚存疑。陳寅恪曰:"《李衛公別集》
　　乃後人綴緝而成。其卷七所收《祭韋相執誼文》,除《雲谿友議》
　　外,若《文苑英華》及《唐文粹》等總集皆未選録。大約即採自范氏
　　之書。此文疑如《南部新書》所言,乃仇家僞作。……或雖非僞
　　造,而其原本實無'大中四年'之'四'字。"(《金明館叢稿二編·李
　　德裕貶死年月及歸葬傳説辨證》)陳氏雖以其爲僞作,而仍存疑。
　　因本文相傳爲德裕在崖州所作,而其以大中三年正月抵崖州貶所,
　　同年十二月十日卒於任,姑訂本文作時爲大中三年,以俟再考。
　　陸游《渭南文集》卷三一《跋李衛公集》云:"韋執誼之爲人,《順宗實
　　録》及《唐書》載之甚詳,正人所唾罵也。今觀李衛公祭文,稱譽之乃
　　如此。衛公之言固過矣,史官所書無乃亦有溢惡者乎? 毀譽之可疑

如此者多矣,可勝歎哉!執誼作相時,《實録》言嘗遷中書侍郎同平章事,而史不書,衛公又以爲僕射。雖小節,亦聊附見于此。”

本文又載《叢刊》本、傅校本、《四庫》本李集之別集卷七、《全文》卷七一一。

〔二〕維大中年月日　諸本作“維大中四年月日”,陳寅恪引范攄《雲谿友議》贊皇勳條作“維大中年月日”,無“四”字,據删。

〔三〕天雖高兮難諒　傅校本作“天其高兮難諒”。

〔四〕寱寱而周　傅校本、《全文》作“寱寱西周”。

〔五〕尚饗　《全文》作“嗚呼尚饗”。

# 別集卷第八

# 箋

### 丹扆箋并序[一]

臣聞《詩》云:“心乎愛矣,遐不謂矣。”此古之賢人所以篤於事君者也。夫迹疏而言親者危,地遠而意忠者忤。然臣竊念拔自先聖,偏荷寵光[二],若不愛君以忠,則是上負靈鑑。臣頃事先朝,屬多陰沴[三],嘗獻《大明賦》以諷,頗蒙先朝嘉納。臣今日盡節明主,亦猶是心。昔張敞之守遠郡,梅福之在遐徼,尚竭誠盡規[四],不避尤悔。況臣嘗學舊史,頗知官箴[五],雖在疏遠,猶思獻替。謹稽首上《丹扆六箴》[六],具列於後。仰塵睿覽[七],伏積兢惶。

#### 一宵衣箴

先王聽政,昧爽以俟。雞鳴既盈,日出而視。伯禹大聖,寸陰爲貴。光武至仁,反支不忌[八]。無俾姜后,猶去簪珥[九]。彤管記言,克念前志。

## 二正服箴

聖人作服,法象可觀。雖在宴遊,尚不懷安。汲黯莊色,能正不冠。楊阜毅然,亦譏縹紈。四時所御,各有其官。非此勿服,惟辟所難。毅然一作慨然[一○]。

## 三罷獻箴

漢文罷獻,詔還駃騠。鑾輅徐驅,安用千里。厥后令王,亦能恭己。翟裘既焚,筒布則毀。道德爲麗,慈儉爲美[一一]。不過天道,斯爲至理。

## 四納誨箴

惟后納誨,以求厥中。從善如流,乃能成功。漢鶩沉湎[一二],舉白浮鍾。魏叡侈汰[一三],凌霄作宮。忠雖不忤[一四],而善亦從[一五]。以規爲瑱[一六],是謂塞聰。

## 五辯邪箴

居上處深,在察微萌。雖有讒慝,不能蔽明。漢之孝昭[一七],叡過周成[一八]。上書知詐[一九],照姦得情。燕、蓋既折,王猷洽平。百代之後,乃流淑聲。

## 六防微箴

天子之孝,敬遵王度。安必思危,乃無遺慮。亂臣猖獗,非可遽數。玄服莫辨[二○],觸瑟始仆。柏谷微行,豺豕塞路。覘貌獻殢，斯可誠懼。

寶曆元年（八二五）二月八日

## 箋　校

〔一〕《通鑑》卷二四三載寶曆元年"上遊幸無常，昵比群小，視朝月不再
　　三，大臣罕得進見。二月，壬午，浙西觀察使李德裕獻《丹扆六
　　箴》。……上優詔答之"。并録《納誨箴》、《防微箴》二文。本月乙
　　亥朔，壬午爲初八日。故訂本文作時爲寶曆元年二月初八日。
　　　本文又載《舊書·李德裕傳》、《文粹》卷七八、《叢刊》本、傅校本、
　　《四庫》本李集之別集卷八、《全文》卷七一〇。

〔二〕偏荷寵光　原作"偏倚寵光"，《叢刊》本、《四庫》本同。按"倚"字
　　誤，據陸氏校勘、《舊傳》、《文粹》、傅校本、《全文》改。

〔三〕屬多陰沴　原作"屬多陰診"，《叢刊》本同。按"診"字誤，據陸氏
　　校勘、《舊傳》、《文粹》、傅校本、《四庫》本、《全文》改。

〔四〕尚竭誠盡規　《舊傳》作"尚竭誠盡忠"。

〔五〕頗知官箴　《舊傳》、《文粹》、《全文》作"頗知箴諷"。

〔六〕謹稽首上丹扆六箴　《舊傳》作"謹獻丹扆箴六首"。

〔七〕具列於後仰塵睿覽　《舊傳》作"仰塵睿鑑"。

〔八〕反支不忌　原作"反友不忌"，《叢刊》本、《四庫》本同。按此於義
　　不合，據《舊傳》、《文粹》、傅校本、《全文》改。顔之推《顔氏家訓·
　　雜藝》："至如反支不行，竟以遇害。"反支日爲凶日。

〔九〕猶去簪珥　原作"猶去簪珇"，《叢刊》本同。按"珇"字刊誤，據陸
　　氏校勘、《舊傳》、《文粹》、傅校本、《四庫》本、《全文》改。

〔一〇〕毅然一作慨然　原作"毅然一作慨然矣"，《叢刊》本同。按"矣"字
　　衍，據傅校本、《四庫》本删。

〔一一〕慈儉爲美 《舊傳》作“慈仁爲美”。

〔一二〕漢騖沉湎 《舊傳》、《通鑑》作“漢騖流湎”。

〔一三〕魏叡侈汰 原作“魏叡侈忕”，《叢刊》本同。按“忕”字誤，據陸氏校勘、《舊傳》、《文粹》、《通鑑》、傅校本、《四庫》本、《全文》改。

〔一四〕忠雖不忤 原作“中雖不忤”，《叢刊》本、傅校本、《四庫》本同。按此於義不合，據《舊傳》、《文粹》、《通鑑》、《全文》改。

〔一五〕而善亦從 《叢刊》本、《四庫》本、《全文》、《文粹》同。《新編古今事文類聚》別集卷七引李德裕《丹扆箴》作“而善不從”，《通鑑》作“善亦不從”，傅校本作“不善亦從”。

〔一六〕以規爲瑱 原作“以視爲瑱”，《叢刊》本同。按“視”字誤，據陸氏校勘、《通鑑》、傅校本、《四庫》本、《全文》改。《通鑑》注引《左氏外傳》：“賴君之用也，故言；不然，犀犛兕象，其可盡乎！其又以規爲瑱也。”

〔一七〕漢之孝昭 《舊傳》作“漢之有昭”。

〔一八〕叡過周成 《舊傳》作“德過周成”。

〔一九〕上書知詐 《舊傳》、傅校本作“上書知偽”。

〔二〇〕玄服莫辨 原作“玄黃莫辨”，《舊傳》、《叢刊》本、《四庫》本、《全文》同。按“黃”字誤，據陸氏校勘、《文粹》、《通鑑》、傅校本改。《通鑑》注：“漢宣帝時，霍氏外孫任宣坐謀反誅。宣子章亡在渭城界，夜，玄服入廟，居廊間，執戟立廟門。待上至，欲爲逆，發覺，伏誅。”

## 舌 箴并序〔一〕

戊辰歲仲春月戊申夜，余宿於洞庭西，夢與中書令姚公偶坐，如舊相識。問余曰：“君見僕所作《口箴》乎？”余對曰：“去歲居守東周,於公曾孫諫議某處覩金石之刻。"遂莞爾而笑曰:"孫子猶能記之。"余以仲夏月達於海曲,嘗竊思之。聖哲之言,上可以動天地,成典謨;次可以正人倫,明得失。默而不言,後代何述焉?《繫辭》云:"不善則千里之外違之,在慎其所言而已矣[二]。"豈不緘其口[三],銘其背,以矯當世哉!揚子稱:"孰有書不由筆,言不由舌。"張儀以舌存而交亂,亦善不善之效也。余感姚公之夢,乃爲《舌箴》云:

粵有帝舜,洎於殷宗。龍命惟允,舜命九官自禹至龍允。以龍出內朕命,故曰龍命。説言乃雍。殷高宗夢傅説,其代予言[四],故曰説言。周有良弼,王之喉舌。鼓舞而生[五],浹汗乃發。傳以言旋作義[六],易以講習施悦。天以卷舌屏讒,儒以金口駕説[七]。伯陽之誠,柔存剛缺。言貴無瑕,辯貴若訥。則知門猶喜閉[八],囊不在括。是以揚雄悼讒者之冤,梅福痛忠臣之結。善乎先聖之言,既明且清,國以之寧。人之不朽,犯無隱情。無恃爾言,駟馬不及[九]。嗟爾君子,念兹在兹。勿以瘖一言而取宰相,勿以舌三寸而爲帝師[一○],徒見婁敬掉而獲爵,不知魏其齚以可悲。雖言必有中,而適當其時[一一]。子房能用其策,難以爭立愛;奉春善建不拔,無以免係縲。衛武警夫莫捫[一二],叔向哀於是出。惟敬仲之難明,由匠石之無質。楊子曰:"重則有法,輕則招憂。"言能如是,可以寡尤。

大中三年(八四九)閏十一月底

## 箋　校

〔一〕本文述作文緣由云:"戊辰歲仲春月戊申夜,余宿於洞庭西,……余以仲夏月達於海曲,嘗竊思之。……乃爲《舌箴》。"戊辰爲大中二年，故本文當作於大中二年仲夏五月抵潮州貶所後。又據別集卷六之大中三年閏十一月底所作《與姚諫議郎書三首》，其三提及《舌箴》有新舊二本："小生《舌箴》更改三五字。不欲兩本流傳，今謹録新本獻上，舊本伏望封還。如不能遠寄，伏惟必賜焚却，下情切望。"而流傳之文似以新本爲多。若是，則本文即爲新本，故應作於大中三年閏十一月崖州貶所。

本文又載《叢刊》本、傅校本、《四庫》本李集之別集卷八、《全文》卷七一〇。

〔二〕在慎其所言而已矣　原作"在植其所言而已矣"，《叢刊》本、《四庫》本同。按"植"字誤，據傅校本、《全文》改。《繫辭上傳》："君子居其室，出其言。善則千里之外應之，……不善則千里之外違之，……可不慎乎？"

〔三〕豈不緘其口　《四庫》本、《全文》作"豈必緘其口"。

〔四〕其代予言　原作"其代子言"，《叢刊》本同。按"子"字誤，據陸氏校勘、傅校本改。

〔五〕鼓舞而生　《全文》作"鼓舞而至"。

〔六〕傳以言旋作義　《全文》作"傳以言從作义"。

〔七〕儒以金口駕説　《全文》作"儒以金舌駕説"。

〔八〕則知門猶喜閉　原作"則知門猶閉"，《叢刊》本、《四庫》本同。按此奪一字，據陸氏校勘補"喜"字。又此字，傅校本補作"善"字，《全文》補作"是"字。

〔九〕駟馬不及　《全文》作"駟馬不追"。

〔一〇〕勿以舌三寸而爲帝師　諸本此句奪"勿"字，據陸氏校勘補。

〔一一〕適當其時　諸本此句奪"當"字，據陸氏校勘補。

〔一二〕衛武警夫莫捫　原作"衛無警夫莫捫"，《叢刊》本同。按"無"字、

“柙”字誤，據陸氏校勘、傅校本、《四庫》本、《全文》改。

# 銘

## 聖祖院石磬銘[一]

有美浮石，淒若銅音。笙竽合奏，鸎鷟在林。清越盈耳，和愉感心。懸之玉宇，永託僊岑。

寶曆二年（八二六）八月

**箋　校**

〔一〕《全文》卷七三一有賈餗《大唐寶曆崇玄聖祖院碑銘并序》，文云：
“唐寶曆二年歲值景午，浙右連帥御史大夫、贊皇公，新建聖祖院於大茅峯下崇玄觀之前。”又，別集卷七《三聖記》記寶曆二年八月，李德裕“於茅山崇玄觀南，敬造老君殿院及造老君、孔子、尹真人像三軀”。老君殿院亦即聖祖院。本文當與《三聖記》爲同一時期之作，故訂本文作時爲寶曆二年八月。
本文又載《叢刊》本、傅校本、《四庫》本李集之別集卷八、《全文》卷七一一。

## 鹿跡山銘[一]

不動者山，不死者仙。山在仙存，真訣不傳。猗歟先生，耽道體玄。騰駕素鹿，遨遊紫烟。時憩蓬壺，下視桑田。一往茲山，於今幾年。茲山岑寂，先生是宅。清泉綠蘿，獨與世隔。我居洞宫，人見崖壁。空留鹿跡，永存幽石。

約寶曆二年（八二六）

篆　校

〔一〕本文不易確定所作年月，因其編於文集别集卷八之《聖祖院石磬
　　銘》之後，且亦抒其崇道思想，似爲同一時期所作。鹿跡山不詳何
　　處，或亦在潤州境内。姑訂本文作時爲寶曆二年。

　　本文又載《叢刊》本、傅校本、《四庫》本李集之别集卷八、《全文》卷
　　七一一。

## 劍門銘<sup>〔一〕</sup>

群山西來，波積雲屯。地險所會，斯爲蜀門。層岑峻壁，森若
戈戟。萬壑奔東，雙飛高闕。翠嶺中橫，黯然黛色。樹兹雄屏，以
衛王國。劍門當中有一峰，峻嶺横崎，望若列屏。此一峰爲最奇，而說者未
嘗及之者。峰拔井幹，溪回溝洫。嚴守重扃，隱如臨敵。運有隆
替，地無險阨。閉於昏頑，開於有德。馬錯西伐，蜀侯敗績。艾出
陰平，禪亦來格。粤在憲祖，英威四克。始剪蜀妖，遂靖邛僰<sup>〔二〕</sup>。
蠻夷軌道，諸侯述職。武臣銘之，金石乃刻。

大和四年（八三〇）十一、十二月間

篆　校

〔一〕李德裕大和四年十月，由義成節度使改西川節度使。《通鑑》卷二
　　四四載本年“西川節度使郭釗以疾求代。冬，十月，戊申，以義成節
　　度使李德裕爲西川節度使”。本文爲德裕入蜀途中經劍門關時所
　　作。按清毛鳳枝《關中金石文字存逸考》卷九華陰縣，載有《劍南
　　西川節度使李德裕題名》，所署年月爲“大和四年十一月一日”。

以途程計，經劍門關約在本年十一、十二月間。

本文又載《叢刊》本、傅校本、《四庫》本李集之別集卷八、《全文》卷七一一。

〔二〕遂靖邛僰　原作“遂清邛棘”，《叢刊》本、《四庫》本同。按“清”字、“棘”字誤，據傅校本、《全文》改。

# 贊

## 圯上圖贊[一]

夫天所以睟清者，其氣理也。故能四時變化，萬物粲然，倦則陰陽爲災，光景不耀，而況於人乎？人亦肖圜方之形，稟清濁之氣，存神索至[二]，極物窮情，則倚伏之先見，其如視矣。子房潛心於神而達之，見其圖狀[三]，如得其奧[四]，則有女子之粹美，嬰兒之專和。粹所以含至精，專所以研至賾。散萬金之資，柔毅也；狙萬乘之仇[五]，仁勇也。學禮倉海[六]，履方也；變名圯上，避世也。若乃五日爲期，三往增敬，則尾生之信違道矣。退不離國，心不忘君，則鴟夷之遁非忠矣。合時變以蟬蛻，望儻路以鴻冥；優遊於綺皓之門，髣髴乎赤松之際，豈不善始善終哉！黃石者，其天地之蘊，神明之壐歟？不然，則無以覺悟子房，輔翼天漢。嗟乎！喪亂既定，韜匵而葆祠之。生也奉符，歿而同穴，有以見子房之神交不渝矣。

元和五年（八一○）三月

# 箋　校

〔一〕趙明誠《金石録》卷九《目録》"第一千六百九十六唐圯上圖贊"下
　　　注曰："李德裕撰，齊推正書。元和五年三月。"故訂本文作時爲元
　　　和五年三月，時德裕二十四歲，爲集中現存最早之作品。
　　　本文又載《叢刊》本、傅校本、《四庫》本李集之別集卷八、《全文》卷
　　　七一〇。文中叙事多取於《史記·留侯世家》，可資比勘。

〔二〕存神索至　《四庫》本、《全文》作"存神索智"，義較勝。

〔三〕見其圖狀　原作"見其圓狀"，《叢刊》本、《四庫》本同。按此於義
　　　不合，據陸氏校勘、傅校本、《全文》改。

〔四〕如得其奧　原作"如得其粵"，《叢刊》本同。按"粵"字誤，據陸氏
　　　校勘、傅校本、《四庫》本、《全文》改。

〔五〕狙萬乘之仇　原作"祖萬乘之仇"，《叢刊》本、傅校本同。按"祖"
　　　字誤，據《全文》改。《史記·留侯世家》："秦皇帝東遊，良與客狙
　　　擊秦皇帝博浪沙中，誤中副車。"《四庫》本作"報萬乘之仇"，當係
　　　臆改。

〔六〕學禮倉海　原作"學禮□□"，《叢刊》本、《四庫》本同。按此缺二
　　　字，據陸氏校勘、傅校本補。《史記·留侯世家》："良嘗學禮淮陽，
　　　東見倉海君。"《全文》作"學禮倉君"。

大迦葉贊頭陀第一〔一〕

　　惟大迦葉，依無上智。初分寶坐，終授密記。晚遇金粟，乃知
平地。潛形雞足，以待慈氏。

大和三年(八二九)三月中旬

## 箋　校

〔一〕劉禹錫《牛頭山第一祖融大師新塔記》云："大和三年，潤州牧、浙
　　江西道觀察使……趙郡李公在鎮三閏，……三月甲子，新塔
　　成。……尚書欲傳信於後，遠命愚志之。"(《劉禹錫集》卷四）時李
　　德裕既爲已故之高僧法融修塔，又請遠在長安之劉禹錫撰寫塔記。
　　因塔成於本年三月甲子(初八日)，姑訂本文作時爲大和三年三月
　　中旬。
　　本文又載《叢刊》本、傅校本、《四庫》本李集之別集卷八、《全文》卷
　　七一〇。

# 別集卷第九

## 平泉山居戒子孫記[一]

　　經始平泉,追先志也。吾隨侍先太師忠懿公[二],在外十四年,上會稽,探禹穴[三],歷楚澤,登巫山,遊沅湘,望衡嶠。先公每維舟清眺,意有所感,必淒然遐想,屬目伊川。嘗賦詩曰:"龍門南岳盡伊原,草樹人烟目所存。正是北州梨棗熟,夢魂秋日到郊園。"吾心感是詩,有退居伊、洛之志。前守金陵,於龍門之西,得喬處士故居[四]。天寶末避地遠遊[五],鞠爲荒榛[六]。首陽翠岑[七],尚有薇蕨;山陽舊徑,唯餘竹木。吾乃剪荆莽,驅狐狸,始立班生之宅[八],漸成應叟之地。又得江南珍木奇石[九],列於庭際。平生素懷,於此足矣。吾嘗以出處者貴得其道,進退者貴不失時,古來賢達,多有遺恨。至於玄祖潛身於柱史,柳惠養德於士師,漢代邴曼容官不過六百石[一〇],終無辱殆,邈難及矣。越蠡激文牛以肥遁,留侯託黃老以辭世。亦其次焉。范雎感蔡澤一言,超然高謝;鄧禹見功臣多敗,委遠名勢。又其次也。矧吾者[一一],於葵無衛足之智,處雁有不鳴之患[一二]。雖有泉石,杳無歸期,留此林居,貽厥後代。鬻平泉者,非吾子孫也。以平泉一樹一石與人者,非佳也[一三]。吾百年後,爲權勢所奪,則以先人所命,泣而告之。此吾志也。《詩》曰:“維桑與梓,必恭敬止。”言其父所植也。昔周人之思召伯,愛其所憩之樹。近代薛令君於禁省中見先祖所據之石[一四],必泫然流涕。汝曹可不慕之!唯岸爲谷、谷爲陵,然已焉可也。

開成五年(八四〇)

篓　校

〔一〕本文與同卷後一篇之《平泉山居草木記》爲同時所作。該文云:
“己未歲,又得番禺之山茶,……庚申歲,復得宜春之筆樹……”文
中未有記庚申(開成五年)以後之事者。歐陽脩《集古録跋尾》卷
九即繫該文於開成五年,是。故今訂本文作於開成五年。
本文又載《叢刊》本、傅校本、《四庫》本李集之别集卷九、《全文》卷
七〇八。

〔二〕先太師忠懿公　原作“先太師忠公”,《叢刊》本、傅校本、《四庫》本
同。按此奪“懿”字,據陸氏校勘、《全文》補。《新書·李吉甫傳》:
“及葬,祭以少牢,贈司空。有司諡曰敬憲,度支郎中張仲方非之。
帝怒,貶仲方,更賜諡曰忠懿。”

〔三〕探禹穴　原作“探禹冗”,《叢刊》本同。按“冗”字刊誤,據傅校本、
《四庫》本、《全文》改。

〔四〕得喬處士故居　原作“得喬處士”,《叢刊》本、《四庫》本同。按此
文意未完,當有奪誤,今據《全文》補。

〔五〕天寶末避地遠遊　此處文意未完,疑有缺奪。或指喬處士於天寶
末避地遠遊,棄此故居。

〔六〕鞠爲荒榛　原作“爲荒榛”，《叢刊》本、傅校本、《四庫》本同。按此奪“鞠”字，據陸氏校勘補。《全文》作“薆爲荒榛”。

〔七〕首陽翠岑　原作“首翠微山”，《叢刊》本、傅校本、《四庫》本同。按此於義不合，據陸氏校勘改。《全文》作“首陽微岑”。

〔八〕始立班生之宅　原作“如立班生之宅”，《叢刊》本同。按“如”字誤，據傅校本、《四庫》本、《全文》改。

〔九〕又得江南珍木奇石　原作“又得□□珍木奇石”，《叢刊》本、傅校本同。按此缺二字，據《全文》補。《四庫》本作“又得名花珍木奇石”。

〔一〇〕邴曼容　原作“丙曼容”，《叢刊》本、傅校本、《四庫》本同。按“丙”字誤，據《全文》改。《漢書》卷七二《邴漢傳》：“漢兄子曼容亦養志自修，爲官不肯過六百石，輒自免去，其名過出於漢。”

〔一一〕矧吾者　《全文》作“矧如吾者”。

〔一二〕處雁有不鳴之患　原作“處有不鳴之患”，《叢刊》本、傅校本、《四庫》本同。按此奪“雁”字，據陸氏校勘、《全文》補。

〔一三〕非佳也　《全文》作“非佳子弟也”。

〔一四〕先祖所據之石　《全文》作“先君所據之石”。

# 平泉山居草木記〔一〕

余嘗覽想石泉公家藏藏書目〔二〕，有《園庭草木蔬》，則知先哲所尚，必有意焉。余二十年間，三守吴門，一蒞淮服。嘉樹芳草，性之所耽，或致自同人，或得於樵客，始則盈尺，今已豐尋。因感學《詩》者多識草木之名，爲《騷》者必盡蓀荃之美。乃記所出山澤，庶資博聞。木之奇者，有天台之金松、琪樹，稽山之海棠、榧、檜,剡溪之紅桂、厚朴,海嶠之香櫸[三]、木蘭,天目之青神、鳳集,鍾山之月桂、青颺、楊梅,曲房之山桂、温樹,金陵之珠柏[四]、欒荊、杜鵑,茆山之山桃、側柏、南燭,宜春之柳柏、紅豆、山櫻,藍田之栗梨、龍柏。其水物之美者,荷有蘋洲之重臺蓮[五],芙蓉湖之白蓮,茅山東溪之芳蓀。復有日觀、震澤、巫嶺、羅浮、桂水、嚴湍、廬阜、漏澤之石在焉。其伊、洛名園所有,今並不載。豈若潘賦《閒居》[六],稱郁棣之藻麗;陶歸衡宇,喜松菊之猶存。爰列嘉名,書之於石。己未歲,又得番禺之山茶,宛陵之紫丁香,會稽之百葉木芙蓉、百葉薔薇,永嘉之紫桂、蔟蝶,天台之海石楠,桂林之俱郍衛。台嶺、八公之怪石[七],巫山、嚴湍、琅邪臺之水石[八],布於清渠之側;仙人跡、鹿跡之石[九],列於佛榻之前。是歲又得鍾陵之同心木芙蓉,剡中之真紅桂,稽山之四時杜鵑、相思、紫苑、貞桐、山茗、重臺薔薇、黃槿,東陽之牡桂、紫石楠,九華山藥樹、天蓼、青櫪、黃心柟子、朱杉、龍骨。□□庚申歲[一〇],復得宜春之筆樹、楠稚子、金荊、紅筆、密蒙、勾栗木。其草藥又得山薑、碧百合。

開成五年(八四〇)

## 箋　校

〔一〕本文作時與參校本同本卷前一篇《平泉山居戒子孫記》,詳該篇校
　　　記〔一〕。

〔二〕藏書目　原作"藏書日",按此於義不合,據傅校本、《全文》改。

〔三〕海嶠之香櫸　傅校本作"海嶠之香檀"。

〔四〕金陵之珠柏　傅校本作"金陵之朱柏"。

〔五〕荷有蘋洲之重臺蓮　傅校本作"有白蘋洲之重臺蓮",義較勝。

〔六〕潘賦閒居　原作"潘賦間居",《叢刊》本同。按"間"字刊誤,據傅

校本、《四庫》本、《全文》改。潘岳有《閒居賦》，見《文選》卷一六。

〔七〕台嶺八公之怪石　傅校本作“茅山台嶺八公之怪石”。

〔八〕巫山嚴湍琅邪臺之水石　原作“巫峽之嚴湍琅邪臺之水石”，《叢刊》本、傅校本、《四庫》本同。按“嚴湍”爲地名，非奇石之名。本文上文已云：“復有日觀、震澤、巫嶺、羅浮、桂水、嚴湍、廬阜、漏澤之石”，此處作“巫峽之嚴湍，琅邪臺之水石”，乃以“嚴湍”爲物名，顯誤。兹據《全文》作“巫山、嚴湍、琅邪臺之水石”。

〔九〕仙人跡鹿跡之石　傅校本作“仙人跡馬跡鹿跡之石”。

〔一〇〕□□庚申歲　諸本此處均缺二字。

## 金松賦并序〔一〕

廣陵東南，有顏太師猶子舊宅，其地即孔北海故臺。予因晚春夕景，命駕遊眺。忽覩奇木，植於庭際，枝似檉松，葉如瞿麥。迫而察之，則翠葉金貫〔二〕，粲然有光。訪其名，曰金松；訊其所來，曰得於台嶺。乃就主人，求得一本，列於平泉。今聞封植得地，枝葉茂盛。叙其所自，作此賦。

青春已暮，白日將夕。經顏子之故巷，訪孔公之舊宅。美珍木之在庭，得嘉名於樵客。曩擢本於台嶺，近徙根於簪隙。其柯蕭蕭，可比於真松〔三〕；其葉纖纖，寔侔於瞿麥。風入葉而成韻，露垂柯而流液。不受命於嚴霜，諒同心於寒柏。含春靄而葱蒨，映夕陽而的皪。疑翠尾之群翔，若金潭之旁射。雜爽籟於篁竹〔四〕，混晶光於瑶碧。奇樹以垂珠而擅名，金松以潛穎而莫覿。亦猶處子在於隱淪，奇才遺於草澤。我有衡宇，依山岑寂。類仲長之清曠，如蕭宰之窮僻。託根此地，似在崖壁。殊橘柚之不遷，同甘棠之可惜。庶封植於園林，永愛玩而無斁。

開成五年（八四〇）晚春

## 箋　校

〔一〕李德裕於開成二年五月至開成五年八月在淮南節度使任。本文自
述在廣陵求得金松一本，移栽於洛陽平泉山居，至此已"枝葉茂
盛"。本文與同卷前一篇《平泉山居草木記》皆述耽愛嘉樹芳草
事，似爲同時之作。本文又云："青春已暮，白日將夕。"故訂本文
作時爲開成五年晚春。

本文又載《英華》卷一四五、《叢刊》本、傅校本、《四庫》本李集之別
集卷九、《全文》卷六九七。

〔二〕則翠葉金貫　原作"翠葉金貫"，《叢刊》本、傅校本、《四庫》本同。
據《英華》、《全文》補"則"字。

〔三〕可比於真松　《全文》作"可比於貞松"。

〔四〕雜爽籟於篁竹　原作"雜爽籟於簧竹"，《叢刊》本、傅校本、《四庫》
本同。按"簧"字誤，據陸氏校勘、《英華》、《全文》改。

## 靈泉賦并序〔一〕

　　予林居西嶺，平壤出泉，廣不逾尋，而深則盈尺。自東鄰故丞
相崔公至谷口故丞相司徒李公，凡別墅五、六，皆謂之平泉，寔發
源於此。觀其湧不騰沸，淡然洌清，冬溫夏寒，明媚可鑑，其靈泉
之蘊也。予往歲獲戾放逐，再罹謗傷，泉必變色，久而後復。昔傅
長虞庭有湧泉，以其色在夏則冷，涉冬而溫，乃爲《神泉賦》。況潛
靈蘊異，美過神泉？因效長虞所作〔二〕，偶成此賦。效一作擬。

　　山下出泉，厥壤非石。隨淺深而見底，實秋毫之可析〔三〕。其

瑩若纖埃之映琉璃，微蟲之潛琥珀。玉瑕瑜而不掩，鏡妍媸而盡覿。且夫動則廣大，止則虛明，如君子之絶德，乃望表而見情。發源而東，百谷皆盈。既處高而就下，雖遇坎而亦平。曩者方騁康衢[四]，俄驚覆轍。泉色暫晦，含晶不發。又如塵掩懸黎，霧昏秋月。累夕而翳，盈旬乃澈。爾其脈引清泚，環匝荆扉。瀹漣寫照，物色殊暉。孕蘋藻爲瑶碧[五]，涵沙礫爲珠璣[六]。歷長坂而鱗爛[七]，度小山而雪披。若乃砥石於宇，析波自沼[八]。入虛白而透迤[九]，浮縹清而繚繞。氣潤蘅蘭，色滋松篠。含逸響於桐林，動孤光於溪鳥。於是列植芳菊，華艷芊綿。漬漪瀾而更馥，搖霽景而相鮮。葉凝夕露，叢靄秋烟。美楚人之湌英，慕胡公之飲泉。況復自亭徂溪，夤緣數里。懸瀑溜於碧潭，散浮湍於清泚。乘鷁舳以晨泛，聽菱歌而夜起。見蒹葭之始香，疑湘沅之在此。重曰：原隰既平，泉流既清。三迳未荒，萬水向榮。感棣華之零落，愴時鳥之相鳴。恐閲水兮日逝[一〇]，且歸來兮養生。

開成元年（八三六）九月

**箋　校**

〔一〕李德裕曾於開成元年九月至十二月初在洛陽平泉山居小住。本文云："予林居西嶺，平壤出泉，廣不逾尋，而深則盈尺。"文中"秋烟"、"蒹葭"云云，皆爲秋景，故訂本文作時爲開成元年九月。

本文又載《叢刊》本、傅校本、《四庫》本李集之別集卷九、《全文》卷六九七。

〔二〕因效長虞所作　傅校本作"乃效傅長虞所作"。

〔三〕實秋毫之可析　原作"實秋毫之可柝"，《叢刊》本同。按"柝"字誤，據傅校本、《四庫》本、《全文》改。

〔四〕方騁康衢　原作“方聘康衢”，《叢刊》本同。按“聘”字誤，據陸氏
　　校勘、傅校本、《四庫》本、《全文》改。

〔五〕瑶碧　《全文》作“蒼碧”。

〔六〕涵沙礫爲珠璣　原作“涵沙礫爲珠璣”，《叢刊》本、傅校本、《四庫》
　　本同。按“礫”字誤，據《全文》改。

〔七〕歷長坂而鱗爛　原作“歷長坂而麟爛”，《叢刊》本同。按“麟”字
　　誤，據陸氏校勘、傅校本、《四庫》本、《全文》改。

〔八〕析波自沼　原作“析波自□”，《叢刊》本同。按此缺一字，據陸氏
　　校勘、傅校本、《四庫》本、《全文》補。

〔九〕入虚白而逶迤　《全文》作“凝虚白而逶迤”。

〔一〇〕恐閲水兮日逝　《全文》作“況閲水兮日逝”。

## 秋聲賦并序〔一〕

　　昔潘岳寓直騎省，因感二毛，遂作《秋興賦》。況予百齡過半，
承明三入，髮已皓白，自中書舍人及今，三參掖垣。清秋可悲。尚書十
一丈鶡掖上寮，人文大匠。聊爲此作，以俟知音。

　　露華肅，天氣晶，碧空無氛，霽海清明。當其時也，草木陰蟲，
皆有秋聲。自虚無而響作，由寂寞而音生。始蕭瑟於林野，終混
合於太清。出哀壑而憤起，臨悲谷而怨盈。朔雁聽而增逝，孤猿
聞而自驚。此聲也，異桐竹之韻，非金石之鳴。足以動羈人之魄，
感君子之情。況乎臨淄藻思，薛縣英名，遽興華屋之歡，預想曲池
之平。豈待琴而魂散，固聞笛以涕零。亦有毁家蔡琰〔二〕，降北李
卿，聽朔吹之夜動，見霜鴻之曉征。既慷慨而誰訴〔三〕，獨汍瀾而
流纓。雖復蘇門傲世，秦青送行，詎能寫自然之天籟，究吹萬之清

泠。客有貞詞瀏浣，逸氣縱横，賦掩漏卮之妙，文同蟠木之精。聊染翰以寫意，期報之以瑶瓊。

會昌元年(八四一)秋

## 箋　校

〔一〕傅璇琮《李德裕年譜》會昌元年載："尚書十一丈，即王起。《舊書》卷一六四《王起傳》：'武宗即位，充山陵鹵簿使。……尋檢校左僕射、東都留守，判東都尚書省事。會昌元年，徵拜吏部尚書，判太常卿事。'德裕序中稱王起爲尚書，即會昌元年徵爲吏部尚書。劉禹錫有《同留守王僕射各賦春中一物從一韻至七》、《僕射來示有三春向晚四者難并之説》等詩(《劉禹錫集》卷三四)，則會昌元年春末，王起尚在洛陽。又《劉禹錫集》卷一六亦有《秋聲賦》，其自序云：'相國中山公賦《秋聲》，以屬天官太常伯，唱和俱絶。然皆得時行道之餘興，猶動光陰之嘆，況伊鬱老病者乎？吟之斐然，以寄孤憤。'此所謂天官太常伯，即吏部尚書。又劉禹錫卒於會昌二年七月，則其和《秋聲賦》之作，當在會昌元年秋，由此亦可定德裕《秋聲賦》所作之年月。"

本文又載《叢刊》本、傅校本、《四庫》本李集之别集卷九、《全文》卷六九七。

〔二〕蔡琰　《全文》作"蔡女"。

〔三〕既慷慨而誰訴　原作"既慷慨而訴"，《叢刊》本同。按此奪"誰"字，據陸氏校勘、傅校本、《全文》補。《四庫》本作"既慷慨而訴懷"，當係臆補。

## 牡丹賦并序〔一〕

予觀前賢之賦草木者多矣，靡不言託植之幽深，採翫之莫致，風景之妍麗,追賞之歡愉。至於體物,良有未盡。惟牡丹未有賦者,聊以狀之。僕射十一丈蔚爲儒宗,詞賦之首,聲氣所感,或能相和。又見陳思王賦序,多言命王粲、劉楨繼作。今亦效之,邀侍御裴舍人同作。

　　青陽既暮,鶗鴃已鳴[二]。念蘭若之方歇,嘆桃李之陰成。惟翠華之艷爥,傾百卉之光英。抽翠柯以布素,粲紅芳而發榮。其始也,碧海宵澄[三],驪珠躍出;深波曉霽,丹梓吐實[四];煥神龍之銜燭,皎若木之並日[五]。其盛也,若紫芝連葉,鴛雛比翼;奪珠樹之鮮輝,掩非烟之奇色;倏忽摘錦,紛葩似織。其落也,明艷未褪,紅衣如脫;朱草柯折,珊瑚枝碎;霞既爍而轉妍[六],紅欲消而猶綷。爾乃獨含芳意,幽怨殘春。將獨立而傾國,雖不言兮似人。觀其露彩猶泫,日華初照。曄其晨葩,情若微笑。色雖美而自艷,類河汾之窈窕[七]。逮乎的爍含景,離披向風;鉛華春而思蕩,蘭澤晚而光融;情放縱以自得,凝若煥之冶容。既而華艷恍惚,繁華遽畢。驚寶雉之乍迴,想江妃而復出。望獻璠之玉,俄以蔽光;感懷珮之川,悵然如失。客顧余曰:勿謂淑美難久,徂芳不留。彼妍華之閱世,非人壽之可傳。君不見龍驤閟閟[八],池臺御溝;堂挹山林,峰連翠樓。有百歲之芳叢,今京師精舍、甲第,猶有天寶中牡丹在。無昔日之通侯[九]。豈暇當飛藿之時,始嗟零落;且欲同樹萱之意,聊自忘憂。

會昌元年(八四一)春暮

## 箋　校

〔一〕本文序中所稱"僕射十一丈",乃指王起。《舊書》卷一六四《王起傳》:"武宗即位,八月,充山陵鹵簿使。……尋檢校左僕射、東都留守,判東都尚書省事。"朱金城《白居易年譜》會昌元年載:"白氏有《早入皇城贈王留守僕射》、《贈犖之僕射》詩(卷三五)。會昌元年,王起八十二歲。……起自東都留守徵拜吏部尚書、判太常卿事,約在元年春後。"本文又云:"青陽既暮,鶗鴂已鳴。"亦爲春暮之景。至於會昌四年四月,王起以左僕射同平章事出鎮山南西道,德裕有《僕射相公偶話……》詩,稱"僕射相公",而非"僕射十一丈"。且四月已是夏天,與本文節候不符。故訂本文作於會昌元年春暮。

本文又載《叢刊》本、傅校本、《四庫》本李集之別集卷九、《全文》卷六九七。

〔二〕鶗鴂已鳴　原作"鶹鴂已鳴",《叢刊》本同。按"鶹"字刊誤,據陸氏校勘、傅校本改。《全文》作"鶗鳴已鳴",《四庫》本作"鶗鴟已鳴"。

〔三〕碧海宵澄　原作"碧海霄澄",《叢刊》本、《四庫》本、《全文》同。按"霄"字誤,據陸氏校勘、傅校本改。

〔四〕丹梓吐實　《全文》作"丹萍吐實"。

〔五〕皎若木之並日　傅校本作"皎若華之並日"。

〔六〕轉妍　原作"轉研",《叢刊》本同。按"研"字誤,據傅校本、《四庫》本、《全文》改。

〔七〕類河汾之窈窕　《全文》作"類河濱之窈窕"。

〔八〕龍驤閈閎　原作"龍驤閈宏",《叢刊》本、《四庫》本同。按"宏"字誤,據傅校本、《全文》改。《左傳·襄公三十一年》:"高其閈閎,厚其墻垣。"

〔九〕無昔日之通侯　原作"無昔日之通俠",《叢刊》本同。按此於義不合,據傅校本、《四庫》本、《全文》改。

## 近於伊川卜山居將命者畫圖而至欣然有感聊賦此詩兼寄上浙東元相公大夫使求青田胎化鶴<sub>乙巳歲作</sub>〔一〕

弱歲弄詞翰，遂叨明主恩。懷章過越邸，建旆守吳門。西坥陰難駐，東皋意尚存。惄逾六百石，愧負五千言。寄世知嬰繳〔二〕，辭榮類觸藩。欲追絇上隱，況近子平村。邑有桐鄉愛，山餘黍谷暄。既非逃相地〔三〕，乃是故侯園。野竹多微逕，岩泉豈一源。映池方樹密〔四〕，傍澗古藤繁。邛杖堪扶老，黃牛已服轅〔五〕。只應將喚鶴，幽谷共翩翩。

寶曆元年（八二五）

### 箋　校

〔一〕本詩題下注曰：“乙巳歲作。”寶曆元年歲在乙巳，時李德裕在浙西觀察使任，元稹在越州任浙東觀察使，劉禹錫在和州刺史任。劉禹錫有《和浙西李大夫伊川卜居》詩（《劉禹錫集》卷三七），乃步德裕詩原韻，當爲同時之作。

本詩又載《叢刊》本、傅校本、《四庫》本李集之別集卷九、《全詩》卷四七五。

〔二〕寄世知嬰繳　《全詩》作“寄世知（一作如）嬰繳”。

〔三〕既非逃相地　原作“免非逃相地”，《叢刊》本、《四庫》本同。按“免”字誤，據陸氏校勘、傅校本改。《全詩》作“既（一作雖）非逃相地”。

〔四〕映池方樹密　《全詩》作“映池方（一作芳）樹密”。

〔五〕黃牛已服轅　原作“□牛已服轅”，《四庫》本同。按此缺一字，據陸氏校勘、傅校本、《全詩》補。

## 憶平泉山居贈沈吏部一首中書作〔一〕

昔聞羊叔子,茅屋在東渠。豈不念歸路〔二〕,徘徊畏簡書。乃知軒冕客,自與田園疏。歿世有遺恨,精誠有所如。嗟予寡時用,夙志在林閭〔三〕。雖抱山水癖,敢希仁智居。清泉繞舍下,脩竹蔭庭除。幽徑松蓋密,小池蓮葉初。從來有好鳥〔四〕,近復躍鯈魚。少室映川陸,鳴皋對蓬廬。張何舊寮寀,予與吏部乃金門寮故也。相勉在懸輿。常恐似伯玉,瞻前慙魏舒。

大和八年(八三四)

### 箋　校

〔一〕沈吏部,指沈傳師。《舊書·文宗紀》,大和七年四月"甲申,以江西觀察使裴誼爲歙池觀察使,代沈傳師;以傳師爲吏部侍郎"。題下自注:"中書作。"大和七年二月至大和八年十月,德裕以中書侍郎同中書門下平章事。詩有憂讒畏譏之意,約作於大和八年受宦官王守澄及李訓、鄭注等新貴排擠之時。

本詩又載《叢刊》本、傳校本、《四庫》本李集之别集卷九、《全詩》卷四七五。

〔二〕豈不念歸路　傳校本作"豈不念鄉路"。

〔三〕夙志在林閭　原作"風志在林閭",《叢刊》本同。按"風"字誤,據傳校本、《四庫》本、《全詩》改。

〔四〕從來有好鳥　傳校本作"遠山有好鳥"。

## 夏晚有懷平泉林居宜春作〔一〕

孟夏守畏途,捨舟在徂暑。愀然何所念,念我龍門塢。密竹無蹊徑,高松有四五。飛泉鳴樹間，颯颯如度雨。菌桂秀層嶺，芳蓀媚幽渚。稚子候我歸，衡門獨延佇。誰言聖與哲，曾是不懷土。公旦既思周，宣尼亦念魯。矧余竄炎裔，日夕誰晤語。眷闕悲子牟，班荆感椒舉[二]。悽悽視環玦，惻惻步庭廡。豈待莊舄吟，方知倦羈旅。

大和九年（八三五）夏末

## 箋　校

〔一〕本詩題下自注：“宜春作。”李德裕於大和九年四月貶袁州長史。其《畏途賦》（《別集》卷二）自述此次由鎮海軍節度使貶袁州長史途程曰：“乙卯歲孟夏，余俟罪南服，自歷陽登舟，五月，屆於蠡澤。當隆暑赫曦之候，涉潯陽不測之川。親愛聞之，無不揮涙。”其抵袁州貶任，必已爲夏末。詩題稱“夏晚”，故訂本詩作時爲大和九年夏末。

本詩又載《叢刊》本、傅校本、《四庫》本李集之別集卷九、《全詩》卷四七五。

〔二〕班荆感椒舉　原作“班荆感俶舉”，《叢刊》本同。按“俶”字誤，據陸氏校勘、傅校本、《四庫》本、《全詩》改。椒舉，即伍舉，春秋楚臣。將奔晋國，在鄭郊遇好友聲子，“班荆相與食，而復言故”。事見《左傳·襄公二十六年》。《國語·楚語上》作“椒舉”。

## 早秋龍興寺江亭閑眺憶龍門山居
### 寄崔張舊從事宜春作[一]

江亭感秋至，蘭徑悲露泫。秔稻秀晚川，杉松鬱晴巘[二]。嗟予有林壑，兹夕念原衍[三]。緑篠連嶺多[四]，青莎近溪淺。淵明菊猶在，仲蔚蒿莫翦[五]。喬木粲凌苕[六]，陰崖積幽蘚。遥思伊川水，北渡龍門峴。蒼翠雙闕間,逶迤清灘轉〔七〕。故人在鄉國,歲晏路悠緬。惆悵此生涯,無由共登踐。

大和九年(八三五)早秋

## 箋　校

〔一〕本詩題下自注:"宜春作。"德裕於大和九年夏末抵袁州貶任,至明年三月量移滁州刺史。詩題稱"早秋",則必作於大和九年早秋。崔張舊從事,指德裕任劍南西川節度使時之幕僚判官崔知白、支使張嗣慶。清毛鳳枝《關中金石文字存逸考》卷九華陰縣載《劍南西川節度使李德裕題名》:"原石久逸,此係重模本。題名曰:劍南西川節度使、檢校兵部尚書、成都尹、兼御史大夫李德裕,判官、殿中侍御史、内供奉崔知白,觀察支使兼監察御史張嗣慶,……大和四年十一月一日。"

本詩又載《英華》卷三一六、《叢刊》本、傅校本、《四庫》本李集之別集卷九、《全詩》卷四七五。

〔二〕杉松鬱晴巘　《英華》作"杉松蔚(集作鮮)晴巘"。

〔三〕兹夕念原衍　《英華》作"兹夕念繁(集作原)衍"。

〔四〕綠篠連嶺多　《英華》作"綠竹(集作篠)連嶺多"。《全詩》作"綠篠(一作竹)連嶺多"。

〔五〕仲蔚蒿莫翦　原作"仲蔚蒿莫剪",《叢刊》本、《四庫》本同。據陸氏校勘、傅校本、《全文》改。

〔六〕喬木粲凌苕　《英華》作"喬木粲凌霄(集作苕)"。《全詩》作"喬木粲凌苕(一作霄)"。

〔七〕逶迤清灘轉　《英華》作"逶迤清溪(集作灘)轉"。《全詩》作"逶迤清灘(一作溪)轉"。

比聞龍門敬善寺有紅桂樹獨秀伊川嘗於江南諸山訪之
莫致陳侍御知予所好因訪剡溪樵客偶得數株移植
郊園衆芳色沮乃知敬善所有是蜀道菡草徒得嘉名
因賦是詩兼贈陳侍御金陵作〔一〕

昔聞紅桂枝〔二〕，獨秀龍門側。越叟遺數株，周人未嘗識。平生愛
此樹，攀翫無由得。君子知我心，因之爲羽翼。豈煩嘉客譽，且就
清陰息。來自天姥岑，長疑翠嵐色〔三〕。芬芳世所絶，偃蹇枝漸
直。瓊葉潤不凋，珠英粲如織。猶疑翡翠宿，想待鵷雛食〔四〕。寧
止暫淹留，終當更封植〔五〕。

開成四年(八三九)

## 箋　校

〔一〕別集卷九《平泉山居草木記》有云：“己未歲，又得……剡
　　中之真紅桂”，即詩題所述“陳侍御知予所好因訪剡溪樵客偶得數株移植郊
　　園”。己未爲開成四年，時李德裕在揚州任淮南節度使。題注云
　　“金陵作”，誤。陳侍御當是淮南節度使的幕僚。故訂本詩作時爲
　　開成四年。
　　　本詩又載《英華》卷三二四、《叢刊》本、傅校本、《四庫》本李集之别
　　集卷九、《全詩》卷四七五。
　　　題中“江南諸山”，原作“山南諸山”，《叢刊》本同。按“山”字誤，
　　據陸氏校勘、傅校本、《四庫》本、《全詩》改。

〔二〕昔聞紅桂枝　《英華》作“昔聞紅桂樹”，《全詩》作“昔聞紅桂枝
　　（一作樹）”。

〔三〕長疑翠嵐色　《英華》作“長疑翠風色”，傅校本作“長凝翠嵐色”，

546　｜　李德裕文集校箋

《全詩》作"長疑(一作凝)翠嵐色"。

〔四〕想待鵷雛食 《英華》作"想待鵷鸞(集作雛)食",《全詩》作"想待鵷雛(一作鸞)食"。

〔五〕終當更封植 《英華》作"終當更封殖"。

# 懷山居邀松陽子同作〔一〕

我有愛山心,如飢復如渴。出谷一年餘,常疑十年別。春思巖花爛,夏憶寒泉冽。秋憶泛蘭卮,冬思翫松雪。晨思小山桂,暝憶深潭月。醉憶剖紅梨,飯思食紫鱖〔二〕。坐思藤蘿密,步憶莓苔滑。晝夜百刻中,愁腸幾回絕。每念羊叔子,言之豈嘗輟。人生不如意〔三〕,十乃居七八。我未及懸輿,今猶佩朝紱。焉能逐麋鹿,便得遊林樾。范恣滄波舟,張懷赤松列〔四〕。惟應詎身恤,豈敢忘臣節。器滿自當欹,物盈終有缺。從茲返樵迳,庶可希前哲。

開成二年(八三七)冬

## 箋 校

〔一〕傅璇琮《李德裕年譜》開成二年:"按德裕於開成元年冬由洛陽改浙西,赴潤州,開成二年五月又由浙西改淮南。此云'出谷一年餘',又歷叙春夏秋冬四時之憶,則以作於二年冬爲是。德裕在淮南所作詩,大多爲懷念平泉山居之什,所謂'我有愛山心,如飢復如渴'。但又想到仍居官職,乃又産生'焉能逐麋鹿,便得遊林樾'之心理。這比起牛僧孺的做作和夸飾,要自然得多,并表示了對國事的責任感。"

本詩又載《叢刊》本、傅校本、《四庫》本李集之別集卷九、《全詩》卷四七五。

〔二〕飯思食紫鱖　傅校本、《全詩》作"飯思食紫蕨"。

〔三〕人生不如意　原作"人生如意事"，《叢刊》本、《四庫》本同。按此奪"不"字，又衍"事"字，今據陸氏校勘、傅校本、《全詩》補删。

〔四〕張懷赤松列　原作"張惟赤松列"，《叢刊》本、《四庫》本同。按"惟"字誤，據陸氏校勘、傅校本改。

## 思歸赤松村呈松陽子[一]

昔人思避世，惟恐不深幽。禽慶潛名岳[二]，鴟夷漾釣舟。顧余知止足，所樂在歸休。不似尋山者，忘家恣遠遊。

開成二年(八三七)冬

### 箋　校

〔一〕本詩編於《懷山居邀松陽子同作》之後，當同爲開成二年冬所作。赤松村當爲平泉莊所在之村，蓋以古仙人赤松子爲名。詳前詩〔一〕。

本詩又載《叢刊》本、傅校本、《四庫》本李集之別集卷九、《全詩》卷四七五。

〔二〕禽慶潛名岳　原作"□慶潛名岳"，《叢刊》本、傅校本同。按此奪"禽"字，據《四庫》本、《全詩》補。禽慶，東漢隱士，事見皇甫謐《高士傳》。

## 近臘對雪有懷林居[一]

蓬門常晝掩，竹逕寂無人。鳥起飄松霰，麕行動谷榛。應惟禽魚侶[二]，得與薜蘿親[三]。遙憶平皋望，溪烟已發春。

開成二年(八三七)冬

箋　校

〔一〕本詩編於《懷山居邀松陽子同作》、《思歸赤松村呈松陽子》之後，
　　　抒發故園風物之思，當爲同時之作。題中所謂“近臘對雪”，亦爲
　　　一證。故訂本詩作於開成二年冬。
　　　　本詩又載《叢刊》本、傅校本、《四庫》本李集之別集卷九、《全詩》卷
　　　四七五。

〔二〕應惟禽魚侶　原作“應□禽魚侶”，《叢刊》本、《四庫》本、傅校本
　　　同。按此奪一字，據陸氏校勘補。《全詩》作“應知（一作惟）禽魚
　　　侶”。

〔三〕得與薜蘿親　原作“□與薜蘿親”，《叢刊》本、傅校本、《四庫》本
　　　同。按此奪一字，據陸氏校勘補。《全詩》作“合（一作得）與薜蘿
　　　親”。

# 別集卷第十

## 思山居一十首〔一〕

### 清明後憶山中〔二〕

遙思寒食後,野老林下醉。月照一山明,風吹百花氣。飛泉與萬籟,髮髴疑簫吹。不待曙華分,已應喧鳥至。

### 題寄商山石

綺皓巖中石,嘗經伴隱淪〔三〕。紫芝呈幾曲〔四〕,紅蘚閟千春。聊用支琴尾,寧惟倚病身。自知來處所,何暇問嚴遵。

### 憶種苽時

尚平方畢娶,疏廣念歸期。澗底松成蓋,簷前桂長枝。逕閑芳草合,山靜落花遲。雖有苽園在,無因及種時。

### 春日獨坐思歸

壯齡心已盡,孤賞意猶存。豈望圖麟閣,惟思臥鹿門。無謀堪適野,何力可拘原。只有容身去〔五〕,幽山自灌園。

### 思登家山林嶺

自知無世用,只是愛山遊。舊有嵇康嬾,今慚趙武偷。登巒未覺疾,泛水便忘憂。最惜殘筋力,捫蘿遍一丘。

### 思鄉園老人

常羨蓽門翁,所思惟歲稔。遙知松月曙,尚在山窗寢。蘭氣入幽簾,禽言傍孤枕。晨興步巖逕,更酌寒泉飲。

### 寄龍門僧

龍門有開士,愛我春潭碧。清景出東山,閑來翫松石。應憐林壑主,遠作滄溟客。爲我謝此僧,終當理歸策。

### 憶藥苗

溪上藥苗齊,丰茸正堪掇[六]。皆能扶我壽,豈止堅肌骨。味掩商山芝,英逾首陽蕨。豈如甘谷士,只得香泉啜。南陽甘谷有菊水,是胡廣飲者[七]。

### 憶村中老人春酒有劉楊二叟善釀

二叟茅茨下,清晨飲濁醪。雨殘紅芍藥,風落紫櫻桃。巢燕銜泥疾,簷蟲掛網高。閑思春谷事,轉覺宦途勞。

### 憶葛勝木禪床[八]

憶我齋中榻,寒宵幾獨眠。管寧穿亦坐,徐孺去常懸。蟲網垂應遍,苔痕染更鮮。何人及身在,歸對老僧禪。

開成五年(八四〇)春

## 箋 校

〔一〕趙明誠《金石錄》卷一〇"第一千八百五十二唐李德裕平泉山居

詩”下注曰：“開成五年，李德裕八分書。”此十首爲同時所作組詩，諸詩題中有“清明後”、“春日”、“春酒”語，故訂此組詩作於開成五年春。

此組詩又載《叢刊》本、傅校本、《四庫》本李集之別集卷一〇、《全詩》卷四七五。

〔二〕清明後憶山中　《全詩》作“清明（一作寒食）後憶山中”。

〔三〕嘗經伴隱淪　原作“嘗經□隱淪”，《叢刊》本、《四庫》本同。按此缺一字，據《全詩》補。《全詩》作“嘗經伴（一作坐）隱淪”。傅校本作“嘗經坐隱淪”。

〔四〕紫芝呈幾曲　原作“紫芝□幾曲”，《叢刊》本、傅校本同。按此缺一字，據《全詩》補。《全詩》作“紫芝呈（一作餘）幾曲”。《四庫》本作“紫芝歌幾曲”，似爲臆補。

〔五〕只有容身去　原作“只有客身去”，《叢刊》本、《四庫》本同。按“客”字誤，據陸氏校勘、傅校本改。《全詩》作“只有容（一作客）身去”。

〔六〕丰茸正堪掇　原作“手茸正堪掇”，《叢刊》本、《四庫》本同。按“手”字誤，據傅校本、《全詩》改。

〔七〕是胡廣飲者　原作“是湖廣□者”，《叢刊》本、《四庫》本同。按“湖”字誤，並缺一字，今據《全詩》改補。陸氏校勘、傅校本作“是湖廣飲者”，“湖”字仍誤。東漢太尉胡廣飲甘谷水事，見晉葛洪《抱朴子内篇·仙藥》。

〔八〕憶葛勝木禪床　傅校本作“憶葛藤木禪床”，《全詩》作“憶葛勝（一作藤）木禪床”。

## 初夏有懷山居〔一〕

山中有所憶，夏景始清幽。野竹陰無日，巖泉冷似秋。翠岑當累樹,皓月入輕舟。只有思歸夕,空簾且夢遊。

開成五年(八四〇)初夏

## 箋　校

〔一〕本詩列於《思山居一十首》之後,内容同爲懷山居之作,當作於開
　　　成五年初夏。

　　　本詩又載《叢刊》本、傅校本、《四庫》本李集之別集卷一〇、《全詩》
　　　卷四七五。

## 張公超谷中石〔一〕

鼓篋依緑槐,横經起秋霧。有時蓮岳客〔二〕,尚辦絃歌處。自予去
幽谷〔三〕,誰人襲芳杜。空留古苔石,對我岩中樹。

開成五年(八四〇)初秋

## 箋　校

〔一〕本詩列於《思山居一十首》之後,亦爲平泉山居之憶。詩云“横經
　　　起秋霧”,當爲開成五年初秋之作,時德裕在淮南節度使任。不久,
　　　即奉召入京。

　　　本詩又載《叢刊》本、傅校本、《四庫》本李集之別集卷一〇、《全詩》
　　　卷四七五。

〔二〕有時蓮岳客　原作“有時連岳客”,《叢刊》本、《四庫》本、《全詩》
　　　同。按“連”字誤,據傅校本改。蓮岳,西岳華山有蓮花峰,故名。
　　　題中張公超,名楷,東漢名儒,隱居弘農中山,學者隨之。事見《後
　　　漢書》卷三六《張楷傳》。公超谷在華陰。

〔三〕自予去幽谷　原作“自予去幽石”,《叢刊》本、《四庫》本同。按
　　　“石”字誤,據陸氏校勘、傅校本、《全詩》改。

### 初歸平泉過龍門南嶺遥望山居即事<sup>〔一〕</sup>

初歸故鄉陌，極望且徐輪。近野樵蒸至，平泉煙火新<sup>〔二〕</sup>。農夫饋雞黍，漁子薦霜鱗。惆悵懷楊僕，慚爲關外人。

開成元年(八三六)九、十月間

### 箋　校

〔一〕開成元年七月，李德裕由滁州刺史遷太子賓客分司東都，九月十九
　　　日抵洛陽，居於平泉山居。詩題云“初歸平泉”，當作於其年九、十
　　　月間。

　　　本詩又載《叢刊》本、傅校本、《四庫》本李集之別集卷一〇、《全詩》
　　　卷四七五。

〔二〕平泉煙火新　傅校本作“平皋煙火新”。

### 伊川晚眺<sup>〔一〕</sup>

桑葉初黄梨葉紅，伊川落日盡無風。漢儲何假終南客，角里先生在谷中<sup>〔二〕</sup>。

開成元年(八三六)九、十月間

### 箋　校

〔一〕本詩首句狀秋冬之景，當與上篇《初歸平泉過龍門南嶺遥望山居即
　　　事》同作於開成元年九、十月間，時德裕以太子賓客分司東都。

　　　本詩又載《叢刊》本、傅校本、《四庫》本李集之別集卷一〇、《全詩》
　　　卷四七五。

〔二〕角里先生在谷中　原作“角里先生在谷中”，《叢刊》本同。按“角”
　　　字誤，據傅校本、《四庫》本、《全詩》改。角里先生爲商山四皓之

一,漢初與東園公、綺里季、夏黄公隱於商雒山中。"漢高聞而徵之,不至。深自匿終南山,不能屈己"(晋皇甫謐《高士傳》卷中)。

## 潭上喜見新月〔一〕

簪組十年夢,園廬今夕情。誰憐故鄉月,復映碧潭生。皓彩松上見,寒光波際輕。還將孤賞意,暫寄玉琴聲。

開成元年(八三六)初冬

### 箋　校

〔一〕本詩編於前二詩之後。詩中有云"寒光波際輕",以時序推之,當作於開成元年初冬。

　　本詩又載《叢刊》本、傅校本、《四庫》本李集之別集卷一〇、《全詩》卷四七五。

## 郊外即事奉寄侍郎大尹〔一〕

高秩慚非隱〔二〕,閑林喜退居。老農争席坐,稚子帶經鋤。竹徑難迴騎,儃舟但跂予。豈知陶靖節,祇自愛吾廬。

開成元年(八三六)秋

### 箋　校

〔一〕題中侍郎大尹指李珏。李珏,字待價,趙郡人。進士及第,歷拾遺、翰林學士、中書舍人等職。大和九年,任户部侍郎。開成元年四月,遷河南尹。《舊書》卷一七三、《新書》卷一八二有傳。本詩爲德裕初歸平泉之作,當作於開成元年秋。

　　本詩又載《叢刊》本、傅校本、《四庫》本李集之別集卷一〇、《全詩》卷四七五。

〔二〕高秩慚非隱　《全詩》作“高秋慚非隱”。

## 山居遇雪喜道者相訪[一]

幽居近谷西,喬木與山齊。野竹連池合,巖松映雪低。喜君來白社,值我在青谿。應笑於陵子,遺榮自灌畦。

開成元年(八三六)冬

## 箋　校

〔一〕李德裕以太子賓客分司東都居平泉莊前後約兩月餘。《全詩》卷五〇七載裴潾《前相國贊皇公早葺平泉山居暫還憩旋起赴詔命作鎮浙右輒抒懷賦四言詩十四首奉寄》,自注云:“開成元年九月,相公以太子賓客分司東都,九月十九日達洛下,安居於平泉別墅。潾輒述公素尚,賦四言詩,兼述山泉之美。未及刻石,其年十一月二十一日,除浙西觀察使,寵兼八座亞相之重。十二月四日發,赴任。”本詩自述“山居遇雪”,當爲本年冬作。

本詩又載《叢刊》本、傅校本、《四庫》本李集之別集卷一〇、《全詩》卷四七五。

## 雪霽晨起[一]

雪覆寒溪竹,風卷野田蓬。四望無行跡,誰憐孤老翁。

開成元年(八三六)冬

## 箋　校

〔一〕依編次,此詩亦爲德裕平泉山居冬日所作。

本詩又載《叢刊》本、傅校本、《四庫》本李集之別集卷一〇、《全詩》卷四七五。

## 洛中士君子多以平泉見呼愧獲方外之名因以此詩爲報奉寄劉賓客[一]

非高柳下逸,自愛竹林閑。才異居東里,愚因在北山。徑荒寒未掃,門設畫長關。不及鴟夷子,悠悠烟水間。

開成元年(八三六)冬

## 箋　校

〔一〕本詩亦德裕以太子賓客分司東都時所作,詩云"徑荒寒未掃",亦當作於開成元年冬。劉賓客,指劉禹錫,其時亦以太子賓客分司東都。

本詩又載《叢刊》本、傅校本、《四庫》本李集之別集卷一〇、《全詩》卷四七五。

## 早春至言禪公法堂憶平泉別業 金陵作[一]

昔我伊原上,孤遊竹樹間。人依紅桂静,鳥傍碧潭閑。松蓋低春雪,藤輪倚暮山。永懷桑梓邑,衰老若爲還。

開成二年(八三七)早春

## 箋　校

〔一〕本詩題下注云:"金陵作。"唐時潤州亦稱金陵,詩當作於德裕第三次鎮浙西時,即開成二年春。傅璇琮《李德裕年譜》開成二年編年詩收本詩及下一首《峽山亭月夜獨宿對櫻桃花有懷伊川別墅(金陵作)》,并曰:"德裕第一次鎮浙西,尚未葺平泉別墅;第二次鎮浙西,亦未自平泉赴任。獨第三次鎮浙西前曾在平泉小住,此所謂憶平泉別業,懷伊川別墅,當皆是開成二年春作,時剛離洛陽未久,而又未赴淮南也。後詩云：‘愁人惜春夜，達曙想巖扉。’亦是春間作。”今以本卷詩編次驗之，時序相合。

本詩又載《叢刊》本、傅校本、《四庫》本李集之別集卷一〇、《全詩》卷四七五。

## 峽山亭月夜獨宿對櫻桃花有懷伊川別墅<sub>金陵作</sub>〔一〕

皎月照芳樹，鮮葩含素輝。愁人惜春夜，達曙想巖扉。風静陰滿砌，露濃香入衣。恨無金谷妓，爲我奏思歸。

開成二年（八三七）春

## 箋　校
〔一〕本詩作時及參校本詳前一首《早春至言禪公法堂憶平泉別業（金陵作）》箋校〔一〕。

## 春暮思平泉雜詠二十首<sub>自此並淮南作</sub>〔一〕

### 望伊川
遠村寒食後，細雨度川來。芳草連谿合，梨花映墅開。檟籬懸落照，松逕長新苔。向夕亭臯望，遊禽幾處回。

### 潭上紫藤
故鄉春欲盡，一歲芳難再。巖樹已青葱，吾廬日堪愛。幽溪人未去〔二〕，芳草行應礙。遥憶紫藤垂，繁英照潭黛。

### 書樓晴望
幽居人世外，久厭市朝喧。蒼翠連雙闕，微茫認九原。東望盡見萬安山南名臣丘壠。殘紅映翠樹〔三〕，斜日照轅轅。薄暮柴扉掩，誰知仲蔚園。

西嶺望鳴皋山

高秋對涼野，四望何蕭瑟。遠見鳴皋山，青峰原上出。晨興採薇蕨，向暮歸蓬蓽。詎假數揮金，澹和養餘日〔四〕。

瀑泉亭

向老多悲恨，悽然念一丘。巖泉終古在，風月幾年遊。菌閣饒佳樹，菱潭有釣舟。不如羊叔子，名與峴山留。

紅桂樹此樹白花紅心，因以爲號

欲求塵外物，此樹是瑤林。後素合餘絢，如丹見本心。妍姿無點辱，芳意託幽深。願以鮮葩色，凌霜照碧潯。

金　松出天台山，葉帶金色〔五〕

台嶺生奇樹，佳名世未知。纖纖疑大菊，落落是松枝。照日含金晰，籠烟漾翠滋〔六〕。勿言人去晚，猶有歲寒期。

月　桂出蔣山，淺黃色

何年霜夜月，桂子落寒山。翠幹生巖下，金英在人間〔七〕。幽崖空自老，清漢未知還。惟有涼秋夜，嫦娥未暫攀〔八〕。

山　桂此花紫色，英藻繁縟〔九〕

吾愛山中樹，繁英滿目鮮〔一○〕。臨風飄碎錦，映日亂非烟。影入春潭底，香凝月榭前。豈知幽獨客，賴此當朱絃。

柏別樹經霜暫紅，惟此柏枝葉盡丹，四時一色〔一一〕

聞有三株樹，惟應秘閬風。珊瑚不生葉，朱草又無叢。未若凌雲柏，常能終歲紅。晨霞與落日，相照在巖中。

芳　蓀生茅山東溪,陶隱居謂之溪蓀。花紫色,生淺水中〔一二〕

楚客重蘭蓀,遺芳今未歇。葉抽清淺水,花照喧妍節。紫艷映渠
鮮,輕香含露結〔一三〕。離君若有贈〔一四〕,暫與幽人折。

### 流盃亭

激水自山椒,析波分淺瀨。回環疑古篆,詰曲如縈帶。寧愬羽觴
遲〔一五〕,惟觀親友會〔一六〕。欲知中聖處,皓月臨松蓋〔一七〕。

### 東　谿

近蓄東谿水,悠悠起淥波。綵鴛留不去〔一八〕,芳草日應多。夾岸
生奇篠,緣巖覆女蘿〔一九〕。蘭橈思無限,爲感濯纓歌。

### 鸂鶒

清汋雙鸂鶒,前年海上鶼。今來戀洲嶼,思若在江湖。欲起搖荷
蓋,閑飛濺水珠。不能常泛泛,惟作逐波鳧。

### 西　園

西園最多趣,永日自忘歸。石瀨流清淺,峰岑澹翠微〔二〇〕。曉翻
紅藥艷,晴曩碧潭輝〔二一〕。獨望娟娟月,宵分未掩扉〔二二〕。

### 海　檉〔二三〕

昔見歷陽山,鷄籠已孤秀。今看海嶠樹,翠蓋何幽茂。霰雪詎能
侵,此樹枝葉蒙密〔二四〕,霜雪不侵。烟嵐自相揉。攀條獨臨憩,況值清
陰晝。

### 雙碧潭

清剡與嚴湍,潺湲皆可憶。適來翫山水,無此秋潭色。莫辨幽蘭
叢,難分翠禽翼。遲遲洲渚步,臨眺忘飧食。

### 竹　逕

野竹自成逕,繞溪三里餘。檀欒被層阜,蕭瑟蔭清渠。日落見林
静,風行知谷虚。田家故人少,誰肯共焚魚。

### 花藥欄<small>花藥四時相續,常可留翫</small>

蕙草春已碧,蘭花秋更紅。四時發英豔,三逕滿芳叢。秀色濯清
露,鮮輝搖惠風。王孫未知返,幽賞竟誰同。

### 自　叙<small>非尚子遍遊五嶽</small>

五嶽逕雖深,遍遊心已蕩。苟能知止足,所遇皆清曠。七十難可
期,一丘乃微尚。遥懷少室山,常恐非吾望。

開成三年(八三八)至開成五年(八四〇)春暮

## 箋　校

〔一〕此一組詩二十首,題中點明"春暮思平泉"。題下自注:"自此並淮
　　南作。"按德裕開成二年五月由浙西觀察使改淮南節度使,直至開
　　成五年七月由淮南入相,故諸詩當作於開成三年春暮,或開成四年
　　春暮,或開成五年春暮。
　　此一組詩又載《叢刊》本、傅校本、《四庫》本李集之別集卷一〇、
　　《全詩》卷四七五。其中《潭上紫藤》又載《英華》卷三二六,《芳
　　蓀》又載《英華》卷三二七,《流盃亭》又載《英華》卷三一六。
〔二〕幽溪人未去　《英華》作"幽蹊人未去"。
〔三〕殘紅映翠樹　《全詩》作"殘紅(一作虹)映翠樹"。
〔四〕湌和養餘日　傅校本作"湌和度餘日"。
〔五〕出天台山葉帶金色　原作"出天台山",《叢刊》本、《四庫》本同。
　　按此奪四字,今據陸氏校勘、《全詩》補。傅校本作"出天台山葉帶

紫色”。

〔六〕籠烟漾翠滋　傅校本、《四庫》本、《全詩》作“籠烟淡翠滋”。

〔七〕金英在人間　《全詩》作“金英在世間”。

〔八〕嫦娥未暫攀　《全詩》作“嫦娥來暫攀”。

〔九〕此花紫色英藻繁縟　原作“此花紫色英藻繁”，《叢刊》本、《四庫》
　　本同。按此奪一字，今據陸氏校勘、傅校本、《全詩》補。

〔一〇〕繁英滿目鮮　原作“繁英滿日鮮”，《叢刊》本同。按此於義不合，
　　今據傅校本、《四庫》本、《全詩》改。

〔一一〕別樹經霜暫紅惟此柏枝葉盡丹四時一色　原作“別樹經霜暫枝葉
　　盡舟四”，《叢刊》本同。按此奪七字，且“舟”字誤，今據陸氏校勘、
　　傅校本、《全詩》補正。《四庫》本作“別樹經霜枝葉盡丹”，仍奪九
　　字。又《全詩》題下注：“一本題作朱柏”，傅校本題亦作“朱柏”。

〔一二〕芳蓀(生茅山東溪陶隱居謂之溪蓀花紫色生淺水中)　原作“蓀
　　(生茅山東溪溪蓀花紫色)”，《叢刊》本、《四庫》本同。按題奪一
　　字，注奪九字，據陸氏校勘、《全詩》補。傅校本題作“芳蓀”，注仍
　　奪九字。《英華》誤將注文入題“芳蓀生茅山東溪陶隱君謂之溪
　　蓀花紫色生淺水中”，“君”字誤。陶隱居，指南朝陶弘景。

〔一三〕輕香含露結　《英華》作“輕香含露發(集作潔)”；《全詩》作“輕香
　　含露潔(一作結，一作發)”。傅校本作“輕香含露潔”。

〔一四〕離君若有贈　《英華》、傅校本、《全詩》作“離居若有贈”。

〔一五〕寧愬羽觴遲　原作“雪愬羽觴遲”，《叢刊》本、《四庫》本同。按
　　“雪”字誤，據陸氏校勘、《英華》、傅校本、《全詩》改。

〔一六〕惟觀親友會　《英華》作“惟貪(一作歡)親友會”，《全詩》作“惟歡
　　(一作貪)親友會”。

〔一七〕皓月臨松蓋　《英華》作“皎月臨松蓋”。

〔一八〕綵鴛留不去　傅校本作"綵鴛留不散"。

〔一九〕緣巖覆女蘿　原作"緑巖覆女蘿",《叢刊》本、傅校本同。按"緑"字誤,據《四庫》本、《全詩》改。

〔二〇〕峰岑澹翠微　《全詩》作"風岑澹翠微"。

〔二一〕晴梟碧潭輝　原作"晴鳥碧潭輝",《叢刊》本、《四庫》本同。按"鳥"字誤,據傅校本、《全詩》改。

〔二二〕宵分未掩扉　《全詩》作"宵分半掩扉"。

〔二三〕海檉　原作"海",《叢刊》本、《四庫》本同。按此奪一字,今據陸氏校勘、傅校本補。《全詩》作"海石楠"。

〔二四〕此樹枝葉蒙密　原作"此樹枝葉密",《叢刊》本、《四庫》本、《全詩》同。此奪一字,據陸氏校勘、傅校本補。

## 首夏清景想望山居贈幕僚〔一〕

嘉樹陰初合,山中賞更新。禽言未知夏,蘭逕尚餘春。散滿蘿垂帶〔二〕,扶疏桂長輪。丹青寫不盡,宵夢歎非真。累榭空留月,虚舟若待人。何時倚蘭棹,相與掇汀蘋。

開成三年(八三八)至開成五年(八四〇)首夏

### 箋　校

〔一〕本詩編於《春暮思平泉雜詠二十首》之後,亦爲李德裕任淮南節度使時作。詩題云"首夏",緊接前詩"春暮"之後,故當作於開成三年首夏,或開成四年首夏,或開成五年首夏。

本詩題下據陸氏校勘、傅校本補"贈幕僚"三字。《全詩》題下注:"一本此下有贈幕僚三字。"

本詩又載《叢刊》本、傅校本、《四庫》本李集之别集卷一〇、《全詩》

卷四七五。

〔二〕散滿蘿垂帶　傅校本作“散曼蘿垂帶”。

# 思平泉樹石雜詠一十首〔一〕

## 釣臺石〔二〕

我有嚴湍思，懷人訪故臺。客星依釣隱，仙石逐槎回。倒影含清沚，凝陰長碧苔。飛泉信可挹，幽客未歸來。

## 似鹿石

林中有奇石，髣髴獸潛行。乍似依巖桂，還疑食野苹。茸長綠蘚映〔三〕，斑細紫苔生〔四〕。不是見羈者，何勞如頓纓。

## 海上石笋

常愛僊都山，奇峰千仞懸。迢迢一何迥，不與衆山連。忽逢海嶠石，稍慰平生憶。何以似我心〔五〕，亭亭孤且直。

## 疊浪石此石韓給事所遺〔六〕

潺湲桂水湍，漱石多奇狀。鱗次冠煙霞，蟬聯疊波浪。今來碧梧下，迥出秋潭上。歲晚苔蘚滋，懷賢益惆悵。

## 重臺芙蓉

芙蓉含露時，秀色波中溢。玉女襲朱裳〔七〕，重重映皓質。晨霞耀丹景〔八〕，片片明秋日。蘭澤多衆芳，妍姿不相匹。

## 白鷺鷥

余心憐白鷺，潭上日相依。拂石疑星落，凌風似雪飛。碧沙常獨立，清景自忘歸。所樂惟烟水，徘徊戀釣磯。

## 海魚骨

昔日任公子,期年釣此魚。無由見成岳,聊喜識專車。皎皎連霜月,高高映碧渠。陶潛雖好事,觀海只披圖。

## 泛池舟

桂舟蘭作柂,芬芳皆絕世。只可弄潺湲,焉能濟大川。樹懸凉夜月,風散碧潭烟。未得同魚子,菱歌共扣舷。

## 舴艋舟

無輕舴艋舟,始自鷗夷子。雙闕挂朝衣,五湖極煙水。時遊杏壇下,乍入湘川裏。永日歌濯纓,超然謝塵滓[九]。

## 二　猿

釣瀨水連漪,富春山合沓。松上夜猿鳴,谷中清響合。衝網忽見羈,故山從此辭。無由碧潭飲,爭接緑蘿枝。

開成四年(八三九)至開成五年(八四〇)七月前

## 箋　校

〔一〕此一組詩一十首,亦爲德裕任淮南節度使時所作。其中《釣臺石》、《似鹿石》所述,與德裕《平泉山居草木記》可相參稽。記云:"己未歲,又得……巫峽、嚴湍、琅琊臺之水石;……仙人跡、鹿跡之石。"嚴湍之水石即釣臺石,鹿跡之石即似鹿石。己未爲開成四年,故諸詩當作於開成四年至開成五年七月德裕由淮南入相之前。

此一組詩又載《叢刊》本、傅校本、《四庫》本李集之別集卷一〇、《全詩》卷四七五。其中《海上石笋》、《疊浪石》又載《英華》卷一六二,《重臺芙蓉》又載《英華》卷三二二。

〔二〕釣臺石　原作"釣臺",《叢刊》本、《四庫》本、《全詩》同。按此奪

“石”字,今據陸氏校勘、傅校本補。

〔三〕茸長緑蘚映　原作“茸長緑鮮映”,《叢刊》本同。按“茸”字、“鮮”字誤,據《全詩》改。傅校本作“茸長緑蘚映”,“茸”字誤。《四庫》本作“茸長緑鮮映”,“鮮”字誤。

〔四〕斑細紫苔生　原作“班細紫苔生”,《叢刊》本、《四庫》本、傅校本同。按“班”字誤,據《全詩》改。

〔五〕何以似我心　《英華》作“何以慰我心”。《全詩》作“何以慰(一作似)我心”。

〔六〕疊浪石(此石韓給事所遺)　原作“疊”,《叢刊》本、《四庫》本同。按題奪二字,注奪七字,據陸氏校勘補。《英華》、傅校本、《全詩》無“浪”字,餘同陸氏校勘。

〔七〕玉女襲朱裳　原作“五女襲朱裳”,《叢刊》本、《四庫》本同。按“五”字誤,據《英華》、《全詩》、傅校本改。《英華》作“玉女攏(集作襲)朱裳”。

〔八〕晨霞耀丹景　《英華》句下注:“雜詠作紫。”《全詩》作“晨霞耀丹景(一作紫)”。

〔九〕超然謝塵滓　原作“超然謝滓塵”,《叢刊》本同。按“滓塵”倒誤,據傅校本、《四庫》本、《全詩》改。

## 思在山居日偶成此詠邀松陽子同作〔一〕

閑思昔歲事,忽忽念伊川。乘月步秋坂〔二〕,滿山聞石泉。回塘碧潭映,高樹緑蘿懸。露下叫田鶴,風來嘶晚蟬。懷茲長在夢〔三〕,歸去且無緣。幽谷人未至,蘭苔應更鮮。乘月一作乘興。

開成四年(八三九)至開成五年(八四〇)七月前

〔一〕本詩編於《思平泉樹石雜詠一十首》之後,内容同爲憶平泉山居之
　　　作,當作於同時,即開成四年至開成五年七月德裕鎮淮南之後期。
　　　松陽子爲其友人,前此德裕已有《懷山居邀松陽子同作》、《思歸赤
　　　松村呈松陽子》詩。
　　　本詩又載《叢刊》本、傅校本、《四庫》本李集之別集卷一〇、《全詩》
　　　卷四七五。

〔二〕乘月步秋坂　《全詩》作“乘月(一作興)步秋坂”,與詩末注相合。

〔三〕懷兹長在夢　原作“懷兹長住夢”,《叢刊》本同。按“住”字刊誤,
　　　據傅校本、《四庫》本、《全詩》改。

# 重憶山居六首〔一〕

## 平泉源〔二〕

出谷纔浮芥,中園已濫觴。逶迤過竹塢,浩淼走蘭塘〔三〕。夜静聞
魚躍,風微見雁翔。從兹東向海,可泛濟川航。

## 泰山石兗州從事所寄

鷄鳴口觀望,遠與扶桑對〔四〕。滄海似鎔金,衆山如點黛。遥知碧
峰首,獨立烟嵐内。此石依五松,蒼蒼幾千載。

## 巫山石〔五〕

十二峰前月,三聲猿夜愁。此中多怪石,日夕漱寒流。必是歸星
渚,先求歷斗牛。揚州是斗牛分。還疑烟雨霽,髣髴是嵩丘〔六〕。

## 羅浮山番禺連帥所遺

龍伯釣鼇時,蓬萊一峰坼。裴淵《廣州記》:羅浮山是蓬萊邊山浮來。飛

來碧海畔,遂與三山隔。其下多長溪,《茅君内傳》:山下有七十二長溪。潺湲淙亂石[七]。知君分如此,贈逾荆山璧[八]。

漏潭石魯客見遺[九]

常疑六合外,未信漆園書。及此聞溪漏,方欣驗尾閭。大哉天地氣,呼吸有盈虛。美石勞相贈,瓊瑰自不如。

釣　石於谿人處求得

嚴光隱富春,山色谿又碧。所釣不在魚,揮綸以自適。余懷慕君子,且欲坐潭石。持此返伊川,悠然慰衰疾[一〇]。

開成四年(八三九)至開成五年(八四〇)七月前

## 箋　校

〔一〕按《平泉山居草木記》云:“己未歲,又得……巫峽、嚴湍、琅琊臺之水石。”此一組詩六首當皆任淮南時作。己未歲爲開成四年,其三《巫山石》所述即爲巫峽之水石,故諸詩當作於開成四年至開成五年七月德裕入相之前。

此一組詩又載《叢刊》本、傅校本、《四庫》本李集之别集卷一〇、《全詩》卷四七五。其中《泰山石》又載《英華》卷一六二,題作《泰山石兗州從事所寄》,乃誤注入題。

〔二〕平泉源　李德裕《靈泉賦并序》:“予林居西嶺,平壤出泉,廣不逾尋,而深則盈尺。自東鄰故丞相崔公至谷口故丞相司徒李公,凡別墅五、六,皆謂之平泉,實發源於此。”(《別集》卷九)

〔三〕浩淼走蘭塘　傅校本作“浩淼灑蘭塘”。

〔四〕遠與扶桑對　《英華》作“遠與扶桑外(集作對)”,《全詩》作“遠與扶桑對(一作外)”。

〔五〕巫山石　《平泉山居草木記》:"己未歲,又得……巫峽、嚴湍、琅琊臺之水石。"

〔六〕髣髴是嵩丘　傅校本作"髣髴見嵩丘"。

〔七〕潺湲淙亂石　原作"潺湲宗亂石",《叢刊》本、《四庫》本同。按"宗"字誤,據傅校本、《全詩》改。

〔八〕贈逾荊山壁　原作"贈逾荊山壁",《叢刊》本、傅校本、《四庫》本同。按"壁"字誤,據《全詩》改。

〔九〕漏潭石　傅校本作"漏澤石"。

〔一〇〕悠然慰衰疾　原作"悠然慰衰夕",《叢刊》本、《四庫》本同。按"夕"字誤,據陸氏校勘、傅校本、《全詩》改。

## 懷伊川郊居〔一〕

衰疾常懷土,郊園欲掩扉。雖知明目地〔二〕,不及有身歸。羣樹秋陰遍,伊原霽色微。此生看白首,良願已應違。

開成四年(八三九)秋

篓　校

〔一〕本詩編於《重憶山居六首》之後,同爲憶平泉之作。本詩首句"衰疾常懷土"與前一首《釣石》結句"悠然慰衰疾"相呼應,應爲同時期之作。開成五年秋德裕已入相,故訂本詩作時爲開成四年秋。本詩又載《叢刊》本、傅校本、《四庫》本李集之別集卷一〇、《全詩》卷四七五。

〔二〕雖知明目地　《全詩》作"雖知明目(一作日)地"。

## 晨起見雪憶山居〔一〕

忽憶巖中雪,誰人拂薜蘿。竹梢低未舉,松蓋偃應多。山溜隨冰落,林廡帶霰過。不勞聞鶴語,方奏苦寒歌。

開成五年(八四〇)正月

## 箋　校

〔一〕本詩爲雪寒之日懷平泉山居之作,依編次前一首《懷伊川郊居》作
　　於開成四年秋,則本詩寫雪寒日時序亦合。本詩結兩句:"不勞聞
　　鶴語,方奏苦寒歌。"暗喻開成五年正月初文宗之崩,亦爲一證。南
　　朝劉敬叔《異苑》卷三:"晋太康二年冬大寒,南洲人見二白鶴語於
　　橋下,曰:'今兹寒不減堯崩年也。'於是飛去。"其時,權閹仇士良
　　專政,殺戮陳王、安王、楊賢妃,仕途險惡使德裕更懷念平泉山居,
　　故本年春又有《憶平泉雜咏》組詩,皆爲當時思想之反映。
　　本詩又載《叢刊》本、傅校本、《四庫》本李集之別集卷一〇、《全詩》
　　卷四七五。
　　本詩詩題原作"晨起見雪隱山居",《叢刊》本、《四庫》本同。按
　　"隱"字誤,據傅校本、《全詩》改。

# 憶平泉雜詠<sup>〔一〕</sup>

## 憶初暖

今日初春暖,山中事若何? 雪開喧鳥至,漸散躍魚多。幽翠生松
栝<sup>〔二〕</sup>,輕烟起薜蘿。柴扉常晝掩,惟有野人過。

## 憶辛夷余赴金陵日,辛夷欲開<sup>〔三〕</sup>

昔年將出谷,幾日對辛夷。倚樹憐芳意,攀條惜歲滋。清陰須暫
憇,秀色正堪思。只待揮金日,慇懃泛羽巵。

## 憶寒梅

寒塘數樹梅,常近臘前開。雪映緣巖竹,香侵泛水苔。遥思清景

暮,還有野禽來。誰是攀枝客,茲辰醉始迴。

### 憶藥欄

野人清旦起,掃雪見蘭芽。始畎春泉入,惟愁暮景斜。未抽萱草
葉,纔發款冬花。誰念江潭老,中宵旅夢賒。

### 憶茗芽

谷中春日暖,漸憶掇茶英。欲及清明火,能銷醉客酲。松花飄鼎
泛,蘭氣入甌輕。飲罷閑無事,捫蘿黐上行。

### 憶野花余未嘗春到故園

雖遊洛陽道,未識故園花。曉憶東黐雪,晴思冠嶺霞。谷深蘭色
秀,村迴柳陰斜。悵望龍門晚,誰知小隱家。

### 憶春雨

春鳩鳴野樹,細雨入池塘。潭上花微落,黐邊草更長。梳風白鷺
起[四],拂水綵鴛翔。最羨歸飛燕,年年在故鄉。

### 憶晚眺

伊川新雨霽,原上見春山。綌嶺晴虹斷,龍門宿鳥還。牛羊平野
外,桑柘夕烟間。不及鄉園叟,悠悠盡日閑。

### 憶新藤

遙聞碧潭上,春晚紫藤開。水似晨霞照,林疑綵鳳來。清香凝島
嶼,繁艷映莓苔。金谷如相並,應將錦帳迴。

### 憶春耕

郊外杏花坼,林間布穀鳴。原田春雨後,黐水夕流平。野老荷蓑

至<sup>〔五〕</sup>，和風吹草輕。無因共沮溺，相與事巖耕。

開成五年（八四〇）春

## 箋　校

〔一〕本題組詩共十首，所詠皆爲春景，依編次當作於開成五年春，時德
　　　裕尚在淮南節度使任。餘詳前一首《晨起見雪憶山居》箋校〔一〕。
　　　此一組詩又載《叢刊》本、傅校本、《四庫》本李集之別集卷一〇、
　　　《全詩》卷四七五。

〔二〕幽翠生松栝　原作“幽翠生松柏”，《叢刊》本、《四庫》本同。按
　　　“柏”字誤，據陸氏校勘、傅校本改。《全詩》作“幽翠生松栝（一作
　　　柏）”。

〔三〕余赴金陵日辛夷欲開　原作“余赴欲門辛夷金陵”，《叢刊》本同，
　　　按此訛誤，義不可通。《四庫》本作“余赴金陵辛夷欲開”，奪“日”
　　　字。今據陸氏校勘、傅校本、《全詩》校補。

〔四〕梳風白鷺起　原作“疏風白鷺起”，《叢刊》本、《四庫》本同。按
　　　“疏”字誤，據傅校本、《全詩》改。

〔五〕野老荷蓑至　原作“野老和蓑至”，《叢刊》本、《四庫》本同。按
　　　“和”字誤，據陸氏校勘、傅校本、《全詩》改。

## 余所居平泉村舍近蒙韋常侍大尹<br>特改嘉名因寄詩以謝<sup>〔一〕</sup>

未謝留侯疾，常懷仲蔚園。閑謠紫芝曲，歸夢赤松村。忽改蓬蒿
色，俄吹黍谷暄。多慙孔北海，傳教及衡門。

開成三年（八三八）正月至開成四年（八三九）七月

## 箋　校

〔一〕傅璇琮《李德裕年譜》開成三年：“按詩題云‘韋常侍大尹’，據
　　　《舊·文宗紀》，開成三年正月‘丁丑，以前荆南節度使韋長爲河南
　　　尹’，又開成四年七月‘壬寅，以河南尹韋長爲平盧軍節度使’。此
　　　韋常侍大尹當即爲韋長。又據《舊紀》，韋長於大和七年八月，曾
　　　任京兆尹兼御史大夫，時李德裕在相位。韋長，新舊《唐書》無傳。
　　　白居易有《自罷河南，已换七尹，每一入府，悵然舊遊，因宿府廳，偶
　　　題西壁，兼呈韋尹常侍》（《白居易集》卷三十四），白詩之‘韋尹常
　　　侍’亦即韋長，詩當作於開成三年冬。德裕之詩當作於開成三年正
　　　月至四年七月韋長在河南尹期間。”
　　　本詩又載《叢刊》本、傅校本、《四庫》本李集之別集卷一〇、《全詩》
　　　卷四七五。

## 山信至説平泉別墅草木滋長地轉
## 幽深悵然思歸復此作<sup>〔一〕</sup>

忽聞樵客語，懇慰野人心<sup>〔二〕</sup>。幽徑芳蘭密，閑庭秀木深。麢麠來
澗底，鳬鵠遍川潯。誰念滄溟上，歸歟起歎音。

開成五年（八四〇）春夏間

## 箋　校

〔一〕本詩同爲德裕在淮南節度使任上懷念平泉別墅之作，參前後編次，
　　　當作於開成五年七月入相前，當在春夏間。
　　　本詩又載《叢刊》本、傅校本、《四庫》本李集之別集卷一〇、《全詩》
　　　卷四七五。
　　　本詩詩題傅校本作“山信至……復爲此作”，補一“爲”字。

〔二〕憨慰野人心 《四庫》本、《全詩》作"暫慰野人心",義較勝。

## 臨海太守惠予赤城石報以是詩[一]

聞君採奇石,剪斷赤城霞。潭上倒虹影,波中搖日華。僊巖接絳氣,谿路雜桃花。若值客星去,便應隨海槎。

開成五年(八四〇)七月前

### 箋　校

〔一〕本詩亦爲德裕在淮南節度使任上所作,按詩歌編次,當作於開成五年七月入相之前。郁賢皓《唐刺史考·江南東道·台州》曰:"《赤城志》:'開成五年,顏從賢。'注云:'開成盡五年,《壁記》作六年。'按'從賢'乃'從覽'之訛。《舊書·顏真卿傳》引文宗詔稱從覽,真卿之孫。"據此,臨海太守,即台州刺史顏從覽。

　　本詩又載《叢刊》本、傅校本、《四庫》本李集之別集卷一〇、《全詩》卷四七五。

## 前相國贊皇公早葺平泉山居暫來還憩旋起赴詔命作鎮浙右輒抒懷賦四言詩一十四首寄[一]

正議大夫行尚書兵部侍郎集賢殿<br>學士賜紫金魚袋裴潾

動復有原,進退有期。用在得正,明以知微。夫惟哲人,會且有歸。靜固勝動[二],安每慮危。將憩於盤,止亦先機。

### 右　一

植慶在根[三],鍾福有兆。珠潛巨海,玉蘊崐嶠。披室生白,照夜成晝。揮翰飛文,入侍左右。出納帝命,弘茲在宥。

右　二

歷難求試，執憲成風。四鎮咸乂[四]，三階以融。捧日柱天，造膝納忠。建儲固本，樹屏息戎。彼狐彼鼠，窒穴掃蹤。

右　三

我力或屈，我躬莫污[五]。三黜如飴，三起惟懼。再賓爲龍，一麾爲飫。昔在治繁，常思歸去。今則合契，行斯中慮。

右　四

有鳳自南，亦翽其羽。好姱佳麗，於伊之滸。五彩含章，九苞合矩。佩仁服義，鳴中律吕。我來思卷，薄言遵渚。

右　五

鑿龍中闢，伊原右奔[六]。下有秘洞，谺起石門。竹澗水横，松架雪屯。岫環如壁，巖虚若軒。朝昏含景，夏清冬温。

右　六

南溪迴舟，西嶺望竦[七]。水遠如空，山微似壟。二室峰連，四山駢聳[八]。玉女乍敧[九]，玉華獨踊。雲翔日耀[一〇]，如戴如拱。

右　七

飛泉挂空，如決天潯。萬仞懸注，直貫潭心。月正中央，洞見淺深。群山無影，孤鶴時吟。我嘯我歌，或眺或臨。

右　八

鳥之在巢，風起林搖。退翔城顛，翠亂捫天[一一]。雨止雲旋[一二]，亦息於淵。人皆知進，我獨止焉。人皆務明，我獨晦焉。邈矣其山，默矣其泉。

右　九

寢丘之田，土山之上。孫既貽謀，謝亦遐想。儉則爲福，華固難長。寧若我心，一泉一壤。造適爲足，超然孤賞。

右　十

其風自西，言發帝庭。飄波黃素〔一三〕，墮於山楹。公拜稽首，靡敢受榮。宸嚴再臨，俾撫百城。戀此莫處，星言其征。

右十一

公昔南邁，我不及覯。言旋舊觀，莫獲安語。今則不遑，載騫載舉。離憂莫寫，歡好曷叙。愴矣東望，泣涕如雨。

右十二

山稽之舊，劉盧之恩。舉世莫尚，惟公是敦。哀我蠢蠢，念我諄諄。振此鍛翮，扇之騰翻。斯德未報，抵誓子孫〔一四〕。

右十三

迢迢秦塞，南望吳門〔一五〕。對酒不飲，設琴不鼓〔一六〕。何以代面，寄之濡翰。何以寫懷，詩以足言。無密玉音，以慰我魂。

右十四

　　開成元年九月，相公以太子賓客分司東都，九月十九日達洛下，安居於平泉別墅。潾輒述公素尚，賦四言詩，兼述山泉之美。未及刻石，其年十一月二十一日，除浙西觀察使，寵兼八座亞相之重。十二月四日發，赴任。開成二年春〔一七〕，潾自兵部侍郎除河南尹，乃於河南廨中，自書於石，立於平泉之山居。開成二年九月二十五日，河南尹裴潾題。

開成二年（八三七）九月二十五日

**箋　校**

〔一〕據裴潾自述，開成元年九月十九日，德裕抵洛下任太子賓客分司東都之職,裴潾賦四言詩十四首,"述公素尚,……兼述山泉之美"。未及刻石。其年十一月二十一日,德裕遷浙西觀察使,十二月四日離洛陽赴任。開成二年九月,裴潾已爲河南尹,乃於河南廨中將去年所作詩刻石,以資紀念。

此一組詩又附載《叢刊》本、傅校本李集之別集卷一〇、《全詩》卷五〇七。

本詩詩題中"暫來還憩",原作"暫還憩",《叢刊》本、《全詩》同。按奪"來"字,據陸氏校勘、傅校本補。

〔二〕静固勝動　原作"静固勝熱",《叢刊》本、《全詩》同。按此於義不合,據陸氏校勘、傅校本改。

〔三〕植慶在根　《全詩》作"植愛在根"。

〔四〕四鎮咸乂　原作"四鎮咸人",《叢刊》本同。按"人"字誤,據陸氏校勘、傅校本、《全詩》改。

〔五〕我躬莫污　原作"我躬莫沔",《叢刊》本同。按"沔"字誤,據陸氏校勘、傅校本、《全詩》改。

〔六〕伊原右奔　《全詩》作"伊原古奔"。

〔七〕西嶺望竦　原作"西嶺望疏",《叢刊》本同。按"疏"字誤,據傅校本、《全詩》改。

〔八〕四山駢聳　原作"四□駢聳",《叢刊》本、傅校本同。按此缺一字,據《全詩》補。

〔九〕玉女乍敧　《全詩》作"五女乍敧"。

〔一〇〕雲翔日耀　原作"雲□日□",《叢刊》本、傅校本同。按此缺兩字,據《全詩》補。

〔一一〕翠亂捫天　《全詩》作"翠蚪捫天"。

〔一二〕雨止雲旋　《全詩》作"雨止雪(一作雲)旋"。

〔一三〕飄波黄素 《全詩》作“飄彼黄素”。

〔一四〕抵誓子孫 《全詩》作“衹誓子孫”。

〔一五〕南望吴門 原作“□望吴門”，《叢刊》本、傅校本同。按此缺一字，
　　　據《全詩》補。

〔一六〕設琴不鼓 《全詩》作“設琴不援”。

〔一七〕開成二年春 原作“開成二年有”，《叢刊》本同。按“有”字誤，據
　　　陸氏校勘、傅校本改。《全詩》作“開成二年”，奪“春”字。

### 諸書載平泉花木〔一〕

　　《劇談録》：李德裕東都平泉莊，去洛城三十里，卉木臺榭，若
造仙府。有虚檻對引泉水，縈回疏鑿，像巫峽〔二〕、洞庭十二峰、九
派迄於海門江山景物之狀。竹間行徑有平石〔三〕，以手磨之〔四〕，皆
隱隱見雲霞、龍鳳、草樹之形。……初德裕營平泉，遠方之人多以
異物奉之，有題平泉詩曰〔五〕：“隴右諸侯供語鳥，日南太守送
名花。”

　　《賈氏談録》：贊皇公平泉莊，周圍十里，構臺榭百餘所，今基
址猶存。天下奇花、異草、珍松、怪石，靡不畢致其間。故德裕自
製《平泉草木記》。今悉蕪絶，唯雁翅檜、珠子柏、蓮房玉蘂等〔六〕，
蓋僅有存焉。雁翅檜，葉婆娑如鴻雁之翅。珠子柏，柏實皆如白珠子，叢
生葉上，香聞數十步。蓮蘂，跗萼上，花分五朵而實同一房。怪石名品甚
衆，多爲洛城有力者取去。石上皆刻有道二字〔七〕。唯禮星石及師子
石，今爲陶學士徙置梨園別墅。禮星石，縱廣一丈，厚尺餘，有文理成斗
極之象。師子石，高三四尺，孔竅千萬，遞相通貫，其狀如師子，首尾眼鼻皆
具足。

　　《河南志》：河南長殿南，有婆娑亭，貯奇石處，世傳李德裕醒

酒石。以水沃之，有林木自然之狀〔八〕。今謂婆娑石，蓋以樹名。

　　《五代史》：張全義，字國維。監軍嘗得李德裕平泉醒酒石，德裕孫延古因託全義復求之。監軍忿然曰："自黃巢亂後，洛陽園池無復能守〔九〕，豈獨平泉一石哉？"全義嘗在巢賊中，以爲譏己，因大怒，奏笞殺監軍者。

## 箋　校

〔一〕此處所録《劇談録》、《賈氏談録》、《河南志》、《新五代史·張全義傳》四條記載係撮述，又載《叢刊》本、傅校本李集之別集卷一〇，文字有訛誤。今以《太平廣記》卷四〇五校《劇談録》條，以《四庫》本《賈氏談録》校《賈氏談録》條，以中華版《新五代史》校《五代史》條。

〔二〕像巫峽　《廣記》作"像巴峽"。

〔三〕竹間行徑有平石　原作"以間行徑有平石"，《叢刊》本、傅校本同。按"以"字誤，據《廣記》改。

〔四〕以手磨之　《廣記》作"以手摩之"，義較勝。

〔五〕有題平泉詩曰　《廣記》作"時文人有題平泉詩者"。《廣記》篇末注："出《劇談録》。"

〔六〕蓮房玉蘂　原作"蓮房玉藻"，《叢刊》本、傅校本同。按"藻"字誤，據《四庫》本《賈氏談録》改。

〔七〕石上皆刻有道二字　原作"石上皆刻女道二字"，《叢刊》本、傅校本同。按"女"字誤，據《四庫》本《賈氏談録》改。

〔八〕有林木自然之狀　原作"有林木自然之秋"，《叢刊》本同。按"秋"字誤，據傅校本改。

〔九〕洛陽園池　《新五代史》作"洛陽園宅"。

# 外集卷第一 　　　　　窮愁志並序〔一〕

予頃歲吏道所拘，沉迷簿領，今則幽獨不樂〔二〕，誰與晤言？偶思當世之所疑惑，前賢之所未及，各爲一論，庶乎簡而體要〔三〕，謂之《窮愁志》，凡三卷，篇論四十九首。銷此永日，聊以解憂。地僻無書，心力久廢，每懷多聞之益，頗有闕疑之恨。貽於朋友，以俟箴規。

大中三年（八四九）

## 箋　校

〔一〕陳振孫《直齋書録解題》卷一六：“《窮愁志》，晚年遷謫後所作，凡四十九篇。其論精深，其詞峻潔，可見其英偉之氣。”此與本序文所謂“篇論四十九首”相合。但《窮愁志》中如《周秦行紀論》、《冥數有報論》等顯係僞作。由此可見，外集中應有僞作混入，又有失佚，詳情已難以細考。

《舊書》卷一七四《李德裕傳》載“初貶潮州，雖蒼顛沛之中，猶留心著述，雜序數十篇，號曰《窮愁志》”。李德裕以大中元年十二月貶潮州司馬，於大中二年正月初成行，由洛陽沿水路南下。文集別集卷八《舌箴》自序云：“戊辰歲（大中二年）仲春戊申夜，余宿於洞庭西。"又云："余以仲夏月達於海曲。"據《舊書》本傳所述，德裕於貶謫"顛沛之中"，已開始撰寫《窮愁志》諸論。但此數十篇論序，亦有大中三年抵崖州後所作者。此爲《窮愁志》完成後之序文，故訂本文作時爲大中三年。

本文又載《叢刊》本、傅校本、《四庫》本李集之外集卷一、《全文》卷七〇七。《窮愁志》諸論爲大中二年或大中三年所作，其中亦有可斷定作年者，其餘則不再具述作年。

〔二〕今則幽獨不樂 《全文》作"今則憂獨不樂"。

〔三〕庶乎簡而體要 諸本作"庶乎箴而體要"。按"箴"字誤，據陸氏校勘改。

# 評 史

## 夷齊論[一]

昔夷齊不食周粟，餓於首陽之下，仲尼稱其仁，孟軻美其德[二]，孟子稱："伯夷，聖人之清者[三]。"蓋以取其節而激貪也。所謂周粟者，周王所賦之禄是也。諫而不從，不食其禄可矣。至於聞淑媛之言，輟殂薇蕨，斯可謂不智矣[四]。夫薇蕨者，元氣之所發生，四時之所順成；日月之所燭，風雨之所育，周焉得而有之哉？若以粟者周人之播殖，則夷齊得非周人乎？反覆其道，盡未當理。然夷齊之行，實誤後人。於陵仲子慕夷齊者也，乃至不義其兄之禄。潔則潔矣，仁豈然哉？厥後商洛四友，畏秦之酷，避秦之禍，豈止潔其身而已。然殽紫芝以爲糧，飲清泉以爲漿，終老南山，以養其壽，斯可謂仁智兼矣。

## 箋　校

〔一〕本文又載《英華》卷七五六、《叢刊》本、傅校本、《四庫》本李集之外集卷一、《全文》卷七〇七。

〔二〕仲尼稱其仁孟軻美其德　《英華》作“仲尼稱其仁美其德”，無“孟軻”二字。

〔三〕孟子稱伯夷聖人之清者　《孟子·萬章下》：“伯夷，聖之清者也。”《四庫》本無此注文。

〔四〕斯可謂不智矣　傅校本作“所謂不智矣”。

## 三良論〔一〕

　　秦穆之殺三良，詩人刺之矣，《春秋》譏之矣，今不復議。唯三良許之以死，而前代無譏，何也？且臣道莫顯於咎繇，孝友莫盛於周公；咎繇尚不殉於舜、禹二后，周公尚不殉於文、武二王，三良詎可許之死乎？如三良者，所謂殉榮樂也，非所謂殉仁義也；可與梁丘據、安陵君同譏矣，焉得謂之百夫特哉！昔荀息許晉獻以言〔二〕，繼之以死，君子猶歎斯言之玷，不可磨也〔三〕。豈得以生同榮樂，殁共埃塵，以爲忠乎？晏平仲言君爲社稷死則死之，斯言得之矣。自周漢迄於巨唐，殺身成仁，代有髦傑，莫不顯一身之義烈，未有繫一國之存亡。唯紀信乘黃屋以誑楚〔四〕，赴丹焰而存漢。數千年間，一人而已。漢祚四百，繇此而興。余謂漢祖封建紀氏，宜在蕭、曹之上。報德未稱，良可悲也。

## 箋　校

〔一〕本文又載《英華》卷七五七、《叢刊》本、傅校本、《四庫》本李集之外
　　　集卷一、《全文》卷七〇八。

〔二〕昔荀息許晉獻以言　《英華》、《全文》作"昔荀息許晉獻一言"。

〔三〕不可磨也　《英華》、《全文》作"不可爲也"。

〔四〕誑楚　《英華》作"誑（蜀作詐）楚"。

## 張辟彊論〔一〕

　　揚子美辟彊之覺陳平〔二〕，非也。若以童子膚敏，善揣呂氏之情，奇之可也；若以反道合權，以安社稷，不其悖哉！授兵産、禄，幾危劉氏，皆因辟彊啓之。向使留侯尚存，必執戈逐之，將爲戮矣。觀高祖遺言，呂后制其大事，可謂謀無遺策矣。以王陵有廷諍之節，置以爲相，謂周勃堪寄託之任，令本兵柄。況外有齊楚、淮南磐石之固，内有朱虚、東牟肺腑之親，是時産、禄，皆匹夫耳。呂后雖心不在哀，將相何至危懼？必當憂傷不食，自促其壽，豈能爲將相之害哉？高祖曰："非劉氏而王者，天下共擊之。"此慮屬在呂宗矣〔三〕，何可背之？厥後稱制八年，産、禄之封殖固矣。若平、勃二人溘先朝露，則劉氏之業必歸呂宗。及呂后之殁，劫酈商以紿呂禄，計亦窘矣。周勃雖入北軍，尚不敢公言誅諸呂，豈不艱哉？賴産、禄皆徒隸之人，非英傑之士，儻才出於世，豈受其紿説哉？嗟乎！與其圖之於難，豈若制之於易。由是而言，平、勃用辟彊之計，斯爲謬矣。留侯破産以報韓，結客以狙秦〔四〕，招四皓以安太子，所爲必仗義居正〔五〕。由此知不尚權譎明矣。

## 箋　校

〔一〕本文又載《文粹》卷三八、《英華》卷七五七、《叢刊》本、傅校本、《四庫》本李集之外集卷一、《全文》卷七〇八。

本文篇目原作“張辟彊論”，《叢刊》本、《四庫》本、傅校本、《全文》、《文粹》同。《英華》作“張辟强論”。按《漢書》卷九七上《外戚傳》作“留侯子張辟彊”，因統改作“彊”。

〔二〕揚子美辟彊之覺陳平　《漢書·外戚傳》：惠帝崩，“太后發喪，哭而泣不下。留侯子張辟彊爲侍中，年十五，謂丞相陳平曰：‘太后獨有帝，今哭而不悲，君知其解未？’陳平曰：‘何解？’辟彊曰：‘帝無壯子，太后畏君等。今請拜呂台、呂產爲將，……如此則太后心安，君等幸脱禍矣！’”

〔三〕此慮屬在呂宗矣　原作“此慮屬呂宗矣”，《叢刊》本、《四庫》本、《全文》同。按此奪“在”字，據《文粹》、《英華》、傅校本補。

〔四〕結客以狙秦　原作“結客以徂秦”，《叢刊》本、《英華》同。按“徂”字誤，據《文粹》、傅校本、《全文》改。《四庫》本作“沮”字，亦誤。

〔五〕所爲必仗義居正　原作“所謂必仗義居正”，《叢刊》本同。按“謂”字、“伏”字誤，據《文粹》、《英華》、傅校本改。《四庫》本、《全文》作“所謂必仗義居正”，“謂”字亦誤。

## 爰盎以周勃爲功臣論[一]

爰盎對文帝曰：“絳侯所謂功臣，非社稷臣。夫社稷臣者，主在與在，主亡與亡。”盎見勃自德其功，有以激之也，非至理篤論。此言足以惑文帝聰明，傷仁厚之政，俾其君有薄宗臣之意，竟使周勃大功皆棄，非罪見疑，可爲長歎息也。當呂后之世，惠帝已殂，少帝非劉氏，陳平用辟彊之計，權王產、禄，絳侯若不與之同心而制其兵柄，必由此而階亂矣。則劉氏安危[二]，未可知也。盎曰："諸呂用事，擅相王，太尉本兵柄，弗能正也[三]。"然磨而不磷，涅而不緇[四]，未嘗不心存社稷，志在劉氏。外雖順遂，内守忠貞，得不謂之社稷臣乎？其後絳侯繫請室[五]，盎雖明其無罪，所謂陷之死地而後生之，徒有救焚之力，且非曲突之義。揚子稱盎忠不足而談有餘，斯言當矣。善哉賈生之說，喻堂陛之峻，高者難攀，卑者易凌[六]。文帝感悟，養臣下有節，有以見賢人用心，致君精識。若袁公者，難與並爲仁矣。盎唯有正慎夫人席，塞梁王求嗣，此二事守正不撓，忠於所奉[七]。害錯之罪，虐貫神明，安陵之禍，知天道不昧矣。

## 箋　校

〔一〕本文又載《文粹》卷三八、《叢刊》本、傅校本、《四庫》本李集之外集卷一、《全文》卷七〇八。

　　本文篇目中"爰盎"二字，《文粹》、《全文》作"袁盎"。按"爰盎"亦作"袁盎"。

〔二〕則劉氏安危　原作"劉氏安危"，《叢刊》本、《四庫》本同。按此奪"則"字，據《文粹》、傅校本、《全文》補。

〔三〕盎曰諸呂用事擅相王太尉本兵柄弗能正也　原作"盎日諸呂用事擅相王太尉本兵柄弗能王也"，《叢刊》本同。按"日"字、"王"字誤，今據《漢書·爰盎傳》，參傅校本、《全文》改。《漢書·爰盎傳》："盎曰：'方呂后時，諸呂用事，擅相王，……是時絳侯爲太尉，本兵柄，弗能正。'"傅校本"弗"字作"不"字，《全文》"正"字作"王"字，亦誤。又《文粹》、《四庫》本無此條注文。

〔四〕涅而不緇　原作"涅而不淄"，《叢刊》本、傅校本、《四庫》本同。按"淄"字誤，據陸氏校勘、《文粹》、《全文》改。《淮南子·俶真訓》：

“今以涅染緇，則黑于涅。”

〔五〕其後絳侯繫請室　原作“其後絳侯繫□室”，《叢刊》本同。按此缺
　　　一字，據陸氏校勘、《文粹》、傅校本、《四庫》本、《全文》補。

〔六〕卑者易凌　原作“卑者易陵”，《叢刊》本、《四庫》本同。按“陵”字
　　　誤，據《文粹》、傅校本、《全文》改。

〔七〕忠於所奉　原作“忠於守奉”，《叢刊》本、《四庫》本同。按“守”字
　　　誤，據《文粹》、傅校本、《全文》改。

# 漢昭論[一]

　　人君之德，莫大於至明，明以照姦，則百邪不能蔽矣，漢昭帝
是也。年十四而知燕王書詐，後有譖霍光者，上輒怒曰[二]：“敢有
譖毀者坐之！”周成王有慙德矣。高祖、文、景，俱不如也。成王聞
管、蔡流言，覿召公不說[三]，遂使周公狼跋而東，《鴟鴞》之詩作
矣。漢高聞陳平去魏背楚，欲捨腹心臣。漢文惑季布使酒難近，
罷歸股肱郡；疑賈生擅權紛亂，欲疏賢士[四]。景帝信讒誅鼂錯兵
解，遂戮三公。所謂執狐疑之心，來讒賊之口。使昭帝得伊、呂之
佐，則成、康不足侔矣。惜哉！霍光不學亡術，未稱其德。然輕徭
薄賦，與人休息，匈奴和親，百姓充實，議鹽鐵而罷榷酤，信任忠臣
之效也[五]。纔弱冠而殂，功德未盡，良可痛矣。

## 箋　校

〔一〕本文又載《文粹》卷三四、《叢刊》本、傅校本、《四庫》本李集之外集
　　　卷一、《全文》卷七〇八。《全文》篇目作“漢昭帝論”。

〔二〕上輒怒曰　原作“上輒怒者”，《叢刊》本、傅校本同。按“者”字誤，
　　　據陸氏校勘、《文粹》、《全文》改。《四庫》本作“上則怒”，奪

"曰"字。

〔三〕覿召公不説 《全文》、《四庫》本作"觀召公不説"。

〔四〕欲疏賢士 傅校本作"復疏賢士"。

〔五〕信任忠臣之效也 原作"任忠臣之效也",《叢刊》本、《四庫》本同。
按此奪"信"字,據陸氏校勘、傅校本補。《全文》作"亦任忠臣之效
也"。

## 漢元論〔一〕

漢元帝習武帝游宴後庭,又隆好音樂〔二〕,與弘恭、石顯圖議
帷幄之中,進退天下之士。史臣贊曰:"優游不斷,漢宣之業衰
焉。"余以班固之言,未盡其癖。蓋懦而不才,權移所嬖,非不斷
也。夫帝王者天也,天以剛健爲氣,粹精爲體。氣剛而健,則三光
不昏;體粹而精,則四氣不亂。剛也者,不息之謂也。故權衡獨
運,四時不忒。粹也者,不雜之謂也。故乖氣消散,陰陽不謬。若
運動不在於權軸,鎔鑄不由於大冶〔三〕,蕩蕩上帝,復何爲哉?
《書》曰:"天聰明,自我民聰明。"又曰:"天視自我民視,天聽自我
民聽。"豈堯、舜之時,上下皆公,讒説不行,人與其聰明哉〔四〕?豈
幽、厲之君,上下盡邪,讒言相蔽,人不與其聰明哉?元帝自稱:
"淫亂之君,各賢其臣,令皆覺悟,天下安得危亡之君?"元帝蓋自
以恭、顯爲賢,而任之不疑也。

箋 校

〔一〕本文又載《文粹》卷三四、《叢刊》本、傅校本、《四庫》本李集之外集
卷一、《全文》卷七〇八。《全文》篇目作"漢元帝論"。

〔二〕又隆好音樂 《全文》作"又性好音樂"。

〔三〕鎔鑄不由於大冶　原作“鎔鑄不由於太冶”,《叢刊》本、傅校本同。

　　按“太”字誤,據陸氏校勘、《文粹》、《四庫》本、《全文》改。

〔四〕人與其聰明哉　原作“人與其其聰明哉”,《叢刊》本、傅校本同。

　　按此衍一“其”字,今據《文粹》、《四庫》本、《全文》删。

# 荀悦論高祖武宣論〔一〕

　　荀悦論略曰:高帝天下初定〔二〕,庶事草創。文帝躬行玄默,遂至昇平;而古典未備,制度多闕。武帝内修文學,外耀武威;而不盡其術,不克其終。宣帝任法審刑,綜覈名實〔三〕;而不用儒術,理化不成。歷數三代,以及元帝,曰崇尚儒業〔四〕,從諫如流。引班固贊“賓禮故老,優游亮直”,又曰“貢、薛、韋、匡,迭爲宰相”。其旨以爲專用儒術,莫盛於此。班固、荀悦,皆文雅之士,以元帝好儒,徵用儒生,故以兹爲美。而深罪石顯,痛心泣血,稱詩人“投畀豺虎”,嫉之甚也。異乎余之所聞也! 任恭、顯始於宣帝。當宣帝之世〔五〕,石顯豈能隳其大業哉? 則知惡不在於顯矣。蕭望之、周堪,皆廊廟之器,有師傅之恩。石顯所忌,廢而不用。朋、龍上書〔六〕,遂致於理。其後劉向廢錮,張猛自殺,豈得謂之優游亮直乎? 賈捐之、京房,雖不終其身,亦皆英特雋才,道術奇士,於元帝可謂忠矣,亦因譖而死〔七〕。惑於讒邪則不斷〔八〕,疑於髦俊則用法〔九〕,亦不得謂之優游矣〔一〇〕。貢、薛雖能忠諫,止於諷諭恭儉〔一一〕,未嘗禦姦觸邪矣。韋、匡從容守位,未嘗犯顔干色矣。所以得乘時而進,久安其位。昔桀、紂殺一龍逢、比干,而天下之惡歸焉〔一二〕。桀、紂以拒諫而殺〔一三〕,其悖已甚。元帝以信讒而殺,抑又甚焉。王業既衰,至成、哀陵替,纔三世而王莽篡奪。宣帝稱〔一四〕:"亂吾家者太子也。"知子莫若父,信哉是言!

## 箋　校

〔一〕本文又載《文粹》卷三四、《叢刊》本、傅校本、《四庫》本李集之外集卷一、《全文》卷七〇八。

〔二〕天下初定　原作"天下初起",《叢刊》本、《四庫》本同。按"起"字誤,據陸氏校勘、《文粹》、傅校本、《全文》改。

〔三〕綜覈名實　原作"採覈名實",《叢刊》本、《四庫》本同。按"採"字誤,據《文粹》、《全文》改。《漢書·宣帝紀贊》:"孝宣之治,信賞必罰,綜核名實。"陸氏校勘、傅校本作"摠核名實"。

〔四〕曰崇尚儒業　傅校本、《文粹》作"曰崇尚儒學"。

〔五〕當宣帝之世　《全文》作"當先帝之世"。

〔六〕朋龍上書　《文粹》作"朋(鄭朋)龍(華龍)上書"。鄭朋,見《漢書》卷七六;華龍,見《漢書》卷七八。

〔七〕因譖而死　原作"因譛而死",《叢刊》刊同。按"譛"字誤,據陸氏校勘、《文粹》、傅校本、《四庫》本、《全文》改。

〔八〕惑於讒邪則不斷　原作"惑於讒邪豈得謂之牽於文義乎於讒邪則不斷",《叢刊》本、傅校本、《四庫》本同。按此中衍十二字,據陸氏校勘、《文粹》、《全文》删。

〔九〕疑於髦俊則用法　原作"於髦俊則用法",《叢刊》本、《四庫》本、傅校本同。按此奪"疑"字,據《文粹》、《全文》補。

〔一〇〕亦不得謂之優游矣　《全文》作"亦不得謂之優游亮直矣",義較勝。

〔一一〕止於諷諭恭儉　《全文》作"諫止於諷諭恭儉"。

〔一二〕而天下之惡歸焉　原作"而得天下之惡歸焉",《叢刊》本同。按

"得"字衍,據陸氏校勘、傅校本、《文粹》、《全文》刪。《四庫》本作
"而後天下之惡歸焉"。

〔一三〕桀紂以拒諫而殺　原作"桀紂以拒諫而殺之",《叢刊》本、傅校本、
《四庫》本同。按"之"字衍,據陸氏校勘、《全文》刪。《文粹》作
"桀紂以拒諫自殺"。

〔一四〕宣帝稱　原作"而宣帝稱",《叢刊》本、《四庫》本同。按"而"字
衍,據陸氏校勘、《文粹》、傅校本、《全文》刪。

# 荀悦哀王商論〔一〕

荀悦論曰:"夫獨智不用於世,獨行不蓄於時,昔人所以自退。
雖退〔二〕,猶不得自免,是以離世深藏。"又曰:"以六合之大,一身
之微,而匹夫無所容焉,豈不哀哉!"余三復斯論,潸然出涕。夫仲
尼聖人也〔三〕,猶美顏子之行藏,與我同志;稱甯武愚不可及,歎蘧
瑗卷而懷之。則聖人遵養時晦,可謂至矣。以仲尼之德,足以塞
叔孫之毀;以仲尼之仁,足以免陳蔡之困;以仲尼之智,足以避匡
人之辱〔四〕;以仲尼之道,足以容魯哀之世。而逼迫多懼,殆於危
亡。由是思之,無非命也,況王商者哉!世人皆以貌寢質薄爲數
奇〔五〕,敦厚碩大爲多福。樂昌威重真漢相,容貌儡單于,而遭愍
於時,遇讒而殞。豈命之否也,龍虎不能免於患;及命之泰也,蛭
蟥皆得保其生〔六〕。余又聞之,國之衰也,忠賢先去。故管仲知隰
朋不久而齊國亂,范燮令祝宗祈死而晋主憂;伍胥戮而夫差亡,汲
黯出而劉安悖。徒歎新都之奪,孰救樂昌之禍?昔秦繆以三良爲
殉,君子曰:"秦繆之不爲盟主也,宜哉!"棄善人之謂也。

## 箋　校

〔一〕本文又載《叢刊》本、傅校本、《四庫》本李集之外集卷一、《全文》卷
　　　七〇八。

〔二〕雖退　原無此二字，《叢刊》本、傅校本、《四庫》本同。今據陸氏校
　　　勘、傅校本補。

〔三〕夫仲尼聖人也　原作"仲尼聖人也"，《叢刊》本、《四庫》本、《全
　　　文》同。按此奪"夫"字，據陸氏校勘、傅校本補。

〔四〕足以避匡人之辱　原作"足以避斥人之辱"，《叢刊》本、《四庫》本
　　　同。按"斥"字誤，據陸氏校勘、傅校本、《全文》改。

〔五〕貌寢質薄　傅校本作"貌輕質薄"。

〔六〕蛭蟥　傅校本作"蛭蟮"。

# 張禹論〔一〕

　　夫社稷之計，安危之機，人君不能獨斷者，必咨於所敬之
臣〔二〕。然臣有忠邪，時有險易，交有淺深，義有厚薄。范雎，山東
之匹夫也。入虎狼之秦，履不測之險，可謂交疏義薄矣。而能尊
昭王，去穰侯，開秦霸業之基，以安固後嗣，可謂忠於昭王矣。夫
能獨斷者，英主也。古人言："謀之欲多，斷之在獨。"蓋爲此矣。
天有震雷之怒，龍有逆鱗之狠〔三〕，所以人君在於能斷耳。然親戚
之際，恩義之重，斷之於己可也〔四〕。張敞所謂明詔以恩不聽，群
臣以義固爭而後許；而令明詔自親其文，非策之得也。漢文帝誅
薄昭，斷則明矣，於義則未安也。周宣餞申伯，有孔碩之詩；秦康
送文公〔五〕，興如存之感。況太后尚存，唯一弟薄昭〔六〕，斷之不
疑〔七〕，非所以慰母氏之心也。漢成帝車馬至張禹第，辟左右，親

問禹以天變。禹以年老子弱，與曲陽有隙，乃言新學小生，亂道誤人，主宜無信用[八]。帝雅信愛禹，由此不疑王氏[九]，致漢室之亡，成王莽之篡，皆因禹而發，可謂漢之賊也，國之妖也。雖蛇鬥於鄭，鶂退於宋，妖不甚於禹矣。朱雲欲以上方斬馬劍斷佞臣頭，斯言當矣。後代有類於此者，其臣可以范雎爲師表，張禹爲鑑戒[一〇]。

## 箋　校

〔一〕本文又載《文粹》卷三八、《英華》卷七五六、《叢刊》本、傅校本、《四庫》本李集之外集卷一、《全文》卷七〇八。

〔二〕必咨於所敬之臣　原作"必啓於所敬之臣"，《叢刊》本、《四庫》本同。按"啓"字誤，據陸氏校勘、《文粹》、《英華》、傅校本、《全文》改。

〔三〕龍有逆鱗之狠　原作"龍有逆麟之恨"，《叢刊》本同。按"麟"字、"恨"字誤，據陸氏校勘、傅校本改。《文粹》、《英華》、《全文》、《四庫》本作"龍有逆鱗之恨"，"恨"字亦誤。

〔四〕斷之於己可也　《文粹》、《英華》作"不斷之於己可也"。《全文》作"斷之於己不可也"。

〔五〕秦康送文公　原作"晋康送文公"，《叢刊》本同。按"晋"字誤，據陸氏校勘、《文粹》、《英華》、傅校本、《四庫》本、《全文》改。《英華》、傅校本"文公"作"文侯"。

〔六〕唯一弟薄昭　原作"唯一第薄昭"，《叢刊》本同。按"第"字誤，據《文粹》、《英華》、傅校本、《四庫》本、《全文》改。

〔七〕斷之不疑　《文粹》、《全文》作"而斷之不疑"。《英華》作"尚（二本作而）斷之不疑"。

〔八〕主宜無信用 《文粹》、《英華》、《全文》作“宜無信用”。

〔九〕由此不疑王氏 原作“山此不疑王氏”，《叢刊》本同。按“山”字刊誤，據《文粹》、《英華》、傅校本、《四庫》本、《全文》改。

〔一〇〕張禹爲鑑戒 《英華》作“張禹爲至戒”。

## 三國論〔一〕

魏蜀吳三分天下，而亡有先後。非形勢有輕重，積累有厚薄〔二〕，察其政柄所歸，則亡之先後可知也。蜀政在於黄皓。皓隷人也，内不能修武侯之舊典，外不能制姜維之黷武，紀綱日壞，君子不服，所以先亡也。魏自明帝之後，政歸仲達；齊王已降，唯守空宫。亡之淹速，繫於師昭之志。將移神器之重，須服天下之心；未立大功，亦不敢取，所以蜀滅而魏亡也。孫皓雖驕奢極欲，殘虐用刑，而自專生殺之柄，不牽帷墻之制，運盡天亡，而後夷滅。由是而知，人君不可一日失其柄也。如神龍之脱深泉，震雷之無烟氣，威靈既露，人得制之。蔣濟覿魏文帝與夏侯尚詔曰：“作福作威，爲亡國之言。”所謂柄者，威福是也，豈可假於臣下哉！後代覿三國之事，可不戒懼哉！

箋　校

〔一〕本文又載《文粹》卷三四、《叢刊》本、傅校本、《四庫》本李集之外集卷一、《全文》卷七〇八。又載《英華》卷七五六，篇題作《鼎國論（集作三國論）》。

〔二〕積累有厚薄 《英華》作“積仁有厚薄”。

## 羊祜留賈充論〔一〕

任愷、庾尹庾爲河南尹，名犯廟諱，字又非便，所以不書出。以賈充邪僻,欲其疏遠,勸晋武令西鎮長安。唯羊祜密表留之。祜豈悦賈充者哉?良以愛君體國,發於至誠耳。晋氏傾奪魏國,初有天下,其將相大臣,非魏之舊臣,即其子孫,所寄心腹,唯賈充而已。充亦非忠於君者,自以成濟之事,與晋室當同休戚,此羊祜所以願留也。昔漢高不去吕后,亦近於此。漢高嬖戚姬,愛如意,思其久安之計,至於悲歌不樂,豈不知除去吕后,必無後禍?況吕后年長有過,稀復進見,漢高棄之,如去塵垢。實以惠帝闇弱,必不能自攬權綱。其將相皆平生故人,俱起豐沛,非吕后剛强,不能臨制,所以存之,爲社稷也。後世翼戴其君者,得不念於此哉?

箋　校

〔一〕本文又載《叢刊》本、傅校本、《四庫》本李集之外集卷一、《全文》卷
　　七〇八。

## 宋齊論[一]

宋齊以降,繼體承祧者,君德寖微,王道陵替[二]。纘緒之初,如革大運,降宥解網,以悦衆心,仁義之風薄,骨肉之情廢。前史評之詳矣。然政未得中,改之可也。如弓之高下者抑舉[三],琴瑟之不調者更張,此亦天之道也,豈獨人事哉?唯用其罪人,不可甚矣。天下之惡,一也。古人言:“一心可以事百君,百心不可事一君。”豈有不忠於前朝,而能忠於後王者哉[四]?毁泉臺,《春秋》之所譏,先儒之所惡。宋齊之君,有一於此,必爲美政。泉臺見妖,尚不可毁,況無妖者乎?燕人之思召伯,甘棠勿翦;楚人之懷叔子,望碑墮淚。彼人臣也,猶見思若此[五]。雖時移政改,莫匪舊

臣。昔伯益贊禹[六]，稱大舜之德；曹參事惠帝，守蕭何之法。魏文帝初受漢禪，群臣皆贊魏德[七]，唯衛臻獨稱漢美。文帝曰："天下之珍，當與山陽共之。"爲人臣者，罔念於此，可謂有百心矣。

## 箋　校

〔一〕本文又載《英華》卷七五六、《叢刊》本、傅校本、《四庫》本李集之外集卷一、《全文》卷七〇八。

〔二〕王道陵替　《英華》作"王道寖（集作陵）替"。

〔三〕抑舉　原作"抻舉"，《叢刊》本同。按"抻"字刊誤，據陸氏校勘、《英華》、傅校本、《四庫》本、《全文》改。

〔四〕而能忠於後王者哉　原作"而能忠於後王者"，《叢刊》本、傅校本、《四庫》本同。按此奪"哉"字，據《英華》、《全文》補。

〔五〕猶見思若此　《英華》、傅校本、《全文》作"而見思若此"。

〔六〕昔伯益贊禹　原作"若伯益贊禹"，《叢刊》本、傅校本、《四庫》本同。按"若"字誤，據《英華》、《全文》改。

〔七〕群臣皆贊魏德　《英華》作"群臣皆贊（蜀本作揚）魏德"。傅校本作"群臣皆揚魏德"。

# 論

## 舊臣論〔一〕

　　或問先王論道之臣，事後王乎？曰：不改先王之道則事之，改先王之道則去之。以事堯之心事舜、禹者，其皋陶、益、稷乎？以事武王之心事成王者，其周、召乎？以事漢高之心事惠帝者，其蕭、曹乎？曹參尚不易蕭何之規，況高祖之道？昔區區楚國，醴酒不設，穆生先去。且穆生豈爲己也，蓋傷廢先王之道，不忍見後王之面。其不去者，焉得免胥靡之恨哉！魏晋以降，居相位者皆靦面愧心而已。又有攘臂於其間者，掎摭先王之道以諱舊過，改張先王之道以媚新君，棄先王之故老以掩其羞，用先王之罪人以協其志。若天地間無神明則已，儻有神明，鬼得而誅之矣。

箋　校

〔一〕本文又載《英華》卷七四五、《叢刊》本、傅校本、《四庫》本李集之外
　　集卷二、《全文》卷七〇九。

## 陰德論[一]

　　陳平稱吾多陰謀，道家之所禁，吾世即廢亦已矣，不能復
起[二]，以吾多陰禍也[三]。至曾孫何國絶，班生著陳平之言，以爲
世戒，理當然矣。而丙丞相繢及子顯，黜爲關内侯，至孫昌乃絶，
國絶三十二歲復續。而張湯、杜周子孫，世有令名，皆在顯位，其
故何哉？丙丞相於漢宣之德，可謂至矣。晋荀息以忠貞之故，不
敢負獻公；程嬰以託孤之義，不忍欺趙氏。所以繼之以死，終不食
言。丙丞相於史皇孫，微君臣之分[四]，無親戚之情，而保養曾孫，
仁心惻隱，置於閒燥[五]，給以私財，介然拒天子之使，因是全四海
之命。《漢書》稱：因赦天下郡邸獄繫者，是恩及四海也[六]。又奏記霍
光，決定大策，既而顯徵卿之美，削士伍之辭，其深厚不伐，古所未
有。夏侯勝以爲有陰德者，必饗其樂，以及子孫[七]。是宜篤生賢
人，世濟其美。古所謂有後者，良謂是矣，焉在傳爵邑而已哉。
張、杜有後者[八]，豈用法雖深，而所治者或能去天下之惡[九]，除生
人之害，所以然也。

箋　校

〔一〕本文又載《英華》卷七四〇、《叢刊》本、傅校本、《四庫》本李集之外
　　集卷二、《全文》卷七〇九。

〔二〕亦已矣不能復起　《英華》作“亦已矣不能復起（七字蜀本作終不
　　復興）”。傅校本作“終不復興”。

〔三〕以吾多陰禍也　《全文》作“以吾多陰過也”。

〔四〕微君臣之分　《叢刊》本作“敬君臣之分”。按“敬”字誤，原本、《英華》、《四庫》本、《全文》皆作“微”。又按脜宋樓所藏之明嘉靖本，與《四部叢刊》本文字幾同，而如此處“微”與“敬”字有異者，則極爲罕見。

〔五〕置於閒燥　原作“置於間燥”，《叢刊》本、《英華》同。按“間”字誤，據傅校本、《四庫》本、《全文》改。《漢書》卷七四《丙吉傳》引顏師古注曰：“閒讀曰閑。閑，寬靜之處也。燥，高敞也。”

〔六〕此條注文見《漢書・丙吉傳》，傳云：“因赦天下，郡邸獄繫者獨賴吉得生，恩及四海矣。”

〔七〕《漢書・丙吉傳》：“上親見問，然後知吉有舊恩……上憂吉疾不起，太子太傅夏侯勝曰：‘此未死也。臣聞有陰德者，必饗其樂以及子孫。今吉未獲報而疾甚，非其死疾也。’後病果瘳。”據此可見文中不僅援引《漢書・傳》中夏侯勝之言，而且本文題目亦出於夏侯勝之言。

〔八〕張杜有後者　原作“張杜有後”，《叢刊》本、《四庫》本、傅校本同。按此奪“者”字，據《英華》、《全文》補。

〔九〕而所治者　原作“而治者”，《叢刊》本、《四庫》本、傅校本同。按此奪“所”字，據《英華》、《全文》補。

# 臣子論〔一〕

士之有氣志而思富貴者〔二〕，必能建功業；有志氣而輕爵祿者，必能立名節。二者雖其志不同，然時危世亂，皆人君之所急也。何者？非好功業，不能以戡亂；非重名節，不能以死難，此其梗概也。好功業者，當理平之世，或能思亂；唯重名節者，理亂皆可以大任。平澹和雅，世所謂君子者，居平必不能急病理煩[三]，遭難亦不能捐軀濟危；可以羽儀朝廷，潤色名教，如宗廟瑚璉，園林鴻鵠，雖不常爲人用，而自然可貴也。此謂王濛、劉真長之儔也[四]。然世亦有不拘小疵而能全大節者。如陳平背楚歸漢，漢王疑其多心，令護諸將，又疑其受金，可謂不能以名節自固矣。及功成封侯，辭曰："非魏無知，臣安得進？"漢高曰："若子可謂不背本矣。"其後竟誅諸呂以安劉氏。近日宰相上官儀，詩多浮艷[五]，時人稱爲上官體，實爲正人所病。及高宗之初，竟以謀廢武后，心存王室，至於宗族受禍。郭代公，倜儻不羈之士也，少不以名節自檢。當蕭、岑內難，保護睿宗，雖履危機，竟全臣節。則名節之間，不可以一概論也。陳平能不背魏無知，所以必不負漢王矣。今士之背本者，人君豈可保之哉？

## 箋　校

〔一〕本文又載《叢刊》本、傅校本、《四庫》本李集之外集卷二、《全文》卷七〇九。

〔二〕士之有氣志　《全文》作"士之有志氣"。

〔三〕急病理煩　原作"急□理煩"，《叢刊》本同。按此缺一字，據陸氏校勘、傅校本補。《四庫》本、《全文》作"急公理煩"。

〔四〕此謂王濛劉真長之儔也　原作"世謂三□劉□□之儔也"，《叢刊》本同。按"世"字、"三"字均誤，又缺三字，今據陸氏校勘、傅校本校補。《四庫》本無此注文。

〔五〕詩多浮艷　原作"詩多浮醞"，《叢刊》本同。按"醞"字誤，據傅校本、《四庫》本、《全文》改。

## 忠諫論[一]

人君拒諫有二[二]：一曰生於愛名，二曰不能去欲。雖桀、紂、桓、靈之君，未能忘名，自知爲惡多矣，畏天下之人知之，將謂諫則惡不可掩[三]，故不欲人之諫己。如晋獻非驪姬寢不安，齊桓非易牙食不美，必不能去之，亦不欲人諫己。人臣忠諫亦有二：欲道行於君，可使身安國理者，其辭婉；欲名高後世，不顧身危國傾者，其辭訐。若考叔啓大隧以成莊公之孝[四]，倉唐獻犬雁以復文侯之愛，留侯封雍齒以安群臣，招四皓以定惠帝，此所謂婉也。諫大夫言婢不爲主[五]，白馬令言帝欲不諦[六]，劉、李二人名各不便，故書其官[七]。激主之怒，自有其名，望其聽從，固不可得，此所謂訐也。漢元帝欲御樓船，薛廣德當乘輿諫曰："臣自刎[八]，以血污車輪，則陛下不入廟矣。"張猛曰："乘船危，就橋安，聖主不乘危。"元帝曰："曉人不當如是耶？"則知諫之道在於婉矣。唯英主必能從諫。何者？自知功德及生人者大矣，雖有小惡，不諱人言。如漢高械繫蕭相國，及聞王衛尉之言，乃曰："我不過爲桀、紂主，而相國爲賢相。"此所謂不諱也。近日名臣王石泉居相時，子爲眉州司士。天后嘗問曰："卿在相位，子何遠乎？"對曰："廬陵是陛下愛子，今猶在遠。臣之子焉敢相近？"有以見君子之心，亦倉唐之比也。

## 箋 校

〔一〕本文又載《文粹》卷三七、《叢刊》本、傅校本、《四庫》本李集之外集卷二、《全文》卷七〇九。

〔二〕人君拒諫有二　原作"人臣拒諫有二"，《叢刊》本同。按"臣"字於義不合，今據陸氏校勘、《文粹》、傅校本、《四庫》本、《全文》改。

〔三〕將謂諫則惡不可掩　《全文》作"將謂諫己則惡不可掩"。

〔四〕大隧　原作"大遂"，《叢刊》本同。按"遂"字誤，據陸氏校勘、《文粹》、傅校本、《四庫》本、《全文》改。

〔五〕諫大夫言婢不爲主　按此諫大夫爲劉輔，《漢書》卷七七有傳。輔曾爲諫大夫，漢成帝欲立趙倢伃爲皇后，先下詔封倢伃父臨爲列侯。劉輔上書，中云："今乃觸情縱欲，傾於卑賤之女，欲以母天下，不畏於天，不媿於人，惑莫大焉。"

〔六〕白馬令言帝欲不諦　按此白馬令指東漢李雲，《後漢書》卷五七有傳。李雲曾任白馬令，時桓帝立掖庭女亳氏爲皇后，數月間，后家封者四人，賞賜巨萬。雲上書指摘朝政，中云："孔子曰'帝者，諦也'。今官位錯亂，小人諂進，財貨公行，政化日損，尺一拜用不經御省。是帝欲不諦乎？"李雲因是而死於獄中。

〔七〕劉李二人名各不便故書其官　原作"劉李二人名各不便故書□官"，《叢刊》本同。按此缺一字，據《文粹》補。傅校本作"劉李二人名各不便故不書"，《全文》作"劉李二人名各不便故書官"。《四庫》本無此注文。按德裕此處所云，乃避其家諱，李雲之"雲"係避其祖李栖筠之"筠"，劉輔之"輔"係避其父李吉甫之"甫"。故云"劉李二人名各不便"。

〔八〕臣自刎　《文粹》、《全文》作"臣自刎頸"。《漢書》卷七一《薛廣德傳》："廣德曰：'陛下不聽臣，臣自刎，以血污車輪，陛下不得入廟矣。'"

# 管仲害霸論〔一〕

昔管仲對桓公曰："宮中之樂無所禁禦，不害霸也；舉賢而不能任，此害霸也。"余竊窺敬仲此對，是欲一齊國之政，滿桓公之志。然則非專任亦不能致霸業〔二〕。一則仲父，二則仲父，桓公所以能九合諸侯，爲五霸之首。中代蜀主之任孔明，苻堅之用景略[三]，雖關羽不能移，樊世不能惑。蜀與秦皆君安國理，非專任之效歟？桓公得敬仲則興隆霸業，漢元信石顯而反穢明德[四]，信任同而理亂異者何也？所任用非其人也。近世有以宮中之樂餌其君者，而苟且日行，紀綱日壞，朋黨益熾，讒言益昌。得非竊管仲之術，違管仲之道？莊周稱：“所謂至智也者，有不爲大盜積者乎？”又曰：“跖不得聖人之道不行。”豈斯之謂也。

箋　校

〔一〕本文又載《叢刊》本、傅校本、《四庫》本李集之外集卷二、《全文》卷七〇九。

〔二〕不能致霸業　原作“不能致霸□”，《叢刊》本同。按此缺一字，據陸氏校勘、傅校本補。《四庫》本此字作“矣”，《全文》作“故”。

〔三〕苻堅　原作“符堅”，《叢刊》本、《四庫》、傅校本同。按“符”字誤，據《全文》改。

〔四〕反穢明德　傅校本作“大穢明德”。

## 慎獨論[一]

士君子愛身防患，無踰於慎獨矣。能懼顯覯[二]，《詩》曰：“無月不顯，莫予云覯。”不爲暗欺，忠信參於外，雖有盜賊，不能爲患矣。《易》曰：“無有師保，如臨父母。”斯之謂也。賊入趙孟之門者[三]，覯其盛服將朝，不忘恭敬，悔受君命，至於觸槐，所以知其不爲患也。向使趙孟未闢寢門，尚安袵席，思變詐之數，無肅敬之容，爲盜者必激其怒心，增其勇氣，焉得保其首領哉？推是而言，人不可以不誠矣。若乃懷詐飾智，意忌貌親，人已見其肺肝，而自謂無迹;天已奪其魂魄,而不寤將亡。此汲黯所以面折孫弘,留言李息。莊周稱:"賊莫大於德爲一本無爲字有心以有眼[四]。"爲德者尚不可以有心眼[五],況爲惡者乎?

## 箋　校

〔一〕本文又載《叢刊》本、傅校本、《四庫》本李集之外集卷二、《全文》卷七〇九。

〔二〕能懼顯覯　原作"能懼顯觀",《叢刊》本、《四庫》本同。按"觀"字誤,據《全文》改。《詩·大雅·抑》云:"無曰不顯,莫予云覯。"句下注文亦從《全文》改作"覯"。傅校本此字作"觀",亦誤。

〔三〕《史紀·趙世家》:"晋景公時而趙盾卒,謚爲宣孟,子朔嗣。"

〔四〕賊莫大於德爲(一本無爲字)有心以有眼　傅校本作"賊莫大於德爲(一本無爲字)有心心有服"。《莊子·列禦寇》:"賊莫大乎德有心而心有睫。"

〔五〕心眼　傅校本作"心服"。

## 王言論[一]

夫帝王與群臣言,不在援引古今以飾雄辯,唯在簡而當理。雄辯不足以服姦臣之心,唯能塞諍臣之口。昔田蚡請考功地益宅[二],武帝曰遂取武庫。衛將軍言郭解家貧,又曰布衣權至使將軍知,此其家不貧[三]。殷仲文言音樂好之自解,宋祖曰吾祇恐解。此謂簡而當理,足使姦臣奪心,邪人破膽矣。余歷事六朝,弼諧二主。文宗辭皆文雅,而未嘗騁辯;武宗言必簡要,而不爲文飾。皆得君人之量,能盡臣下之詞。豈唯王言如是,人臣亦當然也。其有辯若波瀾,辭多枝葉,文經意而飾詐,矯聖言以蔽聰。此乃姦人之雄，游説之士，焉得謂之獻替哉！爲臣者當戒於斯[四]，慎於斯，必不獲罪於天矣。

## 箋　校

〔一〕本文又載《文粹》卷三七、《英華》卷七六〇、《叢刊》本、傅校本、《四庫》本李集之外集卷二、《全文》卷七〇九。

〔二〕昔田蚡請　《英華》作“昔田蚡（蜀本有爲字）請”，《全文》作“昔田蚡爲請”。

〔三〕此數句出《史記·游俠列傳》，傳曰：“衛將軍爲言：‘郭解家貧不中徙。’上曰：‘布衣權至使將軍爲言，此其家不貧。’”

〔四〕爲臣者　《文粹》作“爲人臣者”，《英華》作“爲（文粹有人字）臣者”。

## 退身論[一]

老子曰：“功成名遂身退，天之道也。”昔余常感焉[二]。自前朝李右相、元中書，皆宴安厚味，終嬰大戮。所以文種有藏弓之恨[三]，李斯有税駕之歎，張華願優游而不獲[四]，裴頠勸廢賈后[五]，華答以庶可優游卒歲。傅亮贊識微而不免。此四子者，皆神敏知幾，聰明志古，圖國致霸，動必成功，而自謀其身，猶有所恨，況常人哉！其難於退者，以余忖度，頗得古人微旨。天下善人少惡人多，一旦去權，禍機不測[六]。操政柄以禦怨誹者，如荷戟以當狡獸[七]，閉關以待暴客；若捨戟開關，則寇難立至。遲遲不去者，以延一日之命，庶免終身之禍；亦猶奔馬者不可以委轡，乘流者不可以去檝。是以懼禍而不斷，未必皆耽禄而患失矣。何以知之？余之前在鼎司[八]，謝病辭免，尋即遠就澤國，自謂在外而安，豈知以天高不聞，身遠受害。近者自三公鎮於舊楚，懇辭將相，歸守丘園。而行險之人，乘隙搆患，竟以失巨浪而懸肆，去灌木而嬰羅〔九〕。余豈不知身退罹殃，蓋恥同種、斯之不去也。則知勇退者豈容易哉！如陸士衡稱不知去勢以求安〔一〇〕，辭寵以招福，斯言過矣。唯有遭逢善人，則庶可無患。故范雎得蔡澤，退而不辱；虞丘得叔孫，去而不困。其次剛毅者有心者亦可矣。子文舉子玉以靖國，隨會避郤子以紓亂，皆保其後矣〔一一〕。若小人，則禍必及之，無所逃也。終不及乘扁舟變姓名〔一二〕，浩然五湖之外，不在人間之世，斯可以免矣。

## 箋　校

〔一〕本文又載《英華》卷七六〇、《叢刊》本、傅校本、《四庫》本李集之外集卷二、《全文》卷七〇九。傅校本於題上注曰："此衛公追悔失權受禍之故。"

〔二〕余常感焉　《全文》作"余常惑焉"。

〔三〕藏弓之恨　《英華》作"弓藏之恨"。

〔四〕張華顧優游而不獲　原作"張華顧優游而不獲"，《叢刊》本、傅校本、《四庫》本同。按"顧"字誤，據《英華》、《全文》改。

〔五〕裴頠勸廢賈后　原作"裴顏勸廢賈后"，《叢刊》本同。按"顏"字誤，據傅校本、《全文》改。《英華》、《四庫》本無此注文。

〔六〕禍機不測　原作"機不測"，《叢刊》本、傅校本、《四庫》本同。按此奪"禍"字，據陸氏校勘、《英華》、《全文》補。

〔七〕狡獸　《叢刊》本、傅校本、《四庫》本、《全文》同。陸氏校勘作"猛獸"。《英華》作"猛（集作狡）獸"。

〔八〕余之前在鼎司　《英華》、傅校本作"余前之在鼎司"。

〔九〕嬰羅　《全文》作"攖羅"。

〔一〇〕如　《英華》、《全文》作“而”。

〔一一〕皆保其後矣　《英華》、傅校本作“皆保其安矣”，義較勝。

〔一二〕終不及乘扁舟變姓名　原作“終不及扁舟變姓名”，《叢刊》本、傅
　　　　校本、《四庫》本同。按奪“乘”字，據《英華》、《全文》補。

# 豪俠論[一]

爰盎、汲黯，皆豪俠者也。若非氣蓋當世，義動明主，豈有是名哉！爰盎曰：“緩急人所有。”故善劇孟，匿季心。汲黯好遊俠，任氣節，善灌夫，所以知其然也。余斯言豈徒妄發[二]？揚子所謂孟軻之勇類於是[三]。夫俠者，蓋非常之人也。雖以然諾許人，必以節義爲本。義非俠不立，俠非義不成，難兼之矣。所謂不知義者，感匹夫之交，校君父之命，爲貫高危漢祖者是也。所利者邪，所害者正，爲梁王殺爰盎者是也。此乃盜賊耳，焉得謂之俠哉？唯鉏麑不賊趙孟[四]，承基不忍志寧，紇干承基爲承乾賊于志寧[五]，見其執喪盡哀，不忍害之也。斯爲真俠矣！淮南王憚汲黯，以其守節死義，所以易公孫弘如發蒙耳，黯實氣義之兼者。士之任氣而不知義，皆可謂之盜矣。然士無氣義者，爲臣必不能死難，求道必不能出世。近代房儒復問徑山大師：“欲習道，可得至乎？”徑山對曰：“學道者唯猛將可也，身首分裂，無所顧惜。”由是而知士之無氣義者，雖爲桑門，亦不足觀矣。

## 箋校

〔一〕本文又載《英華》卷七五九、《叢刊》本、傅校本、《四庫》本李集之外
　　　　集卷二、《全文》卷七〇九。

〔二〕豈徒妄發　原作“豈徒望發”，《叢刊》本同。按此於義不合，據《英

華》、傅校本、《四庫》本、《全文》改。

〔三〕類於是　《英華》作“類於是矣”。《全文》作“類如是”。

〔四〕唯鉏麑不賊趙孟　原作“唯鋤麑不賊趙孟”,《叢刊》本、傅校本、《四庫》本、《全文》同。按“鋤”字誤,據《英華》改。《史記·晋世家》:“靈公患之,使鉏麑刺趙盾。”《集解》引賈逵注曰:“鉏麑,晋力士。”《英華》全句作“唯鉏麑不賊宣孟”。

〔五〕絃干承基　原作“絃于承基”,《叢刊》本、傅校本同。按“于”字刊誤,據《英華》、《全文》改。《新書·于志寧傳》:“太子大怒,遣張師政、絃干承基往刺之。”

## 英傑論[一]

帝王之於英傑[二],當須御之以氣[三],結之以恩,然後可使也。若不以英氣折之,而寵以姑息,則驕不可任;若不以恩愛結之,而蕭以體貌,則怨不爲用[四]。駕馭之術,唯漢高祖盡之。黥布歸漢[五],高祖方踞床洗,音跣。而召布入見。布大怒,悔來,欲自殺。出就舍帳,音張。服御飲食從官如漢王居,布又大喜過望。武帝踞厠見衛青。青以大將軍之貴,而隸人蓄之,此不得不絶大漠而盪葷粥、獫狁也。蜀先主與關羽、張飛同卧起,而稠人廣坐,侍立終日。皆用此道,故能成功。夫御英傑,使猛將,與見道德之人、接方正之士不同也,不可以繁禮飾貌,以浮辭足句反言;宜洞開胸懷[六],令見肝肺。氣懾其勇,恩結其心,雖踞洗召之,不爲薄矣。祿山,夷狄之譎詐者也,非將門英豪,草萊奇傑。其戰鬪之氣,擊刺之才,去關、張遠矣。天寶末受專征之任,託不御之權,入朝賜宴,坐內殿西序雞障之下,非其所據,果蓄異圖。幽陵屬階,至今爲梗；蓋恩甚驕盈，以至於此。儻以徒隸蓄之，豈有斯恨？

## 箋　校

〔一〕本文又載《文粹》卷三七、《叢刊》本、傅校本、《四庫》本李集之外集
　　　卷二、《全文》卷七〇九。

〔二〕帝王之於英傑　《文粹》、傅校本作"帝王之任英傑"。

〔三〕當須御之以氣　《文粹》、傅校本作"皆須御之以氣"。

〔四〕則怨不爲用　原作"則怨不爲周"，《叢刊》本同。按此於義不合，
　　　據《文粹》、傅校本、《四庫》本、《全文》改。

〔五〕黥布歸漢　傅校本作"黥布歸漢日"。

〔六〕宜洞開胸懷　傅校本作"是宜洞開胸懷"。

# 臣友論〔一〕

　　君之擇臣，士之求友，當以志氣爲先〔二〕，患難爲急。漢高以
周勃可屬大事，又曰："安劉氏者必勃也。"文帝戒太子曰："即有緩
急，亞夫真可任將兵。"此皆得於氣志之間，而後知可以託孤寄命
矣。何者？人君不能無緩急，士君子未嘗免憂患。故漢高知周勃
可託，文帝識亞夫可任；信陵降志於朱亥，爰益不距於劇孟。且夫
周文由閎夭而禦侮〔三〕，宣孟以彌明而免難〔四〕，孔聖得仲由而不聞
惡言，宋祖失穆之而謂人輕我。則擇臣求友，得不先於此乎？太
倉令淳于公歎生女不生男，緩急非有益也。女緹縈自傷〔五〕，乃上
書贖父罪。《詩》曰："鶺鴒在原，兄弟急難。"父子兄弟，未嘗不以
赴急爲仁孝〔六〕。況朋友之際，本以義合，貴盛則相望以力，憂患
而不拯其危，自保榮華，坐觀顛覆，可不痛哉！昔衞青之衰也，故
人多事冠軍，而任安不去。吳章之敗也，門人更名他師，而幼孺自

效。幼孺名敵,姓非便,故不書。此所以可貴也。善人良士,祇可以淡水相成,虛舟相值。聞其患也,則策足先去,曰見幾而作,不俟終日;知其危也,則奉身而退,曰既明且哲,以保其身。良士之於人如是,曷若識劇孟、朱亥哉?

## 箋　校

〔一〕本文又載《英華》卷七四八、《叢刊》本、傅校本、《四庫》本李集之外集卷二、《全文》卷七〇九。

〔二〕當以志氣爲先　《英華》作“當以氣志爲先”。

〔三〕由閡夭而禦侮　原作“有閡夭而禦侮”,《叢刊》本、《四庫》本、《全文》同。按“有”字誤,據《英華》、傅校本改。

〔四〕宣孟以彌明而免難　原作“孟宣以彌明而免難”,《叢刊》本、傅校本同。按“孟宣”二字倒誤,據《英華》、《全文》改。趙盾卒,謚爲宣孟。《史記·晋世家》:“初,盾常田首山,見桑下有餓人。餓人,示眜明也。盾與之食。”司馬貞《索隱》:“鄒誕云示眜爲祁彌也,即《左傳》之提彌明也。”《四庫》本作“趙宣以彌明而免難”。

〔五〕女緹縈自傷　原作“緹縈自傷”,《叢刊》本、《四庫》本同。按此奪“女”字,據《英華》、《全文》補。

〔六〕赴急爲仁孝　《英華》作“赴急難(集無此字)爲仁孝”,《全文》作“赴急難爲仁孝”。

## 天性論[一]

余開成中作鎮淮服,聞東宫爲人所搆,天子赫然大怒,召宰臣及公卿大僚議於内殿。其時諫者僉曰:“太子幼年,思慮未至。”亦曰:“太子之年,足以改過。”往復移時,大略不出於此。夫明主可以理奪，其要在於聞所未聞。昔千秋上書，言子弄父兵，罪當笞耳。武帝一言而寤，蓋以簡而當理。魏太祖嘗謂諸子曰："吾必不用左右之言以理汝曹。"何者？使左右君子也，必不離人父子之間；使左右小人也，小人之言，必不可用[二]。其時無人以此言寤主，因問主上，太子之過，得於何人言之者？與太子恩愛厚薄何如哉？文宗聰明睿智，聞之必寤，既寤之後[三]，太子必安。以余揣之，不三數月[四]，則父子如初矣。蓋以父子之愛，發於天性，言之者必當易寤，況一子乎？是以漢高覯四皓上壽，悲歌鴻鵠；宣帝以玄成退讓，令傅淮陽；元帝聞史丹稱器人於絲竹鼓鼙之間[五]，默然而笑。皆外感中悟，屈己捨愛，可不謂之天性哉！文宗竟不得一聞是言[六]，豈太子之命也歟！

## 箋　校

〔一〕本文又載《英華》卷七四一、《叢刊》本、傅校本、《四庫》本李集之外
　　　集卷二、《全文》卷七〇九。

〔二〕小人之言必不可用　傅校本作"言必不可用"，刪"小人之"三字。

〔三〕既寤之後　原作"寤之後"，《叢刊》本、傅校本、《四庫》本同。按此
　　　奪"既"字，據《英華》、《全文》補。

〔四〕不三數月　《全文》作"不三數日"。

〔五〕史丹稱器人於絲竹鼓鼙之間　原作"史册稱器人於絲竹"，《叢刊》
　　　本、傅校本同。按"册"字誤，又奪"鼓鼙之間"四字，今據陸氏校
　　　勘、《全文》改補。《英華》"册"字仍誤。《四庫》本仍奪"鼓鼙之
　　　間"四字。

〔六〕文宗竟不得一聞是言　《英華》、《全文》句前有"惜乎"二字，義
　　　較勝。

# 外集卷第三　　　　　　窮愁志

# 論

## 賓客論[一]

古人稱周公吐握下士，而天下歸心。唯周公則可，何也？文王之子，武王之弟，成王之叔父[二]，於天下無嫌矣。故唯周公則可。深知他人言不可，故再言之[三]。稟上聖之姿，邪不得入，是以好士不爲累也。漢武爲戾太子立博望苑[四]，使通賓客，多以異端進者。始皆欲招賢人，而天下賢人少，小人多，賢人難進，小人易合，難進者鴻冥，易合者膠固矣。何以知之？劉濞有枚乘、鄒陽，不用其言[五]，而應高、田禄伯爲其羽翼。劉武有鄒陽、韓安國，不用其謀，而羊勝、公孫詭爲其腹心。劉安行陰德，好文辭，雖愛神僊黄白，未害爲善，終以左吴、伍被而敗[六]。以是而知雖骨肉之親，非周公聖德，皆不可也。班固稱四豪者，六國之罪人也，今不復論矣。吕不韋習戰國之餘風，陳豨值漢綱之疏闊[七]，逮乎魏其、武安，終以權勢相傾。自武安之後，天子切齒，衛、霍改節，則賓客之爲害，固可知矣。公孫弘起客舘，開東閣，以延賓客、賢人[八]，與參謀議，非也。然謂之賢人，必非黨附朝宰、交亂將相者矣。其時武帝躬親萬機，嚴明御下，人自中法，不敢爲非。宰相唯有平津，政出一空，音孔，出《吕覽》[九]。自然無傾奪之勢。其賓客故人[一○]，不居顯位，似未足爲朝廷患也[一一]。然主父偃言朔方地肥饒阻河，蒙恬築城以逐匈奴[一二]，滅胡之本。公孫弘以爲不可，朱買臣發十難，弘不能得其一。又奏人不得挾弓弩，吾丘壽王以爲不便，上以難丞相，丞相詘服。則知平津之賓客，不及天子之近臣明矣。雖有賓客[一三]，何益於謀議哉？況近世秉大政者[一四]，常不下三四人，而輕薄遊相門，與柳槐齊列，所謀以傾奪爲首，所議以勢利爲先。是以魏其、武安之徒，共成禍敗；劉班、殷鐵之客，不相往來。又役姦智獻奇計者，導其邪徑，苟合匪人，世道險巇，無不由此。昔漢武謂田蚡曰："君除吏盡未？吾亦欲除吏。"哀帝責鄭崇曰："君門如市人，何以欲禁切主上[一五]？"皆賓客之害也。余謂丞相閉關謝絕賓客，則朝廷静矣。

## 箋　校

〔 一 〕本文又載《英華》卷七四八、《叢刊》本、傅校本、《四庫》本李集之外集卷三、《全文》卷七○九。

〔 二 〕武王之弟成王之叔父　原作"武王之叔父"，《叢刊》本、傅校本同。按此於義不合，奪"弟成王之"四字，據陸氏校勘、《英華》、《全文》補。《四庫》本作"成王之叔父"，亦奪"武王之弟"四字。

〔 三 〕故再言之　原作"故再之"，《叢刊》本、傅校本同。按此奪"言"字，據陸氏校勘,《英華》補。《四庫》本、《全文》無此注文。

〔四〕戾太子　原作"□太子",《叢刊》本同。按此缺一字,據陸氏校勘、《英華》、《四庫》本、《全文》補。

〔五〕不用其言　原作"不周其言",《叢刊》本同。按此於義不合,據《英華》、傅校本、《四庫》本、《全文》改。

〔六〕終以左吳伍被而敗　原作"終以左吳被敗",《叢刊》本、傅校本、《四庫》本同。按此奪"伍"、"而"二字,據陸氏校勘、《英華》、《全文》補。左吳、伍被事見《漢書》卷四五《伍被傳》。

〔七〕陳豨　原作"陳搐",《叢刊》本同。按"搐"字誤,據陸氏校勘、《英華》、傅校本、《四庫》本、《全文》改。

〔八〕以延賓客賢人　《英華》作"以延(蜀本有賓客二字)賢人",《全文》作"以延賢人"。

〔九〕音孔出呂覽　《四庫》本無此注文。

〔一○〕其賓客故人　《英華》作"其食(袁本作賓)客故人"。

〔一一〕似未足爲朝廷患也　原作"未足爲朝廷患也",《叢刊》本、傅校本、《四庫》本同。按此奪"似"字,據《英華》、《全文》補。

〔一二〕蒙恬築城　原作"蒙恬城",《叢刊》本、傅校本、《四庫》本同。按此奪"築"字,據《英華》、《全文》補。

〔一三〕雖有賓客　傅校本作"雖有賓館"。

〔一四〕況近世秉大政者　原作"況世秉大政者",《叢刊》本、《四庫》本、《全文》同。按此奪"近"字,據《英華》、傅校本補。

〔一五〕君門如市人何以欲禁切主上　《全文》此句無"人"字,《英華》校亦謂"集本無人字"。《漢書》卷七七《鄭崇傳》:"上責崇曰:'君門如市人,何以欲禁切主上?'"

## 謀議論[一]

　　欲知謀議之用捨,身名之榮辱,觀其立論可知也。切於時機,明於利害,人主易曉,當世可行,其謀必用,而終有後咎,鼂錯、主父偃是也。何者? 切時機,明利害,皆怨誹所由生,主享其利而自罹其害[二]。謀闊意中,言高旨遠,其道可法,其術則疏,必有高名而不用於世,賈山、王陽是也。謀議不行,故能無患。智足應變,道可與權,言雖切於人情,意常篤於禮義[三],謀不盡用,而身無近憂,賈誼是也。故當漢文之世,亦無高位[四]。余門客崔權,其世叔即宋廣平之維私也[五]。崔世叔名犯廟諱。又嘗預燕公、代公之戎幕,故知三丞相才業甚備[六],曰:“廣平好言政事,燕公好言文學,至於經國遠慮,意鮮及之。與代公言,初若涉川,未知其止,寥廓廣大[七],莫見津涯;味之既深,思意逾密。”代公嘗爲西北邊將帥,論四夷事,慮必精遠,則崔之言,信有徵矣。凡侍坐於君子,聞其言可以知其才術遠近,用此道也。

## 箋　校

〔一〕本文又載《英華》卷七四五、《叢刊》本、傅校本、《四庫》本李集之外
　　　集卷三、《全文》卷七〇九。

〔二〕主享其利　原作“享其利”,《叢刊》本、傅校本、《四庫》本、《全文》
　　　同。按此奪“主”字,據《英華》補。

〔三〕篤於禮義　原作“薦於禮義”,《叢刊》本、傅校本同。按“薦”字刊
　　　誤,據《英華》、《四庫》本、《全文》改。

〔四〕亦無高位　《全文》作“亦列高位”。

〔五〕余門客崔權其世叔　諸本作“余門客崔世叔”,按此奪“權其”二

字,據《英華》補。崔權,見《新書》卷七二下《宰相世系表》博陵崔
氏第二房。

〔六〕才業甚備　原作“才業其備”,《叢刊》本同。按“其”字誤,據陸氏
校勘、《英華》、傅校本、《四庫》本、《全文》改。

〔七〕寥廓廣大　原作“寥郭廣大”,《叢刊》本同。按“郭”字誤,據陸氏
校勘、《英華》、傅校本、《四庫》本、《全文》改。

# 伐國論〔一〕

自古得伐國之女以爲妃〔二〕,未嘗不致危亡之患者,何也?亡
國之餘,焉能無怨氣?其立基創業之祖宗,必皆一時之英傑;其社
稷山川之鬼神,嘗爲一國之所奉。受其血食,忿其滅亡,故能爲厲
矣。必生妖美之色,蠱惑當世之君。使其骨肉相殘,以壞於内;君
臣相疑,以敗於外。危亡之兆,鮮不由此。史蘇所謂必有女戎、妺
喜〔三〕、妲己、褒姒是也。史蘇言之詳矣,今不復論。是以晋獻得
驪戎佚女,太子有雉經之酷,禍及三世。苻堅納慕容娣弟〔四〕,秦
宫有鳳兮之謡,敗於五將。苻堅於五將山破滅。梁武取東昏所幸,幾
至危國。隨文嬖陳主之妹〔五〕,終以殞身。此皆禍敗之著明者也。
又夏姬入荆,子反疲於奔命,吳人始叛楚矣;吳嬪至晋,世祖怠於
爲政,戎狄乃亂華矣。所以王珪覩廬江美人,正言納説。如王珪
者〔六〕,可謂識微之士,明於禍福矣。

箋　校

〔一〕本文又載《英華》卷七四三、《叢刊》本、傅校本、《四庫》本李集之外
集卷三、《全文》卷七〇九。
　　本文篇題原作“代國論”,《叢刊》本、《四庫》本同。按此於義不合,

據陸氏校勘、《英華》、傅校本、《全文》改。

〔二〕以爲妃　《英華》、傅校本作“以爲妃后”。

〔三〕妹喜　原作“姝喜”，《叢刊》本同。按“姝”字誤，據《英華》、傅校本、《四庫》本、《全文》改。

〔四〕苻堅　原作“符堅”，《叢刊》本、傅校本、《四庫》本、《英華》同。按“符”字誤，據《全文》改。

〔五〕陳主之妹　《英華》作“陳主之妹”。

〔六〕所以王珪覩盧江美人正言納説如王珪者　原作“所以王珪者”，《叢刊》本、《四庫》本同。按此奪十二字，據陸氏校勘、《英華》、傅校本、《全文》補。

《舊唐書·王珪傳》：“太宗嘗閒居與珪宴語，時有美人侍側，本盧江王瑗之姬，瑗敗籍没入宮，太宗指示之曰：‘盧江不道，賊殺其夫而納其室。暴虐之甚，何有不亡者乎！’珪避席曰：‘陛下以盧江取此婦人爲是耶，爲非耶？’太宗曰：‘殺人而取其妻，卿乃問朕是非，何也？’對曰：‘臣聞於管子曰：“齊桓公之郭，問其父老曰：‘郭何故亡？’父老曰：‘以其善善而惡惡也。’桓公曰：‘若子之言，乃賢君也，何至於亡？’父老曰：‘不然，郭君善善而不能用，惡惡而不能去，所以亡也。’”今此婦人尚在左右，竊以聖心爲是之，陛下若以爲非，此謂知惡而不去也。’太宗雖不出此美人，而甚重其言。”

# 文章論〔一〕

魏文《典論》稱：“文以氣爲主，氣之清濁有體。”斯言盡之矣。然氣不可以不貫，不貫則雖有英辭麗藻，如編珠綴玉，不得爲全璞之寶矣。鼓氣以勢壯爲美，勢不可以不息，不息則流宕而忘返。亦猶絲竹繁奏，必有希聲窈眇，聽之者悦聞；如川流迅激，必有洄洪逶迤,觀之者不厭。從兄翰嘗言:“文章如千兵萬馬,風恬雨霽,寂無人聲。”蓋謂是也[二]。近世誥命,唯蘇廷碩叙事之外[三],自爲文章,才實有餘,用之不竭。沈休文獨以音韻爲切,重輕爲難,語雖甚工,旨則未遠矣[四]。夫荆璧不能無瑕,隋珠不能無纇。文旨高妙[五],豈以音韻爲病哉? 此可以言規矩之內,不可以言文章外意也[六]。較其師友,則魏文與王、陳、應、劉討論之矣。江南唯於五言爲妙,故休文長於音韻,而謂“靈均以來,此秘未覩”,不亦誣人甚矣。古人辭高者,蓋以言妙而適情[七],不取於音韻;曹植《七哀》詩有徊、泥、諧、依四韻,王粲詩有攀、原、安三韻,班固《漢書贊》及當時辭賦多用協韻,猗於元勳,包田舉信是也[八]。意盡而止,成篇不拘於隻耦。《文選》詩有五韻、七韻、十一韻、十三韻、二十一韻者。今之文字四韻、六韻以至百韻,無有隻者[九]。故篇無定曲,辭寡累句。譬諸音樂,古詞如金石琴瑟,尚於至音;今文如絲竹鞞鼓,迫於促節。則知聲律之爲弊也甚矣。世有非文章者,曰辭不出於《風》、《雅》,思不越於《離騷》,模寫古人,何足貴也。余曰:譬諸日月,雖終古常見,而光景常新,此所以爲靈物也。余嘗爲《文箴》,今載於此,曰:文之爲物,自然靈氣。惚恍而來,不思而至。杼軸得之,淡而無味。琢刻藻繪,彌不足貴[一〇]。如彼璞玉,磨礱成器。奢者爲之,錯以金翠。美質既雕,良寶所棄。此爲文之大旨也。

## 箋 校

〔一〕本文又載《文粹》卷三六、《英華》卷七四二、《叢刊》本、傅校本、《四庫》本李集之外集卷三、《全文》卷七〇九。

本文云:“從兄翰嘗言”,今考舊、新《唐書》有二李翰,一爲李華宗人,肅宗時人;一爲李濟子,德宗時右金吾大將軍,均年代不相及。

然本文所論，與德裕爲文主張頗合。或此德裕從兄之名翰者，未曾見史書。

〔二〕蓋謂是也　原作“蓋謂是矣”，《叢刊》本、《四庫》本、《全文》同。按“矣”字誤，據陸氏校勘、傅校本、《文粹》、《英華》改。

〔三〕蘇廷碩　原作“蘇庭碩”，《叢刊》本、《四庫》本同。按“庭”字誤，據陸氏校勘、傅校本、《文粹》、《英華》、《全文》改。《新書》卷一二五《蘇頲傳》：“頲字廷碩。”

〔四〕旨則未遠矣　原作“旨則未遠”，《英華》、《叢刊》本、傅校本、《四庫》本同。據《文粹》、《全文》補“矣”字。

〔五〕文旨高妙　原作“文旨既妙”，《叢刊》本、《四庫》本同。今據《文粹》、《英華》、傅校本改。陸氏校勘作“文旨而妙”。

〔六〕不可　《叢刊》本、《四庫》本、《全文》同。陸氏校勘、《文粹》、傅校本作“未可”。《英華》作“未（集作不）可”。

〔七〕蓋以言妙而適情　《叢刊》本同。陸氏校勘、《文粹》、傅校本、《四庫》本、《全文》“而”下有“工”字。《英華》作“蓋以言妙而（蜀本作言妙工，文粹作言妙而工）”。

〔八〕包田舉信是也　《文粹》作“佐漢舉信是也”。

〔九〕無有隻者　《英華》作“無有隻韻者”。

〔一〇〕彌不足貴　原作“珍不足貴”，《叢刊》本、《四庫》本、《全文》同。今據陸氏校勘、《文粹》、傅校本改。《英華》作“珍（集作彌）不足貴”。

# 任臣論〔一〕

欲知國之隆替，時之盛衰，察其任臣而已。非常之才，固不常有。齪齪廉謹，足以從政矣。其次愚魯樸鄙之人，亦不害國。唯異於人者，可以懼矣。世所謂差人也。何者？陳侯愛郭紹，以興侮楚之怒；伯陽任公孫，以成謀社之夢。屠黍稱"國之興也，天遺之以賢人；國之衰也，天與之以亂人"是也。然此人將至，必有異物，爲此先兆。故知遠君子，近小人，汙澤所以興刺也[二]。鷓鴣止於魯郊，下展禽之故也；鵜鶘集於魏沼，不用管寧之應也。是以鸜鵒來而師乙歎，鵩鳥至而賈生懼[三]，戴鵀一本作[四]。巢張臻一本作[五]。悲。微禽尚能爲害，況異於此者？昔殷宗懼而修德，以消雉雊之變；魏明樂以酣身，不免鷹揚之恨，可以儆戒哉！

## 箋　校

〔一〕本文又載《叢刊》本、傅校本、《四庫》本李集之外集卷三、《全文》卷
　　　七〇九。

〔二〕汙澤所以興刺也　原作"汙澤所以興利也"，《叢刊》本、《四庫》本
　　　同。按此於義不合，據傅校本、《全文》改。

〔三〕鵩鳥至而賈生懼　原作"鵬鳥至而賈生懼"，《叢刊》本同。按"鵬"
　　　字誤，據陸氏校勘、傅校本、《四庫》本、《全文》改。賈誼有《鵩鳥
　　　賦》。

〔四〕一本作　此下陸氏校勘補一字，不清。諸本無字。

〔五〕一本作　此下陸氏校勘補一字，不清。諸本無字。

## 《人物志》論[一]

　　余嘗覽《人物志》，觀其索隱精微，研幾玄妙，實天下奇才，然品其人物，往往不倫。以管仲、商鞅俱爲法家，是不究其成敗之術也；僧一行稱調盈虛，御輕重，惟太公。管仲雖霸者之佐，不及太公，亦不宜比商鞅。鞅可與吳起同類耳[二]。以子產、西門豹俱爲器能，是不辨其

精粗之迹也<sup>〔三〕</sup>。子産多識博聞，叔向且猶不及，故仲尼敬事之，西門豹非其匹也。其甚者曰：辯不入道<sup>〔四〕</sup>，而應對資給，是謂口辯，樂毅、曹丘生是也。樂毅中代之賢人，潔去就之分，明君臣之義，自得卷舒之道，深識存亡之機。曹丘生招權傾金，毁譽在口，季布以爲非長者，焉可以比君子哉？又曰一人之身，兼有英雄，高祖、項羽是也。其下雖曰項羽英分少，有范增不能用，陳平去之，然稱明能合變，斯言謬矣。項羽坑秦卒以結怨關中，棄咸陽而眷懷舊土，所謂倒持太阿，授人以柄，豈得謂之合變乎？又願與漢王挑戰，漢王笑曰："吾寧鬭智，不能鬭力。"及將敗也，自爲歌曰："力拔山兮氣蓋世！"其所恃者氣力而已矣，可爲雄於韓信，氣又過之，所以能爲漢王敵。聰明睿智，不足稱也。

## 箋　校

〔一〕本文又載《叢刊》本、傅校本、《四庫》本李集之外集卷三、《全文》卷七○九。

〔二〕鞅可與吳起同類耳　原作"鞅可與吳起同頗耳"，《叢刊》本同。按"頗"字刊誤，據傅校本、《全文》改。《四庫》本無此注文。

〔三〕是不辨其精粗之迹也　原作"是不辯其精粗之迹也"，《叢刊》本、傅校本同。按"辯"字誤，據《四庫》本、《全文》改。

〔四〕辯不入道　原作"辨不入道"，《叢刊》本、《四庫》本、《全文》同。按"辨"字誤，據傅校本改。

## 朋黨論<sup>〔一〕</sup>

理平之世<sup>〔二〕</sup>，教化興行，群臣和於朝，百姓和於野，人自砥礪，無所是非，天下焉有朋黨哉？仲長統所謂同異生是非，愛憎生

朋黨，朋黨致怨讎是也〔三〕。東漢桓、靈之朝，政在閹寺，綱紀以
亂，風教寖衰。黨錮之士，始以議論疵物，於是危言危行，刺譏當
世。其志在於維持名教，斥遠佞邪，雖乖大道，猶不失正。今之朋
黨者，皆依倚倖臣，誣陷君子，鼓天下之動以養交遊，竊儒家之術
以資大盜，大盜謂倖臣也。所謂教猱升木，嗾犬害人，穴居城社，不
可薰鑿。漢之黨錮，爲理世之罪人矣；今之朋邪，又黨錮之罪人
矣。仲長統曰："才智者亦姦兇之羽翼，勇氣者亦盜賊之爪牙。"誠
如是言。然辨之，未盡如是者，皆小才小勇，祇能用詭道入邪徑，
鼠牙穿屋，虺毒螫人，如巨海陰夜，百色妖露，焉能白日爲怪
哉〔四〕？大道之行，當蠆粉矣。

## 箋校

〔一〕本文又載《叢刊》本、傅校本、《四庫》本李集之外集卷三、《全文》卷
　　　七〇九。

〔二〕理平之世　原作"治平之世"，《叢刊》本、《四庫》本、《全文》同。
　　　按"治"字唐諱，據傅校本改。

〔三〕朋黨致怨讎是也　《全文》作"朋黨致怨隙是也"。

〔四〕焉能白日爲怪哉　原作"焉能白百爲怪哉"，《叢刊》本同。按此於
　　　義不合，據傅校本、《四庫》本、《全文》改。

# 虛名論〔一〕

夫與膏肓同病者，不可治也；與衰亂同風者，不可理也。劉向
上書曰："幽、厲之際，朝廷不和，轉相非怨。君子獨處守正，不撓
衆枉，勉強以從王事，則反見憎毒讒愬。故其詩曰：'密勿從事，不
敢告勞。無罪無辜，讒口嗸嗸。'"又曰："分曹爲黨，往往群朋，將

同心以陷正臣〔二〕。正臣進者,治之表也;正臣陷者,亂之機也。"
漢與幽、厲之世同風矣。干寶《晋總論》曰〔三〕:"朝寡全德之
士〔四〕,鄉乏不貳之老。進仕者以苟得爲貴而鄙居正,當官者以望
空爲高而笑勤恪。其倚杖虛曠,依阿無心者,皆名重海内。"晋又
與元、成之際同風矣。所謂虛曠名重者,蓋譏山濤、魏舒之儔
耳〔五〕。後之竊虛名者,曾不得與山、魏徒隸齒,而靦貌於世,未嘗
自愧。趨之者如飛蛾赴火,唯恥不及,豈蚩蚩負蠡之謂哉! 虛名
者以衆多爲其羽翼,時不敢害;後來者以聲價出其口吻,人不敢
議。以此相死,自謂保太山之安,可以痛心矣!

箋　校

〔一〕本文又載《英華》卷七六○、《叢刊》本、傅校本、《四庫》本李集之外
　　　集卷三、《全文》卷七○九。

〔二〕將同心以陷正臣　原作"將同心以陷忠臣",《叢刊》本、傅校本、
　　　《四庫》本同。按"忠"字誤,據《英華》、《全文》改。《漢書》卷三六
　　　《劉向傳》錄上書,亦作"將同心以陷正臣"。

〔三〕干寶　原作"于寶",《叢刊》本同。按"于"字誤,據《英華》、傅校
　　　本、《四庫》本、《全文》改。

〔四〕朝寡全德之士　《文選》卷四九《晋紀總論》:"朝寡純德之士。"
　　　"純"字,唐憲宗名諱。

〔五〕蓋譏山濤魏舒之儔耳　原作"蓋譏山濤魏野之儔耳",《叢刊》本
　　　同。按"野"字誤,據《英華》、傅校本、《四庫》本、《全文》改。《世
　　　説新語》卷中《賞譽第八》載:王濟稱王湛在"山濤以下,魏舒以
　　　上"。

## 食貨論[一]

人君不以聚貨制用之臣處將相弼諧之任,則奸邪無所容矣。左右貴倖,知所愛之人,非宰相之器,以此職爲發身之捷徑,取位之要津,皆由此汲引,以塞訕論[二]。領此職者,竊天子之財,以爲之賂,聚貨者所以得升矣。貴操其奇贏[三],乘上之急[四],售於有司,以取倍利,制用者所以得進矣。三司皆有官屬,分部以主郡國,貴倖得其寶賂,多託賈人污吏處之,頗類牧羊而蓄豺,養魚而縱獺[五],欲其不侵不暴,焉可得也。故盜用貨泉,多張空簿,國用日蹙,生人日困。揚雄上書,言漢武運帑藏之財,填廬山之壑。今貨入權門,甚於是矣。孟獻子有言:“與其有聚斂之臣,寧有盜臣。”子輿以利國爲非,揚雄以榷酤興歎。稱其職者,必皆挾工商之術,有良賈之才。壽昌習分銖之事[六],弘羊析秋毫之數[七]。小人以爲能,君子所以不忍爲也。卜式言天久不雨,獨烹弘羊天乃雨。焉有仲尼之鳴鼓將攻,卜式之欲烹致雨,而反居相位,可爲之甚痛哉!

## 箋　校

〔一〕本文又載《英華》卷七四七、《叢刊》本、傅校本、《四庫》本李集之外
　　　集卷三、《全文》卷七〇九。

〔二〕以塞訕論　《英華》作“以塞訕謗(集作論)”,《全文》作“以塞訕
　　　謗”。

〔三〕貴操其奇贏　原作“貴操其奇嬴”,《叢刊》本、《四庫》本同。按
　　　“嬴”字誤,據傅校本、《全文》改。

〔四〕乘上之急　《英華》作“乘上之意(集作急)”。

〔五〕養魚而縱獺　原作“養無而縱獺”，《叢刊》本同。按此於義不合，據陸氏校勘、傅校本、《四庫》本、《全文》改。

〔六〕壽昌習分銖之事　原作“壽昌習分誅之事”，《叢刊》本同。按“誅”字誤，據陸氏校勘、傅校本、《英華》、《全文》改。《四庫》本奪此句。

〔七〕弘　原本“弘”字以下錯簡，《叢刊》本同。陸氏校勘曰“弘字下接下頁‘羊析秋毫之數’云云”。陸氏校勘之文與《英華》、傅校本、《全文》相合。《四庫》本此處奪“弘羊”二字，餘同。

## 近倖論〔一〕

　　自古中主以降，皆安於近習，疏遠忠良。其主非不知君子可親，小人可去，而不改者，其蔽有二：一曰性相近，二曰嗜慾深。桓、靈之主，與小人氣合，如水之走下，火之就燥，皆自然而親結不可解也，侯覽、張讓所以得蔽君矣。元、成二后，皆有所嗜，吹簫摳鼓之娛，微行沉湎之樂，非倖臣無以承意，非近習無以近歡，弘恭、石顯所以得蠹政矣。唯人君少欲英明者，則能反是。如文帝雖有鄧通、趙談，所信者賈誼、張釋之、爰盎。此所謂少欲也。武帝雖有韓嫣、李延年，而所貴者公孫弘、倪寬、卜式，此所謂英明也。故君聽不惑，政無頗纇。近則開元初，內有姜皎、崔滌，以極宮中之樂；外有姚、盧、蘇、宋，以修天下之政。得元、成之欲，享舜、禹之名，六合晏然，千古莫及，其故何也？倖臣不得干政事也〔二〕。後代能如漢之文武〔三〕，及開元致理之效〔四〕，雖有倖臣，何害於理哉〔五〕？

## 箋　校

〔一〕本文又載《文粹》卷三七、《全文》卷七〇九。又載《叢刊》本、傅校本、《四庫》本李集之外集卷三。各有錯簡。傅校本標題作《近侍論》。

〔二〕倖臣不得干政事也　《全文》作"倖臣不得干政故也"。

〔三〕後代能如漢之文武　原作"後代能知漢之文武",《叢刊》本、傅校本同。按"知"字誤,據陸氏校勘、《文粹》、《四庫》本、《全文》改。

〔四〕及開元致理之效　"及開"下陸氏糾正錯簡,作"元致理之效雖有倖臣何害於理哉"。"致理之效",《文粹》、傅校本、《四庫》本、《全文》作"致理之要"。

〔五〕何害於理哉　傅校本錯簡,字行顛倒。

# 奇才論[一]

開成初,余作鎮淮甸。會有朝之英彦[二],廉問剖符於東南者,相繼而至。余與之讌言,皆曰:"聖上謂丞相鄭公覃、李公固言、李公石曰:'李訓稟五常之性,服人倫之教,則不及卿等;然天下之奇才[三],卿等皆不如也。'三丞相默然而退。"余曰:李訓甚狂而愚,曾不及於徒隸,焉得謂之奇才也。自古天下有常勢,不可變也。昔陳平之患吕宗,而計無所出,嘗間居深念,陸賈由户而進,不之覺也。賈揣知其情,言曰:"將相和,則社稷安矣。"因爲畫策,陳平乃寤。由是以黄金爲絳侯壽,將相交歡,以敗産、禄。近世五王之誅二張也,漢陽王召大將軍李多祚謂曰:"將軍爵服隆貴,誰人與之?"曰:"太一本皆作大字帝與之。""將軍貨産富侈,誰人與之?"曰:"太帝與之。""將軍子弟榮禄,誰人與之?"曰:"太帝與之。"因謂曰:"感太帝恩乎?"多祚澘然泣下。又謂曰:"今太帝之子深居鶴禁,危若綴旒,將軍豈有意乎?"多祚遂感慨受命,與之定策。元載之圖魚朝恩也，以崔昭尹神州，俾昭日請苑中牢醴以爲朝恩饌[四]，因與北門大將軍王駕鶴等結歡，共籌陰計，而朝恩竟敗。夫舉大事[五]，非北門無以成功，此所謂天下之常勢也。李訓因守澄得幸，雖職在近密，而日夕遊於禁中[六]，出入無礙。此時挾守澄之勢，與天子契若魚水，北軍諸將，望其顧眄，與目覩天顏無異。若以中旨諭之，購以爵賞，即諸將從之，勢如風靡矣。訓捨此不用，而欲以神州靈臺遊徼搏擊之吏，抱關擁篲之徒，以當精甲利兵，亦猶霜蓬之禦烈火矣。賴中人覺其變，未及其亂。向使訓計盡行，所誅者不過侍從數百人而已，其徒尚數千人，與北門協力報怨，則天下橫流矣。何以知之？昔竇武之舉事也，以五校士數千人屯都亭下，中官矯詔令張奐率營士與陣對陣，乃大呼武軍曰："竇武反，汝皆禁兵，當宿衛宮省，何故隨反者乎？"自旦至食時，兵降略盡。由是知自前代以來，禁軍唯畏伏中官[七]，宰臣焉能使其效死？嗟乎！焚林而畋，明年無獸；竭澤而漁，明年無魚。既經李訓猖獗，則天下大勢[八]，亦不可用也。

箋　校

〔一〕本文又載《叢刊》本、傅校本、《四庫》本李集之外集卷三、《全文》卷七〇九。

〔二〕朝之英彥　傅校本作"朝之茂彥"。

〔三〕然天下之奇才　原作"然天下之才"，《叢刊》本、《四庫》本、《全文》同。按此奪"奇"字，據陸氏校勘、傅校本補。

〔四〕俾昭日請苑中牢醴以爲朝恩　原本此下錯簡，本文後半篇誤入《近倖論》結尾處，《叢刊》本同。陸氏校勘曰"朝恩下接下頁'饌因以北門大將軍云云'"。經陸氏校勘後與《四庫》本、《全文》基本相

合。唯《四庫》本、《全文》於“朝恩”下衍“羊及開”三字，今據陸氏
校勘、傅校本删。又，此句“俾”字，原作“裨”，《叢刊》本、《四庫》
本、《全文》同誤，據陸氏校勘、傅校本改。

〔五〕夫舉大事　原作“大舉大事”，《叢刊》本同。按“大”字誤，據傅校
　　本、《四庫》本、《全文》改。

〔六〕禁中　傅校本作“禁軍”。

〔七〕禁軍唯畏伏中官　傅校本作“禁軍唯畏伏中人”。

〔八〕天下大勢　傅校本作“天下常勢”。

# 方士論〔一〕

　　秦皇、漢武，非好道者也。始皇擒滅六國，兼羲、唐之帝號；漢
武翦伐匈奴，恢殷、周之疆宇，皆開闢所未有也。雖不能尊周、孔
之道以爲教化，用湯、武之師以行吊伐，而英才遠略，自湯、武以
降，鮮能及矣，豈不悟方士之詐哉？蓋以享國既久，歡樂已極，馳
騁弋獵之力疲矣，天馬碧雞之求息矣〔二〕，魚龍角觚之戲倦矣，絲
竹鞞鼓之音厭矣，以神仙爲奇，以方士爲玩，亦庶幾黃金可成，青
霄可上，固不在於嗇神鍊形矣。何以知之？荀卿稱千萬人之情一
人之情是也，百王之道後王是也。余聞武宗之言，是以知耳。嘗
於便殿言及方士皆譎詐多端〔三〕，不可信也。上曰：“吾知之矣。
宮中無事，以此遣悶耳！”余嘗覽曹植論〔四〕，言左慈、封君達之類，
家王及植兄弟以優笑蓄之耳。斯言信矣！大抵方士皆習静者，爲
之隱身巖穴，不求聞達，如山鹿野麇，是其志也，豈樂翹車之召哉？
敢自衒其術、面欺明主者，亦鮮矣。時既不用，逐之可也，殺之非
也。若以其詐而可誅〔五〕，則公孫卿、樂大無非行詐，殺其干勢利

以自衒者,足以大戒。蘭艾同焚,斯爲甚矣。貞觀末,高宗不誅天竺方士那羅邇娑婆寐[六],逐之歸國,斯可爲後王法矣。

## 箋　校

〔一〕本文又載《英華》卷七三九、《叢刊》本、傅校本、《四庫》本李集之外集卷三、《全文》卷七〇九。

〔二〕天馬碧雞之求息矣　《英華》、傅校本作"天馬駃騠之求息矣"。

〔三〕皆譎詐多端　原作"皆譎詐多□",《叢刊》本同。按此缺一字,據陸氏校勘、傅校本補。《四庫》本作"皆譎詐多僞"。《全文》作"皆譎詐丕誕"。《英華》作"皆譎詭(集作詐)丕誕"。

〔四〕余嘗覽曹植論　傅校本作"余嘗讀曹植論"。

〔五〕若以其詐而可誅　原作"若以其詐而可知",《叢刊》本、《四庫》本同。按"知"字誤,據《英華》、傅校本改。

〔六〕那羅邇娑婆寐　原作"那羅邇(婆娑)寐",《叢刊》本同。按"婆娑"倒誤,且不應作小字。今據傅校本改。《舊書》卷三《太宗本紀下》貞觀二十二年五月,"使方士那羅邇娑婆於金飇門造延年之藥"。《新書》卷一一五《郝處俊傳》:"昔先帝詔浮屠那羅邇娑寐案其方書爲祕劑。"《四庫》本、《全文》作"那羅邇婆娑寐",《英華》作"那維延婆娑寐"。

## 小人論[一]

　　世所謂小人者,便僻巧佞,翻覆難信。此小人常態,不足懼也;以怨報德,此其甚者也[二]。背本忘義,抑又次之。便僻者疏遠之,則無患矣;翻覆者不信之,則無尤矣。唯以怨報德者,不可預防,此所謂小人之甚者。背本忘義者雖不害人[三],亦不知感。

昔傷蛇傅藥而能報[四]，飛鴞食椹而懷恩[五]。以怨報德者，不及傷蛇遠矣；背本忘義者，不及飛鴞遠矣。至於白公負卵翼之德，宰嚭遺濯溉之恩[六]，陳餘棄父子之交，田蚡忘跪起之禮，此可與叛臣賊子同誅，豈止於知己之義也。世以小人比穿窬之盜，殊不然矣！夫穿窬之盜，迫於飢寒，莫保性命，於高貲者有何恩義，於多藏者有何仁愛？既無恩義、仁愛，則是取資於道，拾金於野。若能識廉恥而不爲，是有償金者之行矣；若能忍飢饉而不食，是有蒙袂者之操矣。所以陳仲弓覿梁上之盜，察非惡人。以是而言，盜賊未爲害矣。然操戈鋋，挾弓矢，以衆暴寡，殺人取財者，則謂之盜。比於以怨報德者，亦未甚焉。何者？人之父子兄弟，有不相知者，有德於人者，是已知之矣，焉得負之哉？

## 箋　校

〔一〕本文又載《英華》卷七六〇、《叢刊》本、傅校本、《四庫》本李集之外
　　　集卷三、《全文》卷七〇九。

〔二〕此其甚者也　傅校本作“此其甚矣”，《英華》作“此其甚者也（二字
　　　集作矣）”。

〔三〕背本忘義者　諸本作“背本者”。按奪“忘義”二字，據陸氏校
　　　勘補。

〔四〕昔傷蛇傅藥而能　原作“昔傷蛇傅藥而能報”，《英華》、《叢刊》
　　　本同。按“傳”字誤，據傅校本、《四庫》本、《全文》改。

〔五〕懷恩　《英華》、《全文》作“懷音”。

〔六〕宰嚭遺濯溉之恩　原作“宰嚭遺翟溉之恩”，《叢刊》本同。按“翟”
　　　字誤，據陸氏校勘、《四庫》本、《全文》改。《英華》、《全文》作“宰
　　　嚭遺灌溉之恩”。

# 論

## 貨殖論[一]

欲知將相之賢不肖，視其貨殖之厚薄。彼貨殖厚者，可以回天機[二]，斡河嶽，使左右貴倖，役當世奸人，若孝子之養父母矣。陰陽不能爲其寇，寒暑不能成其疾，鬼神不能促其數，雷霆不能震其邪。是以危而不困，老而不死；縱人生之大欲，處將相之極休[三]；兄弟光華，子孫安樂。昔公孫朝穆好酒及色，而不慕榮禄，鄧析猶謂之真人，況兼有榮樂乎？後世雖有貶之者，如用斧鉞於糞土，施桎梏於朽株，無害於身矣。則大《易》之害盈福謙，老氏之多藏厚亡，不足信矣。昔秦時金策，謂之天醉[四]。豈天之常醉哉？故晉世唯貴於錢神，漢台不慼於銅臭。謂子文無兼日之積，顏氏樂一瓢之飲，晏平仲祀不掩豆，公儀休相以拔葵[五]，皆爲薄命之人矣。如嚮者四賢，天與之生則生，天與之壽則壽，窮達夭壽，皆在彼蒼，而望貴倖之知，奸人之譽，終身不可得矣。余有《力命賦》以致其意[六]，庶後之知我者，興歎而已。

## 箋　校

〔一〕本文又載《英華》卷七四七、《叢刊》本、傅校本、《四庫》本李集之外集卷四、《全文》卷七一〇。

〔二〕可以回天機　原作“可以曰天機”，《叢刊》本同。按“曰”字誤，據《英華》、傅校本、《四庫》本、《全文》改。

〔三〕處將相之極休　《英華》作“處將相之極位（集作休）”，《全文》作“處將相之極位”。

〔四〕謂之天醉　原作“謂之夭醉”，《叢刊》本同。按“夭”字誤，據陸氏校勘、《英華》、傅校本、《四庫》本、《全文》改。張衡《西京賦》：“昔者大帝，說秦繆公而覲之，饗以鈞天廣樂，帝有醉焉。乃爲金策，錫用此土。”

〔五〕公儀休相以拔葵　原作“儀休相以拔葵”，《叢刊》本、《四庫》本同。按此奪“公”字，據《英華》、傅校本、《全文》補。《史記・循吏列傳・公儀休傳》；“食茹而美，拔其園葵而棄之。”

〔六〕余有力命賦　按《力命賦》今未見，當已佚。

## 近世良相論[一]

客謂余曰：“揚子《法言》有《重黎》、《顔騫》二篇，顔子名犯廟諱，不書。品藻漢之將相。敢問近代良相，可得聞乎？”余曰唯唯。夫股肱與君同體[二]，四海之所瞻也。恩義至重，實先於愛敬，非社稷大計，不可以強諫。亦猶父有諍子，不獲已而諍，豈可以爲常也。唯宜將明獻替,致其主於三代之隆。《孝經》曰:"天子有諍臣七人。"非宰相之職也。必求端士正人以當言責,導其謇諤,救其患難而已。唯聖人言"危而不持,顛而不扶,則焉用彼相",此亦將明獻替之謂也。使其君昭明令德,不至於顛危也。漢之良相十數人矣,公孫弘開陳其端,而不肯廷辯,固未可也。蕭望之剛不護闕,王嘉訐而犯上,致元、哀二后有信讒邪之惡,戮忠直之名,此其失者也。魏相、薛廣德持重守正,弼諧盡忠,可謂得宰相體矣。近世貞以制動,思在無邪,松柏所以後凋,藜藿由是不採,貴不患失,言必匡躬,似薛廣德者,鄭丞相、陳丞相有之矣。此謂故右僕射鄭司徒,故左僕射陳司徒。麟之為瑞也,仁而不觸;玉之為寶也,廉而不劌。恕以及物,善不近名,高朗令終,天下無怨,似丙博陽者,王丞相、鄭丞相有之矣。此謂故中書王丞相,故鄭丞相。好古洽聞,應變膚敏,幾可以成務,智足以取捨,仁愛樂善,勤瘁奉公,逢時得君,不失其正,似倪寬者,韋丞相、李丞相有之矣。此謂故中書韋司空,故侍中李司空。困於巇厄,以盡天涯,雖劍光不沉,而鶯翮長鍛,靈均之九死無悔,柳惠之三黜非辜,既没不瞑,號於上帝,似蕭望之者,所謂李丞相矣。此謂故淮海李司空也〔三〕。余亦同病,莫保其生〔四〕。知我者以為忠,亦已鮮矣。庶乎數世之後,朋黨稍息,以俟知音耳。

箋 校

〔一〕本文又載《英華》卷七四四、《叢刊》本、傅校本、《四庫》本李集之外集卷四、《全文》卷七一〇。

〔二〕夫股肱與君同體　原作"夫股肱與若同體",《叢刊》本同。按"若"字誤,據《英華》、傅校本、《四庫》本、《全文》改。

〔三〕此謂故淮海李司空也　原作"此謂故淮李司空也",《叢刊》本同。

按此奪“海”字，據《英華》、傅校本補。《全文》作“此謂故臨淮李司空也”。

〔四〕莫保其生　原作“莫保其主”，《叢刊》本、傅校本同。按此於義不合，據《英華》、《四庫》本、《全文》改。

# 近世節士論[一]

客又謂余曰：“近世將相，既已聞之矣。敢問士君子身在下位，而義激衰世者，有其人乎？”余曰：“焉得無之？丁生、魏生是也。”昔蓋寬饒多仇少與，在位及貴戚，人與爲怨，唯諫議大夫鄭昌，愍傷寬饒忠直憂國，爲文吏所詆挫，上書曰：“山有猛獸，藜藿爲之不採；國有忠臣，姦邪爲之不起。寬饒上無許、史之屬，下無金、張之託[二]，職在司察，直道而行。”鄭昌可謂好是正直矣。梅福，南昌一尉耳。與王章無薦寵之私，無遊宴之好。當王鳳之世，權歸外戚，上書曰：“鳶鵲遭害，則仁鳥增逝；愚者蒙戮，則智士深退[三]。折直士之節，結諫臣之舌，群臣皆知其非，然不敢爭。天下以言爲戒，最國家之大患也。”梅福可謂不畏強禦矣。余頃歲待罪廟堂，六年竊位，而言責之官，執憲之臣，屬薦丁生，稱其有清直之操。亦有毀之者，曰體羸多病，必不能舉職。余惑是説，未及升之於朝。而一旦觸群邪，犯衆怒，爲一孤臣，獨夫正言無避[四]，亦鄭昌、梅福之比也。昔貫高竟能以不生白王[五]，而高祖賢其然諾；戴就不忍以臣謗其君，而薛安感其壯節；周燕寧恨於不食，陸續豈辭於禁錮。世歷千祀，有此幾人？魏生爲酷吏所逼，終不詘服，詞義雅正，有古人之風，亦貫高、戴就之儔也。嗚呼！田叔、孟舒，皆位顯於朝，而魏生亦興疾遠竄，溘盡道途，疑其幽魂必上訴於天矣。或曰："自古名節之士，鮮受厚福，豈天意於善人薄耶？"余曰非也。夫名節者，非危亂不顯，非險難不彰。免鈇鑕全性命者，尚十無二三，況福禄乎？若使不受困辱，不嬰楚毒，父母妻子，恬然安樂，則天下之人盡爲之矣，又何貴於名節者哉[六]？

## 箋　校

〔一〕本文又載《英華》卷七四五、《叢刊》本、傅校本、《四庫》本李集之外集卷四、《全文》卷七一○。

〔二〕下無金張之託　《全文》作"外無金張之託"。

〔三〕則智士深退　《英華》、《全文》作"則智士遠退"。

〔四〕獨夫正言無避　《全文》作"獨生正言無避"，義較勝。

〔五〕以不生白王　《英華》、《全文》作"以不死白王"。

〔六〕又何貴於名節者哉　傅校本作"又何貴於名節哉"。

# 折群疑相論[一]

夫相之相在乎清明，將之相在乎雄傑。清明者，珠玉是也，爲天下所寶；雄傑者，虎兕是也，爲百獸所伏。然清者必得大權，不能享豐富；雄者必當昌侈，不能得大柄[二]。兼而有之者，在乎粹美而已。余頃歲蒞淮海，屬縣有盱眙，而山多珉玉[三]，剖而爲器，清明洞澈，雖水精明冰不如也。而價不及凡玉，終不得爲至寶，以其不粹也。清而粹者天也，故高不可測；清而澈者泉也，故深亦可察，此其大略也。余嘗精而求之，多士以才爲命，婦人以色爲命。天賦是美者，必將有以貴之。才高者，雖孟嘗眇小，蔡澤折額，亦居萬人之上。色美者，雖鈎弋之拳，李夫人之賤[四]，亦爲萬乘之偶。然而不如粹者[五]。必身名俱榮，福禄終泰，張良是也[六]。擇士能用此術，可以拔十得九，無所疑也。

## 箋　校

〔一〕本文又載《英華》卷七五〇、《叢刊》本、傅校本、《四庫》本李集之外
　　　集卷四、《全文》卷七一〇。

〔二〕不能得大柄　原作"不能爲大柄"，《叢刊》本、《四庫》本、《全文》
　　　同。按"爲"字誤，據陸氏校勘、《英華》、傅校本改。

〔三〕而山多珉玉　傅校本、《全文》作"山多珉玉"。

〔四〕李夫人之賤　《英華》、傅校本、《四庫》本作"子夫之賤"。

〔五〕然而不如粹者　原作"然不如而粹者"，《叢刊》本同。按此倒誤，
　　　義不通，今據陸氏校勘、傅校本改。《英華》、《四庫》本、《全文》作
　　　"然不如清而粹者"。

〔六〕張良是也　《英華》、傅校本句下有注文三十二字，作："前史言張
　　　良質美，予謂諸葛言以子房之清精，不釋陳平之濁俗，則知清精者
　　　雅矣。"

## 禱祝論[一]

　　語曰："丘之禱久矣。"又曰："祭則受福。"豈非聖人與天地合
德[二]，與日月合明，與鬼神合契，無所請禱，而禱必感通？唯牧伯
之任，不可廢也。失時不雨，稼穡將枯，閉閤責躬，百姓不見。若
非遍走群望[三]，則皆謂太守無憂人之意，雖在畎畝，不絶歎音。
余前在江南，毀淫祠一千一十五所，可謂不諂神黷祭矣。然歲或
大旱，必先令掾屬祈禱，積旬無效，乃自躬行，未嘗不零雨隨車，或
當宵而應[四]。其術無他，唯至誠而已。將與祭，必閒居三日，清
心齋戒，雖禮未申於洞酌[五]，而意已接於神明。所以治郡八

年〔六〕,歲皆大稔,江左黎庶,謳歌至今。古人乃有剪爪致詞,積薪自誓,精意上達,雨必滂沱,此亦至誠也。苟誠能達天,性能及物〔七〕,焉用以肌膚自苦,燋爛爲期?動天地,感鬼神,莫尚於至誠。故備物不足報功,禴祭所以受福。余以爲人患不誠,天之去人,不相遠矣。

箋　校

〔一〕本文又載《英華》卷七四〇、《叢刊》本、傅校本、《四庫》本李集之外集卷四、《全文》卷七一〇。

〔二〕與天地合德　《英華》句下注曰:"此下袁本有與日月合明五字,未詳。"按《英華》無"與日月合明"句。

〔三〕若非遍走群望　原作"若非避群望",《叢刊》本、《四庫》本同。按此於義不合,據陸氏校勘、《英華》、傅校本、《全文》校補。

〔四〕或當宵而應　原作"或當霄而應",《英華》、《叢刊》本、《四庫》本同。今據陸氏校勘、傅校本、《全文》過録。

〔五〕雖禮未申於泂酌　原作"雖禮未中於洞酌",《叢刊》本同。按"中"字、"洞"字誤,據陸氏校勘、傅校本、《四庫》本、《全文》改。《詩·大雅·泂酌》:"泂酌彼行潦,挹彼注兹。"

〔六〕所以治郡八年　《英華》、傅校本、《全文》作"所以理郡八年"。按"治"字唐諱,作"理"爲長。

〔七〕性能及物　《英華》、傅校本作"信能及物"。

## 黄冶論〔一〕

或問黄冶變化,余曰:未之學也,焉知無有〔二〕?然天地萬物,皆可以至理索之。夫光明砂者,天地自然之寶,在石室之間,生雪床之上，如初生芙蓉，紅苞未拆，細者環拱，大者處中，有辰居之象，有君臣之位，光明外澈，採之者尋石脈而求，此造化之所鑄也。倘至人道奧者，用天地之精，合陰陽之粹，濟以神術，或能成之。若以藥石鎔鑄，術則疏矣。昔人問揚子鑄金，而得鑄人。以孔聖鎔冶顏子[三]，至於殆庶幾，未若造化之鑄丹砂矣[四]。方士固不足恃，劉向、葛洪，皆下學上達，極天地之際，謂之可就，必有精理。劉向鑄作不成，得非天意密此神機，不欲世人皆知之矣。

筬　校

〔一〕本文又載《英華》卷七三九、《叢刊》本、傅校本、《四庫》本李集之外集卷四、《全文》卷七一〇。

〔二〕焉知無有　原作"焉却無有"，《叢刊》本、傅校本同。按"却"字誤，據《英華》、《四庫》本、《全文》改。

〔三〕以孔聖鎔冶顏子　《英華》作"以孔聖鎔鑄顏子"。

〔四〕未若造化之鑄丹砂矣　原作"亦恭造化之鑄丹砂矣"，《叢刊》本同。按"亦恭"二字誤，據陸氏校勘、《英華》、傅校本、《全文》改。《四庫》本作"亦參造化之鑄丹砂矣"。

### 祥瑞論[一]

夫天地萬物，異於常者，雖至美至麗，無不爲妖；覩之宜先戒懼，不可以爲禎祥。何以言之？桓、靈之世多鸞鳳，丘墳之上生芝草，世人以芝草爲孝思所感致，深不然也。夫芝草[二]，神僊之物，食之上可以凌倒景，次可以保永年，生於丘墳，豈得爲瑞？若以孝思所致，則瞽瞍之墓，曾晳之墳，宜生萬株矣，何者爲仁孝之瑞？唯甘露降於松柏，縞鹿素烏，馴擾不去，皆有縞素之色，足表幽明之感。貞元中,余在甌越。有隱者王遇,好黃冶之術,暮年有芝草數十莖,産於丹竈之前,遇自以爲名在金格,暢然滿志,逾月而遇病卒。齊中書抗有別業在若耶溪,忽生芝草百餘莖,數月而中書去世。又餘姚守盧君在郡時,盧君名從。有芝草生於督郵屋梁上,五綵相鮮,若樓臺之狀。其歲盧君爲叛將栗鍠所害,置遺骸於屋梁之下,並耳目所驗,非自傳聞。由是而言,則褒姒、驪姬,皆爲國妖,以禍周、晋;綠珠、窈娘,皆爲家妖,以災喬、石,不可不察也。又黃河清而聖人生,徵應不在於當世,明矣。柳谷、玄石爲魏室之妖,啓將來之瑞[三],亦不可不察也。是以宜先戒懼,以消桑穀雉雊之變耳。

## 箋　校

〔一〕本文又載《叢刊》本、傅校本、《四庫》本李集之外集卷四、《全文》卷七一〇。

〔二〕世人以芝草爲孝思所感致深不然也夫芝草　原奪此十八字,《叢刊》本、《四庫》本同。今據陸氏校勘、《全文》補。

〔三〕啓將來之瑞　原作"啓將來之端",《叢刊》本同。按"端"字誤,據傅校本、《四庫》本、《全文》改。

## 冥數有報論[一]

宣尼罕言性命,不語怪神,非謂無也。欲人嚴三綱之道,奉五常之教,修天爵以致人爵,不欲言富貴出於天命,福禄由於冥數。昔衛卜協於沙丘,爲讖已久;秦塞屬於臨洮,名子不寤。朝歌未滅,而周流丹烏矣;白帝尚在,而漢斷素蛇矣。皆兆發於先,而符應於後,不可以智測也。周、孔與天地合德,與鬼神合契,將來之數,無所遁情。而狼跋於周,鳳衰於楚,豈親戚之義,不可去也;人倫之教,不可廢也。條侯之貴,鄧通之富,死於兵革可也,死於女室可也,唯不宜以餒終〔二〕,此又不可以理得也。而命偶時來,盜有名器者,謂禍福出於胸懷,榮枯生於口吻,沛然而安,溢然而笑;曾不知黃雀遊於茂林〔三〕,而挾彈者在其後也。余乙丑歲,自荊楚保釐東周,路出方城,聞有隱者困於泥塗,不知其所如也。姓姜不知其名。往謂方城長曰:"此官人居守後二年〔四〕,南行萬里。"則知憾余者必因天譴,譖余者必自鬼謀,雖抱至冤,不以爲恨也〔五〕。余嘗三遇異人,非卜祝之流,皆遁世者也。初掌記北門,有管涔山隱者詣余曰:"君明年當在人君左右,爲文翰之職,然須值少主。"余聞之愕眙,洒然變色〔六〕,隱者亦悔失言,避席求去。余徐問曰:"何爲而事少主?"對曰:"君與少主已有累世緣業,是以言之。"余其年秋登朝,至明年正月,穆宗纘緒,召入禁苑。及爲中丞〔七〕,有閩中隱者叩門請見余,因下榻與語曰:"時事非久〔八〕,公不早去,冬必作相,禍將至矣。若亟請居外,代公者受患。後十年終當作相,自西南而入。"是秋出鎮吳門,歲經八稔,尋又杖鉞南燕。秋暮,有邑子王生引鄆郡道士至〔九〕,纔升賓階,未及命席,謂余曰:"公當爲西南節制,孟冬望舒前節符至矣。"三者皆與言協,不差歲月。自憲闈竟十年居相,由西蜀而入,代余執憲者俄亦竄逐〔一〇〕。唯再謫南服,未嘗有前知者爲余言之。豈禍患不可移者,神道所秘,莫得預聞〔一一〕?自古銜冤歿世者多矣,冥報之事,或有或無,遂使好亂樂禍者以神道爲茫昧。余嘗論之,仁人上哲,必達生知命。如顏氏之子,犯而不校;釋門達磨,了空喻幻。必不思報矣。其下柔弱無心者,力不能報。所能報者,乃中人耳。悍強任氣如伯有、灌夫之流，亦其在臨歿之際，方寸不撓，魂魄不散。唯結念於此，是以能報。夫人之捨生也，如薪盡火滅，溘然則無能爲矣。其達於理者〔一二〕，使心不亂，則精爽常存，不生不滅，自可以超然出世，升躋神明。其次精多魄强，則能爲厲。冥報之事，或有或無，理在此也。

箋　校

〔一〕本文又載《英華》卷七四〇、《叢刊》本、傅校本、《四庫》本李集之外集卷四、《全文》卷七一〇。《舊書‧李德裕傳》節録本文，文字出入較多。

本文以德裕口吻自述：“余乙丑歲，自荆楚保釐東周，路出方城。”並謂隱者某氏預卜德裕“居守後二年，南行萬里”。按“乙丑”爲會昌五年。其時，李德裕正居相位，權勢極盛，而隱者某氏竟能預卜其二年後被貶逐至萬里南荒之地，顯係作僞者據後來事實加以編造。且李德裕出鎮江陵荆楚之地，在會昌六年四月，事詳宋敏求《唐大詔令集》卷五三所録崔嘏《李德裕荆南節度平章事制》。《通鑑》卷二四八載會昌六年“九月，以荆南節度使李德裕爲東都留守，解平章事”。可見，本文所謂“余乙丑歲，自荆楚保釐東周”，年份亦誤。故本文當爲晚唐人之僞作。

〔二〕唯不宜以餒終　原作“唯不宜以綏終”，《叢刊》本同。按“綏”字誤，據《舊傳》、《英華》、傅校本、《四庫》本、《全文》改。

〔三〕茂林　《舊傳》、《英華》、傅校本作“茂樹”。

〔四〕此官人居守後二年　原作“居守後二年”，傅校本、《四庫》本、《全文》同。據《舊傳》補“此官人”三字。《英華》作“居守後三（集作二）年”。

〔五〕不以爲恨也　《舊傳》作“固不爲恨”。

〔六〕洒然變色　原作“酒然變色”，《叢刊》本、傅校本同。按“酒”字誤，據《英華》、《四庫》本、《全文》改。

〔七〕及爲中丞　原作“及右丞御史”，《叢刊》本、《四庫》本同。按此於義不合，據《舊傳》、《全文》改。《英華》、傅校本作“及爲中丞御史”。

〔八〕時事非久　原作“時事非人”，《叢刊》本、傅校本、《四庫》本同。按“人”字誤，據《舊傳》、《英華》、《全文》改。

〔九〕有邑子王生　“王生”，《叢刊》本、《四庫》本同。《舊傳》、傅校本、《全文》作“于生”。《英華》作“有邑子于（集作王）生”。

〔一〇〕俄亦竄逐　傅校本作“俄已竄逐”。

〔一一〕莫得預聞　《英華》、《全文》作“莫得預聞乎”。

〔一二〕其達於理者　原作“達於理者”，《叢刊》本、傅校本、《四庫》本同。據《英華》、《全文》補“其”字。

## 周秦行紀論牛僧孺周秦行紀附〔一〕

言發於中，情見乎辭，則言辭者，志氣之來也。故察其言而知其内，翫其辭而見其意矣。余嘗聞太牢氏凉國李公嘗呼牛僧孺曰太牢。凉公名不便，故不書。好奇怪其身，險易其行，以其姓應國家受命之讖曰：“首尾三鱗六十年〔二〕，兩角犢子恣狂顛，龍蛇相鬬血成川。”及見著《玄怪録》，多造隱語，人不可解。其或能曉一二者，必附會焉。縱司馬取魏之漸，用田常有齊之由，故自卑秩至於宰相，而朋黨若山，不可動摇。欲有意擺憾者，皆遭誣坐，莫不側目結舌〔三〕。事具史官劉軻《日曆》。余得太牢《周秦行紀》，《周秦行紀》

附於下。反覆覘其太牢以身與帝王后妃冥遇,欲證其身非人臣相也,將有意於"狂顚"。及至戲德宗爲"沈婆兒",以代宗皇后爲"沈婆",令人骨戰,可謂無禮於其君甚矣,懷異志於圖讖明矣。余少服臧文仲之言曰:"見無禮於其君者,如鷹鸇之逐鳥雀也。"故貯一作貶太牢已久。前知政事,欲正刑書,力未勝而罷。余讀國史,見開元中御史汝南一作周子諒彈奏牛僧客[四],以其姓符圖讖,雖似是而未合"三鱗六十"之數。自裴晋國與李凉國名不便、彭原程、趙郡紳諸從兄,嫉太牢如讎,頗類余志。非懷私忿,蓋惡其應讖也。太牢作鎮襄州日,判復州刺史樂坤賀武宗監國狀曰:"閑事不足爲賀。"則恃姓敢如此耶!會余復知政事,將欲發覺,未有由。值平昭義[五],得與劉從諫交結書,因竄逐之。嗟乎!爲人臣陰懷逆節,不獨人得誅之,鬼得誅矣。凡與太牢膠固,未嘗不是流薄無賴輩[六],以相表裏,意太牢有非望,而就佐命焉,斯亦信符命之致。或以中外罪余於太牢愛憎,故明此論,庶乎知余志[七]。所恨未暇族之而余又罷,豈非王者不死乎?遺禍胎於國,亦余大罪也。倘同余志繼而爲政,宜爲君除患。曆既有數,意非偶然,若不在當代,其必在於子孫。須以太牢少長咸置於法,則刑罰中而社稷安,無患於二百四十年後。嘻!余致君之道,分隔於明時;嫉惡之心,敢辜於早歲?因援毫而攄宿憤[八],亦書《行紀》之跡於後。

篋校

〔一〕本文又載《叢刊》本、傅校本、《四庫》本李集之外集卷四、《全文》卷七一〇。

本文係晚唐人僞作。宋張泊《賈氏談録》曰:"世傳《周秦行紀》非僧孺所作,是德裕門人韋瓘所撰。"岑仲勉《隋唐史》第四五節駁之，以爲“瓘以元和四年狀頭及第，榜下即除左拾遺，行輩還在德裕先”，可見韋瓘非德裕門人，《周秦行紀》亦非韋瓘作，則《周秦行紀論》亦非德裕作。王重民《敦煌古籍敍録》引伯三七四一號《周秦行紀》殘卷，卷末署“清泰二年”，即公元九三五年，上距唐亡才二十餘年，可見二文均出晚唐人僞託。至於《周秦行紀論》之作僞，尚有如下證據。本文云：“須以太牢少長咸置於法，……無患於二百四十年後。”岑仲勉即指出：“自武德元年（六一八）計至大中十一年（八五七）才足二百四十年，德裕死已七年矣。”本文又云：“值平昭義，得與劉從諫交結書。”今按《通鑑》卷二四八載會昌四年九月“德裕又使人於潞州求僧孺、宗閔與從諫交通書疏，無所得”。文與史載相牴牾。綜上所述，此爲僞作無疑。

〔二〕首尾三鱗六十年　原作“首尾三麟六十年”，《叢刊》本、《四庫》本同。按“麟”字誤，據傅校本、《全文》改。

〔三〕側目結舌　原作“測目結舌”，《叢刊》本同。按“測”字誤，據傅校本、《四庫》本、《全文》改。

〔四〕汝南（一作周）子諒　《全文》作“汝南生（一作周）子諒”。

〔五〕值平昭義　《全文》作“值會平昭義”。

〔六〕流薄　原作“薄流”，《叢刊》本、《四庫》本同。按“薄流”二字倒誤，據傅校本、《全文》改。

〔七〕庶乎知余志　傅校本句下補一“吁”字。

〔八〕攄宿憤　原作“攄宿債”，《叢刊》本同。按“債”字誤，據傅校本、《四庫》本、《全文》改。

## 周秦行紀[一]

牛僧孺撰

余貞元中舉進士落第歸[二]，宛葉間，至伊闕南道鳴皋山下，將宿大安民舍。會暮，不至。更十餘里行〔三〕。一道甚易。夜月始出，忽聞有異香氣，因趨進行，不知狀遠〔四〕。見火明，意謂莊家。更前驅，至一大宅，門庭若富豪家。黃衣閽人曰："郎君何至？"余答曰："僧孺，姓牛，應進士落第歸家〔五〕。本往大安民舍，誤道來此。直乞宿，無他。"中有小髻青衣出，責黃衣曰："門外誰何一作門外爲誰？"黃衣曰："有客。"黃衣入告，少時，出曰："請郎君入。"余問誰氏宅。黃衣曰："第進，無須問。"入十餘門，至大殿。殿蔽以珠簾，有朱衣紫衣人百數，立階陛間〔六〕。左右曰："拜。"一有遂拜於字殿下。簾中語曰："妾漢文帝母薄太后。此是廟，郎不當來。何辱至？"余曰："臣家宛下〔七〕，將歸，失道。恐死豺虎，敢託命乞宿，太后幸聽受。"太后遣軸簾，起席曰："妾故漢室老母〔八〕，君子唐朝名士，不相君臣，幸無簡敬〔九〕，便上殿來見。"太后着練衣，狀貌瑰偉，不甚粧飾，慰余曰〔一〇〕："行役無苦乎？"召坐。食頃，聞殿內有笑聲〔一一〕。太后曰："今夜風月甚善一作佳，偶有二女侍一作伴相尋，況又遇佳賓，不可不成一會。"呼左右："屈兩箇娘子出見牛秀才。"良久，有二女子從中至，從者數百。前立者一人，狹腰長面，多髮不粧，衣青衣，僅可二十餘。太后顧指曰："此高祖戚夫人。"余下拜，夫人亦拜。更有一人，圓題柔臉，穩身貌舒，光彩射遠近，時時好曠，多服花繡，年低薄后。后指顧曰："此元帝王嬙。"余拜如戚夫人，王嬙復拜。各就坐。坐定，太后使紫衣中貴人曰："迎楊家、潘家來。"久之，空中有五色雲下，聞笑語聲寖近。一有太字后曰："楊、潘至矣。"忽車音馬跡相雜，羅錦綺繡列，旁視不給。有二女子從雲中下，余起侍〔一二〕。前立者一人，纖腰身修睟，容甚閒暇，衣黃衣，戴玉冠〔一三〕，年三十以來。太后顧指曰："此是唐朝太真

妃。"余即伏謁，肅拜如臣禮。太真曰："妾得罪先帝，皇朝不置妾
在后妃數中[一四]，此禮豈不虛乎？不敢受。"却答拜。更一人厚肌
敏視，身小，材質潔白，齒極卑，被寬博衣。太后顧而指曰："此齊
帝潘淑妃。"余拜如王昭君，妃復拜。既而太后命進饌[一五]。少焉
食至，芳潔萬品[一六]，皆不得名字。粗欲充腹[一七]，不能足。食
已，更置酒[一八]，其器盡寶玉。語太真曰："何久不相看？"太真謹
容對曰："三郎數幸華清，扈從不暇至。"太后又謂潘妃曰："子亦不
來，何也？"潘妃匿笑不禁，不成對。太真視潘妃一有而對曰："潘妃
向玉奴說，懊惱東昏侯一有疏字狂，終日出獵，故不得時謁
耳[一九]。"太后問余曰："今天子一有爲字誰[二〇]？"余對曰："今皇
帝，名适，代宗皇帝長子。"太真笑曰："沈婆兒作天子也，大奇！"太
后曰："何如主？"余對曰："小臣不足以知君德。"太后曰："然無
謙，第言之。"余曰："民間傳英明聖武。"太后首肯三四。太后命進
酒加樂，樂妓皆少年女子[二一]。酒環行數周，樂亦隨輟。太后請
戚夫人鼓琴，夫人約指以玉環，光照手《西京雜記》云：高祖與夫人百鍊
金環，照見指骨，引琴而鼓[二二]，聲甚怨。太后曰："牛秀才邂逅逆旅
到此，又諸娘子偶相訪，今無以盡平生歡，牛秀才盍各賦詩言志，
不亦善乎？"遂各授以牋筆，逡巡詩成。薄后詩曰："月寢花宮得奉
君，至今猶愧管夫人。漢家舊日笙歌地，烟草幾經秋又春。"王嬙
詩曰："雪裹穿廬不見春，漢衣雖舊淚長新。如今猶恨毛延壽，愛
把丹青錯畫人。"戚夫人詩曰："自別漢宮休楚舞，不能粧粉恨君
王。無金豈得迎商叟，呂氏何曾畏木强。"太真詩曰："金釵墮地別
君王，紅淚流珠滿御床。雲雨馬嵬分散後，驪宮無復聽霓裳。"潘
妃詩曰："秋月春風幾度歸，江山猶是鄴宮非。東昏舊作蓮花地，

空想曾拖金縷衣。"再三趣余作詩,余不得辭,遂應教作詩曰:"香風引到大羅天,月地雲階拜洞仙[二三]。共道人間惆悵事,不知今夕是何年。"別有善笛女子,短鬟,衫吳帶,貌甚美,多媚,與潘氏偕來。太后以接坐居之,時令吹笛,往往亦及酒。太后顧而謂曰:"識此否? 石家緑珠也。潘妃養作妹,故潘妃與俱來。"太后因曰:"緑珠豈能無詩乎?"緑珠拜謝,作詩曰:"此地人非昔日人[二四],笛聲空起一作怨趙王倫。紅牋鈿碎一作紅殘緑碎花枝下,金谷千年更不春。"太后曰:"牛秀才遠來,今夕誰人與伴?"戚夫人先起辭曰:"如意成長,固不可。且不宜如此,況實爲非乎?"潘妃辭曰:"東昏侯以玉兒妃名身死國除,不擬負他。"緑珠辭曰:"石衛尉性嚴忌,今有死,不可及亂。"太后曰:"太真今朝先帝貴妃,固勿言他。"乃謂王嬙曰:"昭君始嫁呼韓單于一有後字,復爲姝絫效追[二五]一本作爲株絫若羆單于婦,固自用。宜苦寒地胡鬼何能爲? 昭君幸無辭。"昭君不對,低眉羞恨。俄各歸休。余爲左右送入昭君院。會將旦,侍人告起得也,昭君泣以持別。忽聞外有太后命,余遂見太后。太后曰:"此非郎久留地,宜亟還。便别矣,幸無忘向來歡。"更索酒。酒再行。戚夫人、潘妃、緑珠皆泣下,竟辭去。太后使朱衣人送往大安邸西道,旋失使人行往一本作所在字。時始明,余就大安里。問其人,人曰:"去此十數里,有薄后廟。"余却望廟,荒毁不可人,非向見者。余衣上香,經年不歇,竟不知其一作如何。

## 箋 校

〔一〕本文又載《叢刊》本、傅校本李集之外集卷四。此處僅據陸氏校勘、傅校本相參校。本文傳本較多,有顧元慶《文房小説》本,《太平廣記》卷四八九引此文,但與李集所附之文出入太多,此不持校,以免枝蔓。

〔二〕余貞元中　原作“余真元中”,《叢刊》本同。按“真”字誤,據傅校本改。

〔三〕更十餘里行　原作“更十餘里”,《叢刊》本同。據傅校本補“行”字。

〔四〕不知狀遠　傅校本作“不知厭遠”。

〔五〕歸家　原作“往家”,《叢刊》本同。按“往”字誤,據陸氏校勘、傅校本改。

〔六〕立階陛間　原作“立階下間”,《叢刊》本同。按此於義不合,據陸氏校勘改。傅校本作“立階陛阤間”。

〔七〕臣家宛下　原作“巨葉宛下”,《叢刊》本同。按此於義不合,據傅氏校勘改。

〔八〕妾故漢室老母　原作“妾故漢文君母”,《叢刊》本同。按此於義不合,據陸氏校勘、傅校本改。

〔九〕幸無簡敬　《叢刊》本同。陸氏校勘、傅校本作“幸希簡敬”。

〔一〇〕不甚粧飾慰余曰　《叢刊》本同。陸氏校勘、傅校本作“不甚年高勞余曰”。

〔一一〕食頃聞殿内有笑聲　原作“食頃聞殿内庖厨聲”,《叢刊》本同。按此於義不合,據陸氏校勘、傅校本改。

〔一二〕余起侍　原作“余超侍”,《叢刊》本同。按“超”字誤,據陸氏校勘、傅校本改。

〔一三〕戴玉冠　原作“戴黄冠”,《叢刊》本同。今據陸氏校勘、傅校本過録。

〔一四〕皇朝不置　原作“皇朝不然”,《叢刊》本同。按“然”字誤,據陸氏校勘、傅校本改。

〔一五〕既而　原作"□□",《叢刊》本同。按此缺二字,據陸氏校勘補。
　　　傅校本作"既而畢"。

〔一六〕芳潔萬品　《叢刊》本同。陸氏校勘、傅校本作"芳潔萬端"。

〔一七〕粗欲充腹　《叢刊》本同。陸氏校勘、傅校本作"但欲充腹"。

〔一八〕更置酒　《叢刊》本同。陸氏校勘、傅校本作"更具酒"。

〔一九〕故不得時謁耳　原作"故不得時謁",《叢刊》本同。今據傅校本補
　　　"耳"字。

〔二〇〕今天子(一有爲字)誰　原作"今天子(一有爲)誰",《叢刊》本同。
　　　今據陸氏校勘補"字"字。

〔二一〕樂妓皆少年女子　原作"樂皆少年女子",《叢刊》本同。按此奪
　　　"妓"字,據傅校本補。

〔二二〕引琴而鼓　原作"引琴而(一有鼓字)",《叢刊》本同。今從傅校
　　　本改。

〔二三〕月地雲階拜洞仙　傅校本作"月地花宮拜洞仙"。

〔二四〕此地人非昔日人　原作"此地元非昔日人",《叢刊》本同。按此於
　　　義不合,據傅校本改。

〔二五〕復爲姝粂效追　原作"復爲姝粂效追",《叢刊》本同。按"粂"字刊
　　　誤,據陸氏校勘、傅校本改。

## 梁武論〔一〕所論出於釋氏,故全以釋典明之

世人疑梁武建佛刹三百餘所,而國破家亡,其禍甚酷〔二〕,以
爲釋氏之力,不能拯其顛危。余以爲不然也。釋氏有六波羅密,
檀波羅密是其一也。又曰:"難捨能捨。大者頭目支體,其次國城
妻子,此所謂難捨也。"余嘗深求此理。本不戒其不貪,能自微不

有其寶，必不操人所寶[三]，與老氏之無欲知足，司城之不貪爲寶，其義一也。庸夫謂之作福，斯爲妄矣。而梁武所建佛刹，未嘗自損一毫。或出自有司，或厚斂氓俗[四]，竭經國之費，破生人之產，勞役不止，杼柚其空，閏位偏方，不堪其弊，以徼身福，不其悖哉？此梁武所以不免也。

## 箋　校

〔一〕本文又載《英華》卷七四七、《叢刊》本、傅校本、《四庫》本李集之外
集卷四、《全文》卷七一〇。《英華》題作“梁武帝論”。

〔二〕其禍甚酷　《全文》作“殘禍甚酷”。

〔三〕必不操人所寶　原作“必不懆人所寶”，《叢刊》本、《四庫》本同。
按“懆”字誤，據傅校本、《全文》改。《英華》作“必不貪人所寶”。

〔四〕或厚斂氓俗　原作“或厚歛垊俗”，《叢刊》本同。按“垊”字誤，據
《英華》、傅校本、《四庫》本、《全文》改。

## 喜徵論[一]

陸賈稱螼子垂而百事喜[二]，不徵其故何也。凡人將有喜兆，必垂於冠冕。余常思之，蓋以人肖圓方之形，禀五行之氣，有生之最靈者也。如景如火，忽有歆然感氣，發於圓首之上。其榮盛也，如陽氣發生，烟熅涵煦[三]；其變衰也，如秋氣索然，寂寞沉悴。雖不能自覩，其鑑明者，必可察之。唐舉、許負，疑用此術，所以望表而知窮達。何以明之？淑春愛景，必有螼子垂於簷楹之間；室有明燭膏燘[四]，必垂於屏幃之際。喜氣將盛，故集於冠冕之上。以此推之，無所逃也。

〔一〕本文又載《叢刊》本、傅校本、《四庫》本李集之外集卷四、《全文》卷
　　　七一〇。

〔二〕百事喜　原作“百事禁”，《叢刊》本、《四庫》本同。按“禁”字誤，
　　　據《古今合璧事類備要》別集卷九四引李德裕《喜徵論》改。

〔三〕烟煴涵煦　原作“烟涵煴煦”，《叢刊》本、《四庫》本同。按“涵煴”
　　　二字倒誤，據傅校本、《全文》改。

〔四〕室有明燭膏鑪　原作“室有明燭膏爐”，《叢刊》本、傅校本、《四庫》
　　　本同。按“爐”字誤，據陸氏校勘、《全文》改。


# 後　序 ［一］


　　唐有天下，幾三百年，賢相名儒，接武而出，固未易歷數也。
然考其功烈、文章，光明偉大卓然足以垂不腐者，蓋亦無幾。自
房、杜、姚、宋之後，相之有聲者，衛公李文饒；而王、楊、燕、許之
後，儒之可宗者，文公韓退之而已。故世之論衛公者，必以功烈
言，而鮮及於文章；論文公者，必以文章稱，而或略於功烈。殊不
知衛公之文章，常出乎功烈之外；而文公之功烈，不在乎文章之
下。借令衛公當文公時，則必以文章顯矣；文公得衛公位，則必以
功烈著矣。觀《幽州紀聖功碑》、《異域歸忠傳序》，會昌功烈，非
衛公孰能形容之？文公論淮蔡之敗，可立而待；折王庭湊之兇焰，
而奪之氣。胸中所蘊，固不止於文章也。夫道之在天下，操之則
爲心，盡之則爲性，持之則爲志，養之則爲氣，存之則爲神。是道

也,見之設施,則爲功烈;寓之言語,則爲文章。易地皆然,豈有彼此之異哉？元和十五年,文公嘗爲袁州刺史。大和八年,衛公亦嘗爲袁之長史。文公之去袁也,崇廟貌以祀之,列豐碑以記之,其文集之行於世者,又鋟木於郡庠。至於衛公,則不然。祠堂數椽地,石刻數尺許,蕭然岑蔂之上,佛屋之側。文之流傳者,僅有十五賦,其全集則未之見。豈世之知衛公者,一於功烈,鮮及於文章歟？紹興己卯冬,建安□□□□□[二]邵公來守是邦,下車之初,首訪韓、李遺集,而衛公文集,獨未有表而出之[三]以下缺。

## 箋 校

〔一〕本文又載《叢刊》本、傅校本李集之外集之後,即袁州刊版後序。作時爲南宋紹興己卯,即公元一一五九年。文殘缺不全,作者不詳。

〔二〕建安□□□□□ "建安"下諸本均缺五字。

〔三〕表而出之 "表而出之"下諸本缺佚。

# 李衛公集補<sup>〔一〕</sup>

# 文

## 賜新授太子太師杜衍制<sup>〔二〕</sup>以下九首明本原缺,據《全唐文》録補

卿道崇德茂,體方行正。業成廊廟,心存丘壑。往以時事,來遷宰旅。秉此難進,確然莫奪。雖違乂辟之望,實有鎮浮之益。深惟元老,想見高風。師範之尊,東宮莫二。舉兹崇秩,明昭有德。公器斯在,雅道有光。宜略常謙,即膺成制。

## 箋  校

〔一〕李德裕文集三十四卷之外,《全唐詩》於德裕詩有所補輯。《四部叢刊》本據《全唐文》、陸心源《唐文拾遺》補文若干;又據《全唐詩》、席刻《唐詩百家全集》補詩及殘句若干。其中所補也有非德裕所作者。兹據《叢刊》之《李衛公集補》所補次序,校録訂正。

〔二〕傅璇琮《李德裕年譜》大中三年載:"《賜新授太子太師杜衍制》,杜

衍爲宋朝人，此文顯然不是德裕所作。陸心源《儀顧堂題跋》卷十二《新刻李衛公集跋》即已指出：‘右《李衛公集》三十四卷，江蘇新刻本，後附補遺一卷，不知何人所輯。首載《新授太子太師杜衍制》，制詞有云“往以時事，來還宰旅”及“深惟元老”等語，則其人必宰相也。查唐世宰相姓杜十一人，曰如晦，曰淹，曰元穎，曰審權，曰讓能，曰黃裳，曰佑，曰悰，曰正倫，曰鴻漸，曰暹，無名衍者。惟宋宰相杜衍曾爲太子太師，李燾《續資治通鑑長編》有云：……是則此文乃宋杜衍遷官制也，安得出衛公手？’陸氏所考甚是。”據此，知本文爲補輯者誤收。

本文載《全文》卷六九八。

## 與黠戛王書〔一〕

皇帝敬問黠戛王，時及陽和，想比佳適。注吾合素等至，省表並進馬事，具悉。國王陰山雄勁，朔野英雄，包智略以周身，推誠明而有衆，聲高夷落，威重藩疆。專遣使臣，遠獻名馬，嚮化之誠既展，輸忠之效頗明。臨軒省章，輟食嘉歎，眷言忠藎，寧忘寢興。頃於貞觀中，彼國常奉朝貢，亦授官爵，寵賜而還。爾後但訝音耗久乖，不知中爲回鶻所隔。及覽來表，方嘉壯圖。蓄銳多年，乘機大舉，快雪冤憤，豁開心懷。回鶻之營壘既平，國家之山河不間，既爲鄰境，遂閱貢章。又知破回鶻之時，取得太和公主，特遣專使，送歸闕庭。雖聞行至中途，却爲回鶻所奪，在國王遵以禮義，推之和寧，遠同族之譏嫌，厚親鄰之恩信，賢明如此，愧慰難名。回鶻頃以失國爲詞，款塞相託。朕以勳親是念，拯卹屢加。曾不知恩，漸開稔惡，賤棄公主，侵暴平人，日尋干戈，時竊牛馬。朕爲全舊好,不下明誅。歲月滋深,邊防將倦,各用長策,繼彰殊勳。焚帳幕而公主歸還,透網羅而元惡逃遁。顧其餘類,何所寄生?國王遠聞,想同深慰[二]。然猶恐奔竄,尚有兇姦,又慮侵彼封疆,將復讐怨。國王亦須嚴爲備擬,善設機謀,同務討除,盡其根本,無貽後患,勉繼前修。親仁善鄰,惟彼與此,勿謂遐遠,常存寤思。因注吾合素回,且先詔示。其他禮命,續專遣使宣慰。想宜知悉。

會昌三年(八四三)二月中旬

## 箋　校

〔一〕《編證》收錄本文,並曰:"此篇明本原缺,由畿本輯補。"《編證》目
　　錄本文後注:"約三年三月後。"今合諸史考之,仍在三年二月。
　　《舊書》卷一八上會昌三年二月"黠戛斯使注吾合素入朝,獻名馬
　　二匹,言可汗已破迴鶻,迎得太和公主歸國,差人送公主入朝,愁迴
　　鶻殘衆,奪之於路。帝遂遣中使送注吾合素往太原迎公主"。據
　　《通鑑》會昌三年二月下《考異》引《實録》:"辛未,注吾合索始至,
　　命趙蕃飲勞之。"辛未爲十二日。《會要》卷六《和蕃公主·雜録》:
　　"三年二月,太常禮院奏,……其月二十五日,公主自蕃還京。"注
　　吾合素於二月十二日到京,不久即往太原。公主於二月二十五日
　　到京,則知注吾合素往太原應在二月中旬。
　　《編證》論本文標題謂"對北荒君長,應稱可汗,不稱王(上篇亦稱
　　敬問紇扢斯可汗)。今題《與黠戛王書》,又文内之'敬問黠戛王',
　　余謂皆經後人改定者"。然文集卷九《代李丕與郭誼書》有云:"近
　　黠戛斯國王遣將軍百餘人入朝,請發本國兵四十萬襲逐可汗。"則
　　岑説又不盡然。
　　本文又載《英華》卷四七〇、《全文》卷七〇〇。

〔二〕想同深慰 《英華》作"想同深(一作與同)慰"。

## 薦處士李源表[一]

臣伏見賈誼云："守圉捍敵之臣誠死城郭封疆。故曰聖人有金城者,比物此志也。"自天寶之後,俗尚浮華,士罕仗義,人懷苟免,至有棄城郭委符節者,其身不以爲恥,當代不以爲非。臣恐風俗既成,紀綱皆廢,此當今之急務,教化所宜先也。臣訪聞處士李源,即故禮部尚書、東都留守、贈司徒、忠烈公憕之少子,天與貞孝,嗣兹忠烈。以父死國難,哀纏終身,自司農寺主簿絕心祿仕,垂五十年,放懷山澤,罕至人落。暨於衰暮,多依慧林佛寺。以其本憕別業,就寓殘生,從僧住持,不舉烟爨,隨僧一食,以至五十餘年,嗜欲靡窺,精粗同衆。寺之舊殿,則憕之寢堂,源過必敬趨,未嘗登踐。其端心執孝,無有不至,忘形患苦,絕意貪緣,迎斥浮虚,就專志節。則孰能挺操不易,沈身無聲,處薄自頤,終老彌篤。且憕之忠烈,實冠古今。當逆羯屠陷,飈驅響從,而憕抗節誓心,約義同列,居朝守位,抵刃就終。臣節之光,緜憕益勸。而源名銷迹滅,徵訪不加,實主於居方之臣[二],歷政之闕也。況源嘗守沈默,不語是非。或心交静求,理契深要,一言開析,百慮洗然,致君皐時,指象如見。抱此貞用,棄於清朝,臣竊爲陛下深惜。伏乞就授一官,召赴京闕,仍以事迹,宣付史館。則聖代有求賢之盛,朝廷美得材之難。憕之貞烈如存,源之承荷不墜,忠孝之美,並集憕門。光嗣德於一時,激爲臣於千古。

長慶二年(八二二)三月

〔一〕《會要》卷五五《省號下·諫議大夫》載:"長慶二年三月,以處士李
　　　源爲諫議大夫。詔曰……。御史中丞李德裕抗表薦,故有是命。
　　　時源年已八十餘。"

　　　本文載《全文》卷七〇〇。

〔二〕主於居方之臣　"於",《册府》卷四六八作"土"。

## 請宣賜鶴林寺僧謚號奏[一]

　　潤州鶴林寺故禪師玄素[二],傳牛頭山第五祖智威心法,是徑
山大覺之師。伏請依釋門例,賜謚號大額。

大和三年(八二九)

## 箋　校

〔一〕本文爲德裕任浙西觀察使時所作。德裕於長慶二年至大和三年在
　　　浙西。據劉禹錫《牛頭山第一祖融大師新塔記》(《劉禹錫集》卷
　　　四)載,大和三年,李德裕在浙西爲法融修塔。其爲玄素禪師請賜
　　　謚號,或當在同時。

　　　本文載《全文》卷七〇一。

〔二〕玄素　原作"元素",《叢刊》補遺同。按"玄"字清諱,《全文》避諱
　　　作"元"。《五燈會元》卷二《金陵牛頭山威禪師法嗣》下有"潤州鶴
　　　林玄素禪師"者,即德裕此文所奏之人,因改。

## 請罷呈榜奏[一]

　　舊例,進士未放榜前,禮部侍郎遍到宰相私第,先呈及第人
名,謂之呈榜。比聞多有改換,頗致流言。宰相稍有寄情,有司固

無畏忌，取士之濫，莫不繇斯。將務責成，在於不撓，既無取舍，豈必預知？臣等商量，今年便任有司放榜，更不得先呈臣等，仍向後便爲定例，如有固違，御史糾舉。

大和八年（八三四）正月

## 箋　校

〔一〕《會要》繫本文於大和八年正月，《册府》繫本文於會昌三年正月，當是大和時先有此奏，會昌時再申前所建議。故訂本文作時爲大和八年正月。

本文載《全文》卷七〇一、《册府》卷六四一《貢舉部》。《會要》卷七六《貢舉中·進士》所載此文，文字有異，今附錄於下："進士放榜，舊例，禮部侍郎皆將及第人名先呈宰相，然後放榜。伏以委任有司，固當精慎，宰相先知取舍，事匪至公。今年以後，請便令放榜，不用先呈人名。其及第人所試雜文及鄉貢三代名諱，並當日送中書門下，便合定例。"

## 停進士宴會題名疏[一]

奉宣旨，不欲令及第進士呼有司爲座主，趨附其門，兼題名、局席等，條疏進來者。伏以國家設文學之科，求貞正之士，所宜行敦風俗，義本君親，然後升於朝廷，必爲國器。豈可懷賞拔之私惠，忘教化之根源？自謂門生，遂成膠固。所以時風寖薄，臣節何施？樹黨背公，靡不由此。臣等商量，今日已後，進士及第，任一度參見有司，向後不得聚集參謁，及於有司宅置宴。其曲江大會朝官，及題名、局席，並望勒停。緣初獲美名，實皆少雋，既遇春節，難阻良遊。三五人自爲宴樂，並無所禁。惟不得聚集同年進士,廣爲宴會。仍委御史臺察訪聞奏。謹具如前。

會昌三年(八四三)十二月二十二日

## 箋　校

〔一〕《唐摭言·慈恩寺題名遊賞賦咏雜記》條有云“會昌三年,贊皇公
　　　爲上相,……(十二月)二十二日,中書覆奏”。所載奏疏即是本
　　　文,故訂本文作時爲會昌三年十二月二十二日。
　　　本文載《全文》卷七〇一、《唐摭言》卷三。

論喪葬踰制疏<sup>〔一〕</sup>

　　緣百姓厚葬<sup>〔二〕</sup>,及於道途,盛陳祭奠,兼設音樂等。閭里編
甿,罕知教義,生無孝養可紀,没以厚葬相矜。器仗僭差,祭奠奢
靡,仍以音樂,榮其送終。或結社相資,或息利自辦,生産儲蓄,爲
之皆空<sup>〔三〕</sup>。習以爲常,不敢自廢,人户貧破,抑此之由。今百姓
等喪葬祭奠,並請不許以金銀錦繡爲飾。其陳設樂音者,及葬物
稍涉僭越者,並勒毁除<sup>〔四〕</sup>。結社之類,任充死亡喪服糧食等用
使,如有人犯者<sup>〔五〕</sup>,並準法律科罪。其官吏已上不能糾察,請加
懲責。仍請委出使郎官御史察訪。臺司伏請令文及故實不載者
令更條檢校官,令文不載令請檢校官一品二品請同五品,五品已
下並請同九品。如有曾任正官,依本官品第儀則。其准敕試官亦
同九品儀。如升朝官者,請據本官品第升降關例。凡喪皆有品
第,恐或無知之人,妄稱官秩。自今以後,除升朝官見任官亡殁
外,餘官去事前五日,須除將告語或敕牒於本巡使呈過,判押文
狀,行人方可供應。佐命殊功,當朝立功,名傳遐邇,特敕優旨,准
會典例,本品數十分加三分,不得别爲華飾。右具本朝舊本例如

前。今後令兩巡使祇據官秩品級與判狀，其餘一物已上，不得增加。兼勒驅使官與金吾司並門司同力轄鈐，如有大段踰越，即請據罪科斷行人，兼不得追領。喪葬之家，別有勘責。奉敕，如過制度，不許尺寸事數，其假賃行人徒二年。喪葬之家，即不問罪，仍付所司。

長慶三年（八二三）十二月

**箋　校**

〔一〕《會要》卷三八《葬》載本文，文後半文字出入較大。其云：“長慶三年十二月，浙西觀察使李德裕奏。”奏疏即本文。故從《會要》訂本文作時爲長慶三年十二月。

　　本文又載《全文》卷七〇一。

〔二〕緣百姓厚葬　《全文》作“應百姓厚葬”。按“應”字，《會要》作“緣”字，義較勝，據改。

〔三〕生産儲蓄爲之皆空　《會要》作“生産以之皆空”。

〔四〕及葬物稍涉僭越者並勒毀除　《會要》作“其葬物涉於僭越者勒禁”。

〔五〕如有人犯者　按此下至文末《會要》未載。《會要》於“任充死亡喪服糧食等用”以下別有一段文字爲《全文》所無，今附録於下：“伏以風俗之弊，誠宜改張。緣人心習於僭越，莫肯循守，纔知變革，尋則隳違。臣今已施行，人稍知勸，若後人不改，積漸還淳。伏請臣當道自今以後，如有人却置，准法科罪。其官吏以下不能節級懲責，仍請常委出使郎官御史訪察。所冀遐遠之俗，皆知憲章。”

## 次柳氏舊聞序〔一〕

大和八年秋八月乙酉，上於紫宸殿聽政，宰臣涯以下奉職事。

上顧謂宰臣曰：“故内臣高力士終始事迹，試爲言之。”臣涯謹奏云：“上元中，使臣柳芳得罪竄黔中，時力士亦從事巫州，因與周旋。力士以舊嘗司史[二]，爲芳言先時禁中事，皆芳所不能知。而芳亦有質疑者，芳默識之。及還，編次其口語[三]，號曰‘問高力士説’。”上曰：“令訪史氏取其事書之[四]。”臣涯等既奉詔，乃詣芳孫度支員外璟詢事。璟曰：“某祖芳前從力士問，覼縷未竟，復著唐曆，採摭義數尤相近者以傳之[五]。其録或秘不敢宣，或怪奇非編録所宜及者，不以傳。”今按求其書甚實[六]。臣德裕亡父先臣與芳子吏部郎冕貞元初俱爲尚書郎[七]，後謫官[八]，亦俱東出，道相與語，遂及高力士説，且曰：“彼皆目覩，非出傳聞，信而有徵，可爲實録。”先臣每爲臣言之。臣伏念所臆授凡有十七事，歲祀久更，遺稿不傳。臣德裕非黄瓊之練達，能習故事[九]；愧史遷之該博，唯次舊聞。懼失其傳，不足以備大君之問。謹録如左，以補史官之缺云。

大和八年（八三四）九月

## 箋　校

〔　一〕《舊書》卷一七下《文宗本紀》載大和八年九月“己未，宰臣李德裕進《御臣要略》及《柳氏舊聞》三卷”。今據其奏進之時，訂本文作時爲大和八年九月。

本文載《全文》卷七〇七、《顧氏文房小説》本、丁如明輯校《開元天寶遺事十種·次柳氏舊聞》（上海古籍出版社一九八五年出版）。《説郛》卷四四《次柳氏舊聞》卷首節録本文。

〔　二〕力士以舊嘗司史　“舊”，《顧氏文房小説》作“芳”。

〔　三〕編次其口語　《顧氏文房小説》作“編次其事”。

〔四〕令訪史氏取其事書之 《顧氏文房小説》作“令訪史氏取其書”。

〔五〕義數 《顧氏文房小説》作“義類”。

〔六〕今按求其書甚實 《顧氏文房小説》、《開元天寶遺事十種》作“今按求其書亡失不獲”。

〔七〕貞元初俱爲尚書郎 《全文》作“開元初俱爲尚書郎”，誤。德裕父李吉甫貞元時曾任屯田員外郎、駕部員外郎等職，非開元時人。今據史實及《顧氏文房小説》、《説郛》改。

〔八〕後謫官 《全文》作“後官”，按此奪“謫”字，據《顧氏文房小説》、《開元天寶遺事十種》補。《説郛》作“後謫宦”。

〔九〕非黃瓊之練達能習故事 《全文》作“非黃瓊之練習”。按此與下文“愧史遷之該博唯次舊聞”不成四六對句，應有奪誤，今據《顧氏文房小説》校補。

## 大和新修辨謗略序<sup>〔一〕</sup>

臣聞行險而言闕上者，非謂謗也，是實之所招也；蹈仁而被誣者，非己所召，是盜之所憎也。夫理身絶嫌，人臣止謗之術；膚受不納，人君辨謗之明。然則正者邪之所仇，直者曲之所矯；有能爲不才所忌，有功爲無庸所嫉。四者苟立，四謗必隨。況僞必亂真，佞實似智。鑠金之口，不謀而同唱；成雷之蚊，未響而先合。以群陰而蔽孤陽，以衆比而排獨立，結其禍患，咸本謗言。莫不巧中於隱伏之微，善成於疑似之際，忠賢被之，無以自辨，亦良可哀哉！伏維皇帝陛下體乾坤簡易之德，合日月無私之照，視聽自天，神明其化，惡淫哇之亂聽，疾紫色之眩目，聖其讒説，常詠格言。臣等將順天聰，綴緝舊典，發東觀藏書之室，得元和辨謗之文，辭過萬言，書成十卷。以其廣而寡要，繁則易蕪，方鏡情僞之源，尤資詳略之當，遂再加研考。所以理昔賢被誣之狀，表前王善鑑之明，實願視則倚衡，居則宥坐，絕其根柢，永杜其來。必也視之於未形，鑑之於無象，方夏后《盤盂》之誡，比周王《玉几》之銘，測深慮遠，取爲殷鑑，使播揚有所消其象，姜菲無以成其文，忠臣得納其誠，武臣得盡其力矣。於是徵之周秦，覃及聖代，必極精簡，有合箴規，特立新編，裁成三卷，謹繕寫封進。臣等上奉宸謀，竭其鑽仰，敢不虔序聖旨，冠於篇首云。

大和七、八年間（八三三至八三四）

## 箋　校

〔一〕陳振孫《直齋書錄解題》卷五典故類載李德裕撰《大和辨謗略》三卷，並云：“初，憲宗命令狐楚爲《元和辨謗略》十卷，錄周秦漢魏迄隋忠賢罹讒謗事迹。德裕等刪其繁蕪，益以唐事，裁成三卷，大和中上之。集賢學士裴潾爲之序。”但《全文》將此文歸入李德裕名下。今姑從《全文》，以本文爲李德裕作。

德裕於大和七年二月至八年十月任宰相，《大和辨謗略》三卷爲其大和任相時所裁定，序文當爲裁定後所作。故訂本文作時爲大和七、八年間。

本文載《全文》卷七〇七。

## 奏回鶻事宜狀〔一〕

## 請發陳許軍馬狀

## 賜王宰詔意

## 箋　校

〔一〕《叢刊》之《李衛公集補》録以下三文，注明：“明本有目無文，據陸
心源《唐文拾遺》録補。”並注謂三文出“影宋本《會昌一品集》”，實
即出鮑宋樓本《李文饒文集》。《奏回鶻事宜狀》已補入文集卷一
四。陸氏校勘曰：“此文在《論振武以北事宜狀》後，嘉靖、萬曆兩
本皆缺，今據影宋本補。”《請發陳許軍馬狀》已補入文集卷一五，
在《請賜弘敬詔狀》之後。陸氏校勘曰：“《請發陳許軍馬狀》在《論
彦佐劉沔狀》前，嘉靖、萬曆兩刻皆缺，今據影宋本抄補。”《賜王宰
詔意》已補入文集卷七。陸氏校勘曰：“《賜王宰詔意》一首，在《賜
石雄詔意》之前，嘉靖、萬曆兩刻皆缺，今據影宋本抄補。”

# 詩

## 鴛鴦篇〔一〕

## 箋　校

〔一〕本篇《叢刊》之《李衛公集補》於題下注：“明本有目無詩，據《全唐
詩》録補。”按此已補入別集卷四。

## 上巳憶江南禊事〔一〕

黄河西繞郡城流，上巳應無祓禊遊。爲憶渌江春水色，更無宵夢
向吳洲。

大和四年（八三〇）三月

## 箋　校

〔一〕《叢刊》之《李衛公集補》於題下注："以下七首明本原缺，據《全唐詩》錄補。"按《全詩》卷三〇八張志和名下誤收此詩。考劉禹錫有《和滑州李尚書上巳憶江南禊事》詩（《劉禹錫集》卷三七），故此當爲李德裕大和四年春三月在滑州刺史任上所作。

## 北固懷古 [一]

自有此山川，於今幾太守。近世二千石，畢公宣化厚。丞相量納川，平陽氣衝斗。三賢若時雨，所至躋仁壽。

寶曆元年（八二五）

## 箋　校

〔一〕傅璇琮《李德裕年譜》寶曆元年曰："德裕有《晚下北固山喜松徑成陰悵然懷古偶題臨江亭》詩，但全篇已不存，佚句可以考見的凡十一句，《全唐詩》所載《北固懷古》即是其中八句，題作'北固懷古'者不確，應改爲原詩題。至於此詩所作的年代，也可據《嘉定鎮江志》考定。其書卷十四《唐潤州刺史》門李德裕條云：'寶曆元年，上《丹扆六箴》。……是年，德裕有遊北固山詩。元稹和之，云"自公鎮南徐，三換營門柳"。'其下注云'以李衛公年譜參定'。《嘉定鎮江志》編纂者爲南宋人盧憲，書中載李德裕事，數處引《李衛公年譜》。此譜未知何人所作，當出於宋人之手。時德裕與元稹詩存者較後世爲多，故能資以援引。……可知（此詩）即作於寶曆元年。"

兹據《李德裕年譜》恢復原詩題、原詩位置及補入佚句如下：《晚下北固山喜松徑成陰悵然懷古偶題臨江亭》：□□□□□，□□□□

柳。□□□□□，□□□□久。□□□□□，□□□□阜。自有此
山川，於今幾太守？憶昔蔡與謝，茲焉屢回首。□□□□□，□□
□□口。□□□□□，□□□□吼。□□□□□，□□□□後。
□□□□□，□□□□朽。□□ □□□，□□□□有。近世二千
石，畢公宣化厚。丞相量納川，平陽氣衝斗。三賢若時雨，所至躋
仁壽。凜凜君子風，余將千載友。（丞相謂陸兗公，尚書謂畢隆擇，
平陽謂齊詹事澣，三賢皆歷此郡。）□□□□□，□□□□偶。
□□□□□，□□□□綬。□□□□□，□□□□苟。□□□□
□，□□□□酒。□□□□□，多景懸窗牖。□□□□□，
□□□□負。”

復按：此詩《全詩》存八句。傅璇琮《李德裕年譜》據劉禹錫和詩自
注“依本韻”，考得李詩原韻二十韻四十句，並從《嘉定鎮江志》卷
一四補“凜凜”二句，從同書卷一二補“班劍出妓堂”一句，可惜僅
存單句，不能考知其下句所押之韻。陳尚君《全唐詩補編》卷二九
據《輿地紀勝》卷七補“憶昔”二句，從《墨莊漫錄》卷四補“多景”
一句。

# 汨　羅[一]

遠謫南荒一病身，停舟暫弔汨羅人。都緣靳尚圖專國，豈是懷王
厭直臣。萬里碧潭秋景靜，四時愁色野花新。不勞漁父重相問，
自有招魂拭淚巾。

## 箋　校

〔一〕汨羅江注入洞庭湖。李德裕大中二年南貶潮州途經洞庭湖時值春
　　二月。此詩寫秋景，時令不符，可能出於後人僞託。

## 嶺外守歲一作李福業詩[一]

冬逐更籌盡，春隨斗柄回。寒暄一夜隔，客鬢兩年催。

### 箋　校

〔一〕《全詩》卷四五李福業下亦載此詩，題下注"一作李德裕詩"。按李
　　德裕大中二年正月初三由洛陽南下潮州貶所，五月抵潮州。九月
　　再貶崖州司户，大中三年正月方達崖州。大中二年歲暮，李德裕正
　　在貶崖州的途中，與詩中所述守歲情狀不甚相合，似以李福業詩
　　爲是。

## 訪韋楚不遇[一]

昔日徵黃綺，余慚在鳳池。今來招隱士，恨不見瓊枝。

開成元年（八三六）九月至十一月

### 箋　校

〔一〕《劇談録》卷下謂李德裕歸平泉，訪徵士韋楚老，楚老避於山谷，德
　　裕題詩云云。《全詩》當據以引録，並擬題《訪韋楚老不遇》。按韋
　　楚老大和九年已爲左拾遺，非徵士，與詩不合。《册府元龜》卷七
　　七九載，平泉處士韋楚爲韋長之兄，大和八年授左拾遺内供奉，竟
　　以自樂閑淡不起。《白居易集》卷六八有白氏大和六年《薦李晏韋
　　楚狀》，故其人當是"韋楚"，而非"韋楚老"。今即改詩題。
　　李德裕開成元年九月十九日至十二月初四在洛陽平泉莊小住，詩
　　即作於此期間。

## 題柳郎中故居[一]

下馬荒堦日欲曛，潺潺石溜静中聞。鳥啼花發人聲絶，寂寞山窗

掩白雲。

## 箋　校

〔一〕《全詩》卷三二六權德輿名下亦録此詩,詩題作《題柳郎中茅山故居》。
　　　《全詩》於題下校"一作柳谷汧故居"。今未能確定作者,互存之。

## 盤陀嶺驛樓[一]

嵩少心期杳莫攀,好山聊復一開顏。明朝便是南荒路,更上層樓
望故關。

## 箋　校

〔一〕盤陀嶺在今福建漳浦西南三十里梁山之西,爲入潮州、廣州之要
　　　隘。此詩或爲德裕大中二年五月抵潮州前之南貶途中所作。然
　　　《輿地紀勝》卷一三二漳州漳浦驛下載此詩末二句,且云"唐楊發、
　　　常袞皆次韻,事見《清凉集》"。常袞爲代宗朝人,年代早於德裕,
　　　焉得次韻此詩? 故此詩亦可能非德裕作。

## 失　題明本原缺,據席刻唐詩百家全集録補[一]

肉視具寮忘匕箸,氣吞同列削寒温。當時誰是承恩者,肯有餘波
達鬼村。
畫閣不開梁燕去,朱門罷掃乳烏歸。千巖萬壑應惆悵,流水斜傾
出武威。

## 箋　校

〔一〕此二詩最早見於《南部新書》癸。中載託名温庭筠七律兩首,即有
　　　此中詩句。清人顧嗣立箋注《温飛卿詩集》卷九集外詩引《南部新

書》所録,並定其爲僞作。席本所録乃截取託名温氏之僞詩而成,故二詩非李德裕詩。

句 明本原缺,據《全唐詩》録補

檢經求緑字,憑酒借紅顏。

君不見秋山寂歷風颼颼,半夜青崖吐明月。寒光乍出松篠間,萬籟蕭蕭從此發。忽聞歌管吟朔風,精魂想在幽巖中。《霜夜聽小童薛陽陶吹笛》。

　　按:此爲《霜夜對月聽小童薛陽陶吹觱篥歌》之佚句,已補入別集卷四。《全詩》題中"吹笛"二字誤。

銀花懸院榜,神撼引鈴縷。《題學士院》。

　　按:此兩句非李德裕詩。上句爲劉禹錫《浙西李大夫示述夢四十韻並浙東元相公酬和斐然繼聲》詩中一句,見《全詩》卷三六三。下句爲元稹《奉和浙西大夫述夢四十韻》詩中一句,見《全詩》卷四二三。

葳蕤散綬輕風裏,若銜若垂何可擬。以上並《事文類聚》。

　　按:據《全詩》卷三五六劉禹錫《吐綬鳥詞序》:"滑州牧尚書李公以《吐綬鳥詞》見示。"詩題當作《吐綬鳥詞》。《全詩》據《事文類聚》作"葳蕤輕風裏,若銜若垂何可擬"。奪"散綬"二字,今據《總龜》後集卷二七引《蔡寬夫詩話》補。

自從一夢高唐後,可是無人勝楚王。《賦巫山神女》,見《雲溪友議》。

牛羊具特俎。《武昌詩》,見《東觀餘論》。

心悟覺身勞,雲中棄寶刀。久閑生脞肉,多壽長眉毫。《有懷甘露寺自省上人》,見《京口志》。

　　按:此非李德裕詩,乃《全詩》卷五三二許渾《歲首懷甘露寺自省上人》五律前四句。

書空蹺足睡,路險側身行。德裕嘗吟此句,云是先達詩。附記見《桂苑叢
談》。

誰家幼女敲箳歌,何處丁妻點燈織。

　　按:《全詩》未注出處,此出於《海録碎事》卷七上。

魚蝦集橘市。以下並《海録碎事》。

　　按:此非李德裕句,乃元稹《奉和浙西大夫李德裕述夢四十韻》詩中句,
　　見《全詩》卷四二三。

休咎占人甲,挨持見天丁。

洛下推年少,山東許地高。

　　按:此非李德裕句,乃劉禹錫《浙西李大夫述夢四十韻並浙東元相公酬
　　和斐然繼聲》詩中句,見《全詩》卷三六三。

世上文章士,誰爲第一人? 老生誇隱拙,時輩毀尖新。

瀟瀁寒泉深百尺。

　　按:《全詩》作"溫瀁寒泉深百尺","溫"字誤。瀟瀁,水泉貌。《文選》卷
　　七揚雄《甘泉賦》"梁弱水之瀟瀁兮",李善注:"瀟瀁,小水貌也。"據改。

奇觚率偶操,諷諫欣然納。

　　按:此非李德裕句,乃劉禹錫《浙西李大夫述夢四十韻並浙東元相公酬
　　和斐然繼聲》詩中句,見《全詩》卷三六三。

# 新補李德裕佚文佚詩

## 文

### 杜元穎平章事制[一]

門下：王者昭宣令德，臨視百官，必有臺臣，總其方略。況先朝正姦佞之罪，慰海内之心，既成大勲，付朕洪業，思欲述事繼志，偃武興文，揚其耿光，屬在髦哲。朝散大夫、尚書户部侍郎、知制誥、翰林學士、上柱國、建平縣開國男、食邑三百户、賜紫金魚袋杜元穎，識稟人秀，才爲國華。器縝密以含章，言清明而體要。廉方不雜，峻直無徒。洞朗鑑而心運陽秋，鼓雄詞而氣幹河岳。爰以精粹，列於内庭。通賈生理亂之言，達管氏政刑之本。未至高位，蔚爲名臣。間者妖孽相挺，紛亂南北，朝夕機命，迅如風霆，而翰動若飛，神無滯用。思職必盡其心力，避榮能保其謙光。虔奉綴衣，導揚訓命，雅就忠貞之志，實有安定之功。本於忘身，愛我以德,感激無隱,切劘盡規。既納誨於三篇,亦陳戒於六事。朕常委以大政,詢其遠猷,研機必精,應變當理。布舊章於河朔,推大信於昆夷,無所不諧,實由密贊。令器煇燿,淑聲流聞,升於台階,允是瞻望。於戲! 昔爾先祖,爲唐宰衡。惟爾傳臧孫有後之慶,秉召公是似之德,宜纂舊服,協於至公。思貽厥之謀,率攸行之道。挖制群動,衡平衆邪,俾人不迷,時乃之績。可守户部侍郎平章事[二]。

長慶元年(八二一)二月

## 箋　校

〔一〕傅璇琮《李德裕年譜》長慶元年:"按此文收載於《唐大詔令集》卷四七,題下署爲李德裕作,文末署'長慶元年二月'。又見《全唐文》卷六四穆宗名下,題作《授杜元穎平章事制》。文集未收,可補入。……杜元穎亦爲德裕在翰林院中好友,爾後多有交往,杜卒後德裕有詩悼念,會昌執政時又曾上疏請追復元穎官。"

本文作時可參岑仲勉《翰林學士壁記注補》。丁居晦《翰林學士壁記》憲宗朝杜元穎名下載:"長慶元年二月十五日,以本官拜平章事。"岑仲勉注曰:"按元穎之相,《舊唐書》紀一六作二月十日壬申,《新唐書》紀八、《新唐書》表六三俱作二十日壬午,《舊唐書》傳又作元年三月,均與此異。《舊唐書》傳之三月當誤。"今參史文,從《詔令》,訂其作時爲長慶元年二月。

〔二〕《全文》此下尚有一句:"散官勳並如故。"

## 長慶元年試制科舉人敕[一]

敕:古人有言,當引一代之人[二],以理一代之務。雖雋賢茂彦,不乏於時,然亦在敷納以言,精核其實。若決川瀆以導其氣,叩金石以求其音，使抱忠義者必盡其誠，知古今者必宣其慮。朕纂承鴻業，以撫兆人，嘗欲憲三代之理，修列祖之法。猶念和氣之未洽，休祥之未臻，百姓之未安，五兵之未戢。故詳延修潔之士，庶得聞乎未聞。將以達天地之心，究俗化之變，研安危之慮，探理亂之原[三]。子大夫覃思於六經，馳騖於百代，得不講求至論，以沃朕心。方直者舉朕之闕，政術者體時之要；慕古遠者卑其論[四]，贍文詞者抑其華。言經者折衷於聖人，以明教化；論將者先之以仁義，無效縱橫。於戲！子大夫當朕之時，必冀思自達。且古之翼戴其君者[五]，尚委輅納説，荷擔吐奇，由壺關以上言，自南昌而諷刺。況文陛之下，負扆親臨，若藏器不耀，結囊而去，顧朕深志，復何望焉？當體予衷[六]，無懼後害。宜坐食訖就試。

長慶元年（八二一）十一月二十五日

## 箋　校

〔一〕本文諸本不載，據《詔令》卷一〇六録補。《詔令》於文末注：“長慶二年十月二十三日。”按李德裕長慶二年九月已任潤州刺史、兼御史大夫、浙西觀察使，故《詔令》所注有誤。今考《登科記考》卷一九，長慶元年十一月戊午亦收此文，並注曰：“《册府元龜》、《唐大詔令集》。按此制爲李德裕所行。”復檢《册府》卷六四四《貢舉部》確收此文，其曰“長慶元年十一月戊午御宣政殿，試制科舉人，制曰”云云，即爲本文。十一月甲午朔，戊午爲二十五日。今從《册府》，訂本文作時爲長慶元年十一月二十五日。

本文篇題，《詔令》作“長慶二年試制科舉人敕”，今據《册府》改“二年”爲“元年”。

〔二〕當引一代之人　《册府》作“嘗引一代之人”。

〔三〕探理亂之原 《册府》作“探理亂之言”。

〔四〕慕古遠者卑其論 《册府》作“慕玄遠者卑其論”，義較勝。

〔五〕翼戴其君者 《詔令》作“翼其君者”，按此奪“戴”字，據《册府》補。

〔六〕當體予衷 《詔令》作“當體于衷”。按“于”字誤，據《册府》改。

# 重瘞禪衆寺舍利題記〔一〕

有唐大和三年己酉歲〔二〕，正月二十四日乙巳〔三〕，於上元縣禪衆寺舊塔基下獲舍利石函。以其年二月十五日乙丑〔四〕，重瘞藏於丹徒縣甘露寺東塔下。金棺一、銀槨一、錦綉襆九重，皆余之施也。余長慶壬寅歲，穆宗皇帝擢自憲臺，廉于澤國；星霜八稔，祇事三朝；永懷舊恩，歿齒難報〔五〕。創甘露寶刹〔六〕，重瘞舍利，所以資穆皇之冥福也〔七〕。浙江西道觀察等使、銀青光禄大夫、檢校禮部尚書〔八〕、兼潤州刺史、御史大夫〔九〕李德裕記。長干寺舍利在東函，禪衆寺舍利在西函〔一〇〕。

大和三年(八二九)二月十五日

## 箋 校

〔一〕本文諸本不載，據陳尚君《全唐文補編》録補。陸心源《唐文續拾》卷六云，據“蘇詩施注引《玉壺清話》”録補本文，文字比《全唐文補編》所録簡略，題作《甘露寺重瘞舍利記》。

《全唐文補遺》於本文後附録《禪衆寺舍利石函蓋陰題記》，此爲諸本所無，兹附録於本文之後。

本文云：“以其年二月十五日乙丑，重瘞藏於丹徒縣甘露寺東塔下。”故訂本文作時爲大和三年二月十五日。

〔二〕有唐大和三年己酉歲　《續拾》本無"己酉歲"三字。

〔三〕正月二十四日乙巳　《續拾》本無"乙巳"二字。

〔四〕以其年二月十五日乙丑　《續拾》本無"乙丑"二字。

〔五〕余長慶壬寅歲……歿齒難報　《續拾》本無此七句，"余"字屬
　　　下文。

〔六〕創甘露寶刹　《續拾》本作"余創甘露寺寶刹"。

〔七〕所以資穆皇之冥福也　《續拾》本作"以資穆皇之福也"。

〔八〕浙江西道觀察等使……禮部尚書　《續拾》本無"銀青光禄大夫檢
　　　校禮部尚書"等字。

〔九〕兼潤州刺史御史大夫　《續拾》本無"御史大夫"四字。

〔一○〕長干寺舍利在東函禪衆寺舍利在西函　《續拾》本無此二句。

### 禪衆寺舍利石函蓋陰題記

有唐大和三年正月廿四日，於上元縣禪衆寺舊塔基下獲舍利一
函。以其年二月十五日，重瘞藏於甘露寺東塔下。浙江西道觀察
使、御史大夫李德裕奉施金棺一、銀槨一、錦繡褥九重。□□自題記。

## 滑州瑤臺觀女真徐氏墓誌銘并序〔一〕

義成軍節度使銀青光禄大夫檢校户部尚書
兼滑州刺史御史大夫李德裕撰

徐氏潤州丹徒縣人，名盼，字正定，疾亟入道，改名天福。大
和己酉歲十一月己亥，終於滑州官舍，享年廿三。嗚呼哀哉！長
慶壬寅歲，余自御史丞出鎮金陵，徐氏年十六，以才惠歸我，長育
二子，勤勞八年。惟爾有絶代之姿，掩於群萃；有因心之孝，合於
禮經。其處衆也，若芙蓉之出蘋萍，隋和之映珉礫；其立操也，如

昌花之秀深澤,菊英之耀寒歲。儀静體閑,神清意遠,固不與時芳
並艷,俗態争妍。嗟乎! 崖谷之蘭,植於庭則易朽;江潭之翠,馴
於人則不久。豈天意吝奇芳於近玩,不鍾美於凡情? 淑景鮮輝,
掩陰氛而遂黝;良珪粹質,委埃塵而忽碎。無心所感,况在同心。
殘月映於軒墀,形容如覿;孤燈臨於帷幔,音響疑聞。冥冥下泉,
嗟爾何託? 余自宦達,常憂不永,由是樹櫃舊國,爲終焉之計。粵
以其年十二月二十日葬於洛陽之邙山,蓋近我也。庶其子識爾之
墓,以展孝思。一子多聞早夭,次子燁,將及捧雉,未能服縗。顧
視不忍,强爲之銘。銘曰:

　　爵余思兮哀淑人,才窈窕兮當青春。去吴會兮别爾親,越梁
宋兮倦苦辛。抱沉疾兮彌十旬,終此地兮命何屯! 嗟爾子兮未
識,灑余涕兮霑巾。託邙山而歸后土,爲吾驅螻蟻而拂埃塵。

大和三年(八二九)十二月

## 箋　校

〔一〕本文諸本不載,據河南千唐誌齋藏石録補。誌石現藏河南省洛陽
　　　古代藝術館,高廣均五十六釐米,二十行,行二十三字,隸書。
　　　本文云:徐氏"大和己酉歲十一月己亥終於滑州官舍。"又云:"粵
　　　以其年十二月二十日葬於洛陽之邙山。""己酉"爲大和三年。故
　　　訂本文作時爲大和三年十二月。

### 閻立本《步輦圖》題跋[一]

太子洗馬武都公李道誌

中書侍郎平章事李德裕大和七年十一月十四日重裝背

貞觀十五年春正月甲戌,以吐蕃使者禄東贊爲右衛大將軍。

禄東贊是吐蕃之相也。太宗既許降文成公主於吐蕃，其贊普遣禄東贊來逆，召見顧問進對皆合旨。詔以琅邪長公主外孫女妻之。禄東贊辭曰："臣本國有婦，少小夫妻，雖至尊殊恩，奴不願棄舊婦。且贊普未謁公主，陪臣安敢輒取。"太宗嘉之，欲撫以厚恩，雖奇其答，而不遂其請。唐相閻立本筆。

大和七年（八三三）十一月十四日

## 箋　校

〔一〕本文題目自擬。文録自故宮博物院藏歷史名畫《步輦圖》。文中精確的年月日"大和七年十一月十四日"、"貞觀十五年春正月甲戌"，與李德裕仕履合榫的官職"中書侍郎平章事"，説明此題跋必定出自親身所歷，而又精通史學的李德裕。然此畫已非閻立本原作，而是北宋初朝的臨摹本，畫後面有宋初書法名家章伯益過録李德裕題跋的篆書十四行，今按其格式將章氏篆書十四行加標點重新録出。有關此畫及題跋的具體考證，可參見傅璇琮、周建國所撰《〈步輦圖〉題跋爲李德裕作考述》（刊《文獻》二〇〇四年第二期）。

開成二年秋及大和二年正月李德裕又有《輞川圖跋》，此書已録。據宋黃伯思《又跋輞川圖後》云："今所傳則賦象簡遠，而運筆勁俊，蓋摩詰遺蹟之不失其真者，當自李衛公家定本所出云。"可見宋人對唐賢名畫多有臨摹，黃伯思所見李德裕跋文的王維《輞川圖》"當自李衛公家定本所出云"。從歷史文化傳承的角度看，李吉甫和李德裕父子宰相，喜好書畫，富有收藏。他們還樂於在藏品上題跋寫記。

# 停衛送判[一]

在具瞻之地,自有國容;居無事之時,何勞武備? 所送並停。

開成五年(八四○)九月

## 箋 校

〔一〕本文據陳尚君《全唐文補編》卷七五補。

　　本文見《唐語林》卷一《政事》上,其云:"開成中,李石作相兼度支。
一日早朝中箭,遂出鎮江陵。自此詔宰相坐檐子,出入令金吾以三
千人宿直。李衛公復相,判云:'在具瞻之地,自有國容;居無事之
時,何勞武備? 所送並停。'"文後,原註云:"李衛公初入相是大和
七年,居李石之前,衛兵不因李事。記之者有誤。"今按,記之者不
誤,而原註有誤。李石事,據《通鑑》卷二四六載,開成三年"春,正
月,甲子,李石入朝,中塗有盜射之,微傷,左右奔散,石馬驚,馳歸
第。又有盜邀擊於坊門,斷其馬尾,僅而得免。上聞之大驚,命神
策六軍遣兵防衛,敕中外捕盜甚急,竟無所獲"。李德裕初入相確
在大和七年,但此文作於李德裕復相之初。《通鑑》卷二四六載開
成五年九月甲戌朔,李德裕至京師,"丁丑(四日),以德裕爲門下
侍郎、同平章事。庚辰(七日),德裕入謝,言於上曰"云云。故本
文當作於開成五年九月復相之初。

## 請立東都太廟狀[一]

　　東都太廟九室神主,共二十六座。自祿山叛後,取太廟爲軍
營,神主棄於街巷,所司潛收聚,見在太微宮內新造小屋之內。其
太廟屋室並在,可以脩崇。大和中,太常博士王彥威議,以爲東都

不合置神主，車駕東幸，即載主而行。至今因循，尚未脩建。望令尚書省集公卿及禮官詳議。如不要更置，須有收藏去處。如合置，望以所拆大寺材木脩建。李石既是宗室，官爲居守，便望令充脩東都太廟使，勾當脩繕。

會昌五年（八四五）八月

## 箋　校

〔一〕本文諸本不載，文集卷一〇有目無文，據《唐會要》卷一六《廟議》
　　下錄補。

　　《會要》卷一六《廟議》下載會昌“五年八月，中書門下奏”云云，即
　　爲本文。本文當作於此時。

武宗改名詔[一]

　　臣聞運行之道，實本於惟新；稱謂之尊，必資於前兆。□天人相與之際，明曆數陰隙之祥。恭惟烈光，布在方册。伏爲仁聖文武章天成功神德明道皇帝陛下，仁深九有，道冠三無，紹烈聖而垂休，奄百王而邁德。六氣雖序，重之以調均；五音雖和，資之以損益。使刑剋自消於聖曆，陰陽永遂於洪爐。亦由周樂去金，以享卜年之兆；漢都罷水，用興繼代之光。此皆九廟之靈，兆人之慶。臣等官叨近密，職奉絲綸，抃躍之誠，倍萬常品。謹奉制如右。請奉制付外施行。

會昌六年（八四六）三月中旬

## 箋　校

〔一〕本文諸本不載，據《詔令》卷五錄補。《詔令》卷五《改名》收二文，
　　題統作《武宗改名詔》。前一篇（“王者照臨萬寓”）即文集卷三《仁

聖文武章天成功神德明道大孝皇帝改名制》。《詔令》於文末注：
"會昌六年三月十二日。"後一篇即本文，應爲當日或後一、二日所
作。《詔令》未注明作者，二文當同出德裕之手。《詔令》題中"武
宗"二字當爲後人追加。此時武宗病重，至三月二十三日病逝，生
前不得稱廟號。

## 唐故博陵崔君夫人李氏墓誌銘并序[一]

堂弟特進行太子少保分司東都衛國公德裕　撰

夫人，趙郡贊皇人。曾祖贈太保諱載。祖贈太師、贊皇文獻
公諱栖筠。考贈兵部郎中諱老彭，娶范陽盧氏，生夫人，即郎中第
二女也。世系之濬源洪□，我祖茂勳威德，焕乎國史，詳乎家諜
矣。夫人孝愛□□，□□□□，諷詩書於忘倦，學組紃而稱工。嬺
婉有聞，作配君子。貞元□年[二]，先太師忠公剖符鄱陽，以夫人
適博陵崔君終□□□□判□監察御史。四德咸備，無愧碩人之
章；六□□祥，宜□□□之族。淑慎以脩内職，仁惠以睦外姻。祀
潔蘋蘩，躬報□濯，□□既□，家室以宜。洎乎天奪良人，藐是一
子，率由慈訓，□以成名。朋友稱其好仁，諸侯進之以禮。受禄及
養，捧檄爲榮。陳贄幣於堂宸，奉板輿於藩服。方享五福，將延百
齡，遽降疾瘝，莫及醫禱。以會昌五年九月廿五日老終於鄆州嗣
子成相從事之官舍，享年六十九。以大中元年十月十七日遷神於
河南縣杜翟村之原，禮也。嗣子我之出也，請誌泉户，以虞陵遷。
且吾姊之懿行宜傳諸不朽，銜悲尚實，勒於貞珉。銘曰：

　　惟伯姊，訓禀吾家，德成他族。禮樂儀軌，閨門雍睦。宜臻大
年，以介景福。善靡昭報，奄降斯酷。周祔未從，蔡龜不告。即安

新兆,邙山之麓。

大中元年(八四七)十月

## 箋　校

〔一〕本文諸本不載,據河南省洛陽市出土誌石録補。誌石現藏河南省
　　　洛陽古代藝術館,長、寬均六十三釐米,二十二行,行二十五字,
　　　楷書。
　　　本文云:李氏"以大中元年十月十七日遷神於河南縣杜翟村之
　　　原。"其時李德裕在洛陽以太子少保分司東都,故今訂本文作時爲
　　　大中元年十月。

〔二〕貞元□年　當作"貞元廿年"。郁賢皓《唐刺史考》第十編《江南西
　　　道·饒州》載:李吉甫貞元十九年——二十一年爲饒州刺史。並引
　　　《太平寰宇記》卷一〇七"饒州鄱陽縣":"柳公樓在城西北角,貞元
　　　十九年李吉甫復其名曰柳公樓。"碑石此處殘缺一字,當爲
　　　"廿"字。

### 唐茅山燕洞宮大洞錬師彭城劉氏墓誌銘并序[一]

　　錬師道名致柔,臨淮郡人也,不知其氏族所興。和順在中,光
英發外,婉嫕有度,柔明好仁。中年於茅山燕洞宮傳上清法籙。
悦詩書之義理,造次不渝;寶老氏之慈儉,珍華不御。言行無玷,
淑慎其身,四十一年於兹矣。余三册正司,五秉旄鉞,榮戟在户,
輅車及門,出入寵光,無不盡見,艱難危苦,亦已備嘗。幼女乘龍,
一男應宿,人世之美,無所缺焉。脩短之間,奚足爲恨?屬久嬰沉
痼,彌曠六年,以余南遷,不忍言別,綿歷萬里,寒暑再朞。興嶠拖
舟,涉海居陋,無名醫上藥可以盡年,無香稻嘉蔬可以充膳。毒暑

畫爍,瘴氣夜侵,纔及三時,遂至危亟。以己巳歲八月二十一日終
於海南旅舍,享年六十有二。嗚呼哀哉!有子三人,有女二人,聰
明早成,零落過半。中子前尚書比部郎渾,獨侍板輿,常居我後。
自母委頓,夙夜焦勞,衣不解帶,言發流涕。其執喪也,加於人一
等,可以知慈訓孝思之所致也。幼子燁、鉅,同感顧復之恩,難申
欲報之德,朝夕孺慕,余心所哀。以某年某月某日返葬於洛陽榆
林,近二男一女之墓。余性直盜憎,位高寇至,道不能枉,世所不
容。愧負淑人,爲余傷壽,瞑目何報,寄懷斯文。銘曰:

　　清泉一源,秀木孤根,惟子素行,不生朱門。操比松桂,粹如
瑤琨。不扶自直,不琢自溫。七子均養,人靡間言。百口無怨,加
之以恩。生我三子,熊羆慶蕃;育我二女,素絢是敦。既畢婚嫁,
亦已抱孫。念子之德,衆姜莫援。誕於高族,可法後昆。昔我降
秩,退居林園。平泉秋日,坐待朝暾。西嶺高眺,南榮負暄。自茲
而往,悵惘山樊。巖銷寒桂,澗歇芳蓀。捨我而去,傷心詎論。天
池南極,誰與招魂?芒山北皋,將託高原。空留片石,千古常存。

大中三年(八四九)八月下旬

## 箋　校

〔一〕本文諸本不載,據河南千唐誌齋藏石録補。誌石高六十三釐米,寬
　　　六十五釐米,三十一行,行三十一字,楷書。
　　　本文云,劉氏"以己巳歲八月二十一日終於海南旅舍"。"己巳"爲
　　　大中三年。誌文當爲劉氏卒後撰,約在八月下旬,九月初。至本年
　　　十二月,德裕亦病逝於海南,距此文之撰不過三月。
　　　誌文後有《第四男燁記》如下:
　　　大中戊辰歲冬十一月,燁獲罪竄於蒙州立山縣。支離顧復,念切蓼

荄,欲報之恩,昊天罔極。己巳歲冬十月十六日,貶所奄承凶訃,茹毒迷仆,豈復念生? 匍匐詣桂管廉察使張鷺請解官奔訃,竟爲抑塞。荏苒經時,罪逆釁深,仍鍾酷罰。呼天不聞,叩心無益,抱痛負冤,塊然骨立。陰陽致寇,棣萼盡凋,藐爾殘生,寄命頃刻。殆及再期,乃蒙恩宥,命燁奉帷裳還附先兆。燁輿曳就途,飲泣前進。壬申歲春三月,扶護帷裳,陪先公旋旐發崖州。崎嶇川陸,備嘗險艱,首涉三時,途經萬里,其年十月方達洛陽。十二月癸酉遷祔,禮也。嗚呼天乎! 燁迫於譴逐,不能終養。劬勞莫報,巨痛終天;有生至哀,瞑目已矣。

先衛公自製誌文,燁詳記日月,編之於後。蓋審於行事,不敢誣也。謹言。

## 與段成式書〔一〕

自到崖州,幸且頑健。居人多養鷄〔二〕,往往飛入官舍,今且作祝鷄翁耳〔三〕。謹狀〔四〕。

大中三年(八四九)

**箋 校**

〔一〕本文諸本不載,據孫光憲《北夢瑣言》卷八録補。宋代吳坰《五總志》亦載此文,文字稍異,可參校。

《北夢瑣言》云:"唐李太尉德裕左降至朱崖,著四十九論,叙平生所志。嘗遺段少常成式書曰……"德裕於大中三年正月抵崖州,十二月卒,故本文作於大中三年。段成式大中初出爲吉州刺史,本年仍在吉州任。

〔二〕居人多養鷄 《五總志》此句上有一"且"字。

新補李德裕佚文佚詩 文 | 685

〔三〕今且作祝鷄翁耳 《五總志》作“今且作呪鷄翁爾”。劉禹錫《重寄
　　表臣二首》其二：“世間人事有何窮？過後思量盡是空。早晚同歸
　　洛陽陌，卜鄰須近祝鷄翁。”（《劉禹錫集》卷三五）據此，當作“祝鷄
　　翁”。又，舊題劉向《列仙傳》：“祝鷄翁者，洛人也。居尸鄉北山
　　下，養鷄百餘年。”
〔四〕謹狀 《五總志》無此二字。

## 輞川圖跋〔一〕

　　輞川圖一軸，李趙公題其末云：“藍田縣鹿苑寺主僧子良贄於
予，且曰：‘鹿苑即王右丞輞川之第也。右丞篤志奉佛，妻死不再
娶，潔居逾三十載。母夫人卒，表宅爲寺。今冢墓在寺之西南隅，
其圖實右丞之親筆。’予閱玩珍重，永爲家藏。”弘憲題其前一行
云：“元和四年八月十三日弘憲題。”弘憲者，吉甫字也。其後衛公
又跋云：“乘閒閱篋書中，得先公相國所收王右丞畫輞川圖，實家
世之寶也。先公凡更三十六鎮，故所藏書畫多用方鎮印記。大和
二年戊申正月四日，浙江西道觀察等使、檢校禮部尚書兼潤州刺
史李德裕恭題。”又一行云：“開成二年秋七月望日，文饒記。”前後
五印：曰淮南節度使印、浙江西道觀察處置等使之印、劍南西川節
度使印、山南西道節度使印、鄭滑節度使印，並贊皇二字。又内合
同印，建業文房之印，集賢院藏書印，此三者南唐李氏所用，故後
一行曰：“昇元二年十一月三日。”雖今所傳爲臨本，然正自超妙。
但衛公所志，殊爲可疑。《唐書·李吉甫傳》云：“德宗以來，姑息
藩鎮，有終身不易地者。吉甫爲相歲餘，凡易三十六鎮。”吉甫平
生只爲淮南節度耳，今乃言身更三十六鎮，誠大不然。

〔一〕本文録自洪邁《容齋三筆》卷六，其中，有德裕題跋二條，但洪邁以
　　　爲"殊爲可疑"。洪氏據以爲疑之主要理由，則爲岑仲勉所駁斥。
　　　其《唐史餘瀋》卷三"凡易三十六鎮"條曰："釋'凡易'爲'身更'，
　　　不謂一代名儒，猶有此誤解。"岑氏在指出洪邁誤讀史文後，復以史
　　　實論證李吉甫爲相時，方鎮徙節，"爲數幾近三十，《新書》之言，尚
　　　非鋪張過甚"。故洪氏之論不足爲據。又，此圖有南唐李昇昇元二
　　　年(九三八)題跋，爲時甚早，距唐之亡才三十一年，故圖中署爲
　　　"弘憲"、"李德裕"、"文饒"之跋文必出唐人之手，其是否確爲李吉
　　　甫、李德裕父子所題尚可存疑，以俟再考。而洪邁斷爲"蓋好事者
　　　妄爲之"，則不足爲據。

# 詩

## 步虚詞二首〔一〕

仙家女侍董雙成〔二〕，桂殿夜寒吹玉笙〔三〕。曲終却從仙官去〔四〕，
萬户千門空月明。
河漢女主能練顔〔五〕，雲軿往往到人間。九霄有路去無迹〔六〕，裊裊
天風吹珮環〔七〕。

箋　校

〔一〕此二詩諸本不載，據《彦周詩話》録補。《苕溪漁隱叢話》後集合兩
　　　首爲一，題作"桂花曲"，並改七言爲雜言。然《全詩》卷二九所録

唐人《步虚詞》多爲七言,而非雜言,當從《彦周詩話》爲是。孫望
《全唐詩補逸》卷五將前一首作李栖筠《桂花曲》,《全詩》卷八九〇
將此二詩作李白《桂殿秋》。許顗《彦周詩話》録德裕《步虚詞》,推
服爲"人傑也哉"。當作德裕詩爲是。

〔二〕仙家女侍董雙成　　《叢話》後集作"仙女侍,董雙成"。

〔三〕桂殿夜寒吹玉笙　　《叢話》後集作"桂殿夜凉吹玉笙"。

〔四〕曲終却從仙官去　　《叢話》後集作"曲終却從仙宫去"。

〔五〕河漢女主能練顔　　《彦周詩話》校:"一本作河漢玉女能練顔。"《叢
話》後集作"河漢女,玉練顔"。

〔六〕九霄有路去無迹　　《叢話》後集作"九霄有路去無際"。

〔七〕裊裊天風吹珮環　　《叢話》後集作"裊裊大風吹珮環"。

## 闕　題[一]

宛轉雙翹鳳釵舉,飄飄翠雲輕楚楚。映燭看花未敢前,低鬟向人
嬌不語。

### 箋　校

〔一〕本詩諸本不載,陳尚君《全唐詩續拾》卷二九據《錦繡萬花谷》前集
卷一七《美人》補。

## 謫崖州過北流鬼門關作[一]

一去一萬里,千知千不還。崖州在何處? 生度鬼門關。

### 箋　校

〔一〕本詩諸本不載。《紀事》卷三二、《全詩》卷一二一作楊炎詩。然宋
初樂史《太平寰宇記·嶺南道·容州》已收爲德裕詩。今録以存

疑。詩第三句“在何處”,《紀事》作“何處在”。

# 寄家書[一]

瓊與中原隔,自然音信疏。天涯無去雁,船上有回書。一別五年外,相思萬里餘。開緘更多感,老淚濕霜鬚。

## 箋　校

〔一〕本詩諸本不載。童養年《全唐詩續補遺》卷六據《光緒崖州志》卷二一補。李德裕南貶以大中二年正月初啓行,至大中三年十二月病逝,前後實足兩年。詩云“一別五年外”,不相合。今録以存疑。

# 句

削圓方竹杖,漆却斷紋琴[一]。

## 箋　校

〔一〕陳尚君《全唐詩續拾》卷二九,據《堯山堂外紀》卷三三補。宋任淵《後山詩注》卷四“不用山公更削圓”句注:“《桂苑叢談》曰:潤州甘露寺有僧道行孤高,李德裕廉問日,以方竹杖一贈焉。方竹出大宛國……。及再鎮浙右,其僧尚存。問曰:‘前所奉竹杖無恙否?’僧喜對曰:‘已規圓而漆之矣。’公嗟惋彌日。前輩詩曰:‘削圓方竹杖,漆却斷紋琴。’”此句既云前輩詩,則似非李德裕句。

# 附録一　李德裕年表

## 一、家世及童年

唐德宗貞元三年(七八七),李德裕生,一歲。祖籍:趙郡人。李氏
　　三祖房世居平棘。祖父栖筠,曾封贊皇縣子。父親吉甫,曾
　　封贊皇縣侯。德裕祖籍當爲趙郡之平棘(今河北省趙縣)、贊
　　皇(今河北省贊皇縣)。占籍:李氏自栖筠始,仕宦顯達;亦自
　　栖筠始,自趙徙衛,而京洛有第宅。

德裕生於西京萬年縣安邑坊,初名緘,小名台郎,疑弱冠改名
　　德裕。其父李吉甫本年三十歲,任太常博士。王起二十八
　　歲,裴度二十三歲,杜元穎十九歲,白居易十六歲,李紳十六
　　歲,沈傳師十一歲,元稹九歲,牛僧孺八歲,楊嗣復五歲,李珏
　　三歲。

貞元五年(七八九),三歲。

　　二月庚子,竇參入相。

　　三月甲辰,李泌卒。

　　李吉甫此時約任屯田員外郎兼太常博士,曾爲李泌、竇參所

器重。

貞元七年(七九一),五歲。

　　李吉甫轉駕部員外郎。

貞元八年(七九二),六歲。

　　四月後,李吉甫坐竇參黨,貶明州長史,李德裕隨父至貶所。

## 二、青少年時代隨父在明、忠、郴、饒諸州

貞元十一年(七九五),九歲。

　　四月,陸贄由太子賓客再貶爲忠州别駕。

　　六、七月間,李吉甫由明州員外長史遷忠州刺史赴任。吉甫
　　敬禮陸贄,二人相得甚歡,而吉甫也因此而不徙者六歲。德
　　裕九歲至十六歲在忠州。

貞元十二年(七九六),十歲。

　　李吉甫在忠州刺史任。段文昌在劍南西川韋皋幕,曾至忠州
　　以文謁吉甫。後李、段即成世交。大和間,德裕罷西川入相,
　　段文昌繼之而爲西川節度使,上奏請爲德裕立德政碑。其子
　　段成式嘗居德裕幕。

貞元十八年(八○二),十六歲。

　　李吉甫除郴州刺史,因病仍居忠州。

貞元十九年(八○三),十七歲。

　　吉甫於本年夏赴郴州刺史任,時鄭餘慶貶郴州司馬,二人甚
　　相得。

　　吉甫在郴州曾有題名傳於後世。《路恕李吉甫等侍郎篆題
　　名》云吉甫長男紳,即德修;次男緘,即德裕。時德裕及兄隨

父轉徙任所。

貞元二十一年、永貞元年（八〇五），十九歲。

正月癸巳，德宗卒，太子李誦即位，是爲順宗。二月，韋執誼拜相，王叔文爲起居舍人、充翰林學士，漸次推行新政。其時大赦天下，李吉甫有《賀赦表》。時已爲饒州刺史。其由郴州改饒州，約在貞元二十年。

五月，鄭餘慶由郴州別駕入爲尚書左丞。

八月，順宗禪位，太子李純即位，是爲憲宗。改元永貞元年，貶王伾、王叔文等。鄭餘慶拜相。李吉甫由饒州刺史入爲考功郎中、知制誥。

十二月，吉甫遷中書舍人，與裴垍並充翰林學士。

李德裕當隨父由饒州入京。

## 三、初仕經歷

憲宗元和元年（八〇六），二十歲。

正月，下詔討西川劉闢，吉甫密贊其謀。

吉甫本年仍爲中書舍人、翰林學士。十二月，加銀青光禄大夫。

德裕隨父在京，未應科舉試。

元和二年（八〇七），二十一歲。

正月，李吉甫與武元衡同拜相。

十月，武元衡出爲劍南西川節度使，赴蜀途中有詩寄李吉甫、鄭絪二相。

庚申，浙西節度使李錡據潤州反，李吉甫力主討伐。癸酉，潤州大將張子良等執李錡以獻。

吉甫任相,除平定叛鎮、選拔人才等善政外,其時徙易方鎮更是史家推贊的重大舉措。《新書》本傳曰:"德宗以來,姑息藩鎮,有終身不易地者。吉甫爲相歲餘,凡易三十六鎮,殿最分明。"

其時,李德裕因父居相位,避嫌出爲諸府從事。

元和三年(八〇八),二十二歲。

二月,吉甫進封趙國公。

九月,吉甫出鎮揚州,任淮南節度使。

本年,德裕與臨淮郡人劉氏結婚,時妻劉氏年二十一。

元和四年(八〇九),二十三歲。

李吉甫在淮南節度使任。本年春劉禹錫因程异赴揚子留後任,請其致書於李吉甫。程异與劉禹錫同爲王叔文集團"八司馬"中人,吉甫拜相後似曾有恩德及於劉禹錫或"八司馬"之其他人者。

三月,成德王士真薨,其子王承宗自爲留後。《新書·權德輿傳》:"時澤潞盧從史詐傲,寖不制。其父虔卒京師,而成德王承宗父死求襲。德輿諫,以爲'欲變山東,先擇昭義之帥。從史拔自軍校,偃蹇不法,今可因其喪,選守臣代之。成德習俗既久,當制以漸。許成德之請則可,許昭義則不可。'……後皆略如所料。"

十一月,淮西彰義軍節度使吳少誠卒,大將吳少陽自立爲留後,不聽朝命。吉甫奏請移淮南節度治所於壽州以備之,因事未果。

元和五年(八一〇),二十四歲。

　　四月,吐突承璀誘執昭義節度使盧從史送京師。昭義都知兵
馬使烏重胤於此有功,承璀爲之求昭義節度使。李絳以爲不
可,請授重胤河陽,以河陽節度使孟元陽鎮昭義。憲宗皆如
其請。

　　十二月,李鄘任淮南節度使,吉甫罷使,詔徵其入相。

　　本年三月德裕撰《圯上圖贊》,齊推正書。趙明誠《金石録》
卷九著録。此爲德裕可以考知的最早之文。

元和六年(八一一),二十五歲。

　　正月,李吉甫再次拜相。

　　二月,吉甫與李藩在處置淮西吳少陽自立爲留後一事意見紛
歧,憲宗罷李藩相位。按吉甫出於趙郡西祖房,李藩出於趙
郡南祖房。

元和八年(八一三),二十七歲。

　　正月,權德輿罷相。吉甫與李絳數爭論於上前,權德輿居中
無所可否,憲宗鄙之,即罷守本官。李絳出於趙郡東祖房。
權德輿嘗撰《李栖筠文集序》,與吉甫有世誼。

　　二月,吉甫進所撰《元和郡國圖》三十卷、《六代略》三十卷,
又爲《十道州郡圖》五十四卷。

　　本年,下詔贈吉甫父官,並與其一子官。此一子當是德裕,即
《新書·李德裕傳》所云:"不喜與諸生試有司,以蔭補校書
郎。"德裕詩《七言九韻雨中自秘書省訪王三侍御知早入朝便
入集賢侍御任集賢校書及升柏臺又與秘閣相對同院張學士
亦余特厚故以詩贈之》當爲本年所作。

元和九年(八一四),二十八歲。

正月,吉甫上表辭相位,不許。

九月,吉甫對淮西吳元濟作討伐之準備。吉甫嘗請自往招吳元濟,苟逆志不悛,得指授群帥俘之以獻天子。不許,固請至流涕,憲宗慰勉之。

十月丙午,吉甫暴病卒,贈司空。武元衡有詩文悼之。

德裕丁父憂,當於元和十一年冬終制。

元和十年(八一五),二十九歲。

正月,下詔削奪吳元濟在身官爵,命宣武韓弘等十六道進軍討之。

六月,淄青李師道陰遣盜殺宰相武元衡。乙丑,裴度入相,專事征討吳元濟。左贊善大夫白居易請急搜賊以雪國恥,執政者以其越職言事,貶江州刺史。中書舍人王涯復上言:"所犯狀迹,不宜治郡。"乃貶爲江州司馬。

七月,詔斥鎮州王承宗,朝議以爲其遣刺客殺宰相武元衡。

至八月,吕元膺鞫訾嘉珍等,始知殺武元衡者實爲李師道。

元和十一年(八一六),三十歲。

正月,張弘靖罷相,出爲河東節度使。

二月,李逢吉入相。

十二月,王涯入相。李愬爲鄧州刺史、唐隨鄧節度使。愬,李晟之子。

元和十二年(八一七),三十一歲

三月,太常定吉甫謚爲"敬憲",度支郎中張仲方非之。德裕與兄德修上訴。後貶張仲方遂州司馬。約在本年上半年,德裕應張弘靖辟,爲河東節度使掌書記。前此,書記爲杜元穎、崔公信。六月,德裕爲張弘靖作《祭唐叔文》。

七月,裴度赴淮西行營,辟韓愈爲彰義軍行軍司馬,李宗閔爲判官書記。

八月,出令狐楚翰林院,罷爲中書舍人。九月,逢吉罷相。二人皆反對用兵淮西。

十月,李愬雪夜入蔡州,擒吳元濟,淮西平。

十二月,裴度復入相。

元和十三年(八一八),三十二歲。

德裕在張弘靖幕,代張撰進書畫表狀。六月,德裕等使府屬官有與張弘靖唱和詩。

## 四、從御史到學士

元和十四年(八一九),三十三歲。

正月,憲宗迎佛骨,韓愈因上疏極諫貶爲潮州刺史。

二月,淄青都知兵馬使劉悟斬李師道,淄青平。

四月,德裕在太原撰《掌書記廳壁記》。

五月,德裕隨張弘靖入朝,除監察御史。

元和十五年(八二〇),三十四歲。

正月庚子,憲宗爲宦官陳弘志所弒。

閏正月丙午,穆宗即位。李德裕、李紳、庾敬休同日被任命爲翰林學士。時德裕以監察御史守本官充翰林學士。其時翰林院中段文昌、沈傳師、杜元穎、韋處厚、路隋、李紳皆與德裕相知。

二月,德裕加屯田員外郎。

七月,令狐楚罷相,出爲宣歙池觀察使。八月,再貶衡州刺史。元稹草楚貶衡州制稱其"密隳討伐之謀,潛附奸邪之黨"。令狐楚深恨稹。

九月,李宗閔爲中書舍人。

十二月,牛僧孺爲御史中丞。

穆宗長慶元年(八二一),三十五歲。

二月,元稹爲翰林學士,與李德裕、李紳相善,時稱"三俊"。

三月,李德裕爲考功郎中,依前知制誥、翰林學士。

三、四月間發生進士科試訟案。李宗閔、楊汝士等因涉請託,段文昌上言今歲禮部殊不公。上以問諸學士,德裕、李紳、元稹皆曰:"誠如文昌言。"穆宗乃命中書舍人王起、尚書主客郎中白居易等覆試。夏四月,李宗閔、楊汝士等坐是貶官。

五月,以太和公主嫁回鶻。

十一月,李德裕撰擬《試制科舉人敕》。

長慶二年(八二二),三十六歲。

德裕於正月二十九日加翰林學士承旨。此前,翰林未有承旨,依次當沈傳師爲之,沈固辭。德裕與傳師友善,勸説甚切,傳師終不出。二月四日,德裕遷中書舍人,十九日改御史中丞,出院。後賈餗所撰《贊皇公德政碑》曾追述德裕任中書舍人、御史中丞時政績。

九月,德裕爲宰相李逢吉所擠,出爲潤州刺史、浙西觀察使。其時,德裕與牛僧孺俱有相望,逢吉擠德裕,後即引僧孺同平章事。

十月二十二日,德裕爲段文昌撰《丞相鄒平公新置資福院記》。

閏十月,路隋、韋處厚等奉詔修《憲宗實錄》。

本年,鄭亞應辟在浙西幕府。德裕納徐盼爲妾,時徐氏年十六。

## 五、在浙西八載

長慶三年(八二三),三十七歲。

德裕於上年九月出鎮浙西。本年三月,李逢吉即薦引牛僧孺,由户部侍郎拜相。

八月,左僕射裴度出爲山南東道節度使,乃李逢吉黨攻訐所致。

九月,元稹由同州刺史改浙東觀察使,赴任途中晤德裕於潤州。前此,元、李已有詩唱酬。

十月,杜元穎罷相,出爲西川節度使。

十二月,德裕奏去管内淫祠一千一十五所。

長慶四年(八二四),三十八歲。

正月,穆宗暴卒,敬宗立,是年十六歲。

二月,李逢吉勾結權閹王守澄,譖李紳於敬宗,遂貶紳爲端州司馬。逢吉之黨有"八關十六子"之稱。

七月,德裕上《奏銀桩具狀》,建言罷進奉。

九月,德裕復上《奏繚綾狀》。時詔浙西進奉千匹,德裕表諫之,不奉詔,乃罷之。

十二月,德裕有《王智興度僧尼狀》,請禁泗州私度僧尼。

本年浙東觀察使元稹有《寄浙西李大夫四首》,憶二人同在翰林院事,並表思念之情。

敬宗寶曆元年(八二五),三十九歲。

正月,牛僧孺因敬宗荒淫,畏罪不敢言,但累表求出,乃罷知政事,出爲武昌軍節度使。

二月,李德裕獻《丹扆六箴》規諫敬宗,帝命韋處厚優詔答之。本年有《近於伊川卜山居將命者畫圖而至欣然有感聊賦此詩兼寄上浙東元相公大夫使求青田胎化鶴》詩。由此可知,洛陽平泉莊籌建於長慶、寶曆間。

秋冬間,德裕有《霜夜對月聽小童薛陽陶吹觱篥歌》。時浙東觀察使元稹、蘇州刺史白居易、和州刺史劉禹錫均有和作。

歲末,德裕有《述夢詩四十韻》,元稹、劉禹錫又有唱和,可見當時諸人唱酬之勝。

本年,德裕於潤州北固山創建甘露寺以資穆宗冥福,此可見其早年對佛教之態度。

寶曆二年(八二六),四十歲。

二月,以裴度爲司空、同平章事。

亳州言出聖水,德裕上疏言其妄,請加禁止。汴宋觀察使令狐楚言亳州聖水出,飲者疾輒愈。宰相裴度判曰:"妖由人興,水不自作。"

五月,敬宗信奉神仙之説,遣使遍訪異人。八月,迎潤州人周息元入宮。德裕上疏言周息元妄誕,無異於人。

十一月,李逢吉罷知政事,出鎮山南東道,此後,不再入朝執政。

十二月初八日,敬宗爲宦官所殺,宦官立江王李涵爲帝,是爲
文宗。

德裕妻劉氏本年前後在茅山燕洞宮傳授上清法籙。

本年德裕妾徐氏生子燁,字季常。德裕諸子中以燁事迹
最詳。

文宗大和元年(八二七),四十一歲。

李德裕仍在浙西任,段文昌子段成式在其幕。

四月,貶李逢吉黨李續、張又新之徒。

五月,宰相裴度、韋處厚繼元和時李吉甫調動藩鎮後,又一次
對河北、山東等部分節鎮有所調整。七月,因橫海軍節度副
使李同捷不受命,遂命烏重胤、王智興等率軍討之。

九月,李德裕、元稹並加檢校禮部尚書。

大和二年(八二八),四十二歲。

三月,文宗親試制策舉人,劉蕡應賢良方正直言極諫科,極言
宦官專權,將危社稷,直聲震動朝野。考官畏宦官不敢取蕡。

十月,李逢吉由山南東道節度使改爲宣武節度使,代令狐楚。
令狐楚入朝爲户部尚書。

十二月,韋處厚暴卒,以翰林學士路隋爲中書侍郎、同平
章事。

本年,李德裕仍在浙西任,加銀青光禄大夫。

大和三年(八二九),四十三歲。

本年春,德裕與江西觀察使沈傳師有《玉蘂花唱和詩》。二人
長慶時同在翰林,情誼深厚。

三月,德裕出資爲僧法融修塔,並請劉禹錫撰《牛頭山第一祖

融大師新塔記》。

八月，裴度欲薦李德裕爲相，德裕入朝。時李宗閔得中人之助，先拜相。九月，出德裕爲義成節度使。劉禹錫有詩送之。

十一月，德裕妾徐盼卒於滑州官舍，十二月葬於洛陽邙山，德裕爲撰墓誌。誌中有"余自宦達，常憂不永"之歎。

十一月，南詔犯西川。十二月，陷成都府。西川節度使杜元穎坐是貶循州司馬。東川節度使郭釗代兼西川。

## 六、從鄭滑到西川

大和四年（八三〇），四十四歲。

正月，李宗閔引牛僧孺復入相，排擠在朝之裴度、鄭覃、元稹諸人。

十月，德裕由義成改西川，代郭釗。德裕離滑州後，賈餗奉詔作《贊皇公李德裕德政碑》，贊其在滑州之政績。

十一月初一日，德裕入蜀途經華岳，有《劍南西川節度使李德裕題名》。

十一月、十二月間經漢州，有《漢州月夕遊房太尉西湖》詩，禮部郎中集賢學士劉禹錫、兵部侍郎鄭澣有和作。

大和五年（八三一），四十五歲。

正月，幽州軍亂，副兵馬使楊志誠逐節度使李載義自立。宰相牛僧孺竟對文宗稱"不必計其逆順"，采取姑息妥協之策。

二月，王守澄、鄭注等誣告宰相宋申錫謀立漳王。三月，貶宋申錫爲開州司馬。

七月，元稹卒於武昌。李德裕有悼詩二首寄劉禹錫，劉有和詩。今劉詩存,李詩佚。

冬,德裕作《憶金門舊遊奉寄江西沈大夫》,悼念翰林舊友韋
處厚、元稹等,又傷杜元穎遠貶南海。沈大夫,即沈傳師。

德裕初到西川,治績卓著,大端有三:一、遣人至南詔訪查被
俘民人;五月,南詔放還先擄掠百姓、工巧、僧道約四千人還
本道。二、鞏固關防,訓練士卒,修理兵器。三、九月,吐蕃
維州守將悉怛謀等歸降,德裕派兵入據其城,實爲鞏固西
南邊防之大事。時宰相牛僧孺以私憾,詔德裕以其城歸
吐蕃,執悉怛謀及所與偕來者悉歸之。此爲牛李黨争一
大事件。

大和六年(八三二),四十六歲。

二月,令狐楚由天平軍節度使改太原尹、河東節度使。晚年
所至均有治績,無依附李宗閔、牛僧孺以求進之行迹。

五月,德裕奏修邛崍關及移巂州於臺登城,以奪蠻險。

十一月,段文昌出鎮西川代李德裕,約於十二月上旬抵成都,
上奏請爲德裕立德政碑,以表彰其在蜀治績。表狀出幕府從
事張次宗之手。張次宗乃張弘靖次子,與德裕有世誼。

十二月,以僧孺同平章事充淮南節度使。僧孺在維州事件上
失策,頗遭物議;在相位苟且偷安,亦爲文宗不悦,乃累表請
罷。李德裕由西川入爲兵部尚書。李宗閔見德裕還朝,有憂
色。杜悰獻策,以圖緩和二李矛盾。

十二月,杜元穎卒於循州貶所。

# 七、第一次任宰相

大和七年(八三三),四十七歲。

二月,李德裕以兵部尚書守本官同中書門下平章事。

三月,張仲方由左散騎常侍改授太子賓客分司東都。

六月,李宗閔罷相,出爲山南西道節度使。

七月,李德裕奏請將澤潞劉從諫徙宣武,因拔出上黨不使與山東連結。文宗以爲未可,事不得行。

閏七月,李紳由太子賓客改授浙東觀察使。赴程途中過揚州,受到牛僧孺款待,李有詩贈之。

八月,李德裕奏請進士應通經術,停詩賦試。下制進士停試詩賦。

劉禹錫約於今明年内編訂與李德裕唱和詩,題爲《吴蜀集》。

德裕入相之始政績:一、改革朝政:"喻御史:'有以事見宰相,必先白臺乃聽。凡罷朝,緣龍尾道趨出。'遂無輒至閣者。"(《新書·李德裕傳》)二、破李宗閔之黨,出楊虞卿、張元夫、蕭澣爲州刺史。三、進用李回、鄭覃、沈傳師、韋温、王質等强幹有才人物。

大和八年(八三四),四十八歲。

正月,中書門下奏:"進士放榜,舊例,禮部侍郎皆將及第人名先呈宰相,然後放榜。伏以委任有司,固當精審,宰相先知取舍,事匪至公。今年以後,請便令放榜,不用先呈人名。"(《唐會要》卷七六)此即德裕《請罷呈榜奏》之概要。會昌中德裕又具奏其事,可見其對科舉選人必須公正之重視。本年登第進士多貧士，與德裕之用人之策有關。

八月，李德裕對文宗言李仲言（後更名訓）不可用。文宗以仲言爲四門助教，給事中鄭蕭、韓佽封還敕書。王涯假傳德裕言令不用封敕，二人即行下。明日，以白德裕，德裕驚曰："德裕不欲封還，當面聞，何必使人傳言？且有司封駁，豈復稟宰相意邪？"

九月，鄭注、李訓與王守澄合謀召李宗閔自山南西道入，以敵德裕。

十月，以李宗閔爲中書侍郎、同平章事。李德裕罷執政。

十月，文宗以李仲言爲翰林侍講學士，給事中高鍇、鄭蕭、韓佽、諫議大夫郭永嘏、中書舍人權璩等爭之，不能得。

十一月，德裕爲李宗閔等所擠，出爲鎮海軍節度使、浙西觀察使，不復兼平章事。德裕赴任途中經汝州，汝州刺史劉禹錫有詩送之，盛贊德裕政績。

李宗閔再入相後，排斥異己如李德裕、李紳、鄭覃等，同時，汲引其黨與張仲方、楊虞卿、李固言等。李固言出於趙郡南祖房，爲官有政績，與楊虞卿輩不同。

本年，沈傳師入爲吏部侍郎，李德裕《憶平泉山居贈沈吏部》詩有"相免在懸輿"句。明年，沈傳師卒，年五十九。

## 八、在朝政紛爭中沉浮

大和九年（八三五），四十九歲。

三月，王璠、李漢等誣德裕前在浙西時厚賂漳王傅母杜仲陽，陰結漳王，圖爲不軌。

四月,宰相路隋因解救德裕罷執政,出爲鎮海軍節度、浙西觀察使。七月,路隋卒於赴潤州之揚子江舟中。

四月,德裕由鎮海軍使改太子賓客分司。未行,王涯摘向日文宗疾,"王涯呼李德裕奔問起居,德裕竟不至"之舊事(《通鑑》),貶德裕袁州長史。

四、五月間,德裕啓程赴袁州,自歷陽登舟,溯長江而上。

六月,李宗閔與鄭注、李訓新貴集團發生矛盾,被貶爲明州刺史。八月,又貶爲潮州司户。楊虞卿、蕭澣等皆被貶。

九月癸卯朔下詔:李宗閔、李德裕之黨,除已放黜外,一切不問。

十一月,鄭注、李訓發動甘露之變,兵敗被殺。宰相王涯、賈餗、舒元輿皆被誣殺。命鄭覃、李石爲相。

開成元年(八三六),五十歲。

二月,昭義節度使劉從諫上表請王涯等被殺之罪名,聲討宦官。

自去年四、五月間赴袁州至今年三月初三日改滁州刺史前,德裕在袁州作賦十二篇。時稚子李燁隨侍,年十一,已能和其父所作《蚍蜉賦》。

三月初三日,德裕由袁州長史改滁州刺史,由豐城經鄱陽湖,沿江而下。其時已爲四月,途中作《畏途賦》、《知止賦》等。

七月,德裕由滁州刺史遷太子賓客分司東都。

九月十九日抵洛陽,居於平泉別墅。十二月初四日離洛陽,第三次赴任浙西觀察使。

十一月二十一日,德裕授浙西觀察使,至十二月初四日赴任,兵部侍郎裴潾作四言詩十四首送德裕。

## 九、開成黨争

開成二年(八三七),五十一歲。

三月,裴潾由兵部侍郎改河南尹。九月,將去年所作寄奉德
裕赴浙西詩十四首刻石,列於平泉山居。

五月,德裕由浙西改爲淮南節度使,代牛僧孺。牛由淮南節
度使改授東都留守。浙西、淮南乃其祖栖筠、父吉甫舊治,故
德裕以此爲榮。《獻替記》曰:"自唐有國二百餘年,未嘗有自
潤州遷揚州者,況兩地皆是舊封,信懷榮感。"

牛李替代之際,因淮南錢帛數引起争議。補闕王績、魏謩、崔
黨、韋有翼,拾遺令狐綯、韋楚老、樊宗仁等,連章論德裕妄奏
錢帛以傾僧孺。

德裕在淮南辟杜牧弟杜顗爲觀察支使。杜牧迎眼醫石公至
揚州爲弟治病。秋末,又携顗赴宣州。杜牧在淮南數月,集
中無與德裕交往之迹,或在編集時删去。

本年冬,德裕作《懷山居邀松陽子同作》詩,既懷念平泉山居,
抒發"我有愛山心"之情,又表露其對國事之關切,"焉能逐麋
鹿,便得遊林樾"。

開成三年(八三八),五十二歲。

正月甲子,李石入朝,權閹仇士良潛遣盜射之,負傷歸第,京
城大恐。石懼,累表稱疾辭位。丙子,以石同平章事,充荆南
節度使。戊申,以楊嗣復、李珏並同平章事。是後,宰相楊嗣
復、李珏與鄭覃、陳夷行,每議政之際,是非鋒起,而文宗亦不

能決。

日本僧圓仁等抵揚州，圓仁《入唐求法巡禮行記》載本年八月初一日至十二月十八日，有關德裕對佛寺及僧徒以禮相待之情況，可以概見其風度。

九月，文宗欲廢皇太子，中丞狄兼謨垂涕切諫。十月庚子，皇太子即薨於少陽院。

開成四年（八三九），五十三歲。

正月，圓仁在日記中記德裕入寺禮佛，施一千貫助修開元寺瑞像閣，並令設講募緣，兼催本國諸官等結緣舍錢者。

三月丙申，司徒、中書令裴度卒。

四月，德裕加檢校尚書左僕射。

五月，鄭覃、陳夷行受楊嗣復、李珏排擠而罷相。《新書·李珏傳》稱："開成中，楊嗣復得君，引珏同中書門下平章事，與李固言皆善。三人者居中秉權，乃與鄭覃、陳夷行等更持議，一好惡，相影和，朋黨益熾矣。"

八月，牛僧孺以同平章事兼山南東道節度使。

九月，楊汝士由劍南東川節度使入爲吏部侍郎。

十二月，李宗閔由杭州刺史遷爲太子賓客，楊嗣復更欲起用李宗閔知政事，會文宗卒，而未成。

開成五年（八四〇），五十四歲。

正月辛巳，文宗崩於太和殿，以楊嗣復攝冢宰。癸未，仇士良説太弟賜楊賢妃、安王溶、陳王成美死。

辛卯，文宗始大斂。武宗即位。

五月，楊嗣復罷相，守吏部尚書。

八月,誅知樞密劉弘逸、薛季稜。楊嗣復出爲湖南觀察使,李
珏出爲桂管觀察使。

七月,德裕在淮南奉召入京。九月甲戌朔,至京師,丁丑,以
門下侍郎、同平章事。李德裕復相初判衞送宜停。蓋開成
中,李石早朝中箭,出鎮江陵。自此詔宰相坐檐子,出入令金
吾以三千人宿直。德裕復相,判云:“在具瞻之地,自有國容。
居無事之時,何勞武備? 所送並停。”

德裕再相,向武宗進言爲政之要,主張加强中央集權與法制,
大端有三:一、辨邪正。二、政歸中書。三、宰相任職時間不
應過長。

本年,子李燁與鄭珍結婚。燁年十五,珍年十四。

本年秋,德裕由淮南入相,路過洛陽,曾在平泉莊小住。時李
宗閔爲太子賓客分司東都,求厚善者致乞一見,欲解紛。德
裕復書曰:“怨即不怨,見即無端。”(《幽閑鼓吹》)

本年,有《進西南備邊錄狀》十三卷奏上。

## 十、會昌之政一:關於朝政、科舉與宗教

武宗會昌元年(八四一),五十五歲。

三月,權閹仇士良譖楊嗣復、李珏於武宗,勸武宗殺之。宰相
李德裕等極力營救,楊、李得免於死。再貶楊爲潮州刺史,李
爲昭州刺史。

四月,德裕請改撰《憲宗實錄》。十二月,中書門下奏改撰實
錄須是“衆所聞見”、“須有明據”、“並須昭然在人耳目”。

閏九月,牛僧孺因漢水溢,不謹防,壞民居,罷山南東道節度

使,改太子少師。

十一月,武宗數出遊獵,德裕上《論遊幸狀》勸諫。

十一月,崔鄲出爲劍南西川節度使,德裕有詩送之。

本年秋,德裕有《秋聲賦》,王起、劉禹錫有和作。時王起以吏部尚書判太常卿事。

本年,德裕子李燁爲浙西觀察使盧商之從事,時年十六,授校書郎。

會昌二年(八四二),五十六歲。

正月己亥,李德裕進位司空。

二月丁丑,淮南節度副大使李紳入爲中書侍郎、同中書門下平章事。

三、四月間,杜牧出爲黃州刺史。

六月十二日,武宗生日,僧道在大内論義,僧人受抑。十月始,令部分僧尼還俗。

七月,以尚書右丞兼御史中丞李讓夷爲中書侍郎、同平章事。

九月十三日,白敏中爲翰林學士,此爲受德裕之獎掖提携所致。

十二月初一日,封敖爲翰林學士。封氏爲德裕所器識。

會昌三年(八四三),五十七歲。

正月,德裕重申《請罷呈榜奏》,主張禮部録取進士名單不須先向宰相府第呈榜。前此大和八年正月德裕任相時已有類似奏疏,此番重申前議,可見德裕對科舉取人之態度。

春,本年進士以盧肇爲狀元,德裕在袁州時即賞識盧肇之才。王起知貢舉。本年進士多貧寒,所拔稱公道。

十二月二十二日，德裕上《停進士宴會題名疏》。

日本僧人圓仁《入唐求法巡禮行記》載，正月十七日，功德使帖諸寺："僧尼入條流内並令還俗。"十八日，左街還俗僧尼共一千二百三十二人，右街還俗僧尼共二千二百五十九人。六月記武宗生日僧道論義，崇道抑佛事。十三日，太子詹事韋宗卿撰《涅槃經疏》二十卷進，被焚，貶之。

五月二十日，崔鉉爲相。宰相、樞密皆不之知。

六月初四日，德裕加司徒。

十月，李紳、鄭亞進重修《憲宗實録》四十卷，頒賜有差。

會昌四年(八四四)，五十八歲。

四月，德裕因武宗寵道士趙歸真，上疏諫之，諫官亦屢以爲言。

五月，薛元賞由司農卿改任京兆尹，係德裕薦引。

六月，德裕奏令吏部郎中柳仲郢裁減州縣佐冗吏。

七月，杜悰由淮南入相。閏七月，宰相李紳出鎮淮南。

八月二十八日，德裕加太尉，封衛國公。

八月以後，德裕幼子燁授爲集賢殿校理，潔身自愛，不敢語事之私，拒姻族親黨之請託。

十二月，《舊書·紀》載德裕與武宗論進士科舉："宰相延英論言：'主司試藝，不合取宰相與奪。比來貢舉艱難，放人絶少，恐非弘訪之道。'帝曰：'貢院不會我意。不放子弟，即太過；無論子弟、寒門，但取實藝耳。'……"會昌君相力主選舉公正。

會昌五年(八四五)，五十九歲。

正月，武宗寵趙歸真，敕造望仙臺於南郊壇，諫官上疏，德裕亦諫之。

二、三月間，德裕薦柳仲郢爲京兆尹。柳素與牛僧孺善，謝德裕曰："不意太尉恩獎及此，仰報厚德，敢不如奇章公門館。"德裕不以爲嫌。

四、五月間，崔鉉、杜悰罷相，李回拜相。崔、杜之罷與黨争有關。制詞對二人頗有責語："或趨尚之間，時聞於朋比；黜陟之際，每涉於依違。"

五月，李珏已内遷郴州刺史。李珏出於趙郡李氏，雖與楊嗣復關係密切，而其内遷可能出於德裕援引。

六、七月間，杜牧在池州刺史任有《上李太尉論江賊書》。德裕采納杜牧主張，有《請淮南等五道置遊弈舡狀》，以保障江上來往船隻之安全。

九月，李德裕請置備邊庫，收納度支、户部、鹽鐵三司錢物。至大中三年十月，敕改稱延資庫。宣宗時，收復河湟，亦得力於備邊庫之助。

十月間，武宗因服金丹，性躁急，喜怒無常，德裕曾加勸諫。

十二月，給事中韋弘質上言宰相權過重，不可兼領錢穀，德裕上《論朝廷事體狀》駁之。

本年户數：四百九十五萬五千一百五十一。武宗即位初，户數爲二百一十一萬四千九百六十。會昌末，户增一倍以上，除自然增長，應包括僧尼、奴婢還俗入兩税户及檢括其他蔭庇户。會昌中興，此爲確證。

本年武宗滅佛，四、五月間，祠部奏檢括全國寺院四千六百，蘭若四萬，僧尼二十六萬五百。七、八月間，敕並省佛寺，令僧尼還俗。八月下制："其天下所拆寺四千六百餘所,還俗僧尼二十六萬五百人,收充兩税户。拆招提、蘭若四萬餘所,收膏腴上田數千萬頃,收奴婢爲兩税户十五萬人。"

會昌六年(八四六),六十歲。

武宗服食丹藥,自正月乙卯不視朝,因疾病,三月下詔改名炎。德裕爲撰《仁聖皇帝改名制》等文,皆代武宗立言。

三月十二日,武宗卒,年三十三。

## 十一、會昌之政二:關於摧抑藩鎮

會昌元年(八四一),五十五歲。

九月,幽州軍亂,逐節度使,以軍中大將表來求節鉞。德裕以爲不應速予,"若置之數月不問,必自生變"。雄武軍使張仲武起兵擊叛者,並遣人奉表詣京師。德裕奏:"陳行泰、張絳皆使大將上表,脅朝廷,邀節鉞,故不可與。今仲武先自發兵爲朝廷討亂,與之則似有名。"乃以仲武知盧龍留後。仲武尋克幽州。

仲武起兵時,武宗急欲加恩。十月,德裕上《請令苻澈與幽州大將書狀》,建言令河東節度使苻澈先與幽州大將書,"於國體無虧"。

會昌二年(八四二),五十六歲。

正月,以張仲武爲盧龍節度使,以兵部郎中李拭爲巡邊使,察將帥能否。

會昌三年(八四三),五十七歲。

四月初七日,昭義節度使劉從諫卒,其姪劉稹自稱留後,祕不發喪。四月二十三日，朝廷爲從諫輟朝，詔劉稹護喪歸東都，劉稹拒不從命。

四月十八日，德裕撰擬賜魏博何重順詔、成德王元逵詔，爲對付劉稹擅命作軍事征討之準備。其略曰："澤潞一鎮，與卿事體不同，勿爲子孫之謀，欲存輔車之勢。但能顯立功效，自然福及後昆。"元逵、重順得詔，悚息聽命。又賜張仲武詔，以"回鶻餘燼未滅，塞上多虞，專委卿御侮"。三鎮聽命。宋范祖禹《唐鑑》對此給予極高評價。

四月二十九日，以王茂元爲河陽節度使，王宰爲忠武軍節度使。

五月初二日，德裕上《論昭義三軍請劉稹勾當軍務狀》，追論禍根在於"屬寶曆中，政務因循，事歸苟且，與其符節，以紊國章"。其時，宰臣百僚進議狀，主張姑息。獨德裕以澤潞内地，堅主討伐。諫官上疏相繼諫用兵。武宗曰："吾與德裕同之。"

五月初十，改太子賓客分司李宗閔爲湖州刺史。

五月十三日，朝廷下制討劉稹。德裕奉宣撰《討劉稹制》。尋以王元逵爲北面招討使，何弘敬（原名何重順，時已受朝廷賜改名弘敬）爲南面招討使，與陳夷行、劉沔、王茂元諸鎮合力攻討。

五月中下旬德裕代何弘敬、李彦佐等作與澤潞軍將書，正告諸將勿從劉稹爲逆。

五月下旬，李商隱爲王茂元作《爲濮陽公與劉稹書》，勸其歸順朝廷。又有《行次昭應縣道上送户部李郎中充昭義攻討》

詩表示對討伐叛鎮的支持。

七月，任盧鈞爲昭義節度招討使。德裕奏令李回、鄭亞出使宣慰幽州、成德、魏博三鎮。

七月十七日，德裕奏令攻討劉稹諸軍，各取州，毋得取縣。

七月十八日，請詔書責李彦佐逗留不進。德裕因請以石雄爲彦佐之副，俟至軍中，令代之。

約七月間，杜牧上書德裕，論用兵澤潞之策。本年歲暮，又作詩贊美朝廷用兵澤潞。

八月初，昭義大將李丕來降，德裕用丕爲忻州刺史。

魏博何弘敬觀望不前，德裕乃命陳許王宰假道魏博直趨磁州，何不得已，始進攻取劉稹之平恩縣。

王宰逗留不進，德裕以劉沔鎮河陽，激之俾出軍。

八月中，王茂元兵敗於科斗寨。德裕調王宰守河陽，又任王宰爲河陽行營諸軍攻討使。

九月中旬，王茂元病卒於軍中，德裕撰《贈王茂元司徒制》。

九月下旬，任石雄爲晋絳行營節度使代李彦佐。十月上旬，石雄逾烏嶺，大破劉稹軍。詔賜雄軍帛爲優賞，雄悉置軍門，自依士卒例先取一匹，餘悉分將士，故士卒樂爲之致死。

十月，移劉沔爲義成節度使，令其與石雄、王宰合力攻劉稹，此乃以劉沔與張仲武不協之故。

十一月，李回、鄭亞又齎詔安撫党項及六鎮百姓，配合平澤潞、禦外患諸事。

會昌四年(八四四)，五十八歲。

正月初一日，河東橫水柵都將楊弁作亂，逐節度使李石，據太原與劉稹相通。

正月初五、初六日，德裕撰《論劉稹狀》、《宰相與王宰書》，言雖有太原楊弁之亂，劉稹必不可恕。

正月二十四日，德裕奏楊弁決不可恕。月底，太原監軍呂義忠率軍討平楊弁。二月初八日，德裕撰《處置楊弁敕》。楊弁及同惡五十四人，悉斬於狗脊嶺。

二月初四日，以石雄爲河中節度使。

三月初一日，奏請李回出使天井、冀氏，至王宰、石雄軍中宣慰。天井在河陽之北，冀氏在晋絳之東，均爲前綫。李回至此已三次出使。

三月上旬，命李丕爲晋州刺史、冀氏行營攻討副使。

四月，德裕代《李丕與郭誼書》，對叛軍勸降，並分化瓦解。又撰《代盧鈞與昭義大將書》，亦係配合軍事進攻而采取之政治瓦解手段。同時有《賜王宰詔意》，強調招降。

五月初五日，德裕奏《魏城入賊路狀》，因石雄由西向東進攻受阻，建議由北向南攻。其建議雖未實行，仍可見德裕運籌之策。

六月初四日，德裕奏《天井冀氏行營狀》，因天氣暑熱，行軍運糧不便，暫緩進攻。

閏七月二十五日，邢州守將裴問、邢州刺史崔嘏降於王元逵。後數日，洺、磁二州亦降。昭義之山東三州平。洺州刺史王釗、磁州刺史安玉以城降於何弘敬。

八月，郭誼殺劉稹，遣使奉表降於王宰。十五日，王宰奏聞其事。十六日，德裕對武宗論郭誼不可赦，請詔石雄領七千人

馬入潞州,以應謠言。未幾,石雄入潞州擒郭誼及諸將桀黠
拒官軍者,悉執送京師。

八月二十八日,德裕以功加太尉、衛國公。

九月中旬,誅郭誼等。德裕撰《誅郭誼等敕》、《誅張谷等告示
中外敕》。

十月,德裕奏牛僧孺、李宗閔曾與劉從諫交通。初九,貶牛僧
孺為汀州刺史,李宗閔為漳州刺史。十一月,復貶牛循州長
史,李長流封州。德裕追論澤潞禍根曰:"劉從諫據上黨十
年,大和中入朝,僧孺、宗閔執政,不留之,加宰相縱去,以成
今日之患,竭天下力乃能取之,皆二人之罪也。"

## 十二、會昌之政三:對回鶻、吐蕃等擾邊之對策

會昌元年(八四一),五十五歲。

二月,回鶻立烏希特勤為烏介可汗。

二月,德裕奉宣撰《賜背叛回鶻敕書》,勸回鶻殘部停止侵擾
邊境,回歸故土;令唐朝邊將不許與回鶻交兵。

八月,詔以鴻臚卿張賈為巡邊使,以察回鶻情偽。德裕撰《賜
回鶻嗢没斯特勤等詔書》。

閏九月,張賈巡邊回京,德裕請遣使撫回鶻嗢没斯部,並運糧
二萬斛以濟之。

秋冬之際,德裕上《請於太原添兵備狀》,提出朝廷集中力量
對付回鶻,然"吐蕃變詐多端,不可測度",應提高警惕。

十一月初,遣苗縝為使至嗢没斯處,訪問太和公主下落及回
鶻諸部兵勢強弱。

十一月，烏介屯天德軍境上，上表借振武一城以居公主。十二月，遣王會慰問回鶻，許賑米二萬斛，不借振武。至此已前後遣張賈、苗縝、王會等使訪回鶻。

會昌二年（八四二），五十六歲。

二月，回鶻復奏求糧及借振武。德裕撰《賜回鶻書意》，稱城不可借，其餘要求，"令楊觀專往，示諭朕意"。

二月，德裕上《條疏太原以北邊備事宜狀》，主張增兵防守杷頭峰及東、中受降城。苻澈修杷頭峰舊戍以備回鶻。

三月，李拭巡邊還，稱振武軍使劉沔有威略，可任大事。時苻澈病。庚申，以劉沔代之爲河東節度使。

三月初四日，德裕有《論天德軍捉到回鶻生口等狀》，請求禁止邊將殺害回鶻降者及俘虜。德裕奏請令劉沔、振武使李忠順進擊回鶻犯橫水柵部，使烏介知所警懼。

四月，天德軍使田牟不俟朝旨出兵侵擾回鶻，德裕有《條疏應接天德討逐回鶻事宜狀》，指示應敵大要數條。又上《奏回鶻事宜狀》，請賜張仲武詔，令奚、契丹同力討除赤心下散卒，逐烏介部出唐邊界。

四月，嗢没斯部歸降。五月，以嗢没斯爲左金吾大將軍懷化郡王。六月，又以其部爲歸義軍，嗢没斯充軍使，改名李思忠，隨唐軍征討烏介。

八月初一日，德裕奏《論討回鶻事宜狀》，建議令石雄率精騎夜襲烏介營。後因朝臣有異議，此計暫時作罷。

八月二十七日，德裕建議公卿集議對敵之策。

九月初二、初七日，牛僧孺、陳夷行等召公卿集議，主張消極防禦。德裕分別駁斥之,力主"擊之爲便"。

九月上旬,劉沔、張仲武、李思忠諸軍作戰鬥部署,以準備抗擊烏介。

十二月,朝廷部署李思忠、劉沔、張仲武諸軍,作與烏介決戰之準備,並催促劉沔、張仲武進軍。

會昌三年(八四三),五十七歲。

正月,烏介侵逼振武。劉沔遣石雄、王逢率沙陀、朱邪、赤心三部及契苾、拓跋三千騎襲其牙帳。石雄夜斫可汗牙帳,可汗驚走,雄追擊之。庚子,大破回鶻於殺胡山,可汗被瘡,與數百騎遁去,雄迎太和公主以歸。

正月下旬,德裕有《請更發兵山外邀擊回鶻狀》,主張邀擊回鶻烏介餘部,不使逃入黑車子,以免後患。

三月,德裕追論大和五年維州事,請追贈悉怛謀官。其時烏介餘部尚存,吐蕃内亂日甚,南詔與唐廷時和時戰。此舉意在爭取少數族部分邊將。至此唐廷邊境已較前安寧。

## 十三、朝政猝變,貶逐海南

會昌六年(八四六),六十歲。

三月甲子,武宗崩。以德裕攝冢宰。丁卯,宣宗即位。宣宗素惡德裕,即位之日,德裕奉册;既罷,謂左右曰:"適近我者非太尉邪? 每顧我,使我毛髮洒淅。"

四月辛未朔,宣宗始聽政。

四月上旬,德裕罷知政事,出爲江陵尹,荆南節度使同平章事。衆不謂其遽罷,聞之莫不驚駭。時以宣宗名義所頒發之

《李德裕荆南節度平章事制》極贊德裕會昌政績,朝中輿情,可見一斑。

追贈德裕兄德修爲禮部尚書。

薛元賞、元龜兄弟坐德裕黨皆貶出。

四、五月間,柳仲郢亦因與德裕厚善,由吏部尚書出爲鄭州刺史。

五月,白敏中拜相,與李讓夷、鄭肅、李回同爲宰相。七月,讓夷出鎮淮南。九月,鄭肅出鎮荆南。明年八月,李回出鎮劍南西川。

五月,下敕增添佛寺,誅殺道士趙歸真等。

宣宗初政重興佛寺,大反會昌滅佛之政。

七月,淮南節度使李紳卒於任。

八月,下詔牛僧孺、李宗閔、楊嗣復等皆由貶所北遷。宗閔未離封州而卒。

九月,德裕由荆南節度使改東都留守,解平章事。以中書侍郎同平章事鄭肅同平章事,充荆南節度使。

十月,李德裕到洛陽任所。

宣宗大中元年(八四七),六十一歲。

二月,白敏中使其黨李咸訟德裕罪,德裕由是自東都留守以太子少保、分司東都。

鄭亞由給事中出爲桂管觀察使。其時,崔嘏撰《授鄭亞桂府觀察使制》,皆爲贊美之辭,無一貶斥語,可見當時朝論之影響。

李商隱應辟爲鄭亞掌書記,代鄭起草《爲濮陽(當作滎陽)公上李太尉狀》。春初，德裕有致鄭亞信，此爲回書，表慰問之意。

大中君相務反會昌之政。三月，恢復進士及第人於曲江宴集。閏三月，下敕興復佛寺。

八月，以同平章事李回充西川節度使。

八、九月間，德裕編定會昌執政時所撰文寄鄭亞，請爲序。鄭亞請李商隱撰擬《上李太尉狀》，稱頌其功業文章。

九月，前永寧尉吳汝納，訟其弟湘罪不至死，“李紳與李德裕相表裏，欺罔武宗，枉殺臣弟，乞召江州司户崔元藻對辨”。

十二月，御史臺奏，據崔元藻所列吳湘冤狀，如吳汝納之言。戊午，貶太子少保、分司李德裕爲潮州司馬。制稱：“縱逢恩赦，不在量移之限。”

大中二年(八四八)，六十二歲。

正月初三，德裕由洛陽沿水路南下，赴潮州貶所。

二月戊申(十八日)，宿於洞庭西。五月，達於海曲潮州。

温庭筠有傷李德裕遠貶詩《題李相公敕賜屏風》。

德裕南貶，其妻劉氏，子渾、鉅及女同行。其時，安邑里第仍有李氏家人居住。

右補闕丁柔立上疏訟德裕冤。丙寅，坐阿附貶南陽尉。

正、二月間，白敏中等所興吳湘案獄結案。

正月乙酉，李回左遷湖南觀察使，鄭亞貶循州刺史。李紳追奪三任告身。中書舍人崔嘏坐草李德裕制不盡言其罪，己丑，貶端州刺史。淮南府佐魏鉶就逮，吏使誣引德裕，雖痛楚掠，終不從，竟貶死嶺外。德裕南貶後有《近世節士論》，贊丁柔立、魏銅品節。

年初，李商隱在鄭亞幕，爲亞起草致馬植、盧言、楊漢公諸人書啓，斥崔元藻在吳湘案中對鄭亞之加誣。

二月初十日，令狐綯以知制誥充翰林學士。

五月，刑部侍郎馬植同平章事，以其主持吳湘案覆勘之故。

九月，再貶德裕爲崖州司户參軍。

九月，李回由湖南觀察使再貶賀州刺史。

十月二十七日，牛僧孺卒於洛陽，年六十九。

十一月，德裕子燁貶蒙州立山尉，時年二十三。下敕路隋等所修《憲宗實録》舊本依舊施行。會昌中所撰新本禁止通行，有抄録者，須及時繳納。

大中三年（八四九），六十三歲。

正月，德裕達貶所崖州，有《登崖州城作》等詩。

五月，張仲武卒，其子張直方知幽州留後。

十月，幽州軍亂，張直方逃奔長安。河北藩鎮已不復如會昌時能遵朝廷法度。

七月，唐收復河湟，此乃德裕置備邊庫之功所致。

八月二十一日，德裕妻劉氏卒於崖州，年六十二。子燁於十月十六日聞訃詣桂管觀察使張鷺請求奔喪，不允。

九月辛亥，西川節度使杜悰奏復維州。

十一、十二月間，德裕曾致書姚諫議邰，叙生活艱難、貧病交困之狀。本年又有致段成式書，時段爲吉州刺史。

十二月初十日，德裕卒於崖州貶所，年六十三。以公曆計爲公元八五〇年一月二十六日。

## 十四、李德裕卒後其子孫親屬之狀況

懿宗咸通元年（八六〇）九月《通鑑》載：右拾遺句容劉鄴上言：“李德裕父子爲相，有聲迹功效。竄逐以來，血屬將盡，生涯已空，宜賜哀閔，贈以一官。”冬，十月，敕復李德裕太子少保、衛國公、贈左僕射。

昭宗天祐二年（九〇五）六月《通鑑》載：時士大夫避亂，多不入朝，壬辰，敕所在州縣督遣，無得稽留。前司勛員外郎李延古，德裕之孫也，去官居平泉莊，詔下未至。戊申，責授衛尉寺主簿。

後梁太祖開平二年（九〇八）十月《通鑑》載：冬，十月，辛酉，以劉隱爲清海、静海節度使，以膳部郎中趙光裔、右補闕李殷衡充官告使，隱皆留之。光裔，光逢之弟；殷衡，德裕之孫也。

後梁均王貞明三年（九一七）七月《通鑑》載：癸巳，清海、建武節度使劉巖即皇帝位於番禺，國號大越，大赦，改元乾亨。以梁使趙光裔爲兵部尚書，節度副使楊洞潛爲兵部侍郎，節度判官李殷衡爲禮部侍郎、並同平章事。

陳寅恪《金明館叢稿二編・李德裕貶死年月及歸葬傳說辨證》考證李德裕子孫狀況後有云：“故不避叙述繁瑣之譏，並附載其本末，以供考贊皇子孫親屬者之參證焉。”又云，“他時若有補作年譜者，願以兹篇獻之，儻亦有所取材歟？非敢望也。”陳先生所論精審，大有益於今之學者，兹摘録其文之相關者以補此《李德裕年表》之不足，其中亦有可與上文所引《通鑑》咸通以後紀事相參稽者。文曰：

又出土李莊撰《唐故趙郡李氏女墓誌》略云：

趙郡李氏女懸黎生得十三年，以咸通十二年七月十五日卒於安邑里第。曾祖諱吉甫，祖諱德裕，考諱燁，妣滎陽鄭氏。未四歲，遇先府君憂，鍊師陳氏實生余與爾。卜咸通十二年十一月廿四日歸於榆林大塋吉墓。

寅恪案，據李燁及其妻鄭氏誌，燁卒於大中十四年六月廿六日，鄭氏卒於大中九年五月廿九日。燁之卒而懸黎未四歲，則知懸黎之生在鄭氏卒後矣。其生母陳氏誌文稱爲“鍊師”者，如燁生母徐氏之稱爲“女真”，蓋皆入道之號，此爲唐代之通俗也。長安安邑坊爲吉甫、德裕第宅所在，吉甫且以安邑相公爲稱(見《新唐書》壹肆陸《李吉甫傳》)。今據此誌，知咸通之末，李氏猶保有此宅。殆亦視同平泉之石，不敢以與人耶？又此誌題云：

兄度支巡官將士郎試秘書省校書郎莊撰。

據燁誌，燁二子，長莊士，次莊彥，一女懸黎。燁妻鄭氏誌亦載二子莊士莊彥之名。此誌撰人不知其爲莊士抑莊彥也。據《唐書·宰相世系表》：“燁生殷衡、延古。殷衡右補闕，延古司勛員外郎。”然則莊士莊彥即殷衡延古。《舊唐書》貳拾下《哀帝紀》天祐二年六月戊申條及《德裕傳》、《新唐書·德裕傳》、《通鑑》貳陸伍天祐二年六月，時士大夫避亂多不入朝條及《南部新書》乙等皆載延古事，而《舊五代史》陸拾有李敬義即延古專傳，所紀尤詳，蓋與司空圖同爲忠義之士也。傳云：

李敬義，本名延古，太尉衛公德裕之孫。初隨父燁(“燁”

之誤）貶連州。遇赦得還。

……

又《新唐書·德裕傳》云：燁子延古，乾符中爲集賢校理。而《南部新書》乙云：咸通九年正月，始以李贊皇孫延佑起家爲集賢校理。

陳寅恪先生對於上述史料作了清理分析，指出了《南部新書》在人名上的誤記，以及李燁二子兄弟之次序，及咸通九年集賢校理起家者可能是兄長殷衡，殷衡南下成爲南方割據者之重臣，前引《通鑑》後梁開平、貞明紀事較爲簡略，而陳先生廣泛徵引史籍、集部，以證明李德裕後人之勇於獨立，且不墜詩禮傳家之風。此不僅足供“考贊皇子孫親屬者之參證”，且使作此年表者“有所取材”，更臻完備矣！謹録陳文如下：

寅恪案，延佑當是延古之誤。“咸通九年”與“乾符中”二者相距十年上下，未知孰是。據懸黎誌題銜言之，其時爲咸通十二年。其兄莊已爲秘書省校書郎。若《新唐書》不誤，則乾符中以集賢校理起家之延古必非此題誌之“莊”也。《新唐書·宰相世系表》列殷衡之名於延古之前，依其次序，似殷衡爲兄，延古爲弟。然則作懸黎誌之莊，乃莊士之省，亦即後來之殷衡耶？或者咸通九年以集賢校理起家者爲殷衡，而錢氏誤爲延佑即延古耶？殊疑不能明也。

晚唐五代之際社會動亂，士大夫有志節者或避亂隱居，如李延古者,被陳寅恪先生贊爲“與司空圖同爲忠義之士”;或南依保境安民,維持一方的地方割據者,如韓偓之依王審知,而李殷衡亦爲此類之顯著人物。陳寅恪先生援引吴任臣《十國春秋》伍捌《南漢烈宗世家》云:“開平二年冬十月辛酉,梁命膳部郎中趙光裔、右補闕李殷衡充官告使,詔王爲清海、静海等軍節度使安南都護。王留光裔、殷衡不遣。”陳文又引同書陸貳《李殷衡傳》、韓偓《玉山樵人集》和孫肇七律二篇之題《奉和峽州孫舍人肇荆南重圍中寄諸朝士二篇。時李常侍洵、嚴諫議龜、李起居殷衡、李郎中冉皆有繼和。余久有是債,今至湖南,方暇牽課》等史料,得出令人信服而發人深思的結論,其曰:“今《全唐詩》《文》皆不載殷衡之著作。據冬郎詩題,可知殷衡亦文學之士,不墜其家風者也。李燁二子殷衡、延古雖分處南北,然皆能自樹立,傳於後世。”

# 附録二　有關李德裕集題跋

## 明刊李文饒文集跋

陸心源

《李文饒文集》十六卷、別集十卷、外集三卷。余先有明萬曆刊本，後從上海郁氏得嘉靖刊本。嘉靖本前有鄭亞序，後有紹興己卯袁州刊板序，萬曆本則缺。此外，無大異同。今借月湖丁氏影宋鈔本校之，始知兩明刻之訛奪。《異域歸忠傳序》"具此四美是謂誠有（臣）"訛作"其比四夷悉謂誠臣"，"昔仲尼以曾參孝"訛作"昔仲凡之曾孫（參）孝"。《討劉稹制》"古今大義"下脱"故貽（昭）義節度"四（五）字；"幼習亂風"訛作"動扇剛風"；"時（恃）紀綱之力"，"力"訛"律"；"以襲兵符"訛"以逞驕恣"；"特（恃）險"訛"巴蜀"；"誘受亡命"，"誘"訛"大"；"金石刻於代邱（邸）"，"刻"訛"烈"。《授劉沔始（招）撫回鶻使制》"柔能制"下脱"剛弱能制"四字；"朔野沍寒"，"野"訛"夜"。《授王元逵平章制》"抑有前典"訛作"賞抑有典"；"王元逵"，"元"下衍"帥"字；"目（自）固妖巢"，"妖"訛"穴"；"拔建瓴之險"，"建瓴"訛"升天"。《授鄭裔綽制》下脫旁註"覃之子"三字;"守正去位","去位"訛"持法"。《與紇扢斯可汗書》"皆已丘墟"訛"皆以立君"。《與黠戛斯可汗書》"皇帝敬問黠戛斯可汗"以下一百二十字脫八十餘字,訛不可讀。《賜彥佐沔茂元詔》衍"劉"字,脫"彥佐"二字。卷七《賜王宰詔意》四,脫"用兵之難"一首,凡三百九十二字(按:據陸心源抄補實爲三百一十六字)。《誅張谷等告示中外敕》"劉稹弟"下衍"曹九等"三字,脫"稹曹九滿郎君郎妹四娘五娘堂兄漢卿斤周堂弟魯卿匡堯穗逆賊"二十七字;"男涯"下衍"等"字,脫"解愁何六傴郎孫男小吉兒臺男小吾門哥幸郎男修文千駒"等二十四字;"棄郎"下衍"等"字,脫"殊郎弟宣力醜奴"六(七)字;"歡郎"下衍"等"字,脫"三寶"二字;"孫羽"下脫"賈餗男庠"四字;"茂章"下脫"茂實"二字。《請密詔塞上事宜狀》"每見漢使"下脫"亦是別見望密詔劉沔與忠順守老(志)每有使"十九(七)字。《條疏太原以北邊備事宜》"前把頭烽"下脫"内舊有軍鎮數處自廢把頭烽"十二字;"弩手四百人"下脫"宣州取弩手三百人"八字;"遞過太原"下脫"兼曉諭令於太原"七字。《論㕂没斯家口狀》"給米三斗"下脫"小口給二斗"五字。《奉宣㕂没斯所請奏》"表稱在本"下脫"國之時各有本"六字;"與㕂没斯"下脫"優賞其㕂没斯"六字。卷十四《論振武以北事宜狀》後脫《奏回鶻事宜狀》一首,凡一百六十字。《公卿集議須便施行奏》"出師驅逐"下脫"是逐出塞外令歸沙漠今若來即驅逐"十五字。《請何清朝分頒(領)李思忠下蕃兵狀》"商量令契苾通"下衍"等不受思忠指揮"七字。《請發河中馬軍五百騎赴振武狀》"朔方舊法都虞候"下脫"王縱頃年曾充馬軍都虞候至西"十三字。《請賜宏敬詔狀》後脫《請發陳許軍馬狀》一首一百廿七字，小註九字。《請賜仲武詔》"入覲"之下，誤以《王宰兼攻討使狀》之後半"茂元縱得痊"後一百十七字屬入，而以"使與鄭注交結"以下三百八字屬入《石雄請添兵狀》後；《石雄添兵狀》之後半"依（約）陳許長行例"之下半"度支權給"廿一字屬入《王宰狀》"尚未安定"以下，而又訛"例"爲"制"，"度"上妄衍"茂"字。《進西南備邊録狀》"蕭何收"下脱"秦圖書具知阨塞軍國之政莫切于斯謹封進上庶裨"二十一字；"張仲武與臣書四紙"上脱"讓張仲武寄信物狀"八字。《再讓仲武寄信物狀》"恩顧"訛"臣顧（嘉靖本作願）"；"獲"下脱"序"字。《代（伐）國論》"所以王珪"下脱"睹廬江美人正言納説如王珪"十二字。此外無關大義，妄删如謹封上進、謹録奏聞，奉宣撰等句，因糊糢而妄改一二字者尚不勝舉也。光緒十七年七夕後二日校畢識。

　　　　按上文録自陸心源《儀顧堂題跋》卷一〇，文中叙録與陸氏
　　　　所藏月湖丁氏影宋鈔本有出入。叙録中之訛誤，此處均作
　　　　訂正，並以圓括號標出。

## 傅增湘關於《四部叢刊》本《李文饒文集》題跋三則

### 一、卷首題記

　　丙寅七月四日至七日據涵芬樓藏舊人校本校。

　　丁卯二月至三月二日據李木齋藏舊寫本校（朱珪舊藏本存文集一至十，别集五至十，外集一至四）。

　　丁卯二月十日據别一鈔本校别集三至五。

　　以上均朱筆校。

　　又據明抄本校别集三、四、七、十各卷，用藍筆。

明抄本多缺佚，諸卷鮮有完者。

## 二、鄭亞序後跋

椒微師（按：即指李盛鐸）藏舊寫本殘帙，存文集卷一至十一，別集卷五至卷十，外集卷一至卷四，半葉十二行，行二十一字，爲大興朱竹君家物。卷中宋諱缺筆，當出於舊刊。取此本校勘，是正極多，與近時朱竹石校宋刻本多合。乃知此嘉靖本至爲疏陋，而市賈乃咸索高價，何耶？丁卯禊日沅叔手識。

## 三、缺名後序後跋

丙寅七月初六夜三更校畢。

此校本《李文饒集》，涵芬樓所庋，不審爲何人筆。有高中蕭寥亭夢松諸印。於嘉靖本之訛誤是正甚多，與黃蕘翁校宋本亦多合，是亦源於舊本矣。然余考《儀顧堂題跋》借月湖丁氏影宋本及蘇州新刻本，其舉正各條有一篇脱至數十百字者，而此本皆無之，則其所出非宋本明矣。明代士大夫喜刻古籍，或藉爲羔雁之資，沿訛襲謬，不復致評。如此集嘉靖刻，向爲世所珍重，而細繹其中乃疏漏不可究詰。後之讀者影宋本不可得，得朱氏吳門新雕亦勝於嘉靖本萬萬也。蕘翁校宋殘帙，余曾假李椒微師所藏迻録，然與朱本又復岐異（朱本亦言出於宋本）。嗟乎！天水遺刊渺不復覯，皕宋連篋復歸海東，倘天假之緣，月湖傳本復出，庶幾一掃榛蕪哉！丙寅七夕傅增湘於藏園池北書堂。

按以上三則録自傅熹年先生家藏傅增湘先生手校之《四部叢刊》本《李文饒文集》。

# 《會昌一品制集》跋二則

黄丕烈

## 一、嘉慶己未冬跋

此殘宋刻《會昌一品制集》十卷,卷中有舊鈔配入,爲甫里嚴豹人家物,而余購之重付裝池者也。先是,余得鈔本《會昌一品制集》二十卷,爲沈與文所藏,已明中葉本矣。又得舊鈔《李文饒集》,則不止《會昌一品制集》與明刻合,而亦無甚佳處。惟此宋刻較二本爲勝,雖殘本,實至寶也。卷中抄葉標題曰《李文饒集》,而列《會昌一品制集》於下,似非宋刻原本。然藏者爲李廷相,據白堤錢聽默云已爲明時收藏家,其舊補可知。至宋刻卷第下皆剜補一行,未知所剜補者何字。由來既久,亦承之而已。裝成越日至十一月八日書數語於後,以見唐集宋刻雖殘不可輕棄爾。嘉慶歲在己未冬薨圃黄丕烈識

## 二、嘉慶戊寅七月既望跋

余嘗謂宋刻之書雖片紙隻字亦是至寶,此實有見而云然,非癖論也。百宋一廛中全者固不少,缺者亦甚多,其中拈出一二字皆足動人心魄。即如此《會昌一品制集》僅存十卷,卷中亦有舊時鈔補之葉,向時未經取校。新秋暑退凉生,無可消遣,輟兩日間,手校於明刻本上,十卷中佳處不可枚舉。鄭亞序文有句云:"取封禪之書於犬子",此用長卿小名也。明刻訛"犬"爲"太",明人之不學無術,可嘅也夫!戊寅七月既望復翁識

錄自常熟翁氏世藏古籍善本叢書之六《會昌一品制集》。

# 附録三　文史典籍所載李德裕奏對諸語及紀事

《北夢瑣言》載李德裕早年對科舉應試語[一]

李德裕太尉，未出學院，盛有詞藻，而不樂應舉。吉甫相俾親表勉之，掌武曰："好驊馬不入行。"由是以品子叙官也。

**箋　校**

〔一〕李德裕對科舉進士中的浮薄之徒深爲不滿，大和八年之《請罷呈榜奏》、會昌三年之《停進士宴會題名疏》抨擊當時以座主門生之故結黨固攀的歪風，《北夢瑣言》所記其年輕時言行已見端倪。但李氏因家學淵源及早年刻苦攻讀，其文方爲朝廷及方鎮大吏所重。元和十五年，穆宗即位召入京中，擢翰林學士。《舊唐書》本傳載，時"禁中書詔，大手筆多詔德裕草之"。

《通鑑》大和四年十月西川節度使李德裕上奏[一]

上命德裕脩塞清溪關以斷南詔入寇之路，或無土，則以石壘之。德裕上言："通蠻細路至多，不可塞，惟重兵鎮守，可保無虞；

但黎、雅以來得萬人，成都得二萬人，精加訓練，則蠻不敢動矣。邊兵又不宜多，須力可臨制。崔旰之殺郭英乂，張朏之逐張延賞，皆鎮兵也。”時北兵皆歸本道，惟河中、陳許三千人在成都，有詔來年三月亦歸，蜀人惱懼。德裕奏乞鄭滑五百人、陳許千人以鎮蜀，且言：“蜀兵脆弱，新爲蠻寇所困，皆破膽，不堪征戍。若北兵盡歸，則與杜元穎時無異，蜀不可保。恐議者云蜀經蠻寇以來，已自增兵，曏者蠻寇已逼，元穎始募市人爲兵，得三千餘人，徒有其數，實不可用。郭釗募北兵僅得百餘人，臣復召募得二百餘人，此外皆元穎舊兵也。恐議者又聞一夫當關之説，以爲清溪可塞。臣訪之蜀中老將，清溪之旁，大路有三，自餘小徑無數，皆東蠻臨時爲之開通，若言可塞，則是欺罔朝廷。要須大度水北更築一城，迤邐接黎州，以大兵守之方可。況聞南詔以所掠蜀人二千及金帛賂遺吐蕃，若使二虜知蜀虛實，連兵入寇，誠可深憂。其朝臣建言者，蓋由禍不在身，望人責一狀，留入堂案，他日敗事，不可令臣獨當國憲。”朝廷皆從其請。德裕乃練士卒，葺堡郭，積糧儲以備邊，蜀人粗安。

篋 校

〔一〕此文載《通鑑》卷二四四大和四年（八三〇）十月。
　　　當時四川節度使郭釗以疾病求代，冬十月，戊申，以義成節度使李德裕爲西川節度使。《通鑑》載：“德裕至鎮，作籌邊樓，圖蜀地形，南入南詔，西達吐蕃。日召老於軍旅、習邊事者，雖走卒蠻夷無所間，訪以山川、城邑、道路險易廣狹遠近，未踰月，皆若身嘗涉歷。”

## 《通鑑》大和五年五月西川節度使李德裕上奏〔一〕

　　丙辰，西川節度使李德裕奏遣使詣南詔索所掠百姓，得四千人而還。《考異》曰:"德裕《西南備邊録》曰:'南詔以所虜男女五千三百六十四人歸於我。'《舊傳》曰:'又遣人入南詔求其所俘工匠,得僧、道、工巧四千餘人,復歸成都。'"

篋 校

〔一〕司馬光《通鑑考異》引李德裕《西南備邊録》,此中記載李德裕遣使
詣南詔索要所掠百姓人數比正史所載更爲具體。《西南備邊録》
已佚,《考異》所録殘文佚句皆存史料價值。

## 《通鑑》大和五年八月西川節度使李德裕上奏[一]

西川節度使李德裕奏:"蜀兵羸疾老弱者,從來終身不簡,臣命立五尺五寸之度,簡去四千四百餘人,復簡募少壯者千人以慰其心。所募北兵已得千五百人,與土兵參居,轉相訓習,日益精練。又,蜀工所作兵器,徒務華飾不堪用;臣今取工於別道以治之,無不堅利。"

篋 校

〔一〕李德裕《西南備邊録》已佚,《通鑑》此處所録其奏語,關涉西南備
邊方略措置,當出於《西南備邊録》。

## 《通鑑》大和五年九月西川節度使李德裕上奏[一]

九月,吐蕃維州副使悉怛謀請降,盡帥其衆奔成都;德裕遣行維州刺史虞藏儉將兵入據其城。庚申,具奏其狀,且言:"欲遣生羌三千,燒十三橋,擣西戎腹心,可洗久恥,是韋皋没身恨不能致者也!"事下尚書省,集百官議,皆請如德裕策。

〔一〕《通鑑》所載李德裕與當朝宰相牛僧孺就吐蕃維州降將悉怛謀事件的政爭,可與本集卷十二之《論大和五年八月將故維州城歸降准詔卻執送本蕃就戮人吐蕃城副使悉怛謀狀》相參稽。此事當發生於當年八月,《通鑑》記作九月,應爲奏到之時。大和五年,按宰相牛僧孺決策遣返悉怛謀,降人皆被吐蕃殘忍殺害。會昌三年三月,事已過去十二年,李德裕作爲宰相追論其事,並爲悉怛謀等人平反昭雪。當年遣返降人的後果是嚴重的。《通鑑》載:"冬,十月,戊寅,李德裕奏南詔寇巂州,陷三縣。"此爲西南備邊之一大事。

## 《戎幕閑談》大和五年録李德裕語〔一〕

贊皇公博物好奇,尤善語古今異事。當鎮蜀時,賓佐宣吐,亹亹不知倦焉。乃謂絢曰:"能題而記之,亦足以資於聞見。"絢遂操觚録之,號爲《戎幕閑談》。大和五年十一月二十三日巡官韋絢引。

篋　校

〔一〕韋絢於大和年間任西川節度使李德裕幕府巡官,李德裕命其記録幕府中談古論今,博物好奇之事,成《戎幕閑談》。其中有不少是李德裕當時之談論,賴此書得以留存。

## 《通鑑》大和六年載李德裕與杜悰對答語〔一〕

十二月,丁未,以前西川節度使李德裕爲兵部尚書。

初,李宗閔與德裕有隙,及德裕還自西川,上注意甚厚,朝夕且爲相,宗閔百方沮之不能。京兆尹杜悰,宗閔黨也,嘗詣宗閔,見其有憂色，曰："得非以大戎乎？"宗閔曰："然。何以相救？"悰曰："悰有一策，可平宿憾，恐公不能用。"宗閔曰："何如？"悰曰："德裕有文學而不由科第，常用此爲慊慊，若使之知舉，必喜矣。"宗閔默然有間，曰："更思其次。"悰曰："不則用爲御史大夫。"宗閔曰："此則可矣。"悰再三與約，乃詣德裕。德裕迎揖曰："公何爲訪此寂寥？"悰曰："靖安相公令悰達意。"即以大夫之命告之。德裕驚喜泣下，曰："此大門官，小子何足以當之！"寄謝重沓。宗閔復與給事中楊虞卿謀之，事遂中止。虞卿，汝士之從弟也。

## 箋　校

〔一〕《通鑑》所載此事，兩唐書《李德裕傳》皆不載。

　　《通鑑》取材嚴謹，此中記杜悰與李宗閔、李德裕言行應有所據，多聞闕疑可也。

### 《通鑑》大和七年二月宰相李德裕論朝中朋黨[一]

　　二月，丙戌，以兵部尚書李德裕同平章事。德裕入謝，上與之論朋黨事，對曰："方今朝士三分之一爲朋黨。"時給事中楊虞卿與從兄中書舍人汝士、弟户部郎中漢公、中書舍人張元夫、給事中蕭澣等善交結，依附權要，上干執政，下撓有司，爲士人求官及科第，無不如志，上聞而惡之，故與德裕言首及之；德裕因得以排其所不悦者，初，左散騎常侍張仲方嘗駁李吉甫謚，及德裕爲相，仲方稱疾不出。三月，壬辰，以仲方爲賓客分司。

　　……

　　庚戌，以楊虞卿爲常州刺史、張元夫爲汝州刺史。他日，上復言及朋黨，李宗閔曰："臣素知之，故虞卿輩臣皆不與美官。"李德裕曰："給、舍非美官而何！"宗閔失色。丁巳，以蕭澣爲鄭州刺史。

## 箋　校

〔一〕《通鑑》本年二月載李德裕論朋黨，三月處置朋黨人員頗詳盡。兩
　　《唐書》相關人員列傳或約略提及，《舊唐書·文宗紀》亦有記載，
　　可相參稽。

### 《獻替記》大和七年〔一〕

　　大和七年二月二十八日，蒙恩守本官平章事。時樞機不密，
二十六日，京師已盛傳明日有麻。二十七日寂然無事，皆言留中
不行矣。余對迴，樞密使崔談峻、王士政至中書，以文宗與樞密使
手詔示諸相，其詞曰："命相絕是重事，適看曆日，明日日辰非佳，
且封麻。二十八日放下去。"冬至今春，久無雨雪，京師昏霾尤甚，
是日甘澤霈然。樞密使謂予曰："禁中喜此雨，呼相公名向下字訛
音曰'李德雨'矣。"

　　三月暮，高品閻從約押賜含桃，謂余曰："不鏁櫃坊也。"余未
喻。曰："自相公入相，京師細婢、良馬無價，兩市不鏁櫃坊。"先
是，宗閔每置宴，皆令京兆府主辦，兩縣令官吏因緣求取，除羊酒
外每行又率見錢，所斂至厚。至是余與王相涯相約，向後有宴餞
出使，宰相及看花觀稼，宰相於宅中置宴，皆取冬至、歲、寒食三
節，假日亦不邀故相及三品已上官，宰相皆先取旨，然後敢赴會。
牛僧孺出鎮淮南日，開六、七重坊門夜宴，至三更而散，又過李聽
宅，令出妓樂，每宴與平康坊倡妓同席酣飲。至是並不令兩縣更
置娼妓。上聞之甚悅。

　　先是，兩省及中書以江淮富人給文牒，周游天下，稱堂厨食

利,方鎮皆令預宴,居諸道大將之上。余判向後所給文牒,並不得以堂廚食利爲名,令有影占。先給文牒者,使仰追收訖報。至是襄陽帥裴公謂給事中高銖曰:"今宴席且免有堂廚食利人矣。"

**箋校**

〔一〕以上三條據宋《續談助》卷三所載李德裕《文武兩朝獻替記》卷三補輯。

### 《通鑑》大和七年李德裕與李宗閔論鄭覃、殷侑〔一〕

六月,壬申,以工部尚書鄭覃爲御史大夫。初,李宗閔惡覃在禁中數言事,奏罷其侍講。上從容謂宰相曰:"殷侑經術頗似鄭覃。"宗閔對曰"覃、侑經術誠可尚,然論議不足聽。"李德裕曰:"覃、侑議論,他人不欲聞,惟陛下欲聞之。"後旬日,宣出,除覃御史大夫。宗閔謂樞密使崔潭峻曰:"事一切宣出,安用中書!"潭峻曰:"八年天子,聽其自行事亦可矣!"宗閔憮然而止。

**箋校**

〔一〕《舊唐書·鄭覃傳》載此事曰:"七年春,德裕作相。五月,以覃爲御史大夫。文宗嘗於延英謂宰相曰:'殷侑通經學,爲人頗似鄭覃。'宗閔曰:'覃、侑誠有經學,於議論不足聽覽。'李德裕對曰:'殷、鄭之言,他人不欲聞,唯陛下切欲聞之。'覃嘗嫉人朋黨,爲宗閔所薄故也。"此處所載日月微有不同,事由議論相似,可兩相參稽。

### 《通鑑》大和七年李德裕關於進士試及諸王出閤的上奏〔一〕

秋,七月,上患近世文士不通經術,李德裕請依楊綰議,進士試論議,不試詩賦。德裕又言:"昔玄宗以臨淄王定內難,自是疑忌宗室,不令出閣;天下議皆以爲幽閉骨肉,虧傷人倫。曏使天寶之末、建中之初,宗室散處方州,雖未能安定王室,尚可各全其生;所以悉爲安祿山、朱泚所魚肉者,由聚於一宫故也。陛下誠因册太子,制書聽宗室年高屬疏者出閣,且除諸州上佐,使攜其男女出外婚嫁;此則百年弊法,一旦因陛下去之,海内孰不欣悦!"上曰:"兹事朕久知其不可,方今諸王豈無賢才,無所施耳!"八月,庚寅,册命太子,因下制:諸王自今以次出閣,授緊望州刺史、上佐……進士停試詩賦。諸王出閣,竟以議所除官不决而罷。

## 箋 校

〔一〕《舊唐書·文宗紀》本年"八月甲申朔,御宣政殿,册皇太子永。是日降詔:'……諸王自今年後相次出閣,授緊望已上州刺史佐。……其進士舉宜先試帖經,並略問大義,取經義精通者放及第。'"此處所記進士試及諸王出閣二事日期干支稍不同,內容則相同,當是李德裕先有此奏,後經文宗同意,於八月降詔宣佈。宋代王溥所撰《唐會要》卷七十六《貢舉中》有詳細記載:"大和七年八月,禮部奏:'進士舉人先試帖經,並略問大義,取經義精通者,次試議論各一首,文理高者,便與及第,其所試詩賦並停者。伏請帖大小經各十帖,通五通六爲及格。所問大義,便與習大經內,准格明經例問十條,仍對衆口義。伏准新制,進士略問大義,緣初釐革,今且以通三通四爲及格。明年以後,並依明經例。其所試議論,請限五百字以上爲式。'勅旨依奏。"尤其是進士試一事,就中可見先由李德裕上奏,然後朝廷下詔,到禮部具體實施,爲大和七年科舉改革之一大事件。

## 令御史臺牓興禮門[一]

朝官有事見宰相,皆須牒臺。其他退朝從龍尾道出,不得橫入興禮門。

### 箋 校

〔一〕本文陳尚君《全唐文補編》卷四從《南部新書·庚》輯佚。其作年當在大和七年,李德裕首次入相時。《新唐書·李德裕傳》:"故事,丞郎詣宰相,須少間乃敢通,郎官非公事不敢謁。李宗閔時,往往通賓客。李聽爲太子太傅,招所善載酒集宗閔閣,酣醉乃去。至德裕,則喻御史:'有以事見宰相,必先白臺乃聽。凡罷朝,繇龍尾道趨出。'遂無輒至閣者。"

## 停罷給食利文牒判[一]

萬錢已厚,常懷素湌。百姓尚貧,豈宜争利。既異拔葵之義,尤傷脱粟之名。將欲率人,理當正本。給食利文牒並宜停罷。

### 箋 校

〔一〕本文陳尚君《全唐文補編》卷四從《類説》卷七引《獻替記》輯佚。其作年亦當在大和七年,李德裕首次入相時。《新唐書·李德裕傳》載其興利除弊之舉如宰相不通賓客,罷京兆築沙隄、兩街上朝衛兵等。並云:"俄而宗閔罷,德裕代爲中書侍郎、集賢殿大學士。始,二省符江淮大賈,使主堂廚食利,因是挾貲行天下,所至州鎮爲右客,富人倚以自高。德裕一切罷之。"説的正是此事。本文出自《文武兩朝獻替記》佚文,可見作者任相時的政策,尤爲珍貴。檢兩《唐書·文宗紀》,李德裕任相在大和七年二月,六月李宗閔罷相出鎮山南西道。此文及前文《令御史臺牓興禮門》皆爲李德裕在李宗閔出鎮後推行之新政，表現其鋭意改革，興利除弊之決心。

## 《獻替記》大和八年春暮〔一〕

八年春暮，上對宰相歎天下無名醫，便及鄭注精於服食。或欲置於翰林伎術院，或欲令爲左神策判官。注自稱衣冠，皆不願此職。守澄遂託從諫奏爲行軍司馬。及赴職，宗閔又自山南令判官楊儉至澤潞與從諫要約，令却薦入。

**箋　校**

〔一〕《通鑑》卷二四四載大和七年（八三三）“九月丙寅，侍御史李款閤内奏彈（鄭）注。……王涯之爲相，注有力焉，且畏王守澄，遂寢李款之奏。守澄言注於上而釋之；尋奏爲侍御史，充右神策判官”。此下，《考異》引李德裕《文武兩朝獻替記》云云，即爲本文。李德裕記其事於大和八年春暮。《文武兩朝獻替記》，多爲《通鑑》所引，此後均簡稱《獻替記》。

## 《通鑑》大和八年李德裕論李仲言事〔一〕

仲言既除服，秋，八月，辛卯，上欲以仲言爲諫官，置之翰林。李德裕曰：“仲言曏所爲，計陛下必盡知之，豈宜置之近侍？”上曰：“然豈不容其改過？”對曰：“臣聞惟顔回能不貳過。彼聖賢之過，但思慮不至，或失中道耳。至於仲言之惡，著於心本，安能悛改邪！”上曰：“李逢吉薦之，朕不欲食言。”對曰：“逢吉身爲宰相，乃薦姦邪以誤國，亦罪人也。”上曰：“然則別除一官。”對曰：“亦不可。”上顧王涯，涯對曰：“可。”德裕揮手止之，上回顧適見，色殊不懌而罷。……

尋以仲言爲四門助教，給事中鄭肅、韓佽封還敕書。德裕將出中書，謂涯曰："且喜給事中封敕！"涯即召肅、佽謂曰："李公適留語，令二閣老不用封敕。"二人即行下。明日，以白德裕，德裕驚曰："德裕不欲封還，當面聞，何必使人傳言！且有司封駁，豈復稟宰相意邪！"二人悵恨而去。

篦　校
〔一〕此事兩《唐書·李德裕傳》略有記載，不如《通鑑》記事詳切，且有精確的月日，其所據當爲唐之實録。

## 《新唐書·李德裕傳》開成五年九月入相之初奏語[一]

武宗立，召爲門下侍郎、同中書門下平章事。既入謝，即進戒帝："辨邪正，專委任，而後朝廷治。臣嘗爲先帝言之，不見用。夫正人既呼小人爲邪，小人亦謂正人爲邪。何以辨之？請借物爲諭。松柏之爲木，孤生勁特，無所因倚。蘿蔦則不然，弱不能立，必附它木。故正人一心事君，無待於助。邪人必更爲黨，以相蔽欺。君人者以是辨之，則無惑矣。"又謂治亂繫信任，引齊桓公問管仲所以害霸者，仲對琴瑟笙竽、弋獵馳騁，非害霸者；惟知人不能舉，舉不能任，任而又雜以小人，害霸也。"太、玄、德、憲四宗皆盛朝，其始臨御，自視若堯、舜，寢久則不及初，陛下知其然乎？始一委輔相，故賢者得盡心。久則小人並進，造黨與，亂視聽，故上疑而不專。政去宰相則不治矣。在德宗最甚，晚節宰相惟奉行詔書。所與圖事者，李齊運、裴延齡、韋渠牟等，訖今謂之亂政。夫輔相有欺罔不忠，當亟免，忠而材者屬任之。政無它門，天下安有不治？先帝任人，始皆回容，積纖微以至誅貶。誠使雖小過必知而改之，君臣無猜，則讒邪不干其間矣。”又言：“開元初，輔相率三考輒去，雖姚崇、宋璟不能逾。至李林甫秉權乃十九年，遂及禍敗。是知亟進罷宰相，使政在中書，誠治本也。”

## 箋　校

〔一〕《通鑑》卷二四六載開成五年（八四〇）九月“庚辰，德裕入謝，言於上曰”云云，即爲本文前二節之節文。本月庚辰爲初七，當爲武宗召其任相初所奏。

## 《通鑑》胡注及《考異》載會昌元年二月李德裕論烏介可汗事[一]

二月，回鶻十三部近牙帳者立烏希特勒（按：應作勤）爲烏介可汗，南保錯子山。胡三省注：“《新志》：‘鸊鵜泉北十里入磧，經麚鹿山、鹿耳山至錯甲山。據李德裕言，錯子山東距釋迦泊三百里。’”《考異》曰：“據《伐叛記》，烏介立在二月，今從之。”

## 箋　校

〔一〕特勤，回鶻首領之稱。《通鑑》、兩《唐書》俱作“特勒”。今從岑仲勉等現代學者説統改作特勤。《通鑑》正文下小字胡三省注及《考異》所引《伐叛記》中李德裕語皆不見於文集，録以備考。

## 《獻替記》會昌元年三月[一]

會昌元年三月二十四日，遇假在宅。向晚，聞有中使一人向東，一人向南，處置二故相及裴夷直。余遣人問鹽鐵崔相、度支杜尚書、京兆盧尹，皆言聞有使去，不知其故。余遂草約奏狀。二十五日早入中書，崔相珙續至，崔鄲次至，陳相最後至，已巳時矣。余令三相會食，自歸廳寫狀，請開延英賜對。進狀後更無報答。至午，又自寫第二狀封進，兼請得樞密使至中書問有此事無。樞密使對曰："向者不敢言。相公既知，只是二人：嗣復、李珏。"德裕言："此事至重，陛下都不訪問，便遣使去，物情無不驚懼。請附德裕奏。聖旨若疑德裕情故，請先自遠貶，惟此一事不可更行！德裕等至夜不敢離中書，請早開延英賜對。"至申時，報開延英。余邀得丞郎、兩省官謂曰："上性剛，若有一人進狀伏問，必不捨矣。容德裕極力救解，繼以叩頭流血，德裕救不得，他人固不可矣。"及召入延英殿，德裕率三相公立當御榻奏事，嗚咽流涕云云。上既捨之，又令德裕召丞郎、兩省官宣示。

## 箋　校

〔一〕《通鑑》卷二四六載會昌元年（八四一）三月"初，知樞密劉弘逸、薛季稜有寵於文宗，仇士良惡之。上之立，非二人及宰相意，故楊嗣復出爲湖南觀察使、李珏出爲桂管觀察使。士良屢譖弘逸等於上，勸上除之。乙未，賜弘逸、季稜死，遣中使就潭、桂州誅嗣復及珏。……丙申，德裕與崔珙、崔鄲、陳夷行三上奏，又邀樞密使至中書，使入奏"。此後，《考異》引《獻替記》云云，即爲本文。

## 《獻替記》會昌二年四月<sup>〔一〕</sup>

會昌二年四月，宰臣奏曰："河陽切要得人，側近惟陳許王茂元堪，且於河陽用之。但比來曾有微累，用後不免議論。"上云："不然。但得才堪，些些已過之事，豈足更言？"及授茂元河陽，仇士良甚怒。樞密使至中書，面如土色，謂德裕曰："緣相公用茂元，適軍容於浴堂詬怒，稱樞密使與宰臣相連，令大和中罪人領重鎮，近東都，來欲有何意？"德裕對曰："茂元若當時受文宗意旨，便合誅翦。聞茂元江陵有一宅，南中所得犀象貨物盡在宅中。此時全家送出與軍容，既受他物，豈得更有此説？"於是謗讟遂止。

箋　校

〔一〕據宋《續談助》卷三補輯。

## 《舊唐書·李德裕傳》會昌三年二月奏語[一]

　　據地志，安西去京七千一百里，北庭去京五千二百里。承平時，向西路自河西、隴右出玉門關，迤邐是國家州縣，所在皆有重兵。其安西、北庭要兵，便於側近徵發。自艱難已後，河、隴盡陷吐蕃，若通安西、北庭，須取迴紇路去。今迴紇破滅，又不知的屬黠戛斯否。縱令救得，便須却置都護，須以漢兵鎮守。每處不下萬人，萬人從何徵發？饋運取何道路？今天德、振武去京至近，兵力常苦不足，無事時貯糧不支得三年，朝廷力猶不及，況保七千里安西哉！臣所以謂縱令得之，實無用也。昔漢宣帝時，魏相請罷車師之田；漢元帝時，賈捐之請棄珠崖郡；國朝賢相狄仁傑亦請棄四鎮，立斛瑟羅爲可汗，又請棄安東，却立高氏。蓋不欲貪外虛內，耗竭生靈。此三臣者，當自有之時，尚欲棄之，以肥中國，況隔越萬里，安能救之哉！臣恐蕃戎多計，知國力不及，僞且許之，邀求中國金帛，陛下不可中悔。此則將實費以換虛事，即是滅一迴紇而又生之，恐計非便。

## 箋　校

〔一〕《舊書》卷一七四《李德裕傳》載“（會昌）三年（八四三）二月，趙蕃
　　奏黠戛斯攻安西、北庭都護府，宜出師應援。德裕奏曰”云云，即爲
　　本文。《通鑑》卷二四七載會昌三年二月“上欲令趙蕃就頡戛斯求
　　安西、北庭，李德裕等上言：‘安西去京師七千餘里，北庭五千餘里，
　　借使得之，當復置都護，以唐兵萬人戍之。不知此兵於何處追發，
　　饋運從何道得通？此乃用實費以易虛名，非計也。’”此下，《考異》
　　引《獻替記》曰：“三年二月十一日，延英，德裕奏：‘九日奉宣，令臣
　　等向趙蕃説，於黠戛斯處邀求安西、北庭。深恐不可。’”《考異》按
　　曰：“其下辭亦與此同。”是則《通鑑》、《考異》所引較《舊書·李德
　　裕傳》所録簡略，可參考。

### 《獻替記》會昌三年四月十九日〔一〕

　　四月十九日，上言：“東都李宗閔，我聞比與從諫交通。今澤
潞事如何？可别與一官，不要令在東都。”德裕曰：“臣等續商量。”
上又云：“不可與方鎮，只與一遠郡！”德裕又奏云：“須與一郡！”

## 箋　校

〔一〕《通鑑》卷二四七載會昌三年（八四三）“五月，李德裕言太子賓客、
　　分司李宗閔與劉從諫交通，不宜寘之東都。戊戌，以宗閔爲湖州刺
　　史”。此下，《考異》引《獻替記》曰，即爲本文。其與《通鑑》所記顯
　　然不同。《考異》辯之曰：“此蓋德裕自以宿憾，因劉稹事害宗閔，
　　畏人譏議，故於《獻替記》載此語以隱其跡耳。今從《實録》。”然司
　　馬光對德裕之指責，並未提出確切證據。兩下對照，可供參資。

## 《新書唐·李德裕傳》會昌三年四月奏語[一]

澤潞劉從諫死,其從子稹擅留事,以邀節度。德裕曰:“澤潞內地,非河朔比,昔皆儒術大臣守之。李抱真始建昭義軍,最有功,德宗尚不許其子繼。及劉悟死,敬宗方怠於政,遂以符節付從諫。大和時,擅兵長子,陰連訓、注,外託效忠,請除君側。及有狗馬疾,謝醫拒使,便以兵屬稹。捨而不討,無以示四方。”帝曰:“可勝乎?”對曰:“河朔,稹所恃以脣齒也。如令魏、鎮不與,則破矣。夫三鎮世嗣,列聖許之。請使近臣明告以:‘澤潞命帥,不得視三鎮。今朕欲誅稹,其各以兵會。’”帝然之。乃以李回持節論王元逵、何弘敬,皆聽命。始議用兵,中外交章固爭,皆曰:“悟功高,不可絕其嗣。又從諫畜兵十萬,粟支十年,未可以破也。”它宰相亦媕婀趨和。德裕獨曰:“諸葛亮言曹操善爲兵,猶五攻昌霸,三越漅,況其下哉?然贏縮勝負,兵家之常,惟陛下聖策先定,不以小利鈍爲浮議所搖,則有功矣。有如不利,臣請以死塞責!”帝忿然曰:“爲我語於朝,有沮吾軍議者,先誅之!”群論遂息。

## 箋　校

〔一〕《通鑑》卷二四七載會昌三年(八四三)四月劉從諫死,“上以澤潞事謀於宰相,……李德裕獨曰”云云,與本文所論大同小異。此下《考異》曰:“按舊紀、傳及《實錄》所載德裕之語,皆出於《伐叛記》。《伐叛記》繫於四月劉從諫始亡之時。至此,君相誅討之意已決,百官集議及宰臣再議,皆備禮耳。德裕之言當在事初,《實錄》置此,誤也。”文集卷二《討劉稹制》撰於本年五月十三日。由此可見,四月間君相誅討之意已決,本文記叙甚詳。再經伐叛之軍事部署,下制討伐則在五月中旬。

## 《獻替記》會昌三年五月[一]

五月十一日,德裕疾病,先請假在宅。李相紳其日亦請假。李相讓夷獨對,上便決攻討之意。李相歸中書後,録聖意四紙,令德裕草制。至薄晚封進,明日遂降麻處分。

**箋　校**

〔一〕《通鑑》卷二四七載會昌三年(八四三)五月辛丑(十三日)"制削奪劉從諫及子稹官爵,以元逵爲澤潞北面招討使,何弘敬爲南面招討使,與夷行、劉沔、茂元合力攻討"。此後,《考異》引《獻替記》曰,即爲本文。

## 《通鑑》會昌三年十一月奏党項入寇事[一]

党項愈熾,不可不爲區處。聞党項分隸諸鎮,剽掠於此則亡逃歸彼。節度使各利其駞馬,不爲擒送,以此無由禁戢。臣屢奏不若使一鎮統之。陛下以爲一鎮專領党項權太重。臣今請以皇子兼統諸道,擇中朝廉幹之臣爲之副,居於夏州,理其辭訟,庶爲得宜。

**箋　校**

〔一〕《通鑑》卷二四七載會昌三年(八四三)"党項寇鹽州,以前武寧軍節度使李彥佐爲朔方靈鹽節度使。十一月,邠寧奏党項入寇。李德裕奏"云云,即爲本文。李集卷六有《賜党項敕書》,所述與本文相合,當爲同時之作。其云"特命朕之愛子,實總元戎,所冀群帥聽命而不敢自專",即本文所云"臣今請以皇子兼統諸道"之事。本文以後,《通鑑》載:"乃以充王岐爲靈、夏六道元帥兼安撫党項大使,又以御史中丞李回爲安撫党項副使,史館修撰鄭亞爲元帥判官,令齎詔往安撫党項及六鎮百姓。"

## 《通鑑》會昌四年李德裕論楊弁之亂[一]

春,正月,乙酉朔,楊弁帥其衆剽剝城市,殺都頭梁季叶,李石奔汾州。弁據軍府,釋賈群之囚,使其姪與之俱詣劉稹。

……

辛丑,上與宰相議太原事,李德裕曰:"今太原兵皆在外,爲亂者止千餘人,諸州鎮必無應者,計不日誅翦,惟應速詔王逢進軍,至城下必自有變。"上曰:"仲武見鎮、魏討澤潞有功,必有慕義之心,使之討太原何如?"德裕對曰:"鎮州趣太原路最便近。仲武去年討回鶻,與太原爭功,恐其不戢士卒,平人受害。"乃止。

上遣中使馬元實至太原,曉諭亂兵,且覘其強弱。楊弁與之酣飲三日,且賂之。戊申,元實自太原還,上遣詣宰相議之,元實於衆中大言:"相公須早與之節!"李德裕曰:"何故?"元實曰:"自牙門至柳子列十五里曳地光明甲,若之何取之?"德裕曰:"李相正以太原無兵,故發橫水兵赴榆社。庫中之甲盡在行營,弁何能遽致如此之衆乎?"元實曰:"太原人勁悍,皆可爲兵,弁召募所致耳。"德裕曰:"召募須有貨財,李相止以欠軍士絹一匹,無從可得,故致此亂,弁何從得之?"元實辭屈。德裕曰:"從其有十五里光明甲,必須殺此賊!"因奏稱:"楊弁微賊,決不可恕。如國力不及,寧捨劉稹。"河東兵戍榆社者聞朝廷令客軍取太原,恐妻孥爲所屠滅,乃擁監軍呂義忠自取太原。壬子,克之,生擒楊弁,盡誅亂卒。

〔一〕楊弁作亂太原事，兩《唐書·李德裕傳》均有簡略記述。而《通鑑》
所記更爲詳切，且時間日期明確。中使馬元實，《舊唐書》作“馬元
貫”，或誤。《舊唐書》成書於後晋，時間匆促，粗疏較多。《新唐
書》追求“事增文省”，編撰時或改易原文，撮述材料。《通鑑》則精
益求精，陳寅恪講唐史謂：“讀正史後方知《通鑑》之勝。”是矣。

## 《通鑑》會昌四年四月朝堂奏對[一]

上好神仙，道士趙歸真得幸，諫官屢以爲言。丙子，李德裕亦
諫曰：“歸真，敬宗朝罪人，不宜親近。”上曰：“朕宮中無事時與之
談道滌煩耳。至於政事，朕必問卿等與次對官，雖百歸真不能惑
也。”德裕曰：“小人見勢利所在，則奔趣之，如夜蛾之投燭。聞旬
日以來，歸真之門，車馬輻湊。願陛下深戒之！”

箋　校

〔一〕此文載《通鑑》卷二四七會昌四年（八四四）四月丙子（二十三日）。

## 《通鑑》會昌四年七月朝堂奏對[一]

秋，七月，辛卯，上與李德裕議以王逢將兵屯翼城。上曰：“聞
逢用法太嚴，有諸？”對曰：“臣亦嘗以此詰之。逢言：‘前有白刃，
法不嚴，其誰肯進？’”上曰：“言亦有理，卿更召而戒之！”德裕因
言劉稹不可赦。上曰：“固然。”德裕曰：“昔李懷光未平，京師蝗
旱，米斗千錢，太倉米供天子及六宮無數旬之儲。德宗集百官，遣
中使馬欽緒詢之。左散騎常侍李泌取桐葉搏破，以授欽緒獻之。
德宗召問其故，對曰：‘陛下與懷光君臣之分，如此葉不可復合

矣!’由是德宗意定。既破懷光,遂用爲相,獨任數年。"上曰:"亦大是奇士!"

## 箋 校

〔 一 〕《通鑑》卷二四七會昌四年(八四四)七月載此李德裕與武宗關於用兵澤潞之奏對,文集不載。文集所載本年六至七月間有《請准兵部依開元二年軍功格置跳盪及第一第二功狀》。本年七月無文。本年閏七月又有論澤潞事數文。此處所録七月辛卯奏對,可與文集所載相參稽。

## 《通鑑》會昌四年八月朝堂奏對[一]

自用兵以來,河北三鎮每遣使者至京師,李德裕常面諭之曰:"河朔兵力雖强,不能自立,須藉朝廷官爵威命以安軍情。歸語汝使:與其使大將邀宣慰敕使以求官爵,何如自奮忠義,立功立事,結知明主,使恩出朝廷,不亦榮乎!且以耳目所及者言之。李載義在幽州,爲國家盡忠平滄景,及爲軍中所逐,不失作節度使。後鎮太原,位至宰相。楊志誠遣大將遮敕使馬求官,及爲軍中所逐,朝廷竟不赦其罪。此二人禍福足以觀矣。"德裕復以其言白上,上曰:"要當如此明告之。"由是三鎮不敢有異志。

## 箋 校

〔 一 〕《通鑑》卷二四七載會昌四年(八四四)八月下旬澤潞平定後,李德裕與武宗論及河北三鎮事。文集所載本年八月下旬文均爲讓官表狀及請改封表狀。此處,會昌君臣論統御河北三鎮事,可補文集之不足。

## 《新唐書·李德裕傳》會昌五年奏語[一]

帝既數討叛有功,德裕慮忕于武,不可戢,即奏言:"曹操破袁紹於官度,不追奔,自謂所獲已多,恐傷威重。養由基古善射者,柳葉雖百步必中,觀者曰:'不如少息,若弓撥矢鉤,前功皆棄。'陛下征伐無不得所欲,願以兵爲戒,乃可保成功。"帝嘉納其言。

### 箋　校

〔一〕本文云:"帝既數討叛有功",則此奏當在會昌伐叛取得大勝以後。會昌三年正月,石雄大破回鶻於殺胡山。會昌四年八月,朝廷平定澤潞之亂。由此推之,此奏約在會昌五年。蓋據《通鑑》卷二四八載武宗於會昌六年正月乙卯已不視朝。

## 《獻替記》會昌五年八月[一]

上信任宰臣,無不先訪問,無獨斷之事。唯誅討澤潞,不肯捨赴振武官健及誅竄党項,此二事並禁中發詔處分,更不顧問。振武官健回旗,不肯進發,先害監軍傔一人,監軍王惟直自出曉諭,又被傷痍,旬日而卒。禁中兩軍樞密已下,恨其不殺節將,唯害中人,所以激上之怒,盡須剿戮。上問宰臣曰:"我送石雄領兵至澤潞,令盧鈞不誅討罪人,如何?"德裕曰:"盧鈞已失律,性又寬愞,必恐自誅不得。若便替却盧鈞,亂卒罪惡轉大,須興兵討伐。恐不如先除替,令新帥誅竄。"上謂德裕曰:"勿惜盧鈞,本非材將。救澤潞叛兵,疑李丕報嫌。往劉稹平後,處置澤潞與劉稹同惡,僅五千餘人,皆是取得高文端、王釗狀,通姓名,勘李丕狀同,然後處分。其間有三兩人或王釗狀無名,並不更問,足明是李丕不能逞其憾。”又云：“惟務苟安、因循爲政。凡方鎮發兵，只合不出軍城，嚴兵自衛，於城門閲過部伍，更令軍將慰安。豈有自出送兵馬，又令家口縱觀？事同兒戲，實不足惜！”“緣大兵之後，須有防虞，臣不敢隱默。”由是中詔處分，不復顧問。

## 箋　校

〔一〕《通鑑》卷二四八載會昌五年（八四五）七月“詔發昭義騎兵五百、步兵千五百戍振武，節度使盧鈞出至裴村餞之。潞卒素驕，憚於遠戍，乘醉，回旗入城，閉門大譟。鈞奔潞城以避之。監軍王惟直自出曉諭，亂兵擊之，傷，旬日而卒。李德裕奏：‘請詔河東節度使王宰以步騎一千守石會關，三千自儀州路據武安，以斷邢、洺之路；又令河陽節度使石雄引兵守澤州，河中節度使韋恭甫發步騎千人戍晉州。如此，賊必無能爲。’”八月，又載：“昭義亂兵奉都將李文矩爲帥，文矩不從，亂兵亦不敢害。文矩稍以禍福諭之，亂兵漸聽命，乃遣人謝盧鈞於潞城。鈞還入上黨，復遣之戍振武。行一驛，乃潛選兵追之。明日，及於太平驛，盡殺之。”昭義兵亂始末於此可見。此下，《考異》引《獻替記》云云，即爲本文。然《考異》以爲本文所記有差舛，其曰：“既云‘不可便替’，又云‘不如先除替’，語自相違。上云‘勿惜盧鈞’，是上語；下云‘臣不敢隱默’，乃是德裕語。《獻替記》至此差舛尤甚，不可復據。又處置澤潞五千餘人太多，必是‘五十’字誤耳。”文集載有本年七月、八月所撰《論潞府事宜狀》、《論昭義軍事宜狀》二文。《獻替記》所記雖有差舛，仍可與文集相參稽。

## 《通鑑》會昌五年十月奏語[一]

上餌方士金丹，性加躁急，喜怒不常。冬，十月，上問李德裕以外事,對曰:"陛下威斷不測,外人頗驚懼。嚮者寇逆暴横,固宜以威制之;今天下既平,願陛下以寬理之。但使得罪者無怨,爲善者不驚,則爲寬矣。"

## 箋 校

〔一〕《通鑑》卷二四八載會昌五年(八四五)十月武宗問李德裕以外事,德裕奏語文集不載。文集載本年九月有《進瑞橘賦狀》等文,十月有《請立昭武廟狀》文。此處所録德裕奏語可見其任相後期以寬理政之主張。

## 《獻替記》會昌五年十月李德裕記王才人事〔一〕

自上臨御,王妃有專房之寵。至是,以驕妒忤旨,一夕而殂,群情無不驚懼,以謂上功成之後喜怒不測。德裕因以進諫。

## 箋 校

〔一〕《通鑑》會昌六年八月載:"壬申,葬至道昭肅孝皇帝於端陵,廟號武宗。"此下又曰:"初武宗疾困,顧王才人曰:'我死,汝當如何?'對曰:'願從陛下於九泉!'武宗以巾授之。武宗崩,才人即縊。上聞而矜之,贈貴妃,葬於端陵柏城之内。"此下《通鑑考異》引李德裕《獻替記》云云,即爲上文。味《獻替記》所記王妃之死出於武宗喜怒不測,史載武宗餌方士金丹,喜怒不常。《考異》於《獻替記》引文下注曰:"在五年十月,與《王貴妃傳》不同,恐《獻替記》誤。"《通鑑》五年九月載:"王才人寵冠後庭,上欲立以爲后;李德裕以才人寒族,且無子,恐不厭天下之望,乃止。"相關史料可以參稽。至於《獻替記》所載此事乃李德裕親見親聞,當不誤。

# 《獻替記》會昌六年三月[一]

自正月十三日後至三月二十日更不開延英,時見中詔處分,
莫得預焉。

## 箋　校

〔一〕《通鑑》卷二四八載會昌六年(八四六)"上疾久未平,以爲漢火德,
　　　改'洛'爲'雒';唐土德,不可以王氣勝君名。三月,下詔改名炎。
　　　上自正月乙卯不視朝,宰相請見,不許;中外憂懼"。"乙卯"爲十
　　　三日。《考異》引《獻替記》云云,即爲本文。三月甲子(二十二
　　　日),武宗崩。丁卯(二十五日),宣宗即位。此處所記爲德裕在武
　　　宗朝之最後狀況。

# 李德裕詩文編年目録

懷京國同前

追和太師顏公同清遠道士遊虎丘寺同前

請宣賜鶴林寺僧謚號奏大和三年，據《李衛公集補》。

重瘞禪衆寺舍利題記大和三年二月十五日，據《全唐文補遺》。

禪衆寺舍利石函蓋陰題記大和三年二月十五日，據《全唐文補遺》。

大迦葉贊大和三年三月

滑州瑤臺觀女真徐氏墓誌銘大和三年十二月，據河南千唐誌齋藏石。

招隱山觀玉蕊樹戲書即事奉寄江西沈大夫閣老大和三年春

上巳憶江南禊事大和四年春，據《全唐詩》卷四七五。

東郡懷古二首大和四年六月一日

清泠池懷古大和四年秋

秋日登郡樓望贊皇山感而成詠大和四年八月

雨後淨望河西連山愴然成詠大和四年秋

秋日美晴郡樓閑眺寄荆南張書記大和四年

故人寄茶大和四年秋

漢州月夕遊房太尉西湖大和四年冬

重題大和四年冬

房公舊竹亭聞琴緬慕風流神期如在因重題此作大和四年冬

題劍門大和四年十一月

劍門銘大和四年十一、十二月間

重寫前益州五長史真記大和四年閏十二月十八日

黃冶賦大和五年

畫桐花鳳扇賦約大和五年春暮

憶金門舊遊奉寄江西沈大夫大和五年冬

閻立本《步輦圖》題跋大和七年十一月十四日,題目自擬,録自故宮博物
　　院藏《步輦圖》。

惠泉大和七、八年間

大和新修辨謗略序大和七、八年間,據《全唐文》補。

憶平泉山居贈沈吏部一首大和八年

請罷呈榜奏大和八年正月,據《全唐文》補。

次柳氏舊聞序大和八年九月,據《全唐文》補。

通犀帶賦大和八年冬

鼓吹賦大和八年冬

白芙蓉賦大和九年四月

重臺芙蓉賦大和九年四月

夏晚有懷平泉林居大和九年夏末

早秋龍興寺江亭閑眺憶龍門山居寄崔張舊從事大和九年早秋

山鳳凰賦大和九年下半年

孔雀尾賦大和九年下半年

智囊賦大和九年冬

積薪賦開成元年春

欹器賦開成元年春

蚍蜉賦開成元年春

振鷺賦開成元年春

問泉途賦開成元年春

傷年賦開成元年春

懷鴞賦開成元年春

觀釣賦開成元年春

思歸赤松村呈松陽子開成二年冬

近臘對雪有懷林居開成二年冬

余所居平泉村舍近蒙韋常侍大尹特改嘉名因寄詩以謝開成三年正
　　月至四年七月

比聞龍門敬善寺有紅桂樹獨秀伊川嘗於江南諸山訪之莫致陳侍
　　御知予所好因訪剡溪樵客偶得數株移植郊園衆芳色沮乃知敬
　　善所有是蜀道萐草徒得嘉名因賦是詩兼贈陳侍御開成四年

春暮思平泉雜詠二十首開成三年春暮至開成五年春暮,在淮南作。題下
　　注:"自此並淮南作。"

首夏清景想望山居開成三年首夏至開成五年首夏,在淮南作。

思平泉樹石雜詠一十首開成五年春夏間

思在山居日偶成此詠邀松陽子同作開成四年至五年七月入相前

重憶山居六首開成四年至五年七月入相前

懷伊川郊居開成四年秋

晨起見雪憶山居開成五年正月

憶平泉雜詠開成五年春

山信至説平泉別墅草木滋長地轉幽深悵然思歸復此作開成五年春
　　夏間

臨海太守惠予赤城石報以是詩開成五年春夏間

思山居一十首開成五年春

金松賦開成五年晚春

初夏有懷山居開成五年初夏

張公超谷中石開成五年初秋

重過列子廟追感頃年自淮服與居守王僕射同題名於廟壁僕射已

爲御史余尚布衣自後俱列紫垣繼遊内署兩爲夏官之代復聯左
　　揆之榮荷寵多同感涕何極因書四韻奉寄開成五年八月

停衞送判開成五年九月，復相初。據《唐語林》卷一。

進西南備邊録狀開成五年九月後，復相初。

宰相與李執方書開成五年十一月

平泉山居草木記開成五年

平泉山居誡子孫記開成五年

題羅浮石約開成五年

寄題惠林李侍郎舊館開成五年

故循州司馬杜元穎狀二狀會昌元年正月

賜背叛回鶻敕書會昌元年二月

唐故開府儀同三司行右領軍衞上將軍致仕上柱國扶風馬公神道
　　碑銘會昌元年二月

請尊憲宗章武孝皇帝爲不遷廟狀會昌元年三月十一日

論救楊嗣復李珏裴夷直三狀會昌元年三月二十五日

贈裴度太師制會昌元年三月

牡丹賦會昌元年春暮

請贈諫議大夫等品秩狀會昌元年五月初一日

宣懿皇太后祔陵廟三狀會昌元年六月上旬

宣懿皇太后祔太廟制會昌元年六月中旬

賜回鶻嗢没斯特勤等詔書會昌元年八月

論田牟請許党項讐復回鶻嗢没斯部落事狀會昌元年八月二十四日

秋聲賦會昌元年秋

請賜回鶻嗢没斯等物狀會昌元年閏九月

賜回鶻嗢没斯等詔會昌元年閏九月

論幽州事宜狀（右臣等今月五日）會昌元年閏九月

宰相與劉約書會昌元年閏九月

論幽州事宜狀（右臣伏見報狀）會昌元年十月

請於太原添兵備狀會昌元年十月

請令苻澈與幽州大將書狀會昌元年十月

代苻澈與幽州大將書意會昌元年十月

論遊幸狀會昌元年十一月

請遣使訪問太和公主狀會昌元年十一月初

遣王會等安撫回鶻制會昌元年十二月十四日

賜回鶻可汗書（我國家統臨萬寓）會昌元年十二月十四日

論九宮貴神壇狀會昌元年十二月

論九宮貴神合是大祠狀會昌二年正月上旬

讓司空後舉太常卿王起自代狀會昌二年正月

賜回鶻書意會昌二年二月

論河東等道比遠官加給俸料狀會昌二年二月初一日

條疏太原以北邊備事宜狀會昌二年二月

論天德軍捉到回鶻生口等狀會昌二年三月初四日

進上尊號玉册文狀（今月二十一日）會昌二年三月下旬

條疏應接天德討逐回鶻事宜狀會昌二年四月十八日

上尊號玉册文（維會昌二年）會昌二年四月二十三日

奏回鶻事宜狀會昌二年四月

賜回鶻可汗書意會昌二年四月

授嗢没斯可特進行左金吾衛大將軍員外置仍封懷化郡王制會昌二

賜張仲武詔意會昌四年正月中旬

賜王宰詔意(省所奏差張公輔)會昌四年二月上旬

授李丕汾州刺史制會昌四年二月初

處置楊弁敕會昌四年二月初八日

賜劉沔詔意會昌四年二月二十五日

賜王宰詔意(用兵之難)會昌四年二月底

賜石雄及三軍敕書會昌四年二月底

請遣制使至天井冀氏宣慰狀會昌四年三月初一日

賜王宰詔意(將帥大略)會昌四年三月上旬

賜石雄詔意(與王宰詔同)會昌四年三月上旬

授李丕晋州刺史充冀氏行營攻討副使制會昌四年三月上旬

奏晋州刺史李丕狀會昌四年三月十四日

賜王宰詔意(卿頃莅澤州)會昌四年四月

代盧鈞與昭義大將書會昌四年四月

代李丕與郭誼書會昌四年四月

李克勤請官軍一千二百人自引路取涉縣斷賊山東三州道路狀會昌
　　四年四月初二日

僕射相公偶話於故集賢張學士廳寫得德裕與僕射舊時唱和詩其
　　時和者五人惟僕射與德裕皆列高位淒然懷舊輒獻此詩會昌四年
　　四月

魏城入賊路狀會昌四年五月初五日

進所撰黠戛斯書狀二會昌四年夏

進所撰黠戛斯可汗書狀會昌四年夏

與黠戛斯可汗書會昌四年夏

冥數有報論偽託文

周秦行紀論偽託文

易州侯臺記梁德裕文,《英華》卷八三二誤收。

輞川圖跋存疑文,據洪邁《容齋隨筆》卷六。

祭韋相執誼文存疑文

# 存目詩文

吐綬鳥詞據《劉禹錫集》卷三七有《吐綬鳥詞》,劉序云:"滑州牧李公以吐
　綬鳥詞見示,兼命繼聲。蓋尚書前爲御史時所作,有翰林二學士同賦之。"
　當元和十五年元、二月間作。

怪石詩據趙明誠《金石錄》卷九云:"唐題怪石詩,世傳李德裕作,長慶二年
　二月。"

題新詩二首據《白居易集》卷二〇有《奉和李大夫題新詩二首各六韻》,其
　一因嚴亭,其二忘筌亭。當作於長慶、寶曆間。

秋日寄劉郎中題擬。據《劉禹錫集》卷三七有《酬滑州李尚書秋日見寄》,
　約大和四年秋日作。

錦城春事憶江南五言三首據《李文饒文集》明本別集卷四,詩題以次爲
　《桐花鳳》、《百花潭》、《憶子夜歌》,約大和五年春暮作。

聞元武昌訃遠示劉郎中二首題擬。據《劉禹錫集》卷三七有《西川李尚
　書知愚與元武昌有舊遠示二篇吟之泫然因以繼和二首》,知德裕原作爲五
　絕二首。元稹大和五年七月卒,詩當作於其時。

棠梨花據《全唐詩》卷八〇三薛濤有《棠梨花和李太尉詩》,知德裕大和時在
　西川有此詩。時德裕尚未拜太尉,薛詩題中"太尉"二字爲後人所加。

傷韋令孔雀及薛濤詩題擬。據《劉禹錫集》卷三七有《和西川李尚書傷韋
　令孔雀及薛濤之什》,知德裕有此詩。薛濤大和六年卒。

喜歸鄉國自鞏縣夜泛洛水寄劉賓客據《劉禹錫集》卷三七有《酬李相公
　喜歸鄉國自鞏縣夜泛洛水見寄》,知開成元年秋,德裕由滁州刺史遷太子
　賓客分司東都,詩作於其時。

南梁行和二十兄,開成元年。詩已佚。

奉送崔相公出鎮西川題擬。據《全唐詩》卷五〇一姚合有《和門下李相餞
　西蜀相公詩》,姚詩自注:“元和十四年,崔相公與門下相公連御史臺,今又
　在中書矣。”知此爲會昌元年十一月崔鄲出鎮西川時作。德裕有詩送之爲
　原唱,姚詩爲和作。


大明賦據《別集》卷八《丹扆箴序》云:“臣頃事先朝,屬多陰沴,嘗獻《大明
　賦》以諷。”《丹扆箴》作於敬宗寶曆元年,此所謂“先朝”當指穆宗長慶時。

請立東都太微宮狀據《李文饒文集》卷一〇卷目。《通鑑》會昌五年八月
　載:“李德裕等奏:‘東都九廟神主二十六,今貯於太微宮小屋,請以廢寺材
　復修太廟。’”

授段元遜哥舒嶠等官制據《李文饒文集》卷四卷目,當會昌秉政時作。

相國李涼公碑據趙明誠《金石録》卷三〇跋尾,注爲會昌六年三月,李德裕
　撰,柳公權書。

力命賦據《外集》卷四《貨殖論》云:“余有《力命賦》以致其意,庶後之知我
　者興歎而已。”似大中南貶後作。